北京市新闻学会——编

追索新闻真谛

第三十一届北京新闻奖获奖作品精选

北京日报出版社

图书在版编目（CIP）数据

追索新闻真谛：第三十一届北京新闻奖获奖作品精选 / 北京市新闻学会编 . -- 北京：北京日报出版社，2023.12

ISBN 978-7-5477-4748-3

Ⅰ . ①追… Ⅱ . ①北… Ⅲ . ①新闻 - 作品集 - 中国 - 当代 Ⅳ . ① I253

中国国家版本馆 CIP 数据核字 (2023) 第 231233 号

追索新闻真谛：第三十一届北京新闻奖获奖作品精选

出版发行： 北京日报出版社
地　　址： 北京市东城区东单三条8-16号东方广场东配楼四层
邮　　编： 100005
电　　话： 发行部：（010）65255876
　　　　　总编室：（010）65252135
印　　刷： 廊坊市佳艺印务有限公司
经　　销： 各地新华书店
版　　次： 2023年12月第1版
　　　　　2023年12月第1次印刷
开　　本： 710 毫米 × 1000 毫米　1 / 16
印　　张： 34.75
字　　数： 530千字
定　　价： 128.00 元

编委会

出版说明

党的十八大以来，习近平总书记11次视察北京、21次对北京发表重要讲话，深刻回答了“建设一个什么样的首都、怎样建设首都”这一重大时代课题，为做好新时代首都工作提供了根本遵循。北京市深入贯彻习近平总书记对北京一系列重要讲话精神，大力加强“四个中心”功能建设，提高“四个服务”水平，城市综合实力和国际影响力迈上新台阶，首都北京发生了新的历史性变化，尤其是建党百年庆祝活动、北京冬奥会冬残奥会等重大活动和重点工作，为新闻媒体的创作生产提供了丰富的创作源泉和深厚的选题沃土。

2021年，北京市新闻界围绕庆祝建党百年、北京冬奥会和冬残奥会筹备、“四个中心”功能建设、疫情防控、城市治理、改善民生等重大主题，策划推出了一系列精品报道，全面展现了习近平新时代中国特色社会主义思想在京华大地落地生根的生动实践，展现了新时代首都发展取得的丰硕成果，北京日报《民生调查》新闻专栏、北京广播电视台《生命缘》百年协和系列报道、《一路奔冬奥　一起向未来——北京冬奥会开幕倒计时100天现场直播》《向前一步》专题节目等5件作品获得中国新闻奖一等奖，还有11件作品获中国新闻奖二、三等奖，这既全面展示了市属媒体在创作生产上的高质量高水平，也充分体现了首都主流媒体的标杆示范作用，以强作品、硬实力高度彰显了首善标准、首都风范。

《追索新闻真谛：第三十一届北京新闻奖获奖作品精选》（以下简称《追索新闻真谛》）共分5个部分：主题报道、冬奥报道、成就巡礼、城市精细化管理、综合，共有69个选题。每一个选题包括三部分内容：原作品、学者专家点评、获奖者感言。这69个选题选自第三十一届（2021年度）北京新闻奖200件获奖作品，这些获奖作品体现了首都新闻工作者高度的职业素质，记录着中央媒体北京记者站（分社）和北京市新闻媒体的新闻工作者携手并肩两线作战所迈出的一步步坚实足迹；体现了首都新闻工作者对党忠诚、对人民挚爱、不辱使命、英勇无畏、一往无前的拼搏精神；体现了首都新闻工作者兢兢业业，开拓视野，加强调查研究，不断增强脚力、眼力、脑力、笔力的勤奋努力，是一支政治过硬、本领高强、求实创新、能打胜仗的宣传思想工作队伍。

《追索新闻真谛》的出版为进一步指导新闻工作者生产出更多的贴近百姓、贴近生活、贴近现实的新闻产品，提高记者编辑的政治素养、职业敏感具有标杆示范作用。《追索新闻真谛》的出版为学界提供了难得的教学案例和研究课题，对我国的新闻传播学、新媒体学的研究与发展具有现实意义。

目 录

CONTENTS

主题报道

冬奥报道

成就巡礼

城市精细化管理

综合

主题报道

ZHUTI BAODAO

百年家书

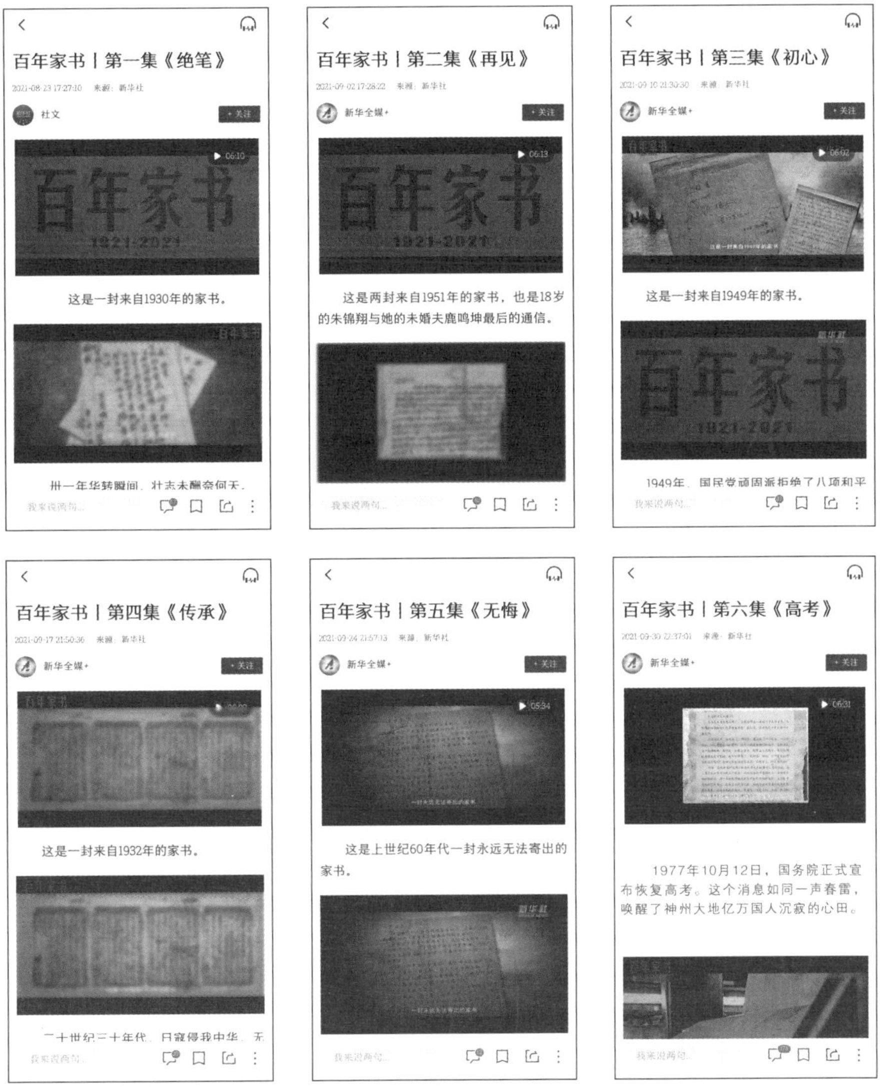

原载新华网、新华客户端、新华微信公众号2021年8月23日至9月30日

获第三十一届北京新闻奖一等奖

专家 ZHUAN JIA / 点评

以物为媒 以小见大

中国人民大学新闻学院教授 倪 宁

本作品由新华社北京分社组织创制，分别于8月23日、9月2日、9月10日、9月17日、9月24日、9月30日，以系列纪录片形式，通过视频通稿、新华网、新华社客户端、新华社微信公众号等发通稿，共6集。

作品筹划之时，正值全国喜迎党的百年华诞，党史学习教育如火如荼，逐步深入。家书往往是写信人内心世界的真实表露。我们中国共产党人无论是在革命开创时期，还是在和平建设时期，多有通过家书表达追随革命事业，忠诚于党，爱国家、爱人民，乐于奉献的心迹。挖掘红色家书以及家书背后的故事，彰显其价值和意义，是有力推动党史主题教育的生动教材、庆祝党的百年华诞的一种好形式。新华社北京分社创制团队慧眼独具，及时锚定这一选题，从党史教育出发，以建党百年为标，以《百年家书》为题，以真实的新闻、真实的信件、真实的人物故事作为创作基础。作品的切入点新颖、真切、实在，能够有效地抓住受众的心理接触点。

调研细致，准备充分，是这部作品的一个特点。作品之所以获得好评，在于前期工作做得扎实。凡事预则立。选题确定之后，记者和制作团队精心开篇，经历约2个月的调研准备，翻阅了上千封来自不同时期的家书，从中挑选出6封最具有代表性、时代感以及精神价值的红色家书进行创作。包括邓恩铭在狱中给母亲的绝笔；抗美援朝时18岁的朱锦翔与她的未婚夫鹿鸣坤最后的通信；袁志超渡江战役时向家人报告人民解放军取胜过程的长信；抗战爆发初期，周平民、周健民兄弟俩投军抗敌时写给父母的信；哈军工毕业生王鹏给父母无法寄出的信和恢复高考第一年，王旭烽在拿到录取通知书后给母亲的家书。主创团队历时数月，从远在东北的中国人民志愿军烈士陵园，到西南大山里的烈士故居；从奔赴上海“抢救式”采访志愿军老人，到南下浙江采访“文化大革命”后第一批高考经历者，收集了全面翔实的相关素材。提炼出“绝笔”“再见”“初心”“传承”“无悔”“高考”等不同时期的不同主题，为作品的创作打下坚实的基础。

在以互联网为主体的新媒体传播时代，需要善于运用各种传播技术和表现方式。作品的创作团队力求表现形式创新，施展出十八般武艺，采用采访拍摄、人物描摹、情景再现、新闻素材和影视剧相关素材等多种元素融合的创新史料表达样式，使得画面质感与历史元素并重，以物为媒，以小见大，在情感沟通中彰显主流价值，以电影叙事的手法娓娓道来，在历史中找寻真实的情感支点，挖掘家书中蕴含的中国共产党人的英雄主义与浪漫主义，展现革命烈士勇于牺牲，共产党人甘于奉献的精神价值，带领受众走进家书字里行间背后的故事，真正地以情动人、以真感人，达成较强的传播效果。

据统计，系列纪录片《百年家书》刊播后，全网总浏览量过亿，新华社客户端与学习强国总阅览量近1500万，新华社微信公众号浏览量达到10万+，党史学习教育领导小组办公室与退役军人事务部官方微信公众号转载10万+，微博阅读量超过2000万次，腾讯视频、今日头条、百度、新浪、搜狐等均在网站或客户端进行首屏推荐，同时全网数百家媒体进行转发转载，至今仍保持着旺盛的生命力。

获奖者 HUO JIANG ZHE 感言

心有所信　方能行远

新华社北京分社常务副总编辑、高级记者　涂　铭

主任记者　李　放

2021年是中国共产党建党一百周年。悠悠百年，星河灿烂，百年征程波澜壮阔，百年初心历久弥坚，这一百年间，无数的中国共产党人舍生忘死、抛家舍业，与中国人民风雨同舟、生死与共。当我们看到先辈们留下的那一封封已经泛黄的家书，听到那一张张信纸“沙沙”的翻动声，看到那一行行泣血而又壮阔的文字……那一刻，我们仿佛穿越了时间的长河，找到了精神与信念上的共鸣。

为什么要找出百年来这些革命先辈留下的家书，为什么要重新把这些带有时代烙印的文字展现在世人面前，为什么要去重温这些革命先辈的精神世界，这些家书中的每一个字都给了我们答案。

“卅一年华转瞬间，壮志未酬奈何天。不惜唯我身先死，后继频频慰九泉。”这是1930年，年仅30岁的邓恩铭留下的绝笔。

“要是战场上死不了，能回见；死了，就算了。”这是抗美援朝中，22岁的鹿鸣坤与未婚妻的最后一别。

“离开的时候是热乎乎的团圆饭，回来的时候是你们冰冷的墓碑，可付出青春年华的何止我一个。而所有的这一切换来的，是我们拥有了震撼世界的原子弹和氢弹；我们打破了超级大国的核垄断；我们铸就了共和国的核盾牌！”这是20世纪60年代，“两弹一星”参与者王鹏在戈壁滩上写下的一封永远无法寄

出的家书。

……

是他们，用至死不渝的信仰为中华民族在黑暗中寻找到光明；

是他们，用燃烧的热血换来了几代人梦想中幸福的中国；

是他们，用荡漾的青春年华浇灌出一节节华夏的脊梁。

这是一次“抢救式”的采访，很多知道这些家书背景的老人甚至是亲历者已经逐渐离我们远去，我们能做的只有把这些记忆留存好；这更是一次“洗礼式”的采访，看着那些已经逐渐模糊不清的文字，我们希望有更多人能够看到那些曾经如你我一样年轻的面孔，为了如今的中国，所付出的泪水与生命。

心有所信，方能行远；不忘来路，方知去处。我们希望用这6条微纪录片，能够带着大家与这些革命先辈来一场穿越时空的精神交流；我们也希望用这次报道，能够带着大家感受中国共产党人“为有牺牲多壮志，敢教日月换新天”的大无畏气概；我们更希望用这次报道，能够带着大家从一点一滴的字里行间去见证中国共产党人是怎样书写了中华民族几千年历史上最恢宏的史诗。

北京以首善标准扎实开展党史学习教育

奋斗百年路 启航新征程

——学党史 悟思想 办实事 开新局

北京以首善标准扎实开展党史学习教育

原载中央电视台《新闻联播》2021年4月13日

获第三十一届北京新闻奖一等奖

专家 ZHUAN JIA 点评

重大主题报道也应见人见物

前线杂志社副总编辑、高级记者 魏晔玲

开展好重大主题报道，是新闻媒体履职尽责的重要体现，有利于传播党的声音、连接党心民心、凝聚社会共识、推动实际工作运行，也是媒体增强自身权威性、思想性、影响力的重要途径。尤其是在媒体深度融合发展的背景下，如何做好重大主题报道是摆在新闻工作者面前的一道必须解答好的难题。

2021年2月1日，新春佳节即将到来之际，习近平同各民主党派中央、全国工商联负责人和无党派人士代表在人民大会堂欢聚一堂。习近平指出，2021年是中国共产党成立100周年，中共中央决定在全党开展中共党史学习教育，激励全党不忘初心、牢记使命，在新时代不断加强党的建设。3月1日，北京市召开党史学习教育动员大会。时任北京市委书记蔡奇强调，在全党开展党史学习教育，是以习近平同志为核心的党中央立足党的百年历史新起点、统筹“两个大局”、为动员全党全国满怀信心投身全面建设社会主义现代化国家而作出的重大决策。

按照学史明理、学史增信、学史崇德、学史力行的总体要求，北京市各部门将党史学习教育贯穿2021年全年，把学习党史与解决问题、推动工作结合起来，强化公仆意识、为民情怀，践行好新时代党的群众路线，开展好“我为群众办实事”实践活动，解决好群众“急难愁盼”的具体问题，不断增强人民群众的获得感、幸福感、安全感。

由此看来，谋划推进党史学习教育宣传报道，应把“我为群众办实事”作为宣传报道的着眼点。央视制作的这则《北京以首善标准扎实开展党史学习教育》充分体现了这一特点。时长约4分钟的视频里，既有高端访谈，权威、全面介绍北京市开展党史学习教育的整体情况，又有见人见物的故事细节，体现了全国新闻战线以习近平总书记关于党的新闻舆论工作系列重要论述为指导，在锤炼脚力、眼力、脑力、笔力中，记录伟大时代、讲好中国故事、传播好中国声音的孜孜探索和成功实践。

讲故事、摆事实、列数据，用接地气的群众语言增强鲜活生动之感，能够让“高大上”重大主题报道，突破以往面孔严肃、以我为主、说教味浓的窠臼，变得更具接近性，这也正是重大主题报道创新的题中应有之义。这则视频中，节奏紧凑但又清楚地讲了好几则北京市在党史学习教育中的亮点做法，如“局处长走流程”活动，这一“走”，将企业退休人员档案材料审核时间从退休前1个月放宽到6个月。如将老房子办理房产证列为“每月一题”重点解决问题，建立全市不动产登记遗留问题台账，等等。一桩桩事例生动形象地展示出各级党员干部将学习教育成果体现到推动发展的良好业绩和为民服务的实际行动中的努力。

在当下的互联网环境中，与信息有同等重要地位的是情感。一篇重大主题报道要叫得响、立得住，除了立意有高度、内容有厚度之外，还要能够满足读者和用户的情感需求。《北京以首善标准扎实开展党史学习教育》这则新闻，立足百姓的烦心事、揪心事，把这些问题解决得好不好作为衡量党史学习教育是否取得实效的标准，引起了观众的强烈关注和共鸣。视频中，受访群众激动地说“那是大红本，那是真正的房产本，看见了，我挺高兴的”，应该是代表了大家的心声。

获奖者
HUO JIANG ZHE / 感言

把学习成效转化为服务群众的动力

中央广播电视总台北京总站记者　张伟泽

2021年，中国共产党迎来了建党百年的伟大历史时刻。在全党开展党史学习教育，是以习近平同志为核心的党中央立足百年党史新起点、着眼开创事业发展新局面作出的一项重大战略决策。北京市坚决贯彻落实党中央决策部署，成立以市委书记蔡奇任组长的领导机构，把加强思想理论武装作为首要任务，牢牢抓住学习教育这个中心环节，坚持全心全意为人民服务的宗旨，以奋发有为的精神状态、扎实有效的工作行动，把学习成效转化为服务群众的动力。

作为党的新闻舆论战线的忠诚战士、中央广播电视总台北京总站的一线记者，镜头聚焦首都、笔尖书写北京，更好宣传报道北京党史学习教育成效，既是履行党的意识形态重镇职责使命担当所在，也是对我们自身党史学习教育实效的实际检验，责无旁贷、义不容辞。

"调查研究是谋事之基、成事之道"，做好报道，调研先行。为了确保报道沾泥土、带露珠、有生机，北京总站主持工作的副站长王小节直接带队，深入党政机关、企业单位、街道乡镇、学校社区等广泛开展调研，派出多路记者到一线采访，摸实情，查实况，为扎实宣传北京市党史学习教育成效，获取了大量"热腾腾"的一手资料。比如，在调研中得知，北京市主要领导集中封闭学习，并带头走进中国共产党北京早期革命活动旧址，引导干部群众从红色资源中深刻感悟党的初心使命，做到常学常新、常思常悟、常研常得。比如，北京市注重将学习教育成果转化为工作动力，开展“我为群众办实事”实践活动，将“接诉即办”作为主抓手，每月围绕一个主题提出项目清单，做到“主动治理、未诉先办”。将老房子办理房产证难题列为“每月一题”重点解决，北京市建立起全市不动产登记遗留问题台账，整合资源合力破解。2021年第一季度已为20000户购房者解决不动产登记难题。比如，北京市人力资源社会保障局启动了“局处长走流程”活动，局处级干部以企业和办事群众的身份，全程体验流程，将企业退休人员档案材料审核时间从退休前1个月放宽到6个月。比如，为服务群众，将好事办实、实事办好，北京市通过“每月一题”，主抓预付式消费退费难、拖欠工资等高频难点民生问题，明确了600多项具体任务和今年拟出台的60多项政策，市、区、街乡三级联动推动解决。比如，挖掘红色资源、开展红色教育，北京推出一系列党史题材文艺作品，电视剧《觉醒年代》、话剧《香山之夜》等优秀文艺作品成为党史学习鲜活教材。贴近青少年特点，开展“学”“唱”“做”“讲”各类活动，坚定广大师生跟党走的信心，等等。

在前期细致、深入、扎实调研基础上，2021年4月13日，由中央广播电视总台北京总站采制的主题报道节目《“奋斗百年路 启航新征程——学党史悟思想 办实事 开新局”北京以首善标准扎实开展党史学习教育》在我台黄金栏目《新闻联播》播出，时长达到4分钟。节目通过选取“解决群众房产证办证难”“局处长走流程”“为民办实事”等案例进行深入剖析，有思想、有高度，接地气、冒热气，生动展示了北京市广大党员干部学史明理、学史增信、学史崇德、学史力行，为人民群众办实事、做好事、解难事，不断提升干部群众获得感、幸福感、安全感的一系列举措和成果。

节目播出后，被各大主流媒体、学习强国、各网络媒体转载，仅《新闻联播》的收看量就超过3亿人次，社会反响好、影响力大。网友点赞说：“原来政论类节目也能鲜活、生动、好看。”节目播出后，北京市创新解决“房产证办证难”等问题的经验做法在多地得到推广。

记者，是一个永远在路上的职业。4分钟的节目，可能需要构思4天，策划4周，奔波采访4个月之久。看到亲手策划采制的节目铺天盖地呈现在电视大屏、手机小屏时，衣带渐宽终不悔。

致敬逐梦特刊

北京日报 特5

致敬逐梦

【寻梦】

稚梦幻灭 富强起点

北京日报 特13

致敬逐梦

【追梦】

澎湃革命 铸造根基

信仰和梦想

胜利的道路

江山就是人民

北京日报 特57

致敬逐梦

【圆梦】

中国奇迹 光耀环宇

中国道路 指引方向

万众一心 中国力量

原载《北京日报》2021年7月1日

获第三十一届北京新闻奖一等奖

专家 ZHUAN JIA 点评

集群式立体报道全景式呈现

中国传媒大学党报党刊研究中心副主任、新闻学院教授　张晓红

为庆祝中国共产党诞生100周年，2021年7月1日《北京日报》推出了一份100个版面组成的厚重特刊《致敬逐梦》。同时，通过官方微信、微博、客户端等全媒体矩阵进行多元发布，形成集群式立体报道，全景式呈现了中国共产党的百年光辉历程，描摹了一幅幅中国共产党人牢记初心使命，为中国人民谋幸福、为中华民族谋复兴的圆梦图景。这份特刊气势恢宏，特色鲜明。

精妙设计，以独特取胜。在庆祝建党100周年这一重大主题报道中，主流媒体同台竞技，如何在众多作品中脱颖而出，令人眼前一亮，需要精心策划，精细实施。《致敬逐梦》特刊围绕报道主题，在选题、结构、形式等方面都体现出精妙设计带来的独特之处。特刊紧扣“实现中华民族伟大复兴的中国梦”这条主线，构筑了“寻梦”“追梦”“筑梦”“圆梦”四大篇章，运用通讯、评论、专栏、采访札记、图片等多种形式加以呈现，并且在版式风格方面，追求整体统一和细节变化。总体看，选题视角新颖，内容厚实丰富，形态灵活多样，多以独特之处取胜。

深耕内容，以思想见长。特刊的优势在于能够集中版面资源和人力资源等，围绕某一主题展开较为充分的报道。《致敬逐梦》特刊100个版面的容量，为创作团队提供了施展拳脚的空间。该特刊的39篇通讯，每篇四五千字，相对而言能容纳较多的信息，记者在讲好故事的同时，从史料、事件、人物等多个侧面，挖掘思想内涵，深刻阐释历史性成就背后的中国特色社会主义道路、理论、制

度、文化优势，将故事性和理论性结合在一起，发挥了纸媒所长。该特刊的评论在思想观点的输出中高屋建瓴，将中国共产党百年的丰功伟绩和今天庆祝百年建党的伟大意义讲深讲透。此外，特刊的《采访札记》栏目中，刊登了记者采访时的所见、所闻、所感、所思，其中不乏高度凝练的思想，对主题起到了升华作用。《特邀访谈》栏目，邀请专家对人民代表大会制度、民族区域自治制度、社会主义市场经济体制等党中央重大决策进行全方位解读。多种形式的呈现，将中国共产党百年历史上曾经发生过的一幕幕，通过景情交融的描述，连接成一部历史长剧。融合叙事与说理，清楚明白地解答了全党、全国人民学习党史应该了解和掌握的三个最重要的认识，即中国共产党为什么能，马克思主义为什么行，中国特色社会主义为什么好。这是《致敬逐梦》特刊的魂。

创新表达，以优美引人。《致敬逐梦》在表达形态上也进行了创新实践。主要体现在版面设计和文字表述等方面。版面设计是特刊的重要形态，通过字体字号、线条、图像、色彩等编排手段的运用，表情达意，以版面语言表达一定的编辑思想。《致敬逐梦》特刊的封面用红色铺底，渲染出建党百年的喜庆氛围；“致敬逐梦”四个大字赫然入目，彰显了刊名；红色飘带贯穿整个版面，飘带上串联着一系列标志性图片：嘉兴南湖红船、中国共产党一大会址、中华苏维埃共和国中央委员会旧址、延安、天安门……引领读者沿着中国共产党百年发展的线轴飘扬思绪……简短的文字说明与图片相得益彰。封面之外的第2版和其他内页版面，注重条块分割、点面结合，布局妥帖，浓淡相宜，无不体现出版面设计的匠心独运。“圆梦”篇章的最后一个版，也是百版特刊的封底，大胆尝试使用图解的方式，展现2035年的中国，带着读者畅想美好未来。在文字表述上，《致敬逐梦》特刊对党史的宏大叙事，用诗歌般节奏明快、栩栩如生的语言加以表达，让读者在享受优美文字的过程中，了解中国共产党的光辉历史，感受马克思主义的光芒照耀。这样的创新表达让读者在阅读过程中欲罢不能。

值得一提的是，在融媒体时代，《北京日报》建党100周年百版特刊《致敬逐梦》没有局限于传统的纸质特刊形式，一体策划，多种生成，利用官方微信、微博、客户端等全媒体矩阵，依据各自分发特色，进行多元发布，提升了党报重大主题报道的传播力和影响力。

获奖者 HUO JIANG ZHE 感言

献给百年大党的一份特殊礼物

北京日报社区县部记者　巩　峥

2021年7月1日的《北京日报》特别厚重，112个版，单份重量达到583克。100个版的《致敬逐梦》特刊气势恢宏。这是《北京日报》献给百年大党的一份特殊礼物，也是《北京日报》创刊以来一次性推出的体量最大的特刊。特刊共分“寻梦”“追梦”“筑梦”“圆梦”四个篇章，以“梦”即中国梦为核心，其根本在阐释中国共产党的初心和使命，讲述中国共产党如何践行初心和使命。

制作这份特刊，可谓举全报社之力。多位领导、前辈，多次召开专题会，悉心指导，提出具体意见建议，从根本上确保了特刊的质量。为做好特刊，报社还打破原来的指挥体系，在确定了大框架之后，动员全社采编力量报名请战，然后再由牵头人点将，分配任务。

很多年轻人参与其中。通过百版特刊的采写制作，他们学党史、新中国史、改革开放史和社会主义发展史，读原文，悟原理，通过实地采访，明理增信、崇德力行。每一次采访，每一次撰写，每一次修改……都是对四史教育的又一次深化。

年轻的编辑记者在与笔下的那一代年轻人隔空对话时，感触尤其深刻。当年的那些年轻人，曾为了理想信念，付出了宝贵的生命。李大钊、范鸿劼、赵世炎、邓中夏、陈延年、陈乔年、何孟雄……都在二三十岁——人生最好的年华，坦然赴死。甘愿牺牲的信仰才是真信仰，真信仰才能换来真革命，真革命换来了我们的今天。尽道书生厌鼓鼙，为国不辞血染衣。那一个个青春洋溢的面孔，为了今天的我们而没入黄沙，每每想及，怎不潸然?

这份藏在心底的感动，是宝贵的精神养料，是坚实的信仰基石，是我们未来做好党报各项工作的不竭动力。

这个时代，生活节奏是如此之快，各种信息是如此纷杂。但百版特刊的制作中，我们依然看到了对文字的眷恋，对精致的追求，对完美的向往。这是新闻记者最珍贵的东西。

特刊制作的过程，同样也是学习新本领的过程。在媒体快速融合发展的时代，我们必须锤炼更多、更新的本领。伴随着《致敬逐梦》特刊的推出，我们也推出了一系列的融合传播产品，在和全国同行同台竞技时，我们开拓了思路、收获了经验，为今后更好地进行主题宣传打下良好基础。

解码百年大党

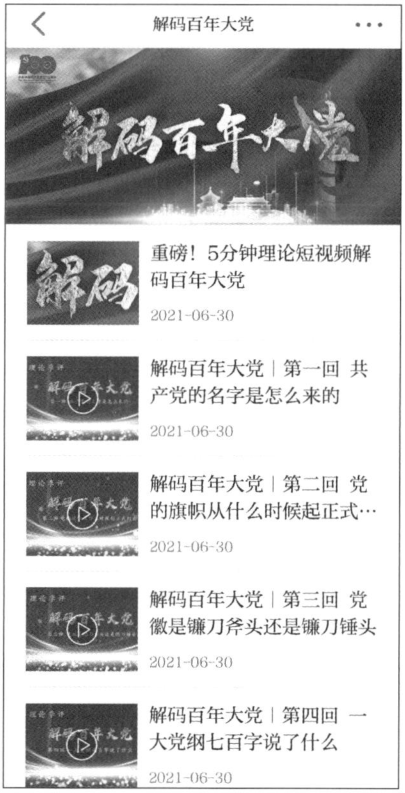

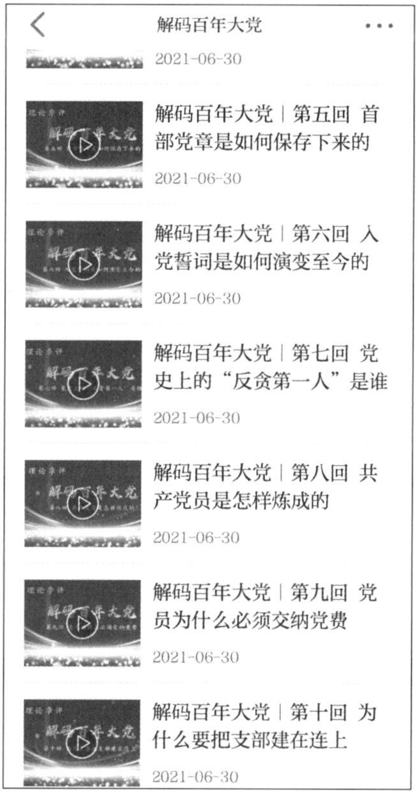

原载北京日报客户端2021年6月30日

获第三十一届北京新闻奖一等奖

专家
ZHUAN JIA 点评

解码百年大党

北京体育大学教授　李岭涛

在庆祝中国共产党建党百年的活动中，各地媒体都在如何有效宣传党的伟大发展历程和成就上进行了创新。北京日报的这部《解码百年大党》纪录片就是创新的成功之作。

该片首先让人感到耳目一新的地方就是用评书的形式串起了整部作品。对于理论片，观众印象最深的往往是一个个理论家的侃侃而谈。但该片反其道而行之，让知名评书演员徐德亮担任了播讲嘉宾，评书的语言和讲述评书的场景一下子就拉近了与观众的心理距离。用我国优秀传统艺术形式阐述马克思主义基本原理同中国具体实际相结合的历史进程，不但使该片完成了理论解读的任务，而且增加了它的文化内涵和底蕴，从而彰显了作者较高的创作立意。

该片的另一个亮点是采用逆向思维，从观众熟悉的点位切入，用观众心中皆有但笔下皆无的内容深深吸引了观众。对于党史的大量重点内容，观众都是内化于心的，像我们党的名字叫中国共产党、党员要交党费等。但是，大部分观众是知其然，很少思考它的所以然，不了解它背后的东西。该片用熟悉的内容规避了很多理论片的高大上，增加了自己的贴近性。进一步，它解读熟悉内容背后的故事，大大降低了普通观众接受和理解内容的难度，从而体现了作者很高的创作能力。

与理论片惯用的编年体和线性逻辑不同，该片采用了非线性叙事结构。它由多个知识点或故事组成，每个知识点或故事构成了一个独立又完整的章节。

在每个章节内，每个知识点或故事按照自己的时间脉络发展。一方面，虽然不同章节会有时间上的交叉，但不同知识点或故事的独立性使得叙述并不凌乱；另一方面，尽管每个知识点或故事自成体系，但在我们党成长壮大的历史大逻辑指引下，整部纪录片做到了珠珠相连，环环相扣，形散而神不散，从而展示了作者很强的谋篇布局能力。

获奖者 HUO JIANG ZHE / 感言

《解码百年大党》：首都党报理论融媒体的新名片

北京日报社理论部编辑　袁　昕

2021年是中国共产党成立100周年，围绕这个重大宣传主题，“理论季评”第2季延续第1季理论短视频《解码》系列，主题为“解码百年大党”。在策划《解码百年大党》时，为了从波澜壮阔的百年党史中选准角度、寻找灵感，2021年年初专门成立了由社长赵靖云、总编辑伍义林担任总策划的创作团队，团队先后向十几位党史党建领域的权威专家征求意见。在此基础上召开10余次会议反复论证，最终确定从党名、党旗、党徽等党的鲜明标识入手解码百年大党，在讲知识、讲故事中揭示影响至今的立党理念。撰写脚本时，全体参与的同志精益求精，字斟句酌，反复修改。在呈现形式上，创作团队几番头脑风暴力求突破，最终确定用评书来讲理论，令人耳目一新。

《解码百年大党》于2021年6月30日在北京日报客户端播出，全网总播放量约350万。网友纷纷点赞、转发。有网友说：这组报道形式很好！还有的说：我还以为党员平时戴的就是党徽呢，原来不是。这组创意很牛！在完成自有平台的首次传播后，又根据商业平台的受众特点进行了重新编辑剪辑，陆续在抖快、两微视频号上开始二次传播甚至多次传播。

《解码百年大党》是北京日报社推进理论宣传可视化、通俗化、大众化的一次成功尝试。该产品呈现出三个突出特点：一是领导重视、策划用心。在市委宣传部指导下，社长、总编辑靠前指挥，周密策划。二是视角独到、内容精准。以《共产党的名字是怎么来的》《党的旗帜从什么时候起正式打出》《党徽是镰刀斧头还是镰刀锤头》《首部党章是如何保存下来的》等10个题目解码百年大党，小切口大视野，见微知著；邀请党史知名专家参与，确保专业性、准确性。三是形式新颖、受众喜爱。短视频突破性地采用了评书形式，突显通俗性、鲜活性。

在传统媒体受众减少，新媒体大行其道的当下，如何让党的创新理论“飞入寻常百姓家”，持续点燃受众的好奇心、求知欲，进而产生传播力、引导力、影响力、公信力？这是理论宣传战线面临的一个重大课题。北京日报积极探索理论宣传的融媒体转型，面向年轻群体，策划推出的理论短视频产品“理论季评”，围绕重大主题宣传找准融合发力点，把优势内容转化为传播优势，积极打造群众喜爱、刷屏热传的现象级产品，实现理论宣传的可视化、大众化、通俗化、时代化，有趣有味，短小轻快，广受欢迎，已经成为首都党报理论宣传的新名片。

在互联网时代和媒体融合大潮中，党报理论新媒体建设只能加强，不能缺位和掉队。下一步，“理论季评”主创团队将以打造精品为目标，认真梳理总结每季短视频的制作经验，继续秉持守正创新理念，加强选题策划，不断探索理论融媒体传播的新形态新样态，努力建设好理论新媒体传播矩阵，力争在理论新媒体转型方面闯出一条可行的路子来，把“理论季评”打造成首都党报理论宣传的“金名片”。

砥柱特刊

特2 播撒火种 北京晚报

南陈北李 相约建党

一锤定音 我们就叫共产党

古老大地孕育新希望

特2 小岗创举 北京晚报

18户农民秘密签约

包产到户 村民按下红手印

契约书其实有21枚手印

特25 全面小康 北京晚报

入户访贫 发动员令

决战决胜 山乡巨变换新颜

从全面小康走向共同富裕

原载《北京晚报》砥柱特刊2021年5月28日至6月25日

获第三十一届北京新闻奖一等奖

专家 ZHUAN JIA 点评

一份难得的学习材料和教育读本

中国人民大学新闻学院教授　倪　宁

本特刊用系列报道的形式，是《北京晚报》为庆祝中国共产党成立100周年而开设的，作为建党百年的献礼。系列报道用将近一个月的时间，分4期推出共100个版，并命名为“砥柱”。特刊选取在革命、建设和改革开放、新时代等各个时期的历史瞬间，全方位、多视角展示了中国共产党波澜壮阔、艰苦曲折、百折不挠的百年征程，从一个胜利走向另一个胜利的壮丽史诗。作品一经刊出，便广受读者好评，受到党史专家、党建工作者的充分肯定，也是一份难得的学习材料和教育读本。作品主要有以下几个特点：

一、特刊命名概括精当，高屋建瓴。“砥柱”高度提炼了中国共产党成立百年来的巨大成就，集中凝练了中国共产党人在中华民族走向繁荣富强过程中发挥中流砥柱的重要作用，深刻展现了中国共产党在各个历史时期为了广大人民的福祉踔厉奋发的光辉形象。

二、历史瞬间把握较为精准，报道的各个节点独显特色。如开篇选定中国共产党的成立，突出“共产党”名称的由来：一锤定音，我们就叫共产党。尔后通过南陈北李相约建党，李大钊为党命名的一锤定音，带出以毛泽东等为代表的一大批有志青年接受马克思主义，中国大地孕育新希望等史实。尾篇则以党的十八大召开以后，习近平总书记在革命老区阜平县向全党全国发出了脱贫攻坚的动员令，决战决胜，全面小康作结，展示新时代新面貌。系列报道以点带面，精确地表现中国共产党成立以来的辉煌业绩。

三、采访对象选取视角独特，具有典型性。作品中的人物角色，大多数是历史事件当事人的后代或亲身经历者，既有权威性，又有表征意义。如专访李大钊的孙子李亚中，叙说李大钊建党时所做出的贡献和牺牲；如重点采写习总书记曾看望过的阜平县张家湾村唐宗秀老两口脱贫致富的变化。安徽省凤阳县小岗生产队18户农民秘密签订契约，将集体耕地承包到户的故事，大多数媒体往往全景展示，本作品则提取了当事人75岁关友江的特写镜头。

四、报道形式多样，版面呈现丰富。系列报道采用报网融合、联合作战、全媒呈现等多种方式，每期特刊的制作都很精心，每个版面均有特色，既有个性，又浑然一体，为作品内容增辉添色。表现形式丰富多彩，既有历史瞬间的再现，又有现场现时的描述，还有记者手记的锦上添花。每篇都饱含信息量，权威性、可读性强。

获奖者 HUO JIANG ZHE 感言

为初心立照　为奋斗镌碑

北京日报社时政要闻编辑部主任　荣东岳

2021年是一个必将载入史册的年份，因为这一年我们迎来了中国共产党成立一百周年。

“其作始也简，其将毕也必巨”，在一百年波澜壮阔的历史进程中，中国共产党团结带领全国各族人民浴血奋斗，不畏艰难险阻，不惧流血牺牲，中华民族迎来了从站起来、富起来到强起来的伟大飞跃，展现出史无前例的美丽画卷。在这个时刻，将我们党的百年奋斗历程呈现给读者，与读者一起重温激荡百年中那些感人至深、催人奋进的时刻，更加明了“我们从哪里来？要到哪里去？”

成为每个媒体人肩上沉甸甸的责任。

在新媒体时代，手机极大改变了人们的阅读方式。碎片化阅读是时代的特点，也是缺陷。人们在阅读时，无法完整地接收信息，也无法感受到精心编排的版面所带来的美感和冲击力。而这恰恰是报纸在这个时代为数不多的优势之一。

经过精心策划，《北京晚报》决定推出百版规模的系列报道，全面系统地梳理和展示中国共产党的百年奋斗史。报道的总名称就叫“砥柱”，以此凸显我们党在领导中国人民走向民族解放、民族富强历程中定海神针的作用。

规模有了，名称有了。一个更加困难的课题又迎面而来——百年党史、百年国史浩如烟海，用一个什么样的逻辑来梳理？经过讨论，创作团队决定以“中国人民从站起来、富起来、强起来”的逻辑主线，从百年历史中寻找一百个最有代表性的事件，进行深入发掘，寻找事件背后不为人知的故事，围绕主题，生动展现。新问题不出意外又来了——百年匆匆，往事如云，哪一个才是最有价值的时刻，哪一个历史事件背后藏着感人的故事？于是，“‘皖南事变’算不算历史转折点？”“改革开放后第一张个体营业执照是北京还是浙江发出的？”……从案头到现场，这样的争论不断地进行，报道计划反复修改，几次推翻。终于在创作团队全体编辑记者的努力下，端庄厚重，又充满生动故事的《砥柱》系列报道在“七一”前，分四期与读者见面了。

这组系列报道一经推出，便受到读者的热烈欢迎。不断有读者来电，询问下一期的刊发日期。时至今日，还陆续有集报者打来热线，询问是否能买到这组报道的合订本。

百年大党，风华正茂。在编辑采写过程中，那刻在历史丰碑上的一幕一幕，对我们所有采编人员来说，就是一堂堂无比生动的党课。不知不觉间，我们对党的初心、我们的使命和所有中国人的奋斗方向有了更深的理解、更强的自信。

京畿红迹——寻访北京的 100 个红色地标

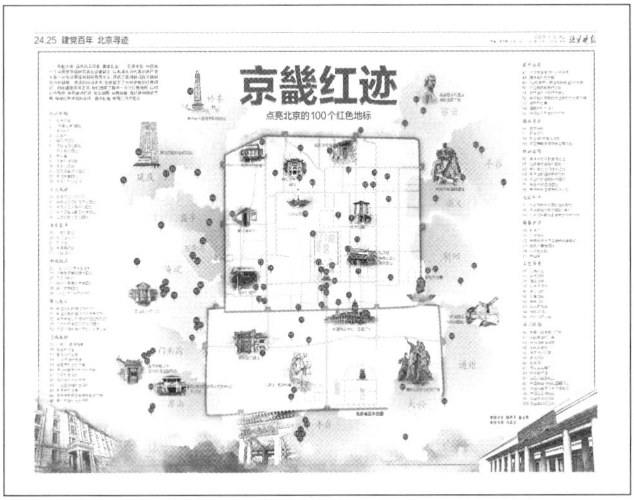

原载《北京晚报》五色土副刊2021年1月5日至6月29日

获第三十一届北京新闻奖一等奖

专家 ZHUAN JIA 点评

既要有意义　更要有意思

北京林业大学教授　铁　铮

一件好的新闻作品，首先要有意义，也就是要注重报道的政治性、思想性、指导性和引领性。但仅仅是内容本身有意义还远远不够，还需要借助恰当的表现手法，使得有意义的内容更加有意思，也就是说要讲求报道的艺术性、技巧性、趣味性和可读性。北京日报社的这组《京畿红迹》报道，就做到了有意义和有意思的有机结合。

北京是一片红色热土，有200多处红色遗址、遗迹及革命纪念设施，见证了中国共产党为中国人民谋幸福、为中华民族谋复兴的初心使命，是北京红色文化的物态见证。恰逢共产党百年华诞，遴选百地红迹一一呈现，《北京晚报》的《京畿红迹》专栏为读者提供了一部别具特色的党史学习教育的生动教材。

如何使建党百年的宏大主题呈现得更有意义？这组报道的开篇就别开生面。京畿山水间光照史册的百个红色地标创意令人称奇，两个版面通版则是一张标明100个红色地标的大地图。开篇词不到200字，言简意赅。百个地标则分在“红云初起”“工运风潮”“为党发声”“呐喊犹在”“烽火救亡”“忠魂永驻”“英烈长存”“谍战奇兵”“铁血豪情”“见证和平”“筹备开国”“文艺馨香”“铭记殊勋”等标题下，画龙点睛、一目了然。

开篇是“面”，统领整组报道。接下来的每个周二，该报陆续推出了介绍每一处地标的文章，则构成了一个个精彩的“点”。而每个“点”不是简单的资料的堆砌，而是讲述了一个个生动的故事。红迹56“百花深处”，讲的是“李苦禅画中藏情报”。红迹57“贝家花园”，则讲的是“法国医生用自行车送药品”……这些故事，有史实，有情节，有起伏，有悬念，因此也就更有吸引力。

客观手法的恰当使用，也是这组报道的成功之处。做新闻最忌讳的就是自卖自夸。而最好的办法莫过于借用别人之口，表达自己不便说的话。6月29日，党的百年诞辰纪念日前两天，该报对“访百处红色地标　忆百年红色征程”整组报道做了精当的总结。巧妙的是，这个总结不是编辑的编后，而是刊发了署名文章，标题就是点睛的《寻红迹 学党史 这个办法好》。这个办法的确很好，值得借鉴和学习。

获奖者 HUO JIANG ZHE / 感言

重大报道更要“接地气”

北京晚报副刊部主任编辑　杨昌平

感谢北京新闻奖评选委员会对《京畿红迹——寻访北京的100个红色地标》系列报道的认可。这是继去年《铭记——纪念抗战胜利75周年》系列报道获得北京新闻奖一等奖之后，《北京晚报》五色土编辑部再次在重大报道中获得这一奖项。

2021年是中国共产党建党100周年，从2020年10月起，五色土编辑部在报社编委会的指导下，就开始策划符合副刊定位与特色的迎接建党百年系列报道。五色土编辑部策划的系列报道独辟蹊径，一是突出区域性，紧紧围绕北京地区的红色遗存，展现党领导下在北京市民身边曾经发生过的革命历程；二是富有趣味性和知识性，以讲述北京地区发生过的真实的人物和事件故事为主，注重细节，让读者读着有味，且有身临其境之感。

在这样的指导思想下，我们精选出100处能体现党在北京的革命发展历程的红色地标。北京党史专家刘岳对100处红色地标予以把关，北京信息科技大学、中国农业大学等5所高校马克思主义学院的8位党史教授参与策划。所选的红色地标中，既有京郊大山里抗日根据地的血洒疆场，又有城中胡同里情报站点发生过的惊心动魄的暗战，还有公园中革命情侣的浪漫足迹……这样的选题，对北京的读者来说，是"接地气"的。

五色土编辑部全体编辑践行"四力"，走遍100处红色遗存，一路追寻革命先烈的足迹，用细腻的笔触，通过描绘一个个鲜活的人物形象来讲述一百年来共产党人为救亡图存，带领中华民族走向富强的壮丽史诗。

在媒体融合时代，副刊编辑也要学会十八般武艺。五色土编辑部的编辑们在采访之时，同步拍摄了相关视频素材，经过后期的加工剪辑，为每一期的文章都配上了视频版。

自2021年1月5日起，至2021年6月29日，《北京晚报》五色土副刊每周二都推出篇幅为两个版的文章，同步在北京日报APP客户端深读频道推出新媒体专题文章和视频。视频二维码在报纸文尾呈现，读者扫码就可观看视频版。最后一篇是北京党史专家刘岳的总结，他认为《北京晚报》的《京畿红迹》系列报道为读者提供了一部别具特色的党史学习教育的生动教材。

值得一提的是，这一次"接地气"的系列报道后续影响巨大，成功地转化为多种形式的版本，向更广阔的读者群体传播。首先是北京出版社认为此系列报道充分体现了北京的地域和文化特色，主动找五色土编辑部合作，从100处红色地标中提炼出11条线路，由五色土编辑部的编辑们重新采访写作，摄影部记者补充拍摄照片，出版了首部北京红色打卡地攻略——《走红北京》一书。该书在2022年1月正式上市，销量看好。后来，《走红北京》一书又推出印度语版本，意大利语版本也已签署了授权，即将出版。此外，人民文学出版社下属的天天出版社和五色土编辑部合作，推出两部少儿版"京畿红迹"图书。

我们的第二生日——难忘入党时刻

李雪健：
像杨善洲一样，做“自找苦吃”的共产党员

李雪健，著名表演艺术家、中国国家话剧院一级演员。在演艺生涯中，李雪健塑造了无数深入人心的角色，其中就包括像焦裕禄、杨善洲这样的优秀共产党员。

在生活中，他同样也是一名优秀的共产党员。1975年3月8日，在国际妇女节这一天，李雪健光荣地加入了中国共产党。他入党后的第一件事就是给母亲发了一封电报，把这个消息分享给母亲。他相信在接到电报的那一刻，他的母亲一定比他还高兴。

我国冬奥首金获得者杨扬：我是党员，我先上

杨扬，前国家短道速滑队运动员。2002年，杨扬夺得冬奥会女子短道速滑500米比赛的金牌，成为中国第一位冬奥会冠军。现任北京冬奥会和冬残奥会运动员委员会主席。

1998年，对于杨扬而言，是十分重要的一年。这一年，她光荣地成为了一名中国共产党党员。党员身份，意味着什么？今天，让我们一起听听杨扬的入党故事……

前国手薛明：女排精神和党员精神是相通的

现年34岁的薛明曾经是中国女排著名国手，身高1.92米，场上司职副攻手，2001年入选北京女排一队，被圈内人称为京师女排“四小天鹅”，2003年夺取亚青赛冠军和世青赛亚军，2005年入选中国女排，获得多项国际比赛的最佳拦网手称号，还拿下2010年广州亚运会冠军。

对于薛明而言，自己职业生涯的高光时刻是跟随主帅陈忠和夺得2008年北京奥运会铜牌。2013年，薛明因伤病原因退役，退役后的薛明开花店，获得摩托车和专业赛车驾照，积极参加公益活动，被中华慈善总会聘请为慈善公益推广大使，还参与北京广播电视台和中央广播电视总台的女排比赛解说，如今又带队闯荡电子竞技职业联赛……从竞技赛

场转化为社会达人，薛明一路走来经历了风风雨雨，而在薛明身上总让人感受到一种精神，这就是女排精神。不断奋斗，不断超越自我，顽强拼搏，永不言败。薛明直言：“其实女排精神和共产党员精神是相通的，在球队最困难的时刻，作为一名共产党员，就要体现出先锋作用。”

这一刻，让我们一起关注《我们的第二生日——难忘入党时刻》，走进薛明的入党故事。

原载北京日报客户端2021年5月6日至8月13日

获第三十一届北京新闻奖一等奖

专家 ZHUAN JIA / 点评

以小切口展现大主题
以软叙事诠释硬道理

千龙网副总编辑　王　勇

重大主题报道是主流媒体新闻报道的重头戏和主战场。在互联网快速普及和融媒体高速发展的背景下，重大主题报道如何出新出圈，是各大媒体需要面对的主要课题之一。建党百年之际，《北京晚报》推出特别策划《我们的第二生日——难忘入党时刻》系列短视频，邀请百位共产党员，讲述入党故事，共忆入党初心。这组报道以小切口展现大主题，以软叙事诠释硬道理，构思精巧，细节动人，是众多建党百年报道中较有特色的专题。

这组报道从百名党员讲述入党故事的角度切入，展现他们在工作中、生活中的奉献与付出，彰显共产党员的先进性和模范带头作用。科兴中维的疫苗研究人员戈小琴在新冠疫情爆发后临危受命，研发疫苗，曾经连续72小时没有走出过实验楼。她说：“我时刻记着自己是一名共产党员，在国家需要我们的时候，应该冲锋在第一线。”的哥仇海青每年的大年三十儿，都会放弃休息，往返于机场、火车站，接送乘客回家。这样的“温暖回家路”活动，他已经坚持了12年。他说：“12年来，我在运营时都会佩戴党徽，时时刻刻提醒自己是一名共产党员。”走进镜头的百位共产党员来自各行各业，既有院士、知名演员、体育明星，也有护士、的哥、邮递员等普通劳动者。讲好他们真实、生动、鲜活的故事，进而汇聚成伟大不凡的群像，这样的报道更具说服力。

这组报道注重捕捉采访对象自然流露的情感，呈现动人的细节，引发观众的共鸣。著名演员李雪健入党后的第一件事就是给母亲发了一封电报，把这个消息分享给母亲。当他用沙哑的声音说“我想我妈妈（看到后）比我还高兴”时，场面令人动容。这样的例子在报道中比比皆是。援鄂医疗队最年轻的队员孙姝妍含泪回忆武汉“战疫”，京剧表演艺术家谭孝曾为自己70多岁还能举起右手宣誓而激动不已……这样的报道感情真挚，细节动人，更具感染力。

这组报道的拍摄剪辑手法也可圈可点。视频摒弃传统的访谈模式，采用嘉宾独白的方式呈现，并利用资料镜头进行场景化再现，表达方式更加年轻化。例如，视频《前国手薛明：女排精神和党员精神是相通的》，构图大胆前卫，大量使用特写镜头，节奏明快，更能体现主人公的特点。

建党百年报道题材宏大，视角多维。《北京晚报》的这组报道以小见大，有高度，也有温度，为做好重大主题报道提供了借鉴范例。

获 奖 者 感言
HUO JIANG ZHE

“我们的第二生日”，一次多部门联动的鲜活尝试

北京晚报　王雅贤

2021年喜迎建党百年之际，北京日报社推出视频专栏《我们的第二生日——难忘入党时刻》，通过一个个普通党员讲述自己的政治生日，回顾他们神圣的入党时刻，唤起每一名党员的记忆，激励每一名党员不忘入党初心、牢记光荣使命。报社视频部门、文字部门、摄影部门骨干记者全力出击，这是一次多部门联动的鲜活尝试，一场为党献礼的主旋律策划，一段难忘的红色记忆；对每位主创人员来说，更是一份全方位的收获。

视频部记者：立体化呈现最难忘的那一刻

入党宣誓的那一刻最难忘，每个人的入党心路历程都不一样，在拍摄、剪辑该系列专题片的时候，我们紧紧抓住“入党时刻”这一主线，并层层展开，通过受访者的回忆，配以那个年代的资料片，再配上声情并茂的旁白，让专题片得以立体化呈现，在追求情感表达的基础上，营造岁月留声的历史感，让读者第一时间产生共鸣。

在拍摄、剪辑《我们的第二生日——难忘入党时刻》的时候，主创人员没有拘泥于固定的模式，不仅有类似电视台《档案》节目的风格，还尝试了多种形式，尤其是打造年轻人喜欢的时尚风格。

比如女排队员薛明那期，摒弃了传统的“访谈+旁白”的形式，而是通过

主人公薛明自己的讲述和场景化再现的形式来呈现，构图大胆前卫，大量使用特写镜头，比如，有的画面就是薛明的面部表情等；节奏明快，因为是女排队员，因此明快的节奏更能体现主人公的特点。

在选择采访对象时，除了演艺名人、文体明星等自带流量的党员，我们将更多的目光投向了身边的普通党员，他们的入党故事也许并不轰轰烈烈，他们的工作事业也许平平淡淡，但在采访过程中，我们力争通过普通党员的平凡故事来感动我们的读者——平凡的故事最感人。

传统文字记者：精品离不开配合与联动

有别于文字采访，视频采访中采访环节需要更加集中聚焦，所以这需要更充分的前期准备。比如徐贻聪大使那期，徐大使此前已经有一些回忆录式的文章，我们就把这些文章都仔细研究了一遍，做好笔记。正式采访前有了比较充分的准备，这样可以就新闻点进行更加细致的追问。印象比较深的是，关于徐大使入党介绍人的情况这部分内容此前提及较少，采访时请徐大使重点讲述了一番。

整体来讲，徐大使是一位配合度非常高的老先生。整个采访两个小时，徐大使娓娓道来，给我们这些晚辈介绍了许多筚路蓝缕时期老百姓如何拥护共产党的故事，对我们自身来说也是一次难得的党史、新中国史教育。

非常重要的一点是文字记者与视频记者的协调和配合。经过摄影师的简单布置，徐大使家就成了一个小型采访室。拍摄也非常细致，采访结束后镜头捕捉也非常全面到位，这都丰富了视频画面。同样，后期剪辑也花费了很多心思，最终呈现出精美的视频产品。

还有蓝天野那期，我们同样印象深刻。第一次参与视频稿件录制，采访对象就是蓝老师，对自己来说也是一次高起点的新尝试。主要的不同是，除了现场采访外，还要撰写视频脚本。这次采访是第一次，脚本也写得有点糊里糊涂，随后的拍摄过程中又采访了《万水千山》编剧陈其通将军的儿子陈嘉陡、相声演员李伟建，写起视频脚本也越来越熟练。经过几次锻炼，内心隐藏着的对新媒体视频稿件的抗拒也渐渐消失了。记者这个职业，其实不只是在新媒体时代，一直都是需要“活到老，学到老”的，永远葆有一颗刚入行的小记者的萌新之心，工作起来才会更快乐吧！

摄影部记者：要拍出精品必须付出很多

剪辑视频，可以用手机几分钟一键成片，也可以对着性能不足风扇狂转的电脑熬一周，这就像拍照片可以用手机随手拍几张，也可以选好角度等上一两个小时找到满意的那一瞬。

作为视频制作的相对末端环节，各方面问题都会在剪辑时体现。

素材不足，就去花时间搜视频网站或者翻采访对象的微博；脚本简略，就去花时间从源文件里找句子找词语拼接；收音有问题，就去花时间找软件想办法解决；片头和正片遮幅不匹配，就去尽力修改出现遮挡的画面……总之，成为精品的概率与付出多少成正比。

就这样，一点点一步步，才有了《我们的第二生日——难忘入党时刻》的完美呈现。

就记者个人而言，也有很多收获。本次采访对象，有抗疫的医护，有体育世界冠军，有京剧表演艺术家，有消防指战员，有教师，有学生，有名人，也有普通的基层工作者……有人多次写下入党申请书，有人为自己七十多岁还能举起右手宣誓而激动，有人曾经是地下党，有人在战疫前线火线入党……尽管身份职业各不相同，但他们入党的初心、为人民服务的使命感始终打动着每一个人，有年轻记者在采访过程中就表示要递交入党申请书，成为这个光荣组织的一员。

是啊，何其幸运，在建党一百周年之际参与这场策划，能有机会去接触这群可爱的党员，聆听他们的故事，这对我们来说，是一堂终生难忘的党课。

大数据展现中共百年历史

2021年7月1日 星期四 庆祝建党100周年特别报道 百年辉煌 03

中国共产党党员总数为9514.8万名

比1949年新中国成立时的448.8万名增长约20倍 基层党组织486.4万个

党员总量稳步增长 比新中国成立时增长约20倍

队伍结构不断优化 35岁及以下党员占总数24.9%

组织体系日趋严密 基层党组织增至486.4万个

基层党组织战斗堡垒作用和党员先锋模范作用充分发挥

中央军委表彰全军优秀共产党员、优秀党务工作者、先进基层党组织

经过70年不懈努力到如今完全消除疟疾

世卫向中国颁发国家消除疟疾认证

“十四五”我国将稳步提高社保待遇

补充养老保险基金规模超过4万亿元

原载《北京青年报》时政部快手号、抖音号2021年6月24日至6月29日

获第三十一届北京新闻奖一等奖

专家 ZHUAN JIA 点评

用大数据破解百年大党的成功密码

新京报社副社长、高级编辑　郭　强

2021年是党和国家历史上具有里程碑意义的一年，标志性的大事件很多，其中，庆祝建党百年是重中之重，各家媒体在“七一”前后都各展所长，推出了大量融合报道产品。《北京青年报》的融媒体报道《大数据展现中共百年历史》，以其创新的呈现、独特的视角、严谨的表达，用大数据破解百年大党的青春密码，在众多建党百年的策划报道中独树一帜。

党的百年历史波澜壮阔，许多故事受众耳熟能详，媒体呈现时怎样通过形式创新让人耳目一新，是策划的难点。北青报的这组融媒体产品选择了4集动画类短视频与报纸8个版特刊相呼应的方式，同样是依据历史大数据，在不同的介质上，一动一静，亦动亦静，用不同的新闻形态呈现，充分体现了“融合”。特别是4集动画类短视频产品，将静态历史数据进行横向比较，制作出动态效果，辅以动画、音乐等融媒体手段，激活了受众的感观体验。特别是在《一张世界地图看出新中国朋友圈变化》中，小编设计了一张马赛克世界地图，根据不同时期与我国建交国家在地图上的位置逐渐染色，同时穿插各个时期历史事件的胶片，以展现我们的朋友圈越做越大的主题，可谓设计巧妙。

党的百年历史浩瀚辉煌，有了创新的呈现，以何种方式对丰富的史料进行梳理、从中选取独特视角切入，就成为这组策划的重点。北青报这组融媒体报道的重头戏是4集动画类短视频产品，4集内容分别选取了党史上召开的19次代表大会作出过哪些重要决策、党领导下的军队如何走向世界一流、党在新中国成立后的外交工作、从百年间党员人数的变化看中国共产党如何从小到大作为主题，既有很高关注度，又比较适合通过大数据直观展现，从而揭示百年大党肩负的伟大使命和成功密码，符合新媒体特点和互联网传播规律。

面对厚重的百年党史，光有创新的呈现、独特的视角显然还不够，对于如此重大的题材，严谨的表达很关键，不仅要确保正确的政治导向，还要避免出现事实纰漏。从这组融媒体报道中我们不难看出，小编“功夫在片外”，前期需要查阅整理大量的文字视频材料，有的内容为确保准确无误，还需要向有关部门逐一求证，这背后的工作量可想而知。这时候，传统纸媒多年延续下来的三审三校制度有效地保证了融媒体产品的出品质量。累计破千万的阅读量也再次证明，只要精心策划和制作，正能量完全可以引来大流量。

获奖者 HUO JIANG ZHE / 感言

大数据解读百年大党，3分钟浓缩红色之路

北京青年报副总编辑　刘砥砺

北京青年报时政部副主编　徐　锋

北京青年报时政部副主编　刘晓雪

作为记者，能够参与庆祝中国共产党建党100周年的报道工作，是一次难得的机会和挑战。《北京青年报》时政部在此时刻，推出了一组融媒体产品，其中4集动画类短视频和8个专版刊登在7月1日的报纸上。这些产品构思历时半年，制作力求举重若轻，把宏大的历史简化为一个个抽象而紧凑的动画元素，力求符合青年受众的审美口味。

这4集短视频各具特色。

第一集《3分钟看完百年大党极简史》讲述了中国共产党历史上召开的19

次大会及作出的与历史进程息息相关的重要决策。视频中心画面是一艘红船前行，右侧以文字形式展现大会在不同历史时期的主要任务，左侧对应这些不同年代中国发生的重要历史事件的画面。这样的设计让观众能够直观地感受到党的19次大会作出的主要决策与时局的紧密贴合，极具教育和启发意义。

第二集《穿越百年，看英雄军队如何走向世界一流》主要展现了中国共产党的军力变化。视频前半部分展现了军队在不同年代的人数增减及番号变化，后半部分则以电子游戏界面的形式展示我国核武器出现年代，以及陆军、海军、空军、火箭军代表性武器装备的升级。通过这样的设计，观众能够全面了解中国军队的发展历程和现代化建设成果。

第三集《一张世界地图看出新中国朋友圈变化》展现了中国共产党的外交工作。视频中我们设计了一个马赛克世界地图，根据不同时间与我们建交的国家在地图上的位置染上颜色，同时穿插不同胶片展示不同时期历史事件。这样的设计新颖独特，通过地图填色的方式，让观众能够形象地感受到中国共产党在外交领域的努力和成果，体现了媒体的时代性和创新性。

第四集《50余人到9191.4万，百年淬炼世界最大政党》以时间为轴展现了建党百年党员人数从50余人到9000多万人的变化，通过呈现党员的数量变化，展示了党从小到大、从弱变强的历史进程。

这4集融媒体产品的制作过程中，我们遇到了很多困难和挑战。例如，如何将复杂的历史事件以简单易懂的形式呈现出来？如何让受众在3分钟内对中国共产党的百年历程有一个整体的认知？这些都是我们在制作过程中不断思考和改进的问题。最终，我们通过独特的视觉呈现方式，以及简洁明了的文字叙述，将复杂的历史事件全部浓缩成了3分钟的短视频，让受众能够轻松地理解中国共产党的百年历程。

同时，我们在制作过程中还遇到了很多技术难题。例如，如何利用马赛克世界地图的方式呈现中国共产党外交工作的历程？如何在短时间内完成复杂的动画制作和音乐配合？这些都是我们在制作过程中需要不断攻克的难题。

总之，我们通过分析大量数据来揭示历史发展的趋势和规律的报道，是一次有益的创新和实践。这种方式既符合当前信息化、数字化的趋势，又能够更好地满足读者的需求，在弘扬主旋律的同时提高新闻传播的效果和影响力。

回一封家书

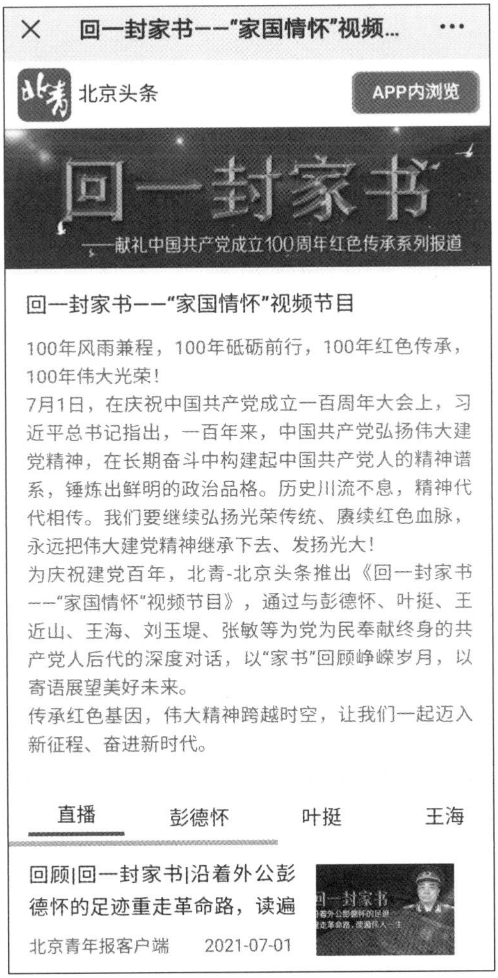

原载北京青年报APP2021年7月1日至7月3日

获第三十一届北京新闻奖一等奖

专 家
ZHUAN JIA 点评

跨越时空对话　传承家国情怀

北京广播电视台故事广播中心主任编辑　孟庆煜

这篇作品从对彭德怀、叶挺等六位革命前辈的后代进行深度寻访，红色后代通过“家书”讲述前辈的惊天伟业和奋斗精神，缅怀丰功伟绩，抒发爱党爱国情怀，向青年传递老一辈的宝贵精神财富。

作品最大的特点是采用“家书”这种特有的亲人联系方式，通过跨越时空的讲述，展现革命前辈的感人事迹。选取的革命前辈有彭德怀、叶挺这样功勋卓著的老一辈革命家，也有王近山、王海、刘玉堤这样威震敌胆的军中勇将，还有张敏这样甘于奉献的老军医。虽然身份不同，经历各异，但后代家书的讲述都是饱含深情，感人至深；这固然是因为革命前辈都有不同常人的情怀事迹，更是源于亲人之间天然的心灵交融和积蓄已久的感情迸发；当我们看到“九星战将”、原空军司令王海的女儿王小华泣不成声地读着给父亲的回信，在家乡深情地抚摸父亲的雕像，会更加确信，家书讲述的方式是这篇作品脱颖而出的关键因素。

作品的另一个特点是通过细致入微的寻访，发掘不少鲜为人知的生动细节，如：彭德怀在“赋闲”期间隐身在纱门后面与三个孙辈的合影，空军中将刘玉堤弥留之际艰难写下的“要大大发展轰炸机”的手迹，当年的“红小鬼”张敏被不相识的大个子红军背着过河……这些细节的呈现使故事更加丰满，人物更加立体，有很强的代入感。

还值得一提的是，这篇视频作品出自《北京青年报》这样一家传统纸质媒体的视频团队，体现出他们进军移动传播领域的信心和实力。视频素材丰富，亲人讲述、纪念馆讲解、影视剧片段、外景拍摄等多种场景平滑转换，视频拍摄画面丰富细腻，镜头语言沉静庄重，配音配乐大气得体，对诠释主题起到了锦上添花的作用，令人刮目相看。

获奖者 / 感言

HUO JIANG ZHE

一纸家书重泰山　红色血脉永赓续

北京青年报视频部

2021年7月1日，在庆祝中国共产党成立一百周年大会上，习近平总书记指出："一百年来，中国共产党弘扬伟大建党精神，在长期奋斗中构建起中国共产党人的精神谱系，锤炼出鲜明的政治品格。"建党百年历史上，每一个重要时期都涌现出众多了不起的共产党人。他们之中既有历史的创造者，也有默默无闻的普通党员。为了宣传革命前辈的先进事迹，弘扬红色传统、赓续红色血脉、传承红色基因，让年轻一代不忘革命前辈、不忘党史，《北京青年报》视频部策划制作了《回一封家书——献礼中国共产党成立100周年<家国情怀>红色传承系列报道》。

该系列视频从2020年初开始拍摄采访，历时一年多完成。视频部"回一封家书"策划组派出三路记者，每路4人报道团队，通过与彭德怀、叶挺、王近山、王海、刘玉堤、张敏6位革命前辈后代的深度对话，以"家书"为载体，以个体、家庭为线索，生动阐述党史中的精彩片段以及家与国的紧密关联。

考虑到纪录片叙事艺术的"故事化"理念，以及新媒体时代受众的观看习惯，创作团队从一开始就确定下了口述历史、娓娓道来的影像风格，主打小切口、真实性，通过后辈写给前辈的一封家书，打破了两者客观存在的时间、空间距离，也将观众带入到相似的情感中，打破“第四堵墙”，成为故事的一部分。

骁勇善战的彭德怀元帅，在侄外孙的信中却是一个慈祥善良、温情脉脉的老人；“铁军将军”叶挺的孙女，在书信中向爷爷深情讲述祖国变化；一代战将王近山的女儿，回忆起父亲与自己的久别重逢，一声乡音的爱称不由潸然泪下；“鹰剑英雄”刘玉堤的儿子捧起接力棒，感恩父辈为后代铺就的飞行路……书信念到尾声，故事总有终点，作为创作者的我们通过这一个个珍贵的采访与口述，看到了战争的残酷、英雄的伟大，也同时感受到他们作为普通人所拥有的真挚情怀，深受感动。而作为面向青年群体的媒体，《北京青年报》的职责更是要将这份感动传递出去，引领当代青年切实感受革命先辈浴血奋战、百折不挠的家国情怀，了解当今的幸福生活来之不易，继而启发当代青年赓续伟大建党精神，不忘百年初心使命。

在影像化的表现形式上，纪录片创作团队除了调研、挖掘大量老照片和珍贵资料，也特别设计了“重返故居”的叙事线索，陪同采访对象们一起再访先辈的故居，在历史的泥土里找寻尘封的厚重回忆，让久远的故事鲜活起来。从湖南湘潭到湖北红安，从山东威海到河北沧州，从广东惠州到四川平昌……涉及地点多、偏、远，需要繁杂详细的前期准备工作，还要围绕食、住、行制订详细方案，考虑路线、天气等原因，制订多套方案，以便灵活调整。通联方面，提前与当地相关单位、关键人物取得联系，协商采访事宜。此外，考虑到嘉宾年龄普遍偏大，团队还随身携带急救药物，提前了解最近医疗机构位置。最终，在有限的人手和时间范畴内，终于顺利完成全部素材的采编。

2021年7月1日至3日，建党百年之际，《回一封家书——献礼中国共产党成立100周年<家国情怀>红色传承系列报道》正式推出，共发布视频、直播达30条，在北京青年报APP专题呈现、首页推荐，并在北京青年报、北京头条、青流视频微博、各大平台账号共同发布，视频点击量超5000万、直播观看人数超1000万，被学习强国APP以专题的形式刊登，各级政府单位、多家媒体转载报道，触发全网正向讨论与点赞，并得到红色后代嘉宾的充分认可，进行了转发以及内容推荐。该系列报道获2021年度（第三十一届）北京新闻奖一等奖，并入围中国新闻奖的选拔。无论从专业度、完整质量，还是影响力、传播力，它都成为《北京青年报》红色传承、家国情怀报道中浓墨重彩的一笔。

100年风雨兼程，100年砥砺前行，100年红色传承，100年伟大光荣！在建党百年之际，我们有幸成为见证者、记录者和书写者，尽己所能地用镜头保留下曾经的沉重与辉煌，让历史川流不息，精神代代相传，这就是我们整个团队在工作中所秉承的意义与价值。

审时度势　提出各阶段奋斗目标
继往开来　百年恰是风华正茂时

04 百年辉煌　庆祝建党100周年特别报道

审时度势　提出各阶段奋斗目标

继往开来　百年恰是风华正茂时

大数据 解读百年大党

时代使命

中共一大　中共二大　中共三大　中共四大　中共五大　中共六大　中共七大　中共八大　中共九大　中共十大　中共十一大　中共十二大　中共十三大　中共十四大　中共十五大　中共十六大　中共十七大　中共十八大　中共十九大

“十九大后党建工作更实更细 让党在基层的力量更加充实”

“贵族庄园里总结大革命失败经验教训”

“冒着坐牢的风险批评‘两个凡是’”

“小平同志的讲话掀起了改革开放的滚滚春潮”

“依法治国的提出 让我选择了法律专业”

原载《北京青年报》2021年7月1日

获第三十一届北京新闻奖一等奖

专家
ZHUAN JIA 点评

匠心独具　以小见大的版面精品

北京广播电视台故事广播中心主任编辑　孟庆煜

这篇作品在建党100周年纪念日以整版形式推出，是系列报道《百年辉煌》的开篇之作。作品视角独特，以小见大，图文并茂，细节生动。是庆祝建党100周年的精彩之作。

媒体对党史的叙述方式有多种，有以历史时期划分的，如：第一次国内革命战争时期、抗日战争时期、解放战争时期等；有以重大历史事件标记的，如：南昌起义、遵义会议、延安整风等；也有以编年叙事的。以党的历次代表大会作为叙事主线的，比较罕见。这篇作品的独特视角和独具匠心就在于此。

党的百年奋斗史波澜壮阔，气象恢宏。如何在一个版面的篇幅内展现出来？创作者是煞费苦心。版面的主体结构从一大会址“南湖红船”展开，在一条象征艰难奋斗历程的蜿蜒曲折的红线上，标注着历次党代会的召开时间和要旨，红线另一端是人民大会堂——党的代表大会多次在这里召开。创作者以小见大、图文并举的能力展露无遗。

以小见大的另一个表现是，从中共一大到十九大历次党代会的标注内容都只有短短几十字，提炼出党代会的纲领和任务目标，使人形象地认识到，我们党在不同的历史阶段，审时度势，与时俱进，带领人民一步步走向中华民族伟大复兴。能够做到文字这样凝练，与作者大量研读党史资料分不开。值得注意的是，在标注九大、十大内容时，作者引用了1981年十一届六中全会《建国以来若干历史问题的决议》中的结论，实事求是，没有回避。

作品在点线结合的同时，不忘撷取几个历史的横断面，即通过群像式的人物专访，丰富报道内容。这些人物有重大历史事件的亲历者、见证者，有时代进程参与者，有党史研究者，他们的叙述使这篇创意上佳的报道更加骨肉匀停。

获奖者感言

HUO JIANG ZHE

生动鲜明立体展示历史意义的节点

北京青年报副总编辑　刘砥砺

北京青年报时政部副主编　徐　锋

北京青年报时政部副主编　刘晓雪

2021年7月1日，中国共产党迎来百年华诞。《北京青年报》于当日刊登的纸版作品《继往开来　百年恰是风华正茂时》，获得了2021年度北京新闻奖一等奖。作为媒体人，这对于我们来说是莫大的荣誉，作为党媒一员，该作品也是我们向党的华诞致以的最高礼赞。

事实上，当日，《北京青年报》推出了《百年辉煌——庆祝建党100周年特别报道》。报道从八个方面展现百年大党的丰功伟绩，通过客观数据和个人际遇见证时代使命、唤醒历史记忆，记录中国共产党的百年辉煌。《继往开来　百年恰是风华正茂时》正是这组报道的开题之作。

作为《北京青年报》“建党百年”的核心报道，在进行策划实操前，报道组进行了深入的讨论。

“百年恰是风华正茂，未来仍需风雨兼程”“百年征程波澜壮阔，百年初心历久弥坚”。我们在进行版面总体规划时，首先映入脑海的就是习近平总书记对于百年大党的精辟定位。百年恰是风华正茂，鲜明定位了中国共产党历经百年所处的生命周期。

该如何展现中国共产党走过的百年光辉岁月？2017年10月25日，再次当选中共中央总书记的习近平同志在同中外记者见面时说："中国共产党立志于中华民族千秋伟业，百年恰是风华正茂！"

走得再远都不能忘记来时的路，站在百年华诞的重要节点上，更要回顾我们党百年来的奋斗历程，彰显党的力量。

报道组圈定了几十位采访对象，不同年龄层、不同的经历，相同的在于共同见证了各个历史时期中国共产党人筚路蓝缕、栉风沐雨而不忘初心。当然，要采访到这些人物，记者们也是披荆斩棘、各显神通。

"一切向前走，都不能忘记走过的路；走得再远、走到再光辉的未来，也不能忘记走过的过去，不能忘记为什么出发。"

同样，中国共产党在发展壮大的征程上，也走过了很多重要的节点。我们希望将这些具有历史意义的节点生动鲜明地展示在读者眼前。

2017年10月31日，党的十九大闭幕仅一周，习近平总书记就率领中央政治局常委会全体同志，专程前往上海和浙江嘉兴瞻仰中共一大会址和嘉兴南湖红船。

讨论版面时，美编潘璠建议，用南湖红船作为视觉焦点。一条蜿蜒的河流，源远流长、生生不息。中国共产党的生命始于南湖上一艘平凡的红船，自此顺流而下，有激流、有险滩，更有波澜壮阔、百川归海。我们将党的历次大会"镶嵌"于河流"两岸"，象征中国共产党走过的非凡的历程。同时，穿插辅以不同时期重点人物的采访，一幅历史长卷跃然纸上。组织壮大、经济发展、军事力量、科技强国、人口素质、大国外交、消除贫困，另外七个方面也以相同的图文形式呈现给读者，以立体视角展示中国共产党的成就以及第二个百年再出发的能力。

好的编排，扎实的文字，深刻的立意，精心的设计制作。报纸呈现于读者眼前，不啻于优秀的艺术作品，回味悠长。百年辉煌，举国同庆。对于媒体人来说，逢此盛世，也是难得的机遇。版面策划制作的过程，也是编辑组全体成员重温党的历史，深入学习党的纲领的过程。“坚持党媒姓党　守好意识形态阵地”，我们责无旁贷，必不负嘱托。

庆祝建党100周年　寻访北京红色地理

勤工俭学，预备班里播撒革命火种
匡时济世，长辛店内孕育未来栋梁

飘蓬乱世铁肩扛，主席亲批革命烈士
萍踪侠影辣手铸，组织确认秘密党员

原来是你，地下党员首相逢，扬眉吐气
切勿成李，台上领导再叮嘱，继往开来

原载《北京青年报》2021年5月17日至7月26日

获第三十一届北京新闻奖一等奖

专家 ZHUAN JIA 点评

用写新闻的手法再现历史

北京林业大学教授　铁　铮

新闻是对新近发生的事实的报道。而报纸则以刊登新闻为主。新闻媒体遇到“历史”应当如何？新闻媒体如何报道那些早已远去的历史呢？《北京青年报》的《庆祝建党100周年　寻访北京红色地理》系列报道告诉我们一个规律：用写新闻的手法再现历史。

新闻一旦发生，立即加以报道。这是新闻的及时性所决定的。读者读报，是为了看新闻，而不是看历史。如何拉近历史和读者的距离、更好地满足读者对新闻的期待呢？《北京青年报》的这组报道有许多可圈可点之处。

新闻由头、新闻根据等在这组报道中发挥了很大的作用。6月7日，该报介绍“京报馆”时，其由头就是“1日，作为‘中国共产党早期北京革命活动旧址’之一的京报馆旧址正式对外开放了”。以此开篇，使得讲述历史的这篇文章充满了新闻的味道。

除此之外，这组报道中穿插了多处记者亲历旧址的具有强烈现场感的描述。6月7日的报道开头写道：“3日一早，本报记者来到西城区骡马市大街的魏染胡同”。接下来则是记者在现场的所见所闻。7月26日的报道，时间点是“18日上午9点整”，开头写的是“‘青睐’会员们撑着伞，跟随主讲嘉宾依次走进佟麟阁路62号院”。在文章中，参观者与主讲嘉宾的对话，多处具有现场感的细腻描写等，都起到了这样一个效果：讲述的虽然是历史，但读起来却新风扑面。

用访谈的写法再现历史，可以使读者温故知新。在这组报道中，记者本人都出现在了每一处“北京红色地理”的现场，每一篇文章中的内容基本出自访谈对象之口。这种带着“热气”的访谈，说的虽然是历史，观照的却是当下。

再现历史中不忘穿插新闻干货。这样的写法，在读者眼里，历史和现实就有机地融为一体了。该报记者在写“为留法勤工俭学事宜，毛泽东两次到长辛店”的史实时，特意写了前不久讲述者在长沙的新发现，“那里还真有另外一张毛主席跟留法勤工俭学的学生一起拍的照片”。

注重使用现实的某些细节可以强化读者的新鲜感。在寻访中共北平地下党召开会师大会的地点——民国国会议场旧址的文章中，记者专门写了一段“现场摘读档案，感受大会盛况”，一下子就把历史和现在紧密地联系在了一起。

获奖者/感言

HUO JIANG ZHE

揭开“红色地点”背后的历史记载和人文故事

北京青年报副刊部副主编、主任编辑　颜　菁

2021年是中国共产党建党100周年，为了庆祝这个具有重大意义的年份，缅怀革命历史、弘扬民族精神、激发广大受众的爱国主义情怀，《北京青年报》副刊部于2021年5月—7月推出了系列融媒体报道项目——《庆祝建党100周年，寻访北京红色地理》。该项目与北京市档案馆通力合作，借助对方的专业优势，在其对全市16区档案资料调研的基础上，筛选出10个“红色地点”，着重挖掘、聚焦以往宣传力度不大的、社会知名度有待提升的新地点，邀请史料专家与读者共同进行实地走访。寻访过程中，由专家结合档案进行现场解读，揭开这些“红色地点”背后不为大众所知的历史记载和人文故事。

每一个“红色地点”的寻访过程都以文字、直播、长视频等形式见诸报纸版面、抖音、B站等平台。专家、媒体、读者三方共同参与，发挥了新闻宣传的最大效力，同时为档案挖掘梳理工作提供了成果展示的平台。

该项目启动实施后得到读者的热烈反响和积极参与，也获得合作单位和业界同行的高度认可。其具有五大特色：（1）与北京市档案馆展开战略合作，展示鲜为人知且生动鲜活的档案记录。（2）实地寻访，现场冲击力强烈。（3）读者积极参与，增强现场互动。（4）每一期版面以对开大版面呈现，气势宏大；大标题全部以通栏对仗形式构成，意味隽永。（5）多媒体传播形式，覆盖面广。

寻访是本报副刊部运作多年的读者线下活动形式，且积累了近2000人的忠实粉丝群体，也为该项目的具体实施提供了客观保障。在“云游”大行其道的当下，能够亲历现场显得尤为鲜活宝贵，比如在寻访民国国会议场旧址时，担任活动嘉宾的档案馆研究员王兰顺老师，将当年中共地下党员在此会师时的大会发言记录带到现场朗读时，历史与现实交相辉映，令人心潮澎湃、群情激荡，其现场效果、交互效果、体验效果，是传统的由记者单向采访完成的报道所无法实现的。因此该项目在读者群里引起极大关注，深受欢迎，每期报名都十分火爆，一票难求。

媒体融合是传统媒体必须要进行转型的方向，该项目在策划初期就确立了多媒体传播的模式，除了12期制作精良的纸质开版报道，每次寻访过程报道团队都进行了直播，寻访结束后还会制作相应的长视频内容，在B站持续推出。多媒体的呈现得到了中国共产党早期北京革命活动纪念馆、东城区委宣传部、新华社等合作单位的高度认可和评价，认为形式新颖、史料翔实、普及程度高。

项目执行期间正值疫情防控的大环境之下，报道团队曾遭遇不少场所或博物馆临时关闭，也面临人群聚集的风险，但最终这支有经验有能力的队伍克服种种困难，在确保安全的前提下圆满完成任务，从编采业务、活动执行到新媒体报道，都经受住了一次全面的考验。

百年百物见精神

原载新京报APP2021年3月22日至8月20日

获第三十一届北京新闻奖一等奖

专 家
ZHUAN JIA 点评

共产党人精神谱系的生动诠释

北京市新闻工作者协会常务副主席、高级记者 郝中实

在庆祝建党百年的重大历史时刻，《新京报》精心策划推出百集主题报道《百年百物见精神》，在众多庆祝建党百年的新闻作品集中展示平台上，另辟蹊径、独树一帜，通过丰富的视听手段讲好党史故事，展现伟大建党精神，以百年百物为载体，生动诠释共产党人的精神谱系，彰显了主流媒体出色的洞察力和影响力。

中国共产党的百年历史，有无数可歌可泣的光荣业绩，有无数艰苦卓绝的奋斗历程，有无数舍生忘死、捍卫信仰的共产党人，共同构成了共产党人的精神谱系。这是弥足珍贵的红色基因和精神财富。用百物反映建党百年，是巧妙的创意，也是高难的考题。见物见人见精神，如何表现？考验着这支年轻的采编团队。“开弓没有回头箭。”历时8个多月，组建多个摄制组，他们深入北京市与党史相关的大小胡同、博物馆，寻找历史当事人、见证者，并前往全国30多家博物馆、文物发源地实地拍摄，用心用情用功，100集立足北京、面向全国的精品党史短视频陆续问世，并迅速成为网络传播的热点，“百年百物见精神”话题在2021年“七一”当天居腾讯新闻话题榜第一名。

每一件珍贵文物的背后都有着不寻常的故事。中国共产党成立百年的所有重大事件，在《百年百物见精神》视频报道中都有体现。李大钊《狱中自述》手稿，书写苍劲有力，无一字泄露党的秘密；毛泽东手书淮海战役电报底稿，显示毛泽东高超的军事指挥艺术和伟大的革命气概；上甘岭嵌有弹片的树干，

见证着志愿军战士浴血奋战；纵身一跃跳泥浆，王进喜这件工服书写着“铁人精神”；而上海浦东新区公章，比同级大0.3厘米，小改动预示大改革……其中，反映北京第一家个体餐馆喜获工商执照的经历，描写咱北京身边的故事，特别有亲切感。这些珍贵文物和动人故事，共同组成一条跨越百年的红线，串联起中国共产党人的精神图谱。

中国共产党的历史是一座富矿。赓续传承好伟大的建党精神，让共产党人的精神图谱不断发扬光大，《百年百物见精神》在宣传上做了精彩实践，还原历史场景、模拟时空对话、史料重组新颖呈现等，都有独到之处，极富可看性，多集作品成为网络爆款绝非偶然。尤其是让建党百年的重大主题报道具有强大传播力与丰富感染力，让主旋律更响亮、更动人，《新京报》的做法值得好好总结。

获奖者 感言

HUO JIANG ZHE

“小切口”做大文章　用心用情让文物绽放新时代风采

——参与《百年百物见精神》报道有感

新京报“我们视频”　于　韬

“小于，你过来一下。”一天清晨，我刚坐到工位上，就听见周军老师喊我。“这些资料你看一看，找类似的选题报给我，我们一起研究选题方向。”

参与之初，我并不了解这个主题策划如此重要，但在我详读了策划方案、了解到选题背景后，我立马打起了十二分的精神。我兴奋地感觉到，通过视听手段，用看得见、摸得着、听得到的方式，把文物的面貌、先烈的故事、党史的细节带到网友的面前，是报道建党百年大主题的一个非常有特色的小切口，对于我这样一个初入新闻行业的编辑来说，也是一次夯实业务的重要契机。

为了做好《百年百物见精神》报道，我们部门成立了21人的策划制作团队，自1月起，历时8个多月，实地采访拍摄30多家博物馆、纪念馆，多处历史纪念地。面对浩如烟海的文物，我们分类选物、优中选优，结合当前热点人物、热点事件，精心选取的100件关联实物、文献、照片等，代表性强、特色鲜明，涵盖了中国共产党成立百年以来几乎所有重大事件，也注重了在“四个历史时期”的均衡分布。在展现形式上，既有博物馆解说员或当事人的现身讲解，又有历史场景还原制作、模拟对话、史料重组和字幕解说、配音，生动形象，极富可看性，易于被观众接受。在选材表述上，力求严谨精当，慎重选物、反复打磨文稿，特别是对文物和历史事件的地位、影响、意义升华做到以史为据、提炼得当。

我不仅参与了物件的遴选、文稿的撰写、后期的剪辑，还兼顾了实地拍摄，并需要找到相关的资料进行佐证，这可半点马虎不得。小半年的时间，我每天都在思索有什么适合的物件和小故事可以用一种轻松又庄严的新闻视频形式传播出去。一直让我记忆犹新的一期是《北京首家个体餐馆工商执照：41年未改名　已传至三代》，当时在完成这一期的剪辑后，我与同事到深夜了还在商量如何优化一些画面，如何增强可看性，最后定稿时已是凌晨一点，小伙伴们在餐厅老板讲到饭店招牌菜的时候，一个个舌底生津，馋得不行，直至现在我还能记得一些招牌菜名：蒜泥肘子、糖醋排骨、炸鸡蛋馒头……北京翠花胡同里这样一家小小的饭馆，开启了中国个体饭店从无到有的篇章，承载着多少人的美好回忆啊。最后在这一期完成后，我与同事也相约去品尝了一遍招牌菜。

现在回想起这一百期的视频，幕后的艰辛过程历历在目。我们前往了各地进行实地采访，搜集资料，拍摄图片，这些过程让我深刻领会了中国共产党的奋斗历史和精神内涵，也丰富了我的视野，对我更是一种提升。在这个过程中，我们也碰到了很多问题，最突出的是文稿写完以后，被老师指出站位不高，就物论物，缺少历史高度。或者是缺乏对文物历史意义的提炼，无文物细节，无来龙去脉。也还有声音的问题，有的片子音乐选择不合适，情绪的烘托与片子的调性不搭配。也还有画面的问题，由于一些物件的特殊性，无法进行实物拍摄，只能通过一些资料画面进行补充，导致物件展示不够完整。在一遍又一遍回炉打磨之后，我们坚持用心用情用功，最终做到了在成片呈现上创意迭出，既有历史当事人的亲身讲述，又有历史场景还原、模拟对话、史料重组等新颖的呈现，通过丰富的视听手段讲好中国故事，展现出伟大“建党精神”。

《百年百物见精神》系列报道，在“报网端微”四位一体发布传播，重点在新京报APP、腾讯视频、微博、快手等平台上运营并设立了专题页。据不完全统计，实现全网总流量超2.1亿。被数十家央媒、部委新媒体转发，被众多博物馆、纪念馆在其馆内大厅播放和官方网站置顶。有的子话题登上微博热搜，有的内容登上24小时热议榜，总话题“百年百物见精神”在“七一”当天位居腾讯新闻话题热议榜第一名。

发布完最后一期视频，那一瞬间我热泪盈眶，回想起参与的全过程，我深感新闻工作者的路永远在前方，在奔波的路上。未来，坚持不畏风雨，不忘初心，砥砺前行。

破晓——回到一百年前的北大红楼

特34/特35 建筑

2021年7月1日 星期四 新京报

北大红楼历史沿革及保护利用

1961–1962

1962–1969

1970

1971

1978

1978–1980

1989

1993–1994

1994–1995

1995

2008–2009年保护性修缮工程，木檐口封板修缮前后对比。

2008–2009年保护性修缮工程，围墙的修缮前后对比。

北大红楼的两次大修

●1978–1980年抗震加固工程

特制施工工具 保证室内墙体原状

●2008–2009年保护性修缮工程

增科技补"内功" 红楼差点装电梯

从开放一层到参观回路完整

原载新京报APP2021年6月29日至7月1日

获第三十一届北京新闻奖一等奖

专家 ZHUAN JIA 点评

从《破晓》看主题报道如何“破圈”

北京日报社副总编辑、高级记者　李学梅

北大红楼作为毛泽东、李大钊、陈独秀等中国共产党的创始人早期开始革命斗争的地方，在2021年建党百年这一重大节点上，肯定是众多媒体关注的焦点。要把北大红楼的故事讲出新意、讲出彩，难度不小；如果还想“破圈”，就更需要“脑洞大开”。

伴随着激昂的音乐，眼见砖瓦飞快地叠加，一座红楼拔地而起，一盏盏象征革命思想火种的烛光透过窗棂。《新京报》于2021年6月29日推出的融媒体报道《破晓——回到一百年前的北大红楼》让人眼前一亮。这件作品之所以能“破圈”，至少缘于三个“xin”。

首先是创新。显然，各家媒体早把北大红楼研究透了，甚至从建筑的角度以准3D的形式解构北大红楼这种创意，此前也已有媒体尝试过了，还能怎么出新呢？不得不说，这次《新京报》主创团队的脑洞还是蛮大的——用一座楼，去还原一个风起云涌的时代。于是便有了这样的设计思路：以3D片的形式，通过融汇文字、图画、视频、音频等多种媒体手段，“重建”北大红楼。楼建成了，再通过动漫、视频复原毛泽东、李大钊、陈独秀等人在此传播马克思主义的革命活动轨迹。当音乐响起，原本静静陈列在北大红楼展室中的标题、旗帜“活”了起来，被青年学子们高擎着出现在北京的街头，五四运动的历史画卷扑面而来，令人仿佛身临其境，沉浸其中。

其次是用心。这样的3D动画短视频，从策划到制作至少需要2个月。从这个融媒体产品上线的时间推断，主创团队在策划、准备期间，北大红楼还未对社会开放。为搜集建筑细节和故事细节，他们需要千方百计拿到北大红楼建筑施工维修报告和建筑图纸，由动作工程师精准建模，确保历经百年沧桑的北大红楼在3D技术的辅助下得以完美“重建”。建筑是载体，楼中之人才是灵魂。从最终呈现效果不难看出，主创团队定是查阅了大量的书籍文献、论文资料，还采访了不少党史专家，核实每一个细节，才能让我们最终通过他们的场景还原，看到李大钊如何在北大红楼建立第一个党组织；25岁的毛泽东如何借在第二阅览室里工作之机，与李大钊接触，读到《共产党宣言》，确立革命理想；北大学生在五四前夜于一间教室中写下3000多条标语的情景。

最后是走心。好的新闻产品，需要精心设计传播节奏，才能获得更好的效果，在过去很长一段时间里，这块工作没有引起传统媒体应有的重视。《破晓——回到一百年前的北大红楼》在传播的节奏上是花了力气和心思的。全长9分28秒的正片在播出前，主创团队先精心剪辑了时长45秒的预告片，随后才于2021年6月29日傍晚推出正片。后续又将正片拆解成6条时长1至2分钟的短片，有节奏、分主题推出，没有错过每一个有价值的传播点，且成功地将热度维持了一段时间。预告片10万+的点击量、“3D全景重现百年北大红楼”话题阅读量超873万的战绩充分证明，在融媒体时代，把握好传播节奏对于一件主旋律、正能量的新闻产品来说是多么重要。

获奖者 HUO JIANG ZHE / 感言

在3D世界重建红色地标：拔地而起的北大红楼

新京报社　庞海宇

时光回溯到百年前，在现今北京五四大街29号，北大红楼拔地而起，五四运动从这里出发，马克思主义最早从这里传播。星火燎原，北大红楼是燃火之地……

心中有信仰，脚下有力量。为致敬建党百年，2021年4月起，《新京报》特别策划北大红楼系列主题报道，以图文、视频、融媒体形式进行全平台传播。其中，融媒报道《破晓——回到一百年前的北大红楼》荣获第三十一届北京新闻奖一等奖。

该主题策划，以动新闻3D片的形式，通过综合运用文字、图画、视频、音频、动漫等多种呈现手段，全面、立体、形象生动地全景重现了百年前北大红楼，3D画面令人有身临其境之感。报道讲述和演绎了中国共产党主要创始人李大钊、陈独秀、毛泽东等在此传播马克思主义，发动五四运动，筹建中共党组织的革命活动轨迹。人物形象逼真，动感十足，内容条理清晰，直观易懂，是一个充分运用新媒体报道手段，创新报道形式，进行全媒体报道、全息报道的成功案例。

《破晓》从开始策划至产出成片耗时近两个月，从前期内容策划到后期动画和剪辑制作，整个团队的主创人员都投入了大量的心血和精力，目标是保证真实准确，在有限的时间内精益求精。制作团队在北大红楼的选题上进行了严密策划和精心准备，有力促进了内容传播的提质增效，在主题报道中为做大做强主流舆论积累了经验。

今后，《新京报》也将不断加强全媒体传播体系建设，致力塑造主流舆论新格局。在各种主题报道中，借助媒体融合优势，重点强化主题报道的策划能力、融媒产品的生产能力、全网渠道的传播能力，以优秀的报道、产品、服务赢得公众青睐，在服务中强化舆论引领，发挥主流媒体独特的不可替代的作用。

庆祝建党百年大型融媒系列报道

《踏寻京郊"红色第一"》专题页面截图

《脱贫攻坚答卷》专题页面截图

《沿着高速看中国》专题页面截图

《京彩e品　百年初心映党旗》专题页面截图

原载千龙网2021年1月20日

获第三十一届北京新闻奖一等奖

专家
ZHUAN JIA 点评

百年礼赞　全媒盛宴

北京日报社副总编辑、高级记者　李学梅

在2021年新闻奖获奖作品中，庆祝中国共产党成立100周年的作品占了“大头”。同题比较，如果说其他媒体各自奉上的是一道精美佳肴，那么千龙网拿出来的则是一桌全媒盛宴。

相对于平面媒体，网络媒体拥有较大的优势，面对建党百年这样的重大主题时，网站如何利用容量和资源优势，做好内容的集纳与延展，颇为引人关注。

这一次，千龙网不走寻常路，统筹调度所有优势资源，巧妙地将学习党史同总结经验、观照现实、推动工作结合起来，同解决实际问题结合起来，发挥全媒矩阵网、端、微、抖等各平台优势，“多样化、创新态、立体式”推出一整套融媒报道产品。

一是“花样多”。建党百年的专题策划千龙网启动得很早，2021年伊始，就推出了专题报道，融新闻性、知识性、独特性于一体，集文字、高清大图、音频、视频等多种形式。设计上，热烈喜庆，庄重大方，契合建党百年华诞氛围；内容上，突出展示首都北京红色遗址及北京群众庆祝建党百年、党史学习教育等系列活动，配以《党史问答》《党史日历》《百年历程》栏目，重点集纳党史有关知识及优秀党员事迹。在此基础上，通过融媒制作、即时发布、网上网下协同，让广大党员重温初心、践行使命。比如，与宣讲家网站联合推出H5作品——《学党史　做问答》，每周一测，以互动答题的方式宣传党史，使学习更有趣味性。

二是"菜品全"。庆祝建党百年，千龙网这桌全媒盛宴设计了七大类"菜品"：一系列专题报道、一次征文活动、《一世纪正青春》系列、一组网评文章、一个交互问答、一个党建频道和一系列直播。每一类"菜品"又都包含丰富的内容，令人目不暇接。比如，一系列专题报道中就包括了《奋斗百年路 启航新征程——庆祝中国共产党成立100周年》《党史学习教育》《脱贫攻坚答卷》《沿着高速看中国》《踏寻京郊红色第一》《百年奋进 京彩启航》《京彩e品 百年初心映党旗》《百集微纪录片——百炼成钢》等作品。2021年4月2日，千龙网在PC端首页、中国频道及《奋斗百年路 启航新征程》专题里还同步推出了《党史学习教育》网络专题，专题设置《习近平论党史专区》《进展成效》《图片视频报道》《党史瞬间》《红色档案》《党史问答》等栏目，多形式多样态展示党史内容。专题页面开设期间，积极转发中央和地方新闻网站有关党史报道，并在专题重要位置推送。不夸张地说，无论是想学习党史，还是想浏览建党百年的报道，或是想了解新时代首都发展取得的辉煌成就，在千龙网都可以"一网打尽"。

三是"口味正"。作为北京市属重点新闻网站，千龙网牢牢把握住了正确的舆论导向，除了转载好央媒、市属主流媒体的内容外，还发布民生幸福、初心故事、党员形象、红色精神等原创新闻稿件268篇，激励和引导广大网民同心向党，积极投身全面建设社会主义现代化国家新征程。比如，在四地同时启动"庆祝建党百年 发现最美铁路"活动，再比如，走进北京冬奥延庆赛区，让受众感受赛区冰雪文化等，报道在朋友圈里被大量转发。更难得的是，千龙网获得了直播北京市建党百年系列发布会的授权，这也从另一方面证明了千龙网的实力。

全媒盛宴，味道如何？一个数据似乎可以说明问题——千龙网这一系列产品各端综合访问量达3.25亿次。

获奖者感言

HUO JIANG ZHE

融媒聚力展现建党百年风采

千龙网　张露汀　刘美君

2021年是中国共产党成立100周年。千龙网集新媒体全矩阵力量，统筹调度优势资源，围绕建党百年重大主题主线开展全年重点策划，以“奋斗百年路 启航新征程”为题眼，将学习党史同总结经验、观照现实、推动工作结合起来，同解决实际问题结合起来。传承中国共产党光辉历史，利用传播矩阵网、端、微、抖等各平台优势，传播好新时代北京故事，综合呈现出“多样化　创新态　立体式”的新时代融媒报道产品。

提前策划，推出多样化跨平台融媒产品

2021年年初，千龙网开始对建党百年重大主题报道内容进行专题策划，并在中国共产党百岁生日倒计时推出。专题融新闻性、知识性、独特性，集文字、高清大图、音频、视频等多元形式于一体。设计风格上，热烈喜庆，庄重大方，契合建党百年华诞氛围。内容上，突出展示首都北京红色遗址及北京群众庆祝建党百年、党史学习教育等系列活动，另有《党史问答》《党史日历》《百年历程》栏目则重点集纳党史有关知识及优秀党员事迹。在此基础上，通过融媒制作、即时发布、网上网下协同，让广大党员重温初心、践行使命。

在采访筹备期和整个宣传期间，千龙网采访全面贯彻落实中央关于庆祝中国共产党成立100周年的宣传要求，严格规范报道内容的审阅程序。分管新闻的领导和策划参与人员多次头脑风暴、共同商议，制订宣传报道方案，按排期

作战，提前安排联动采访，每篇报道都落实到具体责任人，层层压实责任。为求报道的真实、全面、准确，每一次采访、每一篇文字，均与当地党史研究部门反复切磋，涉及当地党史研究的重要史实，均请党史研究部门审定后再发布。

内容为王，打造创新式精品力作

为充分发挥融媒体中心党媒优势，千龙网第一时间派出骨干记者、组建融媒小组，采取传统媒体和新媒体融合的方式，通过分头采访、信息共享、联动推送的形式，寻故地，采访老红军、老战士、党史专家，挖掘每一个重大节点发生在北京的史实，特别是党的十八大以来党领导首都人民取得的历史性成就。

小组足迹遍布16区，用心感受、用情采写，努力转变、创新表达，文字、图片、视频、直播、H5、微海报、长图全景制作齐上阵，为广大网友呈现了一场全媒体、可视化、鲜活生动的“新闻大餐”。比如，策划推出《一世纪正青春》系列新闻产品，小组成员深入五四运动起点北京大学红楼、被誉为“北方的红星”的长辛店、开启民智的《新青年》编辑部等数十个北京红色遗址，经过精心梳理、提炼、制作，绘制成北京红色地图，通过网站、微博、微信等多渠道进行传播。该作品紧扣主题，全景全媒展示此次建党百年主题报道的精华。

点面结合，呈现立体式报道内容

微信、微博全面上阵，图解、短视频精准发力，专题、特写深度展现……千龙网将此次重大选题作为编辑记者践行“四力”的一次“大练兵”，把改进创新贯穿体现到宣传报道全过程，把建党百年宣传做出鲜明特色、做出更多新意、做出质量水平。

从策划安排到现场报道，从内容制作到技术运用，打出了“新招式”，在呈现出“多样化创新态立体式”的新时代融媒报道产品的同时，也充分利用传播矩阵形成了强大的传播声势，让此次报道叫好又叫座，引得中国网、光明网、京报网、新浪、网易、搜狐等网站纷纷转载。

结语：突破发展，就要不断地创新。相信向党的要求看齐，与人民的需要对标，通过手中的笔杆、指尖下的键盘，形成强大阵容直扑现场，报、网、微联合发力，必能更加卓有成效地扛起职责担当，让正能量更强劲、让主旋律更高昂。

播“火”
——马克思主义在中国的早期传播（第一集）

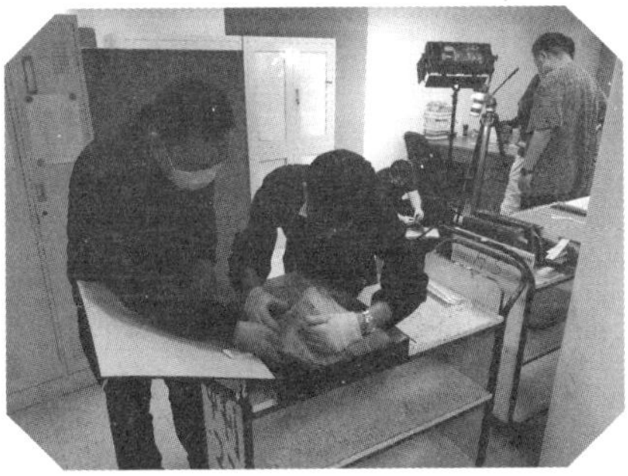

项目组查阅档案 1000 余份，
呈现近 200 份

项目组走访、拍摄了全国几十个
革命活动旧址

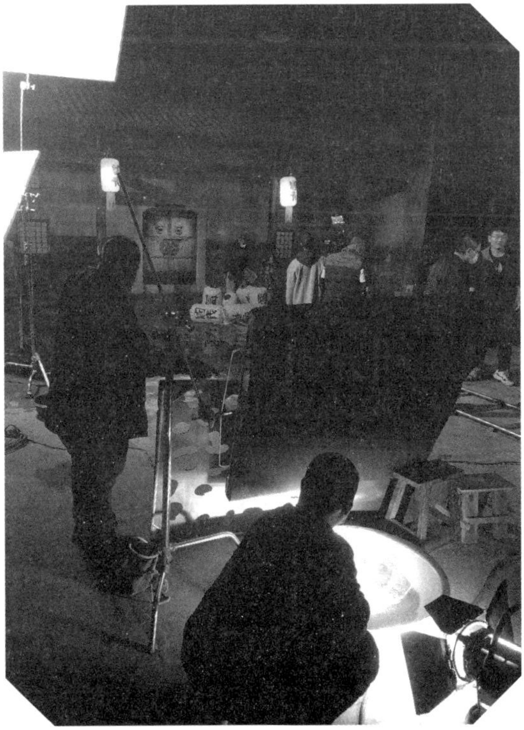

项目组在摄影棚内用影视化手段
还原历史景象

原载北京卫视《档案》节目 2021 年 6 月 14 日至 18 日
获第三十一届北京新闻奖一等奖

专家 ZHUAN JIA 点评

史料翔实　论理明晰　形式创新

——纪录片《播“火”——马克思主义在中国的早期传播》简析

北京广播电视台高级编辑　丁晓阳

大型文献纪录片《播“火”——马克思主义在中国的早期传播》在建党百年的历史时刻隆重推出，以翔实的历史资料、清晰的逻辑论证、新颖的形式创新，吸引了大量观众的关注，取得了良好的宣传效果，为党的百年庆典营造了良好的舆论氛围，献上了一部文采飞扬的影视佳作。

作为文献纪录片，史料翔实是必须具备的基础条件，本片在有限的影像资料中拓展细节，从当年的文字作品中挖掘历史人物、革命先驱的真知灼见，许多鲜为人知的历史片段被穿插缝合起来，形成了完整的历史背景描述，为中国共产党的诞生和早期发展提供了扎实透彻而又充满情感和曲折的历史环境分析，让观众在观看过程中理解了百年前中国面临的苦难和无奈，以及仁人志士为寻求救国之路付出的努力。

历史资料的堆砌并不是文献纪录片的目的，作品的主要目的在于通过对史实的分析，得出一个必然的结论，那就是中国共产党的诞生是历史的必然，是中国人民的必然选择。通过文本分析、史实讲述、专家访谈，本片建构了完整的逻辑论理链条，清晰论证了中国共产党的诞生和发展壮大是千百万中国人历经苦难，觉醒和思考得出的一致答案，从而完成了从纪录片到政论片的升华，使作品更有历史意义和完整性。

更令人耳目一新的是，本片在文献纪录片展示历史资料、论证观点理论的传统拍摄手法的基础上，又进行了创作形式上的尝试和创新。突出表现在引进了高校在读的博士生、硕士生、本科生进入历史场景中，讲述历史故事，吐露内心感受，这一形式创新，不仅让历史文物和红色教育基地有了鲜活的灵动性，而且寓意十分深刻，象征着革命事业后继有人，大量有思想、有文化、善表达、有情感的当代年轻人，让观众与历史、文物和抽象的理论之间建立了属于当代的清晰理解和认知，这一创作手法的引入，让本片更有现代意义和历史价值，反映了建党百年后的今天，中国共产党的勃勃生机，也为后人研究当代中国共产党历史留下了真实而富有活力的资料。

获奖者 HUO JIANG ZHE / 感言

以青春致敬青春　用真心感悟初心

北京广播电视台卫视频道中心《档案》栏目　郝霖

为庆祝中国共产党成立100周年，由中共北京市委宣传部指导，北京广播电视台策划，北京卫视频道中心《档案》栏目承制的5集大型文献纪录片《播“火”——马克思主义在中国的早期传播》于2021年6月14日至18日在北京卫视及相关互联网平台播出。纪录片表现了马克思主义在中国早期传播的辉煌历程，展现了中国共产党为中国人民谋幸福，为中华民族谋复兴的初心使命，凸显了北京作为新文化运动的中心、五四运动的策源地、马克思主义传播的主阵地、中国共产党诞生的主要孕育地之一的重要历史地位。这是一部经得起建党百年重大历史节点考验，高度匹配北京“四个中心”城市功能定位，彰显北京广播电视台作为首都媒体的品质，并充满创新的重大题材理论文献作品。这次能够获得第三十一届北京新闻奖新闻纪录片一等奖，是对本片的极大肯定。

中国共产党诞生之日起，就把马克思主义鲜明地写在自己的旗帜上，并一以贯之地坚持把马克思主义作为自己的根本指导思想。《播“火”——马克思主义在中国的早期传播》就是一部追根溯源的寻“根”之作。它通过挖掘中国共产党的思想根源，展现马克思主义传入中国、催生中国共产党诞生、指导中国共产党领导亿万人民进行伟大创造的历史图景，把中国共产党为什么会在100年前诞生，我们为什么选择了马克思主义，把中国共产党成立的历史必然性，把中国繁荣昌盛的根源讲清楚，最终回答中国共产党为什么能、马克思主义为什么行、中国特色社会主义为什么好的时代之问。

纪录片创造性地打造“以青春致敬青春，用真心感悟初心”的核心理念，与全国10余所大学展开深度合作，邀请到30多名全国重点马克思主义学院青年师生担任讲述人。这些青年讲述人虽然平均年龄只有24岁，但有着丰富的马克思主义理论知识，其中多位同学还在各自专门领域有所深耕。他们把历史和自己的经历紧密联结，不仅讲述革命先辈的故事，更是和百年前曾经同样年轻的马克思主义者们进行了跨越时空的对话，用当代年轻人的视角和口吻，表达自己的理解、抒发自己的感悟，致敬先辈的丰功伟绩，感悟先辈的初心使命，激励新一代年轻人继往开来、砥砺前行，最终打通时空，让历史和当下、和未来成功连接。

纪录片秉承严谨、科学的精神，做到“论述必有依据、引用必有原文”。纪录片分别在中央档案馆、人民出版社、中国国家图书馆、中国国家博物馆、新文化运动纪念馆、北京市档案馆等相关机构查阅文献、档案1000余份，其中在片中呈现近200份，比如1919年北洋军阀政府特务调查陈独秀的档案、1927年李大钊被捕时的照片、毛泽东的党证、毛泽东在长辛店的照片等，其中很多是第一次在电视上披露，保证了纪录片在真实性和可视性上的高水准。纪录片邀请原中共中央党史研究室主任欧阳淞担任总顾问，中国社会科学院近代史研究所原所长张海鹏、《觉醒年代》编剧龙平平等8位专家担任顾问。这些顶尖理论大家为纪录片提供了坚实的理论支持，保证了纪录片的思想理论高度和严谨性、权威性。

纪录片通过实景拍摄、历史影像、静物再现、档案展示、插画等视听手段对历史进行了立体细腻的呈现，感情丰沛动人，情绪真实有证。人物的思想轮廓因一份份档案、一组组静物的展现而愈发细腻、真实，他们的精神和风骨也因一张张插画、一幕幕真实历史影像的浮现而愈发立体、伟岸。此外，为了更加视觉化地呈现历史，纪录片走访了上海、天津、广州、长沙、武汉、昌黎等地的几十个革命活动旧址，尤其是十几处中国共产党早期北京革命活动旧址。在历史的发生地感受历史，在革命的里程碑前弘扬革命文化，让宏大题材展现得更加生动，让纪录片的细节与立意更加值得回味。

节目于2021年6月18日播出最后一集，截止到6月19日18时，节目全网热搜6次，在微博平台节目相关话题阅读量超6.24亿，节目主话题阅读量超3.4亿。全网视频播放量超2000万，达2297.39万。

《播“火”——马克思主义在中国的早期传播》能够获得第三十一届北京新闻奖新闻纪录片一等奖，令项目组全体成员倍感骄傲和激励。未来，《档案》栏目将继续秉承准确、有效、极致的理念，让“重大题材看《档案》”“学五史看《档案》”的金色品牌更加闪耀！

四名领诵员是如何被选上的？看看他们都是谁

北京日报客户端记者　叶晓彦　张　楠　孙延安　蔡代征

在庆祝中国共产党成立100周年大会上，天安门城楼前的千人献词团备受瞩目。而在献词方阵的最前面，是4位经过层层选拔，脱颖而出的领诵员。他们都是谁？是如何选拔出来的？

彭友馨

为了准确表达一句话，到处喊“妈妈”

海淀区中关村第三小学六年级学生彭友馨3岁开始练习舞蹈，目前是学校金帆舞蹈团的团长。挺拔的体态成了她入选领诵员的加分项，但因为从未接触过朗诵，她在入选后经常大呼“压力山大”。

其实，在选拔领诵员的时候，专家们在面试时看中的，是彭友馨纯净的声音、阳光的性格、大方的举止。没有技巧的修饰，能表达出青少年最真挚的情感。

但先天条件再好，也需要大量的学习和练习，来展现最佳的朗诵状态。学习词语背后的含义、掌握朗诵的技巧……入选领诵员预备队以来，这个小姑娘像海绵一样不断吸收着养分。可毕竟只有短短3个多月的训练时间，她经常会遇到困难。

献词里有一句话：“妈妈对我说，在每个人心中，中国共产党都是光荣的模样。”这句话开头的“妈妈”二字，发音既不能太实，又不能太虚，还不能用生硬而夸张的朗诵腔，得让听众有一种画面感。彭友馨总是找不对感觉，每次练习，老师就会指出，她这句“妈妈”说得不好。

“老师说，这句里的‘妈妈’要有亲切自然的感觉，让听众觉得妈妈真的就站在你面前。”一直练不好，彭友馨急得直哭，甚至哭得想妈妈了。跟妈妈视频的时候，她把难过的情绪一股脑倒出来之后，还不忘问妈妈：“妈妈，我以前都是怎么喊你的啊？”

这个练过9年舞蹈的小姑娘深知，只有不断地练习才能达标。从那天起，她反复练习，逮着同学老师就喊“妈妈”，请大家帮她指导，预备队的老师同学几乎都被她叫过“妈”。最后，彭友馨不仅通过了老师的考核，还给队员们做了示范。

参与领诵员的过程，让彭友馨感受到了团结的力量。“我们是一个完整的团队，虽然最后站在最前方的只有4个人，但都会带着另外6个人的支持完成任务，我们是一个集体。”

冯　琳

“红船”故里的姑娘向党抒发最真挚情感

“特别巧！10年前，五年级的我就在学校组织的建党90周年庆祝活动上，参加了向党献词的朗诵表演。没想到，10年后，我竟然能站在天安门广场，在庆祝中国共产党成立100周年大会上朗诵！”中国传媒大学播音与主持艺术专业的大三学生冯琳，连呼自己“太幸运了”。

与其他一起入选的同伴相比，“科班出身”的冯琳，显然在朗诵技巧和能力上更有优势。“背下一篇800多字的朗诵稿是件很轻松的事。”

但很快，她就发现了问题，背稿虽易，但朗诵可远没有自己想象得那么轻松。

过去朗诵，自己仅依靠技巧就能“撑全场”，对朗诵稿并不用有多么深入的理解。“用那些从学校学到的技巧，依靠声音的高低、虚实、气息变化、韵律节奏，就能够传递出不同的情感变化。”但这种“技巧派”，最多只能算是读稿子，读的次数多了，自己也会产生“疲劳感”，远达不到在广场上朗诵的要求。

为了让孩子们增加对朗诵稿的理解，朗诵稿的原作者特意来到培训基地，为大家讲解稿件的创作历程。培训老师们为孩子们安排了党史学习课、心理辅导，课余时间，则安排孩子们观看《建党伟业》《建军大业》等电影，让孩子们通过影视作品重温光辉党史。

“我是浙江嘉兴人，从小就知道，我的家乡是革命圣地，是红船破浪启航之地，是中国共产党诞生的地方。”在中国共产党历史展览馆参观时，冯琳听着老师讲述红军长征的感人故事，看着革命将士们浴血奋战的复原场景、一幅幅珍贵的历史图片，感动得流下了眼泪。

冯琳对朗诵稿的理解已不再简单浮于纸面。

当她第一次以朗诵者的身份站在天安门广场，张开口，说出第一句献词时，真挚的感情层层递进，喷薄而出。当冯琳说出“我们歌颂人民英雄的荣光，见证如他们所愿的梦想”这样的语句时，她的眼中盈满泪水，她的声音微微颤抖。

姚牧晨

“这个夏天，注定会让我铭记终生”

“其实我到现在还是蒙的，不知道当时是怎么被选中的。”来自北京市第一实验小学六年级的姚牧晨说，他从海选的一开始，就有运气的加持。

3月份海选的时候，姚牧晨正在上数学课，突然就有几位老师推门而入，挑选出几位同学让做自我介绍。姚牧晨原本不在其中，就在老师们即将离开之际，一位女老师再次环顾教室四周，将他叫了起来。

这位女老师就是后来领诵预备队的指导老师刘鹏。直到现在，刘鹏还清楚地记得，姚牧晨坐在靠窗位置的倒数第三排，穿着深蓝色的衣服，形象气质俱佳。不过，由于坐的位置较偏，姚牧晨起初并没有引起大家的注意。但“捡”回来之后，发现是个可塑之才。

虽然之前参加过“曹灿杯”全国朗诵大会、人民大会堂的迎宾等活动，但是作为团队中年龄最小的成员，姚牧晨觉得自己对稿件的快速理解能力不够，为此他没少跟在哥哥姐姐的后面学习。“还有语言的表达、表情的变化，我从他们那里学到了很多。”

多次的集训，让姚牧晨不得不放弃了一些东西，这也一度导致他的情绪波动比较大。比如，因为时间冲突，他错过了一所中学的特长生考试，还错过了一场自己本应该担当主力的全国篮球联赛。经过老师的心理疏导，姚牧晨慢慢释怀了，“篮球今后我可以再打，但是这次献词意义重大，我的肩上担着的是中国青少年的时代使命，绝对不能退缩。”

姚牧晨已经计划好，在参加完庆祝中国共产党成立100周年大会之后，他马上就要准备7月6日举行的小学期间最后一场考试。另外，由于队友们给力，球队的篮球赛之旅颇为顺利，他已经憧憬着和队友一起冲击7月10日的总决赛了。“这个夏天，注定会让我铭记终生。”

赵建铭

非科班“黑马”的逆袭路

来自中央财经大学国际经济与贸易学院的大四学生赵建铭，是献词的领诵员之一。因为非播音主持专业出身，在集训的最初阶段，他还是略显吃劲。

虽然也曾在大学期间主持过不少活动，但毕竟之前没有受过专业训练，赵建铭对朗诵的热爱完全来源于兴趣。集训练习时，对发声气息的把控是他要面对的首要难题。“有时候找不准发声位置，感觉自己声音会发虚，老师也经常指出我气息不足的问题。”除此之外，他对身体的控制感一开始也很难拿捏准确。虽然指导老师一直强调说，在进行语言表达的时候要做到有“容”有“形”，但赵建铭对面部表情的控制却没有那么容易。眼睛不够亮、笑容不够灿烂，让老师也一度替他担忧。

为提高基本功，弥补不足，赵建铭平时没少下功夫。

在集体练习之外，赵建铭一直有针对性地给自己加练。对于气息不足的问题，他反复练习腹式呼吸，一点点地体会在发声的时候腹腔该怎样去用力，怎样用气来托声；对于表情控制的问题，他对着镜子练，注视着自己的脸，想着开心的事，代入一种情绪感逼着自己笑。

赵建铭慢慢找到了感觉。

在基本功得到很大提升之后，赵建铭发现，自己在朗诵稿件的时候，传递出来的情感不够饱满。“情感是一种无形的东西，不是单纯练练气息、对着镜子笑笑就能解决的，可能主要是自己对历史了解较少，脑海里所包含的画面不够丰富。”为此，《建国大业》《建党伟业》等经典电影及一些红色歌曲都进了他刷剧听歌的清单。“积累得多了，慢慢也就有了画面感，朗诵的时候也就能声情并茂了。”

功夫不负有心人。“如今再去看我面试时候的视频，我真的感觉变化很大，现在的我有一种由内而外的热烈。”赵建铭说。

原载北京日报客户端2021年7月1日

获第三十一届北京新闻奖一等奖

获第三十二届中国新闻奖二等奖

专家 ZHUAN JIA 点评

以小见大凸显建党百年的时代大主题

中国传媒大学党报党刊研究中心副主任、新闻学院教授　张晓红

2021年7月1日，天安门广场举行了中国共产党成立100周年庆祝大会。在天安门城楼前的千人献词团方阵中，四名充满青春朝气的领诵员站在队伍前列，英姿挺拔，意气奋发，代表当代中国青年向党和人民发出了“请党放心、强国有我”的铿锵之声。这一幕，令无数中华儿女心潮澎湃、热血沸腾。这四名领诵员，瞬间成为人们赞叹和关注的焦点：他们是谁？他们来自哪里？北京日报客户端推出的作品《四名领诵员是如何被选上的？看看他们都是谁》，给出了硬核解答。

同步跟进，精准发布。在庆祝中国共产党成立100周年大会上的“千人献

词”环节，四名领诵员声情并茂朗诵献词，现场直播中的这一场景特别引人瞩目。北京日报客户端同步跟进，推出四名位领诵员如何成功担当这个不平凡使命背后的故事，时机把握得十分精准。据中国新闻奖参评材料介绍，这个节目直播前的保密程度高、采访难度大，记者多方突破，提前采访到了10名领诵员的背后故事，在大会举办当天凌晨，在现场蹲点数小时，拿到最终入选的四名领诵员的名单，第一时间交给后方编辑。该新闻作品的精准发布来之不易，是创作团队提前采访、准确预判的结果。

聚焦个性，视角独特。四名领诵员，包括两名六年级的小学生、一名大三学生和一名大四学生，能被幸运选上并能担好角色，他们的故事都有各自的独特性。作品抓住了领诵员最具个性的特点，生动展现了他们为了担当光荣任务而不懈努力的故事。为了准确表达一句话，彭友馨到处喊“妈妈”；“红船”故里的姑娘冯琳，向党抒发最真挚的情感；姚牧晨感慨选拔经历，“这个夏天，注定会让我铭记终生”；非科班出身的“黑马”赵建铭走出了逆袭路。作品没有将四个人物的故事停留在表象层面，而是深入到四名领诵员在接受和执行任务时的内心世界，通过合乎情理的叙事逻辑加以呈现，从不同角度反映了当代青少年对党的衷心热爱。

巧妙选材，富含深意。作品主线是讲四名领诵员的选拔和训练的故事，其中细节的选取富有深意。例如，“献词里有一句话：‘妈妈对我说，在每个人心中，中国共产党都是光荣的模样。’”借用献词里的一句话，引出“妈妈”，引出“中国共产党都是光荣的模样”，前者是领诵员练习的关键词，后者则强化了共产党员的形象。又如，“培训老师们为孩子们安排了党史学习课、心理辅导，课余时间，则安排孩子们观看《建党伟业》《建军大业》等电影，让孩子们通过影视作品重温光辉党史。”“多次的集训，让姚牧晨不得不放弃了一些东西。”但他慢慢释怀，“这次献词意义重大，我的肩上担着的是中国青少年的时代使命，绝对不能退缩。”这些细节，让人看到了参加朗诵的孩子们所受到的教益，也给人带来更深层次的感染。

据中国新闻奖参评材料介绍，这篇作品经北京日报客户端发出，阅读量超过130万，实现客户端成立以来最高流量。在微博、微信等平台上，形成了超4亿阅读量的传播效果。

获奖者 感言

HUO JIANG ZHE

探索同题报道如何做出“爆款”

北京日报社记者　叶晓彦　张　楠　孙延安　蔡代征

能够参与建党百年庆祝大会的报道，是我们职业生涯中一段难忘的经历。能通过这次采访获得全国优秀新闻作品最高奖项中国新闻奖，更是倍感荣耀。当时的采访过程，都还历历在目。

在建党百年庆祝大会上，青少年献词表演，是庆祝大会的一大亮点，我们几经“软磨硬泡”，最终获批采访10名领诵员候选人。但采访时间有限，我们抵达现场，迅速分工，高度集中，仅仅花了3个小时，就完成了对10个人的文字采访和拍摄工作。

前期完成了采访和成稿，如果没有后方的紧密配合，这篇稿件当天也不会迅速成为爆款。庆祝大会当天，处于“失联”状态的我们凌晨抵达广场，想尽办法以最快的速度将4名最终获得上场机会的领诵员的名单回传报社，将稿件补充完整，并且在编辑老师的配合下，及时审核、精准推送，最终成为了客户端创立以来阅读量最高的一篇稿件，全网阅读量超4亿。感谢报社领导的信任，感谢同事的配合，这是一个跨部门协同采访、跨媒介协同作战的成果。能够站在离新闻最近的地方记录时代，何其有幸。这个荣誉将激励我们每一个人在今后的工作中再接再厉。

这篇报道也给我们带来了一些思考。

庆祝改革开放40周年、庆祝中华人民共和国成立70周年、庆祝中国共产党成立100周年……近年来，重大活动、重大事件、重大题材集中，各媒体纷纷策划推出大型主题报道。然而，纵观各媒体的相关报道，虽然百花齐放，但依然属于同题操作，存在新闻同质化问题。在全媒体飞速发展的时代背景下，如何克服同质信息，让报道“异军突起”，甚至成为独家“爆款”？

我们认为，策划要精准、内容要求异、传播要求巧。在设计采访角度的时候，我们就从用户视角考虑，面对这几名领诵员，读者最想知道什么。所以在采访和撰写的过程中着重突出背后故事，以小见大，展示新时代优秀青少年风采的同时，折射出建党百年的时代大主题。另外，在这次新媒体传播过程中，合适的推送时间也至关重要。为了达到最佳效果，新媒体编辑制订了两套方案：一旦别的媒体推送了类似稿件，客户端马上就推；如果一直没有媒体推送，客户端就在节目气氛烘托起来的时候再推。最后我们选择了第二个方案。稿件推送不到半个小时，阅读量持续增加，客户端很快采取置顶、换图等操作，巩固流量。

总之，我们充分发挥主观能动性，让新闻报道有声有色，深入人心，传播正能量。《北京日报》尽到了作为媒体应当担负的责任和使命，彰显了历史担当，践行了时代使命。

答卷人

——致敬“七一勋章”获得者

原载前线新媒体平台2021年11月25日至12月28日

获第三十一届北京新闻奖一等奖

获第三十二届中国新闻奖三等奖

专家点评
ZHUAN JIA

精雕细刻《答卷人》故事，完美诠释融媒“答卷”

新京报社编委、高级记者　光　炜

在第三十一届北京新闻奖评选中，《前线》杂志社宣传伟大建党精神的融合报道作品《答卷人》给人留下了深刻印象。该作品以29位“七一勋章”获得者作为切入点，透过穿越百年奋斗的光辉历程，讲述一代代《答卷人》的平凡英雄故事，生动而具体地诠释了“中国共产党人坚定信念、践行宗旨、拼搏奉献、廉洁奉公的高尚品质和崇高精神”。该作品可资借鉴的特色之处主要包括以下三点。

把握重大议题，巧妙构思，创新设计艺术性表达。2021年适逢建党百年、党的十九届六中全会等重大历史时刻，如何用融合创新的理念，生动展现伟大建党精神，为党的百年奋斗历史画卷书写面向未来的新篇，是党媒的职责所在，也是检验党媒舆论引导能力的重要标准。《答卷人》从反映与时代同频共振的关键性议题出发，将学习贯彻习近平总书记“七一”重要讲话精神和党的十九届六中全会精神结合起来，将大力宣传“七一勋章”获得者的感人事迹和崇高品德与党的百年奋斗重大成就和历史经验结合起来，精心设计、深度挖掘、适时推出，在舆论主阵地营造出崇尚先进、见贤思齐的舆论氛围，真正实现了重大主题宣传的创新展现和艺术性飞跃。

凝缩个体故事，立体呈现，小切口展现大主题。个体是国家的投射，讲好个体故事也是在讲好国家的故事。《答卷人》充分展现了主题宣传“高度向上，眼睛向下”的传播态度和方法，用29位“七一勋章”获得者的平凡英雄故事，鲜活具体地展现伟大建党精神。该作品从顶层设计上将重大议题拆分为不同的小议题，即“传承”“守望”“卓越”“忘我”“青春”五个华章，通过设计不同主题的报道框架，形成连续性、专题性报道，建构叠拼式议题。作品将平凡英雄的“暖心事迹”通过漫画形式再现经典场景，配合图文视频，立体化呈现在用户面前，增加了报道的可读性和感染力。可以说做足做亮了“用小切口展现宏大主题、承载共通情感”的新媒体特色。

多元形态传播，交互式体验，精雕细刻打出“连环拳”。该系列作品形态包括29个单图、29个微视频、5个华章短视频、1个完整版长视频、1个H5作品。文案撰写字斟句酌，美术创作精雕细刻，新媒体制作精益求精。在立体化呈现、交互式体验上下足了功夫。同时，在作品发出时间节点、分发平台上精心安排，有意抢占宣传先机、精准拓展宣传渠道，打出了一套精彩的“连环拳”。作品线上浏览量超10亿，线下有效覆盖超1亿人次，有力践行了新闻舆论“四力”，不失为实现新闻创优的一部力作。

《答卷人》系列作品通过高效的内容生产、精湛的艺术表达和精准的内容传播，有力发挥了党媒的舆论引领作用，抢占舆论高地，弘扬主流声音，凝聚社会共识，合奏出一曲主旋律高昂、正能量强劲的交响乐章。

获奖者 HUO JIANG ZHE / 感言

牢记党刊人使命，争做新时代答卷人

前线杂志社　杨　威

在第三十一届北京新闻奖评选中，前线杂志社宣传伟大建党精神的融合报道作品《答卷人》获得一等奖。该作品还获得第三十二届中国新闻奖三等奖。

2021年是中国共产党成立100周年。在碎片化阅读时代，在小小的手机屏幕上，作为党刊人，如何用融合创新的理念，生动展现伟大建党精神，为党的百年奋斗历史画卷书写面向未来的新篇？我们选择了29位“七一勋章”获得者作为切入点，透过他们穿越百年奋斗的光辉历程，讲述《答卷人》的平凡英雄故事。习近平总书记指出：“在他们身上，生动体现了中国共产党人坚定信念、践行宗旨、拼搏奉献、廉洁奉公的高尚品质和崇高精神。”

在这个作品中，给人留下深刻印象的，是“融合”二字。这是一次“融为一体、合而为一”的融合创新历程。回想创作过程，仍记忆深刻，有四点值得咀嚼。

一是早谋划，高站位，聚焦主题。抓好重大主题报道，是党媒的职责所在，也是检验党媒舆论引导能力的重要标准。2021年适逢建党百年、党的十九届六中全会等重大历史时刻，我们年初便谋划围绕重大事件和历史节点制作推出融合报道作品；8月31日中共中央政治局召开会议，决定11月在北京召开党的十九届六中全会，重点研究全面总结党的百年奋斗的重大成就和历史经验问题，会议刚刚结束，我们第一时间确定选题方向，将学习宣传贯彻习近平总书记“七一”重要讲话精神和党的十九届六中全会精神结合起来，将大力宣传“七一勋章”获得者的感人事迹和崇高品德与党的百年奋斗重大成就和历史经验结合起来，争取在党的十九届六中全会胜利召开之际适时推出融合创新作品，力求在舆论主阵地营造崇尚先进、见贤思齐的舆论氛围。

二是重策划，聚合力，整合资源。在融合发展大潮中，媒体要想在重大主题报道上推陈出新，就必须与时俱进，深度挖掘和整合资源优势。我们充分发挥前线理论宣传优势和专家资源优势，高位策划选题，结合作品创作需要，主动对接中央美术学院、新华网联合出品，邀请中共中央党校原副校长李君如，原中央文献研究室副主任、中央党史和文献研究院原院务委员陈晋，中国美术家协会主席、中央美术学院院长范迪安担任总顾问，中国书法家协会原驻会副主席、党组书记张飙题写作品名称。坚持融合创新理念，让理论家利用大众话语撰写文案，突出思想性和感染力，让美术家结合文案创作主题场景，突出艺术性和冲击力，运用新技术制作合成新媒体作品，突出创新性和吸引力，通过选题立意、标题制作、文字表达、美术创作、技术运用等全流程的高度统一，力求合奏出主旋律更响亮、正能量更强劲的交响乐章。

三是巧构思，软表达，创新形式。重大主题宣传有时候会很硬，谁能在呈现方式上别出心裁、匠心独运，谁就有望成为胜利者。我们首先关注的是怎么使它有温度，凝练主题寻求情感共鸣点，这是我们创新的出发点。《答卷人》在主题凝练、价值提升、内容深度挖掘与创意交互体验上都有创新探索，坚持用"工匠精神"反复打磨作品，文案撰写多方论证、字斟句酌，美术创作集思广益、精雕细刻，新媒体制作精益求精、帧秒必究。做好重大主题宣传，须从顶层设计上创新传播形式和手段，《答卷人》共分为5个华章（"传承""守望""卓越""忘我""青春"），作品形态包括29个单图、29个微视频（30秒）、5个华章短视频（3～5分钟）、1个完整版长视频（16分钟）、1个H5作品（PC端、移动端），通过融合、可视、交互、移动等体验维度，做足做亮"大主题、小切口，有温度、有价值"的新媒体特色，着重在立体化呈现、交互式体验上下功夫，力求在呈现形式和互动表达上有所创新，努力实现同频共振的宣传效果。

四是控节点，拓平台，精准推送。在新闻舆论"四力"关系中，传播力是增强引导力、影响力和获得公信力的前提与基础，如果缺乏传播力，则重大主题宣传的引导力、影响力、公信力等都将无法实现。十九届六中全会召开时间是2021年11月8日至11日，《答卷人》系列作品首发时间是2021年11月25日，这个时间节点是精心设计安排的，当时全国上下正在集中学习六中全会精神，中央及地方主流媒体学习宣传贯彻六中全会精神的重磅报道作品尚未推出，也没有其他重大主题宣传冲突。《答卷人》系列作品在新华社新媒体平台、前线融媒体平台一经推出，迅速被中央网信办置顶推送，连续三次冲上新浪微博热搜榜前三名，北京地铁16条线路车站和车厢电视屏幕持续播放两个月，文明北京智慧宣传平台循环播放一个月。据统计，《答卷人》线上浏览量超10亿，线下有效覆盖超1亿人次，成为2021年的现象级爆款之作，真正实现了重大主题宣传的创新展现、艺术性飞跃和爆款级宣传效果。

全媒体时代，如何策划推出更多传得开、叫得响、留得住的精品力作，进一步强化党刊核心功能作用，不断引领党刊发展的潮流，在融合发展中构建全媒体传播格局，这是党刊人必须思考、不懈探索的课题。

《传唱·庆祝中国共产党百年诞辰》系列报道

A8 音乐周报 A9

庆祝中国共产党百年诞辰 传唱

国歌在这里唱响

诞生

录制

百代唱片公司小红楼

纪念

国歌展示馆

A16 音乐周报

百年《国际歌》在中国

A4 音乐周报

不忘初心，开拓最美中国道路

原载《音乐周报》2021年2月24日至6月23日

获第三十一届北京新闻奖二等奖

专家
ZHUAN JIA 点评

挖掘亮点 细说缘由

北京教育融媒体中心主任 张淑芳

2021年，中国共产党迎来百年华诞，全国各大媒体纷纷推出重磅策划，庆祝中国共产党走过的光辉历程。《音乐周报》推出的系列报道，《百年<国际歌>在中国》《国歌在这里唱响》《不忘初心，开拓最美中国道路》等文章从百年史海中挖掘亮点、细说缘由，重现这些经典歌曲背后曲折、激荡的精彩故事，以及其散发的光彩与魅力，鼓舞人心、催人奋进，极具意义，别具特色。

选题重大，采访扎实。三篇报道分别讲述了三首经典歌曲在百年党史中如何诞生、传播与唱响，彰显了它们各自的特殊地位、独有价值与丰富内涵，让我们对这笔宝贵的精神财富更加珍惜、敬仰。瞿秋白第一次听到《国际歌》的情形，他如何让诗变成歌，百年中《国际歌》在中国的落地和传播，见证了中国共产党的历史发展，让我们在传唱《国际歌》时更加理解那一份厚重的理想。

史料丰富，图文并茂。上海市徐汇区淮海中路1258弄一栋三层小楼，是1935年“中华民族到了最危险的时候”，聂耳写下《义勇军进行曲》第一个音符的蜗居之处。记者通过采访相关专家、实地走访，用翔实史料、珍贵图片细致梳理了诞生——淮海中路1258弄、录制——百代唱片公司小红楼、唱响——金城大戏院、纪念——国歌展示馆的脉络，展示了86年来，这首歌曲如何凝聚着党和人民的爱国主义精神响彻华夏，成为国人心中最美的旋律。

追本溯源，讲好故事。在大众传媒向分众传播转变的新形势下，朱海作词、舒楠作曲的《不忘初心》旋律优美、激荡人心，歌词广博细腻又朗朗上口，已成为新时代老百姓特别爱听的经典作品。这首歌为什么能取得成功？记者带着这样的问题寻找创作背后深藏的故事，词作者、诗人朱海7年间两次自发重走长征路、体悟父辈初心的壮举令人敬佩，制作人、作曲家舒楠坚定用人民自己的心声来表达最深刻的情感，实现了这首歌曲语言亲切诗意，不喊口号；旋律催人奋进，又不乏抒情感人。歌手韩磊和谭维维在二度创作过程中全身心地投入，唱出了从内心自然流淌出来的深情，让更多人向往美好、不忘初心。指挥家孙毅则说出了“作品只有兼顾群众性和艺术性，有时代气息，才能广泛流传”的奥秘。“不忘初心，继续前进，万水千山，最美中国道路。”好歌曲永远在被更多人传唱，好故事也令人难忘。

获奖者感言
HUO JIANG ZHE

专业报纸的责任与价值

——《传唱·庆祝中国共产党百年诞辰》系列报道的背后

音乐周报记者　包原铱

在中国共产党百年诞辰之际，作为专业音乐领域的权威报纸，《音乐周报》发挥自己的特长与优势，独家策划了《传唱·庆祝中国共产党百年诞辰》系列报道，希望通过记者实地寻访经典歌曲诞生地，深入挖掘歌曲背后的故事。

2020年上半年，在参考了多位业内专家的研究与建议后，音乐周报采编部门经过数轮讨论，对上百首备选歌曲的艺术经典性、时代代表性、回访可操作性等多方面进行考量，最终精选了百年间的18首经典歌曲，由9位记者分别采写。系列稿件计划自2021年2月起，以每周刊发一篇专题文章的形式，带领读者回顾经典歌曲与百年难忘的奋斗岁月，至7月1日党的百年生日时刊登结束。

记者们自此分头行动，每周汇报稿件进度与进展。采写过程主要分为以下几个步骤。

一、寻找一手史料与亲历者

万事开头难，尤其是诞生时间较早的歌曲，大多难以找到健在的亲历者，史料方面也往往良莠混杂。记者们竭尽所能寻找到各自的突破口，为接下来的采访打下了可靠基础。例如，《义勇军进行曲》作为国歌，一直是音乐界和相关文物单位重点研究的对象。然而国歌的诞生过程依然在业界存疑，众说纷纭，至今尚未有确切定论，相关当事人已去世或年事已高，手稿等文献资料也在历史洪流中遗失海外。最终，记者锁定位于上海市杨浦区的国歌展示馆以及其筹备者李国才，并寻访了聂耳故居、百代唱片公司小红楼等地，获得大量一手资料，由此也了解到关于国歌创作相对可信的结论。

二、做好充分的案头工作

历史书写务求准确，因此史料阅读必不可少。例如，整个《传唱》系列中的第一首歌曲《国际歌》，作为18首作品中唯一一首外来翻译歌曲，既无国内诞生地，也难以找到与歌曲相关的亲历者。记者几经周折探寻无果后，将采写方向最终确定为“百年中《国际歌》在中国的落地与传播”，通过梳理多位译者的翻译过程，以及歌曲在传播过程中的版本与流变，力求为读者呈现一条简明清晰的历史脉络。为达到该目的，记者阅读了瞿秋白的作品、歌曲译文及个人传记，中国知网上的相关论文与研究，并辗转获得了1923年《新青年》季刊上刊发的瞿秋白撰写的《国际歌》前言与译词的影印本等珍贵资料。这些案头工作成为后续采写的有力支撑。

三、寻访歌曲诞生地

9位记者分头行动，奔赴山东沂蒙山、上海中共一大纪念馆和上海国歌纪念馆、陕西延安、河北西柏坡、福建厦门何厝村等地，采访亲历者与相关专家，在第一现场感受歌曲的历史语境与其所传递的精神。采写《黄河大合唱》稿件的记者，在走访中尤其注重细节的捕捉，如在冼星海居住过的窑洞里寻找每一个生活场景和家具、物件，将它们与其他回忆文章中的描述做对照。而国歌纪念广场边老人们的萨克斯演奏、《兄妹开荒》首演所在地——延安南门广场上的广场舞，这些时间赋予相同空间的不同面貌，更激起了记者们跨越时空的感慨与写作热情。

寻访《沂蒙山小调》诞生地的记者说道：“走出大青山胜利突围纪念馆，我突然理解了为什么在沂蒙山会成立抗日根据地，为什么这里会有千千万万个沂蒙红嫂，也更理解了为什么在这片土地上诞生了《沂蒙山小调》并从费县传唱至全山东，之后传遍全国。当我自己深受触动，我更想把自己了解到的历史、感受到的沂蒙精神用文章表达出来，让更多读者跟着《音乐周报》的文章一起，走进沂蒙山，了解《沂蒙山小调》的诞生。”

四、听取业内专家的指导建议，结合第一现场的亲身感受撰文

同样是用文字再现音乐作品的诞生过程，记者们的写作方向各不相同。《义勇军进行曲》稿件的写作力图清除历史迷雾，为关于国歌诞生过程的各类报道和记载补偏救弊；《黄河大合唱》稿件的写作着力于将寻访现场绵延至今的历史气息、历史文献与音乐作品相碰撞，使读者从中体会作品创作年代那些艺术家的内心世界和艺术激情；《沂蒙山小调》稿件则澄清作品是创作歌曲而非民歌，为歌曲作者正名……

撰写《沂蒙山小调》稿件的记者，在查询史料的过程中发现，早在1940年，这首歌曲就被定性为“阮若珊、李林在沂蒙山根据地进行抗日宣传活动中收集、整理的一首作品”，于是将这一信息告知了采访对象、山东临沂费县原史志办主任张乃军。对方感谢《音乐周报》的报道，并感谢记者还把国家对这首歌曲定性的消息告诉他这样一位县城里的退休研究员。

18篇稿件几经打磨，核实历史事实并延请专家审稿，最终成文。系列报道自2021年2月24日刊登以来，得到业内外专家与读者的高度认可和关注。读者留言盛赞，“这是对这些经典歌曲最全面清晰的记录”“梳理得十分详尽”“具有史料价值”。《音乐周报》也通过这次深入、全面的主题策划，体现了传统媒体与专业报纸应有的责任与价值。

东城探秘——跟我去寻访爱国主义教育基地

东城探秘　来今雨轩茶社，不只有迅哥儿同款冬菜包子……

跟着地图学党史！一起打卡东城“文人志士”游学路线

原载北京东城公众号2021年4月15日至11月24日

获第三十一届北京新闻奖三等奖

专家 ZHUAN JIA 点评

用独特的资源打造新闻精品

劳动午报社总编辑　郭丽华

2021年，建党百年宣传是一场重大主题宣传报道盛宴，各主流媒体产品同台竞技，必须打破常规、不落俗套才能脱颖而出。东城区融媒体中心抓住区域内爱国主义教育基地众多的优势，拍摄制作了这组视频产品。短视频来自记者探访的实地实景，紧扣红色教育主线，每个片子时长不超过8分钟，以鲜活表达提升主流价值感染力。

找准报道优势，追求独特表达。建党百年之际，各主流媒体热情讴歌我们党带领中国人民建立的丰功伟绩，深情报道我们党带领中国人民走过的风雨历程。面对实力强劲、优势明显的其他媒体，作为区融媒体中心，在这一重大主题报道中如何扬长避短做到脱颖而出？东城区融媒体中心在极易撞车的题材上，用这组作品表明，融媒体中心离基层近、离一线近、离独特的新闻资源近，这是最大的优势，也是别人拿不走的优势，应善于扬长避短，做自己该做、能做、擅长做的事，重点在贴近性、独特性、创新性上下功夫，以微知著，以特见长，以新取胜，不失为一种有效办法。

点位选取精心，引发共鸣共情。北京是新文化运动的中心、五四运动的策源地、马克思主义在中国早期传播的主阵地、中国共产党的主要孕育地之一，由此形成了中国共产党早期北京革命活动旧址群，在中国共产党创建史上具有独特地位、独特贡献、独特价值。而东城区具有这方面资源的独特优势。无论是东城区学史游学的五大路线“觉醒年代”“光辉足迹”“历史记忆”“文人志士”“日新月异”，还是陈独秀旧居、北大二院旧址（原北大数学系楼）、蔡元培故居、中法大学旧址、中山公园来今雨轩……在点位的选择上，该系列专题报道独具匠心，通过深入挖掘红色资源，将东城区域范围内具有代表性的爱国主义教育基地以短视频产品形式呈现在受众眼前。这些红色打卡地在充分展示区域丰富厚重红色文化的同时，也很好地讲述了东城故事。

重镜头客观记录，表达真切鲜活。该系列报道共10集，采编发团队历时7个多月完成，每集时长不过几分钟，直切主题，结构紧凑，形式和内容贴近生活、接地气。纵览整个系列，主创团队重镜头客观记录，轻人为主观评论，通过实地采访、边走边访，串词尽量简洁明快，使得该报道原汁原味、鲜活生动，扎实的史实叙述、翔实的档案资料、多元的故事记录，足以看出主创们对作品的投入。同时，每一期的最后记者都会出镜总结，结合自身采访经历，抒发对红色打卡地的真情实感，有的是对采访的回顾，有的是对未来的畅想，通过不断更新话语体系和表达方式，与受众进行事实、观点、情感的交流，达成共识，形成共鸣，加深了受众的真切感知和参与感，提升了作品的感染力。

获奖者/感言

HUO JIANG ZHE

寻访爱国主义教育基地　讲好东城红色故事

北京市东城区融媒体中心记者　朱　丹

2021年是中国共产党成立100周年，东城区作为首都功能核心区，精心组织开展了以“永远跟党走、奋进新时代”为主题的系列庆祝活动和党史学习教育宣传等。我们东城区融媒体中心作为东城宣传的主阵地，充分利用东城区的红色资源优势特别策划推出了《东城探秘——跟我去寻访爱国主义教育基地》

（建党100周年特别节目）。作为扎根基层的区县级融媒体，我们的这个作品非常荣幸获得第三十一届北京新闻奖短视频专题报道三等奖，这也是对我们基层新闻宣传工作的认可、鞭策与激励。

首先谈一谈我们这个系列节目的创作初心。东城区作为首都功能核心区，红色文化的集聚承载地，是近代新文化运动的主阵地、五四爱国运动的策源地、马克思主义在中国早期传播的传播地，是中国共产主义运动的发祥地之一，也是许多重大党史事件发生的地方，为中国共产党的孕育和创建做出了重要贡献。在全市31处中国共产党早期革命活动旧址中，北大红楼、北大二院旧址（原北大数学系楼）、《新青年》编辑部旧址（陈独秀旧居）等13处都在东城域内。那么，怎样利用好得天独厚的红色资源优势，在建党百年这个重要节点既能突出我们东城融媒的宣传亮点，又能让更多人走进这些爱国主义教育基地，讲好红色故事，赓续红色血脉，让红色文化直抵人心呢？我们决定在品牌栏目《东城探秘》中开辟《跟我去寻访爱国主义教育基地》系列节目，让观众跟随记者的镜头沉浸式体验打卡，参与云游学。

每期节目开场记者都会手拿一张《薪火传承——东城区党史游学地图》，指出地图上我们正在打卡的点位。这张地图是为庆祝中国共产党成立100周年，推进东城区党史学习教育深入开展特别绘制的。地图中有“觉醒年代”“光辉足迹”“历史记忆”“文人志士”“日新月异”5条党史游学线路。将区域13处革命活动旧址、50余家爱国主义教育基地中的重点点位“串珠成链”，将“线下”游学、“线上”打卡有机结合，让红色文化走进生活、融入日常。而我们视频节目的制作与推出更是在党员群众中掀起了一阵“红色党史游学风”。

其次再来谈谈节目的创作特色。如何依托东城区丰富的文化历史资源，打造“融合+深度”创作新模式呢？那么就得用镜头聚焦蓬勃发展的新东城，用节目讲好东城故事，传递东城声音，以小视角展现大主题，小体量实现大传播。既然是探秘和寻访，那就得有沉浸式的体验感以及不乏新意的互动感。

在《跟着地图学党史，探访东城游学路线》这期节目中，记者以骑行的方式带领大家逐一打卡“文人志士”路线。从平安大街张自忠路“三一八惨案”发生地旧址出发，逐一探访茅盾故居、老舍纪念馆、蔡元培故居，如此近距离地走入他们曾经生活的地方，走近他们的生平，聆听奋斗故事，感受一砖一瓦背后的峥嵘岁月。

在《探访北大二院旧址（原北大数学系楼）》这期节目里，记者身穿民国服装在重要红色地标拍照打卡，以“李大钊先生当时写给进步青年的一封信”为观展线索，透过文章、书柬和影像资料，感受其中承载的革命力量；在“亢慕义斋”复原教室翻阅马哲书籍，追寻先辈足迹；观看党史影片，穿越百年时光，走进那个热血澎湃的觉醒年代。当我走进这幢青砖砌筑的小楼，看到京师大学堂的匾额高悬，不禁肃然起敬。就是在这儿见证了许多中国共产党早期北京组织的“伟大开篇”历史故事：李大钊、陈独秀曾在此讲学，让新学之风吹遍校园；青年毛泽东曾在该楼第16教室聆听李大钊授课，两位伟大的历史人物在这里交会；北京大学马克思学说研究会曾在此举办庆祝五一劳动节等革命活动，发出振聋发聩的革命呼号。拍摄时，当我站在党旗前重温入党誓词时，不禁心潮澎湃，回望初心，深感责任在肩，使命重大。播出时，不少网友跟着云游《伟大开篇——中国共产党早期北京组织专题展》，有留言说：“太燃了！真想去看一看当年李大钊讲学的地方！”

在拍摄《新青年》编辑部旧址时，作为出镜记者的我第一次来到箭杆胡同20号推开《新青年》编辑部旧址的大门时，就被眼前《新青年》的巨大匾额所吸引。进入小院的右手边就能看到写着“新青年社编辑”的木匾，当年也是挂在这个位置。拍摄这期节目时正是电视剧《觉醒年代》热播之际，站在现实中的小院脑海浮现出影视剧中陈独秀从上海搬到北京将编辑部木匾挂上的场景。坐在院中小憩，看着眼前的浮雕壁画，仿佛看到了李大钊、陈独秀、鲁迅、胡适、钱玄同等人正在小院里聚会共谋《新青年》的发展，耳边回荡着《敬告青年》：“青年如初春，如朝日，如百卉之萌动，如利刃新发于硎，人生最宝贵之时期也。”在节目中记者带领观众沉浸式观看“历史上的新青年”与“陈独秀在北京”这两个专题展。展览首次汇集展出了陈独秀、李大钊编辑《新青年》时的往来书信及编者作者之间的通信手札，让观众了解和感受中国先进知识分子探索救国救民的初心和使命。在展厅里还可以现场动手拓印第一版《新青年》封面并加盖当日纪念章作为留念，记者还在现场找到了原景重现的热播电视剧《觉醒年代》中的部分陈列，让观众有更为别致的体验感。有网友留言说：“哇，我看到了电视剧里的新青年牌匾了！真想去拍照合张影！”

在寻访中山公园来今雨轩茶社这期节目中，看到身穿旗袍的记者排队买冬菜包子，在民国风的建筑里品下午茶，有网友忍不住留言说：“在这样的古朴雅致又复古风十足的茶社里喝下午茶真的YYDS（永远的神）啊！”“迅儿哥同款的冬菜包子真是爱了爱了，安排上！”

增强节目叙事化表达，突出故事性，也是我们创作过程中的一大难点。说一千道一万都不如讲好一个好故事。那么如何在5～8分钟的小体量视频节目中又融入精彩的红色故事呢？我们在前期踩点和背景资料整理调研时做了大量工作。合理利用道具、善于引导被采访者讲述、拍摄手法上体现了年代感和穿越感，剪辑上也适时融入故事性强的画面、音视频资料等。

在拍摄老舍纪念馆时，我们从一枚柿子引入，给大家讲述了“丹柿小院”的由来。拍摄时正巧赶上小院里两棵柿子树柿子成熟，在窗台上满满当当摆了一排，红彤彤的甚是喜人。原来这两棵柿子树是1953年老舍先生和夫人亲手种植的，每年秋天都果实累累，红彤彤的十分好看。因此老舍夫人给这个家起了个名字，叫作“丹柿小院”。

由一个播放老舍声音的留声机引入，讲述了老舍不同创作阶段的故事，而这些都是由被采访者来讲述，比如老舍先生的女儿舒济、儿子舒乙、北京人艺著名演员郑榕等，在这些只言片语中让我们看到了一个更鲜活立体的老舍先生。读老舍先生的文章，能看到他对老北京世情的描摹，对民族精神和命运的思考；参观老舍纪念馆，时光穿梭，仿佛回到他在桌旁写作、院里养花、客厅会客的场景。就是这样一位把自己称为“文艺界尽责的小卒”的伟大作家，对中国现代白话文学做出了突出的贡献。

除了寻访革命旧址、先辈故居这一类爱国主义教育基地，在“日新月异”路线中记者还带领观众打卡了中国美术馆。值得一提的是，这期节目中我们非常有幸邀请到了中国美术馆吴为山馆长带我们探秘“伟大征程　时代画卷——庆祝中国共产党成立100周年美术作品展”。吴馆长由毛主席的诗词“看万山红遍，层林尽染”引入，带我们赏析红色在绘画中运用的深刻内涵。通过沉浸式地观赏不同时期美术家们抒写峥嵘岁月、讴歌革命精神和革命先烈的经典作品，我不仅被笔墨丹青的艺术魅力深深陶冶，更深感时代画卷的气象万千、壮阔恢宏。

习近平总书记指出，历史是最好的教科书，也是最好的清醒剂。革命活动旧址承载着中国共产党人坚如磐石的信仰信念，彰显着历久弥新的初心使命。作为一名有着10年党龄的青年干部，同时也是本次系列节目的出镜记者与撰稿人，从资料收集到走访踩点再到采访拍摄，我和拍摄团队用脚步丈量首都北京的红色画卷，用镜头记录东城红色血脉，用双耳倾听文人志士的红色故事，被前赴后继的革命者们深深打动。学史明理、学史增信、学史崇德、学史力行，在这片红色热土中感悟东城浓厚的红色基因，感悟百年党史蕴含的智慧和力量。不忘初心牢记使命，凝聚奋进力量。讲好红色故事，讲好东城故事，我们一直在路上。

百年接力，让党旗熠熠生辉

开栏语：2021年，是中国共产党成立100周年。100年来，党始终高度重视和关心教育事业的发展。早在新中国成立之前，党就创立建设了多所学校。新中国成立之后，党和国家始终将教育放在优先发展的战略位置。进入新时代，习近平总书记指出，教育是国之大计、党之大计。党的十九大从新时代坚持和发展中国特色社会主义的战略高度，作出了优先发展教育事业、加快教育现代化、建设教育强国的重大部署。在中国共产党成立100周年之际，《北京教育》开设专栏《百年接力，让党旗熠熠生辉》，挖掘北京中小学校的红色历史和红色记忆，传承红色精神，以教育人的实际行动让党旗熠熠生辉。本期，我们走进北京市育英学校。

我们的校训是“好好学习　好好学习”

北京市育英学校原党委书记　严　华

在首都北京的海淀区万寿路，坐落着这样一所学校，校门上有鲜红的五角星、校园的主广场有“江山社稷石”；毛泽东、朱德、杨尚昆、李鹏等20多位党和国家领导人曾为学校题词，刘少奇、周恩来对学校办学作过指示，胡耀邦亲自题写校名；这里有三季飘香的果园、有四季花开的“梦苑”；这里有九年一贯、十二年一体的课程，让数以万计的学子在毕业后的十年、十五年走得更远——她，就是北京市育英学校。

1. 与新中国一起走来，永远牢记“好好学习　好好学习”

1948年11月，在解放战争的硝烟中，在离党中央驻地西柏坡七八里地的下东峪村，由中直机关党委和中央供给部党总支领导，在杨尚昆、曾三、邓典桃等同志亲自主持下，“中直育英小学”（育英学校的前身）成立了。中直机关党委决定，以11月7日即十月社会主义革命纪念日为建校日，取《孟子·尽心上》“得天下英才而教育之”中的“育英”二字为校名。1948年11月21日，学校举行了开学典礼。1949年4月，学校随党中央迁入北京。

38　百年接力，让党旗熠熠生辉

开栏语：

2021年，是中国共产党成立100周年。100年来，党始终高度重视和关心教育事业的发展。早在新中国成立之前，党就创立建设了多所学校。新中国成立之后，党和国家始终将教育放在优先发展的战略位置。进入新时代，习近平总书记指出，教育是国之大计、党之大计。党的十九大从新时代坚持和发展中国特色社会主义的战略高度，作出了优先发展教育事业、加快教育现代化、建设教育强国的重大部署。在中国共产党成立100周年之际，《北京教育》开设专栏“百年接力，让党旗熠熠生辉”，挖掘北京中小学校的红色历史和红色记忆，传承红色精神，以教育人的实际行动让党旗熠熠生辉。本期，我们走进北京市育英学校。

我们的校训是“好好学习　好好学习”

严华＿北京市育英学校原党委书记

在首都北京的海淀区万寿路，坐落着这样一所学校，校门上有鲜红的五角星、校园的主广场有“江山社稷石”；毛泽东、朱德、杨尚昆、李鹏等20多位党和国家领导人曾为学校题词，刘少奇、周恩来对学校办学作过指示，胡耀邦亲自题写校名；这里有三季飘香的果园、有四季花开的“梦苑”；这里有九年一贯、十二年一体的课程，让数以万计的学子在毕业后的十年、十五年走得更远——她，就是北京市育英学校。

1.与新中国一起走来，永远牢记“好好学习　好好学习”

1948年11月，在解放战争的硝烟中，在离党中央驻地西柏坡七、八里地的下东峪村，由中直机关党委和中央供给部党总支领导，在杨尚昆、曾三、邓典桃等同志亲自主持下，“中直育英小学”（育英学校的前身）成立了。中直机关党委决定，以11月7日即十月社会主义革命纪念日为建校日，取《孟子·尽心上》“得天下英才而教育之”中的“育英”二字为校名。1948年11月21日，学校举行了开学典礼。1949年4月，学校随党中央迁入北京。

1952年“六一”前，学校号召各班级以集体的名义做些什么送给学校，表示节日的祝贺。五年级班主任高尔检请大家动动脑筋，送点有特殊意义的礼物，提示大家可以请家长帮点忙。“六一”儿童节前夕，李讷拿来了一张宣纸，上面写了“好好学习　好好学习”八个字。李讷说：“昨天，我让爸爸给写了几个字，爸爸写了‘好好学习’四个毛笔字。不小心被水弄了个水印。于是，爸爸又在这个‘好好学习’左侧偏下写了‘好好学习’四个字。”

同学们看到毛主席写的“好好学习　好好学习”条幅，激动得热烈鼓掌。全班师生马上把题词送到了校长室，韩作黎校长把它挂在办公楼入口处的墙上，后来又镌刻在了学校的影壁墙上。师生每天踏进校门，就可以看到毛主席的教导——“好好学习　好好学习”，这几个字时刻鼓舞着学生不断前进。

半个多世纪以来，“好好学习”不仅激励着育英学子，也成为激励全中国少年儿童成长的座右铭。其内涵深刻、教诲寓意深远，寄托着父辈对儿女的期待，以及老一辈革命家对国家未来一代的

1952年“六一”前，学校号召各班级以集体的名义做些什么送给学校，表示节日的祝贺。五年级班主任高尔怪请大家动动脑筋，送点有特殊意义的礼物，提示大家可以请家长帮点忙。“六一”儿童节前夕，李讷拿来了一张宣纸，上面写了“好好学习　好好学习”八个字。李讷说：“昨天，我让爸爸给写了几个字，爸爸写了‘好好学习’四个毛笔字。不小心被水弄了个水印。于是，爸爸又在这个‘好好学习’左侧偏下写了‘好好学习’四个字。”

同学们看到毛主席写的“好好学习　好好学习”条幅，激动得热烈鼓掌。全班师生马上把题词送到了校长室，韩作黎校长把它挂在办公楼入口处的墙上，后来又镌刻在了学校的影壁墙上。师生每天踏进校门，就可以看到毛主席的教导——“好好学习　好好学习”，这几个字时刻鼓舞着学生不断前进。

半个多世纪以来，“好好学习”不仅激励着育英学子，也成为激励全中国少年儿童成长的座右铭。其内涵深刻、教诲寓意深远，寄托着父辈对儿女的期待，以及老一辈革命家对国家未来一代的嘱托，其内容也随着时代发展而不断丰富。建校初期，“好好学习”告诫出生在战争年代的孩子们，正赶上国家百废

待兴，“小孩子要用心读书，现在不学，将来没有用”（任弼时给育英学生的题词）；新时代，学校教职工深刻领会习近平总书记对教育“立德树人”的根本要求，以“为了祖国　好好学习”为教育主题，引导育英学子为中华民族复兴的中国梦而发奋读书、好好学习。68年来，“好好学习　好好学习”八个字不仅成为育英学校的校训，更体现了学校为党育人、为国育才的使命担当。

2.传承红色基因，培养“关心社稷、勇于担当”的栋梁之材

习近平总书记多次强调“培养什么人、怎样培养人、为谁培养人”是教育的根本问题和永恒主题。作为党中央亲手创办的一所红色学校，学校党委通过召开教师座谈会、校友采访等，梳理出学校红色基因的关键词，如教师“有大爱”“站位高”等，学生“理想信念根植于心”“先学做人”“艰苦朴素、热爱劳动”等。学校党政班子将其固化、弘扬，引领学校的思想建设、队伍建设和课程建设。

一是将红色文化注入校园环境和学生教育中。将“与新中国一起走来，国家的利益高于一切，学校的利益高于一切”列为《教师工作文化》第一条，成为学校教职工的最高行为准则。在校园环境建设中，体现红色文化的主线，如江山社稷广场、校史广场、英雄墙、“育英时评”等，时时处处引导师生“勇于担当”“阳光大气”“关心社稷”。升旗仪式以红色教育为底色，结合对学生成长的引领，突出社会主义核心价值观，主题系列有《为了祖国、好好学习》《学习身边好榜样》等。

二是抓关键“节点”开展师德教育。“有理想信念、有道德情操、有扎实学识、有仁爱之心”是党和国家对教师的要求，也是学校师德建设的核心内容。党委结合学校教师队伍的优良传统，利用“五四”青年节、“七一”建党日、教师节等重要“节点”，开展针对不同教师群体、形式多样的师德教育，坚定教职工为党的教育事业奋斗的决心，打牢“爱心、耐心、用心、齐心”的教育底色，“以身示范，做学生健康成长的引路人”。优秀的中青年教师积极申请加入党组织，党员占教职工总数的53%。

三是充分挖掘红色资源，丰富学校课程，立德树人。学校以“关心社稷、勇于担当”为核心育人目标，充分利用丰富的环境资源开发校园活动课程，研究将立德树人目标融入各个环节的学科课程，挖掘社会和校友红色资源开设校友课程。例如，将校史馆作为“红色教育基地”，红色历史和精神文化以文字、实物、影像的形式立体呈现在所有育英人面前。校史馆是每年新生、新教师上第一课的地方，是一年级举行入队仪式的地方，是每年校庆日令老教师和老校友流连忘返的地方。学校通过组织寻根之旅、开设校友论坛等，寓教育于活动之中，寓教育于课程之中，引领学生成长、成才。

从育英学校的诞生与发展来看，这里一直是“红色家园，育人沃土”。学校以文化建设为抓手，充分挖掘和利用教育资源，使教育的沃土更加丰厚，为师生注入精神之“钙”，引导学生“扣好人生第一粒扣子”。正如在建校70周年时，第十二届校友李东东所作的《育英赋》所写，育英学校“倾半世情，有若竹若谷贤者虚怀；励四海志，出如兰如莲世间清品。得天下英才而教育之，君子三乐；昭革命传统而赓续之，红色初心”。如今的她“万寿路畔门墙桃李；煌煌育英黉舍，新时代继往开来，杏坛阶前萃杰树人”。

传承红色精神　我们定义可能

北京市育英学校团委书记　李燮聪

去年开学初，高一新生孙纪洋在随笔中写道：“进入校园，一块看起来就饱经风霜的大石头吸引了我的注意，其下的基座上‘江山社稷’四个烫金大字那样显眼，其背面刻有‘祖国 真理 责任’。此时，一股没来由的亲切感涌上心头，不过，又感觉其中像是孕育了什么我还没摸透的东西。”这篇随笔引起了我强烈的共鸣，四年前，初入职的我也曾在江山社稷广场久久驻足，畅想在这所和新

40 百年接力，让党旗熠熠生辉

传承红色精神　我们定义可能

李慧聪 _ 北京市育英学校团委书记

去年开学初，高一新生孙纪洋在随笔中写道：“进入校园，一块看起来就饱经风霜的大石头吸引了我的注意，其下的基座上‘江山社稷’四个烫金大字那样显眼，其背面刻有‘祖国 真理 责任’。此时，一股没来由的亲切感涌上心头，不过，又感觉其中像是孕育了什么我还没摸透的东西。”这篇随笔引起了我强烈的共鸣，四年前，初入职的我也曾在江山社稷广场久久驻足，畅想在这所和新中国一起走来的红色学校开启最有意义的生活。

后来，我有幸走上学校团委书记的工作岗位，谨记光荣的革命传统与强大的红色基因所赋予我们的培育“关心社稷、勇于担当”的社会主义建设者和接班人的使命，坚持党旗所指，团旗所向，努力响应学校党委“党建带团建”的号召，在党委引领下，和师生共同探索红色精神的传承。

我们以课程建设为工作重点，大胆创新党校和团校课程形式，打造分层分类、学分制、开放性的党团课，研发了“关心社稷”等六类课程，尤其鼓励学生自主开发党团课程，让思想政治引领更加立体、鲜活。如面向起始年级学生推出“植根育英”课程，充分挖掘学校红色资源，引领学生关注校史、党史和国家大事，坚定文化自信与情感认同。我们坚持定期组织主题教育实践、主题团日、队日活动等，丰富学生的生活体验。利用节日、纪念日、仪式等教育契机，以教师节感恩周等为载体，使学生在参与和体验的过程中增进对社会主义核心价值观与学校育人理念的深度理解。我们尤其重视发挥团建文化的引领作用，形成了“我们，定义可能”的学校团委核心价值观，用实际行动来改变生活中的“看不惯”，创造更好的可能。我们以志愿服务为载体，实现了全员成为注册志愿者，学校年志愿服务约万余人次。团委成立先锋岗，带领团员冲在节约粮食等工作的最前沿。

每每经过江山社稷石，凝视其基座上的“祖国 真理 责任”，我经常会想到孙纪洋同学所说的“其中像是孕育了什么我还没摸透的东西”。由混沌到明晰，由懵懂到坚定，在学生形成和确立价值观的关键时期，给予其基于真实生活的引领与体验，坚定其价值体认，扣好人生第一粒扣子，便是我努力的方向，在此过程中，我也收获了心目中最有意义的生活。

“好好学习”引领教师成长

孔祥吉 _ 北京市育英学校

2018年，我刚刚给学生上完党团课，正准备离开阶梯教室，便被高中党支部书记赵佳叫住了，赵佳书记启发我要思考如何将党团课课程化、系列化，这样既可以将已有的课程沉淀下来，便于日后

中国一起走来的红色学校开启最有意义的生活。

后来，我有幸走上学校团委书记的工作岗位，谨记光荣的革命传统与强大的红色基因所赋予我们的培育“关心社稷、勇于担当”的社会主义建设者和接班人的使命，坚持党旗所指，团旗所向，努力响应学校党委“党建带团建”的号召，在党委引领下，和师生共同探索红色精神的传承。

我们以课程建设为工作重点，大胆创新党校和团校课程形式，打造分层分类、学分制、开放性的党团课，研发了“关心社稷”等六类课程，尤其鼓励学生自主开发党团课程，让思想政治引领更加立体、鲜活。如面向起始年级学生推出“植根育英”课程，充分挖掘学校红色资源，引领学生关注校史、党史和国家大事，坚定文化自信与情感认同。我们坚持定期组织主题教育实践、主题团日、队日活动等，丰富学生的生活体验。利用节日、纪念日、仪式等教育契机，以教师节感恩周等为载体，使学生在参与和体验的过程中增进对社会主义核心价值观与学校育人理念的深度理解。我们尤其重视发挥团建文化的引领作用，形成了“我们，定义可能”的学校团委核心价值观，用实际行动来改变生活中的“看不惯”，创造更好的可能。我们以志愿服务为载体，实现了全员成为注册志愿者，学校年志愿服务达万余人次。团委成立先锋岗，带领团员冲在节约粮食等工作的最前沿。

每每经过江山社稷石，凝视其基座上的“祖国　真理　责任”，我经常会想到孙纪洋同学所说的“其中像是孕育了什么我还没摸透的东西”。由混沌到明晰，由懵懂到坚定，在学生形成和确立价值观的关键时期，给予其基于真实生活的引领与体验，坚定其价值体认，扣好人生第一粒扣子，便是我努力的方向，在此过程中，我也收获了心目中最有意义的生活。

“好好学习”引领教师成长

北京市育英学校　孔祥吉

2018年，我刚刚给学生上完党团课，正准备离开阶梯教室，便被高中党支部书记赵佳叫住了，赵佳书记启发我要思考如何将党团课课程化、系列化，这样既可以将已有的课程沉淀下来，便于日后传承，同时也有利于扩大党团课的辐射范围，让更多的师生受益。

于是，我琢磨着什么样的主题既能够贴合学生生活又自成系统呢？看到影壁上毛主席的“好好学习　好好学习”，我突然有了灵感。毛主席的诗词气势不凡，想象瑰丽，可谓家喻户晓，那为何不借此机会讲讲诗词背后的历史呢？这不就是历史老师最擅长的吗？我当时带着高三毕业班，我想，何不将复习备考与党课宣传融为一体呢？我把微党课定为：跟着毛主席诗词学历史。毛主席的诗词是线索，背后的历史背景对标高考。这样，高三的考生相当于又学了一遍中国近现代史，一举两得，而且不只这届学生可以看，下届学生也可以看；不只学生可以看，老师也可以看；不只育英学校的师生可以看，别人也可以看，这样影响面就更大了。

正是基于对这些问题的思考，我开始了打磨课程的道路。首先，要规划课表，有一个顶层设计，总共多少期，每期讲什么，都要有规划。其次，要注意语言的严谨性，做到通俗易懂的同时更要言之有据，所以需要查找大量的资料，反复比对。微党课完成后，党委书记严华又鼓励我将之整理成一本书，还建议我搜集毛主席的书法作品等。完成这一工作后，我兴高采烈地把书稿交给书记，以为就此完工。谁曾想书记返回的稿子中标注了各种排版错误、照片注释不尽合理之处等，甚至还包括油印机印出的红色有差异。书记教导我要脚踏实地、扎扎实实地写好每一个字。这既是做学问的应有之义，也是为师者的本分。

我只是育英学校众多老师中的平凡一员，学校党委在学校建设中发挥着重要作用，不断凝聚着各个支部的智慧，教师们都在以不同的方式传播红色历史和红色精神，宣传党的方针和政策。相信在育英学校这片沃土上，教师们会不断开拓创新，将党的教育事业不断推向前进。

百年接力，让党旗熠熠生辉 41

传承，同时也有利于扩大党团课的辐射范围，让更多的师生受益。

于是，我琢磨着什么样的主题既能够贴合学生生活又自成系统呢？看到影壁上毛主席的"好好学习　好好学习"，我突然有了灵感。毛主席的诗词气势不凡，想象瑰丽，可谓是家喻户晓，那为何不借此机会讲讲诗词背后的历史呢？这不就是历史老师最擅长的吗？我当时带着高三毕业班，我想，何不将复习备考与党课宣传融为一体呢？我把微党课定为：跟着毛主席诗词学历史。毛主席的诗词是线索，背后的历史背景对标高考。这样，高三的考生相当于又学了一遍中国近现代史，一举两得，而且不只这届学生可以看，下届学生也可以看，不只学生可以看，老师也可以看，不只育英学校的师生可以看，别人也可以看，这样影响面就更大了。

正是基于对这些问题的思考，我开始了打磨课程的道路。首先，要规划课表，有一个顶层设计，总共多少期，每期讲什么，都要有规划。其次，要注意语言的严谨性，做到通俗易懂的同时更要言之有据，所以需要查找大量的资料，反复比对。微党课完成后，党委书记严华又鼓励我将之整理成一本书，还建议我搜集主席的书法作品等。完成这一工作后，我兴高采烈地把书稿交给书记，以为就此完工。谁曾想书记返回的稿子中标注了各种排版错误、照片注释不尽合理之处等，甚至还包括油印机印出的红色有差异。书记教导我要脚踏实地、扎扎实实地写好每一个字。这既是做学问的应有之义，也是为师者的本分。

我只是育英学校众多老师中的平凡一员，学校党委在学校建设中发挥着重要作用，不断凝聚着各个支部的智慧，教师们都在以不同的方式传播红色历史和红色精神，宣传党的方针和政策。相信在育英学校这片沃土上，教师们会不断开拓创新，将党的教育事业不断推向前进。

打卡红色地标

（由北京市海淀区教育委员会推荐并提供图片）

李大钊烈士陵园是为纪念中国共产主义运动的先驱、中国共产党的创始人之一——李大钊烈士建立的，位于风景秀美的香山脚下，万安公墓中部。1992年被北京市人民政府命名为北京市青少年教育基地，1995年被民政部命名为爱国主义教育基地，2020年4月，入选北京市首批新时代文明实践基地名单。

"我们今天的幸福生活是由无数革命先烈用鲜血和生命换来的。我们要铭记历史，不忘初心，好好学习，不负韶华，为实现中华民族的伟大复兴而努力。"——首都师范大学附属玉泉学校学生

原载《北京教育》2021年1月至12月

获第三十一届北京新闻奖三等奖

专家 点评

ZHUAN JIA

一组极具参考价值和实用价值的好作品

北京商报社总编辑助理　齐　琳

这组作品以北京中小学一线校长、老师的视角带入，以党和国家领导人与学校的历史交集为时间轴，将百年来的北京教育从"红色基因"成长为"现代化教育"的历史画卷徐徐展开。在建党百年的历史契机之下，报道充分挖掘了北京中小学校的红色历史和红色记忆，并给我们提供了一种全新的教育观察方式。

作品主文所报道的三所学校均是党成立百年以来历史悠久的红色名校。"传

承红色精神，以教育人”是贯穿这组系列报道的核心内涵，报道方向围绕学校的思想建设、队伍建设和课程建设，与红色精神紧密交织，将教育作品的新闻广度和深度进行了充分展示。报道内容无论是对学校建校历史的回顾，还是对教师、学生成长中的所思所想进行细节描述，都将教育人在党旗光辉下的个人成长与集体成长之路呈现得淋漓尽致。红色教育薪火相传，报道生动地描述了一线教育工作者在日常教育工作中传播红色历史和红色精神，让百年教育在党旗下熠熠生辉。

作品在栏目设置思路上还独具创新，单篇作品的文末还会增设“打卡红色地标”的小故事，对李大钊烈士陵园、慈悲庵、没有共产党就没有新中国纪念馆等中国共产党革命活动旧址进行了图文介绍，并附上首都学子的参观感悟，让读者对于首都红色教育资源有了更充分的认识，也为培养担当民族复兴大任的时代新人提供了精神引领。

北京作为首都拥有得天独厚的红色资源，如何遴选采访主体则充分体现了编辑记者的报道思路。这组作品的报道对党史、革命文物史料进行了充分挖掘，与学校的实际工作交相印证，全方位立体化地呈现出首都高质量教育发展的精神风貌，是一组极具参考价值和实用价值的教育新闻报道。

获奖者 / 感言

HUO JIANG ZHE

讲好红色故事，传承红色基因

北京教育融媒体中心《北京教育》编辑部

红色，是党旗的底色，也是教育的底色。在中国教育改革和发展的进程中，党旗永远飘扬在最前线。

“为党育人、为国育才”是新时代教育工作者的使命，讲好红色故事、传承红色基因是媒体人尤其是首都教育媒体人应有的责任和担当。在中国共产党成立100周年之际，《北京教育》（普教）策划《百年接力，让党旗熠熠生辉》专栏，深入挖掘中国共产党人的红色办学历程，展现不同年代共产党人在办学兴校和教育岗位上的奉献事迹、精神风貌，以及对建党精神的传承，传承好红色基因，做好新时代学校的育人价值引领。

聚焦“接力”“传承”，我们设计了“讲述红色故事”和“打卡红色地标”两部分。“讲述红色故事”从北京16个区中选取有红色历史或红色教育突出的中小学校，通过一“老”一“新”两代教育人的讲述——“老党员教师”讲述在学校发展史上有重要意义、难忘、亲历或者见证的，足以反映那个时代的精神风貌的历史过往、人物事迹以及思想感悟；“新党员教师”讲述重要历史时刻自己的所见、所思、所想、所为，难忘的时刻、场景、人物、事件等，展现不同年代教育工作者的奋斗史、办学史、传承史，彰显两代教育人让党旗熠熠生辉的精神风貌和实际行动。与此同时，我们还进行“打卡红色地标”征集，寻找北京区域内具有地标性的红色遗址、遗迹和纪念建筑，发挥出红色文化矩阵的教育效应。

从策划实施看，16个区的16所学校各有其特点，既有百年历史传承的历史悠久学校，也有相对年轻但红色教育做得有声有色的新学校；既有身处闹市的城市学校，也有坚守深山和革命老区的农村学校。这些学校都有一个共同点，即始终把红色基因根植于师生血脉，学校始终与国家共命运，与时代同发展，致力于传承红色基因，培育时代新人，谱写出了一曲曲“传承与创新共舞，特色和品质育人”的华美乐章。

例如，北京市育英学校原党委书记严华讲述了校训“好好学习　好好学习”的由来以及学校如何以文化建设为抓手，引导学生“扣好人生第一粒扣子”的故事，让人印象深刻；地处大山的延庆区大庄科中心小学党支部书记程玉玲讲述的一代代教师坚守深山，几十年如一日为山区的教育事业奉献青春、倾注心血的故事，同样让人感动；怀柔区第一中学原校长李鹤年讲述了学校办学65年来，一代代教育人“自强不息”、接力传承的育人故事，让人难忘；北京市第十二中学则讲述了办学80多年来虽历经两次更名迁址，但始终与祖国共命运，与时代同发展的故事，让人感慨；房山区霞云岭中心小学党支部书记李国栋讲述了歌曲《没有共产党就没有新中国》的由来，让人追忆；北京市大峪中学则讲述了他们的老校长、老书记，党的创始人之一李大钊的幼子李欣华，如何在解放初期校舍陈旧、设备简陋等困难条件下艰苦奋斗的，让人景仰；通过汇文中学的讲述，我们了解了这所学校如何把从这里走出的英雄校友事迹和一代代汇文师生汇聚在一起，凝聚为学校红色基因传承的宝贵财富，让人赞叹。此外，还有顺义区龙湾屯中心小学、大兴区第一中学、北京师范大学昌平附属学校、密云区石城镇中心小学、平谷区刘家河中学、朝阳区芳草地国际学校、首都师范大学附属苹果园中学、通州区潞河中学附属学校等，他们或开发实施红色育人课程，或开展红色教育活动，等等，这些故事都反映了一个主题：让党旗高高飘扬，让红色基因代代相传。

在“打卡红色地标”活动中，我们先后征集并介绍了李大钊烈士陵园、延庆区平北红色第一村纪念馆、怀柔第一党支部纪念馆、丰台区长辛店留法勤工俭学旧址、房山区没有共产党就没有新中国纪念馆、顺义区焦庄户地道战遗址纪念馆等红色地标，让更多的人认识、了解这些红色历史遗迹以及遗迹背后的红色故事，给人留下了深刻的印记，成为首都一道道亮丽的红色风景。

从“新”“老”不同年代党员教师的讲述中，我们读到的不仅是充满炽热情感的文字，更有永远跟党走的信念和誓言，以及他们身上肩负的“为党育人、为国育才”的使命担当。正如一位教师所言：“新时代教师要时刻不忘将红色基因根植于每一位学子血脉之中，传承红色精神，培育时代新人。身为新时代的教师，我亲历了学校的发展历程，更在传承红色精神的实践中，与学生们共同经历灵魂的洗礼，坚定了对党的信仰。”这不仅是新时代教师的誓言，也应当是新时代教育媒体人的时代自觉。当前，首都教育正处于推进高质量发展的进程中，我们是参与者、见证者，更要成为推动者，需要时时自省、自励，需要时刻牢记教育媒体人的初心使命，坚持党的领导，把握时代脉搏，勇于担当作为，推进首都教育高质量发展，承担起时代赋予教育媒体人的重任。

追索新聞真諦

冬奥报道

DONGAO BAODAO

北京：铸就“双奥之城”

新华社记者　骆国骏　孔祥鑫　郭宇靖　张　骁

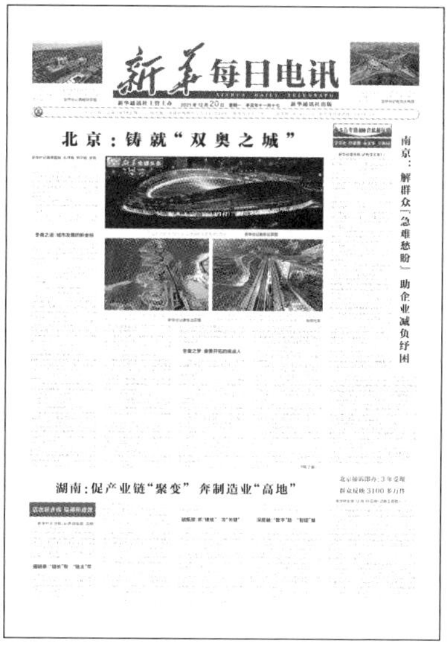
新华每日电讯

北京：铸就“双奥之城”

南京：解群众“急难愁盼”　助企业减负纾困

湖南：促产业链“聚变”　奔制造业“高地”

北京接诉即办：3年受理群众反映3100多万件

“我们说过会再见，挥手间就祈了愿，满满期待的心跳，总能听见……”

不久前推出的冬奥歌曲《我们北京见》与2008年创作的《北京欢迎你》遥相呼应，不仅唤起了人们关于奥运的温暖记忆，更唱出了北京作为“双奥之城”的荣耀和自信。

熊熊燃烧的“鸟巢”主火炬塔将再度点亮古都北京，点亮奥林匹克历史上首个“双奥之城”。

北京已经准备好了。经过近7年冬奥会筹办，北京的城市发展踏上新的历史起点，开启新的奋斗征程。

冬奥之诺：城市发展的新坐标

“北京奥运会带给了我们推动经济社会文化等各领域发展千载难逢的良机。”北京经济与社会发展研究所所长徐逸智认为，成功举办冬奥会，北京城市发展又会迈上新台阶。

2015年7月，北京携手张家口成功申办2022年冬奥会和冬残奥会。在近7年时间里，冬奥筹办与首都发展同频共振、同生共舞。

北京功能定位日渐清晰

2017年9月，备受关注的《北京城市总体规划（2016年—2035年）》正式对外公布，在指出北京一切工作必须坚持全国政治中心、文化中心、国际交往中心、科技创新中心的城市战略定位的同时，也将办好冬奥会写入发展目标。

“建设一个什么样的首都，怎样建设首都”的重大问题，自此有了全面系统的答案。在筹办冬奥会的同时，北京紧紧牵住疏解非首都功能这个“牛鼻子”，着力破解“大城市病”。

北京经济社会深刻蝶变

疏解一般制造业企业累计近3000家，疏解提升区域性批发市场和物流中心累计约1000个；常住人口规模自2017年以来持续下降，2020年北京市常住人口控制目标顺利完成……这些数字背后是北京许下“冬奥之诺”后，为提质减量发展做出的努力。

北京市发展改革委有关负责人表示，非首都功能疏解为北京高质量发展创造了空间，科技、信息、文化等领域“高精尖”产业新建市场主体占比从2013年的40.7%上升至2020年的60%。

北京老城保护全面升级

在减量发展的同时，北京老城保护迈上新台阶。中国文物学会会长、故宫博物院原院长单霁翔说，首都北京有非常丰富的中轴线资源，保护好、利用好、传承好北京中轴线文化遗产，作为示范城市辐射全国，将助力推动文物保护向文化遗产保护转变。

2020年底开始，地处中轴线的鼓楼和景山公园的万春亭有了更好的观赏视角，北京中轴线壮观景观一览无余，前来观赏的游客络绎不绝。为了恢复中轴线景观视廊，北海医院和东天意市场按计划完成了降层拆除任务，成为恢复中轴线景观视廊的第一批拆除项目。

通过建筑降层、文物恢复性修建、加速中轴线申遗进程等工作，北京正加速还原老城历史原貌，让千年古都与冬奥盛会交相辉映。

北京城市面貌焕然一新

伴随冬奥筹办和首都“四个中心”定位的明确，北京率全国之先，主动“瘦身健体”，开启了由“聚集资源求增长”到“疏解功能谋发展”的减量发展之路，特别是在高质量发展中，推进城市有机更新，以“绣花功夫”和“工匠精神”盘活存量空间资源、推动城市面貌全面提升。

崇雍大街、白塔寺宫门口东西岔胡同、八角街道腾退空间……一批设计精巧、特点纷呈、群众满意的试点项目建成开放，城市风貌和品质大幅提升。截至目前，北京已开展了65个公共空间改造提升试点项目。

深入实施新版城市总体规划，加大老城保护力度；陆续实施“回天地区”三年行动计划、城南行动计划促进城市南北均衡发展和共同富裕；京津冀协同发展取得重大标志性进展……近7年来，北京“四个中心”首都功能进一步强化，城市步入国际一流的和谐宜居之都发展快车道。

“北京奥运会非常注重城市体育设施建设，向世界展示中国现代化形象。”北京冬奥组委规划建设部总体规划处处长桂琳说，“北京冬奥会申办和筹办中，我们追求的是更高质量的发展，破解绿色环保、可持续发展等人类共同面对的问题，让冬奥红利惠及更多人。”

冬奥之梦：奋勇开拓的奥运人

2008年8月8日，“鸟巢”上空的璀璨烟花点亮了千年古都的奥运梦想；2022年2月，盈盈欲舞的“冰丝带”将继续演绎“双奥之城”的无与伦比。

直线距离仅3.5公里的两座奥运地标场馆，记录了“双奥总工”、北京城建集团总工程师李久林的“双奥情缘”。

在国家体育场“鸟巢”建设过程中，李久林及其团队与钢厂一起，从高强度钢材的生产、锻造，再到施工方法一步步攻坚，最终生产出Q460E高强度钢材，并形成一套完整的技术闭环；在国家速滑馆“冰丝带”建设过程中，李久林及其团队实现了建筑用高钒密闭索的国产化，填补了国内大吨位、大面积索网同步张拉的技术空白……

除了“冰丝带”，在北京赛区，国家游泳中心、国家体育馆、五棵松体育中心、首都体育馆等一批夏奥场馆在冬奥筹办的近7年间改造创新、重新上阵，具备了冬夏项目场地双向转换能力，成为名副其实的“双奥场馆”。

“奥运场馆是国家综合实力的体现，有很强的时代性、引领性和标志性。”从“鸟巢”到“冰丝带”，从夏奥到冬奥，在李久林看来，这是职业生涯的崭新飞跃，是“双奥之城”的日新月异，更是伟大民族的逐梦之旅。

在中轴线及其延长线上，“冰丝带”成为千年古都的新地标。在北京西部，百年首钢完成了从山到海、从火到冰、从厂到城的华丽转身。

北京申办2008年奥运会成功后，为了兑现绿色北京、绿色奥运的庄严承诺，首钢的钢铁主业向沿海发展，搬迁至河北曹妃甸；北京申办2022年冬奥会成功后，北京冬奥组委办公区、国家体育总局冬训中心“短道速滑”“花样滑冰”“冰壶”“冰球”4个冰上训练场馆、冬奥场馆滑雪大跳台等项目相继落户首钢园区。

百年首钢与奥林匹克再续情缘，也改变了很多首钢工人的人生轨迹。随着国家冬季运动队冰上项目训练基地投用，干过轧钢工、炼钢维检工的刘博强，成为保障国家队训练的一名制冰大工匠。

“工作要‘制冰’，转型要‘破冰’。我暗自下决心，要争口气，要‘搏一把’。”刘博强带着当年钢花四溅的炽热和“为国炼钢”的激情，走上了全新的工作岗位。

北京冬奥会筹办给城市高质量发展带来全新机遇。新首钢三年行动计划日前收官，镌刻在几代人记忆里的工业奇迹正成为新时代首都城市复兴新地标，“刘博强们”也有了更宏大的梦想。

“保障好北京冬奥会，让全世界看到中国钢铁工人转型发展的梦想、新时代产业工人的风采！”刘博强说。

还有不到50天，北京冬奥会的序幕即将拉开——赛场内外将写下怎样不朽的奥运传奇，“两个奥运”又将留下多少永恒的人生记忆？

今年10月8日，首场冬奥会国际测试赛——“相约北京”速度滑冰中国公开赛在“冰丝带”启动。

赛前新闻发布会上，“双奥建设者”、北京国家速滑馆经营有限责任公司董事长武晓南特意穿了一件2008年奥运会“好运北京”测试赛的制服。“从北京夏奥会负责建设曲棍球场和射箭场，到北京冬奥会负责建设‘冰丝带’，这是两个奥运的坚守，更是两个奥运的传承。”

今年12月11日，在北京2022年冬奥会和冬残奥会延庆赛区，依山而建的延庆冬奥村开展“全要素”运行测试。

“双奥设计师”、中国建筑设计研究院有限公司总建筑师李兴钢把两次奥运场馆的设计经历视为职业生涯的里程碑。“从北京夏奥会‘鸟巢’中方设计主持人，到北京冬奥会延庆赛区总设计师，‘两个奥运’传递的是信心、经验和理念。”

……

从夏奥到冬奥，从筹办到举办，这是“双奥人生”浓墨重彩的光辉岁月，更是“双奥之城”迈向未来的铿锵步伐。

冬奥之约：协同发展的新蓝图

2019年12月，世界上首条时速350公里的智能高铁——京张高铁正式通车，河北张家口正式进入京津冀“一小时生活圈”。

坐着高铁去滑雪，已经成为冬季里不少北京市民的一种“时尚”。“以前去崇礼都是搭别人的车或乘大巴，路程将近5小时，现在不到1小时。”在北京互联网公司工作的肖祯第一时间享受到京张高铁开通后的“红利”。

互联互通，是北京冬奥会推动区域协同的生动缩影。北京携手张家口筹办北京冬奥会的近7年，也是京津冀协同发展大踏步向前的时间。

北京冬奥会包括北京、延庆、张家口三个赛区。为实现三个赛区无缝连接，京张交通路网的加速建设不仅将高水平保障冬奥会的需求，还进一步推动构建起京津冀互联互通的综合交通网络。

在北京延庆，筹办冬奥让地区发展全面提速。“我们紧抓冬奥会的机遇，实现了生态环境的提质、基础设施的提速、经济发展的提效、人民福祉的提升。”北京市延庆区常务副区长、北京冬奥会延庆赛区赛后利用负责人叶大华说。

在河北张家口，基础设施在筹办冬奥过程中得到了全方位的提升，除了交通路网的完备，城乡水、电、气、讯等方面都得到了根本改变。

“冬奥会带动经济增长具有长期性，其投资效应将随着时间逐渐增强，往往能够发挥更持久的带动作用。”徐逸智说。

冬奥筹办一路走来，“绿色、共享、开放、廉洁”的办奥理念引领着北京与河北在多个领域展开广泛深入合作，跑出了新的加速度。

以公共服务为例，北京大学第三医院接管张家口市崇礼区人民医院，成为冬奥会和冬残奥会张家口赛区医疗保障定点医院。冬奥会京冀医疗保障合作协议的签订和众多医疗合作项目的落实，有效整合京津冀优质医疗卫生资源，有序推动冬奥会医疗保障工作。

在环保协同治理中，“冬奥效应”同样席卷而来。申办冬奥会时，北京、张家口向国际社会作出生态环境大气质量的承诺。近7年来，天更蓝、山更绿、水更清……京津冀生态环境联防联治已见成效。专家认为，冬奥会形成强大的推动力，助力京津冀环境治理走上“快车道”。

治气、治沙、治水工程……近年来，京张地区生态环境开展联防联治，全面开展整体改善京张地区生态环境。

2015年以来，北京、张家口的空气质量状况明显改善，空气中细颗粒物（PM2.5）年平均浓度大幅下降。京张治沙覆绿成效显著，水环境质量持续提升，延庆和张家口赛区及周边区域生态环境品质大幅改善。

北京市副市长、北京冬奥组委执行副主席张建东说：“加大京张地区的环境治理力度，打好治气、治水、治沙攻坚战，整体改善区域生态环境，努力为冬奥会打下美丽中国底色。”

同样，冬奥会也成了地方发展的“大礼包”。冬奥会对京津冀协同发展有着强有力的牵引作用，有利于京张两地资源、环境、市场、产业、基础设施等优势互补，迸发出持久强劲的发展动能。

今年9月，位于河北省张北草原上的张北柔性直流电网工程完成首次停电检修工作。该工程自2020年投运后，已助力26个冬奥场馆实现了100%清洁能源供应。

“用张北的风点亮北京的灯”。绿色办奥与北京夏季奥运会“绿色奥运”一脉相承，通过生态优先为城市赋能，冬奥筹办正推进京津冀生态文明高质量发展。

“创造丰厚的冬奥遗产，为主办城市和广大民众带来长期的、积极的收益，是北京冬奥会筹办工作的重要内容。”北京冬奥组委专职副主席、秘书长韩子荣说。

在延庆海陀山下，来自张山营镇的张海超正在和村民商量采购一些老玉米。因为冬奥会的举办，他将自己家里的房子改造成了民宿。“家门口的盛会，一定有商机。距离冬奥会开幕不到50天了，我现在满怀期待。”

原载《新华每日电讯》2021年12月20日

获第三十一届北京新闻奖一等奖

专家点评
ZHUAN JIA

讲述全球首个双奥之城的精彩故事

中国人民大学新闻学院教授　倪　宁

本作品为新华社北京分社集体采写，于2021年12月19日由新华总社播发通稿，翌日，《新华每日电讯》《北京日报》等报刊头版头条刊发，数十家省市级机关报采用。

2015年7月，北京携手张家口成功申办2022年冬奥会和冬残奥会，北京将作为第一个既举办过夏季奥运会又举办过冬季奥运会的城市。记者发稿时，2022年冬奥会经过7年紧张而有序的筹办，已进入最后的冲刺阶段，开幕在即。时值防治新冠病毒关键时期，这届冬奥会准备得如何？能否如期举办？全国人民乃至全世界都予以高度关注。而如何做出回答，这是一篇大文章，主题重大。本作品主创团队审时度势，适时推出这篇报道，时度效把握精当。报道通过筹办冬奥会7年间和北京城市变化的巧妙结合，大力宣传“绿色、共享、开放、廉洁”的办奥理念，讲述北京作为全球首个双奥之城的精彩故事，着眼于习近平总书记各项要求的落实、结果，明确回答“北京已经准备好了”，两个奥运会即将会面，“奥林匹克历史上首个‘双奥之城’”，坚定人们对于“北京作为‘双奥之城’的荣耀和自信”。时机把握得准，报道恰当其时，自然关注度，传播效度就应声而起了。

充分用事实说话，阐释具有高度，是本作品的特色之一。如何反映北京铸就“双奥之城”？这篇报道的编辑记者们是经过深思熟虑的。报道从新华社北京分社自冬奥申办以来7年来的积淀中深挖细筛，发掘典型，发现精彩，从北京的城市巨变切入，聚焦于“双奥之城”，阐释在四个办奥理念助推下，冬奥筹办与首都发展的同频共振、同生共舞；在科技创新、生态环境、国际交往等方面发生的跨越式变化，京津冀乃至全国进入社会主义现代化强国的历史性变化；呈现各界喜迎冬奥、参与冬奥的鲜活故事，充分谱写了主旋律和正能量。从报道中我们可以看出，记者采访十分扎实，所有内容均由事实构成，“五要素”齐全鲜活，可读性强。报道穿插了若干个极富代表性的人物，鲜活充分地展示了冬奥会筹办7年间，北京城市发展与冬奥会筹办一同进入了新的历史坐标；彰显了在全球疫情肆虐的背景下，中国有信心有能力办好冬奥会的定力和行动。

还需要提出的是，本作品的行文风格如同即将开场的冬奥会，惊艳亮丽，大气磅礴。全篇结构紧密，层次分明；叙事走笔，行云流水；表成绩，谈变化，语言生动流畅，读来鼓劲增志，豪气满怀。作品从一个侧面显现了采编人员深厚的功力。

这篇报道为营造浓厚的冬奥氛围发挥了重要作用，播发后反响强烈。除被620多家国内外主流媒体转载外，百度、腾讯等互联网平台全网置顶；北京市新闻办微信公众号“北京发布”等转发。北京市委市政府领导同志、北京冬奥组委负责同志予以充分肯定和表扬，北京冬奥工程建设指挥部办公室等单位对报道高度认可。

获奖者 感言

HUO JIANG ZHE

梦圆再出发——《北京：铸就“双奥之城”》创作感悟

新华社北京分社副总编辑、高级记者　孔祥鑫

2022年2月20日，北京冬奥会闭幕式，2008年北京奥运会开幕式主题曲《我和你》和2022年北京冬奥会开幕式主题曲《雪花》的悠扬旋律先后响彻“鸟巢”上空。置身其中，不禁让人感慨万千。奥林匹克历史上首个“双奥之城”的荣耀在心间萦绕，北京冬奥会的非凡历程在眼前浮现。

让时钟拨回2015年7月31日，国际奥委会主席巴赫在马来西亚吉隆坡宣布2022年冬奥会主办权的归属。从北京申办冬奥会成功的那一刻起，我与同事们就开始见证并记录北京冬奥会从筹办到举办的7年岁月，亲历并书写“双奥之城”北京的成长变化。在北京申办冬奥会成功当天，我与同事们采写通讯《奥运圣火辉映梦想大地——写在北京携手张家口成功申办2022年冬奥会之际》，拉开了我们的北京冬奥会报道序幕。

7年间，我们记录被誉为“最快的冰”的国家速滑馆“冰丝带”拔地而起的全过程，采写通讯《跨越双奥　织就梦想——国家速滑馆“冰丝带”诞生记》，展示这座智慧场馆的时代风采；我们调研闪耀奥运荣光的国家体育场“鸟巢”的升级改造，描绘这座城市地标的崭新风貌；我们采访多位与两个奥运有着不解之缘的“双奥人物”，传递他们跨越14年的“奥运情”……

7年间，我们经历了太多令人难忘的瞬间，听到了太多感人至深的故事。一位位建设者迈出的铿锵步伐、一座座场馆刻画的时代印记、一片片沃土呈现的勃勃生机，不正是“双奥之城”北京的成长轨迹吗？

基于这样的思考，我和同事们一气呵成，采写了通讯《北京：铸就“双奥之城”》，展现北京冬奥会筹办对京津冀协同发展的全面带动，呈现古都北京发生的深刻蝶变。从2015到2022，北京铸就“双奥之城”的7年间，就是中国方案的生动缩影、中国道路的深刻诠释和中国力量的形象展示。

致敬2008，我们与奥运初次相遇，共同许下“同一个世界，同一个梦想”的美好心愿；难忘2022，我们与奥运再次相聚，携手开启“一起向未来”的崭新篇章。奥林匹克历史上首个“双奥之城”，是时代赋予北京的历史机遇，更是北京不负时代的历史重任。从2008到2022，从夏奥到冬奥，首都北京再次站在新的历史起点，开启新的奋斗征程。

时至今日，我们依然时常回忆起《北京：铸就“双奥之城”》采写时的款款深情和绵绵思绪，这篇报道的背后是北京冬奥会从筹办到举办7年间留下的难忘记忆，是我和同事们持续7年冬奥报道之路积累的点滴经验。

铭记冬奥经典，憧憬美好未来。我和同事们将踏上新的采访征程，继续感悟并书写这座城市的光荣与梦想。

一路奔冬奥　一起向未来

——北京冬奥会开幕倒计时 100 天现场直播

交通广播主任蔡明可（右二）带队到奥林匹克公园庆典广场采访

《一路奔冬奥　一起向未来》“绿队”记者刘甜甜（左一）在京礼高速直播车上采访

《一路奔冬奥　一起向未来》“蓝队”记者在京张高铁车厢里采访

《一路奔冬奥　一起向未来》“黄队”记者朱艳婷（右一）在首钢滑雪大跳台采访

详细新闻报道
请扫码观看

原载北京广播电视台交通中心
《一路畅通》栏目 2021 年 10 月 27 日
获第三十一届北京新闻奖一等奖
获第三十二届中国新闻奖一等奖

专家 ZHUAN JIA 点评

大而厚的宏观叙事 小而美的百姓故事

中国人民大学新闻学院教授 倪 宁

本作品由北京广播电视台交通广播中心《一路畅通》10月27日8点刊播，时长100分钟。

距离北京2022冬奥会开幕100天之时，交通广播中心策划推出了时长100分钟的特别直播节目——《一路奔冬奥 一起向未来——北京冬奥会开幕倒计时100天现场直播》。两个100：开幕倒计时100天，节目时长100分钟。特别直播节目通过移动直播的方式，以冬奥交通基础设施建设运营情况为明线，以冬奥建设带动区域发展惠及百姓为暗线，将冬奥交通建设、场馆建设、冬奥文化传播、冬奥遗产规划有机结合，既有大而厚的宏观叙事，也有小而美的百姓故事，取得圆满成功。

一、抓住了重要时间节点和重要历史节点。北京冬奥会是在全党全国各族人民向第二个百年奋斗目标迈进的关键时期举办的重大标志性活动，政治意义重大。交通广播中心恰当其时，迎合首都人民乃至全国人民热切期待冬奥会顺利举办的心态，利用距离冬奥会开幕还有100天的清晰印记，策划推出这样的节目，显示出特别之处，更能展示和体现北京冬奥会这样重大标志性活动的意义和价值。

二、突出了北京冬奥会的意义价值和精神意蕴。节目充分展现广大人民群众对冬奥会的热情期盼，多角度地呈现冬奥会建设者、工作者、运动员承担使命责任的决心和意志，全景式展示了中国政府和人民、主办者为如期举办一届“精彩、非凡、卓越”的冬奥会所付出的巨大努力；较深刻地诠释北京冬奥会不仅是冰雪盛会，更是惠民工程。节目将冬奥交通建设、场馆建设、冬奥文化传播、冬奥遗产规划有机结合，以100分钟的时间轴，展现了四条冬奥交通动线的空间变化，体现了冬奥遗产对区域发展和民生事业的牵引作用。

三、充分显现了直播优势和传播效能。节目新闻性强、构思巧妙。直播内容编排精巧、内容丰富、节奏流畅、清晰生动，表现出较强的现场感与代入感，直播优势发挥得淋漓尽致，充分、到位，将一个宏大主题阐释得精致、活泼、博大、细腻，取得良好传播效果，体现出主流媒体的专业性和责任感。

四、恰当运用新媒体技术如虎添翼。节目主要采用5G等多种新技术，实现“一个主直播间+4个移动直播间+多点注入”的直播方式。节目在北京广播电视台音频客户端“听听FM”开设专题页面，同时在北京交通广播微信公众号、微博、抖音、快手等融媒体矩阵推送体验团队多点段视频等，优化了听觉体验，扩大了收听覆盖范围。直播有效地展示了中国智慧、中国方案、大国气度和大国担当，传递了有深邃价值意蕴的冬奥精神。

据统计，特别直播节目推出后，收听率达到4.381%、市场份额41.700%，为北京广播市场同时段收听率和市场份额第一；节目设立了互动话题“冬奥会百日祝福”和“百字心愿”录音专栏，100分钟节目收到听众互动微信2300余条。官方微博话题“一路奔冬奥”“百字心愿迎冬奥”等总阅读量接近1000万；微信公众号发布图文总阅读量2万。微博、一直播、微信视频号、抖音等平台的视频直播总播放量超100万。本期节目实现了较好的传播效果及社会影响力，难能可贵。

获奖者 感言
HUO JIANG ZHE

兼顾“大而厚”和“小而美”

——《一路奔冬奥 一起向未来》创作谈

北京广播电视台节目研发中心主任、高级编辑 蔡明可
北京广播电视台交通广播中心副主任、播音指导 李哲勇

北京广播电视台交通广播创作的《一路奔冬奥 一起向未来——北京冬奥会开幕倒计时100天特别直播》在北京冬奥会倒计时100天之际，充分展现了冬奥交通、场馆建设、文化传播、冬奥遗产规划等方面的工作，并通过移动直播，多角度展示了冬奥会的建设者、工作者、运动员的决心和意志。这场特别直播在激烈的竞争中，凭借其宏大的主题、深远的意义、精巧的设计和丰富的内容，赢得了评委们的一致认可。

这期直播以交通遗产为切入口，分别以高铁、汽车、地铁等多线并行的方式，驶向冬奥三大赛区，展示了冬奥主办城市在交通设施建设和交通发展理念上的变化。

节目采用1个广播直播间+4条移动直播线的形式，以红、蓝、绿、黄、黑5种颜色代表5个体验队伍，分别体验了从北京北站出发到达张家口崇礼区太子城站的京张高铁，沿京礼高速行驶到延庆区的汽车，从金安桥到达首钢滑雪大跳台的冬奥支线（地铁11号线西段），以及乘坐奥运专线到达奥运火种展示地——北京奥林匹克塔的专线。

《一路奔冬奥 一起向未来》兼顾重大主题与民生解读，制作精良且质朴灵动。北京冬奥会是全党全国各族人民向第二个百年奋斗目标迈进的重大标志性

活动，面对西方国家的质疑和新冠疫情的挑战，最有力的回应便是全民对冬奥会的热情和北京将如期举办冬奥会的承诺实现。

民生视角是节目的主要内容，以具象化的叙事吸引受众。例如，现场直播选择与公众出行相关的基础设施建设运营情况，让普通人感受变化，充分诠释了冬奥会的重大意义。

在公共表达和学术表达之间取得平衡也是本期现场直播的特点之一。直播以冬奥会为背景，邀请了交通和奥运遗产专家，将深度学术内容以公众易接受的方式传达。例如，刘岱宗分享了北京城市发展策略的转变，侯琨则讲解了冬奥奖牌的设计特点和其背后的文化遗产。

融媒时代的核心依旧是“内容为王”。在这场直播中，北京交通广播采用了5G技术，实现了一个主直播间+4个移动直播间+多点注入的播出体系，为观众展示了多场景切换和全场景展现。我们还借助各种社交媒体平台进行了广泛的传播，提升了传播力与影响力。

这次特别直播的节目收听率和市场份额均位居北京广播市场同时段第一，引发了广大市民对冬奥会的期盼并致敬冬奥建设者，特别直播冲上了热搜，视频直播观看次数也超过了百万。

尽管面临疫情等挑战，北京交通广播提前策划、精心准备，并在困难中展现出强大的团队精神，讲好了双奥之城“大而厚”的宏观叙事和“小而美”的百姓故事。

来！赴一场激情四溢的冰雪之约……

本报记者　张景华　董　城　殷　泓

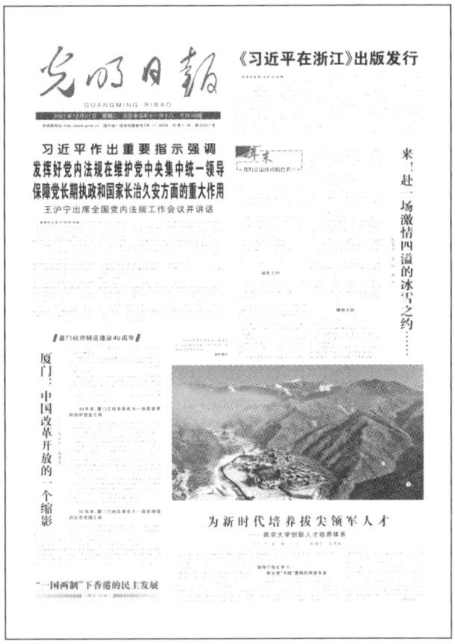

光明日报

GUANGMING RIBAO

《习近平在浙江》出版发行

习近平作出重要指示强调

发挥好党内法规在维护党中央集中统一领导保障党长期执政和国家长治久安方面的重大作用

王沪宁出席全国党内法规工作会议并讲话

来！赴一场激情四溢的冰雪之约……

厦门经济特区建设40周年

厦门：中国改革开放的一个缩影

为新时代培养拔尖领军人才

——南京大学创新人才培养体系

“一国两制”下香港的民主发展

当清晨的第一缕阳光穿过赫拉神庙，一群古希腊人冲过用石英石铺设的白线，迈出了奥林匹克运动萌芽的第一步。

当时针拨转到2700多年后的今天，同样温暖的阳光普照中国北京——世界上唯一一个既举办过夏季奥运会，又将举办冬季奥运会的“双奥之城”。

“2008，北京张开双臂拥抱世界；2022，我们再次向世界发出邀约！”清华大学博士研究生余中淇，2008年有过一段终生难忘的城市志愿服务经历。2022年，他将再次成为奥运会志愿者。对北京冬奥会，他无比期待。

为世界奉献一届精彩冬奥，这是6年多前北京申办时向全世界做出的庄严承诺。

6年多，2000多个日日夜夜，无数的心血汗水化为万事俱备。北京，准备好了！

瞧，以“绿色、共享、开放、廉洁”为初心的冰雪之约，已经向世界张开了双臂。

绿色之约

天安门以北14公里，国家速滑馆“冰丝带”光影流转。

“冰丝带”是北京冬奥会唯一新建冰上项目竞赛场馆，拥有亚洲最大的全冰面设计，面积达1.2万平方米。

而这里，也是全球首个采用二氧化碳跨临界直接蒸发制冷的冬奥速滑场馆，这一技术是目前世界上最先进、最环保、最高效的制冰技术之一，碳排放趋近于零。

延庆赛区小海陀山，国家高山滑雪中心赛道从山端直泻而下，山脚下的国家雪车雪橇中心宛若巨龙盘卧。

山林场馆，生态冬奥。在这里，“体育设施同自然景观和谐相融”得到完美诠释，“人们既能尽享冰雪运动的无穷魅力，又能尽览大自然的生态之美”。

然而更多的环保细节却隐身在高科技之中——国家高山滑雪中心施工中采用表土剥离及回收利用技术，减少赛区内的水土流失、最大化减少客土引入赛区、保护原生种子库，降低外来物种入侵的概率；国家雪车雪橇中心的比赛赛道是世界上首条整体加盖遮阳棚的赛道，遮阳棚可以有效降低气候因素对冰面的影响，从而最大限度降低赛道的能源损耗……

“冬奥场馆建设处处体现着绿色奥运。”北京市住房和城乡建设委员会副主任丁胜介绍，冬奥会和冬残奥会新建场馆全部采用高标准的绿色设计和施工工艺，在场馆建设中坚持“建筑节能、建筑节地、建筑节水、建筑节材，保护环境”，所有新建场馆均取得三星绿色建筑设计标识。

有形的建筑，以绿色筑之；无形的光源，以绿色传之。北京冬奥会通过建设世界首条500千伏张北柔性直流电网工程，创新性地将张北地区丰富的绿色清洁电能引入北京，使北京冬奥会成为奥运历史上第一个100%使用绿色清洁能源的冬奥会。

北京冬奥村，是冬奥会期间各国运动员温馨的家。这里，首次采用室内剪力墙设计，以可回收的建筑材料，随时满足从赛时到赛后空间再次分隔转换的需求。

“赛后，运动员公寓将很快转换为北京市人才公租房，面向符合首都城市战略定位的人才配租。所有家具也均采用租赁方式，赛后可以配置到相关领域，实现可持续发展。”北京冬奥村居民生活服务经理李彬说。

绿色办冬奥与北京夏季奥运会“绿色奥运”一脉相承。“创造丰厚的冬奥遗产，为主办城市和广大民众带来长期的、积极的收益，是北京冬奥会筹办工作的重要内容。”北京冬奥组委专职副主席、秘书长韩子荣这样强调道。

银色之约

“不知天上谁横笛，吹落琼花满世间。”元代诗人吴澄《咏雪》有云。

北京冬天的银装素裹，是周学涛童年最美好的记忆。他家住在天坛边，隆冬时节的北京，下了雪之后，待到湖面结了冰，他就会吵着大人带自己去北海滑冰。

“抢冰球，看摔人”，滑冰、冰车、冰上碰碰车、冰上自行车，无论是大人还是孩子，都能在这片银色的海洋，寻到无穷乐趣。

如今已经20岁出头的周学涛，冬天有了新的爱好，那就是在雪上飞驰。“只要有时间，我周末都会和小伙伴一起去滑雪。”这几年，周学涛把北京周边大大小小的滑雪场玩了一个遍。托冬奥会的福，各个雪场的设施越来越完善，周学涛去滑雪的劲头更足了。

“努力带动更多人参与冰雪运动”，北京冬奥会以冰雪为柬，邀八方来客，赴一场银色之约。

近年来，北京市每年参与滑雪的人数达到400万人次左右。举办了7届的北京市民大众欢乐冰雪季，开展各级各类群众活动2万余场，吸引3100多万人次参与其中。

老北京崇尚冰上游戏。清乾隆年间的一幅《冰嬉图》，现藏于故宫博物院。“三九”天里，上千名“善走冰”的能手表演花式滑冰和冰上杂技的盛况，被栩栩如生地呈现在人们面前。这些古时的冰上运动者，姿态各异，各显绝技，鱼贯而行，组成一条巨龙，蜿蜒盘转，蔚为壮观。

如今，遍布北京的各类冰雪运动场馆、设施，让更多的人爱上冰雪运动，如同再现当年的冰雪盛况。

自冬奥会申办成功以来，冰雪运动“南展西进东扩”步伐明显加快，各地冰雪产业蓬勃发展，“三亿人参与冰雪运动”正逐渐成为现实。尤其是在北京，在浓厚的冬奥氛围下，越来越多的人共赴银色之约。

冰雪运动要从娃娃抓起。刚上初二的北京少年官子钊已经练了8年冰球，他至今还记得4年前和习近平总书记“撞肩”互动的一幕。2020年他还入选了北京市青少年冰球队，“习爷爷鼓励我们好好练习冰球。北京冬奥会我想当志愿者，向大家介绍冰球运动。”官子钊说。

2021年9月，北京冰球大奖赛，吸引了103支队伍、1300多名6至18岁的运动员参赛。据统计，北京市青少年冰球运动员注册人数已超过4000人。

“三亿人参与冰雪运动”的宏图，令国际奥委会主席巴赫激动不已，这被他看作世界冬季体育项目的里程碑，“你们可以想象，这对于冬季体育项目意味着什么，这将成为冰雪运动乃至世界体育发展的伟大机遇”。

一片冰心，纯净剔透。申办成功以来，北京坚持廉洁办奥，严格预算管理，控制办奥成本，强化过程监督，努力“把冬奥会办得像冰雪一样纯洁无瑕”。

为了节省资金，国家雪车雪橇中心放弃高薪聘请外国团队，自主创新，喷射浇筑出一条1.9公里的混凝土赛道。

“我们力求简化办赛方案，努力实现精彩办赛和节俭办赛的统一；加强各个项目运行的审计监督，确保筹办工作廉洁高效；坚持节约原则、不搞铺张浪费，用最节俭的方式承办冬奥会。”韩子荣说。

彩色之约

蓝、黄、黑、绿、红，五彩的奥运五环，由顾拜旦先生于1913年构思设计。

“五个不同颜色的圆环连接在一起，象征五大洲的团结，象征全世界的运动员以公正、坦率的比赛和友好的精神在奥林匹克运动会上友好相见，欢聚一堂，以促进奥林匹克运动的发展。”《奥林匹克宪章》如是说。

从赫拉神庙到万里长城，从奥林匹亚山到珠穆朗玛峰，奥林匹克精神闪耀如一。环环相扣的五彩圆环，把全世界人民紧紧连在一起。

源取玉璧，五环同心。10月26日，北京冬奥会开幕倒计时百天之际，冬奥会和冬残奥会奖牌“同心”问世。

来源于中国古代同心圆玉璧形象的奖牌，表达了“天地合·人心同”的中华文化内涵，也象征北京以开放的姿态，邀请世界人民在奥林匹克精神的感召下团结一心，共赴这场彩色之约。

“2022年时，全世界运动员都会来到北京冬奥会，他们会用上百种不同的语言，但我想，他们都会把体育作为通用的语言。”上合组织秘书长弗拉基米尔·诺罗夫说。

老挝外交部发表声明称，老挝珍视体育对于和平与发展事业的重要贡献，坚信在体育精神引领下，北京冬奥会将有力促进国际和平、发展、友谊及相互理解与包容。

纷繁世事多元应，击鼓催征稳驭舟。当今时代，人类正遭遇百年变局叠加世纪疫情的大考……世界面对诸多考验，人类较以往更需要团结。

巴赫曾对此高度评价：“我们需要团结起来去应对人类面临的巨大挑战。北京冬奥会努力体现了人类团结一致去对抗危机的精神。”

人类本来命运与共。法国法兰西岛大区奥林匹克和体育委员会主席埃弗利娜·西里吉说：“体育具有团结全人类的价值，它象征的和平与友谊超越国界，这是顾拜旦先生致力于恢复奥运会时就为其定下的精神内涵。”

没有人会忘记2008年那个激动人心的夏天。

北京夏季奥运会开幕式上，29个巨型“足迹”焰火踏过夜空，沿着北京中轴线由南往北次第绽放，最终在“鸟巢”化为五环，点燃奥运梦想。这一刻，绚烂的色彩，让世人无不为之惊叹，无不为之沉醉。

一个多月后，奥运圣火就将再度在北京这座“双奥之城”熊熊燃起。“更快、更高、更强、更团结”的奥林匹克精神，定会激发人们越发强烈的团结、和平梦想。

绿色、银色、彩色，万般颜色皆为客。北京，将为世界奉献一届怎样无与伦比的冬奥会，来自全世界的人们，充满期待。

原载《光明日报》2021年12月21日

获第三十一届北京新闻奖一等奖

专家 ZHUAN JIA 点评

匠心独运架构文章

北京市新闻学会副会长、主任记者　方　芳

2022年北京冬奥会于2月4日至20日举办，北京作为世界唯一的“双奥之城”被载入史册。2021年12月，在这场举世瞩目的盛会开幕前的预热阶段，各大媒体都集中力量，精心策划，深入采访，推出了一大批有品质、有深度、有温度的作品。在同题竞争中，这篇《来！赴一场激情四溢的冰雪之约……》构思巧妙，采访扎实，内容鲜活，文字凝练，为北京冬奥会的举办营造了良好的舆论氛围，是一篇重大题材报道的佳作。

这篇报道最值得称道之处是匠心独运的文章架构，用绿色之约、银色之约、彩色之约串联起北京冬奥会“绿色、共享、开放、廉洁”的办奥理念。

“绿色办奥”是北京冬奥会的一大亮点，贯穿了冬奥会筹办全过程，特别是在场馆建设中体现得淋漓尽致。报道中，记者选取了最具代表性的事例，例如，“冰丝带”是全球首个采用二氧化碳跨临界直接蒸发制冷的冬奥速滑场馆，碳排放趋近于零。再比如，北京冬奥会建设世界首条500千伏张北柔性直流电网工程，将张北地区绿色清洁电能引入北京，使北京冬奥会成为奥运历史上第一个100%使用绿色清洁能源的冬奥会。这些真实可信的细节向世界展示了北京冬奥会不仅将成为冬奥会的标杆，也将在保护环境、可持续发展等方面做出中国贡献。

第二部分银色之约将读者视线从聚焦冬奥筹办扩展到冰雪运动。让更多人参与到冰雪运动中来，是奥林匹克的题中之义。此篇报道从清代《冰嬉图》说起，老北京崇尚冰上游戏古已有之，如今，遍布北京的各类冰雪运动场馆、设施，让更多的人爱上冰雪运动，同时，各地冰雪产业也在蓬勃发展。冰雪为柬，“三亿人参与冰雪运动”正逐渐成为现实，越来越多的人共赴银色之约。

第三部分彩色之约则进一步将视野投向全球，表明北京冬奥会将有力促进国际和平、发展、友谊及相互理解与包容。五彩的五环象征五大洲的团结。文中提到，源取玉璧，五环同心，来源于中国古代同心圆玉璧形象的奖牌，象征北京以开放的姿态，邀请世界人民在奥林匹克精神的感召下共赴这场彩色之约。人类命运与共，奥运凝聚起来的是全人类共有的精神和理念。

这篇报道真正做到了讲好冬奥故事，传递奥运激情，弘扬奥运精神，充分展现了“双奥之城”的满满诚意。

中国滑雪医生

中国滑雪医生工作照 1

中国滑雪医生工作照 2

中国滑雪医生工作照 3

详细新闻报道
请扫码观看

原载北京广播电视台冬奥纪实频道《双奥之城》栏目

2021 年 3 月 25 日

获第三十一届北京新闻奖一等奖

专家 ZHUAN JIA / 点评

让纪录片回归自身价值

北京广播电视台高级编辑　丁晓阳

初看纪录片《中国滑雪医生》颇觉有些平淡，毕竟，冬奥会、高山滑雪、医疗救援、中国医生这些元素组合在一起，实在太难得、太有魅力，作为一部描述如此精彩内容的纪录片，似乎应该有更炫目的剪接、更炫酷的镜头、更高大上的解说词等，形式感无论如何叠加似乎都不够……但是,《中国滑雪医生》这部纪录片的编导没有这样做。

这是为什么呢?

带着这个问题，我看完了全片。直到看完我才发现，我没有快进，没有拉片，没有发现该有却没有拍到的漏点，居然就这样看完了半个小时的全片。这不是因为我需要写一篇关于它的评论，而是因为，这个看似平铺直叙的片子，一步一步地把它应该有的内容，也就是我想看的内容严丝合缝地展现在我的眼前，我忘记了任何操作，就这样静静地看完了。

这难道不就是一部纪录片该有的样子吗？不就是一部纪录片应该达到的目的吗？我忽然明白了这就是这部纪录片的成功之处。

本来我们看纪录片的目的就是要看到真实的事件、真实的人物以及他们真实的想法，没有这些还要纪录片干什么？《中国滑雪医生》就是把一支由普通医生组成的冬奥高山滑雪医疗救援队如何准备、如何训练、如何演习以及实战救援的场景一环一环连绵不断地展现在观众面前，没有花哨的特辑和包装，就是一个镜头一个镜头地接下去，但这些内容都是至关重要的，也是观众最想知道的，因此，保证了观众顺理成章地看完了全片。

可以看出来，本片编导面对这个冬奥会服务保障的重大题材，各种拍摄条件的限制加上大量非专业拍摄的素材，创作难度是相当大的。但是，创作者们紧紧抓住了医生团队的几位关键人物，不仅深入自然地进行了访谈拍摄，让采访对象面对镜头有条有理地讲出了自己的所思所想。更可贵的，他们还进入了一位主要医生日常的工作和生活中，令人物刻画更加真实丰满，有血有肉。而测试赛中一段救治伤员的场面更是完整记录了中国外科医生的现场救治能力，真实感人，把影片推向了高潮。

回归纪录片的本真，让事实说话，让事实吸引观众。我们不应该忘记，一点都不少，一点也不做作，这才是纪录片的价值所在。

获奖者 / 感言
HUO JIANG ZHE

展现中国第一代滑雪医生的风采

北京广播电视台体育节目中心《中国滑雪医生》导演　尹思懿

首先，我要衷心感谢第三十一届（2021年度）北京新闻奖的评选委员会对《中国滑雪医生》这部纪录片的认可和嘉奖。这个荣誉让我以及我的团队都非常自豪，这个奖项就是对我们整个团队努力的肯定。

制作这部纪录片的初衷是为了展现中国第一代滑雪医生从零开始在极端环境下的无私奉献和医疗技术的精湛程度。在高山峻岭、严寒恶劣的条件下，他们不畏艰辛，救助和治疗滑雪运动员的伤病，保障2022北京冬奥会的安全。

至今我仍然记得2021年初，正当春节来临之际，我来到了延庆高山滑雪中心拍摄中国第一支冬奥滑雪医疗保障队进行的第一次实战保障任务。当时他们已经在温度极低的海坨山实地训练了好几天，我早就听说延庆高山滑雪赛道地形复杂，难度极高，这次终于亲身体会到了。在北京冬奥会期间，延庆赛区的竞速赛道和训练道、竞技赛道和训练道、团体赛道和训练道6条雪道全部开放，且同时进行比赛和训练。这给本就人员吃紧的高山滑雪医疗队带来了更大的挑战，滑雪医生们经常一天要多次转场，在多个不同比赛场地承担医疗保障任务。赛程紧、任务重，没时间吃饭是稀松平常的事，每一位滑雪医生几乎都经历过一天转场2～3次，保障3～4项比赛和训练任务的情况。面对极寒的天气和紧张的赛事，在这里工作的高山滑雪医疗保障队的医生们，面对的挑战和未知的风险可想而知！我发自内心地敬佩他们每一位，也向所有冬奥会延庆赛区的工作人员们致敬！对于一名纪录片导演来说这真是一次难忘的拍摄！因为拍摄山顶日落的镜头，我和摄像老师错过了缆车下山的最后时间，借此机会，我们感受到了高山滑雪救援队的队员们开雪地摩托上山接我们下山的惊险与刺激，这次拍摄经历实在让我太难忘了！

在此，我要感谢所有参与这部纪录片拍摄的人员，他们的辛勤付出和专业精神使得这部纪录片可以成功地呈现。同时，更要感谢在这部纪录片中出现的真实主人公们。正是他们的勇气和真诚让这个故事得以诞生，并为我提供了宝贵的见解和感悟。

这个奖项不仅是对这部纪录片的认可，更是对中国滑雪医疗事业的关注和支持。我衷心希望通过这个奖项的影响力，能够进一步提升中国滑雪医疗事业的水平，为更多滑雪爱好者提供安全可靠的医疗保障。

最后，我代表这部纪录片的摄制团队再次感谢社会各界对《中国滑雪医生》的肯定和鼓励。这个奖项将是我们继续努力、不断探索和创新的动力！

追索新闻真谛

成就巡礼

CHENGJIU XUNLI

“奋斗百年路　启航新征程”北京特刊

开启首都现代化建设新航程

本报记者　朱竞若　贺　勇　王昊男

奋斗百年路　启航新征程
人民日报 9
北京篇
坚持以首都发展为统领
奋力谱写社会主义现代化的北京篇章
开启首都现代化建设新航程

北京，中华文明的金名片。100年间，她从一个辉煌壮丽又满目疮痍的历史古城，变为繁花似锦、气象万千的大国首都，综合实力跃居世界大都市前列。首都北京的变迁，正是中国共产党为民族复兴不懈奋斗伟大历程的历史见证。

党的十八大以来，习近平总书记先后9次视察北京，14次对北京发表重要讲话，明确北京全国政治中心、文化中心、国际交往中心、科技创新中心的战略定位，提出建设国际一流和谐宜居之都的战略目标，为首都建设谋篇布局、指路领航。

北京牢记习近平总书记的殷殷嘱托、深切关怀，深入贯彻新发展理念，首都这张中国的金名片正焕发更加夺目的光彩。

转型发展——挥洒绿色最美底色

2021年初，首都北京交出了一份被称为“绿色成绩单”的最新数据：PM2.5年均浓度降至38微克/立方米；水环境质量全面改善，地表水全部还清；森林覆盖率达44.4%；人均地区生产总值约2.4万美元，达到发达经济体中等水平；人均期望寿命82.43岁……治理“大城市病”，建设和谐宜居之都，北京新时代的奋斗，一步一个脚印！

城市发展深刻转型，“动批”的变化很有代表性。

今年2月下旬，位于北京西北二环的国家级金融科技示范区核心区正式亮相。这里曾经是喧嚣了30年的动物园批发市场，一度有3万从业人员，日客流量10万人。逼仄、拥堵、脏乱，正是北京“大城市病”的一个缩影。如今，市场疏解，“动批”的市场大楼还在，入驻其中的却是一家家金融科技行业的翘楚。

根据新增产业禁限目录，北京不予办理工商登记业务累计2.34万件。一般制造业企业集中退出、区域性批发市场大规模疏解任务已基本完成，在人口、建设用地、建筑规模“三个减量”的同时，全员劳动生产率从2015年的人均21.2万元提高到28万元以上，超大城市减量发展迈出坚实步伐。

北京以钉钉子精神治理“大城市病”，整治背街小巷、清理违法建设、缓解交通拥堵，中心城区绿色出行比例达到73.1%，城市环境秩序得到明显改善。从“吹哨报到”“接诉即办”努力解决好“家门口的烦恼”，到紧扣“七有”“五性”把民生实事落实，再到抓好生活垃圾分类和物业管理两件“关键小事”，市民群众的获得感、幸福感、安全感不断提升。

“环境就是民生”，北京以“咬定蓝天不放松、越是艰险越向前”的精神，持续治理大气污染；以“誓向污水要清水、不达目的不罢休”的精神，创新治理水污染；以“誓与沙尘比高低”的精神，持续植树造林，创造了生态环境快速改善的奇迹。

当前，北京正落子发力，探索构建新发展格局的有效路径，为首都发展营造新的优势！

保护老城——守好历史文化遗产

拥有3000多年建城史和860多年建都史，深厚的历史文化，是北京魅力所在。进入新时期，北京以习近平总书记的重要讲话精神为指引，以更开阔的视野挖掘古都的历史文化内涵和精神价值，城市保护理念发生了深刻变化。

告别昔日的“旧城改造”，推进新时代的“老城整体保护”。2017年9月，党中央国务院批复《北京城市总体规划（2016年—2035年）》，通州城市副中心和雄安新区先后规划建设，首都的空间结构调整为“一核两翼”的新格局。在此基础上，北京推进老城整体保护规划，开展核心区历史文化资源普查，推进传统平房区地下文物保护，扩大历史文化街区和历史建筑保护范围，最大限度留住老城历史记忆。与此同时，城市更新稳步展开，百年商圈焕发青春，老旧小区再现生机，百年隆福寺成为时尚打卡地。

以更广阔的视野，对历史文化实施全域保护。在老城之外，颐和园、西山等“三山五园地区”保护建设精细推进；永定河文化带、长城文化带、大运河文化带的规划建设消息频传。

壮丽恢宏的城市中轴线，挺起大国首都的脊梁。北京推出申遗工程，对全长7.8公里的古都中轴线进行全面保护。登高远眺，钟鼓楼向北，城市新的轴线豁然展开，延伸至奥林匹克公园的仰山之巅，奥运元素闪耀，北中轴线成为璀璨的“时代轴线”。在最新规划中，北京的南中轴线也已悄然成形。它由永定门向南，在郁郁葱葱的森林中笔直向前，展览与艺术、科学与生态、居住与商业，多种要素交替呈现，它的正前方是凤凰展翅的大兴国际机场，南中轴线被称为首都的“未来轴线”。

历史文化与当代发展成就交相辉映，融合成大国首都独特的风采。

科创中心——创新发展再攀高峰

从“全国科技创新中心”到“国际科技创新中心”。党的十八大以来，首都北京科技创新中心建设的使命与任务发生重大变化。一词之变，力承千钧。

雁栖湖畔，承载基础研究新前景的怀柔科学城，正脱颖而出。

谷雨时节，北京东北部百余平方公里的土地上，各式建筑伴着周围吐绿的枝条拔节生长，国家重大科技基础设施群正加速形成，支撑原始创新的力量正在这里集聚。地球系统数值模拟装置预计今年6月试运行；空间环境地基综合监测网（子午工程二期）预计今年6月土建工程竣工……

以“三城一区”融合发展为抓手，北京全力打造科创中心主平台：中关村科学城，向北扩容，万人发明专利拥有量达到480件，中关村实验室启动区空间已完成配置；怀柔科学城，29个科技设施全部开工，以科研院所、高校、科创企业为主体的科技创新生态初步形成；未来科学城，昌平国家实验室挂牌，23个央地、央校协同创新平台相继建立；北京经济技术开发区，2020年，新一代信息技术产业、新能源汽车和智能网联汽车产业、生物技术和大健康产业、机器人和智能制造产业等四大主导产业产值超过4000亿元。

向创新要活力。加强关键核心技术研究布局，中关村的金字招牌越擦越亮。量子科学研究院、国际领先深度学习智能芯片、国际领先柔性显示技术、国内第一代石墨烯生物芯片……一批重大成果不断涌现。数据显示，“十三五”期间，中关村示范区企业总收入保持两位数增长，2020年达7.2万亿元；93家独角兽企业约占全国一半，成为全球风投和“独角兽”企业最集聚的区域之一。

“到2025年，北京国际科技创新中心基本形成；到2035年，北京国际科技创新中心创新力、竞争力、辐射力全球领先。”2020年召开的北京市委十二届十五次全会，为北京国际科技创新中心建设定下目标。新的征程，北京再次起航。

北京深化“街乡吹哨、部门报到”改革，完善 12345 热线“接诉即办”机制

以党建引领超大城市基层治理

本报记者　朱竞若　王昊男

奋斗百年路 启航新征程 北京篇
人民日报 11
坚定红色信念 凝心聚力干事
以党建引领超大城市基层治理
红色火种在这里孕育播撒
志愿服务 坚守初心
暖心收费员 服务新标杆
前行莫忘来时路

全心全意为人民服务，是党的根本宗旨。首都在破解超大城市基层治理难题时，以党建为引领，以我党宗旨为出发点，致力于创新体制机制。

党的十八大以来，北京认真贯彻落实习近平总书记对北京重要讲话、重要指示精神，牢固树立大抓基层的鲜明导向。以深化党建引领“街乡吹哨、部门报到”改革、完善“接诉即办”机制为抓手，持续推动工作重心下沉、资源下沉、服务下沉。在推动首都高质量发展中满足群众利益诉求、破解基层治理难题，构建起具有首都特点的超大城市基层治理新格局。

“吹哨报到”，一项改革破难题

交通堵点、环境整治、物业纠纷……“看得见群众需求，解不了群众烦忧”“看得见治理难题，办不了破解实事”一度是首都基层治理的难点、街道乡

镇党组织的工作堵点。

以党建为引领，在不改变目前机构设置的前提下，建设一个服务基层的柔性机制，使资源、力量、职能实现即时调度，形成破解难题的合力。一旦问题解决，这个临时“攻坚”团队便各自归位。北京把这一新机制称为“街乡吹哨、部门报到”。2017年，北京市将平谷区在这方面的探索上升为改革举措，在全市推广。

北京的一位基层干部告诉记者：“街乡发现问题，吹响召集哨，各职能部门闻风而动到基层报到，根据职责拿出解决办法。事不完，人不走。”

随着哨响，王府井大街边上的胡同通了，横跨丰台与西城的违建拆了，三里屯街道环境变好了……效果立竿见影。2018年11月，中央全面深化改革委员会第五次会议审议通过了《“街乡吹哨、部门报到”——北京市推进党建引领基层治理体制机制创新的探索》，认为北京市委以“街乡吹哨、部门报到”改革为抓手，积极探索党建引领基层治理体制机制创新，聚焦办好群众家门口的事，打通抓落实“最后一公里”，形成了行之有效的做法。

推动社会治理重心向基层下移、把基层党组织建设成为领导基层治理的坚强战斗堡垒，是党的十九大提出的重要任务。“街乡吹哨、部门报到”改革之所以能收到成效，解决以前解决不了的问题，关键就是充分发挥党的政治优势、组织优势，为基层社会治理提供了核心驱动力、强大整合力和坚强保障力。

“12345”，一根热线解民忧

人民对美好生活的向往，就是我们的奋斗目标。解难题的方法有了，但群众的操心事、烦心事、揪心事，向谁反映、谁来办、怎么办？这需要一个简单直接、实实在在的抓手。

2019年元旦，在市委的直接领导下，一项直接面向群众、服务群众的新举措“接诉即办”正式推出。原来分散在各部门的几十个热线电话，融合成全新的“12345市民服务热线”，服务内容概括起来就一条——一号通办。供电供暖、垃圾分类、交通拥堵、邻里纠纷……不论啥事，只需一个电话，就会有人主动联系，限时回复。

以人民为中心，既要有一办一，更要举一反三，为人民主动办实事。一通电话，表面看是解决一件诉求，背后的大数据分析已经将其纳入整个城市的治理闭环。通过全口径对数据库进行分析，难点问题重点解决，个性问题针对性解决，共性问题一揽子解决。从群众中来到群众中去，群众反映诉求的过程，就是在参与城市治理。

回龙观、天通苑地区治理群众反映强烈的问题，运用“吹哨报到”，32个市级部门一竿子插到底。楼道内乱堆杂物、安装地锁、遛狗不拴绳等不文明行为，群众投诉最多，出台《北京市文明行为促进条例》，以法治顽疾。2020年疫情防控期间，与疫情防控和复工复产相关来电236.79万件，合并同类项后，31类事项成为北京疫情防控工作的重要参考……

据统计，自热线开通以来，群众来电数量以年均20%以上的速度快速增长。2020年，有440万市民通过热线反映了1100多万件诉求。回访显示，群众对热线的满意率始终高于办结率。一些不具备办理条件的诉求，基层党员干部耐心沟通，在取得群众理解的同时，也密切了党群关系。

党员全动员，一个机制提效能

快，是群众对“12345热线”最直观的感受。突发事故、紧急情况，2小时之内反馈情况；群众基本生活保障的诉求，24小时之内反馈情况；一般事项7天之内反馈情况……如此快的反应速度，靠的是北京与“12345热线”一同建立的“接诉即办”新机制。

新机制，聚焦办好群众身边事，对基层治理进行了一次全新的流程再造：各区党政“一把手”，承担“接诉即办”工作主体责任，区委书记、区长指挥、协调，各街道乡镇“一把手”签办、督办，24小时接单全天候响应。同时，以“响应率”“解决率”“满意率”作为考评指标，全市333个街道乡镇每月排名通报。

一个街道、一个社区，精简的机构和人员，如何服务群众源源而来的诉求？在全市开展的在职党员回社区报到活动，是北京开展的党建新方法，形成了党员全动员的新局面。让党员在社区内亮身份、树形象、做表率，密切联系群众，切实服务群众，在社区形成一支本地化的“党员工作队”，真正实现了把党的建设融进社区建设，以党的先锋作用引领社区发展。在党员干部的带动下，群众从“站着看”到“跟着干”，共同参与城市治理。

通过“接诉即办”提效赋能，北京各级干部处理群众问题的方式发生了巨大改变。“以前是群众上门提诉求，现在是干部入户问需求。”你追我赶、服务群众的氛围日益浓厚。

从“吹哨报到”改革，到推出“12345热线”建立“接诉即办”机制，经过几年探索，一条具有首都特色的超大城市基层治理新路径已然形成。今年2月10日，《北京市接诉即办条例（草案公开征求意见稿）》正式向社会公开，北京的探索实践将通过立法得以固化。

原载《人民日报》2021年5月6日

获第三十一届北京新闻奖一等奖

专家 ZHUAN JIA 点评

纲举目张

北京市新闻学会会长、高级编辑　初小玲

北京在中国近现代史上具有特殊的位置和角色，承载着社会各方面的关注和期待。中国在实现第一个百年目标后，又开始了全面建设社会主义现代化的进程。基层治理现代化，是国家治理体系和治理能力现代化的内在要求和基础工程。北京是一座拥有2100多万人口的超大城市，每天面临的问题纷繁复杂，基层治理从哪儿入手？从哪儿突破？

《人民日报》2021年5月6日第11版刊发的报道《以党建引领超大城市基层治理》，讲述了北京市以党建为引领，破解基层治理的难题，在构建起具有首都特点的超大城市基层治理的新格局上，做出了具有样板意义的探索。

大城之治，机杼万端。报道纲举目张，抓住北京市面对超大城市治理的复杂性、敏感性和不确定性，遵循全心全意为人民服务这个党的宗旨，以党建为引领，治理下沉到底，直通连着千家万户的社区，把社区治理作为城市治理的基础工程，把社区百姓的获得感、满意度作为治理的标准。

该报道生动地讲述了北京市平谷区“街乡吹哨、部门报道”攻坚机制；“12345，一根热线解民忧”这样一个简单实在的抓手，解决了无数群众的诉求；让北京各级领导干部处理群众问题方式发生巨大改变的“接诉即办”，正是这些重心下沉、资源下沉、服务下沉的举措，让群众感知党和政府工作的目的。

该报道通过具体的举措和实践过程，通过叙事来揭示主题，让人们意识到，基层治理是国家治理的最末端，社区是国家的基本单元，基层党组织是落实党中央决策部署的“最后一公里”。在基层治理这项复杂的系统工程中，把党的领导植根于基层，植根于人民群众，让基层组织成为凝聚人心、团结群众的坚强核心，才能为人民打造舒心、省心、暖心、安心的幸福家园。特别是报道把治理中的人、事、社区、社会放在整个中国“奋斗百年路　启航新航程”这样一个宏观的大背景下，使报道有了格局和高度。

获奖者 感言

HUO JIANG ZHE

回答时代之问　彰显思想伟力

人民日报主任记者　王昊男

好的新闻报道是不可或缺的“精神食粮”。其中，深入、扎实、多样的特刊报道，思想性与故事性兼具，能为读者带来丰富立体的阅读体验。

融入建党百年报道，人民日报社北京分社精心策划，于2021年5月6日推出4个整版的“奋斗百年路　启航新征程”北京特刊。特刊开篇约请时任中央政治局委员、北京市委书记蔡奇撰写署名文章，高屋建瓴，统揽全局。记者在采写中深挖百年历史，展现转型非凡历程，采撷人物鲜活故事，立意深远，形成鲜明特色。蔡奇同志在特刊送审大样上批示：“精心策划，重磅推出！”

回答时代之问，彰显思想伟力。特刊抓住“四个突出”：突出北京作为中国共产主义运动发祥地、中国共产党孕育地的伟大历史，突出首都转型发展、开启现代化建设新航程，突出我党“为人民服务”根本宗旨在新时代的制度性实践，突出城市发展新貌和人民幸福生活。

版面语言，匠心独运。以11版为例，版面标题为《坚定红色信念　凝心聚力干事》，由4块内容构成：左侧的大通讯《以党建引领超大城市基层治理》、中部的配图资料、右侧3个小通讯、左下评论性质的文章。乍一看，12345热线、北大红楼、志愿服务等内容，似乎风马牛不相及。细琢磨，“全心全意为人民服务”、坚定理想信念的主题跃然纸上，贯通版面。

大通讯《以党建引领超大城市基层治理》既是在“点”上的进一步深入，聚焦12345热线“接诉即办”机制，围绕超大城市基层治理这一选题写深写细；同时也凸显了为民服务的主题，切合坚定理想信念的“文脉”。

右侧3个小通讯，从孕育理想信念的北大红楼讲起，到几十年如一日志愿服务的义诊医生，再到践行初心使命的“80后”共产党员，理想信念在百年中的传承不息一目了然。

左下评论性质的文章是点睛之笔，“前行莫忘来时路”，点出了这一版面的核心，是对版面文章的总结和升华，让坚定理想信念的主题更为鲜明突出。

特刊刊发后，在社会上引起强烈反响，领导同志的署名文章，被海内外媒体广泛转载。特刊上的新闻报道先后有1000多家媒体和网站转载。读者在来信、来电、留言中表示：重新认识到北京是一座红色的城市。全国人大的同志来电表示：你们特刊把北京的接诉即办创新，作为我党“为人民服务”根本宗旨在新时代的制度性实践来总结，回答了时代之问。

建党百年重大主题报道既要展现历史性成就，也要挖掘各个历史时期的伟大精神，还要激励广大干部群众团结一心向第二个百年奋斗目标迈进。“奋斗百年路　启航新征程”北京特刊不仅点面结合、层层深入地把过往成就写得清楚明白，更将蕴藏在成就背后的理想信念阐释得清晰可感、催人奋进，体现出“高人一筹”的水平。

北京——聚力“两区”建设
高起点向前推进

本报记者　朱竞若　王昊男

开栏的话

人民日报
RENMIN RIBAO

2021年3月28日

就埃及发生火车碰撞事故
习近平向埃及总统塞西致慰问电

全面加强练兵备战 锻造能打仗打胜仗精兵劲旅
——习近平主席视察武警第二机动总队时的重要讲话在全军引起强烈反响

“十四五”，我们这样开局起步

北京——聚力“两区”建设
高起点向前推进

开栏的话

奋力书写雪域高原长足发展和长治久安新篇章
——写在西藏民主改革六十二周年之际

栗战书同乌兹别克斯坦最高会议参议院主席纳尔巴耶娃举行会谈

汪洋主持召开全国政协主席会议

开启建设西藏新征程

规上工业企业利润增长1.79倍

人民群众对平安建设满意度提升
为期三年的扫黑除恶专项斗争圆满收官

一年之计在于春，开局之年鼓催人。“十四五”时期是我国在全面建成小康社会、实现第一个百年奋斗目标之后，乘势而上开启全面建设社会主义现代化国家新征程、向第二个百年奋斗目标进军的第一个五年。

习近平总书记指出，今年是“十四五”开局之年，也是我们党成立100周年。做好今年经济社会发展工作、迈好“十四五”时期我国发展第一步，至关重要。第一步要迈准迈稳，迈出新气象，迈出新成效。

本报今起推出《‘十四五’，我们这样开局起步》专栏，报道大江南北、各行各业乘势而上、接续奋斗，努力干成一番新事业，干出一片新天地。

“十四五”开局起步，北京将推进“两区”建设作为发力点、重头戏，蹄疾步稳。截至3月24日，“两区”建设251项政策清单，已累计付诸实施137项，32项全国首创政策和项目先后落地，产业领域、重点区域和要素保障等方面不断取得新突破，新增入库优质项目1100多个。

“两区”建设，即建设国家服务业扩大开放综合示范区、中国（北京）自由贸易试验区，这是中央批复支持北京的两项重大政策。“对北京来说，‘两区’建设，不是单纯打造区域性亮点，而必须立足于形成新发展格局，高起点向前推进，探路先行。”北京市委主要负责同志介绍。

点点手机，自动驾驶出租车就会载客前往目的地；网购快递，无人物流车24小时整装待命——这些曾经出现在电影中的场景，在北京即将成为现实。依托位于北京经济技术开发区的高级别自动驾驶示范区，北京将设计智能网联汽车政策先行区，开放高速公路测试、无人配送车商业运营服务，推动自动驾驶出租车、无人物流车规模化试运行和商业运营服务。

“没想到政策创新力度这么大，速度这么快，这将激励我们企业继续加大创新力度。”无人车暨服务提供商、新石器慧通（北京）科技有限公司董事长余恩源表示。

“‘两区’建设，就要做到园区开放和产业开放。关键任务是制度创新，推动贸易、投资和人才流动自由化便利化，营造国际一流营商环境；特色是科技创新、服务业开放、数字经济、区域协同开放。”北京市政府有关同志这样解读。目前，国家服务业扩大开放综合示范区覆盖北京全市域；自贸试验区涵盖科技创新、国际商务服务、高端产业3个片区，总实施范围119.68平方公里。

3月16日，首笔跨国公司本外币一体化资金池业务落地北京，金额1000万美元。“这将大幅提升集团内部跨境资金运作便利化程度，为集团实现更高水平、更高质量全球资金管理提供有力保障。”试点主办企业、中化集团财务有限责任公司国际业务部高航看好这项试点政策。

高新技术企业将实行“报备即批准”、知识产权质押融资、公司型创投企业所得税优惠、技术转让所得税优惠……一批或全国首创、或率先实施的政策措施密集落地，“两区”政策红利叠加，发展动能直达企业。

“服务业扩大开放综合示范区是按照行业推进开放，可以理解成纵向的；自贸试验区是按照区域打造开放集成的高地，是按照横向推进的。”朝阳区委书记王灏这样介绍。横纵结合、条块结合，形成北京“两区”建设独特的格局，而“抓住新机遇、起步即冲刺”，成为北京各区各部门的奋斗姿态。

营商环境不断提升。朝阳区的CBD国际人才服务中心，整合了19家职能部门的120项服务项目，外国人工作许可和居留许可“一窗受理”；海淀区对区域内新设立或新迁入的外资金融机构中国总部、外资控股金融机构，给予最高500万元的一次性落户奖励；顺义区的天竺综保区首创航材共享平台，使波音787型飞机平均送修周期由60天缩短至目前的35天左右。

法治环境更加优化。3月18日，北京金融法院正式成立。“将围绕北京‘两区’建设，依法支持金融服务领域改革创新，为绿色金融、普惠金融、文化金融、数字金融发展提供司法指引，防范化解金融风险。”北京金融法院党组书记、院长蔡慧永表示。“两区”建设中，涉及金融领域建设的任务措施有102项，目前已落地44项。

随着“两区”建设不断推进，更加开放的北京吸引着世界的目光。

首家外资全资控股的持牌支付机构、首家外资独资的保险资管公司、首家外商独资的货币经纪公司……数据显示，今年前两个月，北京新设外资企业224家，同比增长25.1%；合同外资66.1亿美元，同比增长1.5倍；实际利用外资27亿美元，同比增长32.7%。

原载《人民日报》2021年3月28日

获第三十一届北京新闻奖一等奖

专家 ZHUAN JIA 点评

直接破题　鼓气之作

北京市新闻学会会长、高级编辑　初小玲

《北京——聚力“两区”建设　高起点向前推进》，是《人民日报》在“十四五”开局之年，新设栏目《“十四五”，我们这样开局起步》的开篇之作，标题直观清晰，鼓舞振奋向上。

2020年中国实现了第一个百年目标，实现了从高度集中的计划经济体制到充满活力的社会主义市场经济体制，从封闭半封闭到全方位开放的历史性转变；实现了从生产力相对落后的状况到经济总量跃居世界第二的历史性转变；实现了人民生活从温饱不足到总体小康，奔向全面小康的历史跨越。2021年，面向第二个百年目标，站在这样的历史起点，中国该怎样做？

该报道以北京“两区”建设展现“十四五”新气象作为栏目的开局之篇，更是强调了开启第二个百年计划，全面建设社会主义现代国家，北京以“两区”建设带动以首善标准搭建立体开放体系，探索形成北京样板示范作用的意义。

该报道抓住北京一年来“两区”建设亮眼的成绩单，用数据说话，一批标志性强的项目落地，一批功能性服务型平台已高速运转，一批优质外资企业来京投资，一批中外金融机构落地，等等。北京是全国唯一拥有“两区”叠加的城市，成绩单充分显示出“两区”建设正在为北京的产业升级与转型注入强大的生命力，北京正在融入国家着眼构建以国内大循环为主，国内国际双循环相互促进的新发展战略格局。

该报道站位高，举重若轻，突出优势，激励抓住一年之计在于春的大好时机，从始至终突出新、创，彰显了国家在构建新发展格局时，赋予了北京重大机遇和重大责任，而北京不仅开始了探索和生动实践，还将以“两区”建设为发力点，与国际科创中心、数字经济、国际消费中心城市建设、京津冀协同发展形成叠加效应。该报道阅后，令人对北京未来的发展，充满期待。

获奖者 感言

HUO JIANG ZHE

关键时刻　权威发声

人民日报主任记者　王昊男

《北京——聚力“两区”建设　高起点向前推进》是人民日报社《“十四五”，我们这样开局起步》的开栏之作，2021年3月28日《人民日报》头版头条刊发。报道选题重大，采访深入，解读权威。阐释了中央部署“两区”建设的深远意义，在关键时刻特殊节点，起到了答疑解惑、定心鼓劲的作用。

选题重大。北京的“两区”建设，是习近平总书记在2020年中国国际服务贸易交易会全球服务贸易峰会上做出的部署，是中央支持北京的两项重大政策，也是北京“十四五”开局起步的重中之重。社会关注度高，国际影响力大。为什么建？怎么建？进展怎样？需要权威声音、权威解读。“不是单纯打造区域性亮点，而必须立足于形成新发展格局，高起点向前推进，探路先行。”稿件阐释了中央部署“两区”建设的深层次逻辑，回应了社会上和党员干部中对“两区”建设的疑问。在关键时刻特殊节点，起到了答疑解惑、定心鼓劲的作用。

视角独特。“两区”建设，即国家服务业扩大开放综合示范区、北京自由贸易试验区建设，共251项建设内容，专业性极强。稿件刊发前，建设才刚刚启动，从宏观层面的顶层设计，到各个环节上的具体执行，不同的采访对象理解程度多有不同。“技术转让所得税优惠”“公司型创投企业所得税优惠”“跨国公司本外币一体化资金池”……很多新政除了业内专业人士，地方政府具体执行的同志都讲不清楚。人民日报社北京分社提前谋划，安排骨干记者自建设伊始就全程跟进，从百十个案例中，精心选取与群众关联度高、易于理解的案例作为基础，将专业内容转化为一个个生动的故事。以点带面，以小见大，将党中央的重大决策部署和政策融入可知可感的文字中。稿件既有理论高度，又具备极强的可读性。

反响热烈。稿件刊发后，《北京日报》头版全文转载，各大门户网站在突出位置进行推送。北京市委主要领导，在市委常委会等不同场合，多次肯定表扬，北京市、区和各委办局纷纷安排所属政务微信推送。在“十四五”开局起步之时，稿件在所有驻京中央媒体中，第一个系统阐释报道了北京“两区”建设的思路和经验，是北京“两区”建设宣传报道中的标杆之作。

以首都发展为统领　谱写北京新篇章

以首都发展为统领　谱写北京新篇章

详细新闻报道
请扫码观看

原载中央广播电视总台央视《新闻联播》2021年5月10日

获第三十一届北京新闻奖一等奖

专家
ZHUAN JIA 点评

宏观阐释　微观呈现　用生活细节呈现大主题

新京报社编委、高级记者　光　炜

2021年是中国共产党的百年华诞。100年来，中国人民在党的带领下，摆脱苦难、走向辉煌，创造了令世界瞩目的人间奇迹。今日中国，处处生机勃发，处处欣欣向荣。在此背景下，中央广播电视总台《新闻联播》推出《以首都发展为统领 谱写北京新篇章》重大主题报道，讲述首都北京日新月异的发展变化，展示今日中国的辉煌成就，展望光明宏大的美好未来。

立足重大主题，讲述首都建设成就。作品以北京市牢记习近平总书记的嘱托为主旨，立足首都城市战略定位，紧紧围绕“建设一个什么样的首都，怎样建设首都”这一重大时代课题，真抓实干，开启首都现代化建设新航程。伴随着城市治理和建设，北京在近十年间发生了翻天覆地的变化。从疏解非首都功能到推进京津冀协同发展，从国际科技创新中心建设、两区建设到全球数字经济标杆城市建设，作品讲述了北京始终以首都发展为统领的建设成就。

宏观微观结合，全面阐释宏大主题。作品很好地阐述了习近平新时代中国特色社会主义思想在北京实践的落地生根，既有城市首都定位的宏观解读，也有百姓安居乐业的细节描绘，展现了首都北京的真抓实干、开拓创新。作品体量虽不大，但论述全面具体。在对北京市第十三次党代会精神进行深入学习后，摄制组在海量素材中选取了3个方面进行讲述。在最终的作品呈现上，既有讲故事的形式，通过百姓视角更好地讲述人民群众这十年的幸福感、获得感；又有综述性的报道，容纳了更多案例内容。

主创深入一线，践行“四力”捕捉细节。该作品作者许梦哲透露，在一线采访中，涌现出了大量真实、生动的素材，在故事、素材的选取上，作品始终以服务于整个“非凡十年”主题为标准。其中令人印象最深的是回天地区回龙观和天通苑两个超大型社区的改造。近5年时间里，在北京市的大力整治下，回天地区这个原本公共服务配套设施落后的“睡城”发生了翻天覆地的变化。一线记者在采访中惊喜地发现了居民吴戈和她的邻里们的事迹——他们用400多幅漫画记录下身边生活环境的改变。这一报道素材的发现，正是新闻记者深入一线、践行“四力”的收获。

作品选择在迎接建党百年之际播出，充分发挥了凝心聚力、鼓舞士气的社会作用，可感、可知，贴近性强。

获奖者感言

HUO JIANG ZHE

7分钟联播头条是这样练成的

中央广播电视总台北京总站记者　张伟泽

6月27日晚，《新闻联播》主题系列报道《沿着总书记的足迹》播出北京篇，题为《谱写新时代首都发展崭新篇章》，排在《习近平同圭亚那总统就中圭建交50周年互致贺电》之后播出，为准头条。时长达到7分钟，为该系列报道时长最长的节目。主要报道了党的十八大以来，习近平总书记10次考察北京、18次对北京发表重要讲话，深刻阐述了“建设一个什么样的首都，怎样建设首都”这一重大时代课题，为做好新时代首都工作指明了方向。牢记总书记嘱托，北京市坚定不移从“北京发展”转向“首都发展”，从聚集资源求增长转向疏解功能谋发展，北京发生了新的历史性变化，开启了首都社会主义现代化建设新航程。

接到这个选题，北京总站负责人王小节与总编室负责人朱世松立即召集相关记者召开选题破题会，并以视频会议形式与北京市政策研究室、发改委、规自委等有关部门进行了选题交流、头脑风暴。因为十年来，总书记10次考察北京、18次对北京发表重要讲话，报道策划最核心的重点是什么？可以舍弃的是哪些？等等。必须及时、精准破题。很快我们就确定了报道方向和思路以及相关案例。

在确定方向和思路之后，随即派出三路记者先期采制有关案例内容。我们通过前期破题，确定了几块重点内容，首先就是规划，因为总书记2014年考察北京的第一站就选在了北京规划展览馆。其次为疏解非首都功能和京津冀协同发展。再次为老城保护与城市治理。从文稿的结构逻辑上，我们除了把最重的规划放在最开头，其他内容并没按照时间脉络和重要性进行编排。一方面是考虑总书记的同期声非常有限，另一方面是考虑节目的生动性和节奏感。比如总书记在考察城市规划的时候，并没有合适的同期声，但规划又必须打头。如果按照时间顺序来考虑，规划之后是疏解非首都功能和京津冀协同发展，但这部分内容依然缺少总书记合适的同期声。这样一来，总书记的同期声就会很靠后，所以我们果断放弃时间顺序，而选用2019年春节总书记到老城区看望百姓时说的同期声“共产党的追求就是让老百姓的生活越来越好”，这部分则是体现“北京市牢记总书记嘱托，坚持民有所呼、我有所应，创新开展‘吹哨报到’‘接诉即办’并向‘未诉先办’主动治理深化”。这样一来，节目就生动了很多。

虽然整个节目的调性偏宏观，理论性较强。但为了使节目生动，我们采用了“接诉即办”为民办实事、老城改造，以及城市副中心生态建设等多个具体案例，被采访的3位老百姓朴实而真诚，情绪到位，一点都没有违和感，给节目大大加分。

整个文稿从初稿到最终成稿，修改了20多遍。此外，由于排播时间的调整，原本计划在最后一集播出，又提前了一周多时间，带来了不小的挑战。在这过程中，三番五次否定案例重来，比如“接诉即办”的案例采访是到播出前三天才又重新调整确定的思路。

在文稿形成的同时，我们同步安排技术负责人开始搜集相关画面，特别是航拍画面，由于绝大多数的航拍画面在之前都用过，所以要求这次至少保证90%以上的航拍画面为未使用过的新画面。为此，也发动所有跑口记者协调各区、各委办局提供航拍等相关画面。在编辑过程中，我们前后找了网盘、十几块硬盘、北京台及各区融媒体等，总容量超过1个T的素材，记者和技术人员为找画面、编画面熬了好几个通宵。此外，我们还派出几路技术大拿去拍摄新画面，为画面的精美呈现打下良好基础。

虽然过程艰难，但结果喜人。节目播出后，得到总台领导高度表扬，也得到了包括时任北京市委书记蔡奇同志在内的多位北京市领导的高度肯定和表扬。

中关村新传

——北京国际科技创新中心核心区建设发展纪实

本报调研组

经济日报
ECONOMIC DAILY
就《中朝友好合作互助条约》签订60周年
习近平同朝鲜最高领导人金正恩互致贺电
践行习近平经济思想调研行
中关村新传
——北京国际科技创新中心核心区建设发展纪实
习近平的小康故事
为了海晏河清、朗朗乾坤
——习近平领导党风廉政建设和反腐败斗争的故事
广州开发区开启"氢"引擎
导读
中共中央国务院关于加强基层治理体系和治理能力现代化建设的意见

每天清晨，如潮的人流沿北京地铁16号线一路向北，过百望山、西北旺，如甘泉般融入永丰、北清路沿线“饥渴”的土地。

南以百望山为界，西与门头沟为邻，北接昌平，东临未来科学城，大西山脚下的这片土地，就是海淀人俗称的“山后”地区。记者日前来到“山后”地区采访，惊奇地发现，这片大多数北京人并不熟悉的土地上，正在演绎一场以科技创新为主题的发展大戏。

曾经阡陌纵横，如今车水马龙；曾经小桥流水，如今楼宇林立；曾经男耕女织，如今精英荟萃；曾经是人闲地旷的郊野农村，如今变身为产城融合的中关村科学城北区。

以中关村为起点，一路向北，但见处处人气勃发，景象日新月异，彰显出以创新驱动发展的蓬勃生机与巨大潜力。

三区叠加

位于北京西北部的海淀区是我国科技创新发展的一面旗帜，诞生过我国第一家民营高科技企业、第一个国家级高新技术产业开发区、第一个国家自主创新示范区。

党的十八大以来，创新驱动发展成为国家战略。从聚集资源求增长到疏解功能谋发展，海淀区又成为转型发展的先锋。2020年，海淀地区GDP突破8500亿元，在北京市各辖区中，经济总量和对全市经济增长贡献率连续5年保持“双第一”。

中关村是海淀创新发展的龙头和标杆。这里浓缩了我国科技产业化发展的历史：从改革春风催生的“中关村电子一条街”，到科创企业扎堆的“中关村科技园”，再到覆盖海淀区全域的“中关村科学城”，中关村长大了、变靓了，并且超越了地理名称的限制，成为海淀区乃至北京市科技产业的代名词。

从上世纪八九十年代联想、方正、清华同方的诞生，到进入新世纪后百度、小米、美团、字节跳动、快手的崛起，一个又一个创新企业从这里走向全国、走向世界。截至2021年5月，海淀区上市公司总数达到243家，区域上市公司总数连续多年位居全国地级市（区）之首。

今天的中关村，是海淀的中关村，北京的中关村，中国的中关村，更日益成为世界的中关村。

2013年9月，中共中央政治局集体学习的“课堂”搬到了中关村。在这次以创新驱动发展战略为主题的集体学习中，习近平总书记对中关村寄予殷切期望：“面向未来，中关村要加大实施创新驱动发展战略力度，加快向具有全球影响力的科技创新中心进军，为在全国实施创新驱动发展战略更好发挥示范引领作用。”

“示范引领”，意味着更高的定位、更高的追求。

中关村的发展进入了新时代，“成长的烦恼”也随之而来。大量孵化出的创业团队亟待开疆拓土，却很难在中关村大街附近找到合适的办公场所和产业配套空间。政府部门也有困惑，海淀区坐拥中国科学院、清华大学、北京大学这些中国顶级的科教资源，原始创新成色却嫌不足，亟须提升能级。“中关村盛名在外。但我们也看到，海淀的科技创新层次和能级还不高，国际化水平相对较低；全球顶尖的创新领军人才占比偏低，引领性原创成果和国际标准较少；关键共性技术、前沿引领技术、颠覆性技术创新还不够强，与中央对我们的期待还有差距。”海淀区委书记于军分析说。

四十而不惑。2018年，海淀区委、区政府回顾总结中关村改革开放40年来的发展经验，深入学习领会习近平总书记重要指示精神，以新发展理念对标对表，找准定位、规划未来，确立了“两新两高”发展战略，即“挖掘文化与科技融合发展新动力、构建新型城市形态，推动高质量发展、打造高品质城市”。

实施“两新两高”战略，既需要内涵提升、产业转型，也需要空间拓展、环境再造。显而易见的是，经过40年发展，拥挤的南区已缺乏扩展空间。于是，曾是海淀发展“洼地”的北区站上了发展舞台的中心。作为海淀区建设北京国际科技创新中心核心区的战略腹地和发展纵深，中关村科学城北区将承载起北京高端科技创新功能、承接高精尖产业落地、构筑北京西北部创新发展新高地。

中关村科学城北区面积235平方公里，占海淀区总面积的54%，其中21.59平方公里已被纳入中国（北京）自由贸易试验区科技创新片区。海淀区是国家服务业扩大开放综合示范区，也是中关村国家自主创新示范区核心区。“三区叠加”的政策优势，赋予北区前所未有的发展机遇。

“早在2010年，北京市就批复了中关村科学城北区的街区控规，北区开发建设全面启动。后来我们又根据新版总规、分区规划对北区规划进行了优化调整，形成了目前以北清路为科创发展轴，自东而西分别是中关村软件园、永丰基地和翠湖科技园，三大组团打造高精尖产业创新集群的发展格局。”海淀区北部地区开发建设委员会办公室主任高志庆对北区的规划建设历史如数家珍。

2020年5月，海淀区政府发布《中关村科学城北区发展行动计划》，中关村科学城建设重心北移正式“官宣”。此后，《关于中关村科学城新时期再创业再出发提升创新能级的若干措施》等一系列政策举措密集出台。

2020年9月，一场名为“科技向北”的嘉年华活动在中关村软件园隆重揭幕，吸引了6000多人现场参与，线上参与超过240万人次。“北京在中国的北部，海淀在北京的北部，我们在海淀的北部，‘科技向北’是发展大势！”中关村软件园总经理助理邓延嵘认为，随着科技企业不断壮大，在拓展新业务时选择向空间更大的北部地区发展，符合科技企业的发展规律。

“科技向北”，不仅是政府的规划，也是众多科创企业不约而同的选择。

以百度为例，这家2000年创建的公司，最初在紧邻四环的北大资源楼里起步，后北迁至中关村软件园。现在，百度在人工智能专利申请量和授权量方面已经连续3年位居中国第一。“从创立起，我们就是以人工智能AI技术为核心的科技公司，搜索引擎就是广义的AI。”百度公众沟通部总监郭锋介绍，2020年，百度核心研发费用占收入比例达到21.4%。

记者在贝伦产业园采访时，正赶上百放英库医药科技（北京）有限公司实验大楼启用仪式举行。百放英库创始人兼首席执行官单倍博士告诉记者，百放英库是一个面向全球的原创新药研发平台。做原创药，需要科技成果的源头供给，需要大量生物医药人才，海淀区大学和科研院所多，可以满足技术需求和人才需求。而北区的产业园空间大，可以满足企业的发展需求。“实验大楼约4000平方米，设有生物实验室、化学实验室等实验与办公空间，为企业未来发展预留了空间。”

“北进！北进！”在“三区叠加”政策牵引下，科技创新企业正呈现向北区集聚之势。统计数据显示，2020年，中关村科学城北区企业总收入达6239亿元，同比增长约15%，新设企业超过6200家，高新技术企业3169家，独角兽企业8家，瞪羚企业665家。

厚植沃土

对海淀区来说，加快建设北京国际科技创新中心核心区，关键问题是如何吸引和聚集创新要素，让各类创新主体进得来、留得下、活得好。

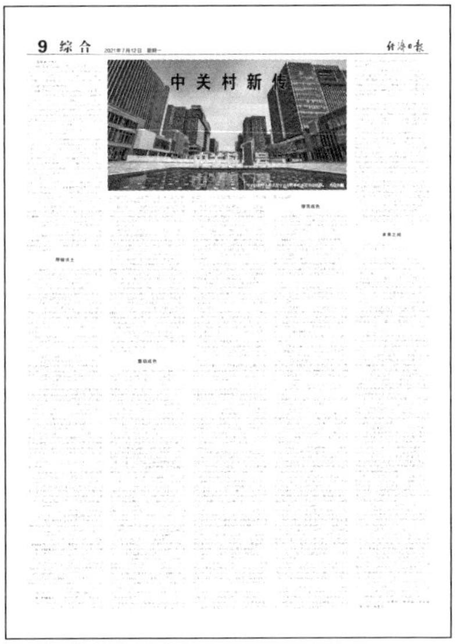
9 综合 2021年7月12日 星期一 经济日报

中关村新传

“当新注册企业已经提速到一天办结、获取营业执照时，再压缩注册时间，意义已经不大。这个时候，企业看的是能给它提供什么样的成长环境和它有什么样的发展前景。”于军说。

进入新时代，城市对企业的吸引力，主要体现在高能级的创新要素供给上。于军认为，海淀要做的，就是厚植创新沃土，构建区域创新雨林生态系统，以高质量科技要素供给汇聚高质量发展的强大动力。

新型政企关系，是构建创新雨林生态系统的基础环节。

2021年5月18日，第二届中关村科学城北区“创新合伙人”大会举行，海淀区几大班子领导悉数到场，传递出对壮大“创新合伙人”队伍的殷切期望。

“在海淀区，谁都可以当‘创新合伙人’。我们以‘创新合伙人’制度来重构政府、企业与个人在创新过程中的新型伙伴关系，让科技创新主体成为中关村科学城的主人。”中关村科学城党工委委员、管委会专职副主任舒毕磊解释说，“创新合伙人”制度最重要的精神内核是“平等”，大家目标一致、利益共享。

北京荣耀终端有限公司将在北区建设研发总部及管理总部布局高端手机研发等业务板块；腾讯科技（北京）有限公司将建设区块链总部和区块链商用算力平台；北京快手科技有限公司将投资数字经济创新产业园……在这一届“创新合伙人”大会上，16个重点项目签约落地，海淀“创新合伙人”队伍再次扩容。

随着科技体制机制改革不断突破，中关村科学城北区的创新环境不断优化。建立知识产权协同保护体系、建设离岸创新中心等23项任务落地实施，数字贸易港、跨境数据流动试点等多项重点制度创新取得突破，外汇政策、外债便利化试点等方面逐渐形成可复制可推广的经验案例，人才“E+工作站”为创新主体提供强有力的人才支持……

新型科技园区，是营造创新雨林生态系统的重要载体。

“在我看来，实创公司承担着连接政府政策与驻区单位需求‘最后一公里’的使命，园区要当好入驻企业的‘创新同行者’。”北京实创科技园开发建设股份有限公司董事长陈晓智表示，公司主业是为科技企业提供服务，但新时代的服务模式已经不能局限于仅为驻区单位提供选址、建设、配套等基本保障，更要主动作为，探索构建产业协同创新新格局。

实创公司先后发起了两轮“创业合伙人招募计划”，围绕龙头企业需求构建创新链产业链。在专门为龙芯中科制订的招募计划中，他们从180多家报名企业中筛选出13家，作为龙芯中科的产业生态企业入驻园区。“我们致力于推进大中小企业的融通发展。”陈晓智说。

在北区，中关村壹号、集成电路设计园IC PARK等一批特色产业集聚区正在蓬勃发展。

IC PARK园区执行总经理许正文说：“各地竞相投资芯片产业，虽然面临一些短板，但产业生态大方向是对的。北京的最大优势是人才、技术、项目、资本密集，尤其是重点高校在微电子领域输出大量成果与人才，是原创技术策源地和人才高地，我们要用好这些优势。”

许正文介绍，2018年11月开园至今，已有100余家企业进驻，其中80余家是芯片企业，包括兆易创新、地平线等一批龙头企业。去年园区总产值310亿元，纯芯片研发产值近280亿元。

IC PARK的产业链条非常完善：发起设立芯创基金，组建中关村芯学院，与清华大学天津电子信息研究院、天津市滨海新区微电子研究院合作建立2个国内创新中心，设立4个海外创新中心，打造贯通线上线下的中小企业服务系统，整合有芯片应用需求的大国企进入产业链平台……芯片企业无论是缺资金、人才、技术、服务还是应用场景，都可以由园区协调配齐。

新型研发机构，为创新雨林生态系统提供源源不断的创新供给。

我国的科技成果转化往往面临这样的现实问题：大学出基础科研成果，但不具备生产条件，也不了解市场需求，推不动成果转化；企业有生产条件也了解市场需求，但缺乏研发能力，或者没有冒险做研发的动力。

如何打通这个瓶颈？在翠湖科技园，记者发现，北京石墨烯研究院的做法颇具借鉴意义。

北京石墨烯研究院2016年10月注册成立，2018年10月揭牌运行。研究院科技发展部部长李萌介绍，他们采取双轮驱动模式，一方面对接国家需求，专注解决“卡脖子”核心技术问题，面向产业核心技术进行长期布局；另一方面对接市场需求，采取“研发代工”模式，为企业提供1对1定制化研发服务，通过与企业的全过程利益捆绑，实现从基础研究到产业化落地的无缝衔接。

在新型体制下，这家年轻的研发机构已取得一批产业化成果：超洁净石墨烯薄膜、石墨烯基LED发光器件等科技成果国际领跑；A3尺寸石墨烯CVD生长装备等一系列石墨烯原材料规模化制备装备完成自主设计开发；专利申请数量累计已超过200项；“研发代工”合作全面推进，石墨烯航空轮胎等产品研发取得重要进展……

在北区，新型政企关系、新型科技园区、新型研发机构，这些“新”质要素不断生长，推动了更深的改革、更广的开放，并因此形成了欣欣向荣的创新雨林生态系统。

磨砺成色

坐拥33所高校、99个科研院所、106个国家级重点实验室、600多名院士……海淀区科研资源的密度堪称全国之最。北京市对海淀区的期望也非同一般：立足科技创新出发地、原始创新策源地、自主创新主阵地的定位，始终走在国际科技创新中心建设的最前头、走在中关村先行先试的最前头、走在全市高质量发展的最前头。

用北京市委书记蔡奇的话说，海淀作为经济强区、科教强区、人才强区，是北京发展的硬核力量。如何发挥示范引领作用？就是要做别人想做做不了的、想学也学不来的、从“0”到“1”的事。

重托在肩，岂容懈怠！在建设北京国际科技创新中心核心区的过程中，海淀区致力于激发各类创新主体活力，坚持自主创新，鼓励原始创新，不断磨砺、提升创新成色，努力为实现高水平科技自立自强创造“海淀经验”、做出“海淀贡献”。

“作为集成电路行业里的‘创新合伙人’，我们是在2014年搬到北区的。”龙芯中科技术股份有限公司董事长胡伟武介绍，2001年他在中科院计算所组建了龙芯课题组，2010年带领团队开始龙芯市场化运作。经过20年积累，龙芯CPU的研发和应用取得很大进展。

“党的十九届五中全会明确提出，把科技自立自强作为国家发展的战略支撑。这充分表明以习近平同志为核心的党中央对创新驱动发展战略的高度重视。我很高兴，因为龙芯中科一直走的就是科技自立自强这条路。”胡伟武回忆，曾有不少国际CPU巨头抛来“橄榄枝”，表示可以通过技术授权或成立合资公司“帮助”提升龙芯CPU性能，但在他眼中，“他们讲的合作其实就4个字，‘缴枪不杀’。你用他的技术，就摧毁了自己的研发能力。”

CPU指中央处理器，是计算机系统的运算和控制核心。在胡伟武的团队艰难推进CPU芯片自主研发工作时，国外品牌的CPU芯片好用不贵，花钱就能买到。但从2018年中兴、华为遭遇芯片断供危机，以芯片为代表的“卡脖子”核心技术攻关受到空前关注，坚持自主创新的龙芯中科终于迎来了高速发展机遇期。

“我们从2018年开始实现现金流的净增加，2020年获得10.8亿元收入，净利润超过2亿元。”胡伟武说，在有关部门支持下，他们获得了在国内市场试错和完善的机会，让龙芯CPU实现了技术上的快速迭代，业绩蒸蒸日上。“十三五”期间龙芯实现了CPU单核通用处理性能提升十倍、销售收入提升十倍的“双十倍”跨越。“龙芯的发展充分体现了我国在市场经济条件下新型举国体制的优势。”

龙芯中科的坚守是海淀区坚持自主创新、磨砺创新成色的一个缩影，代表着一条以企业为创新主体、从国家急迫需要和长远需求出发的关键核心技术攻关之路。

高端科研仪器严重依赖进口，一直是我国科研创新的突出短板。但在北区，却有一家2016年才成立的公司，把自主创新的高端科研仪器卖给了世界著名科研机构。

这个仪器叫“佩戴式微型化双光子荧光显微镜”，一只仅2.2克的显微镜，可以戴在小动物头上，在它们觅食、哺乳、嬉戏、睡眠时，实时观测其大脑的神经突触、神经元、神经网络等动态变化情况。这种“看得见”大脑思维的光学成像仪器，不仅为中国脑科学基础研究打造了一个核心创新工具，还可用于自闭症、癫痫等神经系统疾病的医学研究。

“这项创新技术源自北京大学程和平院士团队。”生产该仪器的北京超维景生物科技有限公司研发经理吴润龙告诉记者，该项目属2014年的国家重大仪器专项，2016年成立公司开启产业化之路，2018年产品进入市场，2019年就卖到了德国马普研究所，打开了国际市场的大门。

双光子荧光显微镜项目，只是北京协同创新研究院孵化成功的项目之一。这家研究院成立于2014年8月，由北大、清华、北航、北理工等13家大学发起成立。

“我们是一家新型研发机构。”副院长罗琳告诉记者，研究院以重大基础研究成果产业化、发展原始创新为核心使命。“我们与世界一流大学合作，发现有市场价值的基础研究成果，帮助寻找最有希望的市场应用方向，把基础科研成果尽快转化为原创技术产品。”

目前研究院已建成5个专业研究所和6个产业协同创新中心，累计立项171项，转化125项，其中“微型化双光子荧光显微镜”“有感知能力的柔性电子皮肤”“金属透明电极”等11个项目为世界首创。

扶持组建北京协同创新研究院，是海淀区坚持自主创新、磨砺创新成色的一种尝试，重点在瞄准未来科技和产业发展制高点，建立起各创新主体相互协同的创新联合体。

北京航空航天大学应用化学系教授刘宇宙曾发表过一篇关于新型铂催化剂的论文，与市场上的常规催化剂相比，这种新型催化剂能将活性提高三个数量级以上。几家化工公司找来，希望实验室提供公斤级的样本，并进行成果转化合作。

但发论文只需要制备以克为单位的材料，放大到公斤级甚至更大规模时能否保持同样性能？是否具备大批量生产的可行性？这些问题在大学实验室无法解决。刘宇宙把需求告诉了北航概念验证中心负责人汤鹏翔。由概念验证中心出面，在校外找到了合适的中试场地，还提供了项目资金和相关科技服务。现在，刘宇宙团队已经制备出几十公斤样品，第一批样品已经交付合作企业。

“大多数高校的科研成果，都死在没钱没条件做中试这个阶段。”汤鹏翔介绍，“从无到有”的基础研究有国家财政科技经费支持，“从少到多”的产业化阶段有企业投钱，而从实验室成果到中试产品的技术“从生到熟”阶段，就成了两头都不靠的科技成果转化“死亡谷”。

2018年10月，海淀区聚焦科技成果转化的早期阶段，实施“中关村科学城概念验证支持计划”。2019年10月，第一个概念验证中心“中关村科学城—北京航空航天大学概念验证中心”挂牌成立，2020年又新增清华大学、中科院北京分院两个概念验证中心。

“概念验证，加大了对创新链产业链中市场失灵的中试熟化环节的支持。目前，我们已经支持了10个项目。”汤鹏翔介绍，按规划，海淀区将为北航的概念验证中心提供每年500万元的资金支持。

概念验证中心建设是海淀区坚持自主创新、磨砺创新成色的一种机制创新，为的是让更多研发成果从“书架”走上“货架”，补全从基础研究、应用研究到产业化应用的完整创新链条。

海淀始终把服务好国家重大科技战略、支撑首都高质量发展作为不可推卸的责任。区委区政府周密筹划，各职能部门密切协同，积极参与京津冀国家技术创新中心建设；扶持智源研究院、量子研究院、启元实验室等新型研发机构发展；加快建设超大规模人工智能模型训练平台、区块链算力实验平台等重大科技平台设施……

随着一系列重大科技建设项目和研发平台落地，海淀作为北京国际科技创新中心核心区的雏形初显，“科技创新出发地、原始创新策源地、自主创新主阵地”的底气更足，创新成色和发展能级显著提升。

擦亮底色

海淀拥有以“三山五园”为代表的皇家园林群，又是西山永定河文化带和大运河文化带的重要节点，优良的生态环境、厚重的文化底蕴、鲜明的科创基因，共同构成了中关村科学城北区亮丽、多彩的底色。

2014年2月，习近平总书记在北京考察工作时提出：“深入实施人文北京、科技北京、绿色北京战略，努力把北京建设成为国际一流的和谐宜居之都。”遵循总书记指示精神，海淀区在推进中关村科学城北区建设中，坚持以人为中心的发展理念，坚持生态优先的发展战略，推动城乡融合、产城融合，加快由“园”向“城”的转变提升，努力打造服务科技创新和高质量发展的新型城市形态。

在北区布局的各类园区中，中关村创客小镇是个特别的存在：既是孵化器，有1.89万平方米众创空间；又是保障房，有2772套精装创客公寓。在这里，刚起步、底子薄的初创团队可以心无旁骛地干事业。

成立于2017年的北京金羽新能科技有限公司，是入驻创客小镇的一家高成长性科技企业，专注于新型电池的研发、生产、销售和技术服务。“电池研发要处理大量数据，加班加点是家常便饭。对研发团队来说，最重要的是时间。”金羽新能合伙人兼首席营销官刘威表示，公司的研发人员都住在创客小镇的创客单身公寓里，步行上班5分钟可达。

除了租金低廉的创客公寓，这里还有从政务咨询、营销推广到知识产权运营、创客健康等一系列创业服务。“作为孵化器企业，我们不仅要让入驻企业活得好，更要让他们飞得高。”中关村创客小镇总经理张攀说。截至目前，创客小镇一期累计服务创业企业超过1000家，在孵企业654家，聚集59家孵化平台、高校、协会联盟，服务创新人才超过6000人。

创客小镇所在的温泉镇太舟坞村，也借力创客小镇的开发建设，实现了与区域创新经济的融合发展。

2020年11月，海淀区最后一批近3万名农民办理了农转非手续。主要集中在百望山以北的中关村科学城北区三镇。

当“农民”变“居民”，怎样保证农村集体经济稳健发展，长久造福于民？海淀的做法是：土地变资产、农民变股东，进行农村集体产权制度改革。“过去，农村集体资产归农民‘共同所有’，产权制度改革后，农民变成居民，但仍是集体经济组织的股东，集体经济实行‘按份所有’。”温泉镇党委书记刘件说。

当年轻创业者们为梦想拼搏时，作为“地主”的太舟坞人可以按照宅基地面积大小抵换新建住宅，回迁到与创客小镇一街之隔的温泉水岸家园。在享受股东红利的同时，他们还把空闲的房屋交给物业公司，作为公租房统一管理，供周边产业园区中的企业员工使用。

实现从“园”到“城”的转变，关键是解决好“住”的问题。为满足高端创新人才和不同人群的居住需求，形成“职住平衡”的空间布局，北区在规划建设中千方百计增加居住用地，优先落实人才住房建设用地指标，鼓励在集体建设用地上建设租赁住房。未来几年将释放130公顷居住用地，新增建设规模约250万平方米。同时，对24个保留村启动“一村一策”规划编制，勾画“园区创新创业、乡村创意休闲”的美丽乡村新图景。

为提升城市功能，打造宜居宜业环境，近年来，北区市政基础设施建设按下了“快进键”。今年共安排各类建设项目163项，计划投资582亿元。翠湖南路、翠湖东路、上庄东路等三条主干路年内将建成通车，西北旺南路、邓庄南路西延等工程正在加快推进，温泉地表水厂、稻香湖再生水厂（二期）等建设项目相继启动。

一批公共服务设施接连落地。年内将建成18个教育配套设施，引入中关村三小、十一学校等优质教育资源，推进北部医疗中心等4个医疗设施、中粮大悦城等3个商业综合体建设，服务保障好故宫北院区项目建设。同时启动翠湖国际商务区规划编制，提高公共空间品质和国际交往氛围。

在清华附中稻香湖校区，记者见到了外籍校长何道明。这位来自美国的教育工作者已经在北京生活了25年，见证了北区生活环境的变化和公共服务的改善。他深有感触地说：“以前这里什么都没有，没人会想到这里有从幼儿园起步的国际化教育，也没人想到这里的变化这么快、这么大！”

正在进行土建施工的北部医疗中心位于亮甲店3号地块。“作为北部地区重点民生工程和民心工程，项目占地面积7.5万平方米，建筑面积约18万平方米，计划于2024年竣工。建成后将为周边居民提供800张床位的医疗保健服务。”北京城建集团土木工程部北部医疗项目负责人介绍。

位于海淀区北部“生态科技绿心”核心地带的翠湖国家城市湿地公园，早年是隶属于翠湖种业公司的一片水塘。2003年实施一期建设，2005年获批成为北京市唯一的国家级城市湿地公园，后经二期建设和多年精心封育管理，2013年9月对公众预约开放。

走进翠湖公园，掠水捕食的野鸭、相伴而行的天鹅、悠闲漫步的鸿雁，还有一群群隐匿于水岛绿树中的苍鹭，一帧帧画面充满着生机。截至2021年5月，翠湖湿地内共观测到高等植物454种、野生鸟类247种。“这两年，我们曾经在公园里观测到青头潜鸭、白枕鹤等珍稀鸟类。”海淀区湿地和野生动植物保护管理中心湿地管理科负责人王博宇告诉记者，随着翠湖湿地公园水域面积不断扩大，植被越来越丰富，越来越多的候鸟在此过境停留。

“我们要建设森林里的‘中关村’，公园里的‘科学城’。”海淀区园林绿化局副局长田文革说，新一轮“水清岸绿”行动已经启动，北区将重点建设一轴四核多河渠的循环水网和生态湿地，营造一碧万顷的水生态。未来将通过巩固西山本底、修复自然环境、构建大尺度公园群落等举措，努力实现“山水连城、翠海芳淀”的美丽愿景。

水清岸绿、草长莺飞，开窗见绿、出门入园，人与自然和谐相处的优良生态，无疑将吸引来更多的创新人才，激发出更多的创新灵感。

未来之城

科技向北，照见未来。

未来的中关村科学城，将是一座怎样的城市？

——这是一座车路协同的智慧之城。

漫步中关村环保科技示范园，市民随时可能与时尚的无人驾驶汽车邂逅。海淀区首个常态化运营的5G无人驾驶小巴正式落地于此，开启了城市智慧交通的微循环。这款名叫“轻舟智航龙舟ONE”的无人驾驶小巴，除了具备行人车辆避让、自动变道、自动转向等基本功能，还能应对人车混杂的路口、后车加塞等复杂交通场景。

有了聪明的车，还要有智慧的路。在中关村自动驾驶创新示范区，建设运营公司翠湖网联联合千方科技等创新企业共同打造了智能云控平台，通过浮动车辆数据的定位回传，可以清晰看到每辆车的车牌号、车速和行驶轨迹等信息，智慧路网通过边缘计算、云计算等技术，能够让红绿灯与监控摄像头实时“对话”，让信号灯根据路面车流量决定放行时间。

翠湖网联公司总经理祝的春告诉记者，目前已在中关村自动驾驶示范区落地的应用场景有百度、小马智行的自动驾驶乘用车，奥迪中国的网联车，白犀牛的无人物流配送车，仙途智能、智行者的无人驾驶清扫车等。截至2021年4月30日，各类型自动驾驶车辆已在智能网联示范区域内测试340多天，共计完成测试25300余小时。

——这是一座人机对接的智能之城。

摘口罩刷脸，感觉有点不安全；外卖已在楼下，会议还没开完；被挤在电梯角落里，按不到楼层键……在人工智能技术飞速发展的今天，这些问题都将不再成为问题！在中关村壹号智慧园区，你能看到未来生活的“剧透”。

甫一进门，在半人多高、有着小平板“脑袋”的设备前驻足不到一秒，测温即告完毕。各楼宇闸机设备带有测温模块的人脸识别系统，不仅能够精准测温，还可以实现非接触测温。不仅如此，支持语音控制的电梯，能够自动点亮楼层；送货机器人，可以替人跑腿……

当机器越来越“知心”，“人手不够，机器来凑”的场景将会越来越频繁地出现。驻园企业爱笔智能公司自研的一款全景地图机器人，集成激光雷达、工业相机、计算平台以及全景相机，可以快速完成大型线下空间三维重建扫描，搭建全场景、全流程、全量的数字化平台。这意味着，从停车场、办公楼到购物中心，消费者只要通过智能屏、手机等线下触点，就能借助智慧导航迅速定位，商场太大找不到心仪店铺、停车场绕圈儿找不到停车位等问题也将迎刃而解。

在拉卡拉支付股份有限公司，记者还体验了数字人民币的神奇：通过专门的APP，“个人钱包”里的数字货币可以通过扫码、碰一碰等方式进行消费，不必绑定银行账户，操作方式十分简单。从“扫一扫”到“碰一碰”，可以想象，未来的支付体验将更流畅、更安全。

——这是一座万物互联的数字之城。

一块高5.8米、长19.2米的巨幅屏幕，可随时调取全区道路、建筑、城市部件、重点区域等的实时画面，一旦数据异常，即刻预警，通过数据分析、态势研判，给出处置建议。

小到一包垃圾分类、一个电话诉求，大到一场灾害防御、一轮疫情防控，作为海淀城市治理指挥调度的全视角驾驶舱和智慧中枢，海淀“城市大脑”智能运营指挥中心聚合各个场景的能力与资源，覆盖生态环境、城市交通、城市管理、公共安全、智慧能源五大领域，拓展了垃圾分类、接诉即办、无障碍服务、智慧服务等应用场景。

伴随着人工智能、物联网等技术发展，日益强大的算力帮助“城市大脑”学会思考，完善治理，对影响城市运营和市民生活的各类事件可以“未卜先知”，实现未诉先办。

从曾经的“发展洼地”变身科技创新的“钻石地段”，高新技术的加持让中关村科学城北区建设一日千里，展现出高质量发展的光明前景。

征程再启，辉煌可期。行而不辍，未来已来。

（调研组成员：张曙红　杨学聪　佘惠敏　陆　敏　韩秉志）

原载《经济日报》2021年7月12日至7月14日

获第三十一届北京新闻奖一等奖

专家 ZHUAN JIA 点评

展现主流媒体内容创作功底的佳作

中国社会科学院新闻与传播研究所数字媒体研究室主任、研究员　黄楚新

2021年7月12日，《经济日报》头版刊发践行习近平经济思想的调研文章

《中关村新传——北京国际科技创新中心核心区建设发展纪实》，优质的文章内容与内核引发社会反响。文章用大量的数据、案例和细节，生动地展示了中关村在科技创新领域的成就和贡献，也反映了中关村在面对发展瓶颈和挑战时的转型升级和突破创新。与此同时，本文也展现了中关村在建设发展过程中，对习近平总书记重要指示精神的深入学习领会和坚决贯彻落实，彰显了中关村作为北京国际科技创新中心核心区的责任担当和使命感。文章整体语言流畅，结构清晰，逻辑严谨，具备深度立意、报道内容两个层面的突出优势。

立意深刻厚重，融合顶层设计与实践经验。本文着重提到，2013年9月，中共中央政治局集体学习的“课堂”搬到了中关村。在这次以创新驱动发展战略为主题的集体学习中，习近平总书记对中关村寄予殷切期望：“面向未来，中关村要加大实施创新驱动发展战略力度，加快向具有全球影响力的科技创新中心进军，为在全国实施创新驱动发展战略更好发挥示范引领作用。”后续调研报告内容均围绕这一系列顶层设计展开，一方面阐述中关村在科技发展过程中的实践思路与经验总结，另一方面结合本地企业的实践成果，展现中关村的科技发展实力与多元支持。

报道内容鲜活，充分反映当地的建设风貌。本文立足于丰富翔实的实地调研内容，全方位展现中关村在发展过程中的动力源泉，文中对中关村的发展环境作出总结：以高质量科技要素供给汇聚高质量发展的强大动力。这一表达直接鲜明地展现中关村的发展不是“无源之水”，而是建立在深厚优良的创新发展土壤之上。文章内容综合大量鲜活的实地采访资料，展现出中关村当地建设的丰硕成果。此外，本文在谋篇布局方面也张弛有度，有效将深度化与轻量化表达融合共存，报道可读性强，展现主流媒体深厚的内容创作功底。

获奖者感言

HUO JIANG ZHE

中关村“新”在哪里？

经济日报 佘惠敏

大学时期，我在中关村区域生活了7年，对中关村电子一条街很熟悉，人生中第一台电脑就是在那里攒的。当时买电脑，不是买整机，而是主板、CPU、硬盘、内存等部件各买不同厂家产品，买齐了组装起来，因此叫“攒”机。随着时间的流逝，电子商城逐步取代了线下交易，中关村区域原来那些电子产品卖场因赢利难、骗子多而顾客流失，不得不寻求转型。

毕业多年后，我接到蹲点调研采访任务，主题是海淀区如何打造北京国际科技创新中心核心区，首先想到的就是创新标杆——中关村。改革开放40年后，中关村面临转型升级，新时代的中关村“新”在哪里？这是调研过程中，调研组同事们一直都在关心的主题。

“新”在地标的北移

地理的新是最容易看到的。在城市建设中，任何一个高速发展几十年的城区，必然面临空间不够的问题，需要开发新区。新区属于在白纸上绘图，没有那么多历史遗存和局限，必然会更多体现当地政府的新布局。我们采访的重点区域就属于中关村北移后的新区，是海淀山后地区。山后地区在百望山以北的大西山脚下，我读书时从没来过这里。曾经人闲地旷的郊野农村，现在有了新的名字——中关村科学城北区。后来写作时，我们在调研稿件的第一部分“三区叠加”中，概述中关村的历史和现状，以“科技向北”为主线，展示政府规划重心的北移和众多科创企业选择的北移。这是我们调研的认知顺序，也符合读者阅读认知规律。

“新”在关系的重构

创新最关键的要素永远是人，是创新主体。吸引和聚集创新要素，让各类创新主体进得来、留得下、活得好，是各地政府规划创新发展时，纸上文件能否落实为现实产业的关键。在调研采访中，我们正好遇到了中关村科学城北区创新合伙人大会的召开。会上“创新合伙人”这个做法颇有存在感。当天下午调研组就专访海淀区委书记，在和他的坦诚交流中，我们了解了这项政策推出的逻辑。改革开放初期，企业注册时间曾被视为一地营商环境竞争力的标志，进入新时代，很多地方新注册企业已经提速到一天办结、获取营业执照，再压缩注册时间，意义已经不大。城市对企业的吸引力更多体现在创新生态的构建上，“创新合伙人”制度就是为了重构政府、企业与个人在创新过程中的新型伙伴关系，让科技创新主体成为中关村科学城的主人，大家关系平等、目标一致、利益共享。调研稿件的第二部分“厚植沃土”，主线就是政府与企业、园区与企业、研发机构与企业的三类新型关系所构建的创新雨林生态。

“新”在技术的硬度

从高校院所数量和院士数量看，海淀区科研资源密度是全国之最，有资本成为原始创新策源地。改革开放初期，从中关村走出的企业，到底是先搞技术再搞钱，还是先搞钱再搞技术？在资金紧缺的时代是个问题，在高质量发展的新时代，这越来越不再是个有争议的问题。我们专访了龙芯中科董事长，他讲述了龙芯坚持科技自立自强之路的故事；我们又采访了北京超维景生物科技有限公司，他们把自主创新的高端科研仪器卖给了世界著名科研机构德国马普研究所；我们去北京航空航天大学的概念验证中心，了解他们如何以机制创新来跨越科技成果转化“死亡谷”。在调研报道成稿的“磨砺成色”这章中，我们讲述了中关村坚持自主创新，鼓励原始创新，不断磨砺、提升创新成色的故事。

“新”在城市的面貌

城市的建设理念，关系居民生活的幸福程度。我们在调研中，采访了中关村科学城北区的规划者、建设者、创业者们，以及这些地方的居民，感受到在以人为中心的发展理念指引下，新型城市形态的舒适与酷炫。比如在中关村创客小镇，众创空间和创客单身公寓距离很近，创业者们上班步行5分钟可达，不用再承受超大城市长距离通勤的痛苦；再如在翠湖国家城市湿地公园，可以感受到“森林里的中关村”“公园里的科学城”；又如我们乘坐的5G无人驾驶小巴、尝试的数字人民币支付、参观的海淀“城市大脑”智能运营指挥中心，让我们感受到智慧城市的舒适和潜力。这些感受，被我们写入调研稿的“擦亮底色”“未来之城”两章中，展现中关村新城区的新面貌。

搞清楚中关村“新”在哪里，《中关村新传——北京国际科技创新中心核心区建设发展纪实》也就有了灵魂和主线。进入新时代，面向新征程，创新早已铭刻进中关村的基因，它是中关村的历史和过去，更是中关村的现在和未来。

北京的蓝天是如何多起来的？

北京市生态环境监测中心主任刘保献接受中新社“中国焦点面对面”专访。
中新社记者　蒋启明　摄

详细新闻报道
请扫码观看

原载中国新闻社文字通稿、中新网播发同题微博

2021年1月9日

获第三十一届北京新闻奖一等奖

中新社专访北京市生态环境监测中心主任刘保献

北京的蓝天是如何多起来的?

中新社　陈　杭　杜　燕

中新社专访北京市生态环境监测中心主任刘保献
北京的蓝天是如何多起来的?

雾霾曾经肆虐北京。2013年，北京仅连续87天无PM2.5重污染。

蓝天逐渐回归北京。2020年，北京连续322天无PM2.5重污染。同时，北京蓝天“含金量”持续提升，全年“好天儿”比2019年又多了36天。

那么，北京的蓝天为什么越来越多?“雾霾”是怎么逐渐远离人们的生活圈的?未来北京在环境保护方面有什么新计划?北京市生态环境监测中心主任刘保献接受中新社“中国焦点面对面”专访，进行权威解读。

访谈实录摘编如下：

中新社记者：2011年左右，“雾霾”进入北京市民的视野。最近两三年，北京的蓝天越来越多，雾霾明显减少，您能不能用数据展示一下北京治理雾霾的成绩单?

刘保献：近年来，北京的空气质量明显改善，从数据上来讲也有很好的体现。简单归纳起来，是四个“三”。

第一，PM2.5首次降到“30+”。2020年PM2.5年均浓度是38微克/立方米，创历史新低，同比下降9.5%，和2013年相比下降57.5%。

第二，全年“好天儿”达到3/4。2020年全年（空气质量）优良天数总计是276天，比去年多了36天，比2013年多了100天。

第三，2020年PM2.5优良天达到330天。330天什么概念？全年90%以上都是PM2.5优良天，相当于现在每周PM2.5优良天，就是老百姓说的蓝天，是6.3天，2013年时（每周）还不到4天。

第四，2020年连续322天没有PM2.5重污染，基本从2月下旬以后，一直到年底都没有。目前，北京在夏季和秋季基本上消除了PM2.5重污染。2013年连续没有PM2.5重污染的天数只有87天。

当然，还有很多数据都能够表征，目前北京空气质量明显改善。

应该说经过全市共同努力，区域协同减排，北京的空气质量（改善）在多个方面取得历史性的进展。

中新社记者：几年前，一些人宣称因为雾霾要“逃离北京”。随着北京空气质量的改善，您认为如何从科学的角度来看待雾霾及其治理？

刘保献：对于空气污染，必须从比较长的时间段去客观看待。

第一，从全世界来看，空气污染问题困扰着很多城市。比如大家比较熟悉的1952年伦敦烟雾事件，1940年到1960年美国洛杉矶也发生了光化学烟雾事件。

我印象最深的是，1937年有一场切尔西和查尔顿的（足球）比赛，因为伦敦的雾比较大，裁判员提前把比赛终止了，守门员巴特拉姆不知道，他看不到前面的人，还坚持守门15分钟。

我们前几年经历的污染，到现在全球还有很多城市也正在经历。我们必须客观看待这个问题，空气污染不是我们特有的。

第二，空气污染主要是人的影响造成的，是可以治理的。大家要坚信，通过努力，污染是可以治理的。

比如伦敦在1952年发生烟雾事件以后，1956年颁布了《清洁空气法案》，开始深度治理污染，到1980年基本上甩掉了“雾都”的帽子。

洛杉矶1940年开始有光化学污染情况，陆续颁布《清洁空气法》《空气质量法》，2007年基本达到比较好的清洁空气（状况），用了60多年。

对于北京，大家也能感受到，前几年污染比较重，现在越来越好。

第三，科学看待污染问题，要了解背后原因，认识它的艰巨性和复杂性，不是今天想治，明天就治理好了。

以北京为例，本身（大气）扩散形势就没有国际上一些城市好。北京三面环山，就像一个簸箕，污染从簸箕口进来以后很难消散。北京处于北纬40度，干旱少雨，污染扩散受一定限制。

另外，整个京津冀区域污染物的排放总量比较大。这个区域集合了钢铁、焦炭、玻璃、原料药等（企业），总产量占全国40%，单位国土面积燃煤消耗比全国高4倍，而且80%运输主要靠重型柴油车，污染排放总量大，容易产生大气污染。

从这些角度来看，必须认识到大气污染治理有艰巨性、长期性，需要一些时间。

虽然现在北京（PM2.5年均浓度）达到38微克/立方米，但是，相对于国际上一些城市，比如洛杉矶、伦敦等，浓度还是偏高，离国家标准还有一定差距，还需要不断努力。

总体上来讲，污染是困扰世界上很多城市的一个比较大的问题，但是要坚定信心，它是可以治理的，需要大家共同努力，需要一个艰难的时期，要下大力气去治理。

中新社记者：请您谈一谈，北京是如何提高环境监测数据的准确性的？做好这项工作对于推进大气污染治理有什么作用？

刘保献：从数据上来看，北京这几年的大气污染治理（成果）举世瞩目，全世界都给予了非常高的评价，也为全世界很多城市，特别是发展中国家的一些城市树立了榜样，提供了经验。

环境监测一直是污染治理的基石、耳目、顶梁柱，起到了非常重要的作用，简单归纳的话，有这么几点：

一是环境监测对于大气，就像做“CT扫描”，为它找（到）一些问题。

在2013年以后，北京经过几年的时间，陆续建成了全世界比较领先的三位一体的大气PM2.5监测体系，包括质量浓度监测，能够实时获取PM2.5结果。也有成分监测，比如PM2.5的组成到底是什么，是硫酸盐还是硝酸盐？是燃煤形成的，还是机动车影响的？另外还有卫星遥感，从天上看北京区域里到底是什么情况，是受沙尘影响，还是受区域整体污染传输影响？

总之，我们借助各方面手段，组建了一个天、空、地三位一体的网络，时时刻刻为北京的大气做监测，就像去医院做CT扫描，助力大气污染治理。

另外（第二），我们通过新技术为北京各个街道、乡镇建立了1000多个小微站，也利用传感器布了一些PM2.5监测网络。结合大数据，能为管理人员、环境执法人员提供小区域，比如1公里 ×1公里范围内，污染情况怎么样，什么时间高，主要责任是谁的。治理精细化程度越来越高。

第三，建立了来源解析的技术体系，对PM2.5进行剖析，就像人得病了首先要对症下药。

同时，污染治理还是要消灭污染源，或降低污染源的排放。我们用科技手段时时刻刻监控主要的污染源。

比如开展裸地监测，“在天上放了一个照相机”，每月一拍。用卫星给北京照相，在相片里识别哪个地方有裸地，尽快把它盖住，或者要求管理部门管理好裸地，减少（扬）尘。其实大家也能感受到，这几年北京不仅天变蓝了，尘也变少了。2020年1至11月，降尘量5.3吨/平方公里，大幅度下降。

我们还对未来的空气质量开展预测。比如通过数据分析、模型运算，预测可能有污染过程，提前启动预警，尽最大努力降低峰值，我们叫削峰减速，就是把峰值降低，让增长速度降下来，减少短时间的污染问题。

总之，环境监测在整个大气污染治理过程中，提供了非常大的技术支撑。

中新社记者：2013年，北京市雾霾天气频发。您带领团队率先解析PM2.5来源，在这个过程中克服的最大困难是什么？发布了很多解析报告，对于北京市推动大气污染的治理发挥了怎样的作用？

刘保献：PM2.5来源解析，就是建立环境和污染源之间的定量关系。环境中的PM2.5来自污染源的排放，比如燃煤、机动车、工业、施工工地的排放。来源解析就是告诉大家环境里的PM2.5，多少来自机动车，多少来自燃煤，多少来自扬尘，这是一个科学的技术方法。

PM2.5来源解析过程还是比较复杂的，因为污染源排放的污染物最终变成PM2.5，是有一个过程的。PM2.5大部分是二次生成的，是污染排放的二氧化硫、二氧化氮、VOCs在空气里经过反应，在一定温度、气象条件下变成颗粒物，比如二氧化硫变成硫酸盐，二氧化氮变成硝酸盐，VOCs变成有机物。

这样的话，来源解析既要了解污染源排放情况，又得建立污染过程中二次转化的模型。在这个过程中，很大难点在于环境里PM2.5衡量组分的测定，硫酸盐、硝酸盐到底有多少。另外就是污染源排放的量和清单，需要全北京大量的污染源监测，才能获取污染源的排放情况。第二个难点是，建立一个比较好的反应机制，能够比较准确、客观地还原它生成的过程。

我们经过多年积累，解决了一些关键问题，多次获得北京PM2.5来源解析结果，为大气污染治理措施的制定起到非常关键的作用。

比如，第一次来源解析走入大家的视野，是2014年我们发布了PM2.5来源解析结果，这是在2012年—2013年做的，（显示）北京本地来源31.1%是机动车，22.4%是燃煤，18.1%是工业，14.3%是扬尘。

针对这四大来源，2013年—2017年我们制定了系列措施，总结是压减燃煤、控车减油、治污减排、清洁降尘。

对症下药，空气质量改善的结果也体现出来了。2017年北京市大气PM2.5是58微克/立方米，很好地完成了大气十条的目标，是一个阶段性的成果。

2017年以后，我们又对北京PM2.5开展来源解析，发现从2013年到2017年，各类源绝对量都在下降，下降幅度不一，影响占比，特征是“两升两降一凸显”：

“两升”是移动源占比上升到45%、扬尘源占比上升到16%。

“两降”是燃煤源和工业源下降，燃煤源从22%降到3%，基本上退出主要（大气污染）源的行列，工业源也降到12%。

“一凸显”是（生活面源的凸显），北京产业调整非常快，（随着治理，城市运转）刚性的需求（带来的影响）也慢慢凸显出来，占12%。

针对这些特征，需要调整大气污染治理的方向。比如燃煤源巩固成果，逐步开展深入治理。移动源、扬尘源要重点开展治理，所以北京蓝天保卫战三年行动计划重点针对重型柴油车、扬尘、挥发性有机化合物。

2020年PM2.5创历史新低，首次降到“30+”。其他污染物像PM10是56微克/立方米，二氧化氮是29微克/立方米，继续保持达标。二氧化硫一直维持个位数极低的浓度水平。

来源解析对大气污染治理，特别是治理措施方向的确定发挥着很大的作用。这项工作要持续不断地开展、更新。

中新社记者：2020年北京市大气污染治理卓有成效，新冠肺炎疫情发生以后，北京市工业、生活活动都大幅度下降，有一段时间还是出现了重污染天气，您能分析一下原因吗？

刘保献：新冠肺炎疫情提供了很重要的一个场景来分析这些污染背后的来源情况。在疫情初期，2月11日到13日有一次重污染过程。大家有疑问，为什么车停了，生产活动水平下降，还有污染。

其实我们也做了细致的分析。第一，2月发生了极端不利的气象条件。比如边界层，相当于大气污染物垂直扩散的一个空间，几天以内从1500米下降到300米左右，污染物本来在1500米空间扩散，现在只能在300米空间内扩散，污染物浓度提升了好几倍。

另外，（那）几天气温比较反常。高空温度快速上升将近10摄氏度，造成地面气温低，形成逆温，气流往下走，污染物扩散更加不利。正好北京区域处于气流的辐合中心，整个区域的污染汇在这个地方。其实不光是北京，这个污染团走到哪个城市，哪个城市都是有污染的。

根本还是在于污染排放大于环境容量，虽然（受）疫情影响污染排放降低不少，但还没有与气象条件脱敏。

刚才也提到，京津冀区域的污染量在全国都是最高的，单位国土面积燃煤排放量是全国的四倍。虽然各个方面污染物排放有所降低，但总的来讲，城市降得多，农村降得少；2月份是采暖季，有大量供暖需求；轻工业停得多，重工业停得少，重工业比如钢铁、玻璃、焦炭这部分基本上没有停。

所以，整个区域污染物排放量的基数还是比较高的，遇到极端不利条件，还是会发生重污染过程。和一些相似的污染过程相比，比如说（和）2014年相似污染过程比较，不管是污染峰值，还是污染程度，都要下降将近50%，也体现出多年污染减排的成效。

启示在于，目前整个污染物排放基数或者排放总量远超环境容量。（我们）没办法控制极端不利气象条件，只能控制污染源，加大力度降低排放。等到污染物排放总量降到一定程度，和气象条件脱敏了，再有极端不利气象条件，可能就不会再发生污染过程。当然这还需要有一段时间，需要大家未来持续不断地努力。

中新社记者：气象条件对雾霾形成有一定的影响作用，北京及周边地区在什么气象条件下容易形成雾霾天气？今年1—3月，北京气象条件怎么样，对于大气污染会产生什么影响？

刘保献：什么条件下容易产生空气重污染？一个是低气压。如果这个区域处于一个低的气压，相当于水往低的中心流，周边的污染物就会聚集到这个地方，容易产生污染。

还有逆温。正常的气温随着高度上升会降低，但也有反常的时候，就是高空气温比较高，地面气温比较低，气流实际上是往下走，垂直扩散的条件就变差，就像“盖了一个被子”，气流垂直扩散不出去，容易产生污染。

还有一个条件就是静稳且高湿，PM2.5大部分都是二次生成的。污染物“走不了”，湿度比较大，加上气温偏高，这些气态污染物像二氧化硫、二氧化氮、VOCs容易转化成PM2.5，容易产生重污染。

北京秋冬季容易发生低气压、逆温、高湿，加上这段时间是采暖季，污染物排放也会增加，更需要下大力气尽量消减污染总量，让它受气象条件影响小一点。

更长时间来看，根本在于长期的污染减排，（那么）收获的蓝天会越来越多，污染会越来越少，受气象波动的影响会越来越低。

大家比较关心未来的空气质量怎么样，我们也做了一些分析，应该说（今年）1月上半月还是不错的，下半月稍有转差。2—3月，随着气温升高，冷（空气）活动降低，整体扩散条件相对变差一些。当然，这种长时间的预测，还有一定不确定性，我们会跟进临近预测，发布相关信息。

中新社记者：环境保护除政府以外，需要全社会的参与，形成强大的社会合力。您认为，在日常的生活中怎么普及环保知识，让更多人关注、参与到环保行动中？

刘保献：不仅是大气，整个生态环境保护是非常依赖社会公众参与的。

环保问题，是一个系统性、社会性的问题，不是（单一的）行业、区域问题。加强引导、宣传，让大家更加深入地了解、认识环境，主动开展工作就非常关键。

第一，我们一直以来秉承的一个思路是信息公开。从2013年按照国家新标准，开始对外时时发布空气质量状况，包括明天是好天还是污染天，大家都能很方便地查阅到。

第二，通过各种渠道让社会公众参与环保治理，比如12345热线等。

总之，手段越来越丰富，但还需要大家集思广益。只有把全社会的力量动员起来，大气污染治理才能更加高效，治理历程才能进一步缩短。

专 家
ZHUAN JIA / 点评

这是一篇实现报道内容传播力与影响力的融合报道

中国社会科学院新闻与传播研究所数字媒体研究室主任、研究员　黄楚新

融合传播持续升级的环境下，传播内容与传播手段都需要面临新的机遇与挑战。中国新闻社的融合报道作品《北京的蓝天是如何多起来的？——专访北京市生态环境监测中心主任刘保献》深刻抓住当前传播生态的特点，针对北京市生态环境改善的现实进展，开展“中国焦点面对面”的访谈节目。节目内容密切抓住一组对比数据，2013年，北京仅连续87天无重污染。而到2020年，北京连续322天无PM2.5重污染。如此生动且有冲击力的数据，引出了本次报道的核心内容，即与北京市生态环境监测中心主任刘保献共谈北京的空气质量变化。总体而言，此次的融合报道抓住民众关心的重要环境问题，结合生动丰富的访谈节目与文字报道，实现报道内容传播力与影响力。

立足环境改善进展，回应社会广泛关切。中国新闻社此次的融合报道重点突出了对数据的呈现，除了采用对比数据引出核心主题，还将北京市空气质量改善的具体数据予以呈现。刘保献主任的回答，丰富且生动地展现了北京PM2.5的变化指标，借助数据将近年来北京环境治理的成效直接传达。同时，此次融合报道还将空气污染问题置于全球视野中，阐述全球空气质量治理的发展历程，并清晰展现北京空气质量改善背后的深层原因与努力。总的来说，本报道把“成就”与“措施”结合起来，回应社会对空气质量议题的关切，体现了时效性、时宜性、建设性的统一。

多元渠道广泛传播，展现融合报道成效。中国新闻社此次报道将视频、图

片、文字等手段融入到报道全流程，实现多种传播形式的灵活应用。多模态的传播形式，带来更为广泛的触达空间。此次融合报道在报纸、网页、移动客户端等多平台与多渠道进行传播，全方位立体化的传播活动带来广泛积极的社会影响，激活民众对空气质量的讨论空间。此外，此次报道的图文设计精良、文字内容精练，传播形式更好地服务于传播内容，展现出中新社对报道的精密策划、制作与传播，最终实现报道的高质量与深内核。

获奖者感言
HUO JIANG ZHE

提出“真问题”　回答“真关切”

中新社北京分社副社长　杜　燕

首都北京的蓝天回来了。近年来，工作、居住在北京的人们发现，蓝天逐渐回归。作为长期在北京工作的媒体人，我们知道，北京的蓝天“归”之不易，但这次底色更纯、含金量更足。

那么，北京的蓝天为什么多起来了？北京为此做了哪些努力？蓝天是否能持续下去？这些是在京民众想了解的，也是境外受众关注的内容。

作为中央外宣新闻机构，中新社致力于运用自身独有的渠道和平台，讲好中国故事。2021年新年伊始，北京市生态环境局发布上一年的空气质量改善答卷：2020年，北京市全年空气质量优良天数为276天，较上年增加36天，优良率达到75.4%，增加9.6个百分点，空气质量优良天数明显增加；2020年，北京连续322天无PM2.5重污染。

亮眼的蓝天“成绩单”，让记者心中泛起涟漪。还记得2013年初，北京便连续遭遇重污染天气，而全年仅连续87天无PM2.5重污染。从2013年到2020

年，北京空气质量变化图逐渐由红变橙、由橙变黄、由黄变绿，北京空气质量日历图中表示污染的红色日子逐渐减少，象征好天的绿色日子逐渐增多，“北京蓝”逐步成为新常态。

人努力，天帮忙。备受中外关注的北京空气质量，得到了明显改善。这是北京加快污染治理、提升生态品质、建设生态文明的答卷，更是中国生态文明建设取得显著成效的一个缩影。

那么，从全世界来看，空气污染困扰过哪些城市，这些城市采用了哪些途径摆脱污染，又为北京治污提供了哪些借鉴经验？在治污过程中，北京如何通过多轮PM2.5源解析等科技手段，找到污染“真凶”并“对症下药”。伴随大气治理的深入，北京空气质量改善取得哪些成绩？与此同时，北京PM2.5来源出现什么变化，呈现出哪些特大型都市典型特征？北京大气污染治理用20年的时间走完了伦敦用30年、洛杉矶用60年才走完的路程，北京治污之路能为全世界其他城市提供何种经验可供借鉴？中新社记者积极策划，邀请北京市生态环境监测中心主任刘保献进行深度解析。

2021年1月9日，中新社面向全球同步首发5000字左右的《北京的蓝天是如何多起来的？——专访北京市生态环境监测中心主任刘保献》文字通稿、30分58秒的视频新闻，并播发同题微博和系列配合微博，将民众关切与治理成果巧妙结合，运用文字、图片、视频等方式，通过网络、直播、微博、微信、海外供版等传播手段，立体呈现了北京在大气治理中取得的好成绩，以及在生态环境保护领域采取的科学与人性化兼具的措施。

当天，中新社共播发相关稿件27条，其中文字稿件4条，图片稿件3条，视频稿件3条，社、网及其他账号微博稿12条，社、网及其他账号微信稿3条，海外社交平台2条。稿件还在《中国新闻报》上全文刊登，也被巴西《南美侨报》、澳门《濠江日报》、菲律宾《商报》等境外媒体刊载，同时被境内外网站广泛转载。截至2021年1月15日，微博上，“中国焦点面对面”话题标签总浏览量6676万次。

此篇稿件荣获北京新闻奖一等奖，让年轻记者们备受鼓舞。入社之初，记者们就从前辈们那里听到“中新风格”，更看到“中新风格”。如今，“中新风格”已发展为“官话民说，中话西说，长话短说，空话不说”的十六字方针。回看此次采访报道的全过程，记者以为，该篇稿件以全球受众都能“触及”的天空为切入点，围绕北京“蓝天”提出了“真问题”、回答了“真关切”，通过融合报道的方式，发挥了中新社沟通中外的桥梁作用，以独具特色的“中新风格”向世界讲述中国首都正在发生的故事。

中国阔步前行，步履不停，精彩的故事每时每刻都在发生。记者希望能永葆热情和理性，以时代参与者、记录者的身份，通过客观的视角、平实的语言、直白的表述、多样的方式，向受众呈现丰富的内容，讲述更加精彩的北京故事、中国故事。

北京：全球创新网络中崛起的新高地

本报记者　华　凌

6%

2021
庆祝中国共产党成立100周年特别策划
1921
The 100th Anniversary of the Founding of The Communist Party of China

造一颗跳动在城市副中心的生态“绿心”

北京：全球创新网络中崛起的新高地

6%

奋斗百年路　启航新征程

全市R&D经费投入强度保持在6%左右，超过纽约、柏林等国际知名创新城市，其中基础研究投入占比从2015年的13.8%提升至2019年的15.9%。北京累计获得的国家科技奖奖项占全国的30%左右；每万人发明专利拥有量是全国平均水平的10倍。

北京是全国乃至全球科技创新资源最为聚集的城市之一：连续3年蝉联全球科研城市首位；新经济增加值占地区生产总值的比重超过三分之一；世界营商环境排名稳步提升，创新生态充满活力。据《全球科技创新中心指数2020》显示，北京的综合创新能力和水平在全球主要科技创新中心城市中位列第五，成为全球创新网络中崛起的新高地。

当前，北京正在坚持科技创新与制度创新双轮驱动，全力推进国际科技创新中心建设，为北京高质量发展注入新动能。

强化基础研究，世界级重大原创成果涌现

马约拉纳任意子、新型基因编辑技术、天机芯、量子直接通信样机……近年来，北京涌现了一批世界级重大原创成果。面向世界科技前沿，北京坚持强化基础研究和关键技术攻关，科技创新综合实力显著增强。

据统计，北京拥有全国一半的两院院士，一半的顶尖学科，以及三分之一的国家重大科技基础设施，拥有近100万在校师生，每万名就业人员中有研发人员185人；有183家跨国企业、近4000家总部企业设立在北京。

北京市科学技术委员会（以下简称北京市科委）、中关村管委会相关负责人表示，北京市科委支持科研机构开展数学、物理、生命科学等领域的自主探索。全市R&D经费投入强度保持在6%左右，超过纽约、柏林等国际知名创新城市，其中基础研究投入占比从2015年的13.8%提升至2019年的15.9%。北京累计获得的国家科技奖奖项占全国的30%左右；每万人发明专利拥有量是全国平均水平的10倍。

据介绍，近5年来，北京市出台支持建设世界一流新型研发机构实施办法，建设量子、脑科学、人工智能、应用数学等领域新型研发机构。“十三五”期间，北京地区单位积极牵头承担的重大科技专项项目覆盖全部民口专项，立项数量和经费投入均居全国首位；布局12个超算中心、46台全球算力500强的超级计算机以及凤凰工程，以及高能同步辐射光源等19个大科学基础设施，建设京津冀国家技术创新中心等一批科研平台；打造“三城一区”主平台和“一区十六园”主阵地，“三城一区”以不足北京6%的土地面积贡献了全市1/3的GDP。

开展“两区”建设，围绕科技创新全链条发力

“北京市围绕科技创新全链条发力，创新生态不断优化；利用服务业扩大

开放赋能，首批或首发项目频频落地；立足数字经济全球标杆，抢占经济发展新赛道……‘两区’建设更加凸显科技创新、服务业开放和数字经济特征。”6月17日，在北京市庆祝中国共产党成立100周年系列新闻发布会“中国（北京）自由贸易试验区国家服务业扩大开放综合示范区建设专场”上，北京市商务局党组成员、新闻发言人，市“两区”办专职副主任刘梅英如是说。

据了解，北京以国家服务业扩大开放综合示范区和北京自贸试验区这“两区”建设为抓手，着力示范引领，加大先行先试力度。目前，国务院批复的“两区”方案涉及的251项任务，累计落地167项，实施率达66.5%。

刘梅英介绍说，在高端资源导入方面，北京设立颠覆性技术创新基金，首期规模1亿元。特定领域高新技术企业认定“报备即批准”、技术转让企业所得税优惠、公司型创投企业所得税优惠等一系列政策相继落地，在全国率先实施，加大了对优质主体的培育和支持。目前，海淀区已有16家企业享受“两区”税收优惠新政，合计减免税收金额4亿多元。多家有影响力的研发中心在北京落户，如施耐德电气中压二次配电全球研发制造中心项目、金砖国家疫苗研发中国中心等。

在知识产权保护方面，北京依托知识产权交易中心，审慎规范探索知识产权证券化取得新进展，首个项目在深圳证券交易所获批；开展知识产权保险试点，2020年为142家企业的1660件专利补贴1900万元。

面向经济主战场，构筑高精尖产业结构

坚持面向经济主战场，加快构建高精尖产业结构，对北京高质量发展支撑作用显著增强。

据北京市科委、中关村管委会相关负责人介绍，北京市发布高精尖产业“10+3”政策，打造新一代信息技术和医药健康“双发动机”。2019年，人工智能相关产值规模1700亿元，是2015年的2.4倍；医药健康产业总体规模突破

2000亿元，连续4年保持两位数增长；出台促进北京经济高质量发展的若干意见及“五新”行动方案；设立规模300亿元的科创母基金；发布3批60项重大应用场景项目，项目总金额约196亿元。

2019年，北京地区高技术产业增加值约占GDP的1/4，中关村示范区总收入达到6.6万亿元，是2015年的1.63倍，保持年均10%以上的较高增长速度。“十三五”时期技术合同成交额预计超2.5万亿元，与“十二五”时期相比增长超八成。

北京从助力产业发展角度，搭平台、定规则、阔应用：成立北京国际大数据交易所，发布《北京数据交易服务指南》；构建中国首个以“数据可用不可见、数据可控可计量”为代表的新型数据交易体系；出台《北京市公共数据管理办法》《政务数据分级与安全保护规范（试行）》，探索在数据流通、数据安全监管等方面加快创新监管体系；全国首批开展数字人民币试点，推动丰富应用场景；在电子证照、跨境贸易等领域加快推进区块链技术应用，提升政务服务便利化水平。

纵深开放合作，建设国际科技创新中心

目前，北京市认真贯彻习近平总书记视察北京重要讲话精神和《北京加强全国科技创新中心建设总体方案》，凝聚部市、央地以及全社会力量，坚持“四个面向”，累计推进882项重点项目和任务落地，“十三五”时期各项目标全面完成，科技创新中心建设加速发展取得新成效。

“北京正在加速建设国际科技创新中心，以‘两区’‘三平台’为抓手，加强科技创新能力开放合作。我们将实施更加开放包容、互惠共享的国际科技合作战略，有效提升科技创新合作的层次和水平，加强与世界主要创新国家多层次、广领域的科技交流合作，积极参与和构建多边科技合作机制。”北京市科委、中关村管委会相关负责人表示。

《中共北京市委关于制定北京市国民经济和社会发展第十四个五年规划和二〇三五年远景目标的建议》明确提出“建设北京国际科技创新中心核心区”的目标，通过落实落细各项部署和要求，主动抢占国际竞争制高点，特别是要在从“0”到“1”的原始创新上实现重大突破，在关键技术自主可控上取得重大作为，在破解“卡脖子”困局上率先探路，实现科技创新从“跟跑”到“并跑”“领跑”的重大转变，以更大的担当有效支撑科技北京和世界科技强国建设。

原载《科技日报》2021年7月8日

获第三十一届北京新闻奖一等奖

专家点评

ZHUAN JIA

用事实说话，为北京科技成就鼓与呼

中国社会科学院新闻与传播研究所编审　钱莲生

2021年是中国共产党成立100周年，《科技日报》立足科技特色，策划专版《神州新篇·庆祝中国共产党成立100周年特别策划》，推出特别报道《北京：全球创新网络中崛起的新高地》。建成科技创新中心是北京未来四大战略定位之一，那么，今天的北京在全球创新格局中处于什么样的位置？已经取得了哪些重磅成果？有哪些创新举措确保在未来建成科技创新中心？这些读者想知而未知的东西在报道中得到了很好的体现，也与策划的主题“神州新篇”相契合。

该报道层次清晰，注重用事实说话。

报道开篇用权威的信源说话、用数据说话，用大众通俗易懂的占比、位次点题——北京正成为“全球创新网络中崛起的新高地”，引人入胜。比如，连续3年蝉联全球科研城市首位、新经济增加值占地区生产总值的比重超过三分之一、北京的综合创新能力和水平在全球主要科技创新中心城市中位列第五……

这些易读的事实让读者为之一振。

正文的三个部分告诉我们北京正在“怎么干”，取得了什么样的科技创新成就。首先是强化基础研究，北京涌现了一批世界级重大原创成果；其次是开展“两区”建设，围绕科技创新全链条发力；第三是面向经济主战场，构筑高精尖产业结构。三个部分内容出自业内人士和权威人士之口，每一个部分都用数据说话。

最后收尾的部分继续引用权威信源——两个文件《北京加强全国科技创新中心建设总体方案》《中共北京市委关于制定北京市国民经济和社会发展第十四个五年规划和二〇三五年远景目标的建议》和一个权威人士北京市科委、中关村管委会相关负责人的话，提出北京未来应该“怎么干”。

当然，该报道也并非完美无缺、无可挑剔。如果报道带着问题采访，比如采访国内外权威专家谈北京要建成中国乃至世界的科技创新中心还面临哪些挑战、如何应对这些挑战，将会使报道更有深度、更有现实价值，也更有历史意义。

最后，我想说的是，新闻报道属于大众传播，该篇报道中的“R&D经费投入”“北京市发布高精尖产业‘10+3’政策”“打造‘三城一区’主平台和‘一区十六园’主阵地”“坚持‘四个面向’”有不少中英文缩略语，如果能在这些缩略语后面用括号标注它们的准确含义，读者的阅读感受会更好。

获奖者 / 感言

HUO JIANG ZHE

充分展现北京科技创新总体格局、面貌和风采

科技日报北京记者站站长　华　凌

以中国式现代化全面推进中华民族伟大复兴，底气从何而来？关键之一，

就是科技创新。

“首都无小事、事事连政治、事事连大局”。2014年2月，习近平总书记考察北京时曾对其核心功能明确定位，即全国政治中心、文化中心、国际交往中心、科技创新中心。可以说，科技创新的定位是赋予首都新的名片之一。

而北京是全国乃至全球科技创新资源最为聚集的城市之一，据《全球科技创新中心指数2020》显示，北京的综合创新能力和水平在全球主要科技创新中心城市中位列第五，成为全球创新网络中崛起的新高地。所以，作为已有三十载从业经历的资深科技记者，笔者敏锐地将首都的科技创新总体格局、面貌及风采淋漓展现。

在采写这篇文章的时候，笔者多方深入采访，分别从强化基础研究，世界级重大原创成果涌现；开展“两区”建设，围绕科技创新全链条发力；面向经济主战场，构筑高精尖产业结构三方面，充分体现北京坚持科技创新与制度创新双轮驱动，全力推进国际科技创新中心建设。

习近平总书记在中国科学院第十九次院士大会、中国工程院第十四次院士大会开幕式上发表重要讲话时强调：中国要强盛、要复兴，就一定要大力发展科学技术，努力成为世界主要科学中心和创新高地。通过《北京：全球创新网络中崛起的新高地》这篇主打文章，笔者希望把北京探索出的行之有效的经验及模式及时总结，向全国复制推广，带动各地科技创新发展，形成更多的创新高地，为全国高质量发展注入新动能。

借此机会，由衷感谢北京新闻奖组委会评选专家们的认可，我会把这个奖作为今后科技新闻报道工作的激励，争取采写出更有力度的文章！

奋斗百年路　启航新征程（北京篇）

首都公安聚焦执法规范化建设捍卫公平正义

本报记者　张雪泓

04
奋斗百年路　启航新征程
首都公安聚焦执法规范化建设捍卫公平正义
锻造忠诚纯洁可靠的首都政法铁军
北京建强智慧法院满足群众新需求
北京公共法律服务"应民需暖民心"
北京检方以专业化提升知产案件办理精准度

在护航全面建成小康社会的进程中，首都公安紧紧抓住执法规范化建设这个"牛鼻子"，以提升人民群众的法治获得感、幸福感和安全感为宗旨，以推进执法权力运行机制改革为抓手，以执法信息化建设为支撑，推动了法治公安建设水平不断提档升级。

据了解，自2015年10月北京试点运行执法办案管理中心以来，北京的执法规范化建设走上了快车道，截至目前已建成19个执法办案管理中心，达到全市各区全覆盖，联动561个基层所队案管组和229个智能办案区，实现了案件的闭环管理、高效运转。与此同时，北京公安还以不断深入的"放管服"改革，努力回应着人民群众的每一项新期待。

全国首推"一站式"办案

3月31日晚间，喝完酒的马某在驾车途中被民警查获。经检测，马某构成醉酒驾驶，涉嫌犯罪，随即被送进海淀公安分局执法办案管理中心。让马某没有想到的是，从他被抓获到拿到判决书只用了短短30个小时。

从马某被查获那一刻起，案件就进入了快速流转通道。办案民警经前期侦查和讯问后认为，马某涉嫌危险驾驶案符合适用48小时速裁程序的条件。经批准，警方将相关案件资料和适用速裁程序的意见，通过信息系统提交检察机关。同时，中心依托与司法行政机关合作的法律援助机制，为马某指定了辩护人。次日，检察机关即以涉嫌危险驾驶罪对马某提起公诉，当天法官到执法办案管理中心就地开庭，当庭宣判。

北京市公安局法制总队一支队支队长刘彦介绍说，依托公安执法办案管理中心，公、检、法、司机关在各自独立的情况下相互配合，实现了认罪认罚案件48小时全流程流转，带动了刑案办理效率的大幅提升。更重要的是，这项改革缩短了被告人审前羁押时间，让被告人的合法权益得到了更有效的保障。

记者了解到，依托执法办案管理中心这一工作机制，北京公安将执法规范化建设的体系逐渐延伸扩展。“基层是执法规范化建设的重中之重，而接处警、打击办案和案件管理是一线规范执法的关键点。”刘彦说，从去年下半年开始，北京公安110接处警标准化、打击办案队规范化、案管组专业化“三位一体”协同运行机制在全市基层派出所逐步构建起来，最大限度将可能发生的执法问题消除在萌芽状态、解决在初始环节。

办案进度全程同步查询

市民王先生因琐事被他人打伤，随即来到派出所报警。窗口民警询问了相关情况后，告知王先生案件已受理，还给了他一张《受案回执》。民警说：“只要扫描这个码登录，就可以随时查看案件进度。”

“民警办案还能随时跟我汇报？”王先生起初有点不敢相信，不过很快就通过自己实际操作，证明这确实是“真事”！

其实，王先生的“待遇”如今已是北京警方受立案的基本工作要求。记者了解到，近年来，北京市公安局以执法办案系统为主体，全面推进执法信息化建设，实现了执法全程的可视、可控、可追溯。目前，北京警方受理的所有非涉密案件，自受理起便同步网上公开，当事人不仅可以随时查询案件进展，还能进行网上评价和留言。

如此大规模的执法公开，底气何来？刘彦答，自2015年以来，北京公安主动适应日益公开透明的执法环境和人民群众对公安执法工作的新期待，从主动推进执法公开、主动接受监督、强化精准培训等方面综合施策，以此推动首都公安机关执法公信力和群众满意度的提升。

紧盯群众办事最难点最痛点

在通州公安分局出入境智慧办理厅，记者看到，大厅内人员不多，井然有序。凡是来办理业务的群众，都事先通过“北京公安出入境微信公众号”或移民局APP进行了预约，只要出示身份证、核查预约信息即可进入大厅。在大厅的受理区，所有手续均可“一桌办齐”。

虽然出入境智慧办理厅通州是第一家，但类似这样的便民服务举措，北京公安近年来持续推出，通过强力推进“放管服”改革，解决了一大批社会关切、群众关注的热点难点问题。其中，“网上北京市公安局”整合了出入境、人口、治安、网安等8类120项网上办事业务，与群众生活最密切的出生登记、户口迁入迁出、身份证办理等47项服务事项实现了全部网上办理。“北京交警”APP更是成为北京司机们办理事故处理、违章查询、进京证办理等交管业务的主要途径。

北京市公安局相关负责人表示，近年来，首都公安聚焦高质量法治公安建设目标，创新推动执法规范化建设不断深入发展，构建了体现时代特征、具有首都特色、符合实战要求的执法规范化建设体系，为全国公安机关提供了可复制、可推广的宝贵经验。

北京建强智慧法院满足群众新需求

本报记者　徐伟伦

“线下的诉讼服务休假了，但线上服务如一。”这个“五一”假期，北京法院的线上服务始终忙碌，全市法院系统共接收立案申请2065件。

指着北京法院大数据分析平台中的可视化数据图表，北京市高级人民法院政治部主任孙玲玲告诉《法治日报》记者，能做到线上服务不打烊，源于多年来北京法院在智慧法院建设方面的不断努力，目标就是要不断满足人民群众对司法服务的新需求，以优质高效的司法审判工作护航全面建成小康社会进程。

记者了解到，2020年北京法院网上庭审数量达35.9万次，占全国法院线上庭审总量的40%，居全国第一。今年一季度，线下庭审已恢复常态，但北京法院在线庭审量仍达8.6万余次，占庭审总数的70.1%。

今年元旦刚过，顺义区法院的法官冯晨晨在医院病房组织了一次线上开庭。原来，冯晨晨的母亲因病住进了医院，按照防疫要求，冯晨晨在院内陪护不能外出，可1月4日上午她有一起案件要开庭。“这个案子的开庭时间调整过几次，如果这次开不了必然会影响案件进度。”冯晨晨决定线上开庭。最终，在院党组的支持和审判团队的全力配合下，庭审顺利完成。

事实上，北京智慧法院体系下的诉讼服务并不仅限于线上庭审，还包括自助立案、自助阅卷、诉讼风险评估等多种服务场景。“人民群众对智慧法院有很强的司法需求，近年来北京法院还陆续推出了云评估、电子封条等多种全新的司法模式，以此来回应社会期盼。”孙玲玲说，北京法院今年围绕政法队伍教育整顿这条主线，还建立完善了庭审智能巡查等信息系统，可以实现对全市三级法院接待窗口、数字法庭的实时查看和智能监测，自动识别记录法官不规范司法行为，实现监督全覆盖、执纪智能化。

北京市高级人民法院院长寇昉表示，当前，人民群众对诉讼便捷高效、公开透明等方面的期待越来越高。下一步，北京法院将继续探索司法科技在审判工作中的深度应用，打造具有北京特色、国内一流、世界领先的智慧法院体系，将现代科技深度融入到审判执行、诉讼服务、司法保障、审判管理、队伍建设等各项工作中，努力实现审判体系和审判能力现代化，进一步实现让人民群众在每一个司法案件中感受到公平正义的工作目标。

北京公共法律服务"应民需暖民心"

本报记者　徐伟伦

5月4日一大早，北京常鸿律师事务所主任常卫东律师就从城区驱车100多公里赶往山区面积超七成的北京市延庆区，在这里，他将开一个假期"法律门诊"。与常卫东一样，在北京城区的12348法律服务热线大厅，几十名律师也在假期坚守岗位，提供不打烊的综合法律服务。据了解，经过多年努力，北京目前已建立起市、区、街乡镇、社区村共四级公共法律服务网络，并将公证、律师、法律援助、司法鉴定、人民调解等服务资源整合，打造建成全业务服务体系，满足人民群众更高标准的法治需求。

"在山区，公益律师在法律服务室里，有时坐上一天也没见到一个当事人；而有时居民遇到涉法问题想咨询，律师却不在。如何让法律服务更贴身更及时，是我们在全面建成小康社会进程中一直在思考的问题。"延庆区司法局党组书记、局长冯浙军说，经过多年实践探索，他们摸索出了一条新路子——打造"法律门诊"，即让有法律需求的政府机关和村居民在司法所"挂号预约"，精准对接专业律师。不到两年的时间，"法律门诊"就已累计服务6.9万余次。在城区，今年1月，北京市公共法律服务中心"开门营业"，成为全国面积最大的省级公共法律服务中心。这里同时汇聚了法律咨询、法律援助、人民调解、公证、鉴定等多项职能。

12348热线平台管理科科长赵明明告诉记者，该热线自1999年开通以来已累计为群众提供免费的法律咨询服务350余万人次，近年来经过不断扩容升级，陆续开通了智能引导、语音留言、视频咨询等新功能，形成了市区两级一体化管理、人工与智能服务相结合、服务范围覆盖公共法律服务全业务的热线平台。

“近年来，随着人民群众对法律服务需求的变化，我们的法援服务工作也在不断优化。”北京市法律援助中心主任马品芳说，去年该中心在为家住郊区的刘玉珍老人提供法律援助的过程中，就碰到了因其不具有完全民事行为能力，申请主体不适格的情形，但本着“应援尽援、依法施援”的原则，中心提前联系了当地村委会，首先为老人指定了一名监护人，再由监护人为老人代办相关手续，并授权法援律师参加后续的诉讼活动，成功破解了现实困境。事后，他们还先后多次上门为老人服务。马品芳告诉记者，该案开创了刑事附带民事与国家司法救助案件“1+1”并案代理的新模式。

据了解，通过各领域的协同发力，北京市公共法律服务供给能力和供给水平不断提升。截至目前，北京四级实体平台已累计提供公共法律服务事项54万余件次，网络平台和热线平台则实现了公共法律服务跨平台、跨项目、跨层级的全面整合和法律服务基本事项的全时空全平台融合，在服务上不断“应民需、暖民心”。

原载《法治日报》2021年5月8日

获第三十一届北京新闻奖一等奖

专家点评

ZHUAN JIA

聚焦发展凸显创新点　抓关键数据增强报道说服力

中国传媒大学党报党刊研究中心副主任、新闻学院教授　张晓红

在庆祝中国共产党成立100周年之际，多家主流媒体开设了《奋斗百年路　启航新征程》专栏，《法治日报》结合自身特色，在该报的同名专栏中推出了法治领域的系列报道。其中，2021年5月8日推出的由4篇报道和1篇评论组成的“北京篇”，展示了在北京市政法委领导下，北京法院、公安、检察院、司法行政四大系统，推进平安中国首善之区政法工作高质量发展，做出的新探索，取得的新成果。这组报道主要有以下特点。

聚焦高质量发展，打出重磅组合拳。在建设平安中国，推进政法工作高质量发展的征程中，北京公检法司领域取得了与首都地位相称，走在全国前列的亮眼成就。《法治日报》用一个版面集中展示北京的成就。刊登4篇稿件，对公安执法的规范化建设、智慧法院建设、检察院知识产权案件办理的专业化和精准度、公共法律服务系统供给能力和供给水平的提升，进行了生动、翔实的报道。同时，配置评论《锻造忠诚纯洁可靠的首都政法铁军》，与4篇成就报道相呼应，打出了一记重磅组合拳，让读者多角度、多侧面了解首都政法工作的新变化。

紧扣为群众服务，凸显成果创新点。4篇成果报道，每篇内涵都有新意，且突出其中的关键点。《首都公安聚焦执法规范化建设捍卫公平正义》一文，通过“全国首推‘一站式’办案”“办案进度全程同步查询”“紧盯群众办事最难点最痛点”三个小标题，凸显首都公安系统的创新举措、办案效率和一心为群

众服务的工作成效和状态。建强智慧法院是为了“满足群众新需求”，公共法律服务体系的打造是“应民需暖民心”。这些朴实的字眼在标题中呈现，彰显为群众服务的宗旨，拉近了与读者的距离，让人感受到服务的诚意和专业的追求。正文中围绕服务群众，摆出了实实在在的措施。《北京公共法律服务“应民需暖民心”》一文报道，为满足山区对于司法服务的需求，律师们“摸索出了一条新路子——打造‘法律门诊’，即让有法律需求的政府机关和村居民在司法所‘挂号预约’，精准对接专业律师。”北京市法律援助中心对不具有完全民事行为能力的老人“指定了一名监护人，再由监护人为老人代办相关手续，并授权法援律师参加后续的诉讼活动，成功破解了现实困境”，等等。这些创新举措解决了群众的实际问题，温暖了人心，给读者留下深刻印象。

抓住关键性数据，增强报道说服力。成就报道中经常会用到数据，恰当运用数据，通过数据说话，能够增强报道的说服力。这几篇报道抓住关键性数据展示成就。如“网上北京市公安局”整合了出入境、人口、治安、网安等八类120项网上办事业务，与群众生活最密切的出生登记、户口迁入迁出、身份证办理等47项服务事项实现了全部网上办理。北京努力打造智慧法院，“2020年北京法院网上庭审数量达35.9万次，占全国法院线上庭审总量的40%，居全国第一。今年一季度，线下庭审已恢复常态，但北京法院在线庭审量仍达8.6万余次，占庭审总数的70.1%。”数据清晰明了，大大增强了报道的说服力。

注重精细化设计，提升版面吸引力。这组报道的版面大气简洁，拉满建党100周年的喜庆氛围。版面的页眉和页脚浑然一体，页眉处红色飘带下是“庆祝中国共产党成立100周年”Logo，“奋斗百年路 启航新征程”栏题，页脚是红绸托起的天安门城楼和巍峨长城，版面四周红线围框，渲染喜庆气氛。版面中间3栏，3篇稿件自上而下整齐排列；版面左右竖题，分别统领1篇评论和1篇报道，形成对角匀称布局；图片与文字相得益彰。版面设计精美，令人赏心悦目。

获奖者
HUO JIANG ZHE 感言

小切口差异化，以点带面展现新时代突出成就

法治日报　黄　洁

2021年是中国共产党百年华诞，百年征程波澜壮阔，百年初心历久弥坚。为迎接建党百年，《法治日报》立足自身定位，策划推出了“奋斗百年路　启航新征程”各地巡礼式报道，生动展现党和国家各项事业，特别是在法治建设领域取得的历史性成就。

将建党百年来首都法治建设成就浓缩于短短数千字，无疑对报道方向、采访对象、素材编排、稿件撰写都提出了更高的要求。为了尽可能生动全面展现首都法治建设的突出成果，在与北京市委政法委宣教处反复沟通商讨，确定基本报道方向的基础上，我们安排多路记者深入首都政法一线，立足法治领域和法治视角，结合首都定位特点，深入挖掘反映中国共产党百年历程和伟大业绩的首都法治故事。经过前期大量的素材积累和筛选，最终确定了以“小切口”入手，以差异化选题，以点带面展现全市各政法系统新时代突出成就，并以打造首都政法铁军评论文章统领全篇的报道方案，形成了既写事也树人的多维度组合视角。

其中，《首都公安聚焦执法规范化建设捍卫公平正义》聚焦首都公安多年来坚持不懈推进执法规范化建设，从全国首推“一站式”办案、紧盯群众办事最难点最痛点等不同侧面，展现首都公安新时代紧抓执法规范化建设“牛鼻子”，沿着高质量法治公安建设目标不断向前，并最终探索出体现时代特征、具有首都特色、符合实战要求的执法规范化建设体系的创新发展成果，为全国公安机关提供了可复制、可推广的宝贵经验。

《北京建强智慧法院满足群众新需求》一文讲述了北京法院在打造智慧法院过程中的探索和成绩。采访中，北京高院相关负责人的一句话对智慧法院建设目标做出了精准概括："目标就是要不断满足人民群众对司法服务的新需求，以优质高效的司法审判工作护航全面建成小康社会进程。"按照这一目标，北京法院利用线上法庭技术实现了线上庭审总量全国法院系统第一的成绩，同时自助立案、自助阅卷、诉讼风险评估等多种线上服务也均在全国法院系统居于前列。

对于检察系统的报道，我们在其诸多成果中选择了知识产权保护这一相对小众的侧面，采写了《北京检方以专业化提升知产案件办理精准度》一文。这既契合了北京作为国际科技创新中心的定位，也凸显了北京检察系统通过依法履职、创新机制，为知识产权保护构筑"检察专业防护墙"的不懈努力。

《北京公共法律服务"应民需暖民心"》一文则回归百姓视角，从公益律师的奔波写起，引领读者步步深入，跟着作者去了解和理解北京多年来在公共法律服务领域的坚持与努力，市、区、街乡镇、社区村四级公共法律服务网络，覆盖了北京全部地区和人群，公证、律师、法律援助、司法鉴定、人民调解等服务资源的有效整合，则以全业务服务体系不断满足着人民群众在新时代更高标准的法治需求，让人民群众真真正正感受到了"获得感、幸福感、安全感"。

四篇聚焦不同政法系统的报道，虽都是某一侧面，但整合推出则让读者在脑海中有效形成了对首都法治建设探索及成绩亮点的全景图。在此基础上，《锻造忠诚纯洁可靠的首都政法铁军》评论，则回答了这些努力和成绩背后是谁在付出、谁在拼搏、谁在奉献的疑问，让"首都政法铁军"这一品牌鲜活有力且深入人心，从而树立起首都政法队伍"危难时刻是冲锋在前的主力军，法治中国建设是矢志不渝的护航者"的鲜明形象。

此篇报道作为"奋斗百年路　启航新征程"巡礼式报道的开篇推出，刊发后即被"学习强国"转载推广，首都政法系统新媒体矩阵纷纷转发、关注、点赞，在法治领域相关人群中引发强烈反响，首都政法干警纷纷表示深受鼓舞，取得了非常好的社会效果，为庆祝党的百年华诞营造了良好舆论氛围。

掘金大开放 探秘自贸区

【编者按】在做深做实"两区"建设、推进北京高质量发展的背景下，在北京自贸区全面落地的宝贵窗口期，北京商报特别策划一组系列报道，聚焦自贸区的启航与成长。通过实地调研，讲述海南、深圳与上海自贸区三个先行样本因地制宜的发展故事，探索可复制、可推广的治理经验与制度创新。同时，聆听来自北京自贸区三大片区顶层设计者和亲历者的权威声音、来自区内企业的一线声音，搭建政策制定者与企业间的信息桥梁，为北京自贸区的远航出谋划策。

海南：新生之后，放手一搏

本报记者 汤艺甜 王晨婷

特别报道 Special Report 3
掘金大开放 探秘自贸区
海南：新生之后，放手一搏

海口科技大道，雨污水管道改造工程已经开工一年有余。簇拥在黄泥道路、烂尾楼和平价超市中，四栋崭新的银灰色大楼——海口国际科技创新中心已经建造完毕，等待正式启用。一如已经画好了蓝图的海南，只待着墨。蓝图之于海南并不陌生，从海南经济特区到海南国际旅游岛，建省以来的30余年，期望与失望反复折磨着这个海岛，教训与经验积土成山。事不过三，当自贸港的图纸全面铺开，没有谁比海南准备得更好了。

这里是海南

国科中心的四栋大楼并不孤独，因为有人比它们更期待正式启用的那一天，比如来自上海的创业者虞杰毅，他是目前这四栋楼里唯一的办公者。下午3点，虞杰毅还没来得及收拾资料，就着急出门谈项目了。从每周一节的人工智能课程起步，游学路线、马术赛艇，他已不止一次畅想过未来发展的可能性。

同样是海南本地人的杨帆，想法和虞杰毅一样，觉得这个岛的未来不只悠闲，毕竟做着公务员工作的她就忙得不像个本地人，加班到晚上10点是常态，当有重大项目需要开会研讨时，则需要好几天连轴转。

他们的忙碌被同一个词串联——“自贸港”。

2020年12月25日，《海南自由贸易港法（草案）》已经提请审议，史无前例。

2018年4月13日，“海南是我国最大的经济特区，地理位置独特，拥有全国最好的生态环境，同时又是相对独立的地理单元，具有成为全国改革开放试验田的独特优势”，一句话定下了海南自由贸易港的基调。

杨帆负责的是洋浦国际经济开发区的招商工作。作为海南自贸港的11个园区之一，洋浦的优势可以用8个字概括：一线放开，二线管住。大量机遇也由这8个字展开，比如加工增值30%进入内地免关税，允许在保税港区内建设经营性场所等。

当然不只是洋浦，在整个海南，创新的机遇早就蕴藏在了各项政策中。海南省委深改办（自贸港工委办）副主任李宇飞告诉《北京商报》记者，自“4·13”以来，海南已累计发布10批103项制度创新案例。其中，既有优化营商环境的尝试，在全国率先推行商事登记“全省通办”制度；也有因地制宜的选择，如全国率先实施境外游艇入境关税保证保险制度，大幅降低境外游艇入境成本。

在各项制度和政策的红利之下，企业自然趋之若鹜。海南国际经济发展局副局长、洋浦国际投资咨询有限公司董事长、总裁武川给出了一组数据：从2020年6月到11月之间，已经接待来访的企业超过2000家，已经签约落地了价值206亿元的26个项目。

杨帆坦言，现在每家想进洋浦保税港区的企业都需要经过财政局、税务局、环保局等多个部门的轮番考问，“地就那么多，园区肯定要优中选优”。

底气背后是独一无二的优势。按照海南最新发布的“十四五”规划，“十四五”时期，海南将适时启动全岛封关运作。封关运作是世界各自贸港的通行运作模式，即在一定的区域内，按照“境内关外”的模式进行监管。

“全岛一线放开后，海南就会变成全国最大的‘海外仓’。对于跨境电商来说，租金、人力、成本上都有很大的优势。”海口综合保税区负责人坦言。

这或许也是虞杰毅即便单枪匹马也要先闯闯的原因，空白的市场加上高水平的开放，让在海南造梦更容易了。

“被嫌弃的”与“被期待的”

接踵而至的创业者、趋之若鹜的各类高精尖企业，这在过去的海南是不敢想的，“产业空心化”与房地产泡沫总在回忆里。

1988年，海南独立建省，并成为全国唯一的省级经济特区，在最特殊、最灵活、最优惠的政策下，“十万人才下海南”的经典一幕上演。

纷至沓来的热钱砸晕了海南。到1992年，海南的房价从1500元/平方米迅速蹿升到5000元/平方米，1993年更是达到7500元/平方米的巅峰。

1993年，伴随着调控新政的出台，潮水退去，过度依赖房地产的经济也遭遇了釜底抽薪，GDP增速大幅下滑。2009年，海南国际旅游岛建设启动，历史重演。后来，海南史上最严房地产调控政策出台：全岛岛外客户以家庭为单位限购1套，岛外客户购房首付至少70%等。事实证明，海南的这次狠手立竿见影。

在商务部国际贸易经济合作研究院学术委员会副主任张建平看来，海南面临的发展条件和机遇已经今非昔比。海南有了新的定位、新的标准、新的要求。

“海南有了明确的产业发展目标，基于总体方案，就是重点发展旅游业、现代服务业和高新技术产业。生态、环保标准非常严苛。而且房地产不会是海南的支柱主导产业。”

如张建平所说，海南的产业开始多变。启迪之星孵化器在海南的首站选在了儋州，不只是儋州业态的转变，在海南的每块地盘，清晰的业态蓝图早已经画好。比如三亚认定了三大主导产业——旅游业、高新技术业、现代服务业；洋浦规划了港航物流等四大主导产业；乐城则直接命名为国际医疗旅游先行区。

李宇飞提供了一组数据：截至2019年底，服务业对全省经济增长的贡献率为75%左右，12个重点产业对经济增长的贡献率为65%。非房地产投资占固定资产投资总量的比重超过60%，基本摆脱了“房地产依赖症”。

“最后一次机会”

海南铆足了劲儿，似乎把“自贸港”三个字视为最后一次的翻身契机，每寸土地都在拼命释放诱惑。但能否落实，仍然是外界的最大担忧，

海南用实际行动证明，这次不是玩虚的。2020年3月，艾尔建的一款青光眼导流管获国家药品监督管理局注册批准，成为国内首款使用境内真实世界数据的医疗器械产品。在博鳌乐城国际医疗旅游先行区宣传部长闫路恺的印象中，此前企业普遍持观望态度。而在艾尔建的案例之后，乐城第二批临床真实世界数据应用试点申报数量增长了292%。

正因如此，闫路恺对乐城的吸引力信心满满，“吸引专家和病人最大的魅力，就是只有乐城可以用到全球最新的药品和器械”。而就在他接受采访的当天，全球18家知名药企首席执行官正在乐城开会，盯上的正是这里对漫长药监审查体系的突破。

根据李宇飞的说法，为加快政策红利落地实施，海南正在聚焦最关键、最

核心政策的狠抓落实。比如，企业和个人所得税两项15%优惠政策已落地实施；在促进贸易和投资自由便利方面，进口原辅料、进口交通工具及游艇等两张“零关税”商品正面清单，海南自由贸易港外商投资准入特别管理措施已陆续出台，其余“一负一正”两张进口商品零关税清单、放宽市场准入清单、鼓励类产业目录等一批关键政策正在加快落地。

比如优化营商环境，这已经深深刻在了每个园区的标语中。三亚投资促进局专门设立了后勤服务小组，为企业提供从工商注册、税务登记、人才补贴申请到住房问题等一站式服务，“我们提出的口号是‘让企业不跑一次’”。

作为儋州土生土长的渔家妹子，海产品牌海殿堂的创始人陈子钰感受最深刻的也是这一点，“现在儋州已经可以做到一个窗口把所有业务办完，这是最实在的”。

30年前，“十万人才过海峡”，30年后，人才仍然是这个海岛的渴望。在采访中，闫路恺特别希望能重点提到乐城对医生团队的欢迎，在他看来，医生背后有大量的流量，“我们提出了一个词——‘银丝经济’，就是欢迎退休的老医生到海南来继续发光发热”。

陈子钰也有自己的期待，希望政府能多引进一些电商方面的人才，她的朋友圈已经打出了招聘启事，她的海产品想要进一步走出去，还得靠电商。

对于人才问题，李宇飞回应称，海南制订了到2025年“百万人才进海南”的行动计划。2020年，海南共推出了6.5万个岗位面向全球招聘，已正式签约超过5万人。

当然，在海南的蓝图里，2025年不只有百万人才，还将有跨海高铁、全岛封关以及完善的政策制度体系，共同组成海南自由贸易港的精髓。

离海口国科中心启用的日子越来越近，陈子钰刚刚在海南冬交会上展示了海产品，新一届的儋州马拉松已经开跑，嫦娥五号不久前在文昌发射场奔向月球。无论是本地人还是外来者，都在日复一日的期待中为这幅蓝图一点点着色。

深圳自贸区：“特区中的特区”

本报记者　陶　凤　刘瀚琳

特别报道 Special Report　3

深圳自贸区：“特区中的特区”

投石问路

“家门口”的生产线

从1/468到1/12500

“边发展，边规划”

回望过去的40年，深圳犹如一面镜子，映射出中国经济体制的调整变迁、市场基因的养成与发育，神奇地对照出区域发展的低谷与高潮。起初，特区之“特”，主要在于政策优势。后来，特区之“特”，主要在于市场活力。如果说深圳特区之于全国的意义是改革的“拓荒者”，前海蛇口自贸区之于全国自贸区的特殊意义，将是开放的突破口。这里盘踞着中国经济最耀眼的明星企业，也蕴藏着海量的创业新秀和创业者。他们各有特色、敢闯敢干、打破陈规，具有极强的市场竞争意识和国际化视野，与各种力量博弈，不达目的不罢休。

投石问路

“聚是一团火，散是满天星。”“焱信为民”APP首页写道。

“焱，有众人拾柴火焰高的意思。”洪纬是焱信为民创业服务有限公司（以下简称“焱信为民”）的创始人。公司面向创业者的社群平台，是最早入驻前海深港青年梦工场的港企之一。

1997年，洪纬离开香港前往深圳创业，在他看来，深圳就像是一扇通往大陆的门，对面是13亿人的大市场。在此后的20余年间，他辗转于保险产业和销售服务对接平台间。“之前一直是自己摸索，从租房子到去人才市场招聘，2015年有个香港同乡告诉我前海有个企业孵化基地，很多港企都在里面，或许能帮上忙。”

彼时正值梦工场计划开展新的平台项目，洪纬填了报名表，很快收到面试邀请。“场面很隆重，面试官里有几位是上市公司的总裁。我们彼此交流了一下创业的想法，然后我拿到了录取通知。搬进来那天，梦工场给我发了一把‘大钥匙’的模型。”

交钥匙的仪式感一直复制到了今天。2020年12月7日，梦工场二期的启动仪式上，依然有这个有趣的环节。在梦工场的助力下，洪纬也没有放弃创业资源的积累。最终在2019年，这款名叫“猋信为民”的软件重出江湖。

目前，正处于第三次创业期的洪纬拿到国家高新技术企业认证，已向梦工场提交了租金减免和补贴申请。“相较以前办公的地点，梦工场补助后的价格便宜很多。如果香港团队来创业，第一年租金减免能达到八成，还有创业补贴，每年可以减不少钱。”

据前海深港青年梦工场事业部品牌活动策划高级经理杜鑫介绍，当前梦工场为港澳青年提供的扶持政策包括租金减免、创业资助、住房支持、拎包入住以及一站式创业服务等。

从1/468到1/12500

“从城市上空向下俯瞰，梦工场所有楼宇的形状刚好凑成一个大大的‘梦’字。”杜鑫说。截至去年11月末，梦工场已累计孵化团队468家，包括港澳台及国际团队236家、高层次人才团队5家和国家级高新技术企业10家。

采访洪纬的前一天，也是梦工场二期工程启动的日子。当天开园仪式请来了舞狮队，按照港人的习俗，沉睡的舞狮被德高望重的人用毛笔醮朱砂点睛后将被唤醒，醒狮则会带来好运。

“6年前的今天是梦工场一期落地的日子，今天已经是二期开园了，这次又有首批4家孵化机构和32家港台创业团队入驻。”杜鑫说，前海蛇口自贸片区覆盖领域众多，分工各不相同，按照前期规划来看，梦工场更多扮演着服务各路港澳台及大陆创业团队“店小二”的角色。

随着《前海深港合作专项行动计划（2018—2020）》《关于支持港澳青年在前海发展的若干措施》等政策落地。前海先后推出100余项惠港政策，累计面向港企出让土地占比43.2%，建成深港青年梦工场、深港设计创意产业园、前海深港创新中心、深港基金小镇等平台。

2015年4月27日，深圳前海蛇口自贸区挂牌成立，自此横亘深圳河道两岸的罗湖桥“宽了”，也迎来了大量港资进驻。

据统计，在自贸片区落成半年后的2015年底，片区内港企达2313家，到2019年底，前海注册港资企业累计达1.25万家，注册资本1.32万亿元，2019年度实际利用港资36.47亿美元，占比87.6%，港企作为前海蛇口自贸片区经济支柱作用显现。

“这边有个口号叫‘来了就是深圳人’，它很像一个盛放流动人口的容器，不同背景的人聚集在这里做事，各种边界被打破了，组合到一起就会产生一些奇妙的效应。比如我们经常开玩笑说，一条粤海街道能比肩美国一个科技城，产业之间有强大的内部循环能力。”洪纬说。

“家门口”的生产线

正像洪纬所说，作为园区内硬科技企业的工匠社早已形成了完整的产业链体系，通过就近取材在5年内迅速扩张并完成B轮融资。

“对于我们这种机器人或者智能硬件公司来说，它的供应链布局非常接近。这种情况下，我们也充分利用珠三角区域丰富的供应链体系，降低自己的管理和投资成本。”工匠社创始人招俊健说。

距离洪纬公司不远处的工匠社，是一家集成机器人技术研发和生产于一体的科技企业，创业的初衷源于招俊健从小的爱好。2015年企业创办至今，工匠社从一个由4人组成的工作室变成一家拥有百名雇员的企业。

招俊健多次把自己比作“草根创业者”，采访过程中，产品经理出身的他仍最擅长讲产品。“我的职能很像产品经理，收集、分析用户反馈，总结出一些共性的需求然后实现产品改良、迭代。”作为土生土长在大湾区的竞技格斗机器人，其供应商全部实现就近取材，有助于企业掌握自己的核心供应链。

2019年，深圳市机器人协会秘书长毕亚雷曾在机器人创新与发展论坛上表示，深圳在全国已成为机器人产业链最完整的城市，部分核心零部件已能与海外知名品牌抗衡。截至目前，深圳机器人行业产值已过千亿元，独立发展为当地战略新兴产业。

九层之台，起于累土。去年疫情来袭，身处完备的供应商富矿加上天长日久的业缘积累，片区企业顺利实现跨行救急。深耕户外运动设备的前海胡桃科技有限公司在10天内设计、生产出智能热成像测温机器人，收获上千份订单。

截至目前，深圳在通信、汽车电子、计算机及外围接口、消费类电子、光电、仪器仪表等领域，均已构建了完整的上下游产业链。

“边发展，边规划”

2020年是深圳经济特区建立40周年，也是前海蛇口自贸片区建成5周年。据统计，过去5年来，前海蛇口自贸片区注册企业增加值上涨幅度达1.5倍，经济密度居全球前列，每平方公里平均产出税收18.61亿元。

“边发展，边规划。”在采访过程中，无论是顶层设计参与者、城市一线的亲历者，还是来自天南海北的建设者，不止一次提到他们眼中的深圳发展“路径”。这条路径看上去似乎冒险有余，沉稳不足，却为深圳创造了更多机会和惊喜。

“如果问我深圳的改革基因是什么，我可能会选择‘创新’‘效率’和‘活力’。”前海管理局副局长袁富勇说。

1980年，蛇口工业园区主任袁庚提出“时间就是金钱，效率就是生命”的口号，口号被做成一块巨大的标语牌，矗立在港务公司门前，“效率至上”也就此被注入深圳的发展基因。

“举个例子，前海率先试点全流程网上商事登记，实现了企业‘零跑动’办照，企业办理营业执照和外商投资备案回执时限从自贸区成立前的20个工作日减少到1个工作日。2019年，企业设立审批时限继续压缩至几十秒内。”袁富勇说。

2012年，习近平总书记在十八大后首次视察前海时再次提到，“敢于吃螃蟹，落实比特区还要特的先行先试的政策，都授权给你们了，大胆往前走”。

如今，制度创新已成为片区营商环境优化的核心基础并形成“前海模式”。据统计，片区已累计推出573项制度创新成果，领域覆盖投资便利化、贸易便利化、金融创新、法治创新、事中事后监管等。其中，全国首创或领先达226项，全国复制推广58项，全省复制推广69项，全市复制推广165项。

科技创新片区：双轮驱动的科创“大脑”

本报记者　姚　倩　濮振宇

北京创新发展将迈上新台阶。重点发展新一代信息技术、生物与健康、科技服务等产业的北京自贸区科技创新片区，已形成海淀、昌平两大组团“双轮”驱动的建设格局。总面积31.85平方公里的科技创新片区，包括中关村科学城21.59平方公里和北京生命科学园周边可利用产业空间10.26平方公里。前者是承载北京高端科技创新功能、培育高精尖产业、推动北京高质量发展的引擎，

特别报道 Special Report 3

掘金大开放 探秘自贸区

科技创新片区：双轮驱动的科创“大脑”

期待探索建立人工智能开源基金

完善的产业生态助推企业发展

尽快完善数字贸易相关法律法规

目前已聚集了华为、用友网络、北斗星通等科技创新企业2万余家，其中规模以上企业231家。后者是中国生命科学领域创新资源最为集中的园区之一，目前聚集了北京生命科学研究所、北京脑科学与类脑研究中心、国家蛋白质科学中心等一批顶级研发机构，入驻了440多家创新型医药健康企业。

“我们一直认为产学研用高水平的互动是中关村不断创新发展的一个关键环节。”海淀区委书记于军表示，海淀近期出台了一系列政策来推进这项工作，例如科技企业创业再出发的15条措施等；提升营商环境方面，海淀全面推进区块链+政务服务，建设了确权融资中心和基于区块链的中小企业金融服务平台；人才服务方面，海淀通过建设国际人才会客厅和人才驿站，来探索为国际人才进行全方位服务。

对于中关村科学城未来的发展，海淀区区委常委、副区长梁爽表示，海淀将持续发挥中关村科学城创新策源地优势，吸引顶尖机构，开展支撑底层关键技术的成果转化和产业化研发；拓展金融科技应用场景，防范系统性、区域性金融风险。

按照功能规划，科技创新片区将重点发展新一代信息技术、生物与健康、科技服务等产业。

那么，中关村科学城的科技服务业该如何发展？“海淀制定完成《中关村科学城创业孵化平台载体分类分级评价和资金支持方案》，通过无偿资助、业务奖励和补助等多种方式，支持孵化器、众创空间、创业基地发展，不断提升创业孵化平台载体创业服务能力。”梁爽表示。

信息服务业该如何发展？梁爽表示，海淀定期组织编制公共数据开放计划，搭建“海淀区大数据平台”。依托“开放原子”开源基金会，鼓励开源软件代码库和开发工具服务商在区内落地。

生物与健康产业该如何发展？梁爽表示："我们围绕医药健康产业，重点发展新药研发、高端医疗器械和智能医疗。加速医药研发成果转化。围绕'互联网+医疗'，为互联网医院、智能医院建设提供科技支撑。"

生命科学园以及周边地区则是全市医药健康产业的核心区域，也是自贸区科技创新片区的主阵地。昌平区委书记于长辉表示，将聚焦医药健康产业，创新发展，打造全市医药健康产业的"核爆点"。

对于北京生命科学园的体制应该如何完善，昌平区副区长董贵蛟表示，"按照'市区统筹、以区为主'的要求，我们引入了第三方专业服务团队，建立了'管委会+运营公司+开发企业'的工作机制。下一步，将对标世界先进园区，彻底理顺园区管理体制，全力支持专业服务团队开展国际化、市场化、专业化的产业运营服务，加快导入全球创新资源"。

对于如何继续补齐北京生命科学园的创新要素，董贵蛟表示，目前正在集中布局一批关键平台，其中与高瓴资本合作建设的国际研究型医院已开工，运营后每年可完成400～600个临床试验和临床研究；国家药监局药品审评、医疗器械技术审评、食品药品审核查验"三大中心"已经确定入驻生命园；大分子生物药中试、细胞与基因治疗中试等一批专业服务平台也正在加快建设。

对于如何优化北京生命科学园的创新环境，董贵蛟表示，"软环境"方面，将按照"市场化运营、政府提供必要支持"的原则，积极引入市场化会议机构，高标准策划招商推介、学术交流等系列活动，支持入园企业建立创新联合体，打造更具"黏性"的生态体系；"硬环境"方面，将加快生命园三期开发建设，高起点做好城市设计，高标准建设配套设施，解决好企业和人才所关心的住房、教育等问题，真正实现产城融合，为各类主体创新创业做好服务保障。

原载《北京商报》、北京商报网2021年1月10日至3月5日

获第三十一届北京新闻奖一等奖

专家
ZHUAN JIA 点评

用“软”故事写活主题宣传“硬”题材

新京报社编委、高级记者　光　炜

在做深做实“两区”建设、推进北京高质量发展的背景下，在北京自贸区全面落地的宝贵窗口期，《北京商报》的《掘金大开放 探秘自贸区》系列报道应运而生。系列作品从历史的纵深处着手，选择上海、深圳、海南极具代表性的3个样本，深度解析北京自贸区3个片区的特色、优势，深度聆听企业声音，于海量采访中架起北京自贸区建设过程中的一道“沟通”桥。该系列作品在选题立意、内容表达和传播呈现方面值得分析、借鉴。

紧追时事热点，带着问题意识深度挖掘故事。在北京自贸区横空出世、中国经济版图“悄然生变”的历史机遇下，《掘金大开放　探秘自贸区》系列作品不满足于“单篇说事”的局限，而是聚焦自贸区的启航与成长，从“先行样本”到“北京实践”，深度挖掘海南、深圳与上海自贸区3个先行样本因地制宜的发展故事，从“前人”的经验中，探索可复制、可推广的治理经验和创新制度，分析北京自贸区的特色与优势，力争让作品更有深度，为北京自贸区建设提供了有益视角。

灵活运用案例，增强经济新闻报道的服务性。相比于其他领域新闻报道，经济新闻一直显得过“硬”，特别是像“自贸区”相关题材，可谓是“难啃的硬骨头”。如何把“硬”题材写“活”，生动的一线故事是最好的催化剂。《掘金大开放　探秘自贸区》系列作品以平民视角观察社会，解读经济运行规律。《海南：新生之后，放手一搏》一文以两名采访对象的工作场景为开篇，迅速拉近与读者的距离。通过解剖一个个典型案例，深入浅出地介绍其背后的政策变化，以及对实际生产生活产生的影响。3篇企业样本，3篇片区特写，平均每篇访谈对象不少于10人，企业不少于3家。作品既涵盖了政府层面的直接发声，又接触了大量企业，用含金量十足的一线声音，为北京自贸区建设提供了鲜活的素材，远比罗列文件与数字吸引读者。

多媒体融合呈现，内容、运营和传播齐头并进。重大主题宣传谁能在呈现方式上别出心裁、匠心独运，谁就有望成为胜利者。《掘金大开放 探秘自贸区》系列作品融合了记者手记、图文、视频等呈现形式，全方位配合媒体渠道传播。在传播节点上，采编团队乘风历史机遇，聚焦主题，快速响应，精准策划，适时推出，营造良好舆论氛围。一系列策划报道和传播，不仅因大量媒体及门户网站转载而形成持续性发酵，更获得了主管部门的高度认可，相关企业也积极转发，形成了一套针对北京自贸区规划建设重大主题宣传的精品之作。

好的新闻作品所揭示的主题对现实生活有重大推动作用。在快节奏的互联网时代，如何策划出有深度、有现实意义的新闻作品，是每一个新闻人必须思考、不懈探索的课题。

获奖者 HUO JIANG ZHE / 感言

更新的视角和更有益的思考

北京商报社编委、时任要闻中心主任　陶　凤

习近平总书记曾指出，建设自由贸易试验区是党中央在新时代推进改革开放的一项战略举措，在我国改革开放进程中具有里程碑意义。面向未来，要把自由贸易试验区建设成为新时代改革开放的新高地。

2020年9月，承担着时代赋予的特殊使命，北京自贸区横空出世，“服务业扩大开放先行区、数字经济试验区”的定位非同一般。119.68平方公里范围，涵盖科技创新、国际商务服务、高端产业三大片区，对外开放的“北京样本”呼之欲出。

乘风历史机遇，结合北京做深做实“两区”建设、推进北京高质量发展的时代背景，《北京商报》闻风而动，在紧追热点、高效解读的同时，做一组以自贸区为轴心的系列深度策划报道的想法开始萌芽。在相关领导的推动和记者们的集思广益下，10月初，该系列策划报道雏形出现，《掘金大开放，探秘自贸区》的总栏题应运而生。

由于种种因素，北京没能成为自贸区的“先行者”，这给了我们一大启发：从历史的纵深处着手，在时间节点、时代意义等方面，选择上海、深圳、海南极具代表性的3个样本，从“前人”的经验中，探索因地制宜的发展故事和可复制可推广的治理经验、制度创新。

“后来者”也能居上，得天独厚的“资源”禀赋，服务业、数字经济的浓厚底色，意味着北京自贸区不鸣则已，一鸣惊人。深度拆解3个片区的特色、优势，深度聆听企业声音，于海量采访中架起北京自贸区建设过程中的一道“沟通”桥。

3篇企业样本，3篇片区特写，北京商报“自贸区小队”兵分6路，于前期做了大量的准备工作，包括对历史的深入了解，对见证时代的政企人物的寻找、对关键企业的联系等。脱离“驻地优势”，奔赴京外的3支小队，发动了全部能够利用的“人脉”资源、工作资源，于数轮辗转中几经周折，终于采得核心人物。

企业是本，创新是魂，对自贸区乃至北京自贸区而言，亦是如此。北京的3支小队，则将“本地优势”发挥到极致，在此前资源积累的基础上，不断开拓新的资源，既涵盖了政府层面的直接发声，又接触了大量企业，用含金量十足的一线声音，给北京建设自贸区提供了有力的企业视角。

本系列策划报道得到了多地宣传部支持，自贸区、自贸港、发改委、商务局等各部门也提供了诸多帮助。粗略计算，该系列报道从想法、雏形、推动、准备、采访、成稿、完善整个过程，前后耗时3个月，平均每篇访谈当事人不低于10人，企业不低于3家。尽管由于各种原因有些采访对象的内容无法呈现，但在接触的过程中，他们为我们了解自贸区建设本身提供了更新的视角和更有益的思考。

功夫不负有心人。稿件发出后，在传播端也获得了不少反馈，海南当地政府对我们表示了感谢，企业纷纷转发稿件。2022年，北京新闻奖“揭榜”，《掘金大开放　探秘自贸区》系列报道获得第三十一届北京新闻奖一等奖。

春天的脚步——开启新篇章

北京新闻广播记者郭雅婧在城市副中心
大剧院建设工地采访

北京新闻广播记者采访北京市永定河
管理处副主任韦怡冰

详细新闻报道
请扫码观看

原载北京新闻广播FM94.5《北京新闻》2021年2月26日至3月7日

获第三十一届北京新闻奖一等奖

专家 ZHUAN JIA 点评

打造京津冀视听新格局

千龙网副总编辑、高级编辑　蒲红果

2021年是中国共产党成立100周年，是实施第十四个五年规划的第一年，也是开启全面建设社会主义现代化国家新征程的起步之年。7年前的2月26日，习近平总书记亲自部署推动京津冀协同发展国家战略。7年来，京津冀三地步履铿锵，奋发向前，协同发展走向深入。

7年来，京津冀三地发展格局为之一变。打通加密的交通网络、协调同步的污染治理、分工协作的产业布局、共建共享的公共服务……原本就地缘相接、山水相连、人缘相亲的京津冀，融合得更加紧密。

适逢其时，京津冀三地广电媒体推出系列报道《春天的脚步——构建新格局》，带领听众“跟随春天的脚步”，行走京津冀，感受京津冀协同发展战略的重大成果与全新变革，凸显了重大主题报道中蕴含的思想价值和精神力量。

在三地联动的报道声势中，《春天的脚步——构建新格局》发散视野，全方位挖掘多个领域的新闻选题，如京津冀协同发展新政策、新景观、轨道交通一体化建设新速度、海上通道一体化建设新进展、大兴机场临空经济区建设新功能、产业协同发展新态势、一体化养老新体系、教育一体化新地标、冬奥和京张文化旅游带新图景等，深入总结和还原三地资源共享、产业互补的工作进程，多角度、全方位地展现京津冀“瓣瓣不同，却瓣瓣同心”的发展蓝图，传递共谋新发展、共建新格局的必胜信念。系列报道主题突出，立意高远，素材丰富，以小见大，可谓是一部有深度、有力度、有感情的精品力作。

系列报道集合京津冀优质的采编团队，在传统媒体内容优势的基础上，精心制作了图文、短视频、直播等全媒体系列产品，在三地广播和新媒体端同步播发，在微博、抖音、冀时客户端等融媒体矩阵进行集中释放，形成宣传叠加效应，取得了良好的传播效果。

虽然它们各有特点，内容不尽相同，但它们共同的目的都是力求正确地向群众宣传解释党的路线、方针、政策。这就要求三地记者掌握党的路线、方针、政策，多动脑、多思考。明白应该抓什么，不应该抓什么，及时写出对实际工作有指导意义的新闻来。不得不说，三地媒体资源共享、协同宣传，开创了广电媒体区域协作发展的新局面。

获奖者 HUO JIANG ZHE 感言

用心、用力、用情，才能做出好报道

北京广播电视台新闻广播中心《春天的脚步——构建新格局》报道制作团队

2014年的2月26日，习近平总书记发表重要讲话，京津冀协同发展上升为重大国家战略。2022年是北京冬奥会举办之年，冬奥会的举办为京津冀协调发展注入新的动能。为此，北京广播电视台新闻广播中心牵头，联合天津新闻广播、河北综合广播共同采制推出《春天的脚步》融媒体系列报道，聚焦习总书记视察北京八周年以来京津冀协同发展取得的新成果。

《春天的脚步》系列报道是京津冀三地广播媒体在2017年，也就是总书记视察北京三周年时，推出的反映京津冀协同发展战略实施成果的系列报道。到2022年，已经连续制作了6年。报道主要内容包括以下几个方面，一是非首都功能的疏解与京津冀三地在协同发展上的深入合作；二是雄安新区和北京城市

副中心，这两个重要区域的建设新进展；三是京津冀三地协同发展在生态、教育、医疗、养老等方面带给百姓的幸福感、获得感。每年根据具体的新闻大事件，会有不同的主题，比如2020年是“走进新地标”，2022年是“格建新格局”。

作为重大主题报道，我们在策划、采访中有以下几点做法和体会与大家分享。

一、重大主题报道持续跟进，全程关注，做足做细做好，形成品牌效应

《春天的脚步》系列报道连续多年，对于京津冀协同发展战略进行了全方位、全景式、连续性的报道，全程记录了京津冀协同发展的进程，为这个重大战略的推进留存了一份声音档案。

报道紧紧围绕协同发展的主题，对于疏解非首都功能、雄安新区、城市副中心建设这几个主要内容每年都有持续性的进展报道，同时结合当年的工作重点，选取不同点位进行报道，做到不重复不雷同，年年有亮点。

二、三地携手，分工合作，优势互补，共同推进跨区域重大采访报道，扩大报道的影响力和传播力

《春天的脚步》这个系列报道的采制，本身就是京津冀三地携手合作的实践案例。三地的协同发展，北京有走出去的项目，也有与河北、天津的深度合作，如果单靠一地的媒体很难完成深入细致的采访工作。所以我们采取了联合采访的模式，大合作，小分工，每年由北京新闻广播牵头策划、三地电台协商确定选题，制定统一的报道格式和报道标准，然后由三地电台的记者分头采制，报道中的重点案例在哪个省市，就由这个省市的记者完成报道，这样当地媒体可以利用自己的优势做深入采访。

录音报道采制完成后，制作统一的宣传海报和片花，进行整体包装，三地的电台在重要时段同步推出；新媒体图文在三地电台的新媒体平台上同步推送。报道的受众覆盖了京津冀三地的听众群体和网络群体，扩大了报道的影响力、传播力。

三、打造多样态融媒体产品，实现“台”“网”共做，“声”“影”融合，使主旋律报道“有声有色”，可听可看

《春天的脚步》系列报道，在策划之初，就确定了全媒体报道方案。除广播端报道外，还有新媒体图文报道，在三地电台的微信、今日头条等新媒体平台上推送。从2021年开始，我们又加入了短视频，要求记者在采制录音的同时，还拍摄视频，更好展示协同发展给当地带来的新变化。另外，我们还制作了H5收听专集，集纳音频和视频报道，可以一键点击收听。“图文+音频+视频”的融媒体呈现方式，使主旋律报道“有声有色”，可听可看，更加生动。

四、记者在采访中践行“四力”，使连续多年的主题报道常做常新，兼具新闻性与故事性，可听性强

《春天的脚步》是一个连续制作多年的重大主题报道，如何让这个报道常做常新，记者们在平时的采访中就注意收集素材，每年都以自己独到的“眼力”努力寻找最新的新闻点进行报道，不炒冷饭不说旧闻。在采访中，记者也不惜“脚力”，深入永定河边、张家口冬奥赛区、轨道交通建设工地，进行深入采访。其中《“环球度假区”带动周边经济发展与人员就业》一集报道，记者到度假区的员工宿舍采访了十几位园区工作人员，并采访了通州区台湖镇的北京新城职业学校、天津交通职业学院轨道与航空学院、廊坊市文化和旅游局等三地的多家单位，为完成短短5分钟的报道，记者跑了几百公里的路，才终于完成了一篇全面、翔实的报道。在新闻写作中，记者们也是费尽脑力，从几小时的新闻素材中，精挑细选典型声音，最终制作完成5分钟左右的报道，以精练的笔法展现了京津冀协同发展一年中的成就。用心、用力、用情，才能做出好报道，这是我们采制报道中最深的感受。

以上就是我们制作《春天的脚步》融媒体系列报道的几点体会，与大家共勉。

山水人和——

习近平给建设和守护密云水库的乡亲们回信一周年

导演张晓达带队拍摄潮白河水系日升日落

导演宋敏怡带队拍摄中华蜂保护基地

水库设计师楼望俊为导演杨蔚民讲解工程历史

详细新闻报道
请扫码观看

原载北京卫视《北京新闻》

2021年9月1日至3日

获第三十一届北京新闻奖一等奖

专 家
ZHUAN JIA 点评

生动阐释社会主义生态文明观

千龙网副总编辑、高级编辑 蒲红果

位于燕山群山丘陵之中的密云水库，是首都北京最重要地表饮用水水源地，润泽了京华千万人。2020年8月30日，在密云水库建成60周年之际，习近平总书记专门给建设和守护密云水库的乡亲们回信，作出了“坚持生态优先、绿色发展，加强生态涵养区建设，健全生态补偿机制，共同守护好祖国的绿水青山”等重要指示。

2021年9月1日至3日，北京广播电视台新闻频道中心拍摄制作的大型生态理念阐释人文纪录片《山水人和》，在北京卫视、北京新闻频道、北京时间等多个平台同步推出。该系列纪录片分为三集，从保水、守山、富民的角度，层层递进，讲述密云水库的发展历程、保障密云生态循环的种种尝试，以及密云人在生态旅游、生态农业等方面的创新努力，这不仅反映了密云当地人全新的观念，精神面貌的变化，而且对其他群众是一个积极引导，展现了建设者“战天斗地”的豪情和一代代密云人民“舍小家、顾大家”的无私奉献精神。

全片采用4K高清镜头，通过水下摄影、多角度航拍、延时摄影、VR全景拍摄等多种拍摄手段，并且融合地图、动画等多种呈现形式，记录了密云水库及其周边绿水青山的四时胜景和多达700余种野生动物的身影，呈现了一个山水如画、生机勃勃的密云，塑造了在绿色发展之路上不断前行、奋力拼搏、努力打造“两山”理论国家样板区的众多密云普通劳动者画像。除此之外，23位来自水利、生态、农业、旅游等多个领域的重磅专家，深入浅出地阐释了从美丽中国到生态文明，从生命共同体到“两山”理论的社会主义生态文明观。

该系列纪录片立意高远，气势恢宏，构思精巧，制作精良。在策划上，突破传统思维方式的创意、集思广益的智力碰撞、源源不断的创造灵感构成了策划的精彩内核，孕育出令人耳目一新的报道。多角度、多方位展示了密云水库60年来的建设与发展，穿插鲜活的人物故事和高屋建瓴的专家解读，展现了“两山”理论在密云的生动实践，展示了大国的生态智慧，体现了伟人的治国方略，是不可多得的纪录片佳作。

获奖者 HUO JIANG ZHE / 感言

《山水人和》，用影像的力量呈现习近平生态文明思想的生动实践

北京广播电视台 《这里是北京》栏目组

2020年8月30日，在密云水库建成60周年之际，习近平总书记给建设和守护密云水库的乡亲们回信，肯定他们为修建水库、保护水库所做的贡献，并对好山好水好生活的密云人提出殷切期望。

2021年9月1日，由国家广电总局、北京市广播电视局指导，北京广播电视台新闻频道中心摄制推出大型生态理念阐释人文纪录片《山水人和——习近平给建设和守护密云水库的乡亲们回信一周年》，全片以密云水库建成60周年为时间主线，以习近平生态文明思想在密云实践的成果展现为叙事主线，从保水、守山、富民三个维度，回应了习近平总书记回信的殷切嘱托，呈现了北京的绿色发展，展现了两山理论在密云的生动实践，更用创新的手法阐释了习近平总书记的治国理念与大国的生态智慧。

《山水人和》的片名正是从中国传统文化及习近平生态文明思想演化而来，“人类与自然是一个生命共同体”“人与自然和谐共生”，这就是山水与人之间“和”的状态，这就是古老中国智慧——“天人合一”演化而来的伟大的治国方略。

一、深研总书记回信，建立全景全流域全生态呈现构架

从内容而言，北京是一座融汇古今的现代化都城，在这个首善之区诞生了两山理论的国家级创新基地——密云。密云水库发展的60年，尤其是十八大以来在习近平生态文明思想指引下的转变，让密云走上了一条绿色发展之路。习近平总书记之所以给密云水库的乡亲们回信，在殷殷嘱托的文字背后是总书记生态文明观的体现，是总书记对中国绿色发展的殷切希望。

在逐句逐字深研习近平总书记给乡亲们的回信后，《山水人和》摄制组围绕总书记“得知你们发挥好山好水的优势，日子越过越红火，我感到很高兴”这句发自肺腑的评价，为全片搭建了《水》《山》《人》三集的架构，呈现了万物繁茂、山水人和、美丽中国的时代盛景。三集递进式讲述了密云水库的发展历程、保障密云生态循环的种种尝试，以及密云人在生态农业、生态旅游和生态产业上的创新努力。

整个创作过程不仅聚焦密云水库一地，在北京市广播电视局的全力支持下，摄制组踏遍了密云水库上下游1.6万平方公里，足迹遍及北京的密云、延庆、怀柔以及河北区域，并与农业、生态、环境、旅游、科技、发改委等相关部门深度沟通，多次举办研讨会，邀请行业专家、主管部门进行全面深入的项目策划。

同时项目组组建以多家习近平新时代中国特色社会主义思想研究中心的生态理论、两山理论专家为主体，多位参与密云水利、生态、旅游、农业等领域研究的专家全方面参与的专家顾问团，为本片进行思想架构的指导。

二、追求纪实影像的最高境界，用画面传递思想的内涵

纪实影像分三种境界：叙事、抒情、思想。作为一部以生态题材为主的纪录片，万物繁茂的美丽世界是画面的根基，所以摄制组特别在镜头上做了最大化的唯美追求。运用最先进的摄影设备，最极致的拍摄手段，水下摄影、多角度航拍、延时摄影、全景拍摄等多种方式，全4K拍摄，记录了库水泱泱、群山莽莽的绝美胜景，在视觉上追求最完美的呈现。

但摄制组也深知这部作品不仅仅承担着记录的职责，更重要的是要通过密云这个北京样板的实践成果，对习近平生态文明思想这一重要思想进行一种生动的方法论式的呈现。所以团队一直在摸索如何从密云水库的建设、密云的绿色发展中体现中华民族的精神，凝练出习近平生态文明思想的精髓。

习近平总书记说“脚下沾有多少泥土，心中就沉淀多少真情”。摄制组在一年的时间行程40000多公里，采访了200余位水库人、密云人，片中呈现了55位普通的劳动者，记录下数百种野生动物，拍摄了近万分钟的素材，最终呈现的三集片子只是海量素材的精华所在。

除了脚下要有泥土，还要做到心中有理论。创作团队认真研读了《习近平谈治国理政》一至三卷、《习近平新时代中国特色社会主义思想三十讲》《推进生态文明　建设美丽中国》等著作，并幕前幕后采访求教了数十位各个领域的专家。

在后期成片阶段，创作团队又组团进行理论研讨，十易其稿，不断寻找体现生态理念阐释的最佳方式。通过对习近平生态文明思想深研原文，摄制组感受到习总书记的生态文明观是认识论，“生态兴则文明兴”“绿水青山就是金山银山”这些认识论可以统领全片，是顶层设计、顶层架构。与此同时，摄制组也深深感受到习近平生态文明思想也是方法论、实践论。比如，如今密云水库的保水工作，不仅靠人，更要靠法治，摄制组拍摄了以水库为原点的160个保水网格，到周边水域，再到上游区域，用镜头记录水库管理者的工作日常，全景讲述密云水库以空间为范畴的三级治理经验。而这正对应了习近平总书记“保护生态环境必须依靠制度、依靠法治”这一方法论。再比如，习近平总书记说“要深入挖掘、继承、创新优秀传统乡土文化，把保护传承和开发利用有机结合起来，把我国农耕文明优秀遗产和现代文明要素结合起来，赋予新的时代内涵”。摄制组拍摄了密云几家很火爆的民宿，有的是引入美术馆的概念改造乡村的院落，把周边长城的壮美巧妙地融入民俗的景观设计，用国际的视角赋能乡村建设；有的是恢复民间节庆的习俗，并组织乡村读书会，在原生态的村落复原传统中国的人文风貌。这些做法是习近平生态文明思想实践论的最好体现。

三、深挖生态领域的科研应用，展现生态科技在两山理论实现中的作用

《山水人和》三集纪录片作为一个生态人文纪录片，摄制组特别注意挖掘密云水库在生态绿色发展过程中对先进科技的运用。

从径流小区科研成果让密云水土流失降幅达到55%，到增殖放流对水库水环境的净化；从运用eDNA手段监测密云的生物多样性到熊蜂授粉的生态功能；从生态清洁小流域到每年多个新品种的绿色生态农业。在对科学生态理念的剖析方面，节目重点介绍了习近平总书记特别强调的“生态补偿机制”，中国在这一领域的探索在全球都是领先的。在密云的探索实践下，这一大胆创新的治理手段不仅实现了园区内人与自然的和谐相处，还找到了人类发展与生态发展的平衡。

最终《山水人和》用令人信服的数据变化，展现了新科技的应用在生态文明建设中的巨大作用，也展现了中国生态发展的科学性及可持续发展性。

为人民立心，为时代立传，《山水人和》制作团队力图运用视听语言，摸索政治传播与媒介语境的创新结合路径，在主流意识形态深植基层大众上进行有益的探索，作品也是用中国社会的宏阔现实来阐释习近平总书记治国方略的生动实践。

一支疫苗的诞生

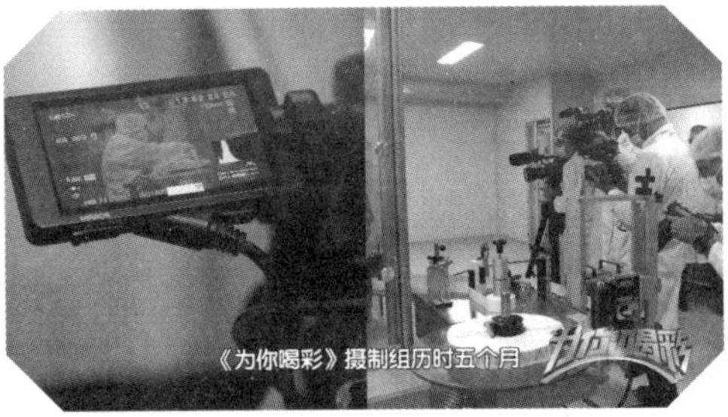

详细新闻报道
请扫码观看

原载北京卫视《为你喝彩》2021年2月9日

获第三十一届北京新闻奖一等奖

获第三十二届中国新闻奖二等奖

专家点评
ZHUAN JIA

一次感人至深、令人鼓舞的医学奇迹之旅

北京体育大学教授　李岭涛

疫情肆虐的时代，生命面临威胁，人类寻找希望。该片深情记录了北京科兴中维生物技术有限公司“克尔来福”新型冠状病毒灭活疫苗研制背后众多医学科研工作者不懈的探索，揭示了他们为保障人民生命安全全力以赴的家国情怀。堪称是一次感人至深、令人鼓舞的医学奇迹之旅。

在片中，医学科研工作者们步履匆匆穿梭于实验室，面对着繁重的工作，临危受命、昼夜操劳。而在无数个不眠之夜里，他们始终没有放弃对疫苗研发的追求，始终怀抱着拯救生命的信念，展现出了我国医学科研工作者的职业精神和责任感。不仅如此，作品更是揭示了研发背后的无尽挑战，它传递出的以人民生命健康为第一要务的医者精神、面对危机万众一心的民族精神让观众为之动容。

该片在创作手法上展现了较为出色的能力，能够巧妙地结合叙事和实景拍摄，将观众带入实验室、研究机构等现场，逼真地展示医学科研工作者在疫苗研发中的辛勤努力和富有创造力的探索。它采用了丰富多样的视觉表现手法，通过一系列生动的画面，使观众在观影过程中有身临其境的感觉。它运用微距拍摄、快慢镜头、虚实结合等技巧，使影片画面更具层次感和艺术感，增强了观众对疫苗研发过程的代入感。尤其在展示病毒与免疫系统的相互作用、疫苗的制备过程等关键内容上，这些视觉手法让观众能够更好地理解科学原理，让抽象的科学工作变得更加具体和生动。

总之，不论是在内容方面还是创作技巧方面，这部作品都是一部让观众入脑入心的好作品。它不仅仅是一部报道我国医学领域成就的纪录片，更是一部唤醒公众对新冠疫情认知的教育片。观众在观看过程中，不仅能够了解到疫苗研发背后医学科研工作者们的无私奉献以及我国日益强大的医疗科研力量，也能够更加深刻地感受到面对灾难中华民族团结一心、众志成城的精神力量。该片值得一看再看。

获奖者 感言

HUO JIANG ZHE

谱写以科研力量成就的华彩乐章

北京广播电视台卫视频道中心　符亚卯

纪录片《一支疫苗的诞生》独家全景式跟踪记录“克尔来福”疫苗从研发、生产、临床试验到获批附条件上市的全过程，挖掘科学决策背后依据，全方位还原北京科兴中维生物技术有限公司抗击新冠疫情科研攻关的生动故事，第一时间展现疫情之下的中国速度。一方面，该片以时间为线索，截取科研攻关、生产上市等阶段的重大时间节点，真实勾勒“克尔来福”疫苗从无到有的诞生过程；另一方面，该片坚持问题导向，通过“揭秘”视角，运用纪实影像力量，直面鲜为人知、惊心动魄的攻坚克难故事，凸显科技与创新并行、速度与质量并重的战“疫”成果。如研发生产阶段，该片围绕毒株如何筛选这一问题，忠实记录了北京科兴中维生物技术有限公司与浙江省疾控中心P3实验室强强联手，科研人员24小时连轴转，从几百个样本中筛选出十几株毒株，最终于2020年2月22日找到了一株免疫原性最强的毒株，完成毒株筛选及灭活工艺研究，直至3月22日第一支疫苗在车间问世，短时间内高质量地完成疫苗研制的全部过程；既诠释了我国科研人员秉持科学精神，充分发挥科研力量优势，服务国家抗疫大局的担当与作为，又展现出国家药监部门践行“研审联动，同步审评”要求，开设“特别审批程序”，配合科学精准的调度支持，推动疫苗“落地”的有力作为。

历时5个月的摄制，纪录片《一支疫苗的诞生》深入中国战“疫”前线，兼具宏观视野与细腻表达，全面揭秘“克尔来福”疫苗诞生过程，谱写以科研力量成就抗疫中国速度的华彩乐章。

作为一名北京广播电视台的记者，能参与到这次纪录片的整个过程感到非常荣幸。作为一名首都媒体人，我深深感受到身上的使命感与责任感，而在重大历史事件面前勇为人先、敢于担当也是作为一名首都媒体人的最基本素养。在我的心中，用热血和汗水去拼搏，就是我对中国新闻奖的最好诠释，而新闻奖也是对一名首都媒体人最好的鼓励！能取得今天的成绩离不开领导、团队对我的帮助和支持，你们的厚爱是我前进的动力，未来，我将继续前行！

北京中轴线的智慧

外语广播中心记者刘智嘉（左）和以色列体验官 Gail（右）在故宫采访故宫博物院古建部高级工程师卓媛媛，谈故宫中轴线上建筑的卓越技艺

外语广播中心记者明月（右）和波兰体验官 Michal（左）在景山公园采访北京市社科院文化研究所副研究员王淑娇，谈万春亭的历史与其对于景山公园的意义

详细新闻报道
请扫码观看

原载中央广播电视总台华语环球平台《全景中国》

2021 年 7 月 5 日至 9 日、12 日至 16 日

获第三十一届北京新闻奖一等奖

获第三十二届中国新闻奖三等奖

专 家 点评
ZHUAN JIA

充满“智慧”的答案

北京广播电视台故事广播中心主任编辑　孟庆煜

在北京景山公园最高点万春亭北面脚下平台上，有一个大铜盘，上面刻有“北京城南北中轴线”的字样。一年到头，来这里打卡拍照的游客络绎不绝。但可能很少有人想过，中轴线对北京意味着什么？对中国，乃至世界意味着什么？系列报道《北京中轴线的智慧》给出了清晰、生动、充满“智慧”的答案。

报道以中轴线上8个申遗点为载体，把“中国智慧”具体传神地呈现在世人面前。

建筑智慧：如故宫博物院古建部高级工程师卓媛媛介绍的“如鸟斯革，如翚斯飞”的曲线屋顶；天坛公园管理处文研室主任林冬生介绍的天坛丹陛桥南低北高“暗藏玄机”的神奇设计。

城市建设智慧：如清华大学国家遗产中心主任吕舟教授介绍，中轴线是一个理想的都城秩序，中国古人对都城的规划和设想都在中轴线上得到清晰的体现，中轴线一直影响着北京城市规划，跟我们今天的生活融在一起；系列报道各集的题目也传达了中轴线在城市建设方面的独特设计，正阳门——龙眼，故宫——中心，景山——最美的青山，万宁桥——中轴线上第一桥等；作品告诉我们，中轴线串联起明清北京城众多的宫、楼、坛、城、湖、山、桥和胡同街巷，高大与雄伟、宏阔与神秘、活泼与妩媚，都在这条轴线上各具姿态，相得益彰。

文化智慧：如北京史研究会会长李建平介绍，中轴线最大的价值是传递了“中正和谐”的思想，讲的是公平、正义；故宫学研究所副所长王军介绍，中轴线就是“辨方正位定时”，是农业社会国家进入文明阶段的标志。

这些都汇聚成中国智慧、中华文明，成为华夏民族生生不息、繁荣昌盛的动力源泉。这是作品的核心主旨，是精华所在、精彩所在。

作者采访多位专家，引用专著内容，使作品具有权威性和丰厚的知识底蕴；采访在中轴线游览的一些外国友人，体现了国际传播特性，拉近与受众的距离；作品在数十家海内外媒体播出，传播效果良好。这些都是值得充分肯定的。

获奖者 HUO JIANG ZHE 感言

为助力申遗，向世界讲述中轴线的故事

《北京中轴线的智慧》系列报道栏目组

2011年，北京中轴线申报世界文化遗产文物工程正式启动。2021年北京中轴线申报世界文化遗产的工作进入关键期，为助力申遗，向世界讲述中轴线的故事，《北京中轴线的智慧》大型融媒体报道从策划之初就以国际传播为方向，抓住“智慧”这一关键词，由南至北深度梳理北京中轴线上各个申遗点。

这一项目获得了北京宣传文化引导基金的资金支持，历时近一年圆满完成，节目由南至北深度梳理北京中轴线上8个申遗点，讲述北京中轴线7.8公里沧海桑田的故事，充分挖掘北京中轴线在建筑艺术、人文历史、哲学思想、申遗保护等各方面所蕴含的卓越智慧，生动展现北京城生生不息的灵魂与傲然挺立的脊梁！

北京广播电视台外语广播中心派出数路中英双语骨干记者，多次实地踩点并采访了20余位中轴线文化研究最前沿的专家、学者、管理者、运营者，其中包括北京中轴线申遗文本团队负责人吕舟、北京史研究会会长李建平、故宫学研究所副所长王军等。此外，北京中轴线作为一种“活态遗产”，其保护也为世

界文化遗产保护提供了一种可供借鉴的思路，因此各点位均邀请一名外国体验官参与文化体验，他们来自英国、希腊、美国、意大利、以色列、波兰、巴基斯坦、比利时8个国家。

最终我们完成中英文系列报道10集、双语字幕版短视频10集以及图文和花絮短视频等新媒体内容百余个。在内容宣发方向上，我们争取做到“全媒体”“多平台”“海内外”。

中文系列报道从2021年7月至10月在加拿大华语广播网、美国洛杉矶1300电台、休斯顿中文电台、温哥华中文电台、澳大利亚2AC电台、堪培拉首都双语广播、新西兰华人之声电台播出，俄罗斯卫星中文网刊登中文精华版，在海外传播取得良好效果。该节目于中秋节当天（9月21日）以特别节目的形式在韩国首尔TBS国际语言频率播出，其频率中文总监韩稻昀表示“节目制作精良生动，北京古老城市建筑艺术博大精深、令人赞叹！”受众留言“虽然距离中轴线很近，但还没这么详细地了解过”“喜欢这类介绍，我爱北京”“八百年之古都，全球独一无二！”

除中文系列报道外，《北京中轴线的智慧》10集英文专题在北京外语广播FM92.3播出；10集双语字幕版短视频则利用多平台、多渠道在国内外分步骤进行了全媒体的预热和宣传，取得了很好的综合传播效果。其中在北京外语广播脸书和推特账号进行传播，覆盖人数320万，北京市文化和旅游局YouTube官方账号Visit Beijing转发。在新浪官方微博创建“北京中轴线的智慧”话题，发布图文、短视频等新媒体内容上百个，话题热度持续攀升，总阅读量183.1万。我们还与北京外国语大学合作，将系列短视频译成德、法、西、俄等7种语言。

综上所述，《北京中轴线的智慧》系列报道主题鲜明，围绕“智慧”这个关键词，通过多元视角挖掘北京中轴线的文化价值，以及对“人类文化遗产”的保护意义。选题角度新颖，通过广播和短视频等形式，为国内外受众了解北京中轴线提供了准确、生动的报道。

我是“天问一号”北京调度

鲍　硕

2020年7月，“天问一号”火星探测器成功从海南省文昌航天发射场发射升空并进入预定轨道，计划于2021年2月到达火星。这是我国真正意义上的首次深空探测。令人没有想到的是，“天问一号”的北京调度居然是位“90后”。

众所周知，国际上已经实施了四十余次火星探测，但成功率仅为一半，任务实施风险很高。而在刚刚过去的2020年，“天问一号”仅通过一次发射，就将实现火星的环绕、着陆、巡视，这是世界首创，也是真正意义上我国首次深空探测。

A 有位同学 Classmate

我是“天问一号”北京调度

文/鲍硕

2020年7月，“天问一号”火星探测器成功从海南省文昌航天发射场发射升空并进入预定轨道，计划于2021年2月到达火星。这是我国真正意义上的首次深空探测。令人没有想到的是，“天问一号”的北京调度居然是位90后。

众所周知，国际上已经实施了四十余次火星探测，但成功率仅为一半，任务实施风险很高。而在刚刚过去的2020年，“天问一号”仅通过一次发射，就将实现火星的环绕、着陆、巡视，这是世界首创，也是真正意义上我国首次深空探测。

我们与火星探测

我所在的北京航天飞行控制中心，是我国载人航天和深空探测的指挥调度、分析计算、飞行控制、数据处理和信息交换中心。作为天地之间唯一的纽带，所有的数据都会汇集到我们这里，所有的指令也从这里发出，应急决策也在这里最终作出。

作为调度，在任务执行的过程中，我们主要负责天地协同的指挥调度，比如我们经常喊出“各号注意，我是北京。”在任务准备过程中，我们需要对上、对下、横向联络几十个单位；制定各类工作计划；组织各单位开展方案设计、软件研发、硬件集成、岗位训练、联调联试等，确保任务准备进展顺利。像前面提到过的，我国首次火星探测将一步实现绕、落、巡，对火星开展全球性、综合性的环绕探测，并在火星表面开展区域巡视探测。能给“天问一号”发号施令看似很酷，实际上这背后是巨大的责任，同时也带来了很大的压力。我们的每一步动作都有可能会影响航天器的安全。那句“成功是差一点点的失败，失败是差一点点的成功”一直萦绕在我们的耳边，也是我们真实的写照。

刚刚接触火星探测的时候，一切都是未知数。我们的团队一点点地研究方案，学习新的航天器状态，探索深空与近地、探月的区别，研究器距离的增大对测控通信条件以及控制的影响；同时着手研发国产化的测控软硬件系统。在日常的飞控工作中，我们要根据整个飞控过程区分不同的阶段，安排相应的飞控事件，制定好各类计划并按计划组织实施，随时做好应急处置的准备。

火星探测的特点是关键控制很多，像深空机动、近火捕获这类控制，对特定的时间窗口要求很高。我们研究攻克了一系列关键技术，能够时刻准确知道它在哪儿，通过测控站与它保持联系；而且我们会为每一条指令动作都起一个唯一的名字，这样就可以给“天问”发号施令。

火星探测的另一大特点是距离遥远，火星距我们最远约4亿公里，给远在4.3亿公里外即将着陆火星的“天问一号”发号施令是一种怎样的体验？这段路有多远？即使以光的速度旅行，都需要12分钟。

要知道，向“天问一号”发送一条指令可能需要44分钟才能等到回复，很多时候我们无法实时判断“天问”当前的状态，为此我们研究将上行发令和状态判断分开。印象比较深刻的是“天问一号”在奔赴火星的路上，我们对环绕器成像的控制。我们令环绕器释放出一个小盒子，让它在分离之后对探测器的全貌进行拍照再下传到地面。我们需要在它执行动作之前提前将指令发出，航天器在按时执行指令后，地面再综合考虑传输延时等因素去判断执行情况，最终成功拍到了深空中鲜艳的五星红旗。

我是北京航天飞行控制中心的一名调度，很荣幸参与了我国首次火星探测和刚刚完成的嫦娥五号任务

46 China Campus

我们与火星探测

我所在的北京航天飞行控制中心，是我国载人航天和深空探测的指挥调度、分析计算、飞行控制、数据处理和信息交换中心。作为天地之间唯一的纽带，

所有的数据都会汇集到我们这里，所有的指令也从这里发出，应急决策也在这里最终作出。

作为调度，在任务执行的过程中，我们主要负责天地协同的指挥调度。比如我们经常喊出“各号注意，我是北京”。在任务准备过程中，我们需要对上、对下、横向联络几十个单位；制订各类工作计划；组织各单位开展方案设计、软件研发、硬件集成、岗位训练、联调联试等，确保任务准备进展顺利。像前面提到过的，我国首次火星探测将一步实现绕、落、巡，对火星开展全球性、综合性的环绕探测，并在火星表面开展区域巡视探测。能给“天问一号”发号施令看似很酷，实际上这背后是巨大的责任，同时也带来了很大的压力。我们的每一步动作都有可能会影响航天器的安全，那句“成功是差一点点的失败，失败是差一点点的成功”一直萦绕在我们的耳边，也是我们真实的写照。

刚刚接触火星探测的时候，一切都是未知数。我们的团队一点点地研究方案，学习新的航天器状态，探索深空与近地、探月的区别，研究器距离的增大对测控通信条件以及控制的影响；同时着手研发国产化的测控软硬件系统。在日常的飞控工作中，我们要根据整个飞控过程区分不同的阶段，安排相应的飞控事件、制订好各类计划并按计划组织实施，随时做好应急处置的准备。

火星探测的特点是关键控制很多，像深空机动、近火捕获这类控制，对特定的时间窗口要求很高。我们研究攻克了一系列关键技术，能够时刻准确知道它在哪儿，通过测控站与它保持联系；而且我们会为每一条指令动作都起一个唯一的名字，这样就可以给“天问”发号施令。

火星探测的另一大特点是距离遥远，火星距我们最远约4亿公里，给远在4.3亿公里外即将着陆火星的“天问一号”发号施令是一种怎样的体验？这段路有多远？即使以光的速度旅行，都需要12分钟。

要知道，向“天问一号”发送一条指令可能需要44分钟才能等到回复，很多时候我们无法实时判断“天问”当前的状态，为此我们研究将上行发令和状态判断分开。印象比较深刻的是“天问一号”在奔赴火星的路上，我们对环绕器成像的控制。我们令环绕器释放出一个小盒子，让它在分离之后对探测器的全貌进行拍照再下传到地面。我们需要在它执行动作之前提前将指令发出，航天器在按时执行指令后，地面再综合考虑传输延时等因素去判断执行情况，最终成功拍到了深空中鲜艳的五星红旗。

“天问一号”进入火星停泊轨道后要运行约3个月，为计划于5月至6月择机实施的火星着陆做好准备。期间我们要进行20多次拍照，对拍回来的图片要进行再处理，争取恢复出火星表面的地形情况，这有利于对后续着陆进行分析。

我的航天大家庭

小时候我喜欢看着星空发呆，读书时期看到航天员遨游太空便更对航天事业有了独特的情怀。毕业后，能够加入这个光荣的团队，感觉自己特别幸运，因为我亲眼见证了中国红一次又一次地闪耀太空。

成为调度之前，我以为这个岗位只需要对着程序念口令，实则不然。前辈的本子上记录的更多是临时发生的事件，对于一些任务状态、关键节点，他们早就熟记于心。这个岗位需要时刻保持清醒，一点迟疑都有可能影响航天器的安全；不仅如此，我们还要学会把自己变成一个多线程的并行处理器。面对着电话、调度口令同时响起，这个时候对整个流程的把握以及应急应变能力就显得尤为重要。能有效预判即将发生的事情，有助于我判断是先回答对方一句“明白”，还是停下所有的事情先去处理某一项工作。从坐在前辈旁边学习模仿、自己私下加倍练习，到后来可以逐渐独立组织各岗位完成工作，包括改掉自己的娃娃音，我陪着“玉兔二号”在月面安全运行，它也见证了我的成长。

在“天问一号”中，我有幸能够成为“北京”调度，当时压力非常大。但我告诉自己不能后退，而且我真的很想在这个关键的时刻跟我们的团队一起努力，一起顶住压力。现在，我们已经顺利完成了多次重大控制，并且一起协同配合开展后续的飞控工作。

2020年，我们圆满完成了“长五B”首飞、“嫦娥五号”并持续开展“天问一号”“嫦娥四号”等多个国字号重大航天任务。这些成功来自团队中、系统间的每一个人，与其说我们是一个飞控团队，我觉得更像一个大家庭。每个人都有不同的家庭分工，我们有测控专家、轨道专家、操控专家、软硬件专家、遥操作专家等，他们会就一些技术细节争论得面红耳赤，但在任务执行的时候，依然配合默契。

今年除夕前夜，“天问一号”探测器实施近火捕获制动，开启了环绕火星之旅。为此春节期间我们也一直在守着它。从年头到年尾，大家没有休过一个完整的节假日，很多人长时间都回不了家，几乎每天深夜都在忙碌着，通宵达旦更是家常便饭。大家虽然没有任何怨言，但心里或多或少会有一丝愧疚，同事们大多都是“80后”“90后”，是家里的顶梁柱、老人眼中的小孩儿，很多人也有了自己的孩子。他们需要照顾家人，也需要家庭的温暖。很多人会问我们：“你们日复一日地加班加点，到底是为了什么呢？”其实我之前听过一句话叫“世如焚炉，人似柴薪”。如果说我们每个人燃尽一生所能创造出来的能量就那么一点点，在我们还能燃烧的时候，还有一件事、一份事业能够让我们想要为之奋斗、付出，我觉得我们是幸运的。

我的手机里没有什么娱乐软件，但存了不少甜品照片。工作之余我爱做甜点，“嫦娥四号”任务100天以及其他有纪念意义的日子，我总会做些甜点邀请同事品尝，同事们也因此称我为“鲍师傅”。

小时候看到杨利伟遨游太空，我就对航天事业有了一份向往。最终走上调度岗位，能用现在这种方式在地面守着航天器、航天员，我特别荣幸。而那些听我发号施令的航天器们就是我的“心头肉”。私下里，我会给这些航天器取小名、画漫画，嫦四我就叫它嫦小四，小五是它妹妹，就是刚刚完成任务的嫦娥五号。

每次大厅里通报：“各号注意，我是北京。后续工作按正常飞控计划实施。”

大家由衷的掌声就是对我们航天人最大的肯定；每次响起：“各号注意，我是北京。本次任务正常结束。”大家纵情地欢呼，就是对我们最大的鼓励。我很骄傲，我们是中国航天人！

原载《大学生》2021年第4期

获第三十一届北京新闻奖三等奖

专家点评

ZHUAN JIA

一篇把受众想听的故事讲好的报道

劳动午报社总编辑　郭丽华

早在2300多年前，大诗人屈原就用一首长诗《天问》发出了对宇宙洪荒、天地自然的疑问，一口气对宇宙、天地等提出170余个问题。千百年来，在探索星空的道路上，中国人的脚步从未停下。“天问一号”探测器2021年5月15日在火星预选着陆区的成功降落，标志着中国首次火星探测着陆任务取得成功。这一事件极大地振奋了民心，激昂了士气。

此类重大事件报道历来是主流媒体新闻工作的重头戏。如何发挥优势避免报道内容同质化，找准与读者的交集点与共鸣点，有效提升信息传播效率，成为各媒体共同思考的问题。而《大学生》杂志的这一作品作为典型人物报道，由引发广泛关注的“天问一号”“90后”女调度所撰写，以第一人称叙述的方式娓娓道来，文风朴实无华，让大事件报道有了接地气的鲜活感和亲切感。

其一，真实展现调度工作，凸显人物的青春担当。开展“天地通话”时那声沉稳响亮的“北京明白”，是绝大多数读者对“天问一号”“90后”女调度鲍硕的最深印象，但这个特殊工种的调度究竟是干什么的，恐怕没多少人能说得清楚。该作品用平实的语言，把调度工作的责任范畴、“天问一号”调度工作的台前幕后、调度工作关键环节讲述得明明白白。文中“成功是差一点点的失败，失败是差一点点的成功”这句话，让人印象深刻，回味无穷。

其二，完成了调度的群像化塑造，体现榜样的时代精神。“一花独放不是春，百花齐放春满园”，任何一项事业，都是一个群体累积添附、推陈出新所成。该作品用较大的篇幅描绘了北京航天飞行控制中心的调度群像，让受众清晰地感知到，牵引“神舟”飞天、领航“嫦娥”探月、操控“天问”探火……在这个与宇宙牵手、与星辰共舞的地方，是一个群体坚定航天报国志向，勇攀航天科技高峰，一次次见证和创造着中国人筑梦太空的新纪录，把无悔青春镌刻在逐梦太空的宏伟画卷中。这种群像的正面导向作用，个体难以达到。

其三，很好地考量了媒体主要受众的特点，增强了作品的吸引力和传播力。好的新闻作品应准确把握受众群体的特点，实行差异化制作和分发，才能为受众所“喜闻乐见”，达到“春风化人”的效果。该作品作者鲍硕作为北京航天飞行控制中心的首位女性总调度，其事迹被其母校北京理工大学所报道，激励更多校友用熊熊的青春之火点亮祖国的航天事业。作为专业期刊，《大学生》杂志邀请出生于1992年的鲍硕来讲述自己仰望星辰的青春追梦故事，让参与重大事件的年轻人现身说“法”，充分考量了大学生群体的阅读需求，能够很好地引发他们的阅读兴趣，激发他们在国家建设中见贤思齐挺膺担当。

总之，这篇作品通过充分考虑主要受众群体的阅读特点，选取报道的角度匠心独运，人、事、细节的巧妙组合，拉近了与受众的心理距离，从而取得了很好的传播效果。

获奖者感言

HUO JIANG ZHE

选题策划是一篇好文章的源头活水

《大学生》杂志编辑　陈　思

《我是“天问一号”北京调度》这篇文章能够得到大家的认可，我感到非常荣幸。

复盘文章诞生过程，有几点让我印象深刻。首先是好奇心驱使我一定要把不清楚的事搞清楚。“天问一号”火星探测器成功发射，本身就是极具价值的新闻素材，里面有很多值得挖掘的新闻点，比如，真正意义上的首次深空探测，什么是深空探测；“天问一号”的北京调度是位“90后”，为什么把如此重要的指挥调度任务交给一位年轻女生；一句“北京明白”，鲍硕和站在她背后的那群人到底明白了什么……由于工作的特殊性，关于鲍硕的资料少之又少，我搜遍了全网，只找到了一部分素材，其中包括一段视频采访。以这些宝贵的素材为线索，我一个接一个破题解题，最后完成了文章。其次，用哪种人称作为报道主体，我思考了很久。新闻报道要求客观公正，一般多使用第三人称。但在特定情境中，使用第一人称“我”进行报道，不但不违背新闻的客观性，还能使新闻更真实、更具感染力。在这篇文章中，使用第一人称进行叙述，可以营造一个内容更丰富的场景，仿佛鲍硕在向读者娓娓道来，从而增强读者阅读时的沉浸感。同时，本文兼有普及科学知识的意图，通过专业人士鲍硕之口告诉读者，更具专业性和权威性。最后，有了素材，找到角度，剩下的就是讲好故事。以人物为主的新闻报道，不管这个人物有多高的社会关注度，终究要把他“还原”成普通人，写出他作为“人”的共同性和普遍性。鲍硕是“90后”，身上必定有这个年龄段所有人的共同属性。所以，文章除了要展现她严谨工作的一面，也应该有她工作之余的样子。于是，我用文章将近一半的篇幅，以“我的航天大家庭”为题，刻画鲍硕眼中的自己和身边的工作伙伴。

这篇文章让我收获很多，不仅是作品获奖，更在于思考本身。我更加清晰地认识到，选题策划是一篇好文章的源头活水，只有通过长期的实践积累和经验总结，才能对选题产生一定的预判能力。作为新闻工作者，我们要全面了解党和国家的大事要事，深刻感悟社会变化趋势，深入洞察现实热点，敏锐发现新问题、新趋势、新动向，从中规划和运作选题。

北京丰台站上“台”！

北京丰台站
上“台”！

北京丰台站11月12日完成站名安装，正在进行屋顶6.5兆瓦光伏板的安装调试，目前站房内装修工作进展顺利，线路联调联试已经展开，预计年底建成通车，其完全投入使用后将是亚洲最大的火车站。北京丰台站是我国首座采用高速、普速客运车场重叠布置的双层结构大型客站。地下引入北京地铁10号线和16号线，形成高铁、普速铁路、公路、地铁四位一体的立体交通方式，全部建设完工后，这座百年老站将变身城南活力中心。

■记者 周宇杰/摄影报道

原载《首都建设报》2021年11月16日

获第三十一届北京新闻奖三等奖

专家
ZHUAN JIA 点评

精准定格丰台站“上‘台’”的精彩瞬间

北京青年报评论部主编、高级编辑　潘洪其

2021年11月16日，《首都建设报》刊发的新闻摄影《北京丰台站上“台”！》，是一篇主题鲜明、构思巧妙、表现力强、引人注目的优秀图片报道。当年11月12日，北京丰台站完成站名改装，进行屋顶6.5兆瓦光伏板安装调试。当“丰台站”之“台”字被大型吊臂高高举起，即将送达安装位置，作者抓住“关键一瞬”，精准定格丰台站“上‘台’”的精彩时刻，记录下丰台站建设过程中普通而不平凡的一幕。

这篇新闻摄影作品的成功，首先在于强烈的表现力。作品通过“丰台站上‘台’”这一浓墨重彩、高大壮阔的画面，展示了北京丰台站建设过程中的阶段性重大进展和突出的成就亮点，进而凸显了北京丰台站作为北京市重点工程项目具有的重要地位——是我国首座采用高速、普速客运车场重叠布置的双层结构大型客运站，完全投用后将成为亚洲最大的铁路客运枢纽，北京也将进入“七站两场”（北京站、北京西站、北京南站、北京北站、清河站、北京朝阳站、北京丰台站和首都国际机场、大兴国际机场）交通发展新时代。

这篇新闻摄影作品的成功，也在于强大的冲击力。静默的天空、高耸的站台、浑厚的造型、庞大的吊车、硬朗的吊臂、巨型的字体、施工者坚毅的身形……构成了一幅宏阔渺远、大美无言的动人画面，给读者带来巨大视觉冲击的同时，也把读者代入以北京丰台站为典型的北京交通建设火热实践之中。如此真切地感受到北京丰台站闪亮上“台”的惊艳与震撼，人们对丰台站完全投用的发展前景充满了更大的期待。

这篇新闻摄影作品的成功，还在于深沉的引导力。新闻摄影作品的表现力和冲击力，最终都应当落实到作品的影响力和引导力上。《北京丰台站，上“台”！》用精妙、形象的新闻摄影语言，生动再现了北京丰台站建设中动人心魄、催人奋进的时空情境，并将目光延伸至北京轨道交通发展、北京城市总体规划乃至京津冀协同发展的宏图远景之中。从这个意义上说，作为一篇优秀的新闻摄影作品，《北京丰台站上“台”！》的影响力和引导力，或许还需更长的时间才能更充分显示出来。

获奖者感言

HUO JIANG ZHE

北京丰台站是这样“上台”的

首都建设报新媒体部记者　周宇杰

2021年初冬，北京丰台站在紧张建设中，11月中旬，车站迎来悬挂灯箱名称标识的工序节点。就像给新生的婴儿起名字一样，这个节点虽然不大，但在每座车站的生命中都有着特殊的意义。

作为接触铁路系统10年的摄影记者，我始终关注着丰台站的进度，丰台站站改工程是北京市的重点工程，其题材比较重大，改建有着上百年历史的丰台站，关系着南城的旧城改造和京津冀一体化协同发展，它的施工进度意义不言而喻，社会关注度也较高。

为了拍到这一瞬间，我先后多次和业主单位北京铁路局、施工方中铁建工等单位联系，终于在11月12日中午，我来到了站房东侧灯箱标识吊装的现场。因为灯箱名称标识每个字都非常大，而且要用吊车吊装到位，所以我需要找到与灯箱最终高度几乎平行的角度拍摄，这样才能让主体突出，于是我爬上了正在建设的东侧平台，它正好位于标识的右侧。由于距离标识太近，我选择了鱼眼镜头，拍摄效果张力十足，且构图饱满、视觉重心调整良好。片中一个大大的“台”字正在被安装到站体的玻璃幕墙上，突出了主题。

做标题的时候，最初用的是《北京丰台站名称标识吊装完毕》这一标题，但感觉这个标题太普通了，于是又重新做标题。想到这是一张历史性的抓拍，北京丰台站从此就有了自己的名字，作品随即取名“上台”，这样处理既展现了片子的内容，又契合了新建的北京丰台站即将登上历史舞台，一语双关。

通过这张图片的策划、构思、拍摄、编辑的经历，我深切体会到新闻图片题材的选择是重中之重，摄影本身就是展现细节、定格瞬间的艺术，选取“小切口”，展现“大主题”，再加上有一定艺术性加持，可以体现新闻图片“一图胜千言”的优势。对于一张优秀新闻图片而言，功夫不仅在拍摄的一瞬间，更在于它的前期准备和后期编辑，前者为我们搜寻到了拍摄的机会，后者将新闻图片进行了升华。用镜头记录中国巨变，用快门凝固历史瞬间，作为摄影记者，我依然在路上！

北京公交　百年记忆

详细新闻报道
请扫码观看

原载北京公交集团新媒体微信服务号2021年7月22日

获第三十一届北京新闻奖三等奖

专家 ZHUAN JIA 点评

互动、生动、感动
融媒报道提供的情绪价值

北京商报社副总编辑　刘　佳

把“企业自家的事”变成“与我有关的事”，借此获得传播效果的事半功倍，《北京公交　百年记忆》正是这样一组典型的融媒报道。

在北京公交集团百年华诞之际，企业面向社会公开征集“北京公交百年徽标、主题曲”创意作品，发起多渠道的线上投票，并最终以图文和视频方式对获奖作品进行发布与展示。同时，围绕建企百年，北京公交也特别策划了更具贴近性和可读性的典型人物报道，让更多公交乘客成为报道中的主角，让更多读者成为北京公交的粉丝。

在我看来，这组融媒报道结构完整、自成体系、注重传播节奏，并紧紧扣合三个关键词：互动、生动、感动，牢牢抓住受众的心。

互动是新媒体报道的标识，在互动中用户的力量不容小觑，如何汇聚用户的力量，成为融合报道的一个关键。公交集团以建企百年为时间节点，征集徽标和主题曲，为用户设置方便的互动入口以创造内容，这相当于提供一个共同沟通与交流的平台，真正地让用户参与到新闻生产的环节中。

从征集、投票到发布展示，整个过程持续一年时间，让用户得到不断更新、更沉浸式的新闻消费体验。而高质量的互动体验，不仅能增加访问流量，还可以利用互动内容进一步延伸新闻宣传线索，持续放大传播效应，从而增强用户使用黏性。

这一系列中另一篇让人印象深刻的内容来自《“90后”小伙儿的“心中景笔下情”》的图文、视频融合报道。一位25岁、来自展览公司的普通设计人员，因爱车、爱画、爱老北京，用手中的画笔创作出历代北京公交车型的美术作品，且这些作品来自他10余年的成长历程。

融媒时代，愈发注重情感渲染。北京公交百年之路我们绝大多数人不曾完整经历，但“90后”小伙儿那些年少记忆的场景，却可能是每一个读者心底里一触即发的感动。报道中展示了10余幅小伙子的手绘作品，从1924年前门举行的有轨电车开车典礼，到纯电动黑科技加持的“中国红”公交亮相长安街，这些作品真实复现了不同年代、不同时期、不同场景的北京现代公共交通，而这些手绘版北京公交百年历程的生动展现，亦唤起大家的记忆与情感共鸣。

每一幅作品都配有创作者的独白。语言的运用是新闻叙事的重点之一，这篇报道也注意了语言的细节，比如：“鼓楼！这幅画，老北京人可能一眼就能认出来，包括作品上‘面的’和‘夏利’都是那个年代特定的符号。”通过讲述者的解读，拉近了与更多受众的距离。报道中还有视频采访的链入，欣赏作品的同时观看视频，也增加了真实性和现场感。

互动、生动、感动，充分挖掘融媒时代用户的情感需求，让读者体验到故事中呈现的情感，也加深了信息传递的印象，是这组报道成功的关键。

获奖者 / 感言

HUO JIANG ZHE

力求多维度呈现北京公交百年记忆

北京公交集团　寇　静

从1921年北京电车股份有限公司成立，到2021年开启全面建设现代城市客运出行综合服务商新征程，北京公交始终与党的旗帜同行、与党的使命同向、与党的号令同频，走过了百年峥嵘岁月，见证了世纪风雨沧桑，在不同发展阶段砥砺奋进，回应着公共交通时代命题。

2021年，北京公交迎来百年华诞，北京公交的100年，是筚路蓝缕、百折不挠、艰苦奋斗、砥砺前行的100年；是以人为本、乘客至上、真情服务、无私奉献的100年；是牢记使命、服务大局、责任担当、能打硬仗的100年；是解放思想、锐意进取、守正创新、改革发展的100年；是先进引领、苦干实干、学习进步、英才辈出的100年；更是对党忠诚、听党指挥、党建引领、强基铸魂的100年。为挖掘百年公交品牌文化内涵，展示百年公交改革发展成果，全方位提升北京公交的品牌知名度、美誉度和影响力。北京公交集团面向全社会开展了“北京公交百年徽标、主题曲征集大赛”，经过多轮评审，主题曲《百年公交》最终脱颖而出。第三十一届（2021年度）北京新闻奖获奖作品《北京公交百年记忆》正是以此为视角，通过主题曲MV的帧帧画面，将从一辆车、一条线发展到3万余部车辆、1600余条线路，年最高运送近50亿车次，服务能力实现了历史性跨越的北京公交，呈现在市民网友面前。同时，为丰富作品阅读性，编者还专访了主题曲创作者，力求以更多维度，带领读者了解《百年公交》的创作立意和呈现历程。

回顾来时奋斗路，鉴照未来奋进程。一百年恰是风华正茂，新征程仍需砥砺前行！站在百年公交的新起点，北京公交将牢记初心使命，强化责任担当，继续为建设现代城市客运出行综合服务商不懈努力，创造无愧于历史和时代的新的光辉业绩，北京公交将会继续与您一路同行！

追索新闻真谛

城市精细化管理

CHENGSHI JINGXIHUA GUANLI

《接诉即办》专栏

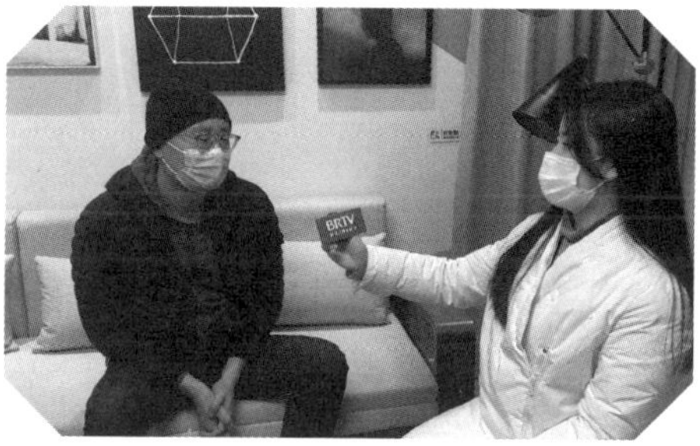

接诉即办记者出镜采访工作照

详细新闻报道
请扫码观看

原载北京卫视《北京您早》2021年1月5日至12月2日

获第三十一届北京新闻奖一等奖

专家 ZHUAN JIA 点评

接诉即办，把事做到群众心坎上

千龙网副总编辑、高级编辑　蒲红果

“接诉即办”是践行“民有所呼，我有所应”的重要机制，也是帮助群众解决身边烦心事、操心事、揪心事的重要举措，更为持续提升群众的幸福感发挥了积极作用。北京广播电视台的新闻栏目《接诉即办》在2021年发布的两个代表作——《西杜兰村的特殊新年》和《冬日深山红心煤　一解燃“煤”之急》，就向人民群众表明了政府的服务态度。群众有呼声，服务有回声，面对群众的需求和诉求，民有所呼、我有所应，不推诿、不懈怠。

2021年元旦，由于疫情原因，顺义区南法信镇西杜兰村实行封闭管理。记者冒着疫情风险，深入社区防控一线，进行蹲点式采访，《接诉即办：西杜兰村的特殊新年》全程记录了这个实行封闭管理的村庄的社区工作者和志愿者们为群众服务的感人瞬间。在记录过程中，社区干部和志愿者不辞辛劳为大家发放物资，以“严”防疫+“暖”服务方式，全力解决封控群众的“急难愁盼”问题，保障村民安心居家配合疫情防控。顺义区南法信镇便民电话专班负责人杨宵宁的乐观和坚持，让更多人看到社区干部承受的巨大压力和付出的艰辛努力，也让报道更加生动感人。记者最后还特意把这些穿着防护服的“大白”的生活照专门做成了一个 MV，展现他们为抗击疫情舍小家顾大家的无私奉献精神。记者通过借助人物的亲身经历来润色新闻事件，对于事情的传达也关注到了读者的视角，诠释事件意义，反而比只报道讲述事件本身更能吸引人。

2021年冬季，正值用煤高峰期，得知村民冬季取暖买煤有困难，门头沟区斋堂镇党委立马组织专班解决此问题。为了让村里群众都能温暖过冬，镇党委主动谋划，联系煤炭加工厂，30吨平价“暖心煤”陆续送到村民手里，确保群众冬季取暖有煤烧，解决了困难群众燃“煤”之急，把党和政府的关怀送到群众心中。报道采用了纪实手法，全程跟踪拍摄党员干部根据居民诉求，想办法、出实招为群众答疑释惑，排忧解难。报道内容紧扣主题，简明扼要，精准把握事件的核心内容，以简洁的语句、较短的篇幅，让读者迅速地领略新闻的主旨。在记者跟随实拍的镜头里，我们看到大家给予了充分的理解，对政府部门的努力也给予了充分的肯定。

获奖者 / 感言
HUO JIANG ZHE

让技术赋能新闻传播，让媒体平台刷新服务体感

北京广播电视台新闻频道中心《接诉即办》栏目组

第三十二届中国新闻奖已经落下帷幕，北京时间接诉即办融合创新应用此次有幸获得应用创新类一等奖的荣誉。这份荣誉既离不开台领导的鼎力支持以及每一位成员的勠力同心，也是新媒体时代媒体人，在时代发展和技术革新的同时，对于更好的内容、更好的服务、更好的形式上的不懈追求和探索。在感受到主流媒体的时代责任与担当的同时，深化媒体融合发展，践行媒体职责，让技术赋能新闻传播，让媒体平台刷新服务体感。北京时间尝试从主流媒体的视角搭建互联网接诉即办平台这一想法便应运而生。

秉承着这份初心，北京时间与“12345”市民热线服务中心打通双方数据渠道，联合搭建起的接诉即办政务服务平台，就是主流媒体在融合转型过程中，借助数字信息技术在民生领域主动作为、向前探索的成果之一。平台通过将

“新闻+政务+服务”三者有机结合，让媒体在政务报道、政务宣传、市民服务上多点突破，兼顾宣传与监督，持续产生良好的社会效益。

从接诉到跟办、从监督到宣传，平台实现了公共服务闭环，为化解社会矛盾、提高社会治理能力提供了有效的解决方案。平台7×24小时保障市民诉求快捷提交，同时还具备诉求一键转办、进度查询以及记者跟办、报道等多项功能。有效分担市民热线压力，提高了政府“接诉即办”的质量和效率，并将优质的接诉即办内容通过互联网矩阵对公众进行触达。自平台正式上线以来，平台协同12345办理率100%，过滤万余条无效诉求，不断提升民众的生活满意度。在满足公众需求、提供社会公共服务方面具有示范性意义。

但行好事，莫问前程。在平台收到的来自市民的锦旗和表扬信中我们能够感受到，市民网友对于北京时间接诉即办的关注和肯定。平台荣获的北京市广播电视媒体融合成长项目、新视听媒体融合创新创意大赛优胜奖以及此次的中国新闻奖也是行业同人对于我们的支持与认可。同时，我们也深深感受到作为一名新媒体人的重大意义与责任。在新时代讲好北京故事，让政府与市民增进理解、紧密相连上，媒体人要有作为，媒体人应有担当。

鲜花和掌声是努力的结果，并不是奋斗的目标。在领导的带领下，每一位成员秉承着“迎难而上、追求卓越”的冬奥精神，一次次与“12345”沟通交互模式，一次次打磨产品样态，让每一次的“看似不可能”最终都开花结果。而北京时间也成为北京市属媒体中与政务服务局深度探索首家打通数据渠道的合作媒体，并将成为其他市属媒体作为一个开放平台的样板和参考。

“民有所呼，我有所应”。接诉即办是北京市委市政府秉承习近平总书记一系列重要指示精神，在完善超大城市基层治理方面的一个重要机制创新。北京时间接诉即办融合应用则是在“围绕中心、服务大局”的前提下，深入贯彻总书记对新闻界提出的关于“坚持以人民为中心的工作导向，尊重新闻传播规律，创新方法手段，切实提高党的新闻舆论传播力、引导力、影响力、公信力”的要求在应用模式上的一次创新和探索。

北京时间接诉即办不是简单的接诉平台和报道平台，而是为每一位市民记录着北京宜居城市治理的速度和进程，我们每时每刻都在见证着城市的点滴变化，我们每时每刻也都在记录着它一步一步的成长，我们重任在肩，我们责无旁贷。未来，平台将借助自身技术优势以及数据积累不断革新和迭代平台产品，在适应时代发展节奏的同时，坚守媒体人的初心，为北京超大城市治理、世界宜居城市的建设献计献策，继续探索“新闻+政务+服务”的发展模式，打磨出更多便捷的产品应用功能，为北京广播电视台媒体融合发展贡献自己的力量。

《民生调查》专栏

劳动合同形同虚设　被迫签名放弃社保　工资面临严苛扣罚

谁动了外卖小哥的劳动保障

本报记者　张淑玲　实习记者　鹿艺佳

政府与市民
民生调查
劳动合同形同虚设 被迫签名放弃社保 工资面临严苛扣罚
谁动了外卖小哥的劳动保障
冰层融化别再凿冰钓鱼了
休闲绿地狗粪遍地盼清理
加强监管“隐蔽用工”
失管的消防宣传车挪走了
请联系我们

“这么多外卖小哥依托平台谋生，起码得给缴工伤险吧。没医保、没养老，干到60岁跑不动了，我们该怎么办？”“目前没有平台为我们缴社保，唯一的保障是每天3元意外险，还得自己花钱买。万一出事儿，只能自认倒霉。”……最近，本报陆续接到多名外卖小哥投诉，称其服务的平台不签劳动合同，或是虽签有合同却强迫其签名放弃社保。此外，他们还面临工资被大量扣罚等问题。

据统计，仅在美团、饿了么两大平台，就注册骑手570万人。北京也有数万名骑手正在跑单中。他们的工作现状和劳动保障情况如何？记者展开调查。

现状

骑手无社保仅靠每天3元意外险

1月19日中午，天空飘着雪。饿了么外卖小哥张先生把自己裹严实，骑电动车来到合生汇购物中心，停下车就一路小跑进商场取餐。正值用餐高峰，商场大门外身着美团、饿了么等标志工服的外卖小哥都在奔忙中。

正在等候客户取餐的王先生告诉记者，他跑美团专送，所在站点20余名外卖小哥接受统一管理，出勤、请假须向站点报备，“管理严，相对来说收入比较稳定。”饿了么平台专送骑手李先生的工作状况大致相同，“专送工资是月结，意外险每月交80元，发工资时站点统一扣。”

线上线下，记者采访了各平台就职的数百名骑手。据了解，目前骑手在各外卖平台的工作形式主要有两种——专送和众包。“专送”指外卖小哥被纳入站点管理，同站点签订劳动合同、劳务合同或是用工协议，具有严格的管理和规定的上下班时间，骑手接受系统派单，每单提成基本固定。“众包”又分两类，一类如美团的“乐跑”、饿了么的“优选”，骑手虽然以个人身份在平台注册，但被就近纳入站点管理，平台或站点会根据派单距离、工作时间和配送订单进行派单，骑手接受派单或自主抢单，被称为“兼职中的全职”。一名外卖小哥说：“骑手不能拒单，保证一周最少6天出勤，每天在线不低于8小时，每天最少不低于40公里。恶劣天气也必须上岗，否则也会被罚款。”

另一类被称为纯粹的众包，看似骑手接单自由，但如果拒接派单超过规定标准，也面临封号风险。

张先生在饿了么“蜂鸟众包”平台注册，跑众包已一年多。和其他外卖小哥一样，他每天的收入按接单量算，除生病没法接单外，几乎都是一跑一整天。他说从第一天接单起，每天都在平台上交3元购买意外险，此外并无其他保障，“其他平台跑众包的也是这样。”

记者了解到，若出现交通意外，3元意外险的最高赔付是3万元，但最近相关平台已将赔付提升至65万元。

记者在手机上下载了“美团众包”和“蜂鸟众包”两款APP，发现可以直接在众包平台上注册成为“骑手”：根据提示输入手机号、验证码、拍照并上传身份证后，再在“我已阅读并同意《众包平台服务协议》和《隐私政策》”等圈内打钩，记者就成为了一名“骑手”，具备了接单资格。

无论哪个众包平台，注册成功的前提都需要同意并勾选一份用户协议。《蜂鸟众包骑士安全承诺书》显示：“本人自愿遵守以上安全承诺，对因未遵守安全承诺或未掌握安全知识产生的责任或后果由本人自行承担。”

美团众包APP《网约配送员协议》内，记者发现，协议“提示条款”显示，记者是与上海蓝圣人力资源管理江苏有限公司签订的协议，并使用美团众包平台服务。

在该类平台推出的相关协议中，记者未能发现有关为骑手缴纳社保等内容。

调查
四大因素致劳动监管难发力

其一，平台通过层层设计转移用工责任。

记者了解到，无论是美团、饿了么，还是其他外卖平台，无论是专送还是众包，其用工实为同一模式：平台并不与外卖小哥直接签订用工合同，而是将外卖派送用工分包给第三方公司，由第三方公司同外卖小哥签订劳动合同或用工协议。也有大量站点并不与外卖小哥签订劳动合同或是用工协议，但均会根据区域划分，就近将外卖小哥纳入站点，以平台大数据算法为依据，对外卖小哥进行管理和奖惩。

而且据梳理，在北京工作的外卖小哥，无论专送还是众包，同其签约的多为注册于天津、上海、徐州等地的外地公司，在一定程度上增加了外卖小哥的维权难度。

其二，站点采取多种方式隐蔽用工。

外卖小哥一面依赖平台外卖订单生存，一面必须接受站点管理。被纳入站点专送业务的外卖小哥入职一段时间后，会被站点安排签订“劳动合同”“劳务合同”或是其他形式的用工合同或用工协议。记者随机采访，有数十名外卖小哥表示，其同站点签过劳动合同，“但是签完就被老板收走了。”

“我们入职几个月后，站点负责人拿着合同让我们签，很多材料一签完就被站点收走了。”外卖小哥彭磊（化名）告诉记者，他曾趁站点负责人不注意，悄悄用手机拍下了几张。他向记者出示了劳动合同、工资流水等10余份材料，其中还有一份《声明》，“外卖小哥在与本单位签订兼职合同前，已与其他单位签订劳动合同并依法缴纳社会保险。本人对以上内容的真实性负责，如有虚假，本人愿承担由此带来的一切后果，特此声明！”《声明》末尾处要求外卖小哥签字并按手印。“我们并不是兼职，也没在其他单位缴社保，这个声明是假的。”彭磊说。

“明知是假的，为何还要签？”记者问。“那时已入职3个月了，如果不签，就拿不到之前的工资。”彭磊解释。

另外，多份工资流水显示，为外卖小哥发工资的银行几乎每个月都在换，“发工资的银行不一样，账号不一样，有的在徐州，有的在大连，接受一个站点管理，却由多家公司发工资。”彭磊怀疑这也是站点用来逃避用工责任的方法。

其三，大数据算法扣罚过于严苛。

彭磊反映，在其所属的站点共有30余名外卖小哥跑专送，没有一个不被罚款，“平台用大数据算法进行管理与奖惩，但大数据并不考虑真实情况。”比如，一次他去位于海淀区的一所大学送外卖，该所大学共有8个门，但仅开了两个门供进出。导航显示距离只有几百米，实际上跑了3公里，导致该单外卖超时扣款。还有一次因取餐时忘了点“取餐”，一直导航到了客户家，数据还一直显示“未取餐”，因为赶着送别的订单，不可能再退回取餐处点“取餐”，彭磊该笔订单被罚，且无法申诉。

彭磊曾在美团跑专送，因认为工资扣罚不合理，他向位于海淀区的劳动仲裁部门申请仲裁。在一名法律援助律师的帮助下，7个月后，彭磊终于拿回了被扣罚的4000余元工资。随后他退出专送，开始在饿了么平台跑众包。

去年疫情以来，外卖订单激增，骑手们反映被扣罚的情况更严重。彭磊所在的小组组长10000余元工资在一个月内被扣罚2000余元。骑手王先生每天跑单十七八个小时，其入职第二个月收入10000余元，光罚款就1500余元。此外，多份外卖小哥工资条显示，每月被扣罚数百元已是常态。

其四，外卖小哥维权能力匮乏。

在记者采访的数百名外卖小哥里，对于如何保障自身的劳动权益，外卖小哥普遍反映无能为力。

不少外卖小哥不清楚自己是否签订劳动合同，也不清楚自己应享有哪些劳动保障。外卖小哥普遍学历较低，缺乏法律知识。2020年，北京义联社会工作事务所及北京义联劳动法援助与研究中心对北京网约配送员进行调查，317份有效调研问卷显示，87.1%的外卖小哥学历为高中或中专以下，81.7%的外卖小哥来自农村，97.5%是进京务工人员，生活及经济压力较大。

一位同时在美团、饿了么两个平台跑众包的外卖小哥每天花6元买意外险，他坦言，如果不是平台强制，不会买该笔保险，“赚钱不易，每天交6元，一年得2000来元。”

不少外卖小哥回应不清楚、也不关心应享有哪些劳动保障，不了解交通意外及劳资纠纷应找哪些部门解决。当得知可以向劳动仲裁部门申请仲裁时，外卖小哥又普遍认为成本太高，“不干活，还得花半年去仲裁，一家人的生计咋办？”

多名外卖小哥呼吁社会公益团体能从法律、技能、心理危机干预等方面，给予他们培训与指导。

回应
事实劳动关系应受保护

登录美团、饿了么两大外卖平台，记者看到美团宣传其外卖全年24小时不间断、3公里内半小时可到，且其注册骑手已超270万人；饿了么外卖平台则显示，其日均配送订单450万单，已合作商户350万家，骑手300万人，在其项目“蜂鸟配送”内，还明确表明“全职收入　多劳多得　稳定保障风险少”。

提及对外卖小哥的劳动保障，美团回应称，专送由加盟合作商统一管理和支付薪资；众包的开工时间、工作时长更为灵活，可以由外卖骑手自主选择接单时间和配送平台。至于安全保障，美团称明确要求所有外卖小哥购买保险，“一旦出现异常情况，我们会与合作商一起帮助外卖小哥对接保险公司，积极理赔。如果符合保险赔付规定，外卖小哥最高可获65万元保险赔付。”此外，美团还表示已成立外卖小哥关爱基金，在保险无法覆盖的特殊情况下，会提供力所能及的支持。

2月1日下午，记者向饿了么平台询问外卖小哥的劳动保障问题，该负责人回避了记者的问题，要求记者与另一负责人联系。那名负责人却表示，其已离职，会将记者问题转告相关负责人。但直至记者发稿，也未得到饿了么的相关回应。

北京市人力资源和社会保障局回应称，只要劳动者签订劳动合同，就应享有社保等相关待遇。外卖小哥可先确定合同签订主体，联系该主体所在区域的劳动部门进行投诉，或申请仲裁。即使外卖小哥跑众包，只要认定为具有事实劳动劳动关系，用人单位也应为其缴纳工伤保险。

针对与北京地区外卖小哥签订合同的主体属于外地公司的情况，北京市人力资源和社会保障局表示，一旦形成事实上的劳动关系，外卖小哥可提供相关证据，向劳动人事部门申请仲裁，“如果外卖小哥在北京工作，可在北京或公司所属地区劳动部门进行投诉。”

律师说法
加强监管"隐蔽用工"

在梳理外卖小哥提供的签约文件或网上协议后，北京市中闻律师事务所律师沈斌倜表示，无论专送还是众包，大部分外卖小哥同平台及站点已构成事实劳动关系，平台及站点应为外卖小哥缴纳社保，提供劳动保障，"无须新立法，现行《劳动法》即可解决大部分问题。"

沈斌倜分析，根据相关调查，这些外卖小哥已年满18周岁，受平台、站点的管理，根据平台或站点派单、接单。其中，尽管部分外卖小哥属于众包，相对专送有些自由，但其劳动时间、接单数量及拒单数量，也受站点管理。再加上送外卖是骑手的主要收入来源，他们与平台、站点已构成了事实劳动关系。

沈斌倜认为，平台用众包等方式，再通过合作、分包、加盟、股权、劳务派遣等途径，引进第三方公司，这些令人眼花缭乱的操作是涉嫌逃避劳动监管及用工责任的"隐蔽用工"。"按照法律规定，劳动者在同一用人单位一般平均每日工作时间不超过4小时，每周工作时间累计不超过24小时，通常就已经构成了非全日制劳动合同用工关系，受《劳动合同法》保护，享受工伤待遇，实际上外卖小哥劳动时间更长、更辛苦，理应在劳动法保护范畴内。"沈斌倜说。

沈斌倜还指出，社会保险由单位及个人按照相关比例强制缴费，未来在劳动者丧失劳动能力的情况下提供收入或补偿，是一种社会再分配制度。而外卖平台虽然给骑手支付了较高的工资，但实际上是平台将应缴纳给国家、用以保障外卖小哥后半生的费用，拿出一部分来提前给了外卖小哥，"这么做，不仅使劳动者的健康及生命需求难以得到保障，还增加互联网企业与传统行业在用工方面的不公，对经济和社会长远发展是不利的。希望相关政府部门加强监管，对该类违法用工问题进行检查、清理并规范，将劳动法的规定落到实处。"

四福庄村生活垃圾与建筑垃圾混杂填埋，点位多体量大

嫩绿秧苗竟守着恶臭垃圾沟

本报记者　陈圣禹　景一鸣

政府与市民

四福庄村生活垃圾与建筑垃圾混杂填埋，点位多体量大

嫩绿秧苗竟守着恶臭垃圾沟

未雨绸缪 消除漏雨隐患

假期抢修路面隐患排除

耐心劝说 拆除废弃房屋

请联系我们

生活垃圾、建筑垃圾遍布，恶臭浓烈难忍；林子里的树木被“垃圾山”埋了半截；抄起锄头擦着地皮挠几下，还有更多垃圾从土里冒出来……农田旁、树林里，这样的场景触目惊心。顺义区大孙各庄镇四福庄村村民近日向本报反映，该村周边的垃圾乱堆乱埋问题多年难治，非常严峻。5月26日，本报记者驱车70余公里赶赴现场调查。

直击现场
庄稼地旁锄出恶臭垃圾

走进四福庄村，只见家家户户小院里干净整洁，门内门外规范摆放着分类垃圾桶，村里垃圾分类驿站、相关宣传标语亦不少见。但一提到村里的垃圾问题，有村民立刻站出来，说要拉着记者去看一看。

来到四福庄村东南角，一大片农田正冒着新绿，地垄田间，几位农民正在劳作，呵护着田里的嫩苗，本是挺有诗意的一幅画面，却被一股浓烈的恶臭败了兴致。原来，紧挨着农田的是一条绵延近百米的壕沟，宽五六米，沟里遍布

垃圾，生活垃圾和建筑垃圾混在一起，难以细分。因为这条沟挖得又深又宽，两侧的树木遭到损毁，很多树木的根系已经暴露在土壤之外，整棵树就像悬在沟边一样。

垃圾堆散发出的恶臭，熏得村民和记者一阵阵干呕。可记者发现，眼前这些垃圾的量虽然庞大，却仍不足以产生如此浓烈的气味。村民告诉记者，恶臭还来自于我们脚踩的这片土地，“下面有更多的垃圾，他们挖沟、倒垃圾、填埋、再倒，这样的情况在四福庄村已经很长时间了。”

为了证实这种说法，一位村民特意找来一把锄头，只贴着地皮挠了几下，果然就有更多的垃圾从土壤中被翻了出来。村民说，这条沟过去只是一条很小的水槽，是在汛期帮着农田排水的。随着倾倒的垃圾日益增多，水槽渐渐被挖成了大沟。“这么多垃圾埋在这儿，旁边就是农田，能没污染吗？”

在这条“垃圾沟”的附近，住着几户村民。他们说，之前曾看到不少人往沟里倒垃圾，甚至为了挖沟还开来了挖掘机，“具体谁让挖的沟不好说。我们都是老弱妇孺的，拦不住他们啊。”

据村民说，近些年村里的田地大多被承包了出去，如今在田里忙碌的多数都是外来人员，对村子里的事不便更不敢插手，“时间一长，举报的事情就和这一堆堆垃圾似的，被埋了起来。”

顺藤摸瓜
埋垃圾的地方不止一处

四福庄村东南侧这条填满垃圾的壕沟，一直向北延伸近百米。在村民的带领下，记者顺着壕沟继续向北前进，可以看到埋垃圾的地方远不止农田旁边。

向北数十米，一座“大山”几乎拦住了去路。这是一座经过苫盖的“垃圾山”，由土和碎砖乱瓦堆砌而成，最高的地方超过了4米。爬上这座“垃圾山”，同样可以闻到本不属于石头、砖瓦的臭味。而在石头、砖瓦下面，同样布满了生活垃圾。不少装有厨余垃圾的黑色塑料袋已经破损，鸡蛋壳、烂菜叶等垃圾暴露在外。到了“山顶”看得更清晰，沿途的树木不少已经被“垃圾山”埋了半截，还有很多树墩子横七竖八地埋在土里，最粗的一个树墩子两个成年人合抱都未必抱得过来。

正当记者在“垃圾山”上观察时，一阵轰隆隆的声响由远及近，低头一看，原来是一台挖掘机正在作业。现场只见挖掘机却不见渣土车，似乎并不打算把垃圾清理到别处，只是继续堆高。记者询问挖掘机驾驶员这是哪里派来的车，为何要堆起这么一座“垃圾山”，可这位驾驶员向记者做了几个简单的手势，表示他是一位聋哑人，无法听到和回答记者的问题。

绕过了“垃圾山”继续顺着壕沟向北，终于到了壕沟的尽头，呈现在眼前的是一大片茂盛的树林。从林边竖立的一块蓝牌上记者看到，这片林地是村子平原造林工程所在的地块。村民告诉记者，过去这里都是农田，几年前退耕还林后，才有了现在的林地。大家正说着，恶臭的气味又如影随形，眼前所见的垃圾并不多，这气味是从哪来的呢?

紧挨着平原造林用地的边界，有一片荒草地，虽然稀疏种着几棵小树，长势却不怎么好，有的已经枯死。“在这样的土地上种树，能长好？”村民一边说一边抄起锄头在地上挠了几下，可没法再深挖下去，随着锄头碰地发出“咔咔”的响声，碎砖瓦块一一显现。

村民说，这片地上倾倒、填埋垃圾的时间也很长了。细看这片地上的垃圾，有的因为年久已腐烂不堪，可有的食品包装袋上的生产日期还赫然印着2021年。

从村东南到村东北，本以为已看了全貌，可村民却说村西北还有类似现象。在四福庄村的西北侧，又一片林地出现在眼前，高大的树木遮天蔽日，据了解这是一片区属三级林地。越往林子深处走，地面上、土层下的垃圾便越多。林地深处还有一块地不见树木，取而代之的是一座土山。有村民指认说，土山所在的位置原本也是林地，因为地下填埋了垃圾，才把土给“拱出来”了。

看罢满眼的狼藉，记者回到四福庄村内，和村民们聊起了垃圾分类的话题，家家户户的分类垃圾桶总不能是摆设。村民们告诉记者，从去年开始，村里就给每家每户都发了分类垃圾桶，最开始是一组大的，后来还发过一组小的，方便放在厨房使用。

“每天收一次，不用我们去倒，但是要求得分好类。”一位村民说，四福庄村的生活垃圾都是由顺义区环卫部门派车每天来收，建筑垃圾则由村民自己雇车拉到指定的位置。“一家最多四五口人，垃圾桶肯定是够用的，但还有不少人不习惯，还是和过去一样，等垃圾攒多了，拉一车找地方一倒。”

属地回应
制定时间表彻底清理垃圾

村周边如此大体量的垃圾是怎么来的？谁挖的坑？谁填埋的？地上的垃圾肉眼可见，地底下的垃圾又有多少？

5月26日探访当天下午4点，记者将现场所见情况反映给了属地大孙各庄镇办公室。不久，大孙各庄镇相关领导及工作人员驱车来到现场，以四福庄村东南侧农田为起点，相关各方一起把4处存在垃圾堆放和填埋问题的点位又走了一遍。

在查看农田旁垃圾堆放和填埋的情况后，镇相关领导立即协调相关各方核实详细情况。在当地，这条堆满垃圾的壕沟被称为四福庄村东南坑塘。经大孙各庄镇核实，四福庄村东南坑塘地处两村交界，土地权属、管辖有争议，使这里成为“三不管”地带。经现场核查，堆积在南段坑塘内及周边的主要是建筑垃圾、枯枝树叶、生活垃圾等组成的混合垃圾，初步判断，主要来源为镇外人员及本镇村民倾倒。镇相关领导现场部署，该处的暴露垃圾将由保洁公司分类后进行无害化处理，并在一周之内完成彻底整治。

随后一行人向北来到了“垃圾山”下。村里的工作人员告诉记者，这片遍布砖瓦石块的“垃圾山”旁正在进行四福庄村污水改造工程，这些苫盖下的建筑垃圾也都是施工挖掘期间产生的，这里是全镇污水改造工程的建筑垃圾暂存点。

建筑垃圾暂存点为何还存在大量生活垃圾？现场建设单位的负责人解释，建筑垃圾暂存点选址所在地曾是四福庄村的垃圾坑，在工程之初进行土方开挖作业时，便把地里陈年的垃圾又翻了出来。“待垃圾消纳手续办下来后，我们就可以开始清运建筑垃圾，现在施工期间老有村民来此倾倒生活垃圾和建筑垃圾，我们特意在外头加了铁栏杆。”对此，镇政府现场要求施工单位立即进行整治，并在后续施工中加强监管。

最后，在平原造林地块东侧及区属三级林地内，大孙各庄镇工作人员现场核实相关问题后，也定下了整改计划。他们表示，将由生态环境服务中心协调，对地下是否存在垃圾进行核实、处理，未来村委会将做好林地监管、补栽补种工作，并根据地下垃圾存量确定整改完成时限。

大孙各庄镇政府还表示，各相关部门、相关村委会将提高认识，压实责任，立行立改，举一反三，由主管环境副镇长现场督导整改工作，生态环境服务中心每日汇报整改情况，直至问题彻底解决。为杜绝类似情况再次发生，相关各村村委会将安排专人负责每日巡查村周边重点点位；综合行政执法队、生态环境服务中心、派出所等相关部门在日常巡查检查的基础上，增加联合检查频次；向社会公布举报电话，发挥公众监督作用，严查、严打非法倾倒垃圾行为。

记者手记
坚持源头治理　杜绝违法填埋

直至采访结束，记者发现还有一个问题始终没有找到明确答案：填埋和偷倒垃圾的人究竟是谁？大孙各庄镇政府表示将协调公安部门与城管部门合力追查。通过对类似案例的长期观察记者发现，多个案例中都存在垃圾违法填埋的痕迹，但究竟是什么人在大规模填埋或偷倒，仍不明了。

《北京市生活垃圾管理条例》第三十五条规定：本市实行生活垃圾分类管理责任人制度，农村居住地区，由村民委员会负责。第三十八条规定：生活垃圾分类管理责任人应当按照规定，向所在地的街道办事处或者乡镇人民政府进行生活垃圾排放登记，并保存生活垃圾收集运输服务合同备查。拒绝垃圾“围村”，保护人居环境，就必须坚决从源头追查打击，坚持全链条治理，从根本上杜绝偷倒填埋垃圾的违法行为。

现有行业监管标准套不上新业态

居民楼苦陷百家餐饮档口“围城”

本报记者　景一鸣　陈圣禹

政府与市民

现有行业监管标准套不上新业态

居民楼苦陷百家餐饮档口“围城”

朝阳区百环家园18号楼周边，聚集着约110家餐饮单位，油烟、噪声、污水、交通、卫生等各类问题让居民苦不堪言。近期，又有若干餐饮单位将陆续进驻，居民反对声强烈。然而，这些商户如果半途而废，将会面临巨大的经济损失。双方纷纷拨打12345热线投诉，接到派单的属地劲松街道办事处被架在“热锅”上。记者深入调查发现，档口经营模式作为“外卖+”的餐饮行业新业态，正在北京如雨后春笋般发展，而对于随之产生的业态单一、高度集中等新问题，目前的监管、评估以及预警机制存在空白区，亟待填补。

老问题
餐饮档口密集“围困”居民楼好几年

百环家园18号楼是一栋27层高的老居民楼，除了两层底商外，其余均为居民住宅。该楼东西两侧，各有一栋含地下空间的二层小楼，虽和18号楼连成一体，但两栋小楼有着各自的独立产权，且性质为商用。

以西侧的二层小楼为例，面积不大，但不仅包含便民超市，还汇集了大量餐饮单位，根据属地劲松街道粗略统计，餐饮单位总数量大约有110家。小楼外墙上“爬”满了排烟管道和空调室外机，整栋建筑看上去已经不堪重负。根据居民统计，小楼外墙上可见的排烟管道已达16组，居民称还有很多后加的排烟管道隐藏在角落。

9月24日，记者来到了百环家园18号楼。从一户居民家推开窗户，窗根儿底下便是西侧二层小楼的楼顶，风机等各类排烟装置挤得密密麻麻。耳边还有挥之不去的“嗡嗡”声，鼻子里充满浓重的油烟味。

若开一家餐馆，后厨、堂食区域占地面积都不小，这栋小楼无论从哪个角度看，都不可能容纳上百家餐馆，数量庞大的餐馆是怎么“塞”进去的？记者实地暗访发现，小楼里的餐饮单位大多数已不再是传统意义上的餐馆。为了迎合快节奏的生活，外卖行业蓬勃发展，档口成了这里的新业态。在这栋小楼里，很多档口甚至没有营业的柜台，仅提供外卖，因此所需要的空间极小，甚至搭间厨房就能营业了。

近距离观察，小楼里的两家美食城各聚集着近20个美食档口，面积最小的档口目测仅4平方米。楼内还有部分区域密布纯外卖档口，这类档口不面对顾客，只对接外卖骑手。该区域通道异常狭窄，两人并排通过都略显困难。以其中一条通道为例，两侧的空间被密密麻麻地分割成了近20个档口，这些档口大多数都只有一扇面向通道的窗口，主要用于递送外卖。用餐高峰时段，小楼里锅碗瓢盆的碰撞声此起彼伏，从后厨伸向楼外的排烟管道一刻不停地轰鸣着。

“我们已经被‘围困’好几年了。”周边餐饮单位密集，居民的生活受到了严重影响。据多位居民反映，大家面临的主要问题来自于噪声和油烟。除此之外，餐饮单位集中也导致外卖骑手聚集，楼前道路拥堵不堪。商用建筑和居民楼共用下水管道，老楼的排污系统超负荷使用，管道时常堵塞，楼前油污满地。还有居民抱怨，很多餐饮单位的员工都租住在18号楼内，由于居住人员密集，早晚高峰厕所不够用，楼道就成了租住人员的“公共厕所”，“楼道里满地污物清理起来太难，就连楼里的保洁人员为此都已经辞职好几拨了。”

讲述
老问题为何难破解

居民告诉记者，2006年居民入住后，东西两侧的小楼一直闲置，直到四五年后，西侧的小楼陆续有商户进驻。近两三年，进驻的餐饮单位越来越多，小楼上盘着的排烟管道日益密集，对居民生活的各种影响也越来越大。

对于相关问题，属地劲松街道办事处的治理工作从未懈怠，但力不从心、捉襟见肘一直是治理过程中的常态。百环家园东社区党委书记告诉记者，根据统计，从今年1月至8月，居民对百环家园18号楼周边商户的投诉多达165件。接到居民的投诉件后，社区立即协调相关部门执法人员到场检测核实，最近的一次检测就在本月。但检测发现，多数餐饮单位的排烟、排污指数符合国家标准，或一部分虽不达标，也可以通过整改达到要求，但即使所有餐饮单位都达标排放，由于数量太多又过于集中，仍会对居民生活造成很大影响。“用餐高峰时，这么多厨房同时开火做饭，‘百家齐鸣’的影响巨大，但对整体环境的影响，谁来测、谁来管，目前没有规定。”

再比如交通问题，记者从社区了解到，正是由于餐饮单位过度集中，且大部分契合外卖行业，导致在用餐高峰期，百环家园18号楼北侧会瞬间聚集二三百名外卖骑手，人车聚集难以疏导。在媒体对这一现象进行报道后，属地街道、社区在便道上加设了隔离栏杆，以保障居民的出行安全。“外卖骑手的电动车上不了人行道，又把机动车道堵死了。”

为何这么多餐饮单位要瞄准这栋老居民楼？劲松街道办事处主任向记者分析了百环家园的“先天优势”。据他介绍，百环家园小区楼盘在建设时，以大户型为主，且在当时没有限购的政策约束，由此吸引了大量投资者。投资人在楼里购房主要用于出租，居住密集度较高。“周边建筑设施符合商用规划，楼上又可用于企业员工租住，周边写字楼多，从市场层面看对餐饮单位来说有商机，这是吸引他们不断进驻的一大因素。”

新矛盾
新餐馆将进驻　居民与商户分歧严重

眼下，老问题尚且得不到根治，新问题又接踵而至。百环家园18号楼东侧，有一栋与西侧规模相仿的二层小楼，如今又有若干餐饮单位要进驻了。记者现场探访时看到，多数店铺的装修已接近尾声，排烟管道已经“爬”上了东侧的二层小楼。

居民担心不堪其扰，抵制新的餐饮单位进驻，一时间相关问题的投诉量骤增。劲松街道办事处深入核实居民反映的问题后认真履职，在8月24日向朝阳区市场监管局发送了一封建议函，深入阐述了业态单一、高度集中所带来的相关问题，建议市场监管部门在审批发放证照时务必慎重。

商户此时也是心急如焚。根据相关要求，他们此前已经通过了工商执照审批，现在就只剩下食品经营许可证这一项便万事俱备。在得到审批流程需要暂停的消息后，因为对市场监管部门的不满，商户也纷纷拨打12345热线进行投诉，而他们从市场监管部门得到的答复是“因接到劲松街道办事处来函，故暂停对该地址新办餐饮单位的审批”。

看到这样的反馈，商户无法理解发建议函是属地街道办事处依法履行的工作职责，而认为属地街道办事处在拿不出相关依据的情况下禁止他们营业，商户开始对属地街道办事处不满。

一面是生活受到严重影响的居民，他们对餐饮单位的增加非常抵触，且态度坚决；另一面是已经进行前期投资的商户，如果餐馆不能开业将意味着巨大的经济损失。双方此刻都将目光投向劲松街道办事处，尖锐的矛盾把街道办事处架在了“热锅”上。

根源
档口餐饮新业态面临治理空白

纵观整个事件的来龙去脉，尴尬之处在于目前已经产生的矛盾无法归咎于某一方的过错。根据各方讲述，居民正常反映民生诉求，商户按照相关法规申请办理营业手续，属地街道办事处认真履职，市场监管部门依法依规进行审批。但最终结果却不是皆大欢喜，而是各方都有一肚子委屈。

9月24日，劲松街道办事处、百环家园东社区组织了两场协调会，分别针对居民和商户提出的诉求进行协商，但结果不容乐观。居民与商户虽未直接沟通，但提出的核心问题都是新的餐饮单位能不能开业，双方意见相左且没有让步余地。

按照劲松街道办事处的工作计划，本来准备搭建平台，让居民和商户见面友好协商，但这一计划想落实非常困难。居民们告诉记者，协商的前提得是双方存在退让空间，但周边现存餐饮单位的影响让他们很难再让步。还有居民顾虑，如果居民代表直接面对商户，矛盾很可能转移到居民个人身上，作为长期居住在这里的普通居民，很难承受后果。

其实，百环家园18号楼的问题早已不是个案。2019年，记者便关注过北三环中路南侧一栋二层商用建筑的油烟扰民问题。这栋小楼里挤着多家以经营烤鱼、烤串为主的餐馆，周边居民不堪其扰。但属地街道办事处联合环保部门在对油烟、噪声进行检测时，发现每一家餐馆都合格，然而多家餐馆集合在一起产生的整体影响尚无检测标准和治理手段。

2019年至今，类似事件发生频率开始增加。近日记者查询诸多商业网站发现，以档口为主的餐饮单位新业态目前正在北京蓬勃发展，小而密集是其显著特征。在和多个街道办事处交流时，工作人员都反映，一片小范围区域、一栋贴着居民楼的建筑，究竟能够承受多少餐饮单位的同时排放，目前找不到相关的评估依据及限制办法。

除了监管和评估，对于档口商户的投资目前也没有预警机制。据悉，商户进驻商业设施，需要在属地街道办事处报备，目的是在街道相关职能部门的监督下，确保施工安全，但报备内容不包括今后的经营项目。而商户向行业监管部门申请各项审批时，虽然经营项目要明确，但行业监管部门的审批仅针对个体，没有对整体区域进行环评的职能。相关部门各司其职，但对于投资风险，还没有哪个部门能统一把关。

专家建议
需要用好“看得见的手”

对于餐饮档口高度集中所带来的治理难题，中国社科院城市发展与环境研究所副研究员娄伟认为，相关部门应该高度重视，如果不及时填补政策和机制空白，在新业态逐渐规模化的过程中，将引起诸多次生问题，引发社会矛盾。

娄伟分析认为，近年来，以平台经济为代表的新业态蓬勃兴起，一些餐饮单位的经营主要依托互联网平台，从而聚集形成规模效益、产业集群，由此可以有效降低成本。这是市场这只“看不见的手”所发挥的积极作用。但如果缺少政府调控这只“看得见的手”，就会产生前文提到的诸多社会矛盾。

娄伟建议，未来在进行商业规划布局时，相关部门应当因地制宜，逐步完善商户密集经营区域的选址及生态环境相关规定，通过出台对应政策及行业标准，或通过给现有职能部门新的赋能，弥补监管和评估方面的空白。同时根据业态发展情况，不断更新和完善生态环境方面的测量标准和技术要求，使相关措施既能约束单一商户的违规行为，又能兼顾到整体环境和社会影响。

对于目前已经发生的问题，娄伟建议各级相关部门联合协商，探寻解决办法。比如吸收规划、住建部门共同参与研讨，通过技术手段改进已有餐饮单位的排烟、排污方式，消除集中经营给居民带来的各种影响。找到改变的突破口，在居民与商户之间建立信任，双方的再协商就有可能性，产生的矛盾就不会一直困在“围城”里。

原载《北京日报》2021年1月至12月

获第三十一届北京新闻奖一等奖

获第三十二届中国新闻奖一等奖

专家点评

ZHUAN JIA

聚焦百姓“小事”的大担当

前线杂志社副总编辑、高级记者　魏晔玲

何为民生？民生就是老百姓的生计，是具象在油盐酱醋茶中的三餐四季，是细碎温暖的人间烟火。一枝一叶总关情，这些萦绕在百姓身边的“小事”，却直接关系着老百姓的获得感、幸福感和安全感，关系着人心向背乃至事业成败。

关注、报道百姓遇到的操心事、烦心事、揪心事，沟通、协调相关部门，探索、尝试提出破解之道，是《北京日报》开办《民生调查》专栏的出发点和落脚点。从中，我们看到了党报的责任担当。

近年来，随着信息技术的普及和迭代，自媒体异军突起。写一段文字记录心情、贴几张图片记录点滴、拍一段视频记录生活……人们把自己的所见、所闻、所思、所悟用文字、图片或视频的形式随时随地发布到各媒体平台，“人人都有麦克风”，信息的发布前所未有的容易。于是，有一种声音浮出水面，开始质疑新闻工作者的专业性乃至专业媒体存在的必要性。

冷静思考一下，我们就会发现，在海量信息狂轰乱炸、“情绪在前，事实在后”的后真相时代，真实、全面、冷静的新闻报道更是弥足珍贵。人们不满足于情绪的宣泄，还希望能触摸到真相以及事实背后的深层原因乃至寻求破解之法。这样一条反馈链才是对信息价值的最大限度挖掘，也能带给读者最理想的阅读体验。而这一链条的达成，需要社会责任感，需要新闻专业性，需要众多像《民生调查》这样的专栏。

民生调查，就是要真实反映民情、民意。纵观《民生调查》专栏，没有对所谓轰轰烈烈大事件的报道，有的只是外卖小哥的社保没有着落、生活垃圾和建筑垃圾混杂填埋、小区居民被百家餐饮档口“围城”苦不堪言……专栏记者积极落实中央提出的“四力”要求，聚焦基层社会治理的痛点，通过直击事件现场和深入采访，抽丝剥茧般还原真相并助推了问题的有效解决。他们是一群“脚下有泥、心中有火、眼里有光”的媒体人。正因为如此，他们采写的这些稿件，没有被“流量至上”所裹挟，而是真正体现媒体的社会责任，关注社会弱势群体、为他们发声；关注社会不公平现象、发挥“第四权力”的作用。比如，《现有行业监管标准套不上新业态　居民楼苦陷百家餐饮档口“围城”》一文，开篇即点明“档口经营模式作为‘外卖+’的餐饮行业新业态，正在北京如雨后春笋般发展，而对于随之产生的业态单一、高度集中等新问题，目前的监管、评估以及预警机制存在空白区，亟待填补”这一因餐饮档口高度集中带来的治理难题，其强烈的社会责任感可见一斑。

因《民生调查》报道的触角延伸到百姓的生活，接地气、映民意，也收获了读者的一致好评，美誉度、影响力稳步提高。这与新媒体时代“用户至上”的互联网思维是一脉相承的。可以说，《民生调查》专栏聚焦民生“小事”彰显了媒体的担当，也正得益于对新闻本真的坚守，使得其既收获了口碑又赢得了流量。

获奖者 感言

HUO JIANG ZHE

党报舆论监督助力基层社会治理

——北京日报《民生调查》栏目的实践探索

北京日报社群工内参部主任、高级编辑　赖　薇

《民生调查》是北京日报专门承担舆论监督报道职责的民生新闻专栏。栏目于2006年3月创办，每周固定在《北京日报》“政府与市民”版刊发。栏目始终坚守为人民发声的初心，开展以解决问题为导向的建设性监督报道，切实解决群众的急难愁盼，帮助政府部门改进工作，培养公民的法治思想，从而助力共商共治共享的基层社会治理。

1. 聚焦群众急难愁盼是《民生调查》践行人民至上理念的首要职责

党报舆论监督报道是坚持人民至上理念的生动实践。如何充分发挥党报舆论监督的核心功能，用心用情用力解决群众民生诉求问题，提升人民群众的获得感、幸福感和安全感，加固党与人民群众之间的连心桥，是新时代党报工作者的职责和使命。

《民生调查》栏目的定位和宗旨始终坚持为群众办实事、解难题，群众的日常小事是栏目的“头等大事”。近年来，《北京日报》陆续开通党报热线电话、邮箱、客户端、“党报帮您办”微信公众号、“北京民声”微博等渠道，广泛接受群众举报投诉。尤其是2019年起，《北京日报》深度融入接诉即办这场为人民服务的改革浪潮，《民生调查》栏目共享北京12345市民服务热线及市信访办线索库，更加全面精准倾听市民群众的呼声。经多年发展，栏目积累了良好的群众口碑，传播力、影响力、公信力不断提升，已经成为北京市民反映急难愁盼问题的主要渠道之一。

从选题上,《民生调查》栏目的报道选题不仅包括社会反映强烈的普遍性问题，比如2021年刊发的《谁动了外卖小哥的劳动保障》《老年代步车问题调查》《老楼装电梯破解新难题系列报道》；而且聚焦市民日常生活中的各类操心事烦心事揪心事，比如《这儿的居民上个厕所竟这么难》《一小区5物业 应共管反失管》《嫩绿秧苗竟守着恶臭垃圾沟》。这些报道从“纸端”到“指端”均引起了广泛的社会关注。

从采编机制上,《民生调查》紧扣民生热点、难点问题展开策划、采访，在广泛倾听市民呼声的基础上，深度调研、真实反映问题，并以钉钉子精神持续追踪报道，直至问题得到解决。

从实践成效上，通过紧密联系、服务群众，栏目全体编辑记者在坚持践行“四力”的过程中，也更加深入全面细致地体会和理解市民群众的利益诉求，做好了人民群众的“代言人”。

2. 切实解决问题是《民生调查》立足建设性监督的目标导向

党报开展舆论监督报道，目标不在于揭露问题，而在于解决问题，是以解决问题为导向的监督。《民生调查》栏目的工作核心是通过记者调查核实问题后，协调各相关部门共同为群众解决难题。这既是核心，也是舆论监督的难点。媒体不是行政机关，没有执法权，对监督对象没有直接的约束力，因此《民生调查》栏目在报道背后，努力探索与政府形成机制性合作联动，建立切实可行的整改落实机制，从而推动舆论监督“落地”取得实效。

《民生调查》栏目团队不断加强与政府部门的沟通协调，特别是从2016年开始陆续与市政府督查室、市委督查室建立合作关系，逐渐探索出一套舆论监督的落实整改“闭环”机制——《北京日报》通过多渠道接受群众举报，记者就举报问题展开调查报道，通过联络市委督查室以及属地和职能部门接诉即办，合力破解难题，记者盯守问题解决全过程，跟进式报道整改效果，回应群众关切。在“闭环”机制作用下,《民生调查》栏目反映问题的解决率从2016年之前的50%提升到如今的90%以上，反馈报道率超过95%。

在“闭环”机制运作过程中，群众、媒体、党政部门缺一不可，各个环节间的顺畅连接对实现舆论监督功能至关重要。从群众举报、媒体调查报道、市委支持、相关职能部门整改落实，再到媒体回访反馈从而构成舆论监督的闭环，党报舆论监督所发挥的作用不再只是简单地发现问题、曝光问题，而是真正成为解决问题、推动工作的“第一环”，在深化接诉即办改革中发挥了更加重要的作用。

3. 打造群众深度参与的沟通平台是《民生调查》凝聚共识助力基层治理的方法路径

随着我国迈入社会主义发展新时代，社会利益关系日趋复杂，群众对社会事务的表达及参与愿望日渐强烈。网络技术的迅速发展和互联网的社会化应用，让群众更便捷地利用网络行使公共表达权。但与此同时，公共空间中的情绪化表达有蔓延之势，如果舆论监督新闻仅仅着力于曝光问题，容易激发群众的负面情绪。因此，能否让报道始终保持在理性轨道上运转，能否通过报道统一思想、凝聚共识，成为衡量党报舆论监督报道成功与否的重要标准。

与传统的舆论监督报道不同的是，《民生调查》栏目不是单方面监督政府工作，而是客观呈现事件多方主体的立场和利益诉求，在关切群众立场的同时，也向读者展现政府社会治理的不易与难处。这种采写手法向读者展现了民生问题背后是多方主体的诉求和利益平衡，而不是单一的冲突与不满，有助于缩小政府与群众之间的“信息鸿沟”，让群众更加理解政府的工作、政府更加了解群众的难处，从而促进“政民同心”。

不仅如此，《民生调查》栏目还凭借党报的公信力，积极搭建协商平台，让城市治理的参与各方平等对话，为分歧各方提供政策、法律、道德、情感的视角，共同破解基层治理的新难题。党报搭建桥梁，参与并推动各方坐到谈判桌前“有事好商量”，不仅是以共商共治共享的理念提升基层治理水平的一种尝试，也在社会上培育了“大家的事大家商量着办”的协商文化。群众的参与、党报的推动和政府部门的积极反应，营造了上下齐心的舆论氛围，让党与人民群众的桥梁纽带更加牢固。

让网络空间天朗气清

《让网络空间天朗气清》系列评论之一

上网冲浪，不能冲破价值观的红线

北　辰

17 北京晚报
北京论语
2021年7月28日 周三
“让网络空间天朗气清”系列评论之一
上网冲浪，不能冲破价值观的红线
北辰
赢得网络价值观的较量
不容歪风邪气侵蚀网络

一个拥有近10亿网民的网络空间，网民价值观的正确与否，其重要性不言而喻。网络虽是虚拟空间，但运用网络空间的主体是现实的，网络上的价值观不可避免地延伸到现实中。近年来，各种歪风邪气侵蚀网络环境，其中错误的价值观危害甚烈。让网络空间天朗气清，是一场针对悖德违法行为的战斗，更是一场必须打赢的价值观较量。

早在互联网兴起之初，很多专家就敏锐地提出，互联网将是下一个非常重要的价值观战场。互联网的发展也证明，现实中抬不起头来的错误价值观，逐步大量地转向网络。历史虚无主义、娱乐至死倾向、网络暴力、暴力色情内容、低俗虚假信息等充斥网络，不少网民把网络当成法外之地，随心所欲地发布不负责任的言论，主流价值观被弃置一旁。

直到现在，很多网民仍然觉得在网络空间讲价值观是多此一举。于是乎，有人肆意发表攻击党和国家的言论，有人随意发布污蔑先辈和英雄的帖子，有人满口脏话，有人信口开河，“键盘侠”比比皆是。网络平台主体在管理上或力不从心，或消极应付，甚至为了流量睁一只眼闭一只眼。

令人痛心的是，不少未成年人深受错误价值观的危害。当下网络上非理性的明星崇拜、畸形的饭圈文化、盲目追求爆红等，也都与受错误的价值观引导息息相关。由于缺乏事实判断力、价值鉴别力，很多未成年人养成了跟着网上有样学样的坏习惯。思想上的污染，就是精神上的摧残。

网络已经融入到社会生活的方方面面，对于一个国家的重要性毋庸置疑。而网络价值观建设，与突破核心技术、解决卡脖子问题、掌握互联网发展主动权，同等重要。技术再先进，网民数量再庞大，若价值观不正、内容良莠不齐、环境乌烟瘴气，就好比没能把住方向盘，功能再强、车速再快，也无法安全准确地到达目的地。

经过不断整治，我国的互联网环境整体向好，社会主义核心价值观当然是网络舆论主流。但网络不文明问题的严重性不容忽视，对错误价值观的流布丝毫不能放松警惕。谣言等长期难以根治的老问题，炒作等花样不断的新问题，高级黑低级红等不易觉察的难问题，都需要监管部门打起十二分精神，探索更有效治理的路径。

每个时代都有每个时代的价值观，现实和网络上的价值观必须统一而且同步。要本着对国家、对人民、对历史负责的态度，依法加强网络空间治理，加强网络内容建设，做强网上正面宣传，培育积极健康、向上向善的网络文化，用社会主义核心价值观和人类优秀文明成果滋养人心、滋养社会，做到正能量充沛、主旋律高昂。赢得价值观的较量，才能真正赢得网络，也才能赢得未来。

《让网络空间天朗气清》系列评论之二

对无底线炒作必须“人人喊打”

贾　亮

网络空间是亿万民众共同的精神家园，网民不仅是精神家园的享受者，更是不可或缺的建设者。可总有那么一些人，对网络文明没有任何敬畏之心、保护之举，做出种种有违公序良俗乃至违规违法的事情。无底线炒作，就是一个典型。近来曝光的一些案例，从企业借疫情做广告，到明星借丑闻炒作，其性质之恶劣、手段之恶俗、目的之恶心，一再刷新公众的认知。

娱乐圈的炒作之风最为盛行，社会影响非常恶劣。通过一个个被曝光的案例，公众发现，有些已经成名的艺人，在逐利资本的支持下，组建专业的炒作团队，为了增加曝光率、提升知名度，无所不用其极；有些默默无闻却又做着爆红梦的新人，也把炒作视为一种比能力更有效的捷径。前者团队作战，炒作手法娴熟，网友难以觉察；后者欠缺炒作经验，往往破绽百出。但无论哪一种炒作，也无论手段高低，都如同网络空间的过街老鼠，沦为人人喊打的对象。

很多网络炒作，已经到了无原则、无底线的地步。谎话连篇已成常态，胡编乱造不以为意，制造事件层出不穷，低俗恶俗司空见惯。只要能红、能赚钱，就可以不择手段，将法律和道德统统抛在一边。有的甚至通过粉丝团、应援队、雇水军等，发表与权威部门调查结果完全相悖的言论，形成新一波的炒作；有些人遇到感情纠葛、消费纠纷等，也不愿选择法律手段，而是通过炒作维权，就算本来站在法理一边，也可能越过了法律的底线。

无底线炒作，不仅严重破坏网络空间秩序，还严重挤占网络资源和社会资源，更是在输出不正确的价值观。一人炒作成功，众人趋之若鹜，变本加厉地仿效，搞得网络空间乌烟瘴气。即便某个炒作事件被发现被制止，所带来的次生灾害也将长期存在。近来无底线炒作事件频现，甚至有愈演愈烈之势，足以证明无底线炒作已经成为一个必须正视的网络毒瘤。对此，2021年“清朗”专项行动已将互联网盲目模仿、低俗恶搞、内容涉黄、浮夸出格等各类低俗化娱乐化炒作行为，列为重点整治目标。唯有重拳出击，才能遏制恶意炒作。

无底线炒作野蛮生长，与当事人品性操守有关，与背后利益集团的操纵有关，更与违法成本太低有关。除了舆论道德层面的谴责，还需要行业和平台方强有力的约束，更需要法律形成强有力的震慑。治疗沉疴顽疾需下猛药，整治无底线网络炒作要架上带电高压线。监管部门要用足用好现有的法律法规，依法严厉打击，保护网络空间天朗气清、生态良好，为广大网民特别是青少年营造一个风清气正的网络空间。

《让网络空间天朗气清》系列评论之三

人人“麦克风”更要涵养公共理性

杜　梨

17 北京晚报 | 北京论语 | 2021年8月3日 星期二

“让网络空间天朗气清”系列评论之四

人人“麦克风”更要涵养公共理性

杜梨

有表达就应有责任
有自由就该受约束

“喷子”肆意宣泄，骂战天天上演。近年来，网络暴力横行网络，花样翻新，发展为文、图、视频等全方位攻击与病毒式传播。“一言不合就开撕”，满满的戾气不仅让网络空间常常一地鸡毛狗血，也在拉低公共文明和公共理性的水平线。

如今，中国网民规模已近10亿，平均每人每天近4个小时在网上冲浪。公屏内外、大号小号、社交平台，既是公众随时随地获取信息的集散地，也是人人在麦克风前发言表达的意见场。这样一个举足轻重的公共空间，自然不能乌烟瘴气、垃圾丛生。恶意发言成本越来越低，偏激言论瞬时漫天飞舞，以讹传讹、跟风起哄，无助于解决任何问题、沟通任何意见，只能使对一些事情的讨论偏离了事情本身，甚至将讨论引向对抗。

网络暴力被喻为“消音的枪”，而这把枪对准的其实是每一个人。“残疾奶奶直播唱歌遭恶评人肉”“个别新冠确诊患者信息泄露遭谩骂诽谤”“医生凌晨下手术喝了瓶葡萄糖水遭质疑围攻”……这些流言蜚语、造谣侮辱，在网络扩音器的加持下杀伤力被放大了成千上万倍，给当事人带来巨大压力与伤害。而搬弄是非、强带节奏，也造成网络空间大量垃圾信息冗余、情绪泡沫膨胀。无限度地连坐上升，对个体的“扒坟”常常演变成对群体的抹黑，小圈子里的内斗互殴常常发酵成公共事件，更有“职黑团队”下套挖坑，制造假舆情、绑架真民意。乱象频仍，蜂拥而至，轻则违背公序良俗，重则击穿法律底线。

让网络空间天朗气清，离不开道德准绳的约束，更离不开法治之剑的监管。网络空间不是虚拟世界、不是法外之地，有表达就应有责任，有自由就应该受约束，有言论就应有边界。事实上，世界各国的实践皆证明：以法律主导网络秩序，不仅不会扼杀网络活力，反而可以兴利除弊，激发更多网络正能量。涵养自由与责任相平衡的表达伦理，是必须跨越的一道“文明门槛”，也是法治社会的应有之义。

网络空间的环境生态如何，影响着每一个人，也依靠每一个人。每一个点赞、每一次转发、每一条评论，都体现着文明的素质、检验着理性的“网商”。今天的互联网，多的是吐槽的题材，多的是“键盘侠”，缺的是建设性的参与批评和交流碰撞。一事当前，难免会有言人人殊的陈述，但“有话好好说”，不因主观情绪先行而不负责任轻易置评，不因以为法难责众而口无遮拦喊打喊杀，决不当谣言传声筒、暴力扩散器，这份对底线的坚守，也是对自己的保护。

网络改变生活，网络也应该让生活更美好。遵守公共秩序，秉持文明自觉，以公共理性为表达、理解、交流的前提，网络空间才能除暴去戾，天朗气清。

原载《北京晚报》2021年7月28日至8月3日

获第三十一届北京新闻奖一等奖

专家 ZHUAN JIA 点评

有理有力引导舆论，体现主流媒体责任担当

千龙网副总编辑　王　勇

网络空间是亿万民众共同的精神家园。社交媒体和短视频的兴起和网络技术的快速发展，为亿万网民带来诸多红利和便利。与此同时，网络暴力、低俗信息、“饭圈”炒作等乱象也甚嚣尘上。《北京晚报》系列评论《让网络空间天朗气清》围绕网络空间治理话题，鞭笞各种网络乱象，剖析背后的深层次原因，探讨网络空间的治理路径，有理有力引导舆论，体现了主流媒体的责任担当。

一是观点鲜明、思考深入。该系列评论用四篇文章的体量，对当前网络空间存在的问题进行了全面梳理，从错误价值观、无底线炒作到低俗不良言行等种种乱象，以严谨的态度和鲜明的观点，揭示了这些问题的严重性和危害性。评论不仅涉及到了网络空间治理的表面问题，还深入探讨了网络乱象背后的深层次原因、传播渠道和手段。例如，批评无底线炒作行为时，《对无底线炒作必须“人人喊打”》一文明确指出，“无底线炒作野蛮生长，与当事人品性操守有关，与背后的利益集团的操纵有关，更与违法成本太低有关”；在分析网络谣

言的传播手段和危害时，《“听风就是雨”不是正确上网姿势》一文认为，“闹剧炮制者几乎无一例外是利用大众关切操弄流量，也几乎无一例外都出现了大规模的人肉搜索、网络暴力”。四篇评论文章都展现出了对于网络空间的深度理解和对于问题的深入剖析能力。

二是层层递进、逻辑缜密。该系列评论在论述过程中，对于整体规划和布局有清晰的把握。首篇文章《网上冲浪不能冲破价值观红线》从网上价值观较量入手，为整个系列评论破题。文章通过对于网络空间中错误价值观的揭露和批评，强调价值观红线的重要性和网络治理的必要性、紧迫性。接下来，另外三篇文章依次就无底线炒作、网络谣言、网络暴力进行剖析。《对无底线炒作必须“人人喊打”》从无底线炒作的表现形式到其背后的根源，再到其给网络空间和社会带来的危害，层层深入剖析，并在网络治理层面提出，根治乱象需要行业和平台方强有力的约束，更需要法律形成强有力的震慑。《“听风就是雨”不是正确上网姿势》从网络信息传播的特点出发，分析网络谣言的成因和危害，提出解决“听风就是雨”这种行为的关键在于提高公众的独立思考和理性判断的能力。《人人都有“麦克风”更要涵养公共理性》从网络言论的自由性和开放性出发，梳理网络暴力的表现形式和危害，逐步深入到网络空间公共理性的重要性和必要性，引导人们更好地认识和理解公共理性和言论自由的关系。四篇文章从现象到本质，逐步深入对网络乱象进行剖析，并分别从网络治理的必要性和紧迫性、平台管理和法律治理、公众信息辨别能力提升、公共理性等层面，提出网络治理的建设性意见，逻辑严密清晰。

三是论述犀利、语言生动。在论述过程中，四篇文章犹如四只锋利的匕首，对于网络空间的不良现象进行了严厉的谴责和批评，直指网络乱象问题的要害和关键，让读者更加深刻地认识到这些问题的严重性和危害性。评论语言生动，文采斐然，例如，将“麦克风”比喻为每个人的言论自由权，将无底线的炒作比作“过街老鼠，人人喊打”，用“抖机灵”来形容一些人在网络空间中过于轻浮和浅薄的表现，用“翻白眼”来批评那些对于不良现象视而不见的人。犀利的论述，生动的语言，让该系列评论更加具有说服力和感染力，有效引导人们关注和思考网络空间治理问题。

获奖者 HUO JIANG ZHE / 感言

清理网络空间，主流媒体要敢于并善于斗争

北京日报社北京论语编辑部　贾　亮

互联网的出现，打造了一个虚拟的网络空间，在这个空间里，很多人找到了所谓的“自由”：自由地发布各种虚假信息、自由地倾泻各种情绪、自由地向他人发动攻击……谣言满天飞、价值观混乱不堪、网暴层出不穷。这不是真正的自由，而是在自由地向网络空间倾倒垃圾。近些年来，相关部门开展了一波又一波的专项治理，一定程度上遏制住了网络空间的歪风邪气，但也必须承认，巨量的垃圾仍然充斥着网络空间，存量在减，增量不减。

以娱乐圈的不正之风为例，明星与其背后的资本运作团队一起，借各种粉丝团的力量，不仅经常霸占热搜榜单，而且形成了类似于传销的组织特性，使得很多粉丝特别是青少年粉丝被裹挟，“饭圈”粉丝互撕谩骂、拉踩引战、挑动对立、侮辱诽谤、造谣攻击、刷量控评、恶意营销等各类有害信息和行为屡禁不止。最为值得警惕的是，当一些明星因涉嫌违法犯罪被公安机关采取强制措施之后，一些粉丝非但没有清醒，反而继续支持；在一些主流媒体发布明星的违法情节、进行客观理性的评论之后，一些粉丝竟然发起了向主流媒体的谩骂攻击，对一些记者、评论员等公然网暴。可见网络空间的风气已经坏到了何种地步。

当然还有一种意见，认为网络上的这些问题，其实无伤大雅，既不会污染

网络环境，也不会造成实际的损害。或者自觉高人一等，不屑于与这些问题作斗争，美其名曰，假以时日当事人自然会被教育。这些年的网络治理进程表明，这种想法不仅是错误的，而且会助长网络上的歪风邪气，让一些人更加肆无忌惮，让很多问题变本加厉。

网络是所有人的网络，清理网络上的垃圾，纠治网络上的歪风邪气，负有管理职责的相关部门当然要冲在前面甘当先锋，主流媒体也要拿起斗争的武器。在这个没有硝烟的战场上，主流媒体的武器一是靠事实性的报道，揭露不良风气；二是靠组织大量、经常的评论性文章，旗帜鲜明、理直气壮地进行批驳，与歪风邪气坚持不懈地斗争。

值得注意的是，有些媒体在遭遇网暴后，选择了忍气吞声，有的记者被网暴后，身心受到巨大摧残，而相关部门并没有站出来力挺。且不说担当的事情，这样的做法无疑变相地助长了网暴，无论从斗争的战略还是战术来讲，都不可取。主流媒体绝大部分是传统媒体，在人人都有麦克风的新媒体时代，已经丧失了独家的话语权和一篇稿子一锤定音的优势，怎么进行舆论斗争，采取何种方式进行斗争，如何调动起斗争的合力，已经不是某个记者和某个媒体自己的事情。

可以确定的是，网络空间的垃圾将长期存在，不良风气也不会一夜消失，如何保持战斗的韧性和斗志，也是需要面对的问题。

如此“满意”失民意，“人民至上”怎落地？！

记者姚柏言（右一）采访突发热力管道崩裂跑水问题

记者姚柏言（右一）在北京郊区大山深处采访

记者姚柏言（右二）针对市民反映的垃圾倾倒问题进行采访

详细新闻报道
请扫码观看

原载北京新闻广播《新闻热线》2021年12月26日

获第三十一届北京新闻奖一等奖

获第三十二届中国新闻奖二等奖

专家
ZHUAN JIA 点评

“三合一”新闻体式铸就广播评论精品

中国社会科学院新闻与传播研究所编审　钱莲生

听罢北京新闻广播《新闻热线》栏目的录音述评《如此“满意”失民意，“人民至上”怎落地？！》让人心潮起伏。这是一篇难得的广播评论精品。这件作品好在哪里？仅仅是主题鲜明、评论到位？是，但并不完全是。我认为，这件作品内含新闻述评、舆论监督、民生报道三种新闻体式，“三合一”新闻体式铸就了报道精品！

作为新闻述评，该评论的问题抓得准、抓得实。这些问题是记者多年在采访实践中发现的，“一些部门嘴上说着，要让人民群众满意，所干的工作却让人民群众非常不满意，甚至有些部门还要求人民群众不能不满意”。

“不满意要说三遍：非常不满意！非常不满意！非常不满意！”这是东城区某街道的一位居民面对记者话筒发出的振聋发聩的呐喊，评论以此开篇让听众印象深刻，且留有悬念。接下来，评论用两个无可辩驳的典型案例论证老百姓为何“非常不满意”。人民群众之所以不满意，是因为“长官意志，我要怎么干就怎么干，以人民群众为中心的中心点发生了偏移”，还因为某些官员“打着为人民群众办实事的旗号，不作为、滥作为，把行政权力无限放大，这是权力观、政绩观出现了问题”。评论对官僚主义进行了深入剖析和有力批驳。该作品以新闻事实彰显广播评论的力量，逻辑不可谓不清晰，观点不可谓不鲜明，语言不可谓不犀利。

作为舆论监督报道，记者把监督的矛头直指东城区某街道办事机构和通州区某天然气施工单位。前者没有办理工程建设规划许可证就施工，在居民区建办公楼，打着为百姓服务的幌子，知法犯法；后者没有得到百姓的许可就野蛮施工造成新的安全隐患，名义上为百姓办事，实则为自己行方便，没有把好事办好。报道没有为这些“做好事”的机构“打马赛克”，而是给予真名实姓的曝光，监督的勇气难能可贵。

作为民生报道，记者倾听百姓呼声，现场采访小区居民的同期录音颇富感染力；报道为基层百姓呐喊，想百姓之所想，急百姓之所急，让老百姓说出自己的委屈、憋屈，真正帮助百姓解决急难愁盼的问题。从节目中可以听出，哪里百姓有困难、有困惑、有需求，《新闻热线》的记者就出现在哪里。报道把老百姓的急事、难事，当作新闻报道的好选题，这是尊重新闻价值规律的上佳表现。

新闻述评，“述”是基础，“评”是手段，“行”是归宿。舆论监督也好，民生报道也罢，目的是解决问题。该报道的结尾运用设问：“怎么才能让人民群众真正满意？”并给出了解决办法：坚持走群众路线，让党中央“人民至上”的理念真正落地……这无疑升华了报道的价值。

当前，互联网浪潮让传媒格局发生深刻变化，作为传统媒体的广播如何赢得受众发自内心的尊重？我们认为，这篇广播述评提供了很好的报道范例和样本。听众需要这样说真话的新闻述评，老百姓需要这样办实事的“新闻热线”。

获奖者 HUO JIANG ZHE / 感言

用滚烫的新闻作品书写“人民至上”

北京广播电视台新闻广播中心　姚柏言

始终坚持人民至上，是党的执政理念的集中体现，也是党的群众观点和群众路线的生动实践。党的十八大以来，习近平总书记反复指出要坚持“人民至上”。党的十九届六中全会审议通过了《中共中央关于党的百年奋斗重大成就和历史经验的决议》，把“坚持人民至上”作为党的百年奋斗第二条宝贵经验。作为一名党的新闻舆论工作者，传播党的“人民至上”核心价值理念，记录党的“人民至上”的伟大实践，守望“人民至上”在基层扎实落地，是我们的重要责任和使命。但是记者在将近两年持续深入的调查过程中发现：还是有一些部门没有准确把握“人民至上”的科学内涵，存在“官本位”思想，以致于实际工作跑偏走样，引起人民群众的反感和不满。比如，有些部门嘴上说着要让人民群众满意，所干的工作却让人民群众非常不满意，甚至有些部门还要求人民群众不能不满意。

评论《如此“满意”失民意，“人民至上”怎落地?！》就是在这样的背景下制作完成的。

党的新闻舆论工作者要敢于澄清谬误、明辨是非，要敢于旗帜鲜明地为党和人民利益发声。针对落实“人民至上”跑偏走样的行为和作风，记者采制完成了评论《如此“满意”失民意，“人民至上”怎落地?！》。这篇评论以严谨的逻辑、犀利的语言、鲜活的事实向官僚主义亮剑，指出满意不满意关键看民意，“人民至上”在基层落地来不得半点官僚主义。政府部门干工作要接地气、听民意，要和人民群众坐到一条板凳上，要始终把人民群众的呼声当作指南针，想问题、作决策、抓工作要坚持从群众中来、到群众中去。政府部门要坚持一切为了群众、一切相信群众、一切依靠群众，为群众办实事、为人民谋利益。只有这样，政府部门才能创造出经得起实践、人民和历史检验的政绩，“人民至上”这个重大命题才能真正落地。

最终，评论播出后，引起多方高度关注。多位听众表示，评论说出了他们的心声，体现了媒体的责任与担当；相关部门表示，评论为他们敲响了警钟，要对相关问题进行整改；多位业内专家表示，评论问题抓得准、抓得实，评论逻辑性强，语言有力度，观点鲜明、有建设性，录音述评广播特色突出，起到了党媒引领作用。

用扎实的调查发现社会问题，用滚烫的新闻作品记录时代，用鲜明的观点推动“人民至上”落地，笔者认为，如此，才能成为党的政策主张的传播者、时代风云的记录者、社会进步的推动者、公平正义的守望者。因为信仰所以热爱，因为热爱所以担当，新闻工作者把作品写入时代进程、写入人民心中，才算是真正的不负时代、不负人民。今后笔者还将一直在路上！

北京一处级干部当外卖小哥，
12 小时仅赚 41 元：“我觉得很委屈”

北京一处级干部当外卖小哥，12小时仅赚41元：“我觉得很委屈”

北京日报 2021-04-28 08:17

点击“北京日报”可以订阅！

北京市人社局劳动关系处副处长王林
体验了一天做外卖小哥的感觉
12小时送单只赚了41块
他累瘫在马路牙子上：
“太委屈了，
这个钱太不好挣了。”

你走吧 你走吧
我为群众办实事之局处长走流程

视频来源：@北京卫视

昨晚9点
北京卫视系列纪录片
《我为群众办实事之局处长走流程》播出

在该纪录片中
市人社局劳动关系处副处长王林
拜师外卖小哥
体验了一天送外卖的感觉

接单后去商铺窗口取餐
↓↓↓

您好美团外卖77号
我为群众办实事之局处长走流程

作品首页图

北京广播电视台卫视频道中心拍摄处长体验外卖小哥之拍摄瞬间

详细新闻报道请扫码观看

详细新闻报道请扫码观看

原载北京日报官方微信2021年4月28日

获第三十一届北京新闻奖二等奖

获第三十二届中国新闻奖二等奖

专家 ZHUAN JIA 点评

一篇很“有料”的新闻报道

千龙网副总编辑　王　勇

这是一篇单看标题，就会觉得很“有料”的新闻报道。

2021年4月27日，北京电视台推出系列纪录片《我为群众办实事之局处长走流程》，第一期播出北京市人社局劳动关系处的副处长王林体验送外卖的调研过程。次日，北京日报微信公众号以《北京一处级干部当外卖小哥，12小时仅赚41元：“我觉得很委屈”》为题，采用图文、短视频、动图整合的融合报道形式进行二次传播。报道推出后，迅速登上微博热搜榜首，被《人民日报》、新华社、央视等各大媒体转发，形成现象级传播效应。

对比反差吸引受众。从标题看，“处级干部”与“外卖小哥”，“12小时”与“仅赚41元”，形成强烈反差，这里既有身份与岗位的差异，也有较长的工作时间与较低的收入的对比。通过标题反差设置的手法，让这篇新闻报道迅速引起受众注意，产生看下去的欲望。

报道中也大量运用了对比反差手法。例如，“100元的目标”与“41元的实际收入”，“离送餐时间还有14分钟”与“导航显示还有24分钟才能到”，“一单跑了近一个小时”与“只挣了6块6”。这些对比，让读者更真切地感受到外卖小哥赚钱的不易，引发受众更深层次的思考。

细节呈现丰富内涵。除了文字和短视频，这篇短短500余字的报道，配置9张动图，截取王林送外卖过程中最打动人心的场景，真实呈现领导干部深入群众的调研活动和内心感受，充分体现党深入实际、了解实情的优良作风。当王林结束一天的体验后，累瘫在马路牙子上，感叹这个工作太不容易，这个钱太不好挣。这样的细节真实鲜活，更容易激发受众的情感共鸣。正因如此，报道发出后，王林的体验活动得到媒体和较多网民的点赞和鼓励，为走流程活动进一步开展营造了良好的舆论氛围，这是报道的宣传价值所在。

同时，报道中较多细节呈现外卖小哥工作中遇到的问题。比如，一单跑了近一个小时，只挣了6块6，平台因为送晚了要扣60%，背后是平台派单机制和外卖小哥的劳动权益保障问题；送单电动车被夹在机动车之间难以前行，背后是城市交通管理问题。这些细节展现了外卖行业所面临的风险问题和背后的内涵，反映出外卖小哥群体工作的艰辛，吸引公众对外卖小哥等平凡劳动者的关注。报道发出后，美团与饿了么等平台表示，将升级改造骑士应用软件，并取消对骑士逐单处罚等做法，努力提升骑士工作环境。发现存在的痛点难点，推动相关部门、企业解决问题，这是报道的社会价值所在。

获奖者 HUO JIANG ZHE 感言

一条8亿+的爆款是如何产生的

北京日报社　苏　越

《北京一处级干部当外卖小哥，12小时仅赚41元："我觉得很委屈"》这个爆款，原本是一条名为《我为群众办实事之局处长走流程》的主题报道、主旋律宣传。这条新闻最初只是一条转评赞个位数、阅读量不超过5万的微博。它是如何从一条"沉默"的微博，变成一个全网刷屏、占据当日微博热搜榜近一整天的爆款的呢？

每当被问到这个问题，我的记忆便会回到那个晚上。当天凌晨，如往常一样，我正在为预制早晨第一波稿子找选题，手头一个备稿都没有，加之已经开始犯困，心里特别焦虑。

这时，我刷到一条短视频，标题是《副处长变身外卖小哥累瘫街头》。我的第一反应是：这是干部到基层来作秀吗？不过看到是北京的事儿，又是外卖小哥这类我们生活中最熟悉的群体，抱着怀疑和好奇，我点开了这段短视频。

视频里，这位副处长被夹在机动车中间进退两难的样子，着急忙慌、取餐送餐的样子，大家都以为这是个中年男人失业出来送外卖的新手。这个体验基层，还挺真实的，这是我的第一感受。

如果说前半段只是在说外卖员辛苦，大家的情绪更多的是同情，认为外卖超时惩罚制度待完善。在视频后面，看到这位副处长累瘫在马路牙子上，说"我觉得我很委屈，挣钱太难了"时，我相信很多人跟我一样，会产生共鸣。为生活奔波劳累的，是外卖员，是这位副处长，又何尝不是你我中的每一个人。

同情、尊敬、惊讶、赞赏、共情……多种情绪涌上心头。"这个视频值得被更多的人看到！"我有了二次创作的冲动。

当时已经凌晨1点多了，我捋了一下大致思路，在手机上匆匆记下几个核心信息后就睡了。早晨5点半起床后，我用一个半小时的时间，快速做好了这篇微信稿件。

做微信稿件，应有取有舍，尽量聚焦、炸裂"高能信息点"是基本原则。

比起原标题《副处长变身外卖小哥累瘫街头》突出体验后的状态，我把新闻重点落在了"体验送外卖的过程之艰辛"和"累瘫街头后的人生感慨"上。

前者我用了文字+动图的形式，详细地展现了他送外卖时夹在马路中间、跑着送单、迟到后心急如焚的状态等几个重点片段。后者我截取他的经典感慨拼成配图，又选了几条经典的网友评论作为补充，进一步丰富稿件。

标题我用了《北京一处级干部当外卖小哥，12小时仅赚41元："我觉得很委屈"》，前半句体现职业反差，同时用数字说话，突出重点；后半句直接引用副处长的主观表述，设了一些悬念。

早晨9点多，这条微信稿件被新华社、《人民日报》《环球时报》《中国青年报》等多家媒体转载，根据标题做的话题也登上了微博热搜第一位。

在新媒体有一句话，按下发送键的时候，不是工作的结束，而是传播真正的开始。网络拉近了我们的距离，也让用户反馈来得前所未有的快。每次推送完微信微博，回应用户的留言，观察并判断舆情走向，及时更新最新进展，在维持话题热度、增强用户黏性方面极为重要。

如果说我找准新闻点、围绕核心片段精简地推出微信微博是点燃了这个爆点的话，那天早晨，我们拾柴加薪，则是力图让传播越来越火爆。

我们在微博做了投票，引导网友讨论这件事；记者采访了涉事公司，美团回应“新增两项骑手帮扶政策”。当天下午，人民、央视、新华社、侠客岛等多家媒体发表短评。这些丰富的后续运营操作，推进了话题的热度持续攀升，真正实现了从爆款到刷屏的最后一跃。

这篇文章发出后，热门评论第一和第二分别是：“希望在体验后能有行动，能改善外卖小哥们的劳动体验。”“处长能主动体验真是不容易，好领导！只有真的体验，才能制定出最好的办法。”

我们在文里没有说一句处长多辛苦，但网友看完后却主动发出了这样的感慨，可以说是实现了关注外卖小哥群体、“我为群众办实事”主题宣传的双重目标。

北京大学教授戴锦华在讲座时提到一个词：意识形态腹语者，指那种并没有开口要说，并不说教，但是它却又确实表达出了自己的意识形态。

工作以来，我最大的感受就是，“一定要尊重你的读者”。读者很厉害，当报道细节丰富了，表达到位了，无须作者自己言说，受众会自然地得出答案。

《安娜·卡列尼娜》里说：“幸福的家庭都是相似的，不幸的家庭各有各的不幸。”

其实我觉得，做新闻做宣传也能套用这句话。“传播力强的稿子都是相似的，传播力不强的稿子，各有各的缺憾。”所有的爆款，无外乎都是“有用/有趣/有共鸣的内容+合适的呈现形式+有智慧的维护运营”合力的结果。

当然，有时候还需要一些运气。

以制度力量推动接诉即办向前一步

本报记者　胡宇齐

七日谈

以制度力量推动接诉即办向前一步

妖魔化中国只能证明某些国家卑劣无能

完善配套让"三孩政策"落地生效

警惕历史虚无主义的"科普"

西方为何再现"马克思热"

别拿未成年人当流量"摇钱树"

日前，《北京市接诉即办条例（草案）》提请市人大常委会一审，并向社会公开征求意见。全市各区“代表之家”、代表联络站打开大门采集民意，热心市民登录市人大常委会网站建言献策，热切氛围直观反映着人们对“接诉即办”的高度关注。

对广大北京市民来说，接诉即办可谓家喻户晓。作为一套缜密的工作机制，它串联起了基层治理的大事小情；作为一项贴心的工作理念，它生动诠释了什么叫“民有所呼、我有所应”。自2019年推出以来，接诉即办以其对民生关切的高回应性，迅速找到了基层治理抓手，激发了基层治理合力。“一打就通、一通就办、一办就好”，12345愈发成为百姓心中“能管事儿”的热线。加装电梯众口难调，杂物占据小区车位，私搭乱建暗藏隐患……当一件件市民身边的操心事、烦心事、揪心事被纳入解决议程、进入办事日程时，不仅让大家看到了实实在在的变化，更让城市治理有了源头活水。两年多来，本市接诉即办工作已办理各类市民和企业诉求近2000万件，响应率始终保持在100%，并逐步形成了“五步走”“双重派单”等鲜活经验。以立法形式将这些好经验、好做法固化下来、指导实践，可谓正当其时。

接，是义不容辞的态度和职责；诉，是老百姓的期盼与需求；即，是闻风而动的作风和理念；办，是扎扎实实的作为与担当。接诉即办，回答着“让人民生活幸福是‘国之大者’”的深刻命题，标注着城市治理的价值依归。正如有学者指出，今天的中国社会，正走出“乡土中国”，进入“城市中国”。城市治理，尤其是超大城市治理，愈发成为国家治理现代化的关键指标。从北京的实践经验看，不论是强调“首接负责”，确保群众诉求一接到底不被“踢皮球”，还是注重“向下赋权”，给予街道社区更多调集资源解决问题的权力，着眼点都在“一切为了人民”。“从群众中来、到群众中去”，作为新时代群众工作的样本典范，接诉即办不仅是“首都治理体系和治理能力现代化”的重要一环，也为构建“以人民为中心”的超大城市治理体系提供了“北京方案”。

大城之治，千头万绪，关键在于总结“治理规律”，消除“责任盲区”。事实上，统观这些年来北京城市精细化治理的扎实探索，一条很重要的经验，就是在解决问题中总结规律，在履职尽责中梳理经验，在举一反三中完善机制。两年多来，从“闻风而动、接诉即办”，一个诉求一个诉求地解决，到“向前一步、未诉先办”，主动发现并打包解决一类问题，再到“每月一题、标本兼治”，聚焦民生痛点难点集中解决一批高频问题，随着治理经验的愈发充实，治理姿态也更加主动。有市民形象地说：很多问题以前是“割韭菜”，割了一茬又长一茬，现在是“拔大葱”，直接把问题连根拔走。事实说明，多多开展“城市体检”，真正想群众之所想，急群众之所急，就能“见之于未萌、治之于未乱”。

今天的北京，正处于城市更新的关键阶段。随着精细化治理走向纵深，很多面儿上的问题已经解决得差不多了，剩下的多是历史遗留下来的、利益纠葛复杂的痼疾顽症。这些问题积累时间长，解决难度大，群众牢骚也多，很难一事一议，也往往不限于单一领域、单一利益主体。同时，这些问题又往往具有一定共性，各家的“高招”都值得关注、分享和参考，对深化城市治理有相当的借鉴意义。从这个意义上说，经过两年多的实践探索，接诉即办也进入到一个“滚石上山、爬坡过坎”的关键阶段，需要通过立法完善顶层设计，以制度刚性进一步厘清权责。当“制度力量”进一步转化为“实践力量”，治理效能也将得到最大限度发挥。

为接诉即办立法，意味着这四个字已不仅是城市治理的新鲜经验，而成为相关各方的法定义务。对相关职能部门和广大党员干部来说，接就要接到底，干就要干到位，既要做问题的发现者，也要做工作的推进者、资源的协调者。这也是进一步提升城市治理能力和水平的契机。而对广大市民来说，则要进一步强化参与城市治理的主人翁意识，既要从自己身边找问题，也要从城市大局想问题，推动问题解决。有分歧商量着办，需协同联合着办，各方携起手来，推动接诉即办走向纵深，也是落实“精治、共治、法治”的题中应有之义。

完善城市治理只有“进行时”，没有“完成时”。本月，《北京市接诉即办条例（草案）》都将处于公开征求意见阶段。期待各方踊跃发声，在讨论中充分凝聚共识，让接诉即办机制更趋完善，让我们的家园更加美好。

原载《北京日报》2021年6月4日

获第三十一届北京新闻奖一等奖

获第三十二届中国新闻奖三等奖

专家点评

ZHUAN JIA

名专栏靠什么赓续辉煌

北京林业大学教授　铁　铮

《长安观察》是《北京日报》的名牌之一，曾在2017年获第27届中国新闻奖一等奖。刊登在这个名专栏的《以制度力量推动接诉即办向前一步》一文，5

年后获得中国新闻奖三等奖，是这个名专栏苦心经营、赓续辉煌的又一个标志。

首先，名专栏要名副其实。也就是说，名专栏里刊登的文章应该与栏目的宗旨相吻合，能够充分体现栏目的风格和特色。顾名思义，“长安”界定了其话题应该是首都北京的大事，“观察”则体现在评论的客观、冷静和睿智。它不仅是一个“观”的视觉过程，而且包含着“察”的积极思维活动以及把握事物的本质与动向。从这种意义上说，这篇关于如何将“接诉即办”进行到底的评论，显然是这个名专栏精心选题的结果。评论刊登在名专栏里可以引起更多的关注，而专栏要继续保持荣光必须要靠一篇篇名作。

其次，写评论要特别熟悉工作。应该说，接诉即办作为工作机制和工作理念，业务性极强。对于相关情况不熟悉、不掌握，对于有关要求不明确、不清楚，即便是勉强写出来也是隔靴搔痒，甚至还会让内行人看笑话。《以制度力量推动接诉即办向前一步》一文，不仅概括了这项工作取得的成绩，也阐释了这项工作的要义，更提出了使这项制度“向前一步”的办法。这项工作性极强的评论读起来并不晦涩，应该归功于作者在熟悉情况、把握政策、研究问题上下了功夫。

最后，写评论还要有群众观点。毋庸讳言，评论是给大家看的，而不是自说自话、自娱自乐。因此，要千方百计引起大家的关注。这篇评论之所以成功，在于其不仅仅选择了与“首都治理体系和治理能力现代化”直接相关的主题，还通过论述该制度建设的必要性和重要性，为《北京市接诉即办条例（草案）》向社会公开征求意见预热。评论评的是群众关心的事儿，论的是为百姓服务的理儿，容易在社会上引起共鸣。评论还起到了政府和群众联系的纽带作用，既代表群众给政府提要求，又从政府角度提出希望群众从城市大局想问题、“有问题商量着办”。而做好政府联系群众的纽带和桥梁，恰好是中国特色主流媒体的职责之一。

获奖者 感言
HUO JIANG ZHE

以墨为锋，与城市共成长

北京日报社记者　胡宇齐

《以制度力量推动接诉即办向前一步》这篇评论，能够获得北京新闻奖一等奖，并且在被推荐参评后，最终获得中国新闻奖三等奖，于我而言是莫大的肯定与鼓励。此时回望这篇文章的写作过程，一点一滴如在目前，对于做好今后评论工作亦不乏启示。

今天的中国社会，正从“乡土中国”进入“城市中国”。城市治理，尤其是超大城市治理，愈发成为国家治理现代化的关键指标。在这方面，作为首都的北京，始终致力于探索“以人民为中心”的超大城市治理方案，接诉即办正是标志性举措。自2019年推出以来，接诉即办以其对民生关切的高回应性，迅速找到了基层治理抓手，激发了基层治理合力，收获各方广泛好评。

对于这项具有开创意义的治理探索，我们始终密切关注，并在多个时间节点撰写评论文章阐发意义、建言献策。2021年6月，在接诉即办进入立法并广泛征求意见的关键阶段，一个理性客观且富有建设性的舆论场相当重要。当此之时，我们认真分析了接诉即办问世两年多来的运行情况，在充分阐释其重大意义、价值宗旨的基础上，也细致探讨了其在治理实践中面临的现实困难，以此阐明立法的必要性、紧迫性。

这篇文章在《北京日报》评论版头条位置刊出之后，得到时任北京市委书记蔡奇同志的亲笔批示，并在多个场合屡次提及；同时，这篇文章在北京日报客户端、今日头条等平台及时发布，被新浪网、澎湃网、凤凰网等广泛转载，成为一段时间来人们了解接诉即办的重要参考材料，切实为接诉即办立法创造了良好的舆论环境。某种程度上，这篇文章正是首都党报评论发挥核心功能的直接体现。

评论是党报的旗帜。而评论写作是厚积薄发的过程，亦是集体智慧的结晶。作为北京市委机关报，我们始终高度关注市委市政府中心工作，认真学习领会相关精神，用评论文章服务大局。正是在长期关注的基础上，才会产生有价值的思考。同时，这篇评论的具体执笔者虽然是我，但从选题讨论，到框架论述，再到成文修改、反复琢磨，我们的社长、总编辑，部门主任、副主任，都给予了“具体到观点”“精确到文字”的指导。凝聚“超强大脑”的智慧学识，拥有负责任的把关制度，这既是年轻评论员们敢想敢干的底气所在，也是重要的成长养分。

城市治理没有完成时，在大城精治的探索之路上，还有太多纷繁复杂的具体议题，也会面临千变万化的现实情况。北京对于超大城市现代化治理的探索永无穷期，首都党报评论部的使命也不会终结。新征程上，我们仍将充分发挥首都党报的重要功能，用好团队作战的传统优势。而对于每一位评论员来说，我们是这座城市的观察者、记录者，同时更是居住者、建设者，这多重身份直观展现了我们的工作与生活间的那份独特联结。保持对城市的热爱，葆有对工作的热情，以评论写作的独特方式参与城市治理创新，记录这座伟大城市的深刻转型，与有荣焉。

“雄关漫道真如铁，而今迈步从头越”。一次秋收，是对一年辛劳的慰藉，也是对来年春耕的催促。脚踏实地，辛勤耕耘，打磨新时代生动精彩的北京故事，“希望的田野”必将沉淀更坚实的成长。

滥用“战时状态”不利于抗疫大局

本报评论员　丁　静

4
新华聚焦
疫情波及多地，呈现出传播范围广、隐匿性强、防控难度大等特点
黑龙江望奎县战疫打响“农村保卫战”
要把农村地区疫情防控作为重中之重
争分夺秒建设与病毒赛跑
石家庄黄庄公寓隔离场所
滥用“战时状态”不利于抗疫大局

“安徽庐江宣布进入战时状态，会不让出城吗？”“晋中宣布进入战时状态，外出返回是不是得隔离？”近期，随着一些省份出现散发疫情或局部聚集性疫情，不少地方政府宣布“进入战时状态”。一些没有新增确诊病例、距离疫情发生地较远的城市，甚至本省都没疫情，也开始效仿。一些地方疫情防控中滥用“战时状态”表述，不仅会让群众困惑，增加不必要的恐慌，影响正常生产生活，也不利于防疫大局。

“战时状态”是借用军事表述，只能用于特别严重、紧急、需要高度动员、大规模组织的事态。在疫情防控上，去年武汉保卫战、湖北保卫战，可用“战时状态”表述，以动员全社会众志成城抗击重大疫情。但是，当下多点散发和局部集聚性疫情，与当初武汉、湖北不可同日而语。尤其是，经过一年来与新冠病毒的较量，我们积累了很多成功、成熟的经验，在党中央统一部署下，各地履职尽责，完全能够做到科学防控、精准防控，完全有信心遏制目前多点散发和局部聚集性疫情。即便为了形象表述用“xx保卫战”，也与“战时状态”不可相提并论。

正因为如此，各地不能随意宣布进入“战时状态”。而且滥用“战时状态”，隐患也不少。

一是滥用“战时状态”表述，可能传递错误的信号，在群众中制造不必要的恐慌，甚至催生谣言、抢购等失序行为。

二是动不动就喊“战时状态”，容易麻痹民众心理，淡化人们的“备战”意识。“狼来了”喊多了，哪天“狼”真来了，真的进入较为紧急的状态，需要与病毒短兵相接时，反而会丧失应有的警觉，关键时刻“掉链子”，影响抗疫效果。

三是滥用“战时状态”表述，也有懒政之嫌。如果缺少应对疫情风险的能力与办法，不是通过科学措施、细致工作来扎紧抗疫的篱笆，而是试图通过简单的口号、以“最小的代价”来达到最大动员效果，实际上与中央“精准防控”精神相悖，是作风不严不实的一种表现。

当然，一些地方用“战时状态”表述，是想表现出一种积极抗疫的姿态。但是，疫情防控的决心大不大、手段灵不灵，无关口号，关键靠实干。这些天，有的地方宣布进入“战时状态”，火车站、机场防疫却漏洞百出；有的地方已有群众议论，觉得“战时状态”跟平时似乎没有什么区别……

事实上，如何研判疫情防控形势，如何开展社会动员，中央早有统一规范。抗疫以来，各地根据疫情实际，动态调整防疫等级，及时通报疫情信息，根据不同等级采取不同的防疫措施，总体做到了有序防疫、科学防疫。

因此，面对冬季新的疫情防控形势，切勿滥用“战时状态”，要按既有制度安排，严格依据疫情实情发布防疫等级，落实落细防疫措施，少一些简单粗暴，多一些及时、准确的信息发布。要实事求是地做好动员工作，比如，提倡就地过春节、非必要不旅行，就是非常精准的动员，人民群众也积极配合，完全能够达到引起群众重视、顾全抗疫大局的效果。

总之，科学防控、精准防控，既不能“重炮打蚊子”，也不能“扫把赶恶狼”，各地防疫等级要与疫情情况匹配，这样才能真正打好疫情防控阻击战。

原载《新华每日电讯》2021年1月16日

获第三十一届北京新闻奖一等奖

专 家
ZHUAN JIA 点评

“负重而舞”的一次生动示范

前线杂志社副总编辑、高级记者　魏晔玲

人们都说，评论文章要做到“负重而舞”。短小的篇幅承载着在众声喧哗的舆论场中激浊扬清、引导舆论的使命，同时又要用轻快、简洁的语言表达作者犀利的观点、深厚的思想和宽广的视野。这样的评论才是一篇好评论。

2020年春天，来势汹汹的新冠疫情打乱了正常的社会发展节奏，一时间，抗击疫情成为全民关注的核心词。中华儿女在这场没有硝烟的战场上众志成城、守望相助，携手度过病毒最为肆虐的时期。随着新冠病毒的变异和抗疫经验的积累，抗击疫情的政策和方法也在进行调整和变化。科学防疫是最大的实事求是、是对人民最负责任的态度。而在此时，仍然无视客观环境的变化而坚持用“战时状态”来抗击疫情，无异于刻舟求剑，老船票肯定登不上新客船。事实恰恰是，到2021年1月，距离新冠疫情爆发已一年，还有部分地方政府无视当地疫情实际，随意宣布抗疫进入“战时状态”，简单粗暴、有权任性，严重影响了当地人民的工作和生活。

热点在哪里，报道就要触及哪里，引导舆论的阵地就要建在哪里。《新华每日电讯》敏锐发现了这一不和谐的声音，于1月16日在评论版“每日一评”刊发题为《滥用“战时状态”不利于抗疫大局》的评论文章，作者是新华社北京分社领衔记者丁静。记者写评论，一大好处就是能够敏锐地发现问题，有的放矢、言之有物。纵观本文，从作者在采访中发现的质疑说开去，开门见山，亮明观点——滥用“战时状态”表述，不仅会让群众困惑，增加不必要的恐慌，影响正常生产生活，也不利于防疫大局。这一观点的抛出，可以说是给当时有愈演愈烈之势的“战时状态”以当头棒喝，令人警醒。单就此而言，文章已经成功了一半。

评论因时而评、缘事而发，深刻的思想性是其独特魅力所在。纵观当下，很多评论文章，会陷入“情绪有余，逻辑不足”的怪圈。或者以情绪宣泄为主，一通激昂肆意的输出后缺乏明确或成熟的论点，让人不明所以；或者为聊而聊、为侃而侃，叙事多过点评，最终仓促结尾。引发读者的共鸣、给读者一个情绪的出口固然重要，但须知，评论的生命力在于鲜明的观点。还有一种爱打“要字牌”的评论，用居高临下的口气，像领导做指示一样，告诉读者“要怎样”“应如何”。这样充满优越感的评论，想要读者被深刻的思想所折服，恐怕也很难。上述易出现的问题，《滥用“战时状态”不利于抗疫大局》这篇评论都很好地规避了。

作者发现了疫情防控中存在的严重问题，却没有声嘶力竭地去批判，而是把问题点出来、把观点亮出来，然后推心置腹地讲道理。结合日常调研中的所思所想，有理有据有节地分析，讲清楚“战时状态”的适用范围、滥用“战时状态”的隐患以及科学防疫应该有的态度——既不能“重炮打蚊子”，也不能“扫把赶恶狼”，各地防疫等级要与疫情情况匹配，通篇闪烁着作者对这一问题的独到看法。行文不疾不徐、“层层剥笋”，最终赢得读者的思想认同，水到渠成。

由此看来，《滥用“战时状态”不利于抗疫大局》不失为“负重而舞”的一次生动示范。

获奖者 HUO JIANG ZHE / 感言

彰显主流媒体政治定力

新华社北京分社主任记者　丁　静

2021年1月以来，全国新冠肺炎疫情基本进入“零星冒烟”的常态化防控阶段，但一些地方动辄宣布进入“战时状态”，甚至没有新增确诊病例、距离疫情发生地较远的城市也开始效仿，在新闻发布会、发布通知等场合频繁使用“战时状态”显示对疫情防控的重视，但实际防控措施却与平常无异。网络上也开始有一些议论，认为动辄宣布“战时状态”会给群众带来困扰。

彼时，中央已经明确科学、精准的防控思路，动辄使用“战时状态”显然与中央精神相悖。在《新华每日电讯》编辑老师的指点下，我迅速写作了《滥用“战时状态”不利于抗疫大局》的评论，旗帜鲜明地指出这种做法有懒政之嫌，企图以最小的代价来达到最大动员效果，是作风不严不实的一种表现，甚至可能引起不必要的恐慌，给防疫大局带来不利影响。

评论播发后，在公共舆论场成为“刷屏之作”。腾讯新闻、今日头条、微博等众多平台弹窗推送；今日头条热榜榜首，腾讯新闻、凤凰新闻热榜第二；微博浏览量2800万+，客户端浏览量850万+，微信阅读量100万+。超过450家媒体采用新华社通稿，新华网、人民网、央视网等数百家网站转载，在百度搜索栏键入“战时状态”，会自动关联出“滥用‘战时状态’不利于抗疫大局”，稿件题目精确搜索的相关结果近4000万个。

“战时状态”一时成为热词，点燃媒体二次传播。比如，微信公众号“庖丁解news”发表文章《用历年人民日报数据告诉你，“战时状态”滥用了吗？》；

有媒体发表评论《“战时状态”变“应急状态”是一种纠偏》；还有媒体在知乎上发起《如何看待媒体发文：各地不能随意宣布进入“战时状态”》的提问，引来近300万次浏览，近500个高质量回答；还有媒体发表文章《各地应慎用“战时状态”》。“传媒茶话会”等公众号发起了对媒体如何恰当表达防疫紧迫性的讨论等。

稿件播发几天后，领导机关发布重要提醒，禁用“战时状态”，各地发布会中滥用“战时状态”的现象得以扭转。

不少媒体人士认为，这是一篇彰显主流媒体政治定力、推动抗疫工作的优质评论。

——认识防疫形势、把握舆论“水温”，彰显媒体清醒。在全社会对滥用“战时状态”的危害还没有认清之时，这篇评论旗帜鲜明地指出滥用“战时状态”的危害是“不利于抗疫大局”，彰显了主流媒体清醒的政治头脑。彼时，各地滥用“战时状态”已经靡然成风，发表评论需要有敢于和歪风邪气作斗争的责任担当。

——设置议程、沟通上下，释放民意情绪，彰显主流权威。评论准确把握疫情发展、社会人心、公众情绪，且高度契合当时的舆论氛围，提起议题、引领讨论，用足主流媒体权威性。法国国际广播电台、新加坡《联合早报》、加大拿《星岛日报》、《香港经济日报》、台湾中央社等多家外媒转发此稿，将此观点作为中国加大疫情防控力度后的重要现象和关键举措进行分析。

——兼具批评性与建设性，凝聚抗疫力量，彰显主流担当。稿件指出滥用战时状态存在三大隐患，提出科学防控既不能“重炮打蚊子”，也不能“扫把赶恶狼”，各地防疫等级要与疫情情况匹配的建议。稿件观点鲜明犀利，论述言简意赅、言之有据、言之成理。及时纠偏个别地区的防疫做法，引导抗疫力量回归到科学、精准防疫的方向上，是把握“时度效”的范本。

北京市落实粮食安全党政同责，率先从省级层面全面推行“田长制”——

四级田长共护首都耕地

农民日报·中国农网记者　芦晓春

6 农田建设

农民日报

工程质量是农田建设的生命线

北京市落实粮食安全党政同责，率先从省级层面全面推行“田长制”——

四级田长共护首都耕地

7万多亩高标准农田全部竣工

江西赣州市赣县区：思路一变田地宽

耕地是我国最为宝贵的资源，是粮食生产的命根子。保护好耕地，意义重大。党中央、国务院明确要求各地要“采取长牙齿的硬措施，落实最严格的耕地保护制度”。

中央有要求，地方要有行动。作为首善之区，北京要在耕地保护上出实招、作表率，把“看北京首先从政治上看”的要求落到具体行动上。不久前，北京结合全市耕地保护形势和农业生产实际，出台《北京市关于全面推行“田长制”的实施意见》（以下称《意见》），成为全国首个在省级层面全面推进“田长制”的省市。

作为国际超大城市，北京在耕地保护上一直面临着巨大压力。北京全面推进“田长制”，是适应首都地区耕地保护实际形势所需，也是全面压实粮食安全党政同责的一项重大创新举措。

“全面推进‘田长制’是以市、区、乡镇、村等四级领导干部耕地和永久基本农田保护管理责任制为核心，以农田优化、保护、建设、利用和管理为关键环节，实行党政同责、清单管理、分级保护、逐级负责、严格问责，将有力支撑保障北京都市型现代农业高质量发展、首都农产品有效供给和首都空间格局的科学合理布局。”北京市农业农村局相关负责人表示。

党政同责层层压实　坚决守住首都耕地红线

从北京三农实际看，全市基本农田面积仅占市域总面积的6%，不仅低于国际水平，也低于国内大中城市水平，是国土空间中宝贵的“大熊猫”，保护农田刻不容缓。

与此同时，在全市山水林田湖草系统治理中，山、林、草有“林长制”，水、湖有“河长制”，“田”的保护管理也需要创新机制。

“借鉴‘河长制’‘林长制’经验，推动建立‘田长制’，就是要通过落实党政同责，层层压实责任，在耕地和永久基本农田保护上动真格、见实效。”北京市农业农村局农田建设管理处有关负责人表示。

全面实施“田长制”也是认真执行北京城市总体规划的现实需要。俯瞰北京市国土空间，耕地是全市林地园地、建设用地之后的第三大空间，在城市运行中具有不可替代的多功能性。北京城市总体规划明确，全市耕地保有量不低于166万亩，基本农田保护面积150万亩，这是首都耕地数量的“红线”。

因此，认真执行北京城市总体规划，必须严格落实耕地和永久基本农田保护面积，实现粮菜稳产保供，提高蔬菜自给率，全面提升农田生产、生活、生态综合效益。

在组织形式，北京“田长制”实行党政同责，并分级设立总田长和田长，全市设立市、区两级总田长和市、区、乡镇、村四级田长。

——市级设立总田长，由市委书记和市长担任；设立副总田长，由市委副书记和市政府分管规划自然资源、农业农村的副市长担任；设立市级田长，由市委、市政府领导担任，以区为单元，明确责任区域。

——区级设立总田长，由区委书记和区长担任；设立副总田长，由区委副书记和区政府分管规划自然资源、农业农村的副区长担任；区级设立田长，由区级主管领导担任，以乡镇为单元，明确责任区域。

——乡镇级设立田长、副田长，分别由乡镇党委、政府主要领导和有关领导担任，以行政村为单元，明确责任区域。

——村级设立田长，由村级党组织书记担任。

同时，设置市、区、乡镇田长制办公室。市、区级田长制办公室设在同级农业农村部门，同级规划自然资源和农业农村部门主要领导共同担任办公室主任，同级相关单位为成员单位。规划自然资源部门主要负责基本农田规划、划定、监督和执法等，农业农村部门主要负责农田建设管护和利用等。

建立健全体系制度　聚焦五个环节全面推进

根据《意见》，到2021年底，北京市、区、乡镇、村四级“田长制”责任体系全面建立，相关配套制度基本形成，工作格局基本确立。到2025年，“田长制”配套制度进一步健全，工作机制进一步完善，耕地数量保持稳定，永久基本农田科学合理布局、质量合格，利用水平明显提升。

目标既定，步步为营。围绕农田“优化、保护、建设、管理、利用”五个环节，北京明确了全面推进“田长制”的具体任务。

优化农田布局。运用第三次国土调查成果，加快推进耕地保护空间内永久基本农田及其储备区耕地调整，实现落地上图、四至清晰、布局合理、质量合格。加强区级田林空间优化引导，促进永久基本农田集中连片成园成方成带，打造百亩园、千亩方、万亩片（带）。

抓好农田保护。设立保护标识，对永久基本农田设立统一规范的公示标牌和保护标志，公开田长责任人和责任事项，接受社会监督。强化村级农田管护，统筹农村护林员、管水员等队伍，增加农田管护职能，建立管护制度，开展村级耕地日常巡查检查。

加强农田建设。编制高标准农田十年建设规划，按照“缺什么、补什么，建一块、成一块”的原则，落实好高标准农田建设任务。2021—2030年，新建高标准农田30万亩，改造提升40万亩，提高永久基本农田生产能力和生产水平。其中，“十四五”时期新建和改造提升高标准农田30万亩。

强化农田利用。大力发展生态绿色有机农业，落实百万亩绿色粮菜生产任务，因地制宜发展杂粮杂豆、薯类、中药材等特色作物，满足市场多元化、品质化消费需求。坚决遏制耕地“非农化”、防止“非粮化”，严格落实耕地“非农化”六个严禁要求，严防“大棚房”问题反弹，全面加强撂荒地管理，积极推广保护性耕作，推进耕地休耕试点。

严格农田管理。加大耕地保护执法力度，坚决依法依规严厉打击强占多占、非法出售等恶意占地建房以及各类农业园区内占用耕地或直接在耕地上违法违规建设住房等非农设施的、在农业大棚内违法违规占用耕地建房等改变土地性质和用途的严重违法违规行为。建立农田数字化网格化管理系统，监测耕地和永久基本农田利用变化情况。

明确各级田长职责　落实“三长联动、一巡三查”

“田长”干什么？如果用一句话说，即田长对责任区内耕地和永久基本农田的监督管理与保护利用工作负责。对北京的田长而言，就是要保护建设利用好全市151万亩永久基本农田和15万亩永久基本农田储备区，实现耕地和永久基本农田数量稳定、质量提升、布局合理。

为把耕地保护工作抓实抓细，北京对不同层级的田长规定了不同的具体职责：

市级田长要负责监督全市的“田长制”执行情况，并且每年至少开展1次巡查。

区级田长负责协调督促本区域落实“田长制”工作，且每年至少开展2次巡查。

乡镇和村级田长负责组织实施本区域耕地和永久基本农田保护利用工作，健全基层管护队伍，加强巡查检查和责任监管，明确管理主体，实现管理全覆盖。乡镇级田长每月至少开展1次巡查，村级田长每周至少开展1次巡查。

响鼓用重锤。“田长制”作为北京耕地保护的一项重大创新举措，需要各级党委和政府落实好“田长制”的责任主体，充分认识实行最严格耕地保护制度的极端重要性，把推行“田长制”作为抓好三农工作的关键一招，作为落实“五级书记抓乡村振兴”的重要抓手。还要强化监督问责，督促工作落实落地落细。

目前，“田长制”正在全市积极有序推行。按照蔡奇书记关于林长制、河长制、田长制“三长联动、一巡三查”的要求，市级田长已开展“田长制”巡查，督促指导各区推进田长制，检查推动落实年度复耕复垦、粮菜生产、高标准农田建设等重点任务。

与此同时，市级层面还制订了田长制办公室工作方案，成立了工作专班，确定了年度任务清单。区级层面正在加快制订实施方案，丰台、房山、大兴、海淀等区已下发，上半年将全部出台。

原载《农民日报》2021年6月8日

获第三十一届北京新闻奖一等奖

专家 ZHUAN JIA 点评

深度解读“先”声夺人

中国社会科学院新闻与传播研究所编审　钱莲生

《四级田长共护首都耕地》是《农民日报》推出的一则释读北京为保护耕地、在全国出台具有示范价值的规章的典型报道，也属于解释性的深度报道。

这则报道的成功之处有三个方面。

首先是“大”。题材重大。保护耕地的重要意义不言而喻。该报道开宗明义：“耕地是我国最为宝贵的资源，是粮食生产的命根子。保护好耕地，意义重大。党中央、国务院明确要求各地要‘采取长牙齿的硬措施，落实最严格的耕地保护制度’。”首都北京加强对耕地的保护，其新闻价值尤其重大。

其次是“新”。北京结合全市耕地保护形势和农业生产实际，出台《北京市关于全面推行“田长制”的实施意见》，成为全国首个在省级层面全面推进“田长制”的省市。作为党和政府指导全国农业和农村工作的重要舆论工具的《农民日报》，第一时间对这一《意见》进行权威解读，充分发挥了主流媒体的释疑解惑功能，可谓“先”声夺人。报道中突出强调了《意见》的新颖、独特之处——北京“田长制”实行“党政同责”，可谓抓住了“牛鼻子”。

最后是“实”。该报道对《意见》出台的背景进行了清晰的说明。其一，从北京“三农”实际看，全市基本农田面积仅占市域总面积的6%，不仅低于国际水平，也低于国内大中城市水平，是国土空间中宝贵的“大熊猫”，保护农田刻不容缓。其二，在全市山水林田湖草系统治理中，山、林、草有“林长制”，水、湖有“河长制”，“田”的保护管理也需要创新机制。其三，这是认真执行北京城市总体规划的现实需要。北京城市总体规划明确，全市耕地保有量不低于166万亩，基本农田保护面积150万亩，这是首都耕地数量的“红线”。

报道没有停留在对《实施意见》的文本阐释上，而是采访了北京市农业农村局相关负责人，通过权威人士之口，讲解“田长制”究竟是什么，如何全面推进田长制，“田长”怎么当、不同层级的田长的具体职责是什么。这些极大地丰富了报道的内涵。

总体上看，该报道选题重大、时效性强、层次清晰、重点突出、内容丰赡。如果能采访即将上任的“田长”、农田的主体“农民”，听听他们对实行田长制的感受，进一步探究实行田长制的难点、如何解决这些难点，实行田长制对北京的未来产生哪些积极影响，将会增加报道的深度和可读性。

获奖者 HUO JIANG ZHE／感言

像保护眼睛一样保护好耕地

农民日报北京记者站　芦晓春

在获悉《四级田长共护首都耕地》一文被评选为2021年度北京新闻奖一等奖时，内心十分激动。这份激动之情既是缘于获得这份记者职业荣誉的骄傲，也是来自对北京新闻奖评委们“慧眼识珠”的一种庆幸，感谢评委老师们能选择把北京耕地保护工作这样一个专业性强而又十分敏感的新闻事件作为年度新闻一等奖来推荐，这是对北京“三农”工作的现实关注和真切关怀。

习近平总书记高度重视耕地保护工作，作出了一系列重要指示，党中央和有关部门也出台了不少有关政策法规，而如何落实是对各地的考验。北京是首都，也是一座超大城市，耕地保护一直面临巨大压力。2021年6月，记者获悉北京市即将出台关于全面推行“田长制”的实施意见，北京将成为全国首个在省级层面全面推进“田长制”的省市，这一重大消息引起外界高度关注，也让本人感到十分振奋。为了在第一时间对这一事件发出权威主流媒体的声音，本人及时采访有关部门，进行深度解读，在正式文件印发前，第一时间撰写稿件，成为这一事件的首个和独家报道的中央主流媒体。稿件撰写后在《农民日报》全媒体采编平台发布，报纸专业版面、官方公众号和官网都做了相应加工报道，实现了多渠道传播。这篇报道也是全网首家对北京实施四级“田长制”做深度解读的中央媒体权威报道，见报后引起社会强烈关注，农业农村部官网、《重庆日报》、澎湃新闻、腾讯网等多家官方和主流媒体对文章进行转载推荐。

从经济分量上来看，北京农业在全市的占比十分不起眼，但北京市民的生活一天也离不开农业，从满足基本的吃喝到追求休闲玩乐，都要靠农民默默付出，所以北京不能没有农业。而耕地是农业的命根子，保护好耕地就是保护北京这座城市发展的根基。因此，耕地保护需要全社会关注，人人要爱护耕地。现在北京市各级政府已经率先行动起来了，这是首善之区的体现，但还需要更多的市民意识并参与到其中，全面筑牢首都耕地保护的社会基础。作为媒体，这篇报道就是要传递这样一种呼声，很荣幸评委老师们感受到了这个呼声，也很感谢老师们将这个声音再次放大，相信会有越来越多的读者行动起来，真正做到“像保护眼睛一样保护好耕地”！

寻找北京的枫桥经验

本报记者　蒋若静　武文娟

2021北京两会特别策划

北京基层治理报告 中篇 制度手册

寻找北京的枫桥经验

第一部分 矛盾预见制

慧眼预见"痛点"在 矛盾未成型时抓

案例1 胡同治理："大数据"助力章子胡同疏堵

案例2 社区治理：物业"先尝后买"避免矛盾

案例3 村镇治理：驻村干部走访及时对隐患吹哨

案例4 区级治理：提前腾挪千余漏雨户

第二部分 矛盾化解制

居民尚未投诉时 社区平台先"抢单"

案例1 院落治理："小院议事厅"互动共治

案例2 社区治理："花伴儿"APP智能化解矛盾

案例3 社区治理："移动办公桌"补短息诉双功能

案例4 乡镇治理："法官联系点"化解矛盾

第三部分 矛盾处置制

接诉即办处置矛盾 织密为民服务网络

案例1 社区治理："双派双考"效率高

案例2 村镇治理：书记乡长夜访"听"噪音

案例3 区级治理：西城、丰台"两不管"地界变"两都管"

案例4 区级治理：跨市区两级"吹哨" 破解18年烂尾楼问题

北京基层社会治理的制度沿革

柔性治理藏智慧　脚沾泥土跑基层

读北京
2021北京两会特别策划
北京青年报记者赴浙江诸暨探访新时代枫桥经验
柔性治理藏智慧 脚沾泥土跑基层
新时代的枫桥给北京带来了什么？
驻村干部要"用脚步丈量民情"

新时代的枫桥经验和北京的基层治理制度都是"树"起来的，也就是树规建制，突出制度建设这条主线，社会治理才能越来越成熟与定型。北京，从网格化管理到街巷长、小巷管家，点面结合、纵深发展；枫桥，因外来人口众多，所以创设了"红枫居"，把对外来流动人口的管理变为一种服务体系，在办证、签合同、入学等一系列节点上固化下来。

枫桥镇，位于浙江省诸暨市东北20公里处，远在隋朝时曾在枫溪渡口架桥建驿站，故称枫桥，这里自古便是商贾云集之地。初见枫桥，但见各庄各村土地平旷、屋舍俨然、阡陌交通、鸡犬相闻，小镇中心区则是一派现代化小城景象，处处安定有序显活力。上世纪60年代初，浙江省诸暨市枫桥镇干部群众创造了"发动和依靠群众，坚持矛盾不上交，就地解决，实现捕人少，治安好"的"枫桥经验"，曾受到毛泽东同志亲笔批示。进入新时代特别是党的十八大以来，枫桥依靠群众就地化解了大量纠纷矛盾和一般治安问题，基本实现"小事不出村、大事不出镇、矛盾不上交"。作为我国基层社会治理方案的一面旗帜，"枫桥经验"的精髓何在？处于历史新阶段的北京基层治理和新时代的枫桥经验在哪些方面互通互融？……带着这些疑问，《北京青年报》记者在2020年岁末赶赴枫桥镇，踏上这片165平方公里的土地，探寻基层社会治理的样板。

渠道多：民意反映通畅顺达

“枫桥经验”强调“小事不出村、大事不出镇、矛盾不上交”，在这幅精美的基层治理卷轴中，人民群众是永恒的主题。正如习近平总书记指出的：“让老百姓遇到问题能有地方‘找个说法’。”枫桥让老百姓“找说法”的路径与渠道可以说十分畅通，形成了多元化的矛盾调解层次。

枫桥镇的基层治理体系是这样的——顶层由镇党委统领；基层的“底座”是镇两委班子成员“包村”下沉，全镇31个村和社区设置驻村干部，还有社区民警每周下村入户，以及全镇82名网格员定期报送信息。这样下来，老百姓有了矛盾，除了拨打12345热线，顺畅的民意反映渠道触手可及，矛盾可及时内部消化。

在枫桥镇，为人民群众调解矛盾的主体十分多元，层次十分丰富：有镇级力量、村级力量，也有个体力量，可谓政府服务民间，民间助力政府。北青报记者发现，枫桥镇联合调解中心就是这样一个多方共治的集合体：有由警法专业人员组成的调解机构，比如枫桥镇司法所人民调解室、枫桥镇法庭诉前调解室；也纳入了群众和社会组织的力量，包括红枫义警调解室、枫桥大妈调解室、新枫桥人调解服务团；还有各村和社区的调解室和调委会。令人意想不到的是，枫桥镇的细分行业内部竟也设置了专门的调解机构，涵盖了交通、教育、服装、汽配、纺织等各行各业。

这些通达的渠道和多元化的调解主体，将所有可利用的资源全部纳入，形成了一张严密的调解网，百姓有了急难愁盼，第一时间就能找到离他最近的“话事人”，这也成为枫桥镇长期以来实现矛盾不上交的一个重要前提。

溯源头：矛盾苗头“露头就打”

“千里之堤，溃于蚁穴”，北青报记者在走访中发现，枫桥镇特别重视矛盾的苗头，想方设法将矛盾及时扼杀在摇篮里，做到“露头就打”。这种事先预防的实践经验，在枫桥镇随处可见，且方法张弛有度——植入“硬件”遏源头。比如，为了防止村干部滥用权力，枫桥镇即将为所有村和社区会议室安装摄像头，好比给干部头顶悬了一把达摩克利斯之剑，村里的各类项目是否经过村两委讨论、讨论结果如何，都将留痕。这种技术手段的强势加入，仿佛给基层的权力加上了一把“监督锁”，大大降低了矛盾产生的可能性。

柔性化解于无形。比如，针对外来人口服务管理，枫桥镇提出了“红枫居”的概念，即镇党委政府向农户租赁闲置房屋，由镇里出资装修改造后向外来流动人口出租，可拎包入住。北青报记者了解到，这种管理模式还在升温，枫桥将试点打造全镇外来人口服务中心，提供居住证办理、劳务合同签订、子女入学等一站式服务，还要引入三点半课堂，帮助外来人员解决课后托管问题。“红枫居”模式实现了农户欢心、租客暖心、政府安心，可谓“一举三得”，也彰显了枫桥镇的“柔性”治理智慧。

妙调解：矛盾化解各展所长

“调解”，是北青报记者在枫桥采访时听到的“高频词”。在丰富的实践中，智慧的枫桥人探索出了大量行之有效的调解方法。

北青报记者发现，枫桥人调解矛盾总是“脚下沾泥土”，一方面，是密切联系群众，腿勤了，脸就熟了，话也就好说了。“90后”魏越锋是枫桥镇的一名社区民警，他每周都要下村入户3天，而考核入户成果的方式叫“两喊一不叫”：迎面碰上，村民能喊出民警的名字，民警也能喊出村民的名字，走进村民家中，连狗都不叫唤了，入户工作才算是达标。另一方面，调解矛盾不能仅限于桌前案头，更要靠脚踏实地的现场勘查，去年11月4日，枫桥镇楼家村两兄弟因家门口的道地界限问题发生冲突，除了组织矛盾双方在村委会调解中心开调解会，魏越锋还来到两兄弟家的院子里现场勘查了解矛盾根源。当调解陷入僵局，枫桥的调解人总会“反复磨嘴皮”。曾经为了调解一个民事赔偿案，退休老民警、枫桥镇老杨调解中心主任杨光照足足磨了5天的嘴皮子，硬是把赔偿金额谈到了双方当事人都能接受的数额。“这还不算最难的，调解时间最长的一个案子整整花了一年时间”，作为当地调解矛盾的一张“金名片”，老杨总结说，“调解员就要有一张婆婆的嘴，说千言万语、靠苦口婆心。”当地人公认的“老娘舅”、枫桥镇调解志愿者联合会的会长毛仲木也总结了十大矛盾调解法。比如“背”“面”结合调解法就需要灵活应用，有的案子需要对当事人背对背各自调解，有的则需要矛盾双方面对面商量；“看脸色调解法”则是在谈判的瓶颈期，在调解过程中懂得对当事人及家属察言观色，找到其中最有利于矛盾化解的关键人物进行突破。此外，还有联合调解法、品牌调解法、志愿者调解法、信访调解法、“坐着调”和“下沉调”等，通过灵活运用这十个调解方法，实现矛盾进得来、出得去。

新时代的枫桥给北京带来了什么？

08 读北京
北京青年报
2021北京两会特别策划
北京青年报记者赴浙江诸暨探访新时代枫桥经验
柔性治理藏智慧 脚沾泥土跑基层
新时代的枫桥给北京带来了什么？
驻村干部要“用脚步丈量民情”

“枫桥经验”在持续探索中生发出大量新思路，特别是新时代背景下“枫桥经验”，已由原先“小事不出村，大事不出镇，矛盾不上交”，转向打造“矛盾不上交，平安不出事，服务不缺位”，形成基层社会治理新样板。“枫桥经验”最可贵之处就在于与时俱进的创新意识。而北京作为超大型城市，也在基层治理中进行了一系列系统性、整体性的制度重塑和重构。北青报记者在采访中深深感受到，新时代的枫桥经验和北京的基层治理制度都是“树”起来的，也就是树规建制，突出制度建设这条主线，社会治理才能越来越成熟与定型。北京，从网格化管理到街巷长、小巷管家，点面结合、纵深发展；枫桥，因外来人口众多，所以创设了“红枫居”，把对外来流动人口的管理变为一种服务体系，在办证、签合同、入学等一系列节点上固化下来。

新技术的赋能，也在为基层社会治理的制度建设助力。在枫桥，微信小程序“越警管家”可在线向民警预约办事，枫桥镇正在筹建的“小镇大脑”，亦可一键生成每日政情，让矛盾处置更快更准。在北京，“花伴儿”“路见”等APP也在越来越多的居民手指间滑动，急难愁盼事，顷刻有回应。

新时代的枫桥经验和北京的基层治理制度也是“试”出来的，是顶层设计与“摸着石头过河”互相结合，很多做法都源于基层首创。人民是历史的创造者。在北京，依靠群众的主动性和创造性，创立了“东城社工”“西城大妈”“朝阳群众”等一批治理品牌，他们活跃在基层的大街小巷，投身于治安巡逻、环境治理、文明劝导、社区共建。在枫桥，群众的广泛参与和创新同样不容小觑，139名个体户自发担任“红枫义警”，成为“平安枫桥”的自治品牌。此外，还有枫桥大妈、枫桥调解志愿者联合会、义工联合会等，处处都有新生力量为基层治理而奔走鼓呼，可以说，基层治理，正在成为一场人民广泛参与的深刻变革。

新时代的枫桥经验和北京的基层治理制度更是“统”出来的，也就是坚持基层党建统领，以基层党组织的转换力、组织力和执行力孕育了生动的实践。北京市委从2019年开始每月召开“月度工作点评会”，“接诉即办”工作排名靠后的街乡镇都要被点名，这种“大抓基层”的制度设计层层传导压力，基层党员干部为主体的治理体系有了强大的内生动力；从执行上看，基层党组织把政治优势充分转化为治理效能，北京丰台区云岗街道党工委实现了央地联手破条块的治理模式，解决了云岗南区东里26号院长达21年之久的一楼“两制”问题；在新时代的枫桥，镇党委政府17名班子成员直接包村到人，每人紧盯1到2个村或社区，实现镇党委对村情民意的及时掌握。可以说，党建引领统筹，始终是基层社会治理夯基垒台、立柱架梁、系统集成、协同高效的根本保证。2020年10月28日，齐东村党支委选举结束之后，枫桥镇党委副书记、政法委书记董光泽马上召集新班子成员开了个会，第一时间帮干部扣好新班子履职的“第一颗扣子”。“凡事要讲规矩，无规矩，不能成方圆……新班子要有新氛围、新业绩、新要求，要敢负责、讲团结、重廉洁、讲纪律……”董光泽的工作笔记上，这些字迹力透纸背，仿佛在昭示着枫桥镇党委党建引领的力度和决心。

2020年12月23日晚7点整，诸暨枫桥的“红枫义警”陈荣周像往常一样穿上红马甲，走出他经营的店铺，准备上街巡逻治安。与此同时，在1000多公里外的北京，小巷管家、前门街道草厂社区小院议事厅副厅长李彩仙刚吃罢晚饭，按照习惯，她还得再去草厂横胡同转一圈，顺便看看前一天反映的地面结冰问题解决得如何。枫桥与北京，在同一个时间，不同的空间，基层治理的鲜活实践正在持续上演。

驻村干部要“用脚步丈量民情”

对话人：枫桥镇党委副书记、政法委书记董光泽

读北京
北京两会特别策划
柔性治理藏智慧 脚沾泥土跑基层
新时代的枫桥给北京带来了什么?
驻村干部要“用脚步丈量民情”

北青报： 在具体实践中，枫桥是如何开展村级管理、打造基层队伍的？

董光泽： 这是一项系统的设计，首先是镇两委班子直插基层，担任“包村干部”之外，还设置驻村干部，建立起基层与镇党委的密切联系，将镇党委政府的工作及时传递下去的同时，指导村两委会干部按要求抓好落实，此外村里涉及到平安稳定的相关信息，第一时间向镇里报送。我们要求驻村干部“用脚步丈

量民情”，并对他们设置了两种考核方式，第一种是，从村民名册里随意抽出几户人家的名字，驻村干部要能说出这家人的基本情况。第二种是，反过来问村民，驻村干部到他家去了几次、坐了多久、聊了几回。通过这种双向考核，让干部密切联系群众，主动作为。

对于村干部，我们也有扎实的考核机制，就是要在“干中换、换中干”。“干中换”即在干事的过程中发现干部没能力、不担当、没正气、不讲规矩，甚至违规违纪、没有大局意识、政治意识等，那就要果断换掉。而所谓的“换中干”，就是通过在选换人才干部的过程中来干成事，让队伍向上发展，推动基层治理的完善。

北青报：在枫桥，化解群众诉求有哪些原则？解决不了的怎么办？

董光泽：面对群众诉求，我们有4种基本态度，只要是有理的、合法的、正确的，我们枫桥镇党委政府会不惜任何力量、不惜血本去帮助解决好；政策不允许的、法律不允许的，我们也不会答应；对于困难群众，我们设身处地为人民着想，能帮助上的不遗余力地去帮助；但如果发现一些违法行为，我们是必须处置的。总结来说，就是合理诉求解决到位、无理诉求教育到位、困难求助帮扶到位、违法行为处置到位。

对于一些实在很难解决的不合理诉求，镇里每月会召开两次信访听证答复会，邀请当事人前来，参加的人员还有镇党委政府有关部门、党代表、人大代表、政协委员、知名乡贤、律师、村干部等，有理没理的都摆到台面上说，大家一起来讨论，让当事人理解。

北青报：将来，枫桥镇在基层治理中还会有哪些新探索？

董光泽：枫桥镇党委政府始终坚定、自觉地扛起坚持和发展新时代“枫桥经验”的使命和担当，我们也一直在探索、创新。比如，目前全镇31个村的村规民约大同小异，内容笼统，可操作性不强，我们准备将村规民约改版升级：村规民约的具体条款要根据各村村情量身定制，由村民自己来提、自己来定，并经由村民代表会议讨论、向村民公示，以体现绝大多数村民的共同意志。

村规民约修订好之后，将同步实施积分制管理，将村规民约里的具体条款赋分，并定期对排名靠前的家庭张榜予以表彰，实现正向激励。下一步，计划与诸暨农商银行对接开展试点，建设村民道德银行，对于积分制管理中优胜的家庭提前授信，无须担保，即可提供银行贷款授信额度，积分越高，授信额度逐年增加，从而引领村民见贤思齐。其实村规民约是一个很好的工具，它涵盖村级事务的各项治理工作，我们希望通过这种新方式，来实现基层自治、德治、法治“三治”融合。

原载《北京青年报》2021年1月21日

获第三十一届北京新闻奖一等奖

专家 ZHUAN JIA 点评

践行“四力”，脚沾泥土跑新闻

新京报社副社长、高级编辑　郭　强

“枫桥经验”全国闻名，之前各家媒体多次报道。北京青年报——一家北京市属媒体，报道京外一个大家耳熟能详的基层社会治理经验，为什么能拿北京新闻奖？

仔细阅读这组报道，不难找到答案。巧的是，标题中那句“脚沾泥土跑基层”，既是枫桥经验精髓的提炼，也是这组报道最大亮点的概括。

进入新时代，习近平总书记曾经多次要求新闻工作者要不断增强脚力、眼力、脑力、笔力，做党和人民信赖的新闻工作者。这组《北京基层治理报告》的报道，便是践行“四力”的精品力作。

增强脚力。是指要深入一线采访，只有脚上“沾泥土”，作品才能“冒热气”。之前，各家媒体对“枫桥经验”报道得不少，记者在网上搜搜编发一下材料也是足够的，但是记者有没有到现场、采访扎实不扎实，作品是会说话的。如果北青报的记者没有在枫桥蹲4天，没有与11名采访对象深入交流，没有记下3万余字的采访笔记，这组报道肯定不会这么“带露珠”“冒热气”。

增强眼力。有了好眼力，才能找到好选题。这两年，北京市持续加快推进基层治理体系和治理能力建设，相关工作年年被写入政府工作报告，实践中也涌现出接诉即办、“每月一题”、“回天有我”、小院议事厅等创新做法。基层治理工作看似细碎，却关系着千家万户，也最考验执政者的智慧，可以说是上上下下共同关注的问题，也是每年两会上的热点话题。在市两会期间策划推出这个选题，时机不错，眼力不错。

增强脑力。有深度、有思考的新闻才耐读。显然，这组报道的采访，记者是带着问题去的，但又不是为了写枫桥而写枫桥，而是跨越时间和空间，找到枫桥与北京基层治理之间的内在联系，总结出二者都是“树”起来的、“试”出来的、“统”出来的等共同点。特别是从理论与实际相结合的高度，提炼出北京市初步形成的矛盾预见、化解、处置的基层治理机制的重要经验，与新时代“枫桥经验”相互呼应，对于北京巩固基层治理制度成果、继续深化改革具有启示推动作用。能做到这一点，相当吃功力，需要记者日常特别注意积累和思考。

增强笔力。笔力是记者，特别是传统纸媒记者的基本功。这组报道整版体量，且是调查报告，其中提到的一些生动事例并未展开，但读起来一点儿不累，也不觉得乏味。究其原因，一是文字节奏明快，短句居多；二是标题制作精心，提炼到位；三是呈现形式丰富，既有记者探访、记者观察，也有记者对话基层干部，各有侧重，相互支撑。

对于新闻工作者来说，“四力”，既是构成本领能力的重要内容，也是提升本领能力的方法路径。迈开双脚吧，去丈量大地；睁大眼睛吧，去洞察世界；开动脑筋吧，去深入思考；练就妙笔吧，去书写时代！

获奖者
HUO JIANG ZHE / 感言

在锻炼“四力”中探寻“枫桥经验”与首都基层治理实践

北京青年报记者　蒋若静　武文娟

基层治理工作与老百姓生活最为密切，小到针头线脑，大到住房医疗，千头万绪的基层矛盾怎么捋顺、捋好，解决好民之所想、民之所盼，最考验执政者的智慧。在北京持续加快推进基层治理体系和治理能力现代化建设的当下，京华大地上生发出了无数生动实践。而作为我国基层社会治理的一面旗帜，“枫桥经验”无疑具有重要的借鉴意义。处于历史新阶段的北京基层治理和新时代的“枫桥经验”，有何互联互通之处？在2021年北京市两会召开前夕，围绕这一话题，《北京青年报》记者在2020年岁末赶赴枫桥镇，充分运用“四力”，探寻基层社会治理的样板，并联系北京的基层实践，生发出一组观察与思考。

背景

新时代“枫桥经验”
成为治理能力现代化的重要经验

枫桥，这座坐落在浙江诸暨的小镇，在过去的几十年中，一直作为我国基层社会治理方案的旗帜而存在。20世纪60年代初，浙江诸暨枫桥通过发动和依靠群众，就地化解矛盾，坚持矛盾不上交，实现了“捕人少，治安好”，曾受到毛泽东同志亲笔批示，“枫桥经验”由此诞生。如今，跨越了半个多世纪，作为从中国大地上“土生土长”的社会治理经验，新时代“枫桥经验”的内涵更加丰富：从过去单纯的化解矛盾纠纷、维护治安稳定，到今天的“矛盾不上交、平安不出事、服务不缺位”，成为创新基层社会治理、促进社会平安和谐的重要法宝，亦是中国社会治理的美丽风景线。

近年来，坚持和发展新时代“枫桥经验”多次被写入重要文件：2019年，被写入党的十九届四中全会《中共中央关于坚持和完善中国特色社会主义制度推进国家治理体系和治理能力现代化若干重大问题的决定》；2020年，被写入党的十九届五中全会通过的《中共中央关于制定国民经济和社会发展第十四个五年规划和二〇三五年远景目标的建议》；2021年，被写入《中共中央关于党的百年奋斗重大成就和历史经验的决议》；在二十大报告中也明确提出，要“健全共建共治共享的社会治理制度，提升社会治理效能，在社会基层坚持和发展新时代‘枫桥经验’”。坚持和发展新时代“枫桥经验”已然成为坚持和完善中国特色社会主义制度，推进国家治理体系和治理能力现代化的有机组成部分，成为党和国家治国理政的重要经验。

作为首善之区，首都北京在完善基层治理的道路上从未止步。在顶层设计上，基层治理工作历年来都被写入政府工作报告，作为政府有关部门的案头重点。在基层实践中，从党建引领“街乡吹哨、部门报到”，接诉即办改革打通服务群众“最后一公里”，到深化“每月一题”机制的主动治理；从提出“回天有我”社会治理创新模式，创立小院议事厅、老街坊议事厅，到设立街巷长、推出小巷管家等，一大批鲜活的案例喷薄而出，围绕百姓所思所想，北京的基层治理体系日益完备。而这其中暗含的矛盾溯源、多元化解、人民主体参与的思路，与新时代“枫桥经验”的内涵不谋而合。

“枫桥经验”精髓到底何在？处于历史新阶段的北京基层治理和新时代的“枫桥经验”具体在哪些方面实现了互通互融？在持续推进基层社会治理体系现代化的当下，新时代的“枫桥经验”又能给北京带来什么？带着种种疑问，在2021年北京市两会召开前，《北京青年报》记者远赴千里之外的浙江枫桥，探寻基层社会治理的样板。

探访

从办公室到田间地头
我们跟随他们的脚步走访

暮秋之际，初见枫桥，小镇中心区是一派现代化小城景象，处处安定有序显活力，周围的村庄则是“土地平旷、屋舍俨然、阡陌交通、鸡犬相闻”的美好图景。单从风貌来看，枫桥或许在浙江省数百个特色小镇中并不算特别突出，但这片热土如何催生了基层社会治理的“中国方案”？如今，又发展成为怎样一番光景？在枫桥的4天时间里，我们与11名采访对象展开了深入交流，他们有枫桥镇党委领导、职能部门负责人，也有基层社区民警、村支书、网格员，还有金牌调解员、社会组织负责人。

采访中，我们前往枫桥镇的“全国文明村”杜黄新村，与村党支部书记王海军面对面，畅谈村里发展、村民致富，听他讲述如何用诚意“俘获”老太太的心，并帮助老太太解决邻里纠纷的故事；与杜黄新村网格员阮洪辉促膝长谈，听他讲述如何为一对妯娌打开心结、化解陈年矛盾；在枫桥派出所，我们向教导员王冲了解新时代“枫桥经验”下的全镇警务工作，如何做到“警务围着民意转，民警围着百姓转”；我们跟随枫桥镇镇南警务站站长赵信到他的警务站，他所在的社会公益组织“红枫义警”服务群众的故事令人折服，队员们还协助警方破获了“碰瓷大案”……从镇上的派出所、调解中心、办公室，到村委会、调解室，乃至田间地头，记者通过面对面访谈、体验式采访等方式，全程观察、跟踪，形成了3万余字的采访笔记，以及大量的照片、视频素材，梳理出了新时代“枫桥经验”的精髓。

我们走访发现，在枫桥镇，要是遇到问题，民意反映渠道通畅顺达。通过采访枫桥镇党委副书记董光泽，走访、参观镇政府以及派出所、村委会，我们梳理出了枫桥镇的基层治理体系架构：顶层由镇党委统领；基层的“底座”是镇两委班子成员“包村”下沉，全镇31个村和社区设置驻村干部，还有社区民警每周下村入户，以及全镇82名网格员定期报送信息。在当地，党员干部形成了这样一个好现象：“手机号码不再捂，干部下村脚沾土；村里事务全清楚，帮困解难不含糊。”这样一来，老百姓有了矛盾，除了拨打12345热线，顺畅的民意反映渠道触手可及，矛盾可及时内部消化。

枫桥镇为人民群众调解矛盾的主体十分多元，层次十分丰富：有镇级力量、村级力量，也有个体力量，可谓政府服务民间，民间助力政府。以枫桥镇联合调解中心为例，里头有由警法专业人员组成的调解机构，比如枫桥镇司法所人民调解室、枫桥镇法庭诉前调解室；也纳入了群众和社会组织的力量，包括红枫义警调解室、枫桥大妈调解室、新枫桥人调解服务团；还有各村和社区的调解室和调委会。令人意想不到的是，枫桥镇的细分行业内部竟也设置了专门的调解机构，涵盖了交通、教育、服装、汽配、纺织等各行各业。这些通达的渠道和多元化的调解主体，将所有可利用的资源全部纳入，形成了一张严密的调解网，百姓有了急难愁盼，第一时间就能找到离他最近的“话事人”，这也成为枫桥镇长期以来实现矛盾不上交的一个重要前提。

遇到了矛盾怎么办？我们在走访中也发现，枫桥镇的矛盾化解方式颇有讲究。基层调解工作中“脚沾泥土”，密切联系群众，是化解矛盾的重要方式。我们前往当地派出所，跟随“90后”社区民警魏越锋实地查看矛盾调解过程。当时，枫桥镇楼家村两兄弟因家门口的道地界限问题发生纠纷，已经争吵多年，魏越峰把矛盾双方请到村委会调解中心面对面调解，2个多小时的面谈无果，他又驱车来到两兄弟家的院子里勘查，现场说问题、找根源。像这样的走访入户，他每周要花上3天时间，目的就是充分了解民情，做到心中有数。

群众工作干得好不好，当地有个十分生动有趣的形容方式来衡量——“两喊一不叫”：迎面碰上，村民能喊出民警的名字，民警也能喊出村民的名字，走进村民家中，连狗都不叫唤了，入户工作才算是做到位了。村里的事务十分琐碎，一棵树、一根瓜藤、一堵墙，都能成为矛盾的导火索。而正是有“魏越锋们”密切联系群众，“腿勤了，脸就熟了，话也就好说了”。

当矛盾陷入僵局，“反复磨嘴皮”也是化解矛盾的直接手段，但其实也是一门“艺术”。当地两名金牌调解员杨光照和毛仲木可以说是远近闻名，我们专门拜访了两位“老娘舅”，向他们探寻调解矛盾的秘钥。采访过程中，两位“老娘舅”给人留下了深刻的印象，正如杨光照所形容的：一是有一张秉公办案的包公脸；二是有一张不厌其烦、以理服人的婆婆嘴；三是有一颗善待弱者的菩萨心；四是有关爱孩子一般的父母情。杨光照说：“调解员就是要说千言万语、靠苦口婆心。”枫桥镇调解志愿者联合会的会长毛仲木也总结了十大矛盾调解法：“背”“面”结合调解法、“看脸色调解法”、联合调解法、品牌调解法、志愿者调解法、信访调解法、“坐着调”和“下沉调”等。每每遇到难以调和的“疑难杂症”，这些靠谱“老娘舅”一次次挺身而出，在他们的调解下，总能实现矛盾“进得来、出得去”。

“千里之堤，溃于蚁穴”，如何想方设法将矛盾及时扼杀在摇篮里，也体现了枫桥镇治理工作的前瞻性。比如，为了防止村干部滥用权力，枫桥镇为所有村和社区会议室安装摄像头，给基层的权力加上了一把“监督锁”，大大降低了矛盾产生的可能性。针对外来人口服务管理，枫桥镇提出了“红枫居”的概念，即镇党委政府向农户租赁闲置房屋，由镇里出资装修改造后向外来流动人口出租，可拎包入住。政府还打算为他们提供居住证办理、劳务合同签订、子女入学等一站式服务，引入三点半课堂，实现农户欢心、租客暖心、政府安心，可谓“一举三得”。像这样的基层实践，也展现了政府治理的思路从管理向服务的转变，正是枫桥镇“柔性”治理智慧所在。

此次走进枫桥，我们看到的是“百姓和顺、乡村和美、社会和谐”的新景象，其背后，则是基层治理的良性循环。我们深刻地感悟到，枫桥，是一个活生生的枫桥，更是人民的枫桥，人民群众始终是枫桥基层治理的主体。从1963年毛泽东同志对“枫桥经验”作出批示时，“枫桥经验”的内核就始终包含着对人的价值的肯定与追求。半个多世纪后的今天，“枫桥经验”对人的关照初心未变，其创新和发展始终坚持以人民为中心，更是在党建引领之下，通过依靠群众、发动群众，最终实现为了群众，达到共建、共治、共享的格局，受益者仍是枫桥百姓：人心顺、生活安、心有盼，未来可期。

思悟

跨越时间和空间
枫桥与北京基层治理的内在联系

回望北京，新时代的枫桥给北京带来了什么？在采访过程中，我们在前期已多次深入北京各街道社区，挖掘北京基层治理的经验和做法，并结合本次枫桥之旅，找出枫桥与北京基层社会治理经验之间的内在联系。我们发现，“枫桥经验”在持续探索中生发出大量新思路，特别是新时代背景下“枫桥经验”，已由原先“小事不出村、大事不出镇、矛盾不上交”，转向打造“矛盾不上交，平安不出事，服务不缺位”，形成基层社会治理新样板。“枫桥经验”最可贵之处就在于与时俱进的创新意识。而北京作为超大型城市，也在基层治理中进行了一系列系统性、整体性的制度重塑和重构。

我们发现，新时代的“枫桥经验”和北京的基层治理制度都是“树”起来的，通过树规建制，突出制度建设这条主线。北京有网格制度，有街巷长、小巷管家，点面结合、纵深发展；枫桥创设了“红枫居”模式，把对外来流动人口的管理变为一种服务体系。双方都在用新技术为制度赋能，无论是为北京老百姓所熟悉的“花伴儿”“路见”等APP，还是枫桥的微信小程序“越警管家”，都让民意表达跃然指尖。

新时代的“枫桥经验”和北京的基层治理制度也是“试”出来的，是顶层设计与“摸着石头过河”互相结合，很多做法都源于基层首创。在北京，依靠群众的主动性和创造性，创立了“东城社工”“西城大妈”“朝阳群众”等一批治理品牌。在枫桥，139名个体户自发担任“红枫义警”，成为“平安枫桥”的自治品牌，还有枫桥大妈、枫桥调解志愿者联合会、义工联合会等。两地的实践都证明，基层治理是一场人民广泛参与的深刻变革。

新时代的“枫桥经验”和北京的基层治理制度更是“统”出来的，也就是坚持基层党建统领，以基层党组织的转换力、组织力和执行力孕育了生动的实践。北京市委从2019年开始每月召开“月度工作点评会”，“接诉即办”工作排名靠后的街乡镇都要被点名，这种“大抓基层”的制度设计层层传导压力，基层党员干部为主体的治理体系有了强大的内生动力；在新时代的枫桥，镇党委政府17名班子成员直接包村到人，每人紧盯1到2个村或社区，实现镇党委对村情民意的及时掌握。党建引领，始终是基层社会治理夯基垒台、立柱架梁、系统集成、协同高效的根本保证。

跨越时间和空间的限制，基层治理的美好图景正是这样被构建起来：浙江诸暨，枫桥的“红枫义警”陈荣周正穿着红马甲上街巡逻，而千里之外的老北京胡同里，小巷管家李彩仙正在给居民议事解难。同一时间，不同空间，千千万基层治理的鲜活实践正在持续上演。

作品刊发后，2021年1月22日，中共北京市委宣传部新闻阅评第15期（总第3168期）对该报道给予高度评价：“报道从理论与实际相结合的高度，总结了北京市初步形成矛盾预见、矛盾化解、矛盾处置的基层治理机制的重要经验，并结合赴浙江诸暨探访新时代‘枫桥经验’对北京经验的内核精髓有了更深刻的认识。报道对于北京巩固基层治理制度成果，继续深化改革，具有启示推动作用，是北京两会报道的一个好策划。”

“绳短不能汲深井，浅水难以负大舟”。作为一名记者，面对任何一样事物，若它仅仅停留在别人的描述中、画面里，写出来的文字或许终究无法触及灵魂，唯有亲自用“脚力”去丈量，用“眼力”去观察，用“脑力”去思考，用“笔力”去作文，方能揭示其间奥秘，增强自身本领。“四力”，既是构成本领能力的重要内容，也是提升本领能力的方法路径。在路上心里才有时代，在基层心里才有群众，在现场心里才有感动，增强脚力，去把实践和基层当作最好的课堂，把人民群众当作最好的老师。这次采访报道，对我们两位年轻记者而言，无疑是锻炼“四力”的重要机会。期待未来，作为首都主流媒体的记者，我们也将继续“迈开双脚丈量大地、睁大锐眼洞察天下、开动脑筋深入思考、练就妙笔书写时代”，牢牢把握首都发展脉搏。

卧底网红餐厅“胖哥俩肉蟹煲”：过期食材继续用，隔夜死蟹当活蟹卖

原载《新京报》2021年8月23日

获第三十一届北京新闻奖一等奖

新京报记者卧底网红餐厅"胖哥俩肉蟹煲"两家门店，揭露"食材新鲜"背后的种种乱象

变质食材继续用　隔夜死蟹当活蟹卖

本报记者　韩福涛

胖哥俩肉蟹煲，一家知名连锁餐厅，近几年被很多人追捧为"美食打卡地"。

新京报记者卧底网红餐厅"胖哥俩肉蟹煲"两家门店，揭露"食材新鲜"背后的种种乱象
变质食材继续用　隔夜死蟹当活蟹卖

在该公司官网上，"食材新鲜"被列为第一卖点。一组数据称，截至2020年底，这家品牌餐厅已经入驻全国130多个城市，拥有门店400余家，全年接待顾客达到3600万人次。

"食材都是当天加工，保证新鲜和口感。"这是胖哥俩门店员工常挂在嘴边的话。然而，《新京报》记者近日调查发现，火爆背后，这家餐厅的食材问题也常常被食客投诉。

6月底，《新京报》记者卧底进入胖哥俩肉蟹煲合生汇店，这是一家由胖哥俩总部直接管理的合营店。（《新京报》记者韩福涛　摄）

6月底开始，记者先后卧底进入北京两家由胖哥俩直接管理的合营门店，揭露"食材新鲜"

背后的种种乱象：承诺的现杀活蟹，其实是前一天已经宰杀好的“隔夜蟹”；过期、变质的土豆，简单加工后继续送上餐桌；提前煮熟的肉品，即使变味儿也会留到第二天继续卖；500克一份的肉蟹煲，店家授意只给430克……

“隔夜死蟹”当现杀活蟹卖，“不能让客人知道”

北京有16家胖哥俩肉蟹煲门店，大多开在热闹的商业街或大型购物中心内。不少门店在网络平台上被评为“人气销量餐厅”，每逢节假日，门店常常排起长队。

官方加盟热线的工作人员向《新京报》记者介绍，胖哥俩旗下的门店分为合营店和加盟店，大城市以合营店为主，总部占股51%，门店日常管理也由总部负责。

在胖哥俩官网上，食材新鲜，被列在诸多卖点的第一位。然而记者近日在北京两家门店卧底调查发现，使用过期食材和隔夜死蟹已经成为门店的日常“惯例”。

胖哥俩肉蟹煲合生汇店，是一家直接由胖哥俩总部管理的合营店，开在东四环合生汇商场四楼。位置好，客流足，大厅摆着60多张餐桌，能同时容纳上百人就餐。该店一名管理人员透露，高峰时店里一天的营业额超过10万元。

6月27日，记者应聘进入该店成为后厨人员，负责切配食材。后厨设有凉菜间和杀蟹间，正值夏季，用餐高峰时10多个燃气灶同时开启，员工个个汗流浃背。

胖哥俩肉蟹煲合生汇店，灶台上的污渍长时间无人清理，勺子也会堆放在灶台上。（《新京报》记者韩福涛　摄）

这里卫生情况堪忧。厨师烹饪时大多不按规范佩戴工作帽，有时直接把锅勺放在脏兮兮的灶台上。清洗土豆、鸡爪的水槽，一天都不换一次水。偶尔有煮熟的鸡爪掉到清洗池里，员工直接捡起扔到篮子里。

和其他门店一样，这里主营肉蟹煲、虾煲、鸡爪煲等各式煲类。其中最受欢迎的，是该连锁餐厅的主打菜品肉蟹煲。

“我们的螃蟹上午刚运来，都是活的，你们点的话现宰现杀。”卧底期间记者发现，每当有顾客询问螃蟹是否新鲜时，员工都会给出这样的回答。

但实际情况并非他们承诺的这样。

6月28日中午，店里陆续有两份送上餐桌的蟹煲被顾客退了回来，原因是顾客发现螃蟹“颜色发黑”。后厨一名杀蟹工向记者透露了其中的秘密：“是昨天剩下的螃蟹。过了一天放的时间长了，肉就发黑了。”

“螃蟹不都是现杀的吗？怎么还会有剩的？”面对记者的疑问，这位员工觉得记者过于大惊小怪，“当天卖不掉有啥办法？颜色变深了，只能洗洗再卖。”

随后几天，记者在店内观察发现，每天一早，供货商会送来活蟹，交由后厨宰杀后售卖。由于客流不稳定，每天总有杀好的螃蟹卖不完，少则10多只，多则近百只。

剩下的螃蟹，后厨通常放在冰箱里冷藏。第二天，清洗后，再充当现杀的活蟹卖给顾客，而顾客大多被蒙在鼓里。

6月28日晚上临近下班，记者发现后厨还剩下80多只宰杀好的螃蟹。一名后厨员工担心变质，特意在螃蟹上加了冰块。

“为什么不养一晚，第二天再杀？”这名员工解释说，这些螃蟹很难活过一夜，为了防止它们死掉变质，只好提前宰杀。

记者调查发现，售卖“隔夜死蟹”的情况并非只在这一家门店出现，开设在凯德MALL大峡谷的胖哥俩门店也有着相同操作。该店一名管理人员透露，这家店也是由胖哥俩总部直接管理的合营店。

在这里，店员也会向顾客承诺“现宰现杀”，但背地里同样售卖“隔夜蟹”。

7月16日一早，记者在该店后厨发现，冰箱里放着前一天宰杀后剩下的10多斤螃蟹。记者询问后厨员工如何处理，对方回答说“留着继续卖”。

“这不是干巴了嘛，要过过水，过水后就显得新鲜。”他用略带责备的语气

7月16日，胖哥俩肉蟹煲凯德MALL大峡谷店，前一天宰杀的螃蟹没有用完，后厨员工将剩下的螃蟹放在冰箱里冷藏，看起来已经不是很新鲜。（《新京报》记者韩福涛　摄）

告诫记者：“以后剩啥东西了，别说，要装不知道。领导不让说，因为不能让客人知道是剩的。”

在上述两家门店卧底期间，记者发现，卖“隔夜蟹”已经成为店里的“惯例”。除了店员，门店管理人员对此也心知肚明，甚至打着“不能浪费”的旗号要求店员“暗箱操作”。

上百斤过期土豆继续用，腐烂、发馊后二次加工

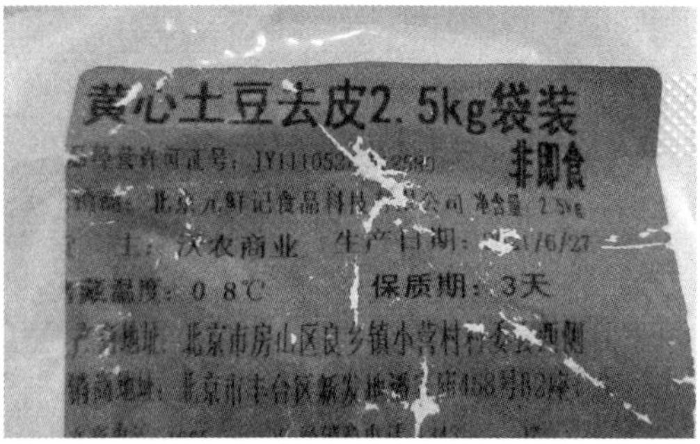

胖哥俩肉蟹煲采购的袋装去皮土豆，保质期注明只有3天。（《新京报》记者韩福涛　摄）

除了螃蟹，土豆是这家餐厅消耗量最大的食材。然而很多顾客不知道的是，掺了过期土豆的菜品，几乎每天都会被端上餐桌。

胖哥俩合生汇店的一名后厨员工介绍，该店每天的土豆用量多时四五百斤，少时一两百斤。

记者注意到，餐厅采购的是成品包装的去皮土豆，每袋5斤，袋上贴着生产厂商的信息、生产日期和保质期。去皮土豆不易保存，外包装上注明保质期为3天。

6月29日晚临下班时，记者在后厨发现一批生产日期为6月27日的袋装土豆。按保质期3天来算，这堆土豆第二天就会变成过期食材。

“生产日期是27号，明天30号算过期吗？”记者提出疑问后，一名后厨员工给出了肯定的答复：“保质期是27、28、29三天，30号就算过期了。”让记者

意外的是，他并没有丢弃这批土豆，“直接拆开包装剁了，拆了包装就看不出来过没过期。”

这些土豆足有上百斤。当晚，这名员工吩咐记者将这批土豆拆开剁块。果然，第二天，尽管有些土豆已经变质，但仍被后厨当作新鲜食材继续使用。

“既然过期了，为什么不报废处理？”

“报损会被领导说，能用就将就着用。”

之后几天里，记者注意到，客流少的时候，就会有一些快过期的土豆剩下，而后厨员工都会提前拆掉包装，把土豆剁成块掩人耳目。土豆过期后表面会变软发黏，有些还出现黑斑甚至腐烂。后厨员工却对此视而不见，“保质期3天，放4天也没事。”

他们会把变质的部分切掉，剩下的继续使用。一名后厨管理人员还特意叮嘱：“切口要规整一些，不能让顾客看出有剜过的痕迹。”

6月30日，胖哥俩肉蟹煲合生汇店，后厨员工按要求将土豆变质腐坏的部分切掉，剩余部分还会继续使用。（《新京报》记者韩福涛　摄）

7月16日，在胖哥俩肉蟹煲的另一家分店——北京凯德MALL大峡谷店，这样的场景再次出现。

在处理过期土豆时，一名干了两年的老员工前来安慰记者：“不要太担心，土豆过期就马上剁了，包装袋扔到垃圾箱里，都是这样处理，以后厨师长会告诉你。”

如他所说，记者找到后厨管理人员询问如何处理过期土豆时，对方毫不避讳，直言可以继续用，“你别管那个日期，先用旧后用新。”

不仅如此，由于后厨温度过高，有些尚在保质期内的土豆也会变质。一天晚上，记者在后厨发现，30多斤剁好的土豆已经散发出异味。但后厨员工对此并不意外，“哪能不馊，屋里温度这么高。”

第二天一早，记者将土豆变质的情况汇报给后厨的一名管理人员，在明知变质的情况下，他指示记者继续使用，并交代“先拿高压锅把这些土豆煮了”。

连续几天，剁好的土豆都出现了变味发馊的情况，而后厨员工无一例外都稍作加工后继续使用。

变味牛骨、隔夜鸡爪仍入菜，店家授意上菜“缺斤少两”

6月30日晚上，胖哥俩肉蟹煲合生汇店，当天剩下的熟鸡爪，留到第二天经过热水清洗后，继续给顾客食用。（《新京报》记者韩福涛　摄）

除了螃蟹和土豆，其他食材也难保新鲜。

记者在合生汇店卧底发现，每道菜品必加的配菜鸡爪，也有食材问题。

在制作时，为了保证鸡爪的软糯口感，后厨会提前用焖锅将鸡爪煮熟备用。而通常到晚上闭店时，煮熟的鸡爪都会剩下几十斤。一名后厨员工告诉记者，按餐厅规定，当天未用完的鸡爪不能再用，不过记者观察发现，第二天这些剩鸡爪还是会被重新加工送上餐桌。

在胖哥俩凯德MALL大峡谷店，猪蹄、牛排变质后也会被拿来做菜。处理这些肉类时，后厨通常提前煮熟，然后分装冷藏，等厨师烹饪时取用。

7月15日晚下班前，一名后厨员工从冰箱里挑出几包煮熟的猪蹄和牛骨，“这些食材是前两天没有用完剩下的，已经变质有异味了。”另一名员工看到后提醒说，牛骨的异味较轻一些，还可以用，他随后安排记者将几包牛骨重新放回冰箱，留作第二天使用。

牛杂煲是这家连锁餐厅近期推出的一款新品，主料为牛杂。在一些网络平台上，胖哥俩在宣传时，强调加入的是“新鲜”牛杂。《新京报》记者以顾客身份询问了北京多家门店，部分门店的工作人员坚称使用的是“新鲜牛杂”。

然而，记者在胖哥俩凯德MALL大峡谷店卧底时发现，该店在制作牛杂煲时并未使用新鲜牛杂，而是来自一款牛杂调理包。据员工透露，调理包里的牛杂是半熟制品，烹饪牛杂煲时，掌勺的厨师会把一袋冻得结结实实的牛杂包放入锅内，化冻之后再加入其他配料。尽管使用了调理包，但员工在售卖期间并不会主动向顾客说明。

除了食材问题，记者调查发现，胖哥俩大峡谷店还会刻意“缺斤短两”。

以店里主推的膏蟹煲和肉蟹煲来说，餐厅菜单上显示，一份蟹煲用蟹约500克，而后厨的一名杀蟹工透露，实际上每份蟹煲的分量都不足500克，“一份420克或430克，都是固定的，尽量不要多。”他表示，这个分量是店里的规定，“以前的分量比现在还少，原来只有380克、390克，现在还增加了呢。”

这家店平均每天能卖出约100份蟹煲，一份蟹煲少放50克螃蟹，一天就能省下5000克，相当于多卖10份蟹煲。一份膏蟹煲售价208元，肉蟹煲178元，估算下来，仅靠缺斤短两，这家店一天就能多赚近2000元。

多名食客就餐后出现腹泻等症状，专家建议及时举报

事实上，胖哥俩餐厅曾多次因食材问题被投诉。

记者查询发现，胖哥俩在北京的16家门店中，最久的已营业5年，最短的只有8个月。在某美食点评平台上，很多网友反映胖哥俩肉蟹煲“食材不新鲜”。诸如螃蟹有臭味、豆腐发酸、鸡爪有腥味等，也有不少网友称就餐后出现腹泻、拉肚子等不适症状。

在上述平台上，记者统计了胖哥俩北京门店的网友评论，其中，提到就餐后出现腹泻等不适症状的留言就多达165条，仅西单大悦城店就有31条。

王力（化名）就曾有此遭遇。他向《新京报》记者反映称，近日，他一家

三口在胖哥俩肉蟹煲北京上地华联店就餐后，出现腹痛、腹泻和发热症状，随后一家人被医生诊断为急性肠胃炎，他由此怀疑这家餐厅存在食品卫生问题。王力称，协商过程中，店家不承认他们得急性肠胃炎与该店食物有关，仅愿意以人道赔偿名义报销医疗费。

他的经历并非孤例。据青岛一家媒体报道，当地有顾客在胖哥俩肉蟹煲就餐时吃出头发，并且发现螃蟹也臭了。交涉后，店家给免了单，但否认螃蟹不新鲜，称“臭蟹属于极个别情况”。青岛当地食品监管部门就此事对该餐厅进行了检查。

记者进一步了解后发现，在胖哥俩餐厅就餐后出现不适症状的顾客中，大多选择通过网络平台留言投诉，并没有进一步找商家维权。

对此，中国法学会消费者权益保护法研究会副秘书长陈音江解释称，对消费者来说，餐饮消费维权一直是个难题，“主要难在举证上，消费者就餐后出现不适，一般不会去医院就诊，即使去了，医生也很少出具明确的病因诊断证明。”

在维权时，仅靠诊断证明也不够，还需要其他关联证据，才能进一步与商家协商赔偿。由此，他建议消费者遇到这类问题，在及时就医收集证据的同时，还要及时向卫生监管部门举报，“监管部门接到举报之后，应该立即前往餐饮企业调查，对食材、卫生状况进行现场检查，及时封存取证。”

陈音江表示，如果餐饮企业明知食材过期仍然使用，说明这个企业食品安全意识淡薄，卫生管理上也有漏洞。“这个行为严重违反了食品安全法的有关规定，不仅要承担民事赔偿责任，还要面临行政处罚，造成严重后果的，甚至要担负相应的刑事责任。”

专家 ZHUAN JIA 点评

社会善治离不开舆论监督

北京日报社副总编辑、高级记者　李学梅

民以食为天，食以安为先。媒体上涉及食品安全方面的报道，非常容易引发关注。但此类报道由于取证比较难，采访起来并不容易；分寸的拿捏也很重要，搞不好还容易引发食品信任危机。

《新京报》通过卧底采访，推出《变质食材继续用 隔夜死蟹当活蟹卖》这篇4000多字的文字报道加一条6分多钟的视频短片，采访扎实、证据确凿、分寸得当、效果良好，很好地发挥了媒体的舆论监督作用。

一是调查对象选得准。“胖哥俩”肉蟹煲是一家在全国拥有400家门店的超人气网红餐厅，年平均接待顾客达到3600万人次。消费者的多次投诉引起了记者的注意，网红餐厅竟然存在食品安全问题，一经查实曝光，自然会引起社会的广泛关注。

二是卧底调查采得实。后厨是餐馆的重地，外人是无法进入的，这也是食品安全报道取证难的一个关键点。为此，新京报记者采取了卧底的方式，择机应聘到“胖哥俩”肉蟹煲旗下一家餐厅的后厨，以“切配食材”的工作做掩护，通过细心的观察和很有分寸的询问，发现这家餐厅为节约成本，存在故意使用过期且变质的食材、用死蟹冒充活蟹等问题。记者并没有急于动笔，为了证实这些问题在“胖哥俩”旗下的门店具有一定的普遍性，记者又卧底进入该品牌的另一家餐厅，也发现了相似的食品安全问题，最终把问题坐实。

三是现场取证硬如铁。不太新鲜的“隔夜蟹”、发黑变质的土豆、有异味的鸡爪牛骨、肮脏不堪的灶台，这些触目惊心的照片是记者在半个多月的时间里一点一点调查取证获得的，同时拍摄了大量视频资料。在铁的事实面前，黑心商家再难抵赖。

卧底调查，不仅需要记者不怕苦累、不惧危险，如何揭露问题、拿捏分寸，也考验着媒体监督报道的智慧。当记者冒险卧底探寻真相时，渴望的回报一定不是观众读者猎奇心理的满足，而是扛起新闻工作者的社会责任，推动问题的解决，使舆论监督发挥应有的作用。

让我们欣喜的是，这篇报道刊发后不仅登顶微博热搜榜，话题阅读量高达10.4亿、视频播放量超过4000万，被包括央视在内的全国几十家媒体跟进报道，最关键的是，在国家市场监管总局的关注下，全国各地市场监管部门对胖哥俩旗下400家门店进行了全覆盖检查，特别是北京市对连锁餐厅、网红餐厅、美食城等餐饮企业开展了食品安全大检查，餐桌安全问题得到有效治理。

社会善治离不开舆论监督。发现问题、促进解决——这，是我们在当下做好舆论监督报道应该葆有的初心。

获奖者 HUO JIANG ZHE / 感言

为了扎实取证，我在肉蟹煲后厨一天切五百斤土豆

新京报社记者　韩福涛

这篇报道最初的线索其实是一件看似非常小的事情，北京的一对夫妻带着孩子，在海淀区一家胖哥俩肉蟹煲餐厅吃饭，第二天他们一家三口陆续出现呕吐、发烧等症状，就医的过程中，医生告诉他们是食物中毒，治疗几天后他们才彻底康复。结合前一天就餐的情况，他们十分怀疑是胖哥俩肉蟹煲的食物存

在问题，所以康复之后，夫妻俩就找到了曾就餐的那家胖哥俩肉蟹煲餐厅，要求对方给个说法，并且赔偿各项损失。餐厅方面或许自知理亏，虽极力否认是他们的责任，但表示可以给予一定的补偿，不过这对夫妻并没有接受。协商不成，餐厅方面要求他们拿出直接证据，能证明他们食物中毒与在餐厅就餐存在因果关系，只有这样才愿意承担全部责任。

这对夫妻随后找到当初就诊的医生，想要医生开具证明，不过医生表示他只能证明他们确实是食物中毒，但没办法认定是吃何种食物中毒，如果想要证明的话，需要先联系疾控中心，由疾控中心派出专业人员，采集患者的排泄物和呕吐物，并且前往餐厅采集当天的食物样本，经由一系列的分析实验，最终才能得出直接证据。显然这不是一个普通消费者能办到的，夫妻俩先后找到疾控中心、市场监管等部门，均没有任何进展。

这也是目前食品安全领域，消费者维权的一个困境，当自身权益受到侵害时，他们拿不出强有力的直接证据。不仅如此，其实大多数人出现食物中毒症状之后，往往选择息事宁人，将原因归咎于自身肠胃问题，这些因素都在客观上纵容了餐饮商家漠视食品安全问题。

我接到这一线索后，没有把它当成偶然事件看待，猜测可能是企业为了节约成本而忽略了食品安全。于是通过应聘后厨的方式，卧底进入胖哥俩肉蟹煲旗下两家餐厅。在后厨工作半个多月，果然发现了这家品牌餐厅为节约成本，故意使用过期且变质的食材，几乎每天都用死蟹冒充活蟹欺骗消费者。众所周知，螃蟹死亡会迅速滋生大量有害病菌，一般不能再作为食物食用。然而记者卧底的这两家餐厅，其管理人员只从经济成本角度考虑，将过期的食材以及死蟹加工后端上消费者的餐桌。

只看重眼前的经济效益，全然不顾消费者的身体健康，企业长期发展红利注定会被吞噬。报道发出后，迅速成为全民关注的热点，仅微博话题阅读量就达到10亿次，国家市场监管总局指导各地市场监管部门，对上百家胖哥俩门店进行拉网式排查，两家涉事门店被永久关闭，企业创始人不得不召开发布会公开致歉。胖哥俩肉蟹煲的客流量，在曝光之后也出现断崖式下降，时至今日，仍没能完全修复它在公众心目中的形象。这无疑是一个生动的案例，告诫其他餐饮行业的商家切莫短视，应该把食品安全问题摆在首要位置。

从报道发出后的2021年8月下旬开始，北京市、区市场监管局在全市范围内对连锁餐厅、网红餐厅、美食城等餐饮企业开展了食品安全大检查，专项检查至今仍在进行，大量存在食品安全问题的餐饮企业被查处，北京全市食品安全问题因此得到有效治理。在中国消费者协会发布的年度报告中，以胖哥俩肉蟹煲死蟹冒充活蟹为代表的餐饮品牌门店食品安全问题，成为2021年度十大消费维权舆情热点之一。

我在胖哥俩餐厅暗访的半个月，每天都要在后厨站十几个小时，最多一天剁五百斤土豆，刷几百个锅，脖子和胸前起满了痱子。不过稿件刊发后，能引起监管部门、餐饮企业和广大消费者对食品安全的重视，我想这些辛苦都是值得的。

焦虑现象频出　破解亟须多方合力

协同育人将打通教育改革“最后一公里”

本报记者　赵艳国　李继君　韩　莉

随着寒假的到来，一些校外培训机构开始疯狂营销网课，不少家长也开启报报报、买买买模式。无论校内如何改革和减负，一些家长仍我行我素，致使拼命“鸡娃”之势愈演愈烈。打通教育改革“最后一公里”，让各项改革举措真正落地，实现优质资源供给更均衡、教育评价更科学，需要家庭、社会和学校等多方携手配合，也需要各方再多一点信心和耐心。

A2
本周关注
首都教育
焦虑现象频出 破解亟需多方合力
协同育人将打通教改“最后一公里”
“鸡娃”暗语凸显孩子处境不妙
不是所有家长都有教育焦虑
家庭需要和教育改革同步走
百姓身边的好学校多起来

“鸡娃”暗语凸显孩子处境不妙

这两天，家住北京市丰台区的刘女士屡屡接到培训机构打来的电话，预约她带着孩子线上体验一对一的外教课。据刘女士讲，类似的电话和短信几乎成了家常便饭，到了寒暑假前期更是狂轰乱炸，搞得人不胜其烦。

“一些培训机构在推销课程时，还会‘揭秘’一些小升初的最新内情，声称给孩子报班不仅能够提升成绩，还能直接对接‘名校’的招生需求。”刘女士说。

据了解，不少带娃家长都遭遇过和刘女士类似的烦扰，一些本身就有育儿焦虑的家长在培训机构的鼓动下，开始盲目地把孩子送进各种培训班，加入一场拼时间、拼精力、拼体力、拼财力的“军备竞赛”。网上把这种竭尽全力使孩子成为升学竞争中的优胜者的行为称为“鸡娃”。

记者注意到，在网络上一些沉迷“鸡娃”的家长间甚至还流传着一些暗语，如“英牛”指英语学得好的孩子，“金坑”指易被学校录取的辅导班，“上岸”指被心仪的学校录取等，一些暗语正逐渐成为家长们在小升初、中考等方面使用的“专业术语”。这些拼命“鸡娃”的家长甚至还被一些自媒体冠以“××妈妈”等称谓。

从拼命“鸡娃”，到网络暗语，再到被冠以特定称谓，不仅让我们看到了家长的育儿焦虑，更令人担忧的是那些被卷入校内减负校外增负的怪圈的孩子们。

北京师范大学儿童家庭教育研究中心主任边玉芳指出，过度干预孩子的学业、课余生活、升学和职业选择等，不利于孩子的身心健康发展。“过度培养挤压了孩子的自主性，往往会使孩子在成人之后自我意识欠缺，容易养成被动型的人格，无法应对成人世界的许多挑战，更无法活得多彩幸福。”

中国青少年研究中心少年儿童研究所所长孙宏艳说，适合自己和孩子的教育才是最好的，家长要保持清醒的头脑和平和的心态。每个家长都希望孩子进名校，但是名校未必适合所有孩子。因此，家长不能盲目攀比，更不能在激烈的竞争中头脑发热——一定要让孩子进名校，否则，既有可能伤害孩子，也有可能伤害自己。

不是所有家长都有教育焦虑

在一些“鸡娃”家长眼中，孩子喜欢什么不重要，重要的是哪项技能可以帮孩子进入“名校”。有的家长明明知道孩子不能承受这种畸形竞争，经济投入也可能“打水漂”，但是依然会去做。有分析将其归因于家长的教育焦虑，认为这种焦虑是社会阶层固化、教育欠均衡欠公平、营利机构贩卖焦虑等多重因素所致。

部分家长的焦虑产生剧场效应后，带动了本地甚至跨地域更多家长的焦虑。

原因真的如此吗？

中国教育科学院研究员储朝晖表示，从社会阶层固化角度来分析，认为家长因担心“阶层下滑”而产生教育焦虑的观点缺乏科学性。过去单一化的应试教育挤掉了学生发展爱好、特长的时间，多数学生没有被培养出基于兴趣的特长，再加上没有从事自己喜欢的工作，能力有限或严重不足，上升的机会确实变小了。

他指出，当前教育改革的方向就是通过增加多样化的教育供给，让更多学生发掘自己的特长，给他们专业教育的机会，这都可以扩大个人的社会上升通道。

北京大学教育学院教授、教育部人文社科重点研究基地教育经济研究所副所长丁小浩认为，将家长的教育焦虑归结为教育欠均衡欠公平的说法过于草率。教育焦虑的根本原因并不源自教育系统本身，而是教育系统外部的病症通过教育系统传递给了与系统相关的人们。

事实上，处于焦虑、亢奋状态“鸡娃”的家长并不是主流，不能因个别自媒体出于目标客户匹配炒作的目的，以“××妈妈”的称呼为家长打上“地理标志”，就把“鸡娃”家长当成这一地区的专有群体，甚至因“晕轮效应”影响而对该地的家长产生刻板的印象。

曹源是北京大学第三医院的一名医生，具有医学博士学位和主治医师职称的她，从小到大一直是同学们眼中的“学霸”，按说应是“鸡娃”大军中的一员。事实并非如此，她的女儿在片区对口的北京石油学院附属实验小学就读，除了上过一个英语口语班之外，再未报任何课外培训班。

“学校有舞蹈、乒乓球和国画等社团，我鼓励孩子从中寻找自己喜爱的项目，在自主选择和不断尝试中，她对国画和景泰蓝手工制作产生了兴趣，并跟着老师坚持了下来。”曹源说。

曹源认为，家长应尊重孩子的生理机能、大脑皮层的发展规律，陪伴和引导孩子在自我探索中成长，没有必要把孩子塑造成家长想要的“形状”。因此，她更愿意把30%的时间给孩子自主支配，让孩子去做手工、种绿植，哪怕去做一些成人看起来没有意义的折腾。

她表示，周围与她的理念和做法合拍的家长并不在少数。

百姓身边的好学校多起来

当前，各级政府在积极推动教育评价改革落地的同时，也在推进基础教育优质均衡这件“民生工程”上持续发力。为了满足群众“上好学”的需求，北京市海淀区通过九年一贯制对口直升机制、优质中学下延学段办附小、完善招生机制、落实校额到校政策等方式不断增加优质学位供给。

而今，海淀区一大批新的优质学校异军突起。北京十一学校一分校和北京外国语大学附属中学就是两个典型案例。

北京十一学校一分校由两所薄弱校合并而成。经过近7年的发展，学校教师队伍年龄结构和学历、职称层次都发生了质的变化。目前，学校已有30余位区级骨干教师，多位特级教师和市级骨干，且教师平均年龄不到34岁，整体师资力量与过去不可同日而语。

据北京十一学校一分校副校长章巍介绍，这两年学校在课程建设和教学改革等方面还进行了创新性探索，通过设置跨学科主题课程，开展学校大单元教学及项目式学习，带领学生把知识、技能与生活相对接，提高他们运用综合知识解决实际问题的能力。学校的“大概念引领下的单元学习”还获得了北京基础教育课程成果奖，十一学校一分校也被评为2020年北京市课程建设先进单位。

章巍认为，开展项目式学习提升了学生，也改变了家长。据他介绍，学校开展项目式学习之初，一些家长对此并不认可，他们希望学校多留一些传统的书面作业。经过4年的实践，学生的学习成绩不但没有降下来，反而整体获得了大幅提升，越来越多的家长了解并参与到孩子的项目式学习之中，也改变了原来急功近利的教育理念。

像北京十一学校一分校一样，从薄弱校发展成为多语特色优质校，北京外国语大学附属中学只用了3年的建设时间。实施“1＋3复语实验项目”、开办初中复语实验班、确定“多语贯通培养特色学校”办学定位、驻外大使走进学校课堂……在办学过程中，学校不断满足学生的个性需求，“低进高出”的增值能力逐步增强，中高考成绩更是赢得了学生及家长的高度认可，品牌知名度也得以迅速提升。

为了进一步激发这批后起之秀自我发展的内生力，海淀区还推出了“校校优质”工程，5年来共认定49所中小学校为“新优质学校”、18所中学为“新品牌学校”，同时还将20余所学校纳入名校一体化管理，推动24所中小学校与高校、科研院所开展深度合作，让老百姓在家门口就能上满意的学校。

家庭需要和教育改革同步走

推进教育优质均衡发展、“五育并举”全面落实素质教育、完善招生入学政策……这些年，国家不断深化基础教育领域综合改革，满足社会各阶层不同的教育诉求，使得各地区域内的校际差距明显缩小，义务教育阶段“掐尖”“择校”等乱象已经在很大程度上得到缓解。然而改革的效果在教育链条的最终端——学生身上显现出来还需要一定时间。

孙宏艳表示，教育改革不仅仅是学校的事情，家长和社会也是教育改革链条上的关键一环，各自都有需要承担的责任。家长尊重孩子的成长规律与特点，要不断学习科学的教育理念，掌握科学的教育方法，这样才有素质、有能力去配合教育改革，才能缓解教育焦虑，平和心态养育孩子。

在孩子的教育方面，家长陈立希更相信学校和老师的专业性。因此，她并没有去盲目“鸡娃”，而是更关心孩子的身心健康，她的女儿目前在北京医科大学附属小学六年级就读，成绩在年级名列前茅，还是学校的少先队干部。

陈立希说，孩子上学后，她就特别关注国家和北京市的教育政策，她认为这些政策在推动教育向好发展，也为孩子和家庭提供了一种呵护。

对于海淀区基础教育这几年的变化，陈立希感触颇深："我身边亲友的孩子去年刚参加小升初派位，他们传递给我的信号都是积极正向的，并没有让我感到焦虑。"她认为，一味地追求所谓"名校"不但破坏了教育大环境，而且对孩子的成长也不利，对双方来说都是一种伤害。

储朝晖表示，各级政府一直在采取措施，积极推动教育优质均衡发展，一些措施见效还需要一定的时间，一些新出现的问题也需要及时去解决。打通教育改革"最后一公里"，让教育改革的措施落地、见效，需要家庭、学校和社会形成合力。改革不是一蹴而就的，家长需要转变观念，对教育改革给予更多的信心和耐心。

原载《现代教育报》2021年1月19日

获第三十一届北京新闻奖三等奖

专家 ZHUAN JIA 点评

教改"最后一公里"，媒体不能缺席

北京商报社总编辑助理　吴文治

学校教育关系着每一个家庭，关系着中华民族的未来。中国自古重视教育，当今，教育不仅是传递知识，更是培养个体全面发展的关键环节。家庭、学校加强对青少年的学习教育无可厚非，但违背青少年成长规律的过度教育，就成为社会问题。教育改革的呼声越来越大，家长的焦虑也与日俱增。

其实，近年来教育改革一直在路上，但是教育涉及方方面面，如何让改革行之有效，考验教育从业者，更考验社会的接受度和教育理念。文章将教改措施真正落地称为最后一公里，这最后一公里，需要教育资源更均衡、教育评价更科学，更需要媒体参与，引导社会舆论导向。

在教育改革推进期，《现代教育报》充分发挥在教育领域报道的专注度，敏锐发现网络热词和家长间的黑话，生动刻画了这些现象背后孩子们的状态——学业负担不减、内卷与日俱增。文章从这一小视角切入，但没有止于表面现象，而是通过采访家长、学校等多元化采访对象，用他们的案例和实际经验对这种不理性焦虑、内耗式内卷提出批评，从正面引导家长和社会树立正确的教育观，为深化教育改革营造了舆论氛围。

这篇报道更可贵之处在于不仅指出了家长间不合理的焦虑问题，而且通过揭示问题，给出了出路。这些出路在与家长的对话中、在对学校的采访中，更在教育专家的解答中。这才是文章的立意所在，也是媒体报道的责任。

现在很多自媒体，过于夸大、渲染问题吸引眼球，人为制造焦虑，而对于解决办法，蜻蜓点水或者避重就轻。在人人自媒体的互联网时代，社会需要更多具有理性分析和正能量的报道，在教书育人的教育领域，舆情更不能跑偏。

这也正是媒体的导向性原则，这是我们和西方新闻理论根本性区别之一，需要将导向性放在党和国家“祸”“福”的高度来认识。媒体的导向性原则并不是一味渲染甚至制造真善美，我们讲的导向与真实客观是一致的，是真实基础上的导向性，而不是导向基础上的真实。

党的十九大报告中明确指出，坚持正确舆论导向，高度重视传播手段建设和创新，提高新闻舆论传播力、引导力、影响力、公信力，巩固壮大奋进新时代的主流思想舆论，塑造主流舆论新格局。这为当下媒体改革、全媒体发展提出了方向。

要做好教育改革最后一公里，其实还需要更深入的采访和报道。文章如果能够更深入指出这些焦虑背后的推手、商业利益等问题，就能够把教育改革面临的各种社会矛盾、经济利益等分析得更透彻，也才更有助于教育改革，让教育改革能够更好地落到实处，从而为培养社会发展需要的人才发挥出媒体的作用。

获奖者 HUO JIANG ZHE / 感言

讲好每一个首都教育故事

现代教育报社记者　赵艳国

“鸡娃”“内卷”成为2021年度网络热词，“‘鸡娃’盛行，难逃‘内卷’”之说更是在中小学家长之间和教育界广为流传。在网络上甚至出现了以优质教育资源竞争激烈地区代称的“朝阳妈妈”“海淀妈妈”等。这一现象是家长的教育焦虑越来越严重、孩子的学业负担仍不见减轻的真实写照。

“努力让每个孩子都能享有公平而有质量的教育”是党的十九大报告作出的庄严承诺，国家必然出手解决这一影响民生的“顽疾”。基于这一认识，我和报社其他两位同事经过多次研磨讨论之后，确定了在2021年全国教育工作会召开之际推出一篇报道，通过分析“鸡娃”背后的多种原因，从舆论上引导家长和社会树立正确的教育观，在一定程度上缓解家长焦虑，为教育改革营造更加宽松的舆论环境。

为了让采访的目标和任务更加明确，使稿件更有深度和广度，我撰写了一个简要的报道思路，列出了报道主题和思路、采访对象及采访提纲、实施时间表。从2021年1月8日起，我一边继续在网上查阅相关新闻报道和评论资料，一边联系采访对象确定采访时间。

出乎意料的是，采访并不像预想的那样顺利，一些教育行政部门和学校因为种种顾虑婉拒了采访。我们利用两天的时间，几经周折，通过电话、视频和面访形式采访了5位校长、教师，2位家长和3位专家，最终形成了一篇近

6000字的稿子。后来因为版面篇幅所限，我们将其缩减到了3000多字。

2021年1月19日，稿件见报，多个网络平台和大V转载了这篇报道。在“欢迎来淀”微博上，该文不到24小时阅读量就冲到了“10万+”，不到一周就冲到70余万的阅读量，许多网友纷纷在评论区留言互动。这篇报道从家长之间流传的“暗语”入手，通过采访家长、教师、校长和教育专家等不同人群，探寻“鸡娃”背后错综复杂的原因，揭示“鸡娃”对孩子、家庭、学校和教育生态的危害，从正面呼吁家长和社会树立正确的教育观，最后将主基调落到“破解教育焦虑，让教育改革举措落地见效，需要多方合力”上来。

这篇报道刊发在2021年北京市两会召开之际，相关内容也与北京市两会及当年全国两会上代表、委员们热议的话题不谋而合。有媒体同行评价说，这篇报道早于各大媒体关注“教育焦虑”问题，并且走在了国家发布“双减”政策之前，呼吁学校、家庭和社会合力打通教育改革“最后一公里”堵点，跳出“校内减负校外增负”的怪圈，积极为教育改革营造更加宽松的舆论氛围。

回顾这篇稿件的采访写作过程，我从中总结了三个“度”。一是找好选题和采访的角度，选题不能“跑偏”，采访对象要有典型代表性，采访前要做足准备工作；二是注意思考的深度，报道思路要明晰，重视兼听则明的原则，了解同类题材报道的方向和手法，争取做到不“炒冷饭”、不落窠臼；三是把握表达的尺度，敏锐感知采访报道中各种相关因素的变化，避免引发负面舆情。

新闻舆论工作者“要转作风改文风，俯下身、沉下心，察实情、说实话、动真情，努力推出有思想、有温度、有品质的作品”。习近平总书记从理论与实践两个层面为我们阐释了采访报道的基本准则。我们的采访报道不仅需要宏观叙事，还需要有微观观察；不只是“大场面”，也需要“小切口”；不光要“承上意”，还要“接地气”。

未来，我们将努力贯彻现代教育报社“原创、专业、深度和社会视角”的原则，努力讲好首都每一个教育故事。

《农村养老调查》系列报道

开栏语：近期公布的第七次全国人口普查主要数据情况显示，老龄化水平城乡差异明显：从全国看，乡村60岁、65岁及以上老人的比重分别为23.81%、17.72%，比城镇分别高出7.99个、6.61个百分点。就现状而言，与城市相比，农村不但老龄化程度高，且养老服务基础设施薄弱、养老服务力量欠缺、有效帮扶对接不足、有效供给与消费能力不足……补齐农村养老服务短板，让农村老人安享晚年势在必行。由此，本报特别推出《农村养老调查》系列报道，聚焦农村养老现状，解析养老之困，探究建设性对策。

邻里互助养老　探索农村养老新模式

本报记者　刘妙妙

8 老年专刊 北京社会报　　银发视点

农村养老调查 系列报道之一

邻里互助养老　探索农村养老新模式

邻里互助养老 温暖独居老人心

为老服务 邻里互助员练就十八般"武艺"

近年来，密云区以解决农村老年人“吃饭、照料、看护”等基本养老服务需求为出发点，全力推进以“居家为基础、社区为依托、机构为补充、医养相结合”的社会化养老服务体系建设，努力探索符合农村实际的居家养老服务模式，农村基层养老服务覆盖面和服务能力显著提升，特别是邻里互助养老服务得到了众多农村老年人的认可。

邻里互助养老　温暖独居老人心

“二嫂，在家干什么呢？我来给您量量血压。我看天气不错，一会儿我给您的地里浇点水吧。”5月25日，在密云区高岭镇高岭村，57岁的邻里互助员沈翠珍像往常一样来到65岁的独居老人李玉军家中，一进门就张罗着给李玉军测量一下血压。

李玉军把不大的小院收拾得井井有条，小院里种植了大葱、蒜、豆角、茄子、西葫芦、生菜、菜花等蔬菜，长势喜人。量完血压后，沈翠珍就跟李玉军一起给蔬菜浇浇水，聊聊天。“我自己一个人住，平日里血压、血糖有些不稳定，就得辛苦咱村的邻里互助员多盯着。翠珍每次来看我，甭管我在干啥活儿，都直接抢过去帮我干了，这是把我当老姐姐一样照顾啊。”李玉军说。

当天，52岁的邻里互助员郑铁梁也来到了自己的互助服务对象——76岁的刘淑华家。不同于李玉军，刘淑华的腿脚已经有些不便，郑铁梁在院门口一边喊刘淑华，一边熟练地开了铁门进院，还细心地不让刘淑华养的狗跑出院外。

刘淑华自打嫁进高岭村后就一直生活在此。3年前，老伴儿去世，在密云城内工作的儿子提出要接她进城一起生活，可刘淑华习惯了村里的生活，不愿意进城。于是，儿子每隔两三周回村里来看她。

一个月前的一天，独自在家的刘淑华突然感到一阵晕眩，还有些喘不上气，她赶紧拨通了郑铁梁的电话。郑铁梁立即骑上电动车，3分钟左右就赶到老人家，带着老人去了医院，同时给老人的儿子打电话。老人的儿子接到电话后马上赶去医院，紧赶慢赶到了医院，刘淑华已经在郑铁梁的陪同下就诊完毕，渡过了危险期。刘淑华对郑铁梁忙前忙后非常感激，郑铁梁对刘淑华说：“我出点力没事，只要您身体好就行！”

记者了解到，在高岭村，像郑铁梁、沈翠珍这样的邻里互助员共有6人，他们每人服务10名互助老人，共为村内60名独居老年人，与重残子女共同居住的老年人，失能、半失能老年人提供邻里互助居家养老服务。

为老服务 邻里互助员练就十八般“武艺”

“邻里互助员不能说什么都会吧，但只要老人有需要，我们就会去想办法。”在密云四合村幸福晚年驿站，记者见到了担任邻里互助员已经两年的王芳。

“王芳，我这儿有30斤棒子，你改天拉着我去镇上磨成面吧。”

“王芳，家里煤气罐没气了，这两天你骑三轮车带我去换气点换罐气吧。”

“王芳，家里的牛奶没有了，你啥时候帮我去店里再买点吧。”

四合村位于密云区北部，寒冬时节，这里的最低温度接近零下20摄氏度，可无论什么时候，一旦有老人给王芳打电话求助，她总是一口答应，及时处理妥当。据四合村幸福晚年驿站的工作人员介绍，除了邻里互助服务外，王芳还每天负责为村里10名残疾老人上门送餐，即使这样忙碌，她依然尽可能地满足老人的需求。

“我们这儿，这沟那沟之间少说也有六七里地，离得远着呢！有的老人去趟小卖部，连走带歇需要一个小时。我会骑三轮车，平时拉着老人跑几趟，不是什么大事。”王芳说。除此之外，她还会网购、理发、量血压等，用的还是水银血压计。“平时，不是我邻里互助服务对象的老人有需要，我也给他们量血压、理发，只要老人不嫌弃我手艺，我就都帮个忙。”王芳笑着说。至于网购这项技能，也深得老人们喜爱，王芳解释道：“我体形比较胖，有时候网上买的衣服，老人穿着也合适，就叫我帮着带一件。比如我腿上这条裤子，才二三十块钱，好几位老人看上了，一来二去托我在网上给买了好几条。”

同为四合村邻里互助员的李桂霞，曾在养老机构担任过4年护工，熟练掌握专业的护理技能。因为公婆年事已高，在外务工的她，选择回乡照顾老人。得知村里招聘邻里互助员，她觉得这份工作既能让她有时间照顾公婆又能发挥所长，就果断报了名。

李桂霞服务的老人中有两位已经80多岁了。李桂霞因为有护理经验，所以能够熟练地给老人翻身或者换导尿管。“虽然担任邻里互助员没有在养老机构工作挣得多，但能够守在公婆身边照顾，还能为村里老人提供些力所能及的帮助，我觉得挺好。在外工作的爱人也很支持我做这份工作。”李桂霞说。

四合村幸福晚年驿站作为高岭镇的邻里互助服务站，由密云霞光社会工作事务所运营，其负责人郭宁表示，高岭镇现有31名邻里互助员，每一名都是服务站与村政府积极沟通，立足本乡本土，招募的热心公益、有能力开展养老服务的村民。每个邻里互助员的家就是一个邻里互助服务点。

根据密云区农村邻里互助养老服务点服务内容要求，邻里互助员可提供上门探视、电话问候、基础居家服务、转介服务四类服务。其中，基础居家服务包括打扫卫生、寻医送药、紧急救助、代买代缴、帮助理发、护理按摩等。“但在实际服务中，我们邻里互助员提供的服务远不止于此，帮老人挑水种地，给老人劈柴生火，为老人烧菜做饭都是常有的事儿。”郭宁说，“邻里互助养老服务有明确的服务规范和应急制度，通过后台系统我们可以掌握每位邻里互助员每天的服务内容。同时，我们事务所每季度还会安排至少两次培训，日常发现问题也会及时组织邻里互助员开会，解决问题。”

机构+驿站+邻里互助　为农村老年人织密“服务网”

记者了解到，截至目前，密云全区60周岁及以上户籍老年人口共11.1万人，占户籍总人口25.19%，老龄化整体形势十分严峻。其中，城市户籍老年人口2.5万人，农村户籍老年人口8.6万人，农村老年人口基数非常高。

近年来，密云区从区级层面不断夯实顶层政策设计，完善养老服务保障体系，出台相关指导文件，优化养老服务设施布局。全区现有养老机构37家，目前，全区千人养老床位数为10.8张，预计“十四五”时期将达到11张。

为了高效发挥养老机构的服务潜力，满足四类优先保障对象中老年人的实际养老需求，密云区实施居家辐射服务项目，将养老机构专业服务延伸至家庭。依托各镇街养老机构的服务资源，辐射带动为老服务组织为辖区内托底保障对象、困境保障对象、重点保障对象、社会优待对象中的老年人提供助餐、助洁、助浴、助医、助急等四大类46项多样化、个性化的居家养老服务项目，推动养老机构、为老服务商等专业养老服务资源在居家服务中得到有效延伸，满足居家老年人多样化养老服务需求。从2017年至今，共服务老年人5.3万余人次。

针对农村地区养老服务资源紧缺，以及农村老年人面临的养老难题，密云区探索建立了“幸福晚年驿站”居家养老服务新模式，截至目前，已建成幸福晚年驿站100家，涉及19个镇街，覆盖90余个村（社区），共设置床位1371张，提供日间照料、助餐助洁、代买代缴、文化娱乐等多种居家养老服务项目，并拓展上门服务，将服务功能延伸至家庭，实现了养老不离土、离家不离村。

近年来，根据农村老年人的实际养老需求，密云区创新开展邻里互助居家养老服务模式。截至目前，已为1000名独居老年人、与重残子女共同居住老年人等提供入户探视服务12万次，电话问候15万次，打扫卫生1.04万次，代买代缴1.13万次，精神慰藉2.23万次，陪护服务5306次，家电、手机操作使用606次，洗衣、缝纫519次，临时做饭628次，应急救助4次，转介服务200余次。有效解决了高龄独居老年人、与重残子女居住的老年人等重点服务保障对象的居家养老服务需求，确保老年人日常生活有人照看，突发事件有人帮扶，真正把养老服务送到老年人的周边、身边、床边。

咋让叫好又叫座的“老年餐”不断顿？

本报记者　张美荣

为了满足农村老年人的就餐需求，近年来，延庆区一直在探索建立更完善的养老助餐体系，而在这一过程中，延庆区的老年餐桌，呈现出愈发多元的运营模式，让叫好又叫座的“老年餐”不断顿。

“老年餐桌”让老人找到家的幸福感

6月11日中午，还没到开饭点，延庆区康庄镇火烧营村老年幸福餐桌就开始热闹起来，三五位老人在一起聊天唠嗑儿。

“什么是幸福？其实很简单，就是能吃上口热乎饭。”如今，对76岁的韩秀川来说，吃饭不再是难事。老人说，子女常年在外，他一个人生活，做一顿饭吃三四天。如今村里有了“老年餐桌”，自己吃饭不用再凑合了。在火烧营村老年幸福餐桌吃饭的共23名老年人。说起“老年餐桌”的“好”，老人们如数家珍：便宜，一顿午餐两元；吃的蔬菜都是有机菜，不打农药。

美好的生活还在继续。延庆镇米家堡老年幸福餐桌也开饭了，这里比火烧营村老年幸福餐桌要热闹很多，3个村的120多名老人在此吃饭。“老年餐桌”负责人刘秀平和4名工作人员忙前忙后，给老人刷卡，将饭菜端到老人面前。对于行动不便的老人，则由家属在餐口取餐，一切井然有序。

“这么多老人就餐，谁来我们这儿都很震撼。人再多，我们一点也不糊弄，在这儿吃饭的老人没有一个不长肉的。”刘秀平言语中都透着自豪，“今天主食做得简单了，这还是紧忙活着，因为下午要包粽子，实在忙不过来，我叫了七八个志愿者过来帮忙。”

当天，米家堡老年幸福餐桌的午餐食谱是红烧肉炖粉条、炝炒圆白菜、米饭、馒头、粥，一荤一素，两干一稀，在老人们看来这都是顶好的饭菜，最美的口福。每周菜饭不重样，工作人员每天都换着样儿做，豆包、火勺、油饼、馅儿包子……老人没有不说好的。

有了“老年餐桌”，王土栓、王海朱兄弟俩的生活质量有了很大提升。兄弟俩无儿无女，哥哥听力不好，弟弟行动不便。“老年餐桌”没开餐之前，都是哥哥去城里买饭，一买就是一塑料袋的主食，平时喝口汤都难。

延庆区老年人口7.9万人，占全区常住人口的22.9%，老龄化尤为突出。很多农村老人做饭吃力，吃剩饭、吃冷饭、凑合吃、做一次饭吃好多顿的现象严重，更谈不上营养搭配。自从搭上幸福号“老年餐桌”，老年人找到了家的感觉，获得感、幸福感大大增强。如今，“老年餐桌”成为延庆区农村敬老、爱老、孝老的一张名片。

运营有补贴　营养美食“白菜价”

延庆区的每一家“老年餐桌”人气都非常旺。老人只需交两三块钱就能吃一餐，甚至更低。粗略算算，一荤一素两主食一汤，一顿饭的成本也得七八元。为何只收两三元的“白菜价”？延庆区民政局养老服务科负责人张超说，这是因为政府给了运营补贴。

事实上，延庆“老年餐桌”发展得并非一帆风顺。早在2010年，延庆区就建设了第一家“老年餐桌”，到2017年底，历时8年全区建成的餐桌只有20家，主要集中在城区周边经济较好的乡镇。老人有需求，村里也有想法，但一直以来推进速度缓慢，关键是缺少资金保障。

让老人吃得好、花钱少，保证餐桌长期运营，不是件容易的事。2018年，延庆区民政局出台了“一免两补”的政策。

“一免”是指村里免费提供房屋、场地，集体、企业、社会组织和个人都可以承办村级餐桌，充分调动社会各界参与餐桌建设的积极性。“两补”是指政府为“老年餐桌”提供建设补贴和运营补贴。其中，建设补贴按实际支出的80%补助，最高10万元；运营补贴根据运营服务量核算，每个餐桌每年补贴最高10万元。

为促进“老年餐桌”可持续运营，2019年，延庆区实行“一涨一增”政策。张超解释，区民政局保障老人中晚餐补贴标准由原来的每人每餐3元增长至每人每餐5元，同时取消10万元补贴上限，按实际服务流量核定运营补贴，减轻运营负担。增加餐桌运营交通工具一次性补贴，最高1万元，鼓励餐桌为有需求的老年人提供送餐服务。

此外，依托区养老服务指导中心信息平台，延庆区开发餐桌管理系统，实现对就餐环境、就餐过程、就餐次数的实时记录。老人就餐只需刷一次卡，改变了以前粗放的手工记账方式，也为核定运营补贴提供精准数据。

一系列利好政策出台后，这两年，延庆区“老年餐桌”如雨后春笋般发展起来。截至目前，延庆区已经建立起113家老年幸福餐桌，遍布了全区15个乡镇、覆盖了2.1万名农村老年人。

服务升级 “老年餐桌”变身养老驿站

“老年餐桌”建起来了，但可持续运营是不得不面对的课题。延庆区给出的解决方案之一是，打通政策渠道，提高政策补助，推动老年幸福餐桌升级为养老服务驿站，推动“老年餐桌”的良性运转。

随着功能的不断增加，不少延庆区“老年餐桌”在提供助餐服务的同时，也逐步承担起了养老驿站的“角色”。如今，延庆区已有一些符合标准的“老年餐桌”升级为养老驿站。

走进八达岭镇东曹营村村委会大院，“幸福晚年驿站”的标识牌赫然醒目，自从挂牌后，这里成为村里老年人的“快乐老家”。

这里有休闲娱乐区，配备了空调、电视、暖气等设施，桌子座椅也安置到位，供老人聊天、看报、下棋，打发闲散时间。隔壁房间为照料服务区，设置了两张床位，24小时提供热水，室内还拥有独立卫生间，可接纳老人短期居住。驿站内的全部设施均以适老化标准建设、配置，既考虑到老年人使用时的安全、便捷，也不失家庭的温馨与舒适。

“我能跟村里的老伙计们在这聊聊天、下下棋，累了还有地儿休息，想想心里都美。这得感谢政府，给我们提供这么好的环境。”东曹营村村民邢宽说。

2020年初，在延庆区民政局和八达岭镇政府的共同协助下，东曹营村村委会先后完成“老年餐桌”的基础设施改造、设备购置以及法人申报登记、备案公告等系列工作，顺利完成升级，成为幸福晚年驿站。截至今年5月，延庆区共有11家村级“老年餐桌”升级为养老服务驿站，具备就餐服务、健康指导、呼叫服务、照料服务、休闲娱乐等为老服务功能，进一步健全农村养老服务体系。

餐桌升级为养老服务驿站，是可持续、可复制的“正轨”。未来，延庆区将进一步推动助餐点与驿站融合，把“老人助餐”作为整套养老服务中的一个服务项目，避免单纯地亏损。

避免断顿　用多元化服务为餐桌“输血”

对于“老年餐桌”的运营问题，延庆区基层也进行了破题。

“老年餐桌盈利是不可能，但我们开起来就不想关。”刘秀平算了一笔账，米家堡老年幸福餐桌的收费标准为60周岁至64周岁的老年人每人每月餐费150元；65周岁至79周岁的老年人每月餐费100元；80岁以上老年人和重度残疾人免费，这个人数有60余人，而“老年餐桌”每月运行成本是3万元，从去年9月营业一直到现在，每月都在亏损。

没有村集体收入，亏损的“老年餐桌”如何坚持到现在？米家堡村村委会的破解之道是，大村带动小村，以此做大做强。刘秀平又算了一笔账，米家堡村人多，相邻的祁家堡、唐家堡人少，3个村合在一起，大大减少了运营成本，还能拿到残联部门每年给的20万元温馨家园补贴，民政部门给的10余万元流量补贴，再加上村集体自筹一部分，基本能达到收支平衡。

延庆“老年餐桌”大多由村集体来运营，依靠政府补贴生存并非长久之计。只有通过更充分地对接市场进行自我“造血”，才能让自己“活”得更好。

火烧营村老年幸福餐桌只有23名老人用餐，运营成本一点不低，但火烧营村开设“老年餐桌”之初就为其找好了出路。

该村挂职第一书记范宝莹介绍：“我们和荷府民宿合作，从2019年到现在，餐桌都运营得很好。我们的老人需要吃饭，民宿也需要解决20多位工作人员吃饭的问题，所以我们在一起合作达到共赢的目的。村委会出地方、出设备，以及每月的水电费，民宿提供人工以及食材。因为荷府民宿有自己的农庄，所以我们村的老人能吃到有机菜和草莓等水果。”

此外，延庆区还有社会组织承接运营餐桌，依托餐馆建设餐桌等方式，为餐桌“输血”。让餐桌在不同情况下实现多种方式的运营，延庆通过多元化的养老服务，尝试“突围”，惠及更多农村老人。

6大类200余项服务　365天随时在线

老人有难处“一键”呼　救助人员“即刻到家”

本报记者　任可馨

8 老年专刊 北京社会报
银发视点
农村养老调查
6大类200余项服务 365天随时在线
老人有难处“一键”呼 救助人员“即刻到家”
“智享宝”按下救命键 高龄独居老人生活更踏实
从提供“跑腿”到为老人“私人订制”

看病买药难、购物做饭难、生活照料难、卫生保洁难、安装维修难、信息咨询难、休闲娱乐难等养老难题，时刻困扰老年群体，尤其是高龄独居的困难老人。目前，平谷区常住老年人口10万余人，其中80周岁及以上老年人2万余人，老龄化程度达25%。面对一系列养老难题，平谷区委社会工委区民政局经过多方探索，通过政府购买服务的形式，委托第三方公司——北京即刻到家服务科技有限公司（以下简称“即刻到家”），利用互联网平台+智能终端设备+专业服务团队+养老驿站+24小时人工客服中心五位一体的模式（一中心多站点），为困难老人提供帮买帮送、家政维修、紧急救助、生活咨询、健康助医、精神慰藉6大类、200余项居家养老服务。

“智身宝”按下救命键
高龄独居老人生活更踏实

平谷区委社会工委区民政局相关负责人介绍，“365天+24小时”居家养老服务是为每位服务对象安装1台“智身宝”一键通设备，并教老人学会使用，便可实现困难老人的24小时“您有所呼，我有所应”。

7月22日，“即刻到家”紧急救助团队成功处置两起突发救助险情。经“即刻到家”值班人员全力辅助救助，为两位老人赢得了宝贵的时间，使二老及时到达医院接受治疗。

救助一

“请问有人吗？我老伴儿摔倒了，能帮帮我们吗？”7月22日15点50分，家住南定福新区的李先生，在家中意外摔倒并出现呕吐症状，家属立刻通过“智身宝”一键通设备的呼叫功能联系客服。

时间就是生命，专业即是保障。“即刻到家”24小时客服平台的工作人员接到求助后，立即启动紧急救助预案，迅速联系紧急救助值班人员刘卫平和谭蕊。二人带上急救包第一时间赶往老人家中，为老人测量血压时，发现血压偏高。详细询问老人摔倒时的情况后，为防止老人脑出血，刘卫平辅助家属让老人侧卧，保持头部抬高15到30度。时刻监测老人身体状况，对其做出相应的处置，同时安抚老人和家属的情绪。

与此同时，客服工作人员拨打了120急救电话，简要、清晰地阐述了老人的住址、联系方式、过往病史和身体状况。继而将急救车牌号告知紧急救助值班人员，谭蕊随即到小区岔路口接应、引导救护车，争取让救护车更快到达老人家门口。

在平谷区医院的120急救通道入口，紧急救助工作人员陈丽娜、杨佳莉早已等候在此。救护车到达后，两名志愿者立刻协助120急救人员将老人送至诊室，替代老人家属排队挂号，全程陪同老人预约各项身体机能检查。

当天18点10分，当医生告知老人目前病情稳定，只需等待进一步治疗后，所有人悬着的心都落了下来。家属表示不再需要协助后，紧急救助人员方才离开医院。

救助二

当天19点02分，24小时客服中心平台显示，金海湖镇刘先生家中的“智身宝”一键通设备被触响，值班人员谭蕊立即启动紧急救助预案。

在听到刘先生家属诉说老人全身抽搐不止，曾有脑淤血病史的同时，客服人员通过管理平台查询到了设备主人刘先生的基本信息。与家属核实详细住址、联系方式等相关信息后，立刻联系了120急救中心。距离刘先生家较近的紧急救助志愿者殷美霞，也在接到24小时客服中心调配后，火速赶往老人家中。

19点45分，救护车抵达区医院。等候多时的紧急救助人员李凤连和宋丽佳，立刻上前开始紧急救助和助医的工作流程。协助老人家属排队、挂号，并陪同老人进行测血糖、抽血等身体检查。直到20点23分，老人情况趋于平稳，家属对“即刻到家”的救援工作表示感谢，并告知不再需要协助后，紧急救助人员才离开。

李先生和刘先生均因高龄、独居等情况，被平谷区民政局纳入2020年为民办实事工程的居家养老服务对象。事后，老人的子女们感叹：这个项目确实让老人的生活更有保障，自己在外工作也能更加安心，一定要更认真做好自己的本职工作，以回报社会发展带给父母的福利。

据介绍，为解决辖区老年人居家养老服务问题，自2017年7月起，平谷区委社会工委区民政局分阶段为该区16个乡镇街道约3000余户空巢老人，上门安装“智身宝”一键通设备。同时，制订了“您有所呼，我有所应”的“365天+24小时”居家养老服务工作方案。平谷区委社会工委区民政局通过为老人提供全面的居家养老服务，提升空巢老人居家养老安全度，实现24小时随叫随到，提升空巢老人居家养老幸福感。

从提供“跑腿”到为老人“私人订制”

在日常生活中有很多琐事，年轻人可以轻易完成，但对老人来说着实需要费一番功夫。比如换灯泡、换洗被褥等再简单不过的事情，对于视力听力下降、行动不便的老人来说就特别困难。目前，已有不少老人通过“智身宝”一键通设备提出了自己的需求，体验了“您有所呼，我有所应”的“365天+24小时”居家养老服务。坐在家里就能享受到自己定制的专业理发、帮买帮送、家政维修等各项服务，着实让老人开心不已。

生活中如遇灯丝烧坏、突然跳闸、断水等问题，都有可能给老人带来极大的不便和恐慌。大多数老人儿女都不在老人身边，遇到这种事情不能及时帮助解决，也只能干着急。

“即刻到家”工作人员刘卫平说：“只要是老人通过‘一键通’找到我们，无论什么问题，我们都会根据老人自身的情况和特点帮助解决。例如我们每个月都有固定的时间为老人免费理发，但是一些老人不清楚时间限制，或者行动不方便，过来找到我们，我们也会服务。”刘卫平告诉记者，令她记忆深刻的是家住兴谷家园驿站附近的一位老人，患有小脑萎缩，并伴有暴力倾向。“每次上门服务，我们都得派一个年轻力壮的小伙子，就怕老人突然失控拉不住。”

家住园丁小区的曹女士患有心血管疾病，需要定期去医院做检查。但是老人却拒绝子女的帮助，跟老伴儿的关系也不是很好，每次去医院，都需要“即刻到家”的工作人员陪护。“一些老人长年‘宅’在家中，很容易出现心理问题，这就要求我们的陪护人员具有耐心，针对老人的需求对老人进行心理疏导。”刘卫平说，通过一键呼叫设备为老人提供24小时的居家服务，不定期对老人进行心理慰藉，不仅为老人解决了生活上的困难，还给老人心理带来了很大的安慰。

平谷区委社会工委区民政局相关负责人介绍，24小时居家服务使老人得到了日常的助老服务和心理关爱，降低了内心的孤独感，提高了日常生活质量。这些社会发展为老人带来的福利，可以让空巢老人不再空巢，让外出务工子女更加踏实、安心工作。

24小时居家养老服务项目实施以来，切实解决了空巢独居老年人的困难和难题，分担了老人子女特别是独居老人子女在老人生活照顾上的负担和忧愁，通过智能终端服务器，提高了老人衣食住行的多样性，满足了老人对日常生活用品的需求。

截至目前，通过“智身宝”一键通设备，“即刻到家”先后为老年人提供看病买药、购物购货、卫生保洁、家电水电维修、法律服务、心理慰藉等各类生活服务54万余次，其中80%属于免费上门服务。“特别是居家老人突发遇险的紧急救助，是我最为关注的一项社会公益性活动。”“即刻到家”创始人、总经理隗合亮说，在“时刻准备着，紧急救助”的誓言下，公司全员持救护证上岗，截至目前，已先后进行了56次公益紧急救助，许多重病老人由于得到了及时救助，生命转危为安。

下一步，平谷区委社会工委区民政局将坚持学党史办实事，不断增强服务意识，切实做好高龄独居等困难老人的兜底服务保障工作。

原载《北京社区报》2021年6月至8月

获第三十一届北京新闻奖三等奖

专家/点评

ZHUAN JIA

探究问题和矛盾解决之道的系列报道

北京青年报评论部主编、高级编辑　潘洪其

2021年6月2日至8月11日，《北京社区报》推出“农村养老调查”系列报道，以8个整版《老年专刊》的规模，全景式反映北京农村地区养老现状，展现近年来北京农村养老发展成绩，探究问题和矛盾解决之道。这组系列报道政治站位高，采访扎实，视野宽广，立意深远，有助于进一步优化农村养老服务环境，促进政府职能部门和公共服务机构改进提升工作，推动北京农村养老持续健康高质量发展。

这组系列报道有一个显著的特点：每篇报道集中展示北京一个行政区的农村养老现状，突出了这个区农村养老发展的重点与特色。如密云区农村重点探索邻里互助养老，打造农村养老新模式；怀柔区以“医食住”服务为重点，探索“足不出村”养老做法；大兴区实行智慧养老服务进村，以数字化服务提升老人幸福指数；通州区实施“一乡一特”养老服务创新项目，鼓励基层养老服务探索创新，等等。每个地方、领域、单位发展改革中的重点与特色，既反映了各自的特殊性，也反映了一定范围内的普遍性，因此突出重点与特色不但有利于总结提升工作，对其他地方、领域、单位也具有参考启示价值。

一般说来，媒体就政府工作和公共服务推出系列报道，会注意在相关地方、部门、单位之间全面平衡、统筹兼顾，以免显得有所偏向或遗漏。北京16个行政区中，除东城、西城、朝阳、海淀等“城六区”外，其他10个行政区都有较大面积农村地区，都存在农村养老服务亟须强化提升的问题。《北京社区报》“农村养老调查”共有8篇报道，其中6篇分别聚焦一个区的农村养老，包括密云、怀柔、大兴、通州等6个区，另两篇报道聚焦延庆区，有3个区的农村养老未被《农村养老调查》系列报道涉及。相信这不是该系列报道的偏向或遗漏，而是对此类报道“全面平衡”“面面俱到”模式的某种突破。

如果能对北京农村养老亟待解决的问题和矛盾有更充分的反映，对解决问题和矛盾的方向思路、措施方法有深入的分析，并总结北京农村养老发展和改革的经验对其他地方的参考借鉴意义，这组《农村养老调查》系列报道就更有价值了。

获奖者 感言
HUO JIANG ZHE

突出行业特色 做好选题策划

北京社区报常务副总编辑 丁 刚

好的新闻报道，成功的因素很多，选题是一个重要的前提和基础。对于不以“短平快”和时效性见长的周报、行业报来说，做好选题策划，显得更为重要。回顾《北京社区报》的《农村养老调查》系列报道的策采编发过程，让我们对提炼选题的重要性有了更加深刻的认识。

选题好不好，关系到新闻传播的质量，更关系到党的方针政策是否能及时有效传达、落地生根开花。对于行业报来说，做好选题策划，既要立足行业阵地，突出行业特色，坚持做到围绕中心服务大局；又要坚持群众视角，注重贴近性、服务性和实用性的原则，将目光和关注点更多地集中在与群众生活息息相关的话题上，站在老百姓的角度看问题，让新闻更加接地气。

提高政治站位 判断题材重大性

选择“农村养老”这个主题，是对我们日常信息积累的一次深度开发，是行业新闻报道的优势体现，也是践行“四力”要求、大兴调研之风的一次生动实践。

习近平总书记非常关心老年人，重视养老问题，对养老事业寄予了殷切希望。牢记总书记的嘱托，近年来，北京不断发力，不断开拓创新，探索构建了具有鲜明首都特色的养老服务体系和发展模式，尤其在城市养老方面，亮点频出，精彩不断，各种报道屡见不鲜。而相比之下，农村养老则显得“默默无闻”得多，各方面的关注和报道也相对较少。“要在全国干得最好”，当然少不了农村的答卷。北京农村的养老现状如何、有什么样的创新和亮点、取得了哪些成绩和突破……这都是值得我们高度关注的话题。作为专注于首都社会建设和民政领域的行业主流媒体，聚焦农村养老现状，解析农村养老之困，探究建设性对策和发展思路，挖掘好的经验、做法以供借鉴，一起让更多的农村老人“老有所养、老有所乐”，这既是我们的职责所在，更是以实际行动贯彻落实总书记对北京民政工作指示要求的具体实践。

党的十九大报告提出“积极应对人口老龄化，构建养老、孝老、敬老政策体系和社会环境”；十九届五中全会将“积极应对人口老龄化”上升为国家战略后，党的二十大报告进一步明确“发展养老事业和养老产业，优化孤寡老人服务，推动实现全体老年人享有基本养老服务”。全面学习贯彻落实中央部署要求，在新时代的背景下，关注农村养老、关注农村老人，深入探访北京农村养老的现状和发展问题，对展示北京养老事业发展成就、助力破解农村养老难题、助推乡村振兴等方面，一定具有重大的新闻价值和现实意义。

基于这样的认识，在不断梳理、汇总一线记者日常积累的各种信息、线索，并充分征询市民政局养老工作业务部门的意见建议后，一个《农村养老调查》系列报道的选题由此形成。

农村养老点多面广，情况多元而又复杂。对于这样一个宏大的主题，不可能做到面面俱到，怎样才能把握得既有深度又有温度，既有专业性又有可读性，对此我们选择了系列报道的方式，就是要围绕行业关心、读者关注的热点或难点问题从不同角度、不同侧面、不同层次进行全方位报道，运用记者的眼光，客观报道现象，冷静观察问题，深入分析原因，把解决问题的思路和方案立体地展现在读者面前，使报道在反映问题、推动工作上具有较强的穿透力。

透过复杂现象　准确把握新闻点

主题明确了，还要找准新闻点。

说到农村养老，很多人首先想到的可能更多的是痛点、难点。不可否认，相比城区老人，农村老人吃饭难、就医难、出行难、养老难等问题较为突出，这些都可以成为“吸引眼球”的话题。但是我们的报道不仅是要反映和披露问题，更多的是要为破解农村养老难题助力和求解。因此，把握导向性、找准新闻点成为重要一环。记者在深入农村采访中发现，随着本市不断探索创新农村养老服务形式，不断丰富居家养老服务内容，让老年人享有了更高质量的生活。各区各地立足实际、因地制宜，在农村养老方面的创新和亮点也是层出不穷。像延庆区的农村“幸福食堂”开到了村民家门口，老人花三五块钱就能吃上一顿饭，条件好的村干脆免费，老人们的幸福指数很高；同样是远郊区的密云区，自2020年开始探索建立“邻里互助点”养老服务模式，建设成本低、服务覆盖面广、与独居老年人“情感亲、离得近、帮得上”，基本满足了独居老年人的多种养老需求；在怀柔区渤海镇六渡河村，记者发现这里的老年餐桌菜品丰富、价格实惠，农村老人吃饭问题得到较好解决；在该区桥梓镇口头村，农村老人的休闲生活不是在家门口唠嗑，而是在幸福养老驿站内进行丰富多彩的文化活动；在桥梓镇东茶坞村，老人不出村就能享受便捷的医养结合服务……如今越来越多的农村老人正在享受着好时代带来的好生活。

《农村养老调查》系列报道选择了不同区的8个“点”，既有邻里互助养老新模式，又有叫好又叫座的老年餐，既有智慧养老进农村的探索，又有定制专属服务的亮点……力戒“同一主题千篇一律”，力求“突出特点精准画像”，从而生动展现出京郊大地上一幕幕各具特色的养老事业“夕阳红”的图景。报道一经刊发，即得到了广泛关注，有的郊区通讯员主动致电本报，提供报道线索，邀请记者入村采访，进一步丰富了我们的选题内容。一组8篇下来，更是取得了较好的社会反响，得到了各级养老工作主管部门、养老工作者和广大读者的认可，称赞这组报道既展示了北京农村养老的现状和成就，又挖掘了工作创新和亮点，提供了典型经验，具有较强的指导性和借鉴意义。

牢记使命担当　锤炼“四力”出精品

习近平总书记明确提出“好的新闻报道，要靠好的作风文风来完成，靠好的脚力、眼力、脑力、笔力得来”。通过“农村养老调查”这个选题，我们更加深刻地认识到，行业新闻报道要达到“人无我有、人有我新、人新我精、人精我专”的境界，必须不断增强驾驭选题的能力，贯穿新闻报道全过程，不断锤炼“四力”下苦功，唯其如此，方能切切实实地提质量、出精品。

增强“眼力”，培养树立大局观念。人们常说：“不谋全局者，不足谋一域。”增强眼力，就是要增强政治思维、战略思维，善于观察、善于辨别，做到看得清、看得透、看得远，既见人之所见，又见人之所未见。对行业报记者来说，既要深耕行业领域，丰富业务知识，提升专业素养，也要始终高度关注社会热点、发展难点、民生焦点，学会多方面、多角度观察问题、思考问题，增强由小及大、由点及面看问题的能力，使新闻报道既能经得起事实检验，又对解决现实问题、推动长远发展能有促进作用。

夯实“脚力”，走进乡村一线，探访真情实感。长期以来，我们一直提倡“不是自采不署名，不到现场不写稿，不经核实不发表”的工作原则。开展“农村养老调查”，更是要求记者用“脚力”走进乡村一线，探访真情实感。要迈开双脚到农村中去、到群众中去、到实践中去，让作品“沾泥土”“带露珠”“有温度”“接地气”。强脚力是对新闻工作者的基本要求，更是我们做好新闻调查选题的必然遵循。在进行工作总结和业务研讨时，所有参与的记者对此都表示深有感触，受益颇丰。如记者张美荣感言：“用优秀的新闻作品，记录好伟大时代，这是记者的初心。作为一名基层记者，我们始终坚持走在路上，心里底气十足，始终坚持身在基层，写出冒热气的好故事。”记者郭彦则表示：“作为记者，我们可能无法走遍每一个村落，但可以收集每一个听到的声音，记录每一次符合老人期待的服务改进，用感同身受替采访对象发声，为基层社会治理带去更多群众心声，为家园和谐发展贡献更多力量。”

增强“脑力”，精炼选题内容，提升报道质量。作为行业报记者，要学会“跳出行业看行业”“站在百姓的视角看行业”。既要增强历史思维、辩证思维，多思善谋、综合研判，做到想得全、想得细、想得深；更要勤于学习、善于思考、勇于实践，不断完善知识结构，切实打牢专业功底，争取对某一个或几个专业领域有比较深入的研究，做一名专家型的记者。在选题执行中要把心沉下来，开动脑筋深入思考，并把这些思考融入到新闻调查和采编全过程，这样才能在报道中既体现内容的广度与厚度，又体现思想的高度与深度。

锤炼“笔力”，切实转变文风，妙笔书写新时代。长期以来，我们作为行业报的一大困扰就是由于专业性强、专业术语多，而且很多稿件的政策性极强，造成语言生涩难发挥，文章的可读性、吸引力和感染力都大受影响。回顾这次新闻调查，记者深入现场“抓活鱼”，站在群众视角，善用群众语言，记录生活气息，反映真情实感，从而使稿件生动活泼，更加吸引人、打动人和鼓舞人。“笔力”是新闻工作者的基本功，对行业新闻工作者来说，首要的就是得学会如何把专业性极强的新闻报道转化为老百姓听得懂、看得透、喜闻乐见的语言文字呈现给读者。练就“笔力”是一个学无止境的探索过程。我们一定要沉心静气，坐得住冷板凳，下得了苦功夫，持之以恒、久久为功，不断增强“笔力”，锤炼文字本领，用更优秀的作品凝聚共识、汇聚力量，用妙笔记录和书写新时代的新篇章。

追索新聞真諦

综　合

ZONGHE

《生命缘》百年协和系列

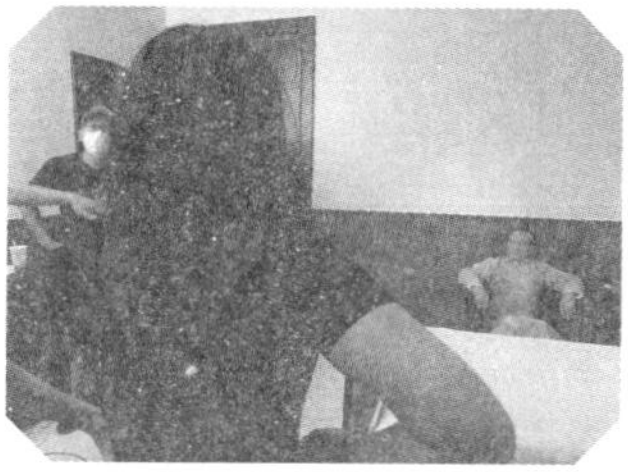

详细新闻报道
请扫码观看

原载北京卫视《生命缘》2021年9月14日至10月12日

获第三十一届北京新闻奖一等奖

获第三十二届中国新闻奖一等奖

专家点评
ZHUAN JIA

精神传承是一个民族自立之本

北京市新闻学会会长、高级记者　初小玲

北京广播电视台《生命缘》百年协和系列，是一部有历史、有现实、有探寻、有呼吁的纪录片，以此致敬中国百年医学成就。作品用沉静简洁的叙事和画面，刻画了众多用一生的实践，坚守医国救民、匡时济世的共和国医者，紧扣“人民至上”的时代主题，是中国近现代医学影像志中不凡的一笔。

这部作品令人回味的，是通过深耕医史细节，现代手术全景式记录，当下正在发生医学人文故事，充分体现了中国医学的精神传承。

作品中有这样的镜头：“孙中山”与青年医生跨时空对话；孙中山在广州岭南学堂的演说；第一例基本外科手术；第一例现代胰十二指肠切除手术；第一时间记录脊髓性肌萎缩症病人的生命之旅；郎景和医生用30年的研究和实践，只为回答一个问题，女子子宫内膜异位……镜头在叙事中，似乎有一种力量，一种举重若轻的力量，这种力量体现在作品中，就是对每个医者对生命内涵的认识有了心灵的力量，有了责任的光辉，从而揭示出忠诚与信仰的精神之源。

值得点赞的是，该纪录片在呈现百年来协和医者呕心沥血挽救每一条生命时，更注重“救活”之外生命的质量，补足生命教育在社会领域的缺失，以及对生命珍重的科学认识，让观众在随着社会现代化智能化的发展，提高对医学知识和生命的认知。

《生命缘》百年协和系列拍摄团队，在当下以社会生活许多以“秒”计时的环境下，历时3年记录拍摄，力争在最真实的情感展现中，寻找触发具有共鸣性的群体感悟，在广度和深度结合的讲述框架中，凝聚了创作拍摄团队的真诚、才华、坚持、付出。体现了这一代新闻人内心的新闻理想和实际操作层面的追求。你们还在路上，当你们有勇气、有信心、有能力做好每一个新闻作品的时候，你们的新闻理想的图景，正在缓缓展开……

获奖者 HUO JIANG ZHE / 感言

精心打造有温度的中国近现代医学影像志

——《生命缘》团队耗时3年158分钟

北京卫视《生命缘》栏目组

在北京协和医院扎根纪录拍摄的3年时间，通过从细枝末节寻找历史与当下正在发生的医学人文故事，《生命缘》团队巧用美学纪实影像，为国家相册的医疗板块留下了浓墨重彩的一笔。系列纪录片用影像致敬中国百年医学成就，展现在党的坚强领导下，百年来构建具有中国特色的科学医学道路的成功经验，用心用情诉说红色传承，精心打造有温度的中国近现代医学影像志。特别是刻画了众多用一生的实践坚守着共产党人的初心和使命的共和国医者。这些主人公党龄已超50年，入党那年，他们风华正茂。耄耋古稀，他们余晖漫天。半世风雨，保家卫国；一生为党，追求不息，见证了伟大而坚定的党员信仰，激励所有党员追随前辈足迹奋勇前行。

一、3年时间扎根医疗现场，记录最动人的医患瞬间

《生命缘》百年协和系列是深入学习贯彻习近平总书记在庆祝中国共产党成立100周年大会上的重要讲话精神，献礼建党百年、牢记初心使命、彰显为人民健康服务初心的优秀系列新闻报道。系列纪录片紧扣“人民至上”的时代主题，以“在场”的视角记录和见证在党的领导下北京协和医院医国济民、匡时济世的光辉历程。

深入医疗现场记录与创作期间，《生命缘》创作团队从2019年着手策划调研，前期与北京协和宣传部门共同研讨策划，十几次的会议沟通、上百次与科室的内容碰撞。以协和4个百年科室的发展为缩影，展现建党百年健康事业翻天覆地的变化。因为时刻的“在场”，团队能够第一时间捕捉协和为罕见病患者燃起的希望之光，能够记录脊髓性肌萎缩症病人的生命之旅，能够在最真实的情感展现中，触发具有共鸣性的群体感悟。

围绕单期节目连续4个月的拍摄素材，《生命缘》创作团队通宵达旦，白天拍摄晚上进行后期剪辑，单期场记超过8万字，素材量超3个T、时长超1万分钟。正是拥有这些“正在进行”的珍贵瞬间，《生命缘》团队才能以丰富的影像素材致敬百年协和，并通过探索新时代纪实美学范式之路，于伟大时代创作出影像赞歌。

二、深耕医史细节，展现最细微的医学温度

《生命缘》百年协和系列纪录片坚持“宏观与微观相结合”的故事讲述架构。团队深耕协和跨越百年的医学浩瀚历史之中，抓住历史长河中至关重要的突破性“首例手术”——第一例基本外科手术、第一例现代胰十二指肠切除手术、“胰腺协作组”多学科综合会诊……从微微泛黄的旧照片，到现代手术的全景式记录，以新时代医学技术发展的先进性，对比医学发展之初艰难的勇敢时刻，于细微中展现医学“没有条件也要创造条件”的医者温度。

医史之外，团队重视呈现医学发展中精神传承的温度。百年协和系列采用先进的制作理念与包装手段，打破时空壁垒，以全新的时空观及美学观念，俯瞰协和的历史与现在。片中，演员扮演的“孙中山”与青年医生跨时空对话，《与伦敦〈海滨杂志〉记者的谈话》《孙中山在广州岭南学堂中的演说》中先行者的谆谆教诲响彻协和的碧瓦灰砖，历史的黑白与现代的彩色打破常规，空中大视角给予观众俯察体验，在更丰富更有意味的意象体系中，协和生命力强劲脉动。

三、深入医学知识，传播最理性的健康理念

《生命缘》团队从2011年创办时起，一直肩负着重视“生命教育”、传播健康理念的时代使命。至今已连续播出11年，是全国唯一11年坚持播出的医疗新闻节目。在生死考验的新冠抗疫一线，《生命缘》是唯一无畏生死，在武汉和北京一线日夜蹲点拍摄的纪录片团队；在曾经医患矛盾紧张的时候，《生命缘》是唯一11年如一日，以无数震撼人心的生命故事，彰显医者的伟大，让医患之间铸造共同抗击病魔的深情；更鼓舞无数患者，树立起战胜疾病的勇气和力量。11年来，《生命缘》始终秉承“记者好形象　社会正能量”的初心，不怕牺牲、英勇斗争、对党忠诚、不负人民，以正气清风涤荡记者本色。

在拍摄纪录北京协和医院的半年时间里，团队更为重视透过协和故事塑造更深层次的生命思考。《生命缘》百年协和系列纪录片通过呈现百年来的协和人呕心沥血、殚精竭力只为挽救每一条生命，并在“救活”之外更注重“生命质量”，在纪实影像领域补足“生命教育”在社会领域的缺失。

在具体实践中，团队深入钻研妇产科、基本外科、消化内科及罕见病等医学专业知识，并用最通俗易懂的影像方式展现医学方案的严谨、医学器械的演进，多角度塑造协和对生命的珍重。

节目一经播出获得了显著的社会效果，整个医疗卫生系统、上百家三甲医院高频次转发点赞。节目在电视和新媒体端收到6000多万观众对协和医院的诞辰祝福，系列报道的影像触发了群体共鸣感悟，让观众在吸收医学知识的同时收获无限感动，汇聚起接续奋斗的强大力量。

《身后是我的国》系列视频报道

详细新闻报道
请扫码观看

原载新京报APP2021年3月29日至4月13日

获第三十一届北京新闻奖一等奖

获第三十二届中国新闻奖三等奖

专 家 点评

ZHUAN JIA

胸怀祖国能迸发出无穷力量

北京市新闻工作者协会常务副主席、高级记者　郝中实

在2021年众多重大主题报道中，《新京报》的《身后是我的国》大型系列策划报道非常抢眼，不仅立意高、策划准，而且采访深、编排巧，将我戍边官兵英勇顽强、气贯长虹的英雄气概展现得淋漓尽致，为广大受众所盛赞，同时，说明了一个颠扑不破的真理——胸怀祖国能迸发出无穷力量。

《身后是我的国》是对军人使命的一次挖掘。策划报道起源是“中印加勒万河谷边境冲突”事件，我戍边官兵面对挑衅果敢应对、寸土必争，捍卫了祖国神圣领土不受侵犯，将军人的使命和荣耀写在祖国边防线上。他们的英勇事迹，值得大力宣扬，他们是新时代最可爱的人。

《身后是我的国》是对军人境界的一种礼赞。从海拔2000多米的深山密林到海拔4900米的昆木加哨所，地理位置十分特殊，生活环境异常艰苦，我们的边防战士却始终保持着昂扬向上的激情、坚忍不拔的毅力、敢打必胜的信念，将他们的事迹记录下来、传播出去，就是对军人境界的热情礼赞。

《身后是我的国》也是对记者“四力”的一场测试。这次《新京报》派出8路记者，踏上祖国的边境线，他们翻雪山、走密林、过湍流，采访历时近一个月，以接地气的报道方式、独特的第一人称视角和人格化表达，为受众营造全方位、立体沉浸式的体验。对记者“四力”水准是全方位检测，“身后是我的国”既是采访的主题，同时也是激励记者学习戍边官兵忘我拼搏精神、激发自身承担时代使命和锤炼爱国情怀的支点，交上的每一件作品都是一份沉甸甸的

答卷。

《身后是我的国》还是对广大受众阅读兴趣的一场考量。以文、图、视频、H5等形式立体化传播，覆盖文字、图片和视频等多种传播形式，以纪实的视角、生动的故事，向世人展现了“生命禁区”里官兵和边防警察的生活与工作状态。报道一经发出，上榜各门户网站要闻首页、热点精选、微博热搜等，全网总曝光量过亿，话题总阅读量达4000万+，视频累计播放量2883万多，其中“中尼边境哨所守夜人”上榜微博热搜，阅读量1179.8万。这组亮眼的统计数据形象地说明,《身后是我的国》这种精心策划、深入挖掘、真情表达对戍边官兵崇高敬意的主旋律作品，是会受到广大受众欢迎和点赞的。

《身后是我的国》是军人的信念所在、力量所在，也应该成为我们新时代新闻工作者的座右铭之一，特别是做重大主题报道时，应该多想想“身后是我的国”，作品的立意、角度、阐释，一定会有新的感受、新的提升。

获奖者 HUO JIANG ZHE / 感言

有幸用镜头记录边塞现场　再现群像式的现实英雄

新京报社视频报道部　丁雪健

2021年4月6日,《新京报》刊发《身后是我的国》大型策划系列报道。这组报道源自2021年2月19日央视报道“中印加勒万河谷边境冲突”事件中，我戍边官兵英勇顽强、寸土必争的英雄气概。为了更好反映戍边部队一线的风貌，展示我军坚强意志和爱国精神,《新京报》发起《身后是我的国》大型系列策划。

8路记者翻雪山、走密林、过湍流
人格化表达营造沉浸式体验

该组报道以增强记者“脚力、眼力、脑力、笔力”为标准，履行新闻舆论工作职责使命，《新京报》多个部门派出8路记者，踏上祖国的边境线。选择西藏昆木加哨所、云南独龙江边境派出所、黑龙江漠河最北夫妻警务室、西藏日东哨所作为报道对象，与西藏军区、边防民警等戍边部门深度合作，与边防官兵同吃住、同训练、同巡逻，深入体验官兵们在艰苦环境中不平凡的坚守，全方位多角度展示边防官兵卫国戍边的爱国情怀和坚毅精神。

前后方深度联动紧密配合。前方记者翻雪山、走密林、过湍流，从海拔4900米的昆木加哨所到海拔2000多米的深山密林，采访历时近一个月；后方记者和编辑半个月时间加班加点，从主题到新闻点挖掘，再到海量素材整理剪辑，产出包含文字稿、预告片、预热片、主题片、长片、Vlog等多类型作品。特别是视频部分，新京报我们视频策划报道部启动“1制片人+1导演+2前方记者+2统筹记者+n后方记者”的重大项目机制全程7×24小时全链条跟进策划报道，通过新颖的剪辑手法，电影式预告片形式、接地气的报道方式、独特的第一人称视角和人格化表达，为受众营造全方位、立体沉浸式的体验。

融媒体视角践行“四力”打破专业壁垒
立体化传播全网总曝光量过亿

2021年4月6日，《新京报》刊发报纸特刊《身后是我的国》特别报道，同时在新京报APP上搭建专题。该组报道以文、图、视频、H5等形式立体化传播，全方位多角度展示戍边官兵、民警卫国戍边爱国情怀和坚毅精神。专题产出深度报道文字4篇、视频26条、图片82幅，“身后是我的国”全网形成热点话题，上榜各门户网站要闻首页、热点精选、微博热搜、必读、快报推送等，全量登上腾讯、微博等多平台高优曝光位，全网总曝光量过亿，话题总阅读量达4000万+，视频累计播放量2883万多，其中“中尼边境哨所守夜人”上榜微博热搜，阅读量1179.8万。

这次采访报道也是《新京报》记者践行“四力”、提高职业素养的一次生动实践，为创作出有温度有情怀的作品打下基础。由于这四个地方均地处边陲险境，生存条件恶劣，西藏的记者冒着齐腰深的积雪，在海拔5000多米的高原与边防战士一同巡逻；在云南的记者深处原始森林腹地，踩着湿滑的岩石，在密林深处与民警一起感受边境的特殊环境，几乎每天晚上都需要用烤火来祛湿。他们通过自身的亲身体验，还原我军、边防派出所的艰苦情况。在采访当中，记者们除了蚊虫叮咬、高原反应、晕车等普通的疾病外，有女记者为了克服高反，服用大量药物导致身体产生剧烈反应，从西藏回来后晕倒在住地，就医查出身体功能紊乱疾病，住院半个月才恢复正常。

《新京报》推出的《身后是我的国》系列主题报道，覆盖文字、图片和视频等多种传播形式，以纪实的视角、生动的故事，向世人展现了“生命禁区”里官兵和边防警察的生活与工作状态。

镜头中的边塞现场　群像式的现实英雄

采编团队用镜头和笔杆讲述新时代的现实英雄，创新融媒体时代下的新型传播形态，构建主流宣传阵地；充分利用新媒体传播渠道，多网、多端、多平台进行裂变式传播；利用报网融合，充分打造线上线下传播形态。《新京报》作为一家非军媒、非央媒，如此近距离深入公安、戍边部队边防一线，进行戍边军演和边防巡逻等深度揭秘式拍摄采访，最终作品无论是传播效果还是社会评价，皆表现优秀，传播力度大、社会反响强烈。

新华社音视频部原主任、天津大学新媒体与传播学院院长陆小华，在“2021女记者短视频十大精品案例”点评环节评价《身后是我的国》系列作品称："镜头中的边塞现场，群像式的现实英雄；画面汇总坦露感受，故事外情感激荡。"除网络端传播，《新京报》还借助纸媒品牌优势，在报纸端推出整版文字报道，形成了规模化和系列性。视频+图文，线上+线下，军方+媒体+平台三方联动，实现信息全链条传播，进一步加大报道在不同人群中的触及度，进一步提高了社会影响力。

截至目前，该系列报道先后荣获第三十二届中国新闻奖三等奖、第三十一届北京新闻奖一等奖、中央网信办2021"五个一百——百部精品网络正能量动漫音视频作品"、第三届中国短视频大会·2021年度全国微视频短片推优展播短视频单元新闻资讯类二等奖、2021年北京市社会主义核心价值观主题微电影（微视频）征集评选活动一等奖、第十二届北京国际电影节短视频单元（入围）、第三届中国短视频与直播联盟奖——年度融媒体短视频与直播内容、2021女记者短视频十大精品案例（与第一名仅差0.2分）、新京报社2021年度视频制作金奖、新京报社2021年度新闻报道大奖、新京报社2021年4月月度总编辑奖特等奖等。

一图读懂疫情防控

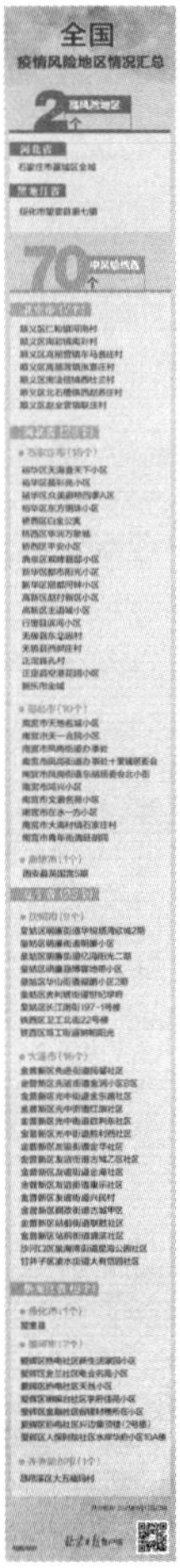

《最新！全国疫情高中风险区 2+70，一图速览》

《一图读懂丨四类人员进返京，最新政策请牢记》

《疫情午报丨西安累计本土确诊近 1300 例，浙江全域低风险》

详细新闻报道
请扫码观看

详细新闻报道
请扫码观看

详细新闻报道
请扫码观看

原载北京日报客户端

2021年1月1日至12月31日

获第三十一届北京新闻奖一等奖

获第三十二届中国新闻奖三等奖

专家 ZHUAN JIA 点评

从“一图”中读出什么？

新京报社副社长、高级编辑　郭　强

“一图读懂”，是图像传播时代出现的一种新型新闻形态，如今已经成为一些关注度较高的新闻事件发生时各大媒体常用的一种融合传播方式。

现在回望2021年的疫情，公众已经不再像2020年疫情初起时那样惊慌，但全国多地散发病例和局部聚集性疫情一直不断，给人们日常的工作和生活带来的影响又不容小觑。这时候，公众在海量信息中，更愿意选择及时、准确、直观、有用的新闻产品，帮助其快速获取自己关切的核心内容。

受众接受习惯的改变，从某种程度上也在倒逼新闻生产转型，让更多的“硬新闻”实现“软着陆”。在这方面，北京日报客户端于2021年推出的《一图读懂疫情防控》系列报道具有范本意义。

这是北京日报客户端2021年打造的一个重点栏目，包括全国高中风险区汇总、各地散发病例关系图梳理，以及病例乘坐航班列车汇总、进返京政策调整等服务信息的图解，以其权威、准确、及时、直观、内容丰富等特点，使北京日报的疫情报道频频“出圈”成为爆款。

从这“一图”中，我们读出了互联网思维——不满足于信息的搬运，而是从受众需求出发，用一目了然、清晰易懂的图解形式，将日复一日的疫情数据通报、纷乱繁杂的病例传播链、铺天盖地的防疫知识简单化、要点化，让人眼前一亮，看完秒懂，单篇最高阅读量超过3亿。受众在用点击量，为这样具有互联网思维的新闻产品点赞。

从这“一图”中，我们也读出了受众习惯的变化——面对新媒体时代的海量信息，在新闻的选择上，受众除了喜欢有趣有料的新闻，也更愿意接受简洁有用的新闻，因为这更能满足现代人快节奏的需求。但简洁并不意味着信息含量低，而是通过权威媒体的梳理和整合，为受众提炼有价值的“干货”。难怪这组系列报道中的每日疫情午报、全球疫情图解等栏目一经推出，很快便吸引了一批固定粉丝。

从这“一图”中，我们还读出了新媒体时代新闻必须以“新”制胜——这里的“新”，不仅指事件新、成就新、经验新，也包括呈现方式新，如思维导图的运用等。疫情期间，受众并不缺乏获取权威信息的渠道，但在同题竞争时，谁能在呈现方式上别出心裁、匠心独运，谁就有望成为领跑者。

全国高中风险区汇总全年发布超过300篇，成为北京市部分区的官方推荐版本；各地疫情关系图梳理被各家媒体广泛转载……这些看得见的社会效果背后，是北京日报客户端的小编无数个深夜加班加点、静心梳理。因此，从这“一图”中，我们更读出了党报党端在突发公共卫生事件中的担当与实力。

获奖者 HUO JIANG ZHE / 感言

难忘那一千个日日夜夜

北京日报客户端　杨　萌

新冠病毒感染进入“乙类乙管”阶段，此时回顾持续了三年的《一图读懂疫情防控》，恍然觉得如同一场梦。但那上千条的长图是真实的，无数个深夜加班是真实的，读者曾经发来的好评和鼓励也是真实的。

如果是现在告诉我们，有这样一个任务，需要持续上千个日夜，耗费大量的精力脑力，每天接力工作超过20个小时……我想我们应该是拒绝的，但《一图读懂疫情防控》就是在过去的三年中一点点发展壮大，然后神奇般坚持了下来。疫情第一年，人们第一次有了疫情高中风险区的概念，我们想是不是把全国的风险区梳理汇总在一起，更方便人们查阅和出行，于是后来火遍全网的“全国高中风险区汇总”初见雏形。这一项目做到了全网最准确、最及时，甚至跑到了国家卫健委数据汇总的前面。疫情第二年，随着各地人民群众恢复跨省出行，几次较大的跨省聚集性疫情出现，我们创意推出了各地疫情关系图梳理，将复杂纷乱的信息以最直观的图表方式呈现给读者，被各家媒体广泛转载。疫情第三年，我们加大了服务型图解的力度，将各种信息整合梳理成图表，方便读者阅读和分享，内容包括进返京政策、病例乘坐航班列车汇总、轨迹提醒等。每日疫情午报、全球疫情图解等栏目也逐渐形成固定读者群。阳性病例乘坐飞机火车的梳理先后被新华社的客户端和微信公众号转载，受到媒体同行一致好评。

随着内容的逐渐丰富，北京日报客户端《一图读懂疫情防控》逐渐成为王牌栏目，读者群不断壮大。越来越多的读者在表达鼓励的同时，也提出了各种各样的需求和建议。与读者需求的直接对接，让我们的服务更加精准。有人提出全国高中风险区汇总需要方便打印的下载版，我们24小时内响应推出新版本；有人提出希望每天都能速览全国疫情，我们第一时间创意了疫情午报。同事开玩笑说，对于读者需求的响应，我们不仅做到了“接诉即办”，甚至是“未诉先办”。而读者也给予了我们丰富的回馈：来自全国各地的读者，每天为我们提供大量仅靠团队小伙伴无法监测到的疫情信息，使我们的报道内容更加丰富翔实。很多读者，在疫情结束之后仍然留了下来，成为北京日报客户端最珍视的朋友。

一年超过1000张关于疫情防控的长图，团队里几乎每个小伙伴都变成了国宝大熊猫，始终挂着黑眼圈。忙得昏天黑地并快乐着，是大家回顾那段时光的最大感受。在我们的努力下，《一图读懂疫情防控》以其权威、准确、及时、直观、内容丰富等特点，帮助北京日报客户端在疫情报道方面走在了全国媒体的最前列。网络用户大幅增长，在互联网舆论场的影响力不断提升，凸显了党报党端的价值和实力。

当疫情在2023年初进入“乙类乙管”新阶段，我们的《一图读懂疫情防控》在最后做好科普工作之后，也逐渐进入了尾声。但团队小伙伴在这几年中积累的经验、提升的能力已经内在转化成我们继续前进的强大动力。疫情已止，《一图读懂》不停。在其他的报道方向和领域，我们继续探索，继续提升《一图读懂》系列的品质。

用马克思主义新闻观很容易识破西方舆论体系的虚伪性、欺骗性——

西方舆论体系的垮塌与破产

梅宁华

北京日报

当今世界时势变化的八大特征

不断丰富新形势下多边主义实践

西方舆论体系的垮塌与破产

一段时间以来，以美英为首的西方媒体对中国进行了一波又一波的舆论攻击，可谓气势汹汹，极尽无中生有、强词夺理之能事。从新冠病毒溯源的栽赃，到在所谓新疆、西藏、香港问题上的造谣抹黑，给台独势力撑腰打气。他们处心积虑地罗织所谓“中国产品威胁他国安全”“中国发展造成环境破坏”“强迫劳动”“经济胁迫”“人权迫害”等罪名。其语言之恶毒，手法之拙劣，已经到了丧心病狂的地步，完全看不到一丝一毫新闻媒体基本的操守，没有任何底线可言。这其中，尤以凭空捏造新疆种族灭绝凸显其荒唐可耻，可以说是有新闻以来闻所未闻的世纪谎言。西方媒体把毫无依据的谎言说得理直气壮，彻底暴露了他们是西方利益集团和政客的政治工具和打手的本来面目，撕下了一直以来佯装打扮的所谓理性客观的伪装。这使中国人民及世界上有正义感的人们，进一步认清了西方媒体的虚伪性。

极力否定舆论引导的新闻价值和功能的美国西方政客和媒体，在不遗余力抹黑攻击中国的同时，打造所谓“美国第一”“美国伟大”的舆论，把全球疫情最严重的美国，通过公然造假、颠倒黑白的欺骗方法，树立为“抗疫模范”；把受疫情严重冲击、靠印钞票支撑股市的经济吹嘘成“增长强劲”；而对美国出现的严重通货膨胀和物资短缺却轻描淡写。事实上，长期以来，美国等西方媒体对西方国家自身严重的社会问题和制度弊病，不但不做批评，反而加以美化，把西方制度吹嘘为终极制度，美国被包装成无所不能的山巅之国。以至于当美国等西方国家在这次疫情中表现出混乱和无能，出现灾难性后果时，世人大跌眼镜，难以置信。西方媒体打造的所谓美国等西方制度强大神话被无情的事实击碎。他们所宣扬的新闻自由、媒体监督、纠错机制在这个过程中没有发挥任何作用，充分说明这类漂亮的说辞不过是美国等西方媒体掩盖其作为党派斗争工具本质的包装，他们之间为争取党派利益、收割选票所进行的相互攻击，与真实的监督和纠错没有任何关系。而在基本立场上，他们都是把维护美国西方霸权作为唯一的政治正确。美国媒体通过不遗余力地美化自己，不择手段地打击对手，构建起一套服从于西方政治生态的舆论体系。这套舆论霸权完全是为政治霸权服务的。

长期以来，西方媒体以权威性自居，把大肆用新闻媒体进行政治操弄标榜为所谓客观公正，追求真相，并以此构建起一套新闻价值和理论。很长时间，这套价值和理论居于统治地位，成为不可置疑的新闻规则，但西方媒体在新闻现实情景中，从根本上并没有遵循过这套理论。因为它是违背新闻本质和基本规律的，没有任何实践价值。他们把所谓新闻自由、客观公正、追求真相、舆论监督说得冠冕堂皇，则是出于政治目的。必须明确指出，西方新闻价值和理论的破产，要害在于它是构建在虚幻的沙丘之上，把高度政治化的新闻舆论包装成与政治无关，大搞所谓新闻去政治化、纯学术化，完全违背新闻的属性和新闻存在的社会价值。从本质上说，新闻属于意识形态范畴，具有与生俱来的政治属性。西方新闻学说去政治化的目的，就是把新闻价值和理论作为掌握话语权的工具，由他们评判谁是客观公正，符合西方的政治正确就是客观，凭空捏造就成了真相。他们通过把持新闻理论的话语权，打压对手，掩盖西方新闻媒体从属特定利益集团这一事实。西方大谈新闻自由，但却对中国媒体进行无底线的打压，凡为中国说出真实情况的舆论必遭围攻封杀。在西方媒体对中国新闻的报道中，很难见到所谓客观报道和事实真相，几乎充满了捏造和谎言。按照西方长期以来的宣传，中国早已经崩溃了很多次。由此可以说，西方媒体的拙劣表现，不仅使他们的公信力完全沦丧，其长期鼓吹的所谓权威新闻理念也已经原形毕露，彻底破产。

其实，用马克思主义新闻观，很容易识破支撑西方舆论体系的话术。马克思主义新闻观既是认清美国西方舆论体系本质，揭露其虚伪性、欺骗性，并与之进行针锋相对斗争的强大思想武器；也是揭示新闻本质和规律，建立科学的新闻学说的基石。党的十八大以来，习近平总书记关于新闻舆论工作的重要论述，使马克思主义新闻观的发展达到新境界，中国特色的新闻舆论理论体系更加完整，更加科学系统，这是当前做好舆论工作，进行舆论斗争的强有力思想理论保证。中国共产党人不但从不隐讳新闻舆论的政治属性，而且旗帜鲜明地提出新闻工作要坚持党性原则，坚持正确的政治方向。中国共产党人构建的新闻理论和学说，深刻揭示了新闻舆论的本质和规律，具有科学性、实践性、系统性。中国新闻工作者要自觉学习和掌握马克思主义新闻观，提高新闻工作的能力，增强舆论斗争的本领，牢牢掌握斗争的主动权，努力建设中国特色的新闻舆论体系。

原载《北京日报》2021年11月1日《理论周刊》

获第三十一届北京新闻奖一等奖

专家 ZHUAN JIA 点评

一篇彰显马克思主义新闻观本质的佳作

北京体育大学教授　李岭涛

梅宁华主席是我一直尊敬的前辈，他是理论评论大家，每次读他的文章都会有不同的收获。对于梅主席的大作《用马克思主义新闻观很容易识破西方舆论体系的虚伪性、欺骗性——西方舆论体系的垮塌与破产》，我只能谈谈自己拜读的一些心得。

通读全文，有一种酣畅淋漓的感觉。该文既是一篇揭露西方舆论体系虚伪性、欺骗性的战斗檄文，又是一篇彰显马克思主义新闻观本质的佳作。

第一，用马克思主义新闻观的“实”批判西方舆论体系的“虚”。该文明确指出，我们旗帜鲜明坚持新闻舆论的政治属性和新闻工作的党性原则，这体现了共产党人的正大光明和坦荡胸怀；而西方舆论体系刻意去政治化和纯学术化，把新闻价值和理论工具化，恰恰暴露了他们不可告人的政治企图。该文通过用马克思主义新闻观基于新闻舆论本质和规律的理论、原则和方法分析西方舆论体系，把他们为维护霸权而对中国假友好真打压、假客观真造谣的丑恶嘴脸昭然天下。

第二，用马克思主义新闻观的规律性揭露西方舆论体系的实用性。该文明确指出，规律的发展是不以人的意志为转移的，马克思主义新闻观是对新闻舆论规律和本质的反映，而西方舆论体系对待规律完全从实用主义出发，只要能维护霸权，可以任意歪曲、捏造甚至阉割规律。该文梳理了近年来西方舆论体系从政治正确出发“不遗余力地美化自己，不择手段地打击对手”的一系列鳖脚表演，毫不留情地撕下了他们为了舆论霸权而无所不用其极的丑恶行径的遮羞布。

第三，用西方舆论体系的“矛”攻击它们的“盾”。该文明确指出，西方舆论体系所宣扬的新闻自由、媒体监督、纠错机制是美国等西方媒体掩盖其作为党派斗争工具本质的包装。该文列举了西方舆论体系针对中国而到处抛售的罔顾事实、不合逻辑、不合常识的大量逆天谎言，一针见血、一剑封喉地直击西方舆论体系“满嘴仁义道德，满腹男盗女娼”的本质。

该文语言犀利，事实准确，论证深入浅出，具有很强的说服力，对于理论文章的撰写有直接的借鉴意义。

获奖者感言

HUO JIANG ZHE

“不畏浮云遮望眼”

——发挥评论在应对西方舆论战中的引领作用

北京日报社理论部　黄月平

近几年来，随着我国综合国力的不断增强和国际地位的持续提高，以美国为首的西方国家为了保持其在世界上的利益和领导地位，对中国实施了全方位的遏制、围堵、打压。而舆论战是美西方国家对付中国的利器。西方舆论不遗余力污名化中国，从新冠病毒溯源的栽赃，到在所谓新疆、西藏、香港问题上的造谣抹黑，给台独势力撑腰打气。美西方国家处心积虑地罗织所谓“中国产品威胁他国安全”“经济胁迫”“人权迫害”等罪名。这些戴着“有色眼镜”观察中国、报道中国的污名化、妖魔化言论，极大地损害了我国国家利益和国家形象。

在国际舆论场上，如何辨别、正确认识和应对这些舆论攻势，给我国新闻舆论工作带来了极大考验。评论是党报的灵魂，是体现党报高度和品位的思想产品。作为针砭时弊、明辨是非、解疑释惑的一种新闻体，在应对和反击美西方舆论战中有重要优势。党报评论对于一些无端抹黑、恶意攻击和诋毁中国的论调，只有该出手时就出手，识破支撑美西方舆论体系的话术，才能“不畏浮云遮望眼”，有效地发挥评论在应对西方舆论战中的引领作用。

如《北京日报·理论周刊》针对美西方媒体各种污名化中国的舆论，邀请梅宁华同志撰写《西方舆论体系的垮塌与破产》一文进行批驳。文章短小精悍，鞭辟入里，论据充分，直击要害，运用评论武器进行针锋相对的斗争，对美西方舆论体系进行了深刻的分析和揭露。文章指出，美西方媒体通过不遗余力地美化自己，不择手段地打击对手，构建起一套服从于西方政治生态的舆论体系。这套舆论霸权完全是为政治霸权服务的。文章运用马克思主义新闻观，撕下了美西方一直以来佯装打扮的所谓理性客观的伪装，使人们进一步认清了美西方媒体的虚伪性、欺骗性和险恶用心。

文章针对性强，感染力强，说服力强。文章刊发后，在社会上引起了强烈的反响，北京日报客户端、北晚在线第一时间进行转发，人民网、新华网、千龙网等媒体争相转载，《文摘报》以《识破西方舆论体系的虚伪性欺骗性》为标题进行了摘编转载，本篇文章获得第三十一届北京新闻奖一等奖。

紫禁城

《紫禁城》剧照

讲述人在故宫太和殿拍摄现场

总导演吴志勇与摄制组在《紫禁城》历史复现拍摄现场

详细新闻报道
请扫码观看

原载北京卫视2021年10月22日至11月27日

获第三十一届北京新闻奖一等奖

专家
ZHUAN JIA 点评

面对宏大历史题材的永恒课题

北京广播电视台高级编辑　丁晓阳

大型纪录片《紫禁城》以北京故宫600年历史沿革为脉络，通过对紫禁城历史文化的挖掘展示，透视出600年来中国历史从古代到近现代的发展变迁，向世人展现出中国历史文化的博大精深与源远流长，揭示了当代中国走向现代文明的内在逻辑和历史足迹。

涵盖600年的历史，特别是作为明清两代皇宫的紫禁城，它的历史面貌如何展示？重大历史抉择背后有怎样的内在逻辑？五千年文明延续不断的中国，怎样演变成了今天的样子？这些问题都是一部宏大历史纪录片必须回答的终极问题。而这部12集的鸿篇巨制《紫禁城》就试图对这些问题给出自己的答案。

应该讲，创作者的努力是显而易见的，无论是对明清两代历史以及近现代中国历史史实的选材与描述，还是紫禁城中的珍贵文物对这些历史事件的见证与映射，都表现出极为认真的创作态度，力争让文物说话，让历史可以感知。为此，创作者做了大量功课，让很多深藏于故宫、鲜为人知的经典文物重见天日，给观众以惊艳的视觉冲击，辅之以精细制作的电脑画面以及历史情景再现，让历史在屏幕上得到了充分展示与想象，给观众留下深刻印象。

同时应该看到，紫禁城600年历史之深厚与博大实在难以在一部记录片中得到全面复现，以目前的制作水准和投入很难做到面面俱到，可以展示的不过是紫禁城灿烂历史的沧海一粟，观众得以管中窥豹，继续保持对故宫的强烈兴趣和深深喜爱。从这个角度上说，本片也算颇有建树了。

对于如此博大精深的历史题材，如何找到更新的切入视角、更前沿的符合当代社会理解的历史观念，是历史纪录片创作的永恒话题。除了更广泛地了解当代中国历史研究成果，借鉴世界各国研究中国历史的名家论述，在更广阔的领域，寻找更新颖的视角，让中国的古代史更有当代人的精神气息，让今天波澜壮阔的中华民族伟大复兴，有更坚实的历史文化支撑，我想这是这部纪录片留给每一个文化创作者的一个课题。

获奖者 HUO JIANG ZHE / 感言

从《紫禁城》的破圈看历史纪录片的一次“突围”

纪录片《紫禁城》总导演　吴志勇

2021年12月的第一个星期，有两个话题成为网络热搜，一个是故宫博物院3万张年票一秒钟之内被抢空，一个是大型纪录片《紫禁城》迎来收官。这两条新闻说明了同一件事，那就是：故宫很火。因为故宫自身的魅力，关于故宫题材的影视作品一直很受大众关注，而《紫禁城》播出后，也有无数观众反馈，看完《紫禁城》之后，想再去一次故宫，因为一定会有不一样的感受，我想，这就是故宫与纪录片《紫禁城》的双向奔赴。这样的双向奔赴带来了以下这组数据。

自10月22日开播以来，《紫禁城》电视端播出位列同时段专题类节目前3名，《紫禁城》相关话题微博阅读量累计超4.62亿，收获主榜热搜16次；在网络播出平台，腾讯视频纪录片热度排行总榜中《紫禁城》稳居第一位，评分9.5分，播放量目前超过3200万；B站评分9.6分，播放量超过1500万，也一度居于纪录片综合排行榜第一位，除此之外，微博综艺影响力榜单（纪录片类）《紫禁城》排名第一；美兰德全网在播专题片类节目排名第一。这样的数据足以说明，作为一部纪录片,《紫禁城》破圈了。

这一次《紫禁城》的破圈，既在意料之中，也在情理之中，因为这部纪录片破圈的背后，是一场有准备的突围之战。接下来我想从3个方面来分享《紫禁城》的突围经验。

第一个突围：视角突围。近20年来，关于故宫题材的纪录片可以说不胜枚举，无论是从建筑艺术、馆藏文物、美学价值，还是从故宫人的角度，国内外顶尖制作力量已经多次将故宫进行了彻底的剖解和展示，尤其是2005年央视版《故宫》历时3年，用12集的体量对故宫进行了全面的记录，如今，在紫禁城建成600年这样一个时间节点，如何赋予一部故宫纪录片新的角度和立意，无疑是一个高难度的挑战。

感谢领导的信任，把这样一个光荣又艰巨的任务交给了我，我在卫视《档案》栏目有10年重大题材纪录片的创作经验，让我拥有了接受这个任务的底气，同时，感谢徐滔总编帮我搭建了一支强大的制作团队，联系了具有丰富纪录片运作经验的北京新纪实传媒作为联合制作，由严崴主任牵头和把关整个项目，最终,《紫禁城》的创作团队集合了北京卫视《档案》团队5名导演、科教频道2名导演，新纪实团队1名导演，还有5名外请的独立纪录片导演，再加上制作部8K摄影团队的大力支持，我是非常有信心的。

但伴随着这种信心，压力也是前所未有的，故宫所承载的东西实在是太庞大太浩瀚了，我该从哪个角度切入，给这部纪录片确定一个什么样的内核？又该用一套怎样的逻辑体系来架构这部纪录片？我们用了整整一年的时间进行最基础的学习、调研和论证，导演组看过的关于故宫和明清史方面的书籍不少于100本，无数次去故宫实地考察和拜访各个领域的专家。期间我和团队也走过一些弯路，甚至一度推翻了最初的方案，后来在和故宫专家组的共同研讨下，我们越来越清晰地认识到要做一部什么样的纪录片，我们找到了一个关键词：变局。

习近平总书记指出，当今世界正经历百年未有之大变局。变局已经到来，我们该怎样面对？我想，我们可以从中国悠久的历史和文化中去汲取经验和智慧。紫禁城的600年，目睹了封建王朝的兴衰交替，见证了中国抵御外敌的百年抗争，亲历了从皇权走向人民民主的历史进程，它就像一双眼睛，见证了中国近600年的历史变迁，这样的变迁，不也是由一个又一个的变局事件组成的吗？所以，我们决定以“变局”为切入点，站在大历史的视角，选取中国近600年历史进程中若干“变局”事件，在历史的拐点中解读得失，以故宫博物院的建筑和文物为依托，把紫禁城放到600年的历史坐标中去，赋予它“以城看史，以城讲国”的使命。这种“大历史”的独特视角，可以说是故宫的第一次。

基于此，我们确立了《紫禁城》12集的主题。

第一集《王者》，讲述紫禁城的建成与迁都，和一个国家的地缘政治、国家战略有着怎样的关系。

第二集《基业》，讲述明朝永宣盛世作为明王朝政治稳定、社会经济高度发展、各方面艺术成就斐然的高光时刻，盛世为何难以持续。

第三集《远路》，依托郑和下西洋这一段历史，讲述当时的世界以中国为中心建构起的海洋亚洲的黄金时代，如何从封闭到开放，最终又为何走向封闭。

第四集《狂澜》，讲述土木堡之变后，紫禁城的大门渐渐闭合，一个王朝如何在内外交困中失去远见与雄心。

第五集《际遇》，讲述明朝万历年间，明代中国与世界的联系前所未有的频繁，但为何依旧没能让一个帝国真正开始接受更广阔的世界。

第六集《余晖》，讲述大明王朝历经200余年后，进入腐朽衰落的轨道，什么才是压垮骆驼的最后一根稻草。

第七集《交融》，讲述满清入关，紫禁城易主，来自北方的少数民族再一次成为中华的统治者，一个统一的多民族国家、中华民族的形成与巩固，为何来自于融合。

第八集《盛世》，讲述康雍乾时期为什么能成为中国封建社会最后的盛世，帝国华丽的外表之下，危机是如何一步步逼近的。

第九集《思危》，讲述鸦片战争使中国被迫进入世界体系，卷入三千年未有之大变局，此时紫禁城的主人为何无法掌握国家的命运。

第十集《图存》，讲述19世纪末期的中国，一个纯粹的农业文明，能否接纳、兼容一个工业文明，以及中国为什么必须随着工业化而改变自己的政治架构。

第十一集《破晓》，讲述辛亥革命推翻帝制后，千千万万中国人在救亡图存的血泪奋斗中如何找到正确的道路，最终迎来黎明的曙光。

第十二集《新生》，讲述故宫的使命彻底改变，从皇家的紫禁城到人民的故宫，新中国如何一步步以自信的姿态融入新的变局之中。

所以，这部纪录片让观众领略到的紫禁城不仅是一座物质的宝库，更是一座精神的富矿。它所蕴含的深厚历史底蕴，远远不止于建筑本身之美，而是中华民族一路走来所经历的数百年荣辱兴衰史。它能引发观众的思考，尤其是当代年轻人的思考。在纪录片播出期间，我收集了很多观众的反馈，很多年轻观众表示，这12集纪录片就像12节生动的历史课，让他们更加深刻地了解了我们的国家是如何一步步走过来的，而且很有现实的启发性，因为这部纪录片，他们对中国的历史和文化产生了浓厚的兴趣，也增强了民族的自豪感，是非常有营养的精神食粮。

第二个突围：空间突围。我们的视角决定了这部纪录片要做的不仅是一部故宫的纪录片，更是一部关于中国的纪录片，所以我们的视野也不能局限在故宫这样一个物理空间内，而是要从紫禁城走出去，把视野投向更为广阔的中国大地。《紫禁城》除了故宫8K的素材拍摄，先后到全国80多个外景地拍摄了与历史相关的文物和纪实内容，因此该片在横向上有了空间的拓展，在纵向上也突出了历史和现在的对比，做到了从紫禁城走出去，再回到紫禁城的大开大合。这种多维度的叙事视野，也是故宫的第一次。而且用8K制作这样一部大型系列纪录片，据我所知也是国内首次。

第三个突围：受众突围。在对纪录片的风格上，我们希望《紫禁城》兼顾专业化和历史深度的同时，在表达方式和触达范围上力求偏向年轻化、现代化和多元化，以提高这部纪录片的传播力和影响力。所以，我们在追史和思辨这两个特质之外，打造了第三个特质，为每一集纪录片量身定做了一首主题歌。

这12首主题歌分别对应12集的主题，相对独立，风格各异。其中包含戏曲元素、歌剧元素，有流行风格、摇滚风格甚至说唱风格，很具有实验性。我们不希望大家一想到历史纪录片的主题歌就是传统的风格，想要改变就需要勇敢地尝试。在《紫禁城》的分集主题和脚本架构出来之后，我就开始和音乐制作团队深入沟通，根据每一集的主题和内容提炼每一首主题歌中想传达的时代特质和历史态度，并根据每一集的不同特质寻找相应的歌手。从播出的效果来看，每一集正片结束播出主题歌时，有很多网友说这相当于每一堂历史课上豪华的课堂铃声，大家在听完历史课后，还能停留在故事的情绪里，让人意犹未尽。所以，纪录片为歌曲注入了历史的厚重感，歌曲用年轻化的表达提高了纪录片的传播度，两者相辅相成，达到了完美的结合。这在纪录片的商业模式上，也是第一次创新。

有人说，一部好的纪录片是能传世的，它的真正意义不在当下，而是在未来。我觉得每一个中国人都应该了解自己国家的历史，只有知道我们从哪里来，才能知道我们往哪里去。而历史，要靠一代又一代年轻人讲述下去，如果《紫禁城》能影响到这一代年轻人，那就是它的最大意义所在。感谢这部纪录片在创作过程中所经历的种种磨难，包括长期以来经费上的捉襟见肘，3年的制作时间里，我们经常弹尽粮绝，甚至一连几个月发不出来工资，拍摄也一度快要进行不下去，感谢俊生部长和徐总为我们解决了很多棘手的难题，包括多次和故宫博物院进行沟通协调，也感谢科教频道中心的严崴主任和北京新纪实在我们最困难的时候给予了我们最大的支持，也感谢中宣部国际传播局对我们项目的资金扶持，还要感谢马宏副总编、邵晶主任，还有制作部同人的鼎力协助，才有了《紫禁城》这部作品的问世。都说做纪录片是最寂寞的，而我们完成的是一场寂寞的马拉松长跑，站在终点，回过头再看这3年的经历，我们见证了故宫3个最美的春夏秋冬，经历了故宫1000多次日出日落，我们记录了故宫的风霜雨雪，在冬季故宫的门洞里过过夜，拍下了故宫壮美的星辰，虽然条件艰苦，但我们觉得这一切都是值得的。目前，《紫禁城》的播出虽然结束了，但我们3年来所记录的故宫8K素材，也会成为一笔珍贵的财富，有着不可限量的文化价值。

最后，感谢北京广播电视台给我这样一个机会，让我分享《紫禁城》的创作经验。我会总结某些方面的不足，坚持学习，继续深挖历史和文化题材，为北京广播电视台出品的纪录片找到一条可持续发展的突围之路。

百工探秘图鉴

详细新闻报道
请扫码观看

原载新京报APP2021年4月30日至5月6日

获第三十一届北京新闻奖一等奖

专家 ZHUAN JIA 点评

探秘鲜为人知的可敬劳动者

北京市新闻工作者协会常务副主席、高级记者　郝中实

五一国际劳动节是亿万劳动者的共同节日，也是一年一度集中礼赞各行各业劳动者的日子。各家媒体都会拿出比往常更多的版面、时段乃至更大的融媒矩阵，热情讴歌劳动者、劳动模范和劳动精神。略感遗憾的是，许多报道虽然“岁岁年年人不同”，但选取的行业、人物、表现手法，却“年年岁岁花相似”，雷同率、重复感迟迟没有大的改观。也正因为如此，《新京报》在2022年五一劳动节之际，推出《百工探秘图鉴》系列报道，从“探秘”切入，以融媒体视角打破专业壁垒，给受众独特的“追剧式体验”，就令人有眼前一亮、耳目一新之感。

俗话说，三百六十行，行行出状元。《百工探秘图鉴》跳出以往的视角，涉猎新的领域、新的行业，深入地挖掘多种既是鲜为人知，又是社会庞大运行机器不可或缺的劳动者组成部分，使得这组报道从开篇就与众不同，先声夺人。如：“暗夜守护者”为还夜空一片星而奔走；“追熊猫的人”每年超200天在深山“铲屎”追寻大熊猫踪迹；“我不是捞尸人”只希望给家属一个交代、给逝者一个尊严……从中可以看到每一个职业背后各有光彩、各有特色。记者的跨界追踪探秘，让我们看“空中超人”（空中急救员）如何与死神赛跑让患者转危为安，看“追风者”（龙卷风研究者）专与“天霸”抗争，如何实现对台风中的龙卷风预报，都会让受众有身临其境之感，既为他们的紧张工作捏汗揪心，又为他们的终获成功倍感欣慰。特别是“90后”的“病毒采集师”连续工作9天分

离新冠病毒株的故事，让受众感受到年轻一代忘我奉献的拼搏境界。

网络平台的数据反馈也印证着《百工探秘图鉴》广受关注：《小鸡性别鉴定师》《灵魂摆渡师》两条为策划中的爆款视频，腾讯单渠道流量都达到400万以上。这有力地说明，采编策划紧贴社会热点，将镜头对准人们平常很少听说、但却对社会发展做出贡献的劳动者，这一实践能够获得广大受众的青睐，方向对、路子正，是践行“四力”的范例。努力去挖掘、讲述新时代好故事，展现中国劳动者的风采，《百工探秘图鉴》采编策划实践值得充分肯定并应大力发扬。

探秘鲜为人知的可敬劳动者，在五一国际劳动节时段喜获成功，对这样的劳动者报道和礼赞，还可以也应该变得更常态、更多样，不止在一年一度劳动者的节日才展开……

获奖者 / 感言

HUO JIANG ZHE

媒体视角打破专业壁垒　对记者来说是个新挑战

新京报社视频报道部　田昊文

2021年五一劳动节之际，《新京报》推出《百工探秘图鉴》系列报道。该策划紧贴社会热点，依托五一契机，从“探秘”切入，将镜头对准人们平常很少听说、但却对社会发展做出贡献的劳动者，新颖却不猎奇。记者们耗时一个多月，以融媒体视角打破专业壁垒，借助新技术扩展观察社会的视角，共产出13期视频报道和2版文字报道，给受众独特的追剧式体验，使得一些鲜为人知的行业引起社会更多关注。

解构专业壁垒，媒体融合时代锤炼新闻工作者“四力”

《百工》系列报道涉猎新领域，甚至是相对小众的领域，需要记者打破专业壁垒，查阅大量资料甚至研究大量专业材料，才能在采访提问中有的放矢。项目组成员线上调查研究，线下实地拍摄走访，并借助新媒体技术扩展观察社会的视角，从视频到文字，跨媒介形态完成报道的创作。

记者在策划中积极践行“四力”，深入一线，通过大量材料的学习梳理、深入扎实的采访，打破行业的专业壁垒，深入浅出且有趣生动地为大家展现出了劳动者的时代风采，弘扬劳模精神，讲述新时代好故事。

紧贴社会热点，以独特视角切入探寻社会意义

《百工探秘图鉴》系列报道以独特的视角切入，从“探秘”角度挖掘罕见职业，或常见职业背后的独特故事。整体内容紧贴社会热点话题，新颖却不猎奇，系列报道篇篇有特色和看点。如《90后“病毒采集师”：连续工作9天分离新冠病毒毒株　30分钟一动不动吓坏同事》，紧贴当年新冠疫苗接种政策，溯源疫苗生产源头——病毒提取。记者实地探访实验室，深入采访“病毒采集师”，展现病毒提取的过程，以及实验人员的艰辛与不易，报道既为受众做到了疫苗生产的科普，也展现了疫苗背后的人与故事。

此外，本次报道很多内容本身还具有公益属性，例如与“中国生物多样性保护与绿色发展基金会”合作推出的“暗夜守护者”，在发布后让更多人关注并深入了解了保护星空和生态环境的重要性。此外还有“追熊猫的人”“我不是捞尸人”“空中超人亲述惊心动魄救援现场”等，将镜头对准我们很少听说，但是对社会发展做出很多贡献的劳动者，发布后使得这一行业受到了更多关注，让大家更加客观和深入认识了这些奋斗在一线的劳动者，展现中国劳动者的风采风貌。

带着运营思维做内容，将“热搜插件”思维前置化

策划刚刚起步时，项目组就带着运营思维在不断推进。项目名称、报道主题、采访重点、剪辑侧重、热搜标题等。记者在前期采访报道中，就会带着运营思维，思考什么内容可能被插件选中、什么话题容易上热搜、哪些内容受众喜欢。例如：项目名称“百工探秘图鉴”，就是与上一季“百工四季图鉴”为同一系列不同主题，以“探秘”的角度切入，贴合受众的好奇心，既有传承又有创新；《灵魂摆渡师》在标题选取时，则提炼了受访者说到的一个具体故事细节，发布后火爆全网，上榜腾讯插件、被新浪客户端推送，单条视频仅腾讯端流量就达到418多万次。

报网融合裂变式传播，全网曝光量破亿

《百工探秘图鉴》策划报道，充分利用新媒体传播渠道，多网、多端、多平台、多媒介形态进行裂变式传播，共推出13期微纪录片和2个报纸版面。短视频报道在腾讯、微博、快手微视等小视频平台累计播放量4611万次，腾讯侧累计播放量1379.3万次，几乎全量登上腾讯热点精选、腾讯要闻等高优推荐位，上榜腾讯微信/手Q插件等；微博侧话题阅读量达2684万，其中，“灵魂摆渡师看人情冷暖”被新浪客户端等推送；“180秒看龙卷风研究员的工作日常”被副部级政务号中国气象局报道，被中央气象台、广东天气转发报道。此外，13条视频在全网还被云南政法、财经网、新浪财经、头条新闻、北京青年报、中国妇女报等官方或媒体号相继转发报道，全网累计曝光量破亿，在五一期间引发一波讨论热潮。

除网络端传播外，《新京报》还借助纸媒的传统优势，五一期间在报纸端推出两个整版的文字报道。视频+图文、线上+线下多方联动，实现信息的全链条传播，进一步加大了系列报道在不同圈层用户读者中的传播，提高了系列报

道的社会影响力。

截至目前，该系列报道先后荣获第三十一届北京新闻奖一等奖、中央网信办2021“五个一百——百项精品网络正能量专题活动”、新京报社2021年5月月度总编辑奖等荣誉。

《我们的新打工人》系列专题视频

我们的新打工人之旅游定制师

我叫刘海秋，我是一名旅游定制师。在成为一名旅游定制师之前，我一直做了将近20年的入境旅游地接。2020年4月，我从传统的旅游从业者成为了一名旅游定制师。

我们的日常工作是先获取客户的需求，然后跟客户打电话沟通或者是线上交流，获取他的信息，然后根据他的需求，来给他匹配资源，制订符合他需求的线路，然后给他报价，如果客户认可，我们这一单便可成交。

客户对于我们来讲是陌生的，我们对于客户来讲也是陌生的。怎么才能非常迅速地获取客户的信任，是我们面临的一个比较大的挑战。

你不知道客户究竟知道多少，我们要引导客户，甚至要用我们的专业来说服客户，让客户觉得我们非常专业、非常懂行，同时制订出的线路又符合他的预期，这样才能达成双赢局面。

我们在给客户打电话之前，前期要有非常多的资源储备，你要想回答客户的一个问题，要有很多知识储备量，要对北京的酒店非常熟悉，对景点非常熟悉，这样才能根据他的要求，做一个能够满足他需求的规划。

用我们的行业话来说，就是要实地去采线。比如说最简单的，就是好多人来北京一定要去老北京的胡同人家。我们前期就要去看哪些胡同人家适合我们的团体出行，包括胡同人家里边还有一些什么深入的特色项目，能够引起游客的共鸣，让他这一趟不只是走马观花，看一看这就是四合院儿，仅此而已，我们要让他看到一些平时接触不到的东西。

北京的酒店特别多，各种品牌、各种价位、各种地理位置的都有。我们的旅游定制师脑子里都要有一幅地图，这样才能够非常精准地根据客户的预算匹配出适合他的酒店，对于一些高端客户，我们要对他使用的沐浴品品牌、习惯的床垫型号等做到精准掌握，这样你有一百条的储备量，面对客户时才能够信手拈来，游刃有余地满足客户的各种要求。

随着国家经济提升，人民生活水平提高，客户对于旅游的需求也出现了很大的改变。品质化、深度化、定制化已经成为现在旅游市场的关键词。正是在这样的背景下，我们旅游定制师这个职业诞生了。

作为一名旅游定制师，我觉得让我感觉特别欣慰的是，每当有游客跟我说因为我定制的线路，让他重新认识了北京，甚至是爱上了北京时，我就觉得特别欣慰。让游客因为一位定制师爱上一座城，或许这就是我们这个职业在新时代下的新使命。

我们的新打工人之网约车司机

我叫郝永久，是一名网约车司机。

我之前是一名园林绿化工，听朋友介绍说现在网约车补助非常高，于是我就抱着试试的心态跑了跑，跑了一段时间之后感觉还行，下班之后从6点干到12点，每天能拉个三四百块钱，周六日呢，干上12个小时，能拉个七八百块钱。

后来我家又生了二胎，就因为二胎的原因，挣这点死工资根本满足不了我家庭的生活开支。后来我一狠心把工作辞了，专职干上了网约车司机。

我每天出车之前，都要把车辆清洁干净，车内外整理整理，还有自己的个人卫生，都要简单地整理一遍。白天基本就是机场、车站来回跑，晚上主要是去商圈或写字楼。我每天有个小目标，基本上目标达成之后，能顺一单顺一单，顺不着就直接空车回家了。

我每个月基本上就是300多单，拉几百个客人，可是我们这有要求，不能主动跟乘客攀谈。这也是一个比较孤单的行业，开时间长了，身体也很难受。

我送完乘客之后，乘客跟我说一声“谢谢”，我感觉这是乘客对我的认可，心里很高兴。

网约车这个行业可以说是一个城市的门面，无论本地居民还是外地游客，都有出行的需求。可能我们的一次专业服务让乘客在路途中感到放松，能更好地面对接下来发生的事情，这就是这个职业最大的价值所在。

只要网约车形势能一直好下去我就一直干，现在暂时没有别的想法吧，就是努力挣钱。从趋势来看，随着技术发展越来越快，管理越来越规范，网约车行业发展肯定会越来越好，我相信这个职业未来也会让我的生活越来越好。

我们的新打工人之字画修复师

我叫江东峰，我是一名字画修复师。

从19岁进入荣宝斋，就一直从事这个工作，到现在有24年了吧。

我进入这一行跟我的家庭有很大关系，我爷爷就是在荣宝斋干装裱修复工作，我毕业以后，以美术特长生的身份进了荣宝斋，直接选择了装裱这一行，也算是继承我爷爷的衣钵。

书画修复装裱，是中国特有的一项传统艺术。字画修复主要流程是洗、揭、补、全，每一道要是做得不到位，就会直接影响下一道工序。

拿到一幅古旧字画，首先得判断一下他得了什么“病”，然后再对症下药。

清洗方面，荣宝斋还是保持特别传统的清水洗画的方法，因为清水本身对书画、对纸张绢帛不会产生副作用。

揭，先把芯子四周的镶料裁掉，然后闷润，原则就是宁慢勿快，宁轻勿重，不去揭命纸。

补，基本上分三种方法，依据化学的残破程度分整补、碎补或镶补。

全活是整个修复过程中最精细的一道工序，一般分平全和利全，最重要的就是一定不要上台，我们行话叫“上台阶”。揭笔必须对原作、各个画家用笔技巧以及绘画风格都有所了解，勾、擦、点、染、皴最常用的这些技法要都懂。

大多数人感觉古旧画修复很轻松，天天往这儿一坐，测测修修补补，但实际上真正操作起来，心理压力还是挺大的，有时候做梦都能梦见是不是哪里出现问题了。

国家经济持续发展，人民生活水平不断提高，艺术品市场得到快速发展，无形中给装裱修复这个行业注入了更多活力。以前可能传播途径比较少，大家觉得我们的工作很神秘，现在随着互联网传播，这项古老技艺被推向大众视野，尤其是年轻一代，愿意花时间接触并参与其中，这对我们这个职业的传承有很大帮助。

对我而言，书画装裱修复是我的挚爱，更是我坚守一生的事业。

原载北京商报网、北京商报官方视频号及官方微博2021年7月1日

获第三十一届北京新闻奖一等奖

专家 点评

ZHUAN JIA

新媒体呈现新职业，小切口唱响大主题

新京报社编委、高级记者　光　炜

正值2021年党的百年华诞、“十四五”扬帆起航之际，《我们的新打工人》特别策划以系列专题视频短片向党献礼。作品以9位随时代发展而诞生的新职业从业者为切入口，全面展现了新兴职业的活力与魅力，既具可读性和趣味性，又集中体现了当代社会奋斗、向上的面貌，主题立意、选题视角以及内容呈现上都可圈可点。

聚焦重大主题，组合设置议题。中国正处于社会结构变迁以及多元价值观衍生时期，舆论场的声音愈发复杂，为构建一个稳定且健康的社会舆论环境，需要媒体主动担当唱响主旋律，担起舆论引导职责。《我们的新打工人》系列短片，重点选取党领导人民进行奋斗的新时代下最具代表性的“新打工人”，通过不同职业的典型人物组合传播，立意“新时代创新、协调、绿色、开放、共享的新发展理念”，主动将内容选题与党委政府的中心工作结合起来。以系列作品之《字画修复师》为例，视频后半段通过文本标注表达“改革开放”“市场经济”“文化强国”对该行业的重大影响，作品坚持“正”的主基调，弘扬主旋律，赋予作品思想性，打造网络文化精品，带给人们启发和思考。

立足新兴岗位，精准新闻落点。在新闻实践中，要把议题置于社会环境和历史方位中，才能深入了解宏观议题和微观层面的新闻事实。《我们的新打工人》围绕社会热点话题探讨新兴行业，如量体师、出游私人顾问、数据采集员等，新闻落点关乎人群范围广、具有鲜明的现实针对性。作品按照时间顺序，将新兴职业从业者的一天日常，通过多场景拍摄的方式立体化展现给受众，在满足用户好奇心的同时，也体现了互联网和大数据的快速发展、生活品质的提升以及消费升级的时代共识，这是我国社会发展的真实呈现。此外，作品客观上延展了新时代就业概念，在“就业难”问题上给予了多元化就业的建设性引导，是引领受众思想意识的重要航标。

顺应传播规律，创新新闻呈现。把握现代新闻传播规律和新兴媒体发展规律，是习近平总书记关于新时代宣传思想工作的重要指示。新媒体时代，短视频新闻是主流媒体顺应技术更迭和新闻融合发展的产物。《我们的新打工人》作为纪实视频，打破了传统新闻大篇幅制作的思维局限，结合受众阅读审美变化、技术发展趋势，从职业选择的互联网化、叙述视角的微观化、声画呈现的轻量化等层面，创新运用新闻内容处理方式，生产出了兼具可看性与可读性的内容，不仅贴合读者的观看习惯，也彰显了主流媒体在新媒体领域的影响力。

融媒发展已成为传统媒体的必修课，层出不穷的创意与前沿技术的应用，使得媒体工作环境出现了巨大改变。作为媒体从业者，在报道新时代的过程中，很幸运能随着行业与时代一起前行。期待《我们的新打工人》系列可以持续下去，将更多新时代的职业风范带到观众面前。

获奖者感言

HUO JIANG ZHE

对新闻的敬畏永远是我们的初心

北京商报社融媒体中心视频部主任　姜子谦

诚挚感谢北京新闻奖评选委员会对《北京商报》制作的《我们的新打工人》专题视频给予的肯定。收获这个奖项，一方面是对整个团队3个多月辛苦付出的最大肯定，另一方面也让传统媒体在转型之路上有了更为坚定的信心。

在此简要回顾一下这个系列视频的诞生之路。创意之初基于当年（2021年）"建党百年"这一大背景下，媒体以"重大选题"规格策划相关专题报道。当时经过集体讨论，决定此次报道要充分展现报社媒体融合改革的成果、运用信息传播主流形式，尝试以专题视频形式推出一组重磅策划内容。

做出这个决定的底气，是《北京商报》创办近40年积累下来的报道资源，以及对选题的把控和各商业领域深厚的积淀。虽然在融媒体改革浪潮中，传统媒体在实操层面没有自媒体可控性高的优势，但只要目标足够清晰，转型过程中传统媒体只要将优势充分发挥，还是可以迅速在新闻报道领域占领自己的一席之地。所以《我们的新打工人》专题视频，同样被看成是报社转型阶段的标志性作品之一。

当然，生产过程中整个团队面临诸多挑战。生产流程、技术要求、团队配备为配合专题视频生产都需要全新升级。最终团队顶着巨大压力一步步克服，最终在规定时间节点让9条视频如期诞生，在开始对外传播的一刻，大家心中有着无法言语的满足感。

从传统文字生产向视频制作转型过程中，最大感触是对采访报道有了更多认知。此前在文字稿件撰写阶段，与采访对象更多只是一两个小时的交流，且问题多会围绕稿件内容。采访对象真实状态究竟如何，报道中如何让人物更加立体，在一定程度上都要靠时间积累。但拍摄纪实视频，拍摄前期的反复沟通、拍摄过程中的朝夕相处、拍摄间隙的闲言碎语，都能让我们眼中的采访对象、采访行业更加真实。可能这些对电视台记者来说早已司空见惯，但对于传统媒体行业的文字报道团队来说，这种经历是让自己手中武器可以全新升级的过程。

现在回看作品觉得有很多可以做得更好的地方，但当时团队面对选题操作已付出最大努力，所以谈不上有太多遗憾，更多的是感恩在合适的时间点能够迈出转型的步伐。

如今融媒发展已成为所有传统媒体的必修课，层出不穷的创意与前沿技术的应用，已经让媒体工作环境出现了巨大改变。作为媒体从业者，很荣幸还能随着行业与时代一起前行，或许接下来我们手里的生产工具会继续进化，但无论怎么改变，我们会时刻提醒自己是新闻工作者，对新闻的敬畏永远是我们的初心，希望未来能继续提供更多具有价值的优秀新闻产品。

这里就像一块有着强大磁场的吸铁石

青春团队领跑“创新北京”

中青报·中青网记者　胡　宁　刘世昕

北京从不缺少青春热血和智慧头脑。

创立多个民营“第一个”时，陈春先46岁；创办北大方正时，王选49岁；在中关村掘出“第一桶金”的柳传志40岁；从北大辞职、创办了新东方的俞敏洪31岁……今天，一大批“90后”“95后”乃至“00后”年轻人，正投身北京的创新大潮施展才华与抱负，书写着新时代创新与创业、责任与担当的青春故事。

正是一代代年轻人的敢闯敢试，让古老的北京一直奔跑在科技创新领域的快车道。

奋斗百年路 启航新征程

牵手“中关村” 乡镇科技园成创新根据地

这里就像一块有着强大磁场的吸铁石

青春团队领跑“创新北京”

1980年，正值壮年的陈春先和几位中国科学院工程师，在海淀区一间破旧的砖瓦房里，成立了北京等离子学会先进技术发展服务部。由此开始，他们成立了中国改革开放后第一个民营科技企业、第一个民营科技研究所，他们梦想将中关村打造成中国的“硅谷”，陈春先因此被称为“中关村第一人”。

40年后，“85后”张旭在新冠肺炎疫情最危急的2020年年初回国，她希望用所学为研发新冠肺炎药物探路。几个月后，新冠肺炎对症药的研发有了实质性突破。

一直埋藏在她心中的创业种子开始萌芽。2020年年中，张旭带着研发雏形参加由北京市举办的首届HICOOL全球创业大赛，在这场由北京市举办的最高级别创业大赛中，张旭获得一等奖，获奖者可分享8000万元奖金，并可在创业期获得10亿元创投基金助力。

此后，张旭开启在北京的创业之路，成立了丹序生物，专注新冠肺炎药物研发。曾在国际顶级投行工作的她，深切感受到北京作为全球最具创新活力城市的蓬勃兴盛。

一座城市对创新的渴望与帮扶

寻求一个有利于创新的环境，一直是张旭的追求。

念博士时，张旭师从化学家、生物物理学家谢晓亮，探索单细胞全基因组测序技术。在全球单分子生物物理化学研究领域，谢晓亮声名显赫。

新冠肺炎疫情的暴发让张旭师生积累多年的研究成果有了用武之地。导师谢晓亮在2020年年初邀请张旭回国参与药物研发。

当时采用康复者血清治疗新冠肺炎患者已有成功案例，但血清的数量毕竟有限，张旭和团队研发的利用中和抗体进行治疗的原理与血清治疗相同。研究团队利用其在单细胞基因组学的专长，联合北京佑安医院，从60位康复期病人身上筛选出8558种病毒蛋白结合抗体序列，不到两个月，团队成功找出14株高活性的中和抗体。

第一时间取得大量样本，为后续找到高活性的抗体提供了先决条件。回首2020年那段争分夺秒的日子，张旭说："新药从早期研发到临床至少需要两三年时间，我们把这个时间段缩短到不到半年。"她感叹："我们之所以能动作这么快，既有单细胞基因组测序技术的高效性，也得益于第一时间得到北京市各个机构的大力支持。"

在药物研发阶段，从科技部、北京市科委，到昌平区政府、佑安医院等，多个部门和机构在资源对接、合作方选择等方面对研发团队给予全力支持。

这让张旭和团队感受到一座城市对创新的渴望与帮扶，而这只是近年来北京创新创业大潮中涌现的一朵浪花。北京像一块创新的吸铁石，有着强大的磁场。从2015年到2019年，北京每万人发明专利拥有量增长130%，每日新设科技型企业数量从110家增长至250家。

以创新为驱动，年轻人成弄潮儿

多年来，北京深入实施创新驱动发展战略，年轻人成为创新大潮的弄潮儿。

“十三五”时期，北京出台“科创30条”、高精尖产业“10+3”等系列政策，进一步营造创新创业的浓厚氛围。5年来，国家高新技术企业达到2.9万家，独角兽企业93家，数量居世界城市首位。

北京产业格局凸显“高”与“新”，新一代信息技术和医药健康产业双引擎作用持续发挥，高技术产业、战略性新兴产业增加值累计增长56.9%、58.5%，金融、科技、信息等现代服务业增加值比重进一步提升，高精尖经济结构加快构建。

这些促进科技成果转化的措施，小到细微处简化一个办事流程，大到将临床试验和科技成果转化纳入医疗卫生机构绩效考核和人员职称评审体系，都与张旭所从事的药物研发息息相关。

药物研发从临床阶段到投入市场，工艺和流程极为复杂。张旭感到自己是幸运的，在各方关注和支持下，“各个模块的时间都非常高效”。

依托北京医药相对完整的产业链条，2020年8月，为更高效地进行海外临床开发，生物技术公司百济神州宣布就丹序生物开发的新冠肺炎病毒中和抗体达成独家授权协议。用8个月时间，丹序生物完成近1亿元A轮人民币融资，由高瓴创投、华盖资本联合领投，北京昌发展、首发展等跟投。

丹序生物与百济神州公司合作开展的全球临床合作，正在全球多中心进行

II期临床试验，该款药物有望成为全球同类最佳的治疗新冠肺炎特效药物。

“强化创新核心地位，加快建设国际科技创新中心”，向着这个目标，北京一直在行动。抗击新冠肺炎疫情中，各方争分夺秒，北京产学研用综合实力厚积薄发，在关键时刻不只是救命良药，也成退“敌”良方。

近年来，北京双创政策的热度、广度、深度持续提升，束缚创新创业的体制机制障碍不断破除，创新创业蔚然成风。

截至2019年年底，北京汇聚了约20万家创业服务企业、近两万天使投资人、670多家创投机构，形成“要素聚合、主体协同、文化融合、环境友好”的创新创业生态系统，吸引创新创业者的实力大大增强。

迈向高质量发展的北京向青年发出邀约

40年前，拓荒期的创业者还面临着科研能不能进行市场化运作的拷问。而如今，张旭等新一代研究人员面对的已是大有作为、施展才华的广阔天地。

作为科研人员，张旭一直对产业转化有浓厚热情。担任哈佛大学中国学生学者联合会主席期间，她经常组织举办与创业相关的讲座、大赛。她所在学校的创业孵化器，鼓励学生将技术成果进行产业转化。张旭较早走出象牙塔，接触到一些顶级投融资圈。

回国后，张旭发现，留学时期的朋友多数选择在北京创业。2020年，她参加HICOOL全球创业大赛时，惊喜地遇到了很多“老熟人”。

目前，张旭的公司有近30名员工，汇聚了海内外多个知名高校、研究机构和富有科研经验的人才。她坦言，北京集聚了大批专业人才，为团队的组建提供了很大便利。

北京是一片创新的热土，成为当下大多数投资者的共识。

近年来，北京致力于打造国际一流人才高地。围绕创新链与产业链，如何加大力度吸引国际高层次人才落户，集聚培养一大批优秀青年人才，加快形成多层次创新人才生态，成为北京市人才政策的发力点。为了吸引人才、留住人才，北京市长陈吉宁表示，要抓好国际人才社区、国际学校、国际医院建设，构建国际化学术环境和生活环境，让各类人才心无旁骛专注事业，人尽其才、才尽其用。

HICOOL全球创业大赛平台，让丹序生物快速获得大赛全链条创业服务，人才落户、医疗保障、人才公寓的“北京式服务”一样都不少。

在北京推进高质量发展的进程中，中关村科学城、怀柔科学城、昌平区未来科学城和北京经济技术开发区为代表的“三城一区”，以不足北京4%的土地面积吸引了全市50%以上的研发投入和科技人才，拥有全市60%以上的发明专利。

5年来，构筑创新链加速科技成果转化成为北京的特色。北京市搭建科技创新服务平台，精准对接在京企业、高校科研院所创新主体，为科技成果在京落地承接提供更加便捷的服务，加速科技成果转化效率。目前已经形成“高精尖”产业链，推动科技创新成果场景应用。

在资本方面，政府出资120亿元创立北京科技创新基金，4家市属企业各出资20亿元。通过放大母基金和子基金，实现基金总规模达到1000亿元，与天使投资、创业投资等社会资本形成合力，资本与科技创新更加精准结合。

面向“十四五”，北京市向怀揣理想的年轻人发出掷地有声的承诺：北京经济发展质量效益将明显提升，战略性新兴产业、未来产业将持续壮大，将加快建设国际科技创新中心，构建特色与活力兼备的现代化经济体系。

宜居北京、绿色北京、健康北京也是北京未来发展的题中应有之义。一个迈向高质量发展的北京正向青年发出邀约。

原载《中国青年报》2021年5月12日

获第三十一届北京新闻奖二等奖

专家
ZHUAN JIA 点评

努力提供最大含量的信息

北京市新闻学会理事　白宙伟

这是一篇你可以读两遍的通讯报道（以下简称“报道”），即从两个不同的角度来读这篇报道究竟说的啥。

第一遍，读“85后”科学家张旭回国创业。

在新冠肺炎疫情最危急的2020年当口，张旭来京搞新冠肺炎对症药的研发。在北京，张旭得到全力支持，她和她的团队感受到“北京像一块创新的吸铁石，有着强大的磁场”。

报道举例——

要资金：张旭的项目分享到在北京市举办的HICOOL全球创业大赛一等奖的8000万元奖金，并获10亿元创投基金创立丹序生物。

要样本：北京佑安医院提供了60位康复期病人身上筛选出的8558种病毒蛋白结合抗体序列。

要支持：从科技部、北京市科委，到昌平区政府到佑安医院等，多个部门和机构给予全力支持。

……

报道提供的这些内容，令读者叹服：张旭创业选在北京，乃“天时地利人和”。

第二遍，读“一座城市对创新的渴望与帮扶”的“创新北京”。

报道提醒读者：“张旭创业”，只是近年来北京创新创业大潮中涌现的一朵浪花。纵览全篇，报道从种种优渥的创业条件领跑世界创新环境到人才济济、政策利好，形成“要素聚合、主体协同、文化融合、环境友好”的创新创业生态系统，条分缕析，翔实明确，昭显“创新北京”布局的一盘大棋。

报道还披露，“截至2019年年底，北京汇聚了约20万家创业服务企业、近两万天使投资人、670多家创投机构”……信息张扬着“创新北京”为创业者保驾护航的底气和实力。

从“张旭创业”和“创新北京”的不同角度赏读本篇报道，读者可以领略到两幅画景：一幅是“如鱼得水”，一幅是“海纳百川”，可谓“一文两读”之精妙。

产生这个阅读感觉是报道采用电影蒙太奇的手法对素材进行了结构性拆拼剪辑，在写作时，对宏观和微观、个体和整体、事件和背景的把握分中有合，合中有分，文法犹如两江汇流之态，时聚时开，时隐时现。

这种写法角度落点自由、信息含量丰富、语言跨幅大、形散神拢，可以激发读者的探奇欲望，调动人的阅读综合力。而文章主题的绞合效果，可以用一个实验形容——把两本书像洗牌一样将每页纸均匀地层层叠合，据说，这样一来，两本书形成的物理合力，纵使套上两匹马也拉不开。

获奖者/感言

HUO JIANG ZHE

追寻永不停歇的青春血液

中青报·中青网记者　胡　宁　刘世昕

近期的一条消息很牵动我们的神经：“2023年5月24日，中国国家药品监督管理局批准北京科兴中维生物技术有限公司与昌平实验室曹云龙/谢晓亮课题组联合开发的新型冠状病毒广谱中和抗体SA55注射剂用于新型冠状病毒感染治疗的临床试验申请。”

我们在采访中曾经数次走入相关领域。就在两年前，我们曾经采访该团队进行产业转化前中期时组建的创业公司的故事，也就是后来的《青春团队领跑“创新北京”》，主人公是一位在哈佛期间师从谢老师的“85后”青年。他们的团队有着强大的科研背景，过往的学界成就已经足以证明，后来发生的事情也再次证明了这一点——曹云龙入选《自然》2022年度十大人物。直至今天，谢晓亮院士和曹云龙在昌平实验室的探索仍然在争分夺秒进行中。

采写时两重重要因素叠加，给予了我们一个很好的介入机会。当时，新冠疫情仍在全球肆虐，而北京推出了最高规格的HICOOL全球创业大赛，这家企业恰好是产学研用结合的创业范本，获得了2020年大赛的一等奖，并在第二年作为优胜代表向所有参赛者讲述他们的故事。

在采写时，我们看到了这一代优秀青年在危急时刻如何挺身而出。他们拥有良好的教育和科研背景、丰富的人生经历，更重要的是，这份专业优势并不是“精致利己”的，而是可以跟国家的需要完美契合的。人才需要舞台，这个“舞台”也需要足够友好和包容。一味强调情怀和奉献是不长久的，用一个已经被用烂了的词就是“双向奔赴”。在走入这个创业故事的时候，我们尤其会感觉到个人与宏大“舞台”间的默契是多么难能可贵。

一次大赛、一家企业的创立，也只是一个观察的切口，背后是青年人才对回报社会、建功立业的渴望，是北京给青年人才的热忱和诚意。没有北京打造全球创新创业者机遇之城的种种努力，就不会有来日的绽放。我们所做的就是记录这一切，看到一个“点”背后的线与面，看到个人身后的时代，看到一座城市对年轻人系统性地托举。

鉴往知来，记录也是保存“初心”的一种方式。

不过有些遗憾的是，当时这些项目还在推进中，也面临很大的不确定性，时至今日，亦是如此。后来据我们了解，项目也一度在研发过程中遭遇挫折。

当然，这是科研的常态，也是创业的常态。但是不懈奋斗、迎难而上，也正是这些青年领军人才的可贵之处。我们也看到，北京在书写自己高质量发展篇章时，如何逐步建立机制，为基础研究、为重大科研项目做好做实服务和培育的角色。

面向未来，北京向怀揣理想的年轻人发出过掷地有声的承诺。我们相信，当蓝图逐步实现，我们将看到更多青年与国家、与首都类似的契合。而这份契合将展现的潜力，留待时间予以最忠实客观的检验。在这条道路上，我们也希望自己会是潜心而行的记录者、陪伴者和见证者。

北京市总推行维权、服务“向前一步”

新业态职工从“要我入会”到“我要入会”

本报记者　赖志凯

工人日报
WORKERS' DAILY
2021年8月7日　星期六
持续跟踪客流动态，结合出行规律精准调度
合肥织密市民出行“幸福网”
北京市总推行维权、服务“向前一步”
新业态职工从“要我入会”到“我要入会”
湖北工会启动应急机制，防控疫情保障生产
再上一线巩固拓展抗疫成果
中国代表团再添佳绩
我国首座跨海高速铁路桥梁成功合龙
将门诊工作量等作为医生晋升职称的“门槛”条件
建立动态监管制度，进行满意度评价，合格有奖不合格摘牌
驿站服务好不好，户外劳动者说了算
扶持实体书店　打造“书香之城”

“感谢工会提供的免费法律服务。”8月5日，维权成功的外卖骑手李敏拿到仲裁裁决书后，给北京市总工会法律服务中心主任何跃红打电话表示了感谢，并咨询如何成为工会会员。在何跃红的帮助下，他通过网上申请成为会员。

李敏在送餐过程中不慎摔伤，公司却否认与其存在劳动关系，拒绝承担工伤赔付责任。李敏找到工会组织，工会第一时间为其提供了法律援助服务。经过劳动仲裁，其合法权益得以维护。

这是北京市总工会推行两个“向前一步”，带动两个“全覆盖”的一个案例。针对新就业形态劳动者数量庞大、增长迅速且分散等情况，市总创新工作方法，通过推行维权、服务两个“向前一步”，引领新业态职工从“要我入会”转变为“我要入会”，带动工会工作和工会组织两个“全覆盖”。

维权向前一步

1月20日，北京市总下发深化维权工作措施“1+5”文件的通知，通过建立健全劳动关系风险监测预警平台和联动处置机制等9项措施，落实北京市委常委会关于工会组织要“向前一步维护职工合法权益，积极构建和谐劳动关系”的工作要求。

“1”即《关于维权向前一步积极构建和谐劳动关系的工作措施》，提出了9项措施。“5”即就其中5项措施出台5个配套文件，分别为：市总工会与市卫健委联合出台《关于进一步发挥工会组织在职业健康促进工作中作用的意见》、与市国资委联合出台《关于深化市管企业厂务公开民主监督工作的意见》以及修订《北京市工会劳动争议调解工作规则》、出台《北京市工会关于新就业形态人员权益维护法律服务实施办法（试行）》、制定《关于深入开展“构建和谐劳动关系法治体检”三年活动实施方案》。

其中《北京市总工会关于新就业形态人员权益维护法律服务实施办法（试行）》明确工会对新业态劳动者提供的法律服务形式包括：普及法律知识、提供法律咨询、引导协商和解、调解劳动争议、代书代理案件。还规定北京市各级工会，特别是新就业平台企业集中的园区和楼宇工会，要针对劳动合同、工伤、社会保险、交通事故和合同等问题，提供线上线下宣传服务，促进企业依法用工，就业人员依法维权。

“我们按照‘首问负责’和‘接诉即办’的机制妥善做好新就业形态劳动者的法律服务工作。”何跃红介绍说。

北京市各级工会还通过12351热线为新业态劳动者提供免费法律咨询，有关流程和要求按照市总工会办公室下发的《关于健全完善12351职工服务热线“接诉即办”工作机制的实施方案》执行。

新业态劳动者因履行工作职责发生的以下争议由市、区两级工会参照《北京市工会法律援助办法》的相关规定指派律师提供案件代书、代理服务，并积极协调司法部门等多种法律援助渠道，做到应援尽援。

服务向前一步

投入1000万元，为20万名新业态劳动者提供专项互助保障服务。专项互助保障包括重大疾病、意外伤害、子女意外、身故、家财损失5项保障内容，最高可享10万元保障金；投入1500万元，为1万名新业态劳动者提供免费健康体检服务。针对不同职业的工作特点，科学合理制订体检项目清单，提高体检工作实效性。

今年年初，北京市总工会给新业态劳动者送出两个“大礼包”。同时，坚持党建带工建，依托全市各街乡镇党群服务中心以及整合社会资源，今年拟共同打造3920家户外劳动者暖心驿站。

12351职工服务热线7×24小时接听职工来电，为新业态劳动者提供入会咨询、法律咨询、维权咨询等服务。依托热线接诉即办工作机制，统筹全市各级工会形成合力，关注解决新业态劳动者工作生活中“急难愁盼”的问题。

依托心理服务热线和“首都职工心理发展”微信公众号，为新业态劳动者提供7×24小时不间断提供免费线上心理咨询服务；通过电话预约等方式，免费提供一对一线下心理咨询服务。

依托两节送温暖、夏季送清凉、工会进万家等活动，在重点时间和节假日，对新业态劳动者开展走访慰问活动；选派机关干部到基层蹲点，深入新业态劳动者，了解他们的工作和生活状况，听取诉求，及时调整服务方向。

“让广大新业态劳动者在享受到工会服务的同时，也从‘要我入会’转变为‘我要入会’。”北京市总工会党组书记、副主席郑默杰说。

打通“最后一公里”

8月3日上午11点到12点，在北京市通州区永顺镇每日优鲜（西富河园店）店里，接单、分拣、核验、出货……永顺镇总工会的工会干部穿梭在店面，谁有时间谁来听、谁有空闲给谁讲，沟通会在这样特殊的操作间内持续进行。

工会干部现场发放《入会宝典》和《职工互助保障手册》等宣传材料，并为大家讲解工会组织职能作用、会员权利、普惠制服务等。运用“北京工会i会员”小程序，直接现场扫码入会，工会干部用移动端现场审核，北京银行的工作人员在现场配合，几分钟后一张工会会员互助服务卡交到了一位外卖小哥手中，一名工会会员就这样诞生了。

“加入工会，就融入了自己的大家庭，有了依靠。”本次沟通会现场共有7位外卖小哥加入工会组织。这是北京市总走进新业态劳动者开展‘双沟通’活动的一个场景。

据介绍，北京市总从规范化基层组织建设入手，摸索出了一套职工沟通会、企业沟通会“双沟通”的模式，推动工会组建、发展会员，破解入会建会难题。

所谓职工沟通会，是指各级工会干部深入社区、楼宇等职工密集区域摆摊设点，利用职工休息时间“推销”工会，集中宣传工会职能作用和会员服务内容；倾听职工心声，了解掌握职工动态，使工会组织更加接地气、聚人气、有生气，吸引职工加入工会组织。企业沟通会则是工会干部主动上门，向企业负责人宣传工会在促进企业发展、维护职工合法权益方面的作用；充分了解企业需求，量身定制“服务包”；搭建企业间互通有无、扩大交流的平台，争取企业支持建会。

“为持续推新业态劳动者入会工作，全市各级工会认真落实‘双沟通’工作，将职工沟通会、企业沟通会工作固定化、日常化，形成常态化工作机制，让‘双沟通’真正成为工会联系职工、企业的重要手段。”北京市总基层组织建设部部长李扬说。

北京各区总工会每月确定一天作为区级“职工沟通日”，各街道乡镇每周开展一次职工沟通会，将“双沟通”作为联系职工群众、突破建会瓶颈的有力抓手，打通了新业态人员入会“最后一公里”。

原载《工人日报》2021年8月7日

获第三十一届北京新闻奖二等奖

专家点评

ZHUAN JIA

不负初心使命　团结奋发前行

北京市新闻学会理事　白宙伟

党的十八大以来，习近平总书记高度重视工会工作，为工会工作指明方向。他强调指出：要让职工群众真正感受到工会是“职工之家”，工会干部是最可信赖的“娘家人”，并要求“加大对职工群众的维权服务力度”。

《新业态职工从“要我入会”到“我要入会”》这篇报道（以下简称“报道”）由为职工维权为线索，引发出工会为职工服务采取、制定的一系列举措，让“新业态”职工真正感受到“家”的温暖的热门话题。

通讯开篇是一个令人深思的故事。

外卖骑手李敏送餐时不慎摔伤，外卖公司却黑了心肠拒绝工伤赔付。

就在李敏呼天不应叫地不灵之际，“娘家人”出手了——工会为他提供了法律援助并最终维权成功。

百感交集的李敏拿到劳动仲裁裁决书，抄起电话致电北京市总工会法律服务中心，呼喊出自己的心底的愿望“我要入会！”

就是说，工会法律援助打官司的李敏，还不是工会会员！

工会以自己的行动证明，咱们工会是所有工人的“娘家”，无论你进没进这个“门”，都是“咱娘家人”！

本篇报道李敏一案让人看着解压解气，也令人心头一暖。

报道假此案件推出一系列数字、文件，告知职工什么是“维权向前一步”，什么是“服务向前一步”以及实际效果和社会意义。

报道细致地介绍了多项服务内容、措施、活动，如数家珍般介绍种种“总有一款适合你”的“大招”，让你感到这些规定举措有温度、有力量、有亲情，心向入会，欲罢不能！

想入会吗？工会大门期盼着向你敞开。报道详解了多条入会路径：用“北京工会i会员”小程序，直接扫码入会；用移动端审核，加上银行工作人员配合，几分钟后一张工会会员互助服务卡就能交到你手中；北京各区总工会每月有一天作为区级“职工沟通日”，各街道乡镇每周开展一次职工沟通会……沿着这些入会通道，“新业态职工从‘要我入会’到‘我要入会’”水到渠成。

为什么“要入会”？细读报道，可以把脉到工会的一片衷心——不负初心使命，团结奋发前行。

获奖者 / 感言

HUO JIANG ZHE

把一篇工作报道写成了获奖新闻作品

工人日报北京记者站站长　赖志凯

记者应邀参加北京市总工会关于进一步做好新就业形态劳动者工作的会议，会上党组书记、副主席郑默杰提出了“两个向前一步”“双沟通”“两个全覆盖”

的做法、经验。这是一篇典型的工会工作性质的新闻报道。但是，做好新就业形态劳动者工作是2021年全国总工会的重点工作，所以这不失为一个好线索。

于是和要闻部尹雪梅副主任汇报这一线索，尹雪梅也认为是个“好东西”，是当前全国总工会的重点工作，让我具体和白班赵剑影副主任联系，赵剑影副主任又给记者提出了既要有举措，又要有故事，通过故事来反应举措、体现成果等具体的采写意见。

于是作品从故事入手，由故事引出具体的措施，通过故事反映北京工会在做好新就业形态劳动者工作的新做法、新举措、新成效，使得作品生动活泼，并最终在8月7日头版头条见报。

作品见报后，引起了全国人大副委员长、全总主席王东明，时任全总副主席、书记处第一书记陈刚，和时任中央政治局委员、北京市委书记蔡奇以及时任北京市委副书记张延昆的高度重视，并分别作出批示，称赞北京市总工会探索形成的“两个向前一步”“双沟通”“两个全覆盖”的做法、经验，应该充分肯定，并希望加强总结交流，推动各级工会进一步做好新就业形态劳动者维权服务和建会入会工作。

作品紧扣中央做好新就业形态劳动者工作主题，选题有大局意识、政治意识，内容真实，时效性强，采访扎实，行文生动活泼，感染力强，社会效果好，最后被评为北京新闻奖通讯类二等奖。

和时间赛跑　与病毒较量

——中国医学科学院医学实验动物研究所新冠肺炎疫苗评价攻关记

本报记者　白　莹

“2021年开年前两天，北京市已经有73537人接种了新冠疫苗，没有出现一例严重不良反应。”听到广播里的这段播报，中国医学科学院医学实验动物研究所（以下简称“动研所”）所长秦川教授露出了满意的微笑。

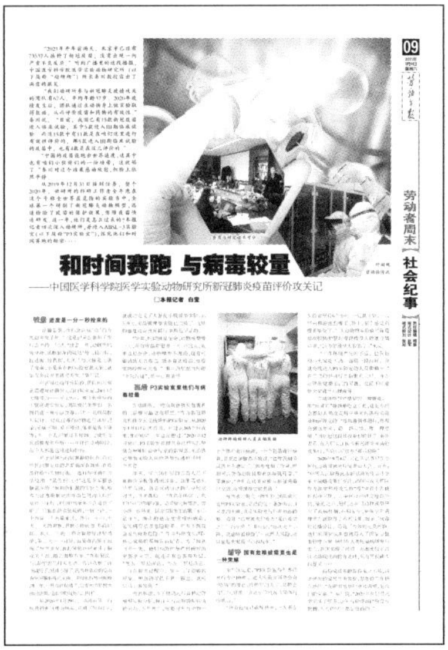

“我们动研所参与新冠肺炎疫情攻关的团队有67人，平均年龄37岁。2020年疫情暴发后，团队通过在动物身上做实验取得数据，从而评价疫苗和药物的有效性。”秦川说，“目前，我国已有15款新冠疫苗进入临床试验，其中5款进入III期临床试验。而这15款中有11款是在咱们这里进行有效性评价的，那5款进入III期临床试验的疫苗中，也有4款是在这儿评价的。”

“中国的疫苗能跑出世界速度，这其中也有咱们小伙伴们的一份功劳，这就够了。”秦川对这个结果感动、欣慰，但脸上依然平静。

从2019年12月31日接到任务，整个2020年，动研所的科研工作者全年泡在这个号称全世界最危险的实验当中，全球第一个研制了新冠肺炎动物模型，迅速检验了疫苗的保护效果，保障疫苗快速研发。这一年，他们是怎么过来的？本报记者四次深入动研所，并进入ABSL-3实验室（以下简称“P3实验室”），探究他们和时间赛跑的秘密……

较量
进度是一分一秒抢来的

“谁能想到，我们会以战‘疫’的方式迎来庚子年。”这是记录在秦川工作日志中的一句话。“过去一年，动研所临危受命，感触最深的就是‘抢’，抢时间，抢进度，抢数据，大伙儿每天像是上满了发条，不是泡在P3实验室做实验，就是在会议室里研究方案。”秦川说。

在新冠疫苗评价阶段，团队的时刻表需遵照疫苗反应的时间来定，24小时无缝接力——早上9点，被注射疫苗的小鼠送进实验室，团队成员朱华和一名组员逐一向小鼠攻毒；另外一名组员按时间计，对攻过毒的动物进行体征记录：毛顺不顺、爱不爱动、体重是否下降等；下一个人则要马不停蹄，完成所有数据整理和分析……在评价疫苗阶段，每个人都是这样连轴转的。

对于那种与时间赛跑的状态，负责给恒河猴免疫的李军丽深有同感。在疫苗评价的关键时期，一连11种疫苗在接续检测。“紧张！担心！”这是李军丽感触最深的。“起初我们做的实验方案，根本无法准确制定出疫苗是肌肉注射还是皮下注射，注射的剂量多少合适也不明了。只能按照实验规律，一针一针、一个剂量一个剂量地试，然后一小时、半天、一天地观察，看猴子的状态。那段时间，我头一天晚上都会整理好注射清单，第二天一一对照。如果有的猴子出现了异常情况，我赶紧做好记录并上报攻关小组，随之调整方案。”李军丽说，“我最怕兽医打来电话，告诉我猴子体重减轻了，精神不好了。因为我负责的是所有恒河猴的疫苗免疫、采样和抗体试纸检测工作，一旦我注射错了，后面的实验根本就没法做，这浪费的就是时间呀！”

从2020年1月29日，动研所第一时间获得新冠肺炎病毒，只用了短短7天，就成功完成了人源化小鼠模型实验。此后9天，实验猴模型实验也完成了。这样的速度在全世界同行中都是罕见的。

“毕竟，时间就是生命，动物模型慢一天，所有疫苗就都要等一天。在这儿，效率也是生命，动物模型不准确，就有可能错放无效疫苗、错杀有效疫苗，给疫情防控带来灾难。”秦川回忆起当时的“生死时速”，至今心有余悸。

高危
P3实验室里他们与病毒较量

在动研所，一座由灰色铁皮包裹着的二层楼房矗立在那里。“作为新冠肺炎科技攻关主战场的P3实验室，从2020年1月1日正式启用，在过去365个日夜里，里面的灯一刻也没熄过。”2020年12月31日，P3实验室管理员乔红伟依旧聚精会神地盯着中控室的监视器，生怕错过里面实验人员给外界传递的任何一个讯息。

原来，穿上防护服的实验人员不能携带手机等通信设备，如果需要和外界沟通，则必须通过话筒与中控室对话，寻求帮助。“在负压环境下，我们时刻与病毒较量，必须要全神贯注，容不得一丝马虎。因为实验室里的猴子和小鼠身上，携带的是高度浓缩的病毒，远比病房患者危险得多，稍有不慎就会发生致命危险。”作为科研攻关团队核心成员的邓巍告诉记者，为了做到万无一失，他们的防护服严格按照国家要求来穿，就连手套也要戴双层，“里面一层是深色，外面一层是浅色。一旦在解剖过程中，发生刀片划破的现象，里面的深色手套一露出，就可以马上被发现。”

说到解剖，为了精确进行各种动物模型实验分析，保证所有动物模拟病情的同时，不至死亡，需要对所有动物的一个个肺叶进行检测，一个个脏器进行检查，甚至连泪腺都不放过。“这样抠细节虽然大大增加了工作难度和工作量，但却可以使得动物模型更加准确可靠。”邓巍说，“我们在这里直接与新冠病毒打交道，必须摸准它的套路。”

每当成功做完一组实验，团队成员走出P3实验室，必经的是一条20米长、1米宽的小路，这是实验室与外界相连的唯一通道。“这里被我们称为‘通往希望之门’的小路。”秦川说，“每次走上小路，就意味着规避了一次巨大风险，所以也是大家最开心的时刻。”

坚守
国有危难被需要也是一种荣耀

朱华回忆道，“P3实验室与外界压差约为负100帕，进入实验室耳旁会有‘嗡嗡’的噪声，待的时间久了，耳膜会有压力，好像一直处于飞机起飞降落时的状态。”

“我有慢性过敏性鼻炎，一次要在实验室里待6个小时。一边做实验，一边任由鼻涕流到嘴里、脸上，那个感觉别提多难受了。”大动物组实验成员陈霆每次脱防护服时都得找没人的地方摘口罩，“因为那模样太狼狈了。”他说。

“工作环境产生的不适，让我很担心大家吃不消。每隔一段时间，我就会找进入P3实验室的人员聊聊天。”在自己的科研任务最繁重之时，身为动研所党委书记的邓巍，也得不时地给大家进行心理疏导。

在动研所科研楼后的一僻静处，一块“慰灵石”静静地屹立于此，这是为纪念帮助人类攻克科学难关的那些实验动物而设立的。“每每遇到难题时，我都会到这里来，静一静心情，理一理思绪。”回忆起这段日夜兼程的日子，秦川表示，在人们关注抗击新冠肺炎疫情的成果时，不应忘记这些“幕后功臣”。

2020年9月8日，习近平总书记在全国抗击新冠肺炎疫情表彰大会上宣布：中国人民“取得抗击新冠肺炎疫情斗争重大战略成果！”至此，动研所攻关团队作为国家科技攻关战“疫”中首个告捷的科研团队，为中国疫苗研发抢得先机。除此之外，他们还利用动物模型研究了致病机制，在病原学、免疫学和病理学方面取得了系列成果，揭示了病毒的传播途径，筛选了有效的应急药物。他们的研究成果也被写入了国家卫健委诊疗方案。他们在人类传染病研发历史上，首次实现了用同一标准比较不同技术路线疫苗的有效性，具有里程碑式的意义……

一份份成绩单的取得来之不易，但动研所的成员并未放松，紧张的工作仍在继续。“在国家危难时刻被需要，是我们的荣耀。”秦川说，“2020年我们很庆幸完成了任务，让所有的疫苗评价没有耽搁，所有的坚守都是值得的。”

原载《劳动午报》2021年1月9日

获第三十一届北京新闻奖二等奖

专家点评

ZHUAN JIA

一篇结构紧凑、细节鲜活、人物立体的好作品

北京教育融媒体中心主任　张淑芳

新冠肺炎疫情突发、肆虐的那段时间，人们对疫苗的及时研制和有效性给予高度关注、热切盼望。中国医学科学院医学实验动物研究所的科研工作者临危受命，2020年全年泡在号称全世界最危险的实验当中，在全球第一个研制了新冠肺炎动物模型，为中国疫苗研发抢得先机。“这一年，他们是怎么过来的？”《劳动午报》2021年1月9日刊发的《和时间赛跑　与病毒较量——中国医学科学院医学实验动物研究所新冠肺炎疫苗评价攻关记》，生动展示了这个科研攻关

团队是如何紧张高效地开展工作、始终坚守在与病毒较量的一线战场并且取得突出成绩的，是一篇结构紧凑、细节鲜活、人物立体的优秀报道。

结构紧凑，以“较量”“高危”“坚守”三个关键词串起一年工作的主线。为了告诉读者“这一年，他们是怎么过来的”，记者四次深入动物研究所采访，并进入P3实验室探究科研攻关的秘密。三个关键词和扎实的采写内容反映的是攻关团队争分夺秒抢时间的工作状态，是负压环境下直接与新冠病毒打交道时的全神贯注，是在国家有危难时被需要的荣耀和奉献。

细节鲜活，通过“向小鼠攻毒”“中控室的监视器”“通往希望之门”等内容描写实验工作的特殊性。攻关团队在评价疫苗阶段24小时连轴转，有的逐一给小鼠攻毒，有的随时记录动物体征变化，有的马不停蹄完成所有数据整理和分析。穿上防护服的实验人员不能携带手机等通信设备，如果需要和外界沟通，必须通过话筒与中控室对话。管理员乔红伟每天聚精会神地盯着中控室的监视器，生怕错过里面实验人员给外界传递的任何一个讯息。实验室外的一条20米长、1米宽的小路是与外界相连的唯一通道，被称为“通往希望之门”。这些细节描写生动、感人。

人物立体，从“工作日志”“聊聊天”到“慰灵石”彰显担当情怀。研究所所长秦川用日志记录下团队工作的精彩瞬间，党委书记邓巍隔段时间就找进入实验室的同事聊聊天，给大家释放压力。设立“慰灵石”则是纪念那些帮助人类攻克科学难关的实验动物，团队成员都不会忘记这些“幕后功臣”。攻关团队作为国家科技战“疫”中首个告捷的科研团队，取得一系列研究成果，为抗击新冠肺炎疫情斗争做出了特别的贡献，令人印象深刻、感动敬佩。

获奖者 HUO JIANG ZHE 感言

萤火微光，愿为其芒

劳动午报社记者部主任　白　莹

很幸运成为一名时代的记录者。与我那些深耕不同领域的同行一样，在为大时代织密针脚的同时，一生的事业就像怀抱着小小火焰的萤虫，在春天里奔跑着、寻觅着、照亮着大时代的不同棱面。因为我们相信，今天照亮的每一个角落，都可能成为明天人们记忆深处的“中国”。

《和时间赛跑　与病毒较量——中国医学科学院医学实验动物研究所新冠肺炎疫苗评价攻关记》这篇文章完成于2021年年初。彼时，中国正创造着人类文明史上人口大国成功走出疫情大流行的奇迹，无数人用青春见证了个人命运与国家时代的相互交融。而作为一名记者，自2019年年底劳动午报社党委组建抗击疫情采访队以来，在防护经验和条件还不够完备的情况下，我主动请缨多次深入一线医务人员隔离休养点、疫情防控医疗物资保供企业，以及生活物资供给、轨道交通保障等行业实地采访，并积极参加北京市委宣传部组织的新闻发布会和集体采访，策划采写各类保供和复工复产新闻。《重返战“疫”一线》《海淀百余名医护人员39天爱心接力跑赢病魔》《战“疫”一线的北京劳模力量》《抗“疫”笔记》等抗疫新闻稿件，受到了读者的广泛欢迎。

在关注疫情防控和物资生产战线的同时，我更始终紧盯科研战线的进展。正如习近平总书记指出的，最终战胜疫情，关键要靠科技。然而，我发现作为国家抗疫科技攻关五大主攻方向之一的医学实验动物研究却没有得到应有的关注，直觉告诉我，这里面一定有“富矿”可挖。但与中国医学科学院医学实验动物研究所建立联系后，才发现这支科研团队满负荷的工作节奏让正式采访无法开展，我就一边积累资料，一边外围跟踪采访。直到2021年年初，全球抗疫进入疫苗抗疫阶段，记者独家获邀3次进入动研所开展采访和资料搜集工作，采访科研工作者10余名、整理各类资料50余份，将这段惊心动魄的抗疫故事挖掘出来。在报社领导的悉心指导下，稿件经过反复打磨。最终报道刊发后，在社会上引起了强烈反响。北京市新闻出版局报刊阅评小组和新京报传媒研究均给予高度好评，认为“本文作者选取了疫苗、药物研发过程中最容易被忽视又最为不可或缺的环节——动物实验……记者深深被疫情中的一线工作者而感染，深入采访，忘却了危险，第一时间挖掘他们的感人故事……此文导向正确，坚持马克思主义新闻观，践行增强‘四力’要求，体现‘走转改’精神，具有较大的传播力、引导力、影响力、公信力，是体现伟大的抗疫精神的代表性力作，值得推荐”。

本文入选《追索新闻真谛——第三十一届北京新闻奖获奖作品精选》是对我职业生涯的一次激励和鞭策。我要感谢中国医学科学院医学实验动物研究所的信任和科研工作者们的辛苦付出，我要感谢劳动午报社的各位领导和同事的大力支持，我更要感谢时代大江大河给予新闻人的慷慨馈赠。新闻人的最大幸运，不仅在于“永远在场”，更要有靠近光、追随光、成为光、发散光的勇气，萤火微光，吾辈愿为其芒。

快递小哥的奇遇人生

——记全国优秀农民工刘阔

本报记者　杨　曼

聚焦 7
北京就业
快递小哥的奇遇人生
——记全国优秀农民工刘阔

个人档案

姓名：刘阔

年龄：32岁

单位：北京顺丰速运有限公司

岗位：快递员

进快递行儿4年，他送出近15万件包裹，跑坏20来双鞋，加了300多个客户微信。有客户说："他要是哪天没上班，我们都觉得不得劲儿！"他是刘阔，一个普通的快递小哥。2017年，他从河北石家庄到北京，做了一名快递员，4年间，他的人生开启"电视剧"模式，与总书记握手、参加70周年大庆阅兵、获评"全国优秀农民工"。

详细新闻报道
请扫码观看

他的普通与奇遇交织着，映射的是新时代背景下普通劳动者的机遇，站在他背后的是全国300万快递小哥，是近千万新业态从业者。

“我的地盘儿”

琉璃厂东街位于西城区和平门外，是北京一条著名的文化街，它起源于清代，当时各地来京参加科举考试的举人大多集中住在这一带，因此在这里出售书籍和笔墨纸砚的店铺较多。

1月23日一大早，记者在这里见到了快递小哥刘阔，“这就是我的区域！”

他手中拿着一个包裹，正要去天平商务楼送货，记者跟他一起钻进胡同，刘阔开着电动三轮儿在胡同里穿行，灵巧地避开各式各样的东西，过不去的时候，他迅速调转车头，另寻捷径，快递车在他脚下像在河里游动的小鱼。看着他灵巧的样子，仿佛闭着眼都能找到路。“这不算什么，从早上7点到晚上9点多，每两个小时取送一回件儿，这里哪儿有个坡，哪儿有个坎儿，我门儿清。”

“刘阔来啦！”在一家老字号琴行，记者见到了刘阔的老客户，“这些大提琴在运输过程中容易损坏，包装上需要特别当心，交给刘阔我们放心，他要是哪天没上班，我们都觉得不得劲儿！”琴行工作人员说道。

还有个要取的件儿，刘阔三拐两拐进入楼里另一间办公室，拿到一个小盒子：“就这一件儿吗？大周末的特意来发这个呀？”他熟络地跟办公室里的人打着招呼。“可不么！着急！”这是卖直播设备的商户，每天都得发几件儿货。

贴心小伙儿

刘阔的送件儿区域里有商户、楼房居民还有平房住户。什么人需要什么样的服务，他拎得清。要想为大家服务好，在送货时间、送货方式上都有讲究。

给居民送件，尤其得注意有小孩子的家，千万不能一大早去敲门，会吵了小孩睡觉。“最佳时间是10点到12点之间。”有特殊要求的，刘阔都提前给客户发微信。像这样的家庭，在这一栋楼里就有七八家。每一家都在刘阔这里挂了号。

为了方便客户找他，刘阔加了300多个客户微信。还为一家公司的100来人专门建了一个群，“他们都是一个公司的，在这个宿舍楼里住，一般白天没人，得到下午五六点钟去送件儿。可是保不准有个特殊情况，碰上急用的东西，有时白天也需要取件送件，我就给他们建了这个群，方便他们随时联系我。”

对胡同里的住户，更得当心，有一位80多岁的老爷子，一个人住在胡同的平房里，他腿脚不好，每次去送件，刘阔都提前给他打电话，好让他有所准备，有时候敲了门，要在门口等好几分钟，才见老爷子颤颤巍巍来开门，但刘阔从来不急，“咱送件着急，我可以跑快点，但是要是让老爷子着急摔了，可麻烦了！”每次走的时候，刘阔还把要扔的快递包装带出去。“对我来说是举手之劳，就别让老人专门跑一趟了。”刘阔说。

平房大杂院住户多，“大夏天中午去院儿里送件，可不能不管不顾大嗓门儿喊，这正是午睡的点儿，有时候一嗓子就吵醒十几口子人。”

相比居民，商户的诉求主要是一个字：急！晚上9点多钟，有商户直接给刘阔打电话让取件，刘阔从没拒绝过：“得嘞，几分钟就到！”

刘阔贴心，大家伙儿都感激，去年夏天，刘阔的三轮儿车在天平商务楼趴窝儿了，怎么鼓捣都启动不了，琴行的调琴师放下手里的活儿就帮刘阔推车，硬是把他送回站点儿，三伏天里，20多分钟的路程不算短，到了站点儿，琴师的汗流得像小河一样。

三个“没想到”

2017年到顺丰速运上班，刘阔没想到，短短4年间，他的人生就像电视剧一样，上演了一个又一个他想都不敢想的剧情。

2019年2月1日，他刚把手头的快递送完，收到公司传信儿，说让到大栅栏去，“这是我们相邻的配送区域，我以为那边活儿多要帮忙，骑上车就去了。刚到那儿，迎面就看到习近平总书记，他一边笑着一边跟我握手，我激动得都不知道说什么了，就记得总书记问了我们住得远不远，工作多长时间，有没有社保。”

紧接着，2019年10月1日，刘阔有幸参加了国庆70周年阅兵大典，“我们那个方阵是美好生活方阵，一共有4000人，当我在方阵里走过天安门城楼的时候就像在做梦一样，我没有想到在北京送快递，还能有机会去参加阅兵。”

2021年1月6日，刘阔又被评为“全国优秀农民工”，北京仅有35人获得该荣誉，快递行业只有他一人。

追梦北京

在琉璃厂送件，刘阔没白送，见得多了，记住了不少书画名家。有一次送件，店里老板徐徐展开一幅国画，刘阔来一句：“哟，这是范曾的画！”

“咱哪能从画上直接看出来呀，我是看到落款了！”刘阔笑着跟记者说。

刘阔有个10岁的儿子和一个7岁的女儿，休息时，他会带着孩子们到自己送件的区域玩，琉璃厂的商户们对待两个小朋友就像自家亲戚的孩子，“看看这个毛笔喜欢不？送给你们了！好好练字！”

“那段时间在这儿天天练，现在回老家也不练了。如果他们能再来北京，有环境的熏陶，一定能比我有文化。”高中毕业的刘阔想让孩子们好好上学。

听说获评全国优秀农民工可能能够落户北京，刘阔真的高兴，“要是孩子能来北京上学就好了！”刚做快递小哥时，刘阔对未来根本“没有多想”，4年之后，他渐渐有了一个北京梦，梦想在这里扎根、生长。

现在，刘阔仍然每天清晨6点起床，伴着几颗还没隐去的星星，从天桥的一间平房出发，走着走着，天就亮了。

原载《北京劳动就业报》2021年2月2日

获第三十一届北京新闻奖二等奖

专家
ZHUAN JIA 点评

“细节”丰富，形象才“丰满”

北京市新闻学会理事　白宙伟

本篇人物特写中有两个细节交代：一是“进快递行4年，跑坏20来双鞋”，二是“从早上7点到晚上9点多，每两个小时取送一回件儿”，这可能是个有争议的话题，我们话分两头。

先说好的——寥寥几字，勾勒出京城快递人职场奋斗的图景。

习近平总书记说，“新时代是奋斗者的时代”，并强调“幸福都是奋斗出来的”，指出了幸福的来源和真谛。《快递小哥的奇遇人生》一文用新闻特写（以下简称“特写”）的笔法，简洁、生动、鲜明地描述全国优秀农民工刘阔践行“奋斗创造幸福”的时代风貌。

为采访刘阔这样一位行业代表性人物，特写作者深入他的“业态”，进行“沉浸”式采访，耳闻目睹他干活儿时许多生动、感人的细节，这些细节构成特写的骨肉，立起了一个既有个性又有代表性的丰满的人物形象。

情节中的细节

“刘阔开着电动三轮儿在胡同里穿行，灵巧地避开各式各样的东西……快递车在他脚下像在河里游动的小鱼。看着他灵巧的样子，仿佛闭着眼都能找到路。”这些情节，犹如一段文字“视频”，让读者体验到现场的动感——刘阔骑轻疾驰，走街穿巷，越沟跃坎，形象栩栩如生。细细品味不难把握到，这里与其说是在描述人物活动的情节，不如说是在潜心刻画人物的内在细节，即出于对工作的热爱而钻研熟稔业务，源于做人的勤奋而驾轻就熟、信手拈来。

深挖情节中的内在细节，是人物通讯报道的重要方法。

细节中的情感

"'交给刘阔我们放心，他要是哪天没上班，我们都觉得不得劲儿！'琴行工作人员说……"

"有小孩子的家，千万不能一大早去敲门，会吵了小孩睡觉……大夏天中午去院儿里送件，不能不管不顾大嗓门儿喊，这正是午睡的点儿，有时候一嗓子就吵醒十几口子人。"

"每次走的时候，刘阔还把要扔的快递包装带出去，'对我来说是举手之劳，就别让老人专门跑一趟了'刘阔说……"

"刘阔的三轮儿车在商务楼趴窝儿，琴行调琴师放下手里的活儿帮刘阔推车，硬是把他送回站点儿，三伏天里，20多分钟的路程，琴师的汗流得像小河一样。"

……

这些"人心换人心"的细节是对刘阔的工作镜头的"抓拍"，也可看成是给同行的"温馨演示"：特写记录了刘阔对孩子、对大人、对老人、对用户真情投入以及这些投入得到的真心回报——他不来，我们不得劲儿；客户放下手中的活儿，心甘情愿、不辞劳苦地帮他推车……

这些细节，生动地体现出人与人沟通情感、相互理解的意义。

细节系于情结

特写没有着意渲染这位被评为"全国优秀"的快递员"高大上"的情怀，而是记下"听说获评全国优秀农民工可能能够落户北京，刘阔真的高兴"的细节：要是孩子能来北京上学就好了！通过对刘阔诉求纯朴简单细节的揭示，特写恰到好处地凸显了一位普通劳动者朴实、务实、接地气的形象……

本篇特写的作者实地跟随采访对象现场采访，获取丰富的细节素材，记录一个丰满的人物形象，诠释了他是如何从“全国300万快递小哥，近千万新业态从业者中”的普通一员，通过“奋斗创造幸福”，成为卓越的代表的成长历程。

再回到前面说的“两个细节交代”：一是“进快递行4年，跑坏20来双鞋”，二是“从早上7点到晚上9点多，每两个小时取送一回件儿”——寥寥几字，两相加持，也反映出工时长强度大的快递工作状况。“奋斗”并不是非必要的“奋不顾身”，特别是作为骑手的快递小哥得不到必要的休息，疲惫劳作，对个人乃至他人都存在安全隐患。在这一点上，要注意宣传报道中不宜渲染。

获奖者 HUO JIANG ZHE / 感言

以个体折射时代　用细节记录历史

北京劳动就业报记者　杨　曼

一个人折射一个时代。当前，新就业形态已成为劳动力市场就业岗位的重要来源，越来越多的劳动者受益于新就业形态。快递小哥刘阔就是他们中的普通一员，他因获评“全国优秀农民工”而走进记者的视野。

进入21世纪以来，随着智能化、数字化、信息化的持续推进，在重构生产组织方式的同时，越来越多的劳动者能够在平台经济、共享经济等新业态就业，形成了去雇主化、去平台化的新就业形态。新就业形态具有就业容量大、进出门槛低、灵活性强等特点，成为当前及未来一段时期我国就业增长的重要来源。

在这样的时代背景下，媒体报道一名快递小哥，其意义不仅是快递小哥本身，正如报道中所说："他的普通与奇遇交织着，映射的是新时代背景下普通劳动者的机遇，站在他背后的是全国300万快递小哥，是近千万新业态从业者。"如此立意，为这篇普通的人物报道披上了时代的外衣。

一篇立得住的文章，除了宏大的意义和代表性，必然还有个体的鲜活性。这篇报道中吸引人的细节，来自扎实的采访。为了真正感受刘阔的工作，我来到琉璃厂跟他一起送快递，一边送一边采访，一边跟他的客户聊天，就这样，跑了一整条街道和一栋商业楼，真实地听到他和客户的对话，听到客户随口对他的评价，这些一手资料，都是带着情感和温度的，我想这正是记者走进现场的意义！

采访进行到后半段，就在细节逐渐丰富、心中的人物逐渐成形时，我突然想到，都在讲刘阔怎么为大家服务，有没有大家"回报"他的细节呢？这才有了琴师在三伏天帮刘阔推车的细节。采访还延伸到刘阔跟客户学书画知识、儿子女儿练习书法等。这些细节让刘阔更加立体起来，除了职业特征，他还是一个多元化的人，在报道中所呈现的他与周围人物的互动也不再是单向的，而是多维度的。我想，正是这些丰富、鲜活的细节，让读者感受到一个真实的刘阔。当读者能够通过报道还原一个人物，在自己的心中建起人物的图景时，我们的报道才算及格了。

每个时代有每个时代的特点，快递员作为新就业形态从业人员，无疑是我们这个时代值得被记录的人群。身为记者，我为有机会记录他们、记录这个时代而感到荣幸！

一粒种子的成长密码

详细新闻报道
请扫码观看

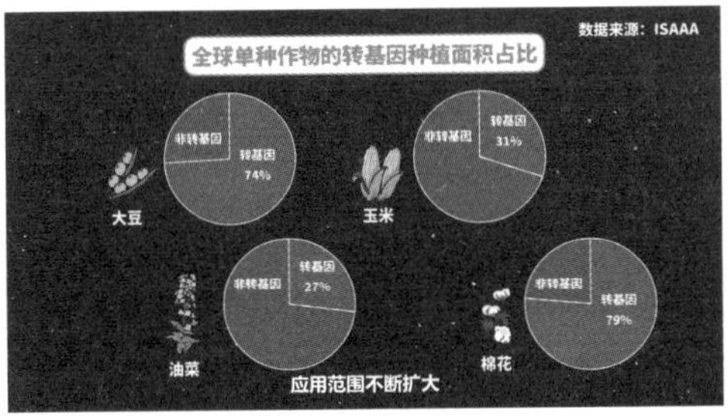

详细新闻报道
请扫码观看

详细新闻报道
请扫码观看

原载北京科技报客户端2021年12月30日

获第三十一届北京新闻奖二等奖

专 家 ZHUAN JIA 点评

《一粒种子的成长密码》呈现科普作品的独到魅力

北京教育融媒体中心主任　张淑芳

“粮食安全是‘国之大者’。悠悠万事，吃饭为大。民以食为天。”习近平总书记高度重视粮食安全问题，多次作出重要论述和重大部署，强调“保障国家粮食安全是一个永恒课题，任何时候这根弦都不能松”。习近平总书记同样高度重视种子问题，认为种子是我国粮食安全的关键。只有用自己的手攥紧中国种子，才能端稳中国饭碗，才能实现粮食安全。

对于普通读者来说，怎么理解种子和粮食安全的关系？对我们这样一个农业大国来说，发展现代种业究竟意味着什么？《北京科技报》出品的《一粒种子的成长密码》系列短视频给出了很好的回答，从“基因的奥秘”“破土而出——转基因的起源”“茁壮成长——转基因给世界多一种选择”“蓬勃发展——全球农业科技革命”“万象归春——加快生物育种自立自强”5个方面，讲述了“一粒种子”从远古到现代的前世今生，讲清了对粮食的需求从听命于大自然到依靠科技进步不断提高粮食安全水平的不凡历程，讲出了我们对种业发展取得成就的自信和加快实现种业科技自立自强的渴望。这组作品具有鲜明的特点。

选取“一粒种子”这个小切口，以小见大。作品开篇描述了人类祖先从种子落地生根和开花结果的神奇现象中得到灵感，开启了刀耕火种的农耕文明，延续着人类的生生不息，转而指出从野生作物驯化来的农作物存在的缺陷和人工筛选良种的局限，引出基因的内在奥秘和转基因技术的巨大威力，继而展示出现代种业发展的全貌和粮食安全国际竞争的激烈与复杂，加深了我们对种业发展水平与国家粮食安全关系的深刻理解。

选择典型人物与翔实数据讲好育种故事。作品介绍了袁隆平在我国杂交水稻研究方面取得的骄人成绩，以及朱作言院士团队在转基因技术研究上的开创之举。同时采用了大量数据，如目前全球种植转基因作物已经累计达到400多亿亩，涉及29个国家；全球转基因种子市场份额占比超过54%等，有力说明了“一粒种子可以改变世界”“一项技术能够创造一个奇迹”“一个基因创造一个产业”。

充分用好短视频的呈现方式，增强科普内容的传播力。系列短视频每集只有短短的两分半钟左右，除文字脚本凝练、扎实外，视频、动画、图表等表现元素丰富多样、形象生动，配音娓娓道来、层层递进，让读者体会到科普作品的独有魅力。

获奖者 HUO JIANG ZHE 感言

科普求真、凝聚共识的路上，我们一直在前进

北京科技报社首席编辑　吉菁菁

基础研究和技术突破引领新一轮科技和产业革命，当前，以转基因技术、基因编辑技术为代表的农业生物育种技术，受到了党和国家的高度重视，成为保障国家粮食安全和重要农产品有效供给、提升国家农业核心竞争力的重要战略举措。对于我国这样一个农业大国来说，必须把握农业科技革命的历史机遇，把生物育种作为种业创新的核心领域，加快种源技术突破和品种迭代升级，才能实现种业科技自强自立，为粮食和重要农产品安全稳定供给提供根本保障。

在此背景下，由农业农村部科技教育司指导，北京科技报社策划的《一粒

种子的成长密码》5期系列短视频，以讲解、动漫、对话等公众喜闻乐见的方式进行视频化呈现，并在央视频、学习强国学习平台、人民日报客户端、腾讯、新浪、微博、哔哩哔哩、抖音等平台进行播出，取得了良好的社会传播效果。

从生物育种技术本身的发展来看，它涵盖了转基因、基因编辑、全基因组选择、合成生物等一系列技术，而目前来说，全球发展最快、技术最成熟、应用最广泛的主要是转基因技术。现阶段提到的“推进生物育种产业化应用”，也主要指的是推进转基因作物产业化应用。所以，策划选题之初，我们就抓住重点，聚焦于生物育种技术中的转基因技术。

转基因报道议题涉及专业性较强的前沿技术领域，其作为“最有代表性的科学争议题材”之一，近年在媒体和社会舆论中常伴随着一些讨论争议或谣言，成为一个所谓的“科普难题”。新媒体语境下，如何才能做好转基因的科学传播？我们选择了从“以小见大”的角度，把切入点落脚在农业现代化的基础——种子身上。

都说“一粒种子可以改变一个世界”，那么，从古到今，一粒种子“成长”过程中，最重要的“密码”是什么？为让公众认知了解我国育种产业的历史沉淀及科技力量，我们计划通过一条明线“成长”——娓娓道来“一粒良种的诞生”故事，梳理我国种业发展史；伏下一条暗线“密码”——科技如何助推我国种业的发展，生物育种技术是如何落实科技创新及面向国家重大需求。通过“一明一暗”的双线交织，带领公众进一步了解明确我国实现种业科技自立自强、种源自主可控的重要意义。

在前期准备阶段，我们做了大量的资料搜集梳理工作，时间线重点放在2011年到2021年的关键10年中，从各类文字数据、图像视频、政策文献中提炼内容。为了让视频内容更具看点，我们在实拍素材之外，更结合了直观明晰的动画表达；为了让视频更具传播点，我们也以增加数据可视化呈现的方式让画面更富于信息量，力求在每条不超过3分钟的短视频中，让受众乐于去了解生物育种相关知识，并清楚感受到生物育种技术对我国农业发展的重大意义。

在中后期的制作审核阶段，我们也得到了包括中国农业科学院植物保护研究所副所长张杰研究员等多位专家的悉心指导，帮助我们查漏补缺，斟酌措辞、更新数据，保证了短视频整体内容的科学性和严谨性。

我和几位同事共同策划制作的《一粒种子的成长密码》5期系列短视频，喜获第三十一届北京新闻奖二等奖，是荣幸也是鞭策。接下来，我们会继续发挥北京科技报社专业类科技媒体的优势，不仅把科学、真实、权威的客观事实和知识传递给公众，更要弘扬好科学精神、传播科学思维和科学方法，提升公民的科学素质，让公众理解科学，提高对前沿科技的认知，增强对未来科技发展方向和国家科技战略的认识。

北平城下的暗战

《北平城下的暗战》报道截图

详细新闻报道
请扫码观看

原载学习强国北京平台《党史故事》栏目

2021年5月28日

获第三十一届北京新闻奖三等奖

专家 ZHUAN JIA 点评

小切口也能做好“大文章”

劳动午报社总编辑　郭丽华

对于重大主旋律题材的报道，结合媒体特点用轻体量小故事展现大主题，是取得良好传播效果的重要突破口。2021年是中国共产党成立100周年，各主流媒体浓墨重彩开展高热度不断线报道，在此过程中涌现出大量优秀的新闻作品，其中既有立意宏大的权威报道，又有小中见大的微观报道，共同构成了庆祝建党百年的立体化新闻报道矩阵。支部生活推出的短视频《北平城下的暗战》，以北平和平解放为背景，通过原北平地下电台成员方亭的讲述，配合以史料视频画面，再现了当时惊心动魄的地下暗战，深刻反映了谍报人员为北平和平解放立下的不朽功勋，成功实现了短视频新闻的有效传播。

“小切口”见证“大主题”，是该作品成功的首要因素。针对建党百年这个“大主题”，该作品并没有选择宏大叙事的风格，而是举重若轻地围绕北平和平解放时期我们党的隐蔽战线“于无声处建奇功”这一角度进行策划报道，选取亲历者以自己的视角讲述印象最深刻的那些人和事，呈现出当时氛围的紧张和斗争的残酷，讴歌了党的隐蔽战线的英雄们。通过这样的方式很好地诠释了“大背景、大事件、小切口、小细节”，简明又鲜活，体现了专业性和构思的精巧。

典型人物的代表性，是该作品打动人心的关键所在。我们党在总结胜利经验的时候说，要战胜敌人需要进行两个战线的斗争，一是公开战线的斗争，二是隐蔽战线的斗争。该作品选取的讲述者方亭是原北平地下电台成员，是当时那些事件的亲历者和当事人，虽说是时隔数十年后的事后访谈，但耄耋之年的老人深情讲述脑海深处的个人记忆，听她娓娓道来时依然感受到惊险万分和巨大压力，一个个在关键时刻与敌人斗智斗勇最终力挽狂澜的隐蔽战线英雄形象跃然眼前，配合当时现场画面和同期声，形成“短中见长”的视听震撼。

真实是纪录片的灵魂，也是该作品的史料价值所在。该作品共7分30秒，其中解说词以串联采访为必要，不过寥寥几句，把叙述功能最大限度交给了事件亲历者方亭，强化了当事人视角和观点。通过将当事人的口述经历建构于全片的视听时空中，影像资料与口述话语相互配合，形成了国家视角与个人记忆的统一，增加了该作品叙事的客观性和真实性。作为历史纪录片，将人物访谈作为片子的主体，极为考验专业功力。该作品所呈现的饱满的情绪、动人的细节、翔实的史料、珍贵的影像，跨越了观众与叙事人物之间的距离鸿沟，正是高水平记者编辑的能力体现。

获奖者感言
HUO JIANG ZHE

真实展现史料价值是纪录片的灵魂

前线杂志社　蒋　华

2021年，恰逢全党开展党史学习教育活动，我们在党员电教片《党课一小时》里开辟了《党史故事》栏目，通过讲党史故事方式开展党史学习教育。于是在开展党日活动之前，我就开始思考：恰逢建党百年，全党正在开展党史学习教育活动，如何去做才能突破原有的党史片传统形式，取得更好的传播效果呢?

脚本创作是电视片摄制的第一步，也是最重要的一步，因为脚本决定着整个电视片的方向。获奖的《北平城下的暗战》一片讲述的是，1949年1月31日，北平和平解放之前，潜伏在北平的地下党员是如何开展工作的。事件涉及的人物也众多，脚本的创作难度很大，为此，我们通过采访解放前曾在北平工作的地下党员方亭讲述那一段惊心动魄的斗争和往事来将事件还原。通过原北平地下电台成员方亭的讲述和拍摄历史文物等方式制作视频，通过方亭之口，讲述了一段不为人知的对敌故事，既惊心动魄，又扣人心弦，真实地展现了地下党员的勇敢和智慧，真实地反映了北平和平解放前期地下电台的成员，以生命为代价，以勇敢和智慧为武器，展开了一场惊心动魄的地下暗战，为实现北平和平解放做出了巨大贡献。

2021年5月28日《党课一小时》第二辑《北平城下的暗战》荣获2021年北京市党员教育电视片观摩交流活动纪录片类二等奖。在学习强国北京学习平台有2万次播放量，在今日头条平台有3万次播放量。《北平城下的暗战》在2021年《党课一小时》第二辑党史故事栏目制作发行中受到基层的好评。

《伟大征程》演出礼服 11 小时抢修记

北京人才市场报记者　韩　婧　代静然

“丁零零……”一阵急促的手机铃声惊醒了刚刚进入梦乡的任树成。

16 视点

北京人才市场报

8:00

倒计时11小时 挠头

10:00

倒计时9小时 看衣

12:00

倒计时7小时 奔袭

16:00

倒计时3小时 赶工

18:00

倒计时1小时 物归

《伟大征程》演出礼服 11小时抢修记

记者手记

“任老师，今晚《伟大征程》带妆彩排，我们有300多套演出服淋了雨需要洗护，其中殷秀梅老师的礼服受损严重，需要您特别关照。”

任树成瞬间坐起来，一下就清醒了，手机屏幕上显示：6月26日23点56分。

挂了电话，铃声再次响起：“任老师，我是殷秀梅，我的礼服现已面目全非，明晚7点还有重要彩排，我急得不行。这件礼服面料是我一年前专门为这场演出从英国定制的，关键是没有备用服装，务必请您多费心。”

详细新闻报道
请扫码观看

通话结束，任树成来不及多想，拿起车钥匙冲出门。作为荣昌耀华（e袋洗）任树成智能洗衣技能大师工作室的负责人，任树成有着近30年的服装洗护修复经验，他多次参与国家重要活动中的服装洗护保障。但这次，他的内心仍忐忑不安，等待他的不知是怎样的挑战。

8：00　倒计时11小时　挠头

6月27日早上8点，一夜未眠的任树成来到工作室，盯着会议桌上歌唱家殷秀梅的演出服沉思良久。深红色拖地长裙布满泥点儿，面料上丝绒散乱地倒着、淋过雨的粘合衬已然开胶、镶嵌的饰钻七零八落所剩不多、烫金工艺光泽度消失殆尽，灯光一打，惨不忍睹。

这该如何是好？闻讯赶来的工作室团队成员见状也纷纷皱眉摇头。

“干洗吧，泥点儿能洗掉。”

“不行，烫金工艺和饰钻不耐受，还是低温水洗吧。”

“也不好，粘合衬已经跟衣服分离了，水洗会让分离情况更糟糕，要不试试空气洗？”

“空气洗泥点儿肯定掉不了。”

e袋洗技能大师工作室团队成员都是从业多年的洗衣专家，但在有限的时间内修复如此复杂面料的服装还是头一次遇到。

10：00　倒计时9小时　有底

机械专业毕业的陈兵兵用专业手段测算了轻柔模式下机洗的可能性，发现装饰物不耐受。

看着时间一分一秒流逝，任树成想起取衣时殷秀梅老师的嘱托：“如果修复不好，礼服效果达不到播出要求，之前所有的努力就全白费了。”任树成心一横，决定按最保守的手工技艺去渍处理。

“手工处理最大的风险在于干燥时间不一样，易形成颜色反差，但如果采取多人协作、及时吹干的方式倒值得一试。”工作室团队成员之一、北京洗染协会专家任红琼说道。

团队成员初步达成共识后决定先选取边角处进行测试。点上去渍剂，用超声波去渍枪配合快速处理后，及时吹干。很快，经过处理的地方还原效果还不错，任树成稍稍松了一口气，心里有了底。

然而，下一个问题又来了，淋过雨的礼服饰钻大量脱落，需要修复填补。

“陈师傅，盘一下库房现有可用的饰钻，看够不够。”

“与礼服原钻相同的只能满足三分之一。”

得到奢侈品维修师陈师傅的回复，任树成又紧张起来，迅速安排技术厂长陈卫外出采买饰钻。

12：00　倒计时7小时　奔袭

清洗方案确定，开始多人协作。两人结成一组，一个负责去渍，一个负责扩散和吹干。

背面垫上白毛巾，泥点儿处点上去渍剂，用超声波去渍枪通过高频振动，在去渍剂物理作用下，泥点儿明显松动和扩散，再用野猪鬃去渍刷敲打，污渍在去渍台吸风的作用下被吸附走。9位技师同时上手，分工合作。

雨淋后倒塌的丝绒逐一捋顺后，需要通过热压工艺将脱落的饰钻做填补修复，这时，外出采买饰钻的陈卫来电称他跑到了河北永清已买到了匹配的饰钻，但因为临近“七一”，进京安检格外严格，现在被堵在了进京检查站排队，前面还有800多米，导航显示最快也要2小时45分钟才能回来。任树成大脑飞快地转着，“怎么办？和检查站值班人员说明情况？安排人去检查站交接？万一5点前饰钻到不了位，要有备选方案，确保不耽误晚上彩排……”

好在陈卫紧赶慢赶，终于在下午4点将饰钻安全送达，往返花了5个小时着实让任树成捏了一把汗。

16：00　倒计时3小时　赶工

饰钻到位，任树成决定增加人手，紧急抽调了十几名技师参与补钻。

第一次参加如此重要活动的礼服修复，“90后”张洋既紧张又兴奋，他负责袖口补钻工作。“一个半小时的时间，大气不敢喘，不停地取钻、补钻……此时此刻，真切地感受到团队的凝聚力和充满激情的工作氛围。”

“大家仔细点儿，我们要让殷秀梅老师成为舞台上最闪亮的一位……”任红琼干活儿间隙不忘鼓励大家。

期间，任树成的电话不时响起，电话那头儿，市商务局、市文旅局及殷秀梅多次催问处理进度。紧张高压的气氛一直笼罩着这间工作室，团队成员一刻都不敢松懈。

18：00整，礼服清洗干净、补钻环节完毕，所有人长舒了一口气。

18：00　倒计时1小时　物归

历时11小时、20余位技师参与，这件凝聚着专业技艺与匠人精神的演出礼服此刻光彩熠熠，格外夺目……“我们和这件衣服合影留念吧。”有人提议。

熨烫、整理、打包，任树成亲自将礼服送到北京国家会议中心。刚刚好，赶上了即将开始的重要彩排。

抚摸着焕然一新的礼服，仿佛一切都没有发生过，对于大师的修复技艺，殷秀梅惊讶道：“没想到还能恢复成这样，真是太感谢了。”

在时间紧、任务重的情况下，e袋洗智能洗护工厂与任树成团队圆满完成了庆祝中国共产党成立100周年文艺演出《伟大征程》300多套演出服的洗护保障工作。

6月28日晚上，技能大师工作室的成员们早早打开电视，期待看到演出礼服的舞台效果。“结果等了一晚上，也没等来直播，大家略有失落。”

好事多磨，7月1日晚，《伟大征程》终于在电视上播出，期盼已久的任树成和他的同事们聚在一起，各自寻找着亲手洗护的演出礼服，当一曲《领航》旋律响起，歌唱家殷秀梅一袭红裙现身荧屏那一刻，任树成湿了眼眶……

记者手记

7月23日，记者来到e袋洗智能洗护工厂，见到了参与抢修殷秀梅演出礼服的工作室核心成员，还是那个房间，还是那张会议桌，他们向记者还原了6月27日惊心动魄的一天。

作为中国洗染业专家，任树成始终希望能把自己的技能和经验传承下去。2019年，经公司申报后得到了市人力社保局批复，由任树成名字命名的技能大师工作室挂牌成立，致力于新型洗护技术人才的研究与培训。

“爱岗敬业才能几十年如一日对每件衣服都像对待艺术品一样，我想这就是所谓的‘匠人精神’吧。”任树成腼腆地笑道。

原载《北京人才市场报》2021年8月13日

获第三十一届北京新闻奖三等奖

专家
ZHUAN JIA 点评

“人才新闻”题材的一个优秀样本

北京青年报评论部主编、高级编辑　潘洪其

2021年8月13日《北京人才市场报》刊发的通讯《<伟大征程>演出礼服

11小时抢修记》，是一篇关联重大题材、角度新颖独特、采写扎实详尽并取得积极反响的优秀新闻作品。作品借鉴“抢险救灾”的方法，用“倒计时”的节奏，讲述了一位服装洗护修复大师带领一个专业团队，争分夺秒不舍昼夜，以“救火”速度成功抢修《伟大征程》演出礼服的故事。作品步步紧随、环环相扣，读来令人惊心动魄，不禁为之拍案叫绝。

这篇通讯值得称道之处，在于抓住不可多得的题材内容，通过一次扣人心弦、引人入胜的“抢修”行动，向公众展示了新时代条件下一个传统行业谋求新发展、新突破的精彩样本。服装洗护修复本是一个老行当，这篇通讯的主人公任树成有着近30年的从业经验，但这个老行当现在必须进行数字化转型升级，任树成已变身为一家“智能洗衣技能大师工作室”的负责人。此次能够成功抢修受损严重的《伟大征程》演出礼服，重要原因之一就是采用了数字化、智能化洗护修复技术。

这篇通讯值得称道之处，也在于通过一次高端人才超强引领、专业团队倾力发挥的“抢修”行动，向公众展示了新形势要求下一个传统行业谋求人才高质量发展的可贵样本。据介绍，早在2019年，经申报并获北京市人力社保局批复，任树成就组建了智能洗衣专业技能工作机构，致力于新型洗护技术人才研究与培训。在任务重、时间紧、条件受限的情况下，任树成团队能够将受损严重的演出礼服抢修成功，重要原因之一就是尽早进行技术人才研究培训，加快打造新型洗护技术专业人才队伍，在此次抢修中发挥了十分关键的作用。

这篇通讯获得了多方面的肯定，对媒体采写优秀行业新闻也提供了有益的启示。行业新闻可分为“平行类行业新闻”和“垂直类行业新闻”，一般认为前者可涉及范围广泛，后者可涉及范围较小，但有些行业新闻传统上被归入后者，实际上也具有一些前者的特征。以人力资源行业为例，如果将眼光放宽就会发现，各行各业的创新发展与人才建设，都可以成为“人才新闻”的题材。《北京人才市场报》的这篇通讯，为此展示了一个优秀的样本。

获奖者感言

HUO JIANG ZHE

高度还原新闻事实，源于扎实采访、反复打磨

北京人才市场报记者　韩　婧　代静然

2021年6月28日，对许多人来说是个难忘的日子，庆祝中国共产党成立100周年文艺演出《伟大征程》在国家体育场盛大举行。两个小时的时间里，快速翻阅了中国共产党跨越百年的雄伟史册。

当《领航》磅礴恢弘的歌声在国家体育场响起，歌唱家殷秀梅一袭红裙现身的那一刻，历时两年创意策划、数月排演的文艺演出完美收官，整场演出精彩纷呈，高潮迭起，相关话题霸屏全媒体。

然而，正是这一袭红裙，还曾上演了一段惊心动魄的故事……也正是这段故事，成就了我们这篇“获奖作品”。

捕捉线索

2021年7月16日，一条普通的推文《国家新媒体产业基地企业荣昌耀华（e袋洗）顺利完成建党100周年洗衣保障服务》，引起我们的注意。作为行业报，日常报道领域能与国家重大主题紧密相连的线索并不常见，而荣昌耀华（e袋洗）洗衣团队的主要技师都是“任树成技能大师工作室”的核心成员，其中技术负责人任树成，更是技能大师工作室的创始人，正好是本报日常关注领域的“技能人才培养”中的重要内容，凭借多年记者的新闻敏感，嗅到“保障的背后一定有故事”。

经过反复沟通确认，终于捕捉到了“就在演出前一天，技师们曾抢修殷秀梅的演出服”这一线索，它既贴合重大主题，具有故事性，又能展现出技能人才的精湛技艺与匠人精神，“正是我们想要的”。

实地采访

采访当天，顶着正午的烈日我们来到位于朝阳区将台路驼房营丁香园，也就是荣昌耀华（e袋洗）总公司，谁也没想到，待离开时已是7个小时后的满天星空。

按照常规流程，该公司的领导热情地接待了我们，带我们参观工厂、演示PPT、介绍公司发展历程……但这些并不是我们想要的，我们只想完全还原故事发生的当天，需要“沉下去”。

于是，我们提议，还是二楼那个房间，还是那张会议桌，请任树成等曾参与演出服抢修的近10位主要技师坐回原位，复盘6月27日惊心动魄的“11小时”。

每个人的记忆都会有一定偏差，只有大家在一起，轮流回忆，互为补充，才能完整、客观、真实地还原新闻事实。现在回想起来，这篇作品能够获奖，完全得益于当天细致入微、反复确认细节的采访。

在普通人的认知中，洗衣可能没有什么高深的技术含量，但深入探讨技术的过程中，我们才发现，处理复杂的面料“既不能水洗，也不能干洗”“洗护一件演出服需要20位技师参与”……原来，洗衣技艺蕴藏了大大的门道，也凝聚了技能大师的匠人精神。

在整个采访中，我们试图了解每分每秒发生的事、说过的话、修复的细节、甚至当时的表情与感受，其间，任树成老师还多次打电话给远在亦庄分公司的技师确认当天外出购买饰钻的过程，反复核对时间节点。正是有了这些细节，在成稿时才能有生动的表达。

最终呈现

写稿前，先理顺采访录音，确定稿件大小标题方向，围绕抢修倒计时增加时间的紧迫感。写作过程中，对于拿不准的专业术语、拿不准的细节表述，都会反复听录音，再与当事人确认，力求尽善尽美。

初稿3000字，不够精练，又经过一遍遍逐句逐字推敲措辞、精简凝练，最终成稿2600字，给版面美编留出了设计空间。在这过程中，要感谢报社领导对选题方向的指点，还要感谢总编室提出的宝贵修改意见，也要感谢采访对象任树成大师不厌其烦地确认细节，才最终有了较完美的版面呈现。

每一件成功作品背后，都会有人默默付出，就像每位洗衣技师，“爱岗敬业才能几十年如一日对每件衣服都像对待艺术品一样，这是对‘匠人精神’的最好诠释”。

最终这篇作品不负众望，荣获2021年度北京专业报刊新闻奖一等奖，再被推选参评北京市新闻奖，获得第三十一届（2021年度）北京新闻奖三等奖。

永远在路上

如今再拿出这篇报道，细细读来，依旧感慨。“好的稿子要用心写。”如果没有最初的策划，就不会有清晰方向，如果没有认真梳理稿件框架，就不会有最终呈现，如果没有一词一句的推敲，就不会有北京新闻奖。这些都需要扎扎实实采访、认认真真写作、仔仔细细校对。

要说遗憾也是有的，仔细看文中5个小标题，“挠头”“有底”“奔袭”“赶工”“物归”，不够工整，词性不统一，还有再完善的空间。作为记者，追求真相，精益求精，永远在路上。

21年3200名宏志生全部考上大学

本报记者　安京京

北京考试报　2021年3月13日　星期六　3 宏志生

宏志中学

21年3200名宏志生全部考上大学

（上接第1版）

扬帆起航，数千家庭改命运

企业向宏志生捐赠爱心图书。

服务社会，各行各业成人才

握着母校，他们用爱回应爱

当苦难追赶着不幸的孩子，当柔弱的少年无法抵挡生命中的猝不及防，当疾病和灾难让本已贫困的家庭雪上加霜，读书、求学，让他们梦寐以求、心生向往。宏志中学就像一场及时的春雨，灌溉了每个贫困家庭孩子的求学心田。

2000年4月，全国第一所专门招收品学兼优、家庭贫困学生的北京宏志中学成立。21年来，3200名宏志生从这里走进大学校门，改变了自我和家庭命运，让人生出彩。

扬帆起航，数千家庭改命运

当初为响应“教育是最崇高的公益事业”这一号召，要在北京市教育发达地区创办一所专门招收家庭贫困学生的学校。经过多方考察，北京宏志中学于2000年诞生。截至目前，学校已毕业的宏志生全部考入大学。梦想的船从这里扬帆起航，数千家庭的命运也因此而发生改变。

贫困家庭的孩子只要符合条件，都可以报考宏志中学。学校德育副校长赵勇介绍，宏志中学面向贫困家庭招生，每年面向全市安排计划约100余人。满足条件的学生可携带相关证明和材料，到学校进行面试和材料审核。学校给予报考资格认定并进行网上公示后，考生就可以报考宏志中学。面试内容主要考查考生是否符合宏志生招生条件，确认是否具有报考资格等。被学校正式录取的新生在校期间可享受“四免一补”，即免交学杂费、书本费、校服费、住宿费，并享受一定数额的伙食补贴。

进入宏志中学的学生，不但能免除各项生活、学习所需费用，还能得到来自学校的悉心培养和无微不至的关爱。学校建立了完善的奖学金制度，通过公平有效的竞争机制和目标考核制度，逐步由“补”的资助转为“奖”的激励，由“帮扶”转为“励志”，让学生有尊严地获得资助。

为帮助学生提高学习成绩，学校成立了学情调研中心，让有学习困难的学生根据自身需求得到所信任老师的及时帮助。老师对可给予学生的帮助做出承诺，并放到学校专门构建的学生帮扶网络平台。学生可根据需求及时找到相应的老师进行一对一指导。宏志教师像对待自己的孩子一样不厌其烦地与学生沟通交流，对学生进行学习指导。无论是中午的教师办公室，还是校园角落或者晚自习后的教室，都能看到老师为学生答疑、辅导的身影。学校还建立了教师家访制度，把关爱送到每一个家庭。建校十几年来，校领导、班主任、任课教师共计重点家访近800次，架起了学校、家庭的桥梁，用爱心温暖每名宏志生的心灵。

21年来，宏志生全部考上大学，其中60%以上学生考入本科一批重点大学。此外，有32人光荣加入中国共产党；3人赴美留学；2人获全国中学生正泰品学奖特等奖，1人获北京市十佳中学生，2人获感动京郊十大杰出青年。大批宏志生在大学毕业后走向社会，在各行各业踏实肯干，赢得广泛赞誉；一大批宏志生家庭脱离了贫困，过上富裕生活。

报答母校，他们用爱回应爱

“受人滴水恩，必当涌泉报。”接收到如此多来自学校以及社会方方面面的善意，宏志生比一般学生更加懂得感恩。他们中的很多人走上工作岗位后仍心怀母校，用实际行动做出回馈，将爱心一代代传递下去。

第二届宏志生张建东如今已经35岁，曾将半年津贴和第一个月工资捐赠给学校，并在母校建校10周年当天将在学校学习生活的点点滴滴凝聚成一篇名为《感恩之花永不凋零》的文章，发表在报纸上。他说："与我曾经接受到的学校的关心、好心人的帮助、老师的教诲相比，这些都是沧海一粟，微不足道。"

2010届毕业生李志鹏高考时考入北京理工大学。大学毕业后，他和程乐、杨文等几个同班同学一拍即合，每年拿出一些积蓄，于2012年成立了"君子兰"奖学金。每年"五四"，他们都会相约在宏志，亲眼见证学弟学妹拿奖，也亲眼见证宏志精神薪火相传。

来自北京农村的皮丽雪如今已是一个5岁男孩的母亲。她仍清晰记得17年前考入宏志时坐在教室里，透过窗户看到湛蓝的天空，那一瞬间她也看到了希望和温暖的未来。2011年，皮丽雪和同班同学张帆一起成立了润德奖学金。她说："我们深知，自己的能力和这区区几千块钱的奖学金实在是微不足道，但很想借助这样的形式将所受之爱传递下去。"像他们这样，选择在母校设立奖学金的宏志学子的故事还有很多，无论金额多少，都包含他们对母校的深深谢意、对学弟学妹的殷切期盼。爱也正是通过这样的循环往复，一年年传递着。

服务社会，各行各业成人才

21年间，一届又一届宏志学子刻苦学习、勇于担当、奋发有为。走出校园的他们成为勇立时代潮头的弄潮儿，更成为新中国建设的栋梁之才。

他们中有的响应国家号召，投身创业大潮。首届宏志生叶天生1988年出生在东单银街天桥下，是名副其实的"拾荒男孩"。2000年，恰值北京宏志中学建校，在学校和区教委的推荐下，经过严格面试，他得到了在北京宏志中学就读6年的机会。2004年，他被学校推荐作为美国全球文教机构特邀的"爱优生”，获得全额奖学金远赴美国德克萨斯州基林高中进行了为期半年的访问学习。2006 年，在东城教委和学校的帮助下，他获得了全额奖学金到澳门理工大学就读。2015 年初，他创立北京松鼠山科技有限公司。该公司在科学生产实践领域获得极大成功，成为朝阳区重点扶持技术性企业，至今已获 4 项发明专利、25 项软件著作权、国家高新企业认定、中小型科技型企业等认可与资质。

他们中有的坚守平凡岗位，在各个领域做出自己的贡献。首届宏志生吴从亚大学毕业后成为北京市首批“大学生村官”，担任顺义区李桥镇吴庄村党支部书记助理。他从基层做起，调解邻里纠纷，为经济发展出谋划策，努力做好领导的好助手、百姓的贴心人。“村官”任满后，他又先后在顺义区投资促进局、北京市投资促局、北京控股集团等单位工作，目前担任北控城市发展集团杭州建德高铁新区项目负责人。2009 年考入宏志中学的白菊大学阶段就读于四川大学，现在就职于北京市通州区卫生和计划生育监督所，从事卫生监督执法工作。她用踏实认真的工作态度和执法必严的工作作风站在保障人民群众生命健康安全的第一线，工作之余还参加了卫生计生系统宣讲团，讲述卫生计生工作人员大爱无疆、无私奉献的感人故事，用自己的实际行动回报社会。她在 2017 年被评为通州区卫生计生系统“优秀宣讲员”，2018 年获得北京市通州区“优秀共青团员”荣誉称号。

他们中还有的回到学校，扎根教育沃土，成为传承薪火的杰出教师。刘彤 2002 年起就读北京宏志中学，本科和硕士均就读于首都师范大学，现任职于北京市第二中学分校。她的多篇教育教学论文获得北京市一等奖。她多次进行区级公开课研究课教学展示，均获得好评。2013 年从北京宏志中学考入首都师范大学物理系的王连锐现任密云区第三中学物理教师，曾获区物理教学设计比赛二等奖、青年教师评优课一等奖、创新教学器材实验说课二等奖。2005 届毕业生单超从首都师范大学地理课程与教学论专业硕士研究生毕业，现任职于北京大学附属中学，被评为海淀区骨干教师，主持海淀区重点课题，并在高中地理课程建设方面获得北京市一等奖，在海淀区高中课改《致思 · 问行》系列论坛主讲了学生手册和教师手册的建设。

宏志生是中国“贫寒人才”的一个缩影。每个人无法选择出身和家庭，也不能避免无法抗拒的不幸，但宏志这片沃土给了他们一个机会，让他们的梦想能够在这里生根发芽，茁壮成长，历经风雨洗礼，开出最美的奋斗之花。

原载《北京考试报》2021年3月13日

获第三十一届北京新闻奖三等奖

专家点评
ZHUAN JIA

让梦想开出最美的奋斗之花

北京商报社副总编辑　韩　哲

文章关注到了宏志生这样的特殊群体，从他们寒窗苦读改写命运的故事中，捕捉到个体身上熠熠生辉的精神内核，他们昂扬向上、拼搏奋斗、直面困难，让人生的出彩之路越走越宽，他们在时代的洪流中，书写了属于自己的篇章。

宏志班改变的不仅是上千名学生的命运，更开创了风气之先，为更多贫困学生提供受教育的机会。本文引用了大量事例，文字简洁凝练，故事鲜活生动。文章不仅聚焦宏志生的校内生活，更将报道内容扩展到他们走出校园后的故事。

个体之外，这篇报道还让读者看到了全社会教育成果的普及，以及如何开花结果，报道不仅聚焦在宏志生改变个人命运的经历，还深入采访到这些学生如何学以致用，回报社会。正是这种双向奔赴才是对“知识改变命运”最好的致敬。

正如文章所写，宏志生是中国“贫寒人才”的一个缩影。每个人无法选择出身和家庭，也不能避免无法抗拒的不幸，但祖国这片沃土给了他们一个机会，让他们的梦想能够在这里生根发芽，茁壮成长，历经风雨洗礼，开出最美的奋斗之花。

时代在变，高考在变，但“知识改变命运”的理念没有变。中国特色的教育体制在不断的实践中日趋完善，为青春护航、为梦想指路。时间从不辜负对拼搏者的允诺，汗水从不吝啬对奋斗者的褒奖，无数奋斗的青春在这个不断变化的舞台上，找到了让人生出彩乃至改变命运的机会。

无论世界如何变迁、传播介质如何进化，媒体始终肩负重任，追寻真相、关注命运、表达主张，传播正能量，锲而不舍地记录、参与乃至推动社会进程。从宏志生的故事出发，抵达那些鲜明具体的新闻当事人，抵达一个个真实生动的新闻现场，是以记录这个剧变的时代。

获奖者 HUO JIANG ZHE / 感言

宏志中学教育成果如何开花结果

北京考试报记者　安京京

宏志生是一个十分特殊的群体，这些孩子大多家境贫寒却努力刻苦学习，通过自身奋斗改变了命运。在他们眼中，常常能看到对知识的无尽渴求和对命运的不甘反抗，在他们中间，涌现出许多感人至深的求学故事，让人动容。

这并不是我第一次采写宏志生稿件。在此之前，我就曾多次关注这一群体，挖掘出不少有深度、有意思的内容。2006年获北京新闻奖的《拾荒男孩被澳门理工特招》一文就是描写宏志生中的一位杰出个体。因此，再次采写宏志生前，曾经引发了我深深的思考：优秀的宏志生人物报道已经写过多次，这次又该从什么角度入手呢？经过反复思量，我脑海中产生了一个念头，“宏图寄党恩，志愿报国强”是“宏志”二字的来源，那么，这些孩子走上工作岗位后，是如何报答母校、社会与国家的呢？在认真构思后，最终，我选择了宏志生毕业后通过自身努力奋斗回馈社会这一角度。

为了写好这篇稿件，我采访了学校校长、教师、学生和大量走出校门的宏志毕业生。他们涉及各行各业，我通过倾听、归纳整理并记录他们的故事，最终完成本文。从字里行间可以看出，宏志学子以“自立、自信、自强不息”的人格，“健康、青春、阳光”的形象，“感恩于心、责任于行、志存高远”的素养，塑造了当代青年学子的良好形象。

宏志生是中国“贫寒人才”的一个缩影。每个人无法选择出身和家庭，也不能避免无法抗拒的不幸，但宏志这片沃土给了他们一个机会，让他们的梦想能够在这里生根发芽，茁壮成长，历经风雨洗礼，开出最美的奋斗之花。

本文引用了大量事例，文字简洁凝练，故事鲜活生动。文章不仅聚焦宏志生的校内生活，更将报道内容扩展到他们走出校园、进入社会后所取得的成就。对于这些贫困的孩子而言，三年宏志不仅帮助他们顺利完成了学业，更教会了他们拼搏奋斗、直面困难的勇气与感恩关爱他人的爱心，让读者看到了宏志中学的教育如何开花结果，让大家对宏志生有了更多了解与关爱，弘扬了社会正能量，让爱心代代传承下去。

两会日记

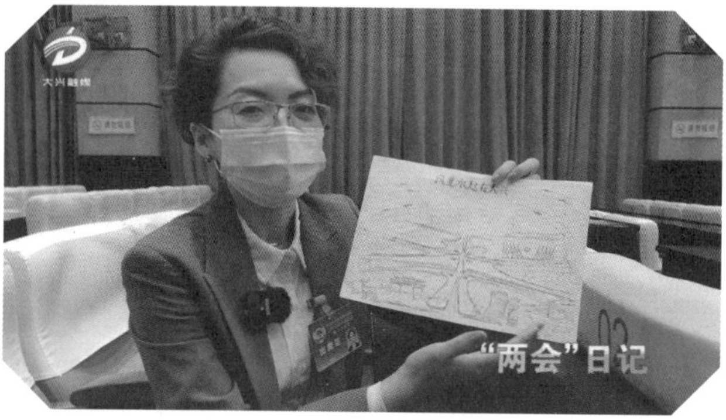

《建设新大兴新国门　政协人共赴未来路》截图

记者拍摄《两会日记》现场画面

详细新闻报道
请扫码观看

原载“这里是大兴”微信公众号2021年1月4日至8日、12月12日至17日

获第三十一届北京新闻奖三等奖

专家 ZHUAN JIA 点评

两会日记：创新形式增强了会议报道的传播效果

北京广播电视台广播节目制作中心副主任、高级编辑 谢先进

大兴融媒体中心的《两会日记》系列报道创新形式，以日记作为报道体裁，以人大代表、政协委员的第一人称讲述作为报道视角，每期报道2分半钟左右，向观众零距离介绍了人大代表、政协委员参政议政、履职尽责的过程，在中规中矩的传统会议报道之外给人以耳目一新之感，增强了报道的贴近性和亲和力，提升了报道的传播效果。

一、《两会日记》给观众以身临其境的两会体验感。区两会关乎当地经济社会的发展、人民群众的生产生活，它不仅是人大、政协机关的事，也不仅是人大代表、政协委员的事，它也应该得到人民群众的关注、重视和支持。传统的两会报道是典型的二级传播，先是媒体对代表、委员的采访报道，后是观众对报道内容的接收接受，这之间的传播通道并不必然通畅。《两会日记》打破了二级传播的壁垒，使之直接变成一级传播，把代表委员推到记者的位置，观众通过他们的眼睛观察两会、他们的耳朵倾听两会、他们的身体感受两会，就像他们自己在实地参加两会，从而拉近了报道和观众之间的距离。

二、《两会日记》给观众以揭开面纱的揭秘感。它把代表委员的入住、测温、签到、挂胸卡、领材料、听会等流程，起床、早餐、到会、参会、午餐、讨论、交流、选举等场景，电梯里设置人员站立编号、餐盘里的饭菜、餐桌边挂口罩的挂钩、描绘大兴发展成绩的图画等细节，一一展现在观众面前，这颠覆了人们对两会神秘、严肃、程式化的刻板认知，让观众真实地感知到代表委

员在两会上的工作和生活。揭秘才会给观众以新鲜感，才能激起观众的好奇心，才可以产生较好的传播力和影响力。

三、《两会日记》给观众以充满温情的亲近感。它既表现了代表委员参政议政的工作形象，又塑造了他们有血有肉爱说爱笑的普通人形象。因为是第一人称，代表委员说会上也说会下、谈工作也谈生活、介绍事实也发表感想，比如政协委员徐建英就说自己有个外号叫哪吒，因为她工作起来总是风风火火就像踩了风火轮一样；比如人大代表刘会芳还会用问句勾起观众继续观看的兴趣；比如政协委员刘玲就会即兴把自己创作的画作展示出来，这些都让观众觉得两会、代表委员、两会报道有了温度，充满温情。

当然，《两会日记》也有一些改进的空间。在内容上，它报道的基本上都是一些简单的片段和花絮，是流于表层和浅显的大路货信息，看得多了就像一个个刻意编排的“秀”，观众需要捕捉生动的情节和细节、讲述鲜活的故事，需要挖掘热闹的场景背后代表委员为地区发展和老百姓生活建言献策的真实历程。在形式上，它显示的格式各种各样，既然是日记体，不如每期报道开篇统一贯以“*月*日+天气+星期+地点”的格式，可以是画外音，也可以是电脑键盘的敲击声，给报道贴上鲜明的标签。

另外，报道还要尽量避免一些错误或不妥的内容。比如政协委员徐建英在报道最后说：“我要去想想写什么提案……”这样的表述对一个政协委员来说是很不专业的，政协委员会期讨论报告、提交提案，休会期间调查研究、准备提案，怎么上了会还不知道自己要写什么提案呢？又比如政协委员刘玲这期日记，她本人和其他委员花了很大篇幅夸赞《两会日记》做得好，这是画蛇添足的冗余信息，明显是主创者授意他们的行为，完全没有必要。《两会日记》好不好，观众最有发言权，自卖自夸只会引起观众的反感。

获奖者 感言

HUO JIANG ZHE

看《两会日记》如何打造地区两会报道新模式

大兴区融媒体中心创作团队代表 吴 爽

作为一年召开一次的重要会议，“区两会”报道历来都是检验地方媒体宣传引导能力和水平的“试金石”与“考试场”。在2021年，大兴区两会期间，为了让更多的百姓及时、全面、深入地了解两会盛况，大兴区融媒体中心紧跟全媒体时代特点，将传统时政新闻报道和新媒体传播形式相结合，策划推出《两会日记》系列短视频产品，让传统与新鲜碰撞，思想与活力交融，在努力讲好两会故事、传递两会声音的同时，也让传统的两会报道呈现出新的生机和活力。

创新形式 开启时政新闻+vlog新模式

不论是全国两会，还是市区两会，都是我们国家政治生活中的重要组成部分，是人民群众了解政府工作，向政府提出合理意见的重要途径。树立以人民为中心的宣传理念，所以，如何讲好两会的故事，让更多的人及时、全面、深入地了解两会的内容？如何传播好两会声音，进一步提升人民群众对两会的关注度和认知度？每年都是区级主流媒体研究的重点课题。随着全媒体时代的来临，各种新技术、新形式、新手段层出不穷，在2021年两会报道的前期策划会上，我们决定创新形式，将当下国内外流行的vlog视频拍摄手法和时政新闻报道结合起来，以会议揭秘为报道主题，以两会代表为主人公，以日记记录为表现形式，将区级两会的全部内容纪实化、公开化、透明化地展现在人们面前。让人们通过人大代表和政协委员的第一视觉，看到他们从驻会报到的那一瞬到大会闭幕的那一刻，都在想什么、说什么、干什么，进一步提高了两会报道的趣味性、体验感和传播率。

沟通对话　让主人公形象丰满起来

与传统新闻报道形式不同，vlog拍摄更注重的是平等沟通交流，在《两会日记》的拍摄过程中，我们形影不离地跟在代表身边，不仅是要记录他的每一个议程活动，更是要从点滴的细节处发现他的个人特征，挖掘其背后的感人故事。例如，《我是一个一年也穿不了几次正装的人大代表》里的桂庆杰，在拍摄节目之余，我们发现他特别爱惜自己的西装，会时刻注意并及时整理西装，受好奇心的驱使，记者与他进行了深入交流。原来，作为一名农村的基层支部书记，桂庆杰平时忙于村里村外的各种大事小情，很少穿西装，也穿不惯西装。但这套西装却见证了他连续两届当选区人大代表的经历，更是陪伴了他9年的“战袍”，除了出席人代会，每次碰到村里的大事要事，他也都会穿上这套西装。正是因为从西装这个点切入，再引申开来，桂庆杰，一名勤勤恳恳、无私奉献、为民谋福的村支书的形象跃然纸上。

精心策划　小改变也能带来大惊喜

为了做好《两会日记》每期的拍摄，我们会根据第二天的议程提前写好大体的脚本和大纲，同时研究分析可能出现的亮点和创新点。这样既能保证每次顺利完成拍摄计划，也能根据实际情况及时转变思路，调整拍摄内容和形式。例如，《当“刘玲”遇上“刘凌”　姐妹花共赴政协会》这期短视频，就是在会场突然发现的“惊喜”，原计划我们的主人公刘玲是要分享自己第一次参加区级两会的心情，但是在政协会场上意外碰到了名字音同字不同的刘凌也来参会，我们随即调整拍摄计划，临时开启两人现场对话的模式，充分展现了区政协委员各自不同的风采，也交流了她们作为委员的职责与担当。再例如，由于有两天的会议议程都是审议相关文件，我们就考虑是不是可以换一种表现形式，我们就借用当时网络传播特别火的张同学的拍摄手法和背景音乐制作了一期《超详细！刘会芳带您沉浸式体验人大会》，整期视频2分27秒，没有配音、没有讲解，全部都用时间和音乐的形式，带着观众从早上起床到晚上入睡，完完整整过一天，体验感和节奏感满满，在网络上一经播发，就获得了很多人、特别是年轻人的喜欢，形成较大的传播力和影响力。

再接再厉　砥砺前行

习近平总书记强调："主流媒体必须紧跟时代，大胆运用新技术、新机制、新模式，加快融合发展步伐，实现宣传效果的最大化和最优化。"重大主题会议报道创新，是主力军全面挺进主战场的一场大考，也是区级融媒体中心打通宣传服务引导群众最后一公里的重要考验。《两会日记》系列短视频共制作播出18期，在这里是大兴微信公众号、北京大兴政务微博、大兴融媒抖音号、北京大兴快手号等平台同步播发，获得30万+的阅读量。

大兴区融媒体中心将以此次两会报道创新为出发点，不断思考、积极探索，进一步增强用户思维、强化技术赋能、推动话语创新、深耕优质内容，在贯彻"以人民为中心"理念中不断提质增效，筑牢基层地区宣传思想文化工作基石，为助力地区经济社会高质量发展，为全面建设社会主义现代化国家、全面推进中华民族伟大复兴贡献力量。

全市首例！西城区率先打造老旧小区改造“租赁置换”新模式

《都市阳光》长消息——《全市首例！西城区率先打造老旧小区改造“租赁置换”新模式》

原载西城电视台2021年8月24日

获第三十一届北京新闻奖三等奖

专家 ZHUAN JIA 点评

好题材和好新闻的距离

北京广播电视台广播节目制作中心副主任、高级编辑　谢先进

西城融媒体中心创作的长消息《全市首例！西城区率先打造老旧小区改造“租赁置换”新模式》，从全市层面挖掘西城区通过“租赁置换”新模式改造老旧小区这一事件的现实意义，使其新闻价值得到充分提升，对西城区乃至北京市探索老旧小区改造、城市治理的有效路径具有一定的参考作用。

该消息是一条有设计感的报道。全长3分55秒的消息由“导语+主体+短评”构成：20秒的导语短小精悍、言简意赅，不但介绍了“租赁置换”模式，而且指明了这个“全市首例”在城市老旧小区改造难的背景下的创新之处和实际效果。3分钟的主体部分采访较为全面，既有住建委官员、改造企业负责人、小区居民、租户等各方面的声音，又有小区、楼道、室内、议事厅、停车场、公共活动场所等环境画面，有助于观众理解“租赁置换”给城区环境、改造企业、居民和租户带来的实实在在的好处。30秒的短评肯定了这种引入社会资本的新模式，并期待其他老旧小区改造的美好前景。

该消息也是一条有受众思维的报道。“租赁置换”是一个专业术语，观众理解起来有一定的难度。消息在两个方面做好了翻译工作：一是通过动态图展示了该模式的实施过程；二是通过小区画面的前后对比直观表现了改造给小区环境带来的实实在在的变化。

但是该消息还存在一些不足，应该可以做得更好。

一、消息是对新近发生的事实的报道。该消息报道的不是一个点上的事，而是一个过程性事件，但是不管怎样，时效性是新闻的生命，但是整条消息，无论导语还是主体，都没有表明时间要素。

二、消息对新闻价值的挖掘还不够深入。尽管已经呈现了改造带来的变化，但是面上的泛泛而谈不如点上的细细算账。如果能抓住一户居民，既讲述他们家改造全过程的故事，又计算租赁置换到底给他们家带来多大的好处，就会更有说服力和感召力，将推动更多的小区和居民接受这种新模式。

三、消息的表现形式还有值得商榷的地方。既然报送的是消息类别，就应该把最后的短评拿掉，它是事实性报道的消息之外的评论性语言。报道对短评部分也没有以字幕标注。消息中对租户的采访是通过电话完成的，其实完全可以面对面采访，这使报道的清晰度和表现力打了折扣。消息中还有重复使用的画面，这对一个只有3分钟的报道来说实在不应该。

获奖者感言

HUO JIANG ZHE

用百姓听得懂的语言报道新闻

西城区融媒体中心　杨怡华

“老旧小区改造”是居民呼声强烈的民生工程，然而单靠政府补贴，改造工作无法在短时间内铺开。如何破题？西城区通过引入社会资本，率先打造出全市首例老旧小区改造“租赁置换”新模式，实现了政府、企业、居民三方共赢。

拍摄之前，记者首先跟随政府相关部门和工程实施方对该置换小区进行了实地探访，了解清楚了“租赁置换”模式是政府引入社会资本，接管小区物业管理工作，与有出租需求的业主签订长期协议，当签约套数达到一定比例时，对房屋进行集中改造，出租给周边企业员工，企业从中获得的微利润用于小区改造和项目可持续推进。

前期调研期间遇到各种不同的居民声音和疑惑，有的居民担心人员混乱、影响原住民，政府迫切需要这一政策打开基层治理困局，工程实施方需要长期运营才能看到效益，带着这些问题，记者从居民、租户、公司、社区居委会、住建委5个维度设计采访。

成片一是展现了小区公共环境的改善，包括基础设施、充电设施、“公共会客厅”等附加设施，二是展示了改造后的房屋内部设施。让原住民和租户现身说法，表达对“租赁置换”这一模式下生活状况的切身感受。

同时考虑到这一模式是创新，一般观众理解困难，与北京广播电视台节目编导和技术人员配合，采用图表的形式，直观图解了“租赁置换”这一模式的具体实施方式。

最终阐明，这一模式实现的最终效果是：政府实现了老街小区改造的预期，企业形成了一个可持续经营的模式，“租赁置换”走的居民实现了个性化的目标，留下来的老百姓享受了改造后的良好环境，政府、企业和居民都达到了预期的目标。

通过这一选题的采访，记者深刻感受到，要敢于触碰城市发展中的痛点难点问题，不畏惧碰到反对声音，更要深刻了解创新举措背后的深层原因，从多方利益出发，用普通百姓听得懂的语言鞭辟入里地进行新闻报道。

爱上大运河

详细新闻报道
请扫码观看

原载通州电视台2021年10月1日至4日

获第三十一届北京新闻奖三等奖

专家
ZHUAN JIA 点评

用历史和现实表现对大运河和通州深沉的爱

北京广播电视台广播节目制作中心副主任、高级编辑　谢先进

通州区融媒体中心创作的新闻纪录片《爱上大运河》用4集各15分钟左右的篇幅，围绕大运河文化、漕运文化、通州本土文化以及当代文化艺术展开，记录传统文化与现代文明、历史文脉与时尚创意，钩沉已经消失的历史，讲述通州正在上演的故事，既有历史传承的厚度，又有民风民俗选材的宽度，表现了通州人对经受数千年浸润的大运河文化、文学、文艺、文脉的深沉热爱。作品是在大运河成为世界遗产项目、通州作为北京城市副中心纳入京津冀协同发展的"两翼"之一、习近平总书记为城市副中心的规划发展和对保护好传承好利用好大运河文化作出系列重要指示的大背景下创作的，体现了主创人员较强的新闻敏感性、驾驭重大题材的能力、挖掘文化内涵的能力。

作品采访全面深入，涉及项目、人物、场景，故事丰富多彩，画面生动鲜活，语言凝练华美，具有一定的策划性、艺术性、可听性。

但是，作为"新闻纪录片"，《爱上大运河》如果能在"新闻"上更进一步地做足、做好文章，就更是一部上乘佳作了。

按照新版中国新闻奖评选办法，新闻纪录片是以纪实手法报道新闻事件、反映社会生活的视频作品。应具有较强的新闻性、思想性、艺术性，以及文献价值。以事实说话，结构严谨。

据此来看，《爱上大运河》缺乏一个核心新闻事件，在表现新闻性方面也存在一定的欠缺：对作品的新闻由头是什么、主体新闻事件是什么，交代不够清

楚；每集片头有两分多钟的大导语和小导语，不是引导、指导、诱导观众收看节目内容的简单明了的提示性语言，而是铺垫过多的背景介绍，这不是新闻作品的表现手法，更不能在新媒体时代有效吸引受众收看。新闻导语应该开门见山、开篇破题，30秒甚至15秒不能吸引受众的作品，即便后续做得再好也是失败的。

正是基于上述创作缘起上的欠缺，每集作品对历史铺陈过多，第一集《顺水而居》用了将近3分钟的时间讲述燃灯塔的历史，第二集用了将近5分钟的时间讲述刘绍棠的历史；把能表现新闻性的现实和矛盾的内容都散落在作品的各个部分。比如第三集中最具冲突性、最能吸引观众观看的故事是英国留学归国的女孩爱上了景泰蓝，并给自己烧制了一件景泰蓝饰物，这个故事应该放在作品的开篇，这既能给观众极强的代入感，又可以表现非遗技艺后继有人的主题。

作品每集都要讲述3个以上的故事，采用的是多条故事穿插进行的叙事模式，这导致每个故事都缺乏完整性，而更多的是破碎感，影响观看体验。

作品报送北京新闻奖的简介中填写的是“历史文化纪录片”，这大概才是它真正的体裁。

获奖者 / 感言
HUO JIANG ZHE

制作出更多有内容、有底蕴、与时俱进的视频作品

《爱上大运河》全体主创

千年通州，大运河文化根植血脉。中央政治局会议明确指出，北京城市副中心“要充分体现中华元素、文化基因，也要借鉴其他文化特色”。这是对中国几千年城市发展史经验的总结，同国际城市发展前沿理论相契合。一座城市只有建立在深厚的文化底蕴上，才能真正成为千年大计，才能真正成为历史遗产。

在北京城市副中心高质量发展蓝图的勾画下，运河文化如何传承，又如何在推动发展和民心相通中发挥更大作用？ 4集新闻纪录片《爱上大运河》应运而生。

本片以全面贯彻习近平总书记“统筹保护好、传承好、利用好”大运河的指示精神和北京城市副中心推进高质量发展为纲，通过纪实加记录的电视表现形式，将历史的发展与时代的需求相结合，挖掘生动典型，全景式展现运河北端大运河文化的前世今生，激发受众共鸣。

为了完成好这项重大任务，2020年5月，通州区融媒体中心成立专项组，开始策划与调研，融媒体中心领导和专题部人员，多次组织专家研讨会，邀请多领域专家，对《爱上大运河》的创作立意、内容选择、创作手法进行研讨，并观摩调研了大量同等类型的专题片，力求制作出副中心宣传领域的又一部精品之作。同时，《爱上大运河》摄制剧组也迅速组建，在区委宣传部的统一调度下，联络区文化和旅游局、档案馆、运河商务区管委会、北投集团等多个单位和部门，进行了前期采风，为拍摄工作和后期编辑工作打下了坚实的基础。

全片于2020年12月1日至2020年12月31日进行了集中拍摄，精选出代表性的人物和事件，共拍摄了12个主线故事，共派出8个摄制组进行同时段平行拍摄，大大地缩短了拍摄时长，提高了拍摄效率，同时保证了拍摄素材的足量、充分，共积累了近30TB的视频资料。主创人员厘清思路，从众多的优秀素材中选取最具有代表性的部分，进行加工创作。2021年1月提交了第1版4集纪录片《爱上大运河》，每集30分钟，很好地展现出大运河及其背后的中华优秀传统文化精神；将大运河的故事和情感巧妙地同视听艺术的特点紧密结合，有特点、有重点、有亮点地反映大运河鲜为人知的故事和她独特的前世今生。

为了让拍摄内容经得住时间的检验，让影片随着时间的推移越来越有价值，通州融媒体中心组织了10余次审片会，并邀请通州区委宣传部进行复审、终审。融媒体中心本着对项目成果认真负责的态度，坚持保质量，做精品，指导创城时代公司进行调整再创作，最终于2021年10月前呈现了2版高质量的专题片：4集纪录片《爱上大运河》(每集30分钟)(以下简称纪录片)、4集宣传专题片《爱上大运河》（每集15分钟）（以下简称专题片）。从小处、细处着手，既有历史传承的厚度，又有民风民俗选材的宽度，以情入手，表现出人们对大运河的深情大爱。

《爱上大运河》纪录片和宣传专题片从众多的素材中选取了最具有代表性的人物故事。

在第一集《顺水而居》中通过摆渡人赵作喜，讲述了老运河人家在新时代的生活变化；通过通州区政协特邀文史委员任德永，讲述了燃灯佛舍利塔的前世今生；通过物资学院教授、大运河研究院院长陈喜波走访民间收藏家崔福生和大运河艺术馆馆长，讲述了大运河沿岸的变迁；通过退休教师王木林坚持拍摄了20年的照片，对比北京城市副中心给通州带来的翻天覆地的改变。

在第二集《应运而生》中通过乡村讲解员董春玲，讲述了本土作家刘绍棠与大运河不解的情缘；通过潞河中学的张丽君老师和她文学社的学生们，体现了通州的一代代学子继承通州的文脉精神、传承文化的思想与成就；通过通州土生土长的“90后”自媒体人张铮的镜头，讲述新时代的青年诠释通州文化精髓的方式和角度。

在第三集《风正艺帆》中记录了陈令勇用非遗工艺花丝镶嵌制作燃灯塔的过程；熊琳琳用非遗工艺珐琅制作吊坠的过程；通过书店店主马丽洁，讲述了宋庄艺术创意小镇的兴起与影响力；通过外籍艺术家、北京韩美林艺术馆，展现大运河的兼容并蓄、融会贯通。

在第四集《未来已来》中记录了美丽乡村的建设；通过通州骑行协会会长黄旗明，带领学生进行大运河沿岸骑游，了解家乡的历史文化，经历正在到来的美好未来；通过东方化工厂子弟杨晨磊与东方化工厂老职工游览在化工厂原址上改建的城市绿心森林公园，展现北京城市副中心“一带、一轴、两环、一心”中，绿色空间布局的重要组成部分；通过张家湾设计小镇未来设计园设计师郭少山，拉开张家湾设计小镇成为“设计小镇、智慧小镇、活力小镇”，打造北京设计之都的重要支点的帷幕。

《爱上大运河》赋予了人物使命感，注重人情味的表达；用故事的内涵传达主旨，勾连历史文化；通过时间纵深和空间跨度凸显了时代特征。

通过《爱上大运河》的制作，也为我们之后进行大型专题片制作提供了经验。最后，《爱上大运河》专题片全体主创感谢学会的评选，希望今后我们能依托城市副中心高质量发展和大运河文化带建设，制作出更多有内容、有底蕴、与时俱进的视频作品。

第三十一届北京新闻奖获奖作品名单

一等奖　共50篇				
序号	单位	项目	作者/编辑	题目
1	人民日报社北京分社	重大主题报道	朱竞若　贺勇　王昊男　潘俊强/蔡华伟	“奋斗百年路　启航新征程”北京特刊
2	人民日报社北京分社	消息	朱竞若　王昊男/李仕权	北京聚力“两区”建设　高起点向前推进
3	新华社北京分社	重大主题报道	集体/周杰　彭东　张悦姗	北京：铸就“双奥之城”
4	新华社北京分社	融合报道	骆国骏　李斌　涂铭　乌梦达　李放　魏梦佳/集体	百年家书
5	新华社北京分社	评论	丁静/易艳刚　方立新　谢锐佳	滥用“战时状态”不利于抗疫大局
6	中央广播电视总台北京总站	重大主题报道	王小节　朱世松　张伟泽　王丰　危家煦/陈宝善　于晶晶　邓煜洲	“奋斗百年路　启航新征程——学党史　悟思想　办实事　开新局” 北京以首善标准扎实开展党史学习教育
7	中央广播电视总台北京总站	重大主题报道	集体/胡亚利　任生圆　邓煜洲	以首都发展为统领　谱写北京新篇章
8	光明日报	通讯	张景华　董城　殷泓/集体	来！赴一场激情四溢的冰雪之约……
9	经济日报	系列报道	张曙红　杨学聪　佘惠敏　陆敏　韩秉志/集体	中关村新传
10	中新社	新闻访谈	集体	北京的蓝天是如何多起来的？
11	科技日报	重大主题报道	华凌/赵英淑　滕继濮　娄玉琳	神州新篇《北京：全球创新网络中崛起的新高地》《造一颗跳动在城市副中心的生态“绿心”》

续表

序号	单 位	项 目	作者 / 编辑	题 目
12	农民日报	典型报道	芦晓春 / 芦晓春	四级田长共护首都耕地
13	法治日报	系列报道	黄洁　徐伟伦 张雪泓 / 朱磊 陈宵	奋斗百年路　启航新征程
14	前线	融合报道	杨威　许娟 马轶群　董博臣 冯烨　冯旭 张桢 / 集体	答卷人 ——致敬“七一勋章”获得者
15	北京日报	重大主题报道	刘昊　王海燕 董少东　巩峥 付堃　毛颖颖	致敬逐梦特刊
16	北京日报	系列报道	集体	一图读懂疫情防控
17	北京日报	新闻专栏	集体	“民生调查”专栏
18	北京日报	重大主题报道	集体	解码百年大党
19	北京日报	评论	胡宇齐 / 毛颖颖 张砥	以制度力量推动接诉即办向前一步
20	北京日报	评论	梅宁华　黄月平 / 集体	西方舆论体系的垮塌与破产
21	北京晚报	系列报道	荣东岳　霍雷 尹文胜　辛宏 吴薇	砥柱特刊
22	北京晚报	系列报道	贾亮　郑宇飞 胡宇齐 / 毛颖 颖　尹文胜	让网络空间天朗气清系列评论
23	北京晚报	通讯	集体 / 杨萌 巩峥　杨滨	四名领诵员是如何被选上的?看看他们都是谁
24	北京晚报	重大主题报道	王雅贤　刘英文 曾麒　李路　邓伟 刘平　白继开	我们的第二生日——难忘入党时刻
25	北京晚报	系列报道	吴勇　傅力 张玉瑶　曾子芊 白杏珏　杨昌平 姜宝君 / 杨昌平 姜宝君	京畿红迹——寻访北京的 100 个红色地标
26	北京青年报	系列报道	集体	庆祝建党 100 周年，寻访北京红色地理

续表

序号	单 位	项 目	作者 / 编辑	题 目
27	北京青年报	系列报道	蒋若静　武文娟 / 集体	寻找北京的枫桥经验——北京基层治理报告
28	北京青年报	新闻专题	集体 / 刘砥砺 徐锋　刘晓雪	大数据展现中共百年历程
29	北京青年报	新闻专题	张静雅　梁天伊 胡莎　刘畅 郭谦 / 集体	回一封家书——献礼中国共产党成立 100 周年、“家国情怀”红色传承系列报道
30	北京青年报	新闻编排	集体	继往开来　百年恰是风华正茂时
31	北京商报	重大主题报道	集体 / 彭宇　刘佳	掘金大开放　探秘自贸区
32	北京商报	新闻专题	姜子谦　李晗 谷雨欣　李珈凝 胡京玉　郑雨寒 / 彭宇　刘佳	《我们的新打工人》系列
33	新京报	系列报道	集体	《身后是我的国》系列视频报道
34	新京报	系列报道	丁雪健　田昊文 李淑怡　王星童 郭奕瑶　曹蓥茹 李慧石 / 王爱军 罗伟伟　程龙	百工探秘图鉴
35	新京报	重大主题报道	周军　黄之涵 俞金旻　白德彰 寇家祥　王金淼 袁静伟　于韬 / 刘军胜　王爱军 范文薇	百年百物见精神
36	新京报	重大主题报道	集体	破晓——回到一百年前的北大红楼
37	新京报	舆论监督报道	韩福涛　王国强 赵婉婷　杨瑞康晰 郑鹏岳　李凡宗 / 李明　孙霖婧	卧底网红餐厅“胖哥俩肉蟹煲”：大量使用过期食材，隔夜死蟹充当活蟹卖
38	千龙网	重大主题报道	黄庭满　蒲红果 张露汀　李红英 张薇　闫莉青 魏超　刘美君 / 集体	庆祝建党百年大型融媒系列报道
39	北京广播电视台	新闻专题	李丹　符亚卯 胡乐	一支疫苗的诞生

续表

序号	单 位	项 目	作者 / 编辑	题 目
40	北京广播电视台	新闻专题	徐滔　邵晶　李潇 刘婋　陈梦圆 刘径驰 / 张育文 章铎　焦建康	我为群众办实事之局处长走流程
41	北京广播电视台	新闻专题	杨懿丁　郭洪泷 章铎　王瑜　王美 毛雪 / 徐滔　邵晶 赖一锐	《生命缘》百年协和系列
42	北京广播电视台	新闻纪录片	徐滔　严崴　邵晶 吴志勇　沈鹏飞 谭江海 / 集体	“紫禁城”
43	北京广播电视台	新闻纪录片	俞恺　张洁 尹思懿　闫硕 潘旭　彭琳海 尹思懿	中国滑雪医生
44	北京广播电视台	新闻纪录片	集体	《播“火”——马克思主义在中国的早期传播》第 1 集
45	北京广播电视台	新闻专栏	集体	“接诉即办”
46	北京广播电视台	重大主题报道	集体	《春天的脚步——开启新篇章》习近平总书记视察北京七周年特别策划
47	北京广播电视台	重大主题报道	集体	山水人和——习近平给建设和守护密云水库的乡亲们回信一周年
48	北京广播电视台	国际传播	集体 / 刘智嘉 戴蔚然	北京中轴线的智慧
49	北京广播电视台	舆论监督报道	姚柏言 / 姚柏言 刘　芳	如此“满意”失民意，“人民至上”怎落地？！
50	北京广播电视台	新闻直播	集体 / 蔡明可 李哲勇　曹僖	一路奔冬奥　一起向未来——北京冬奥会开幕倒计时 100 天现场直播
二等奖 共 70 篇				
51	新华社北京分社	新闻专题	彭子洋　陈钟昊 / 集体	一支新冠病毒疫苗的千里之行

续表

序号	单 位	项 目	作者 / 编辑	题 目
52	新华社北京分社	通讯	集体 / 袁元　陈燕	北京探路高水平开放
53	新华社北京分社	新闻纪录片	李德欣、夏子麟　张骁　马晓冬 / 刘潇　吴昊　郝一林	筑梦冬奥
54	新华社北京分社	重大主体报道	李斌　张骁　郭沛然 / 涂铭	这些楼的故事不简单——从北京“十大建筑”变迁看变化
55	新华社北京分社	融合报道	李斌　涂铭　王君璐　杨咏　乔晓鹏 / 集体	相约北京　圆梦冬奥——2022我们准备好
56	新华社北京分社	通讯	李斌　魏梦佳 / 谢锐佳	自强不息　大地清华——清华大学一百一十年的红色追寻
57	中央广播电视总台北京总站	系列报道	张伟泽　邓煜洲　胡亚利　袁成刚　杨凯　付海亮　陈宝善　刘雪楠 / 于晶晶　任生圆　尹一男	一问到底　“双减”政策进入实操阶段到底怎么减？
58	中央广播电视总台北京总站	融合报道	何畅　翟壮　杜梅　赵涛　张伟泽　张景　王丰　王胜东 / 危家煦　袁成刚　杨凯	冬奥食堂
59	光明日报	通讯	董城　张景华　邹韵婕 / 集体	北京“三山五园”：熟悉的地方带来精彩的期待
60	经济日报	组合报道	徐文营　苏民　杨学聪　陈发明　韩秉志 / 郭存举　赵心仪	龙凤呈祥 在新格局中谋划临空经济区 临空经济区成区域高质量发展新动力源
61	经济日报	通讯	李佳霖 / 刘亮　管培利	打造改革开放的“首都样板”
62	中新社	通讯	陈杭　杜燕　温孟馨 / 苏亦瑜　程春雨　刘羡	东西问丨张利：北京冬奥会场馆如何体现中国文化的“和而不同”？

续表

序号	单 位	项 目	作者 / 编辑	题 目
63	中国青年报	通讯	刘世昕　张敏 / 集体	服贸会的低碳“面子”与“里子”
64	中国青年报	通讯	胡宁　刘世昕 / 崔丽	青春团队领跑“创新北京”
65	中国青年报	重大主题报道	刘世昕 / 崔丽	“加减、舍得”之间　首都北京秀出新身姿
66	科技日报	系列报道	华凌 / 集体	科技支撑碳达峰碳中和
67	工人日报	通讯	赖志凯 / 程莉莉	一位快递小哥想离职何以让一个小区炸了锅
68	工人日报	通讯	赖志凯 / 尹雪梅　赵剑影	新业态职工从“要我入会”到“我要入会”
69	农民日报	典型报道	芦晓春　王田 / 刘自艰	高效设施农业的“北京标准”
70	北京日报	新闻专栏	于丽爽　李瑶　武亦彬　潘之望 / 闫雪静　李继辉　刘昊	胡同里的北京
71	北京日报	融合报道	童曙泉　苏越 / 苏越　王飞雁	北京一处级干部当外卖小哥，12 小时仅赚 41 元：“我觉得很委屈”
72	北京日报	重大主题报道	集体	铸魂——庆祝中国共产党成立 100 周年
73	北京日报	国际传播	李海青　王雅晴　孟媛　李瀚程 / 王雅晴　孟媛　李瀚程	亲爱的迪奥，是时候放手对中国的刻板印象了！ Dear Dior, it’s time to let go of stereotypes!
74	北京日报	重大主题报道	集体	解码全面小康
75	北京日报	新闻编排	集体	我们实现了第一个百年奋斗目标　正向着第二个百年奋斗目标迈进
76	北京日报	系列报道	黄玉迎　侯莎莎　贾晓燕 / 黄玉迎　侯莎莎　贾晓燕	冰雪奇缘
77	北京日报	新闻编排	集体	沿着习总书记指引的方向 2・26 重要讲话周年特别报道

续表

序号	单位	项目	作者 / 编辑	题目
78	北京日报	评论	胡宇齐 / 毛颖颖 张砥	莫以流调轨迹品评他人生活
79	北京晚报	系列报道	荣东岳　杨晓丹 杜新达　李继辉 涂露芳　刘昊 杨滨 / 杨晓丹 杜新达	老乡
80	北京晚报	融合报道	王子豪　琚理 / 王子豪	回望百年，我们自强、我们奋斗、我们自豪！
81	北京晚报	系列报道	莫凡　宗媛媛 魏婧 / 吴楠 赵喜斌	找客服为何这么难
82	北京晚报	新闻编排	相旭阳　吴薇 / 相旭阳	伟大光荣正确的中国共产党万岁
83	北京晚报	舆论监督报道	于丽爽 / 郑勇	有人把爬野长城当成生意
84	北京晚报	通讯	张楠 / 杨滨　郑勇	失能老人补贴这钱不好花
85	北京晚报	通讯	魏婧 / 吴楠　辛宏 赵喜斌	“办不成的事”是怎么办成的
86	北京晚报	系列报道	师悦　张雪 徐英波　褚英硕 / 杨晓丹　龙露 王远	我志愿
87	北京青年报	通讯	孟亚旭 / 刘晓雪 刘砥砺	十九届六中全会开幕！此次亮相的重磅决议，有何特殊之处？
88	北京青年报	系列报道	寿鹏寰　张恩杰 杨文杰　王磊 / 刘江华　徐晓蕾 季飞	问诊娱乐圈
89	北京青年报	评论	张敬伟 / 潘洪其 王涵	治理“饭圈”乱象须遏制资本贪婪
90	北京青年报	通讯	张鑫 / 汤正宇 余美英　徐晓蕾	“漫游”成历史　移动却默默收费 43 个月？
91	北京青年报	系列报道	李泽伟　武文娟 解丽　蒋若静 蒲长廷 / 集体	北京接诉即办条例审议

续表

序号	单 位	项 目	作者 / 编辑	题 目
92	北京青年报	副刊作品	张嘉 / 张严涵	编剧龙平平：觉醒没有过去时，我低估了当代青年的艺术鉴赏力
93	北京商报	舆论监督报道	姚倩 / 韩哲	“大头娃娃”疑云丨成本低至十元，售价百元，谁为“消字号”面霜乱象负责
94	北京商报	舆论监督报道	何倩 / 赵述评	利用个人信息刷单　快递空包裹里的黑色利益
95	新京报	评论	刘远举 / 徐秋颖	走向共同富裕不是“消灭资本”
96	新京报	通讯	袁秀丽　寇德娜 / 光炜　陈哲婉　杨娟娟	九变九不变：工体改造复建一年后揭开神秘面纱
97	新京报	新闻摄影	赵亢 / 刘晶	播绿黑土滩
98	新京报	重大主题报道	田昊文　陈丝柳　李淑怡　王星童　郭奕瑶　杜梦媛　王金淼　/ 丁雪健　吕文君　蒋鹏峰	横穿大漠天路
99	新京报	典型报道	张静姝　郭懿萌　彭冲　王瑞文　徐杨　慕宏举　俞金旻 / 李明　刘倩　李彬彬	新警察故事
100	新京报	新闻漫画	田宇　王万钧　张琪　何佳文　付晨晨　徐世昕　金营　王昭君 / 孙旗　敫尚锋　郭晓春　魏雪冬	哪吒遇上“新未保法”
101	千龙网	新闻专题	蒲红果　张露汀　刘美君　纪敬　陈健男　朱萌　汪鑫 / 纪敬　耿娟	千问千寻大运河
102	千龙网	新闻专栏	蒲红果　李红英　刘美君　蔡健雅　朱萌　陈健男 / 耿娟　蔡健雅	北京地区联合辟谣平台

续表

序号	单 位	项 目	作者 / 编辑	题 目
103	前线	系列报道	刘岳 / 金蕾蕾	风云激荡的 1921——听百年大党的创建故事
104	北京广播电视台	消息	陈常松　孙媛 / 陈常松	京哈高铁今天全线贯通，北京到哈尔滨最快 4 小时 52 分
105	北京广播电视台	消息	王劲清	“一起向未来”——北京 2022 年冬奥会和冬残奥会主题口号发布
106	北京广播电视台	评论	李锐 / 李锐	期待“局处长走流程”，不是一阵风，而是四季风
107	北京广播电视台	新闻专题	王悦 / 马骏　佳池	河南暴雨背后挺身而出的普通人：北京蓝天救援队援豫一线记录
108	北京广播电视台	新闻专题	刘春艳　张楠　万臻 / 田永娟	货运网约车乱象调查
109	北京广播电视台	新闻专题	集体 / 吴群　朱嘉	《我是规划师》之《当你老了》
110	北京广播电视台	系列报道	王勇　郭玉林　贾术杰　王新华　杨波　王振龙　薛东阳　谷军岭 / 集体	“豫见”系列报道
111	北京广播电视台	新闻直播	王速　唐骏飞　滑小毛　张亚军　王浴浩　杨帆　石晶晶　金巍 / 李毅　郑天尧	北京 2022 冬奥会倒计时 100 天特别节目——冲刺 100 天，我们准备好了！
112	北京广播电视台	新闻专栏	杨子云　赵鹏　陈银江　耿志宏　秦溯 / 赵鹏　陈银江	《创新北京》神舟十二飞天纪实科学流言求真榜
113	北京广播电视台	重大主题报道	集体	《全面小康　全面解码》第一集
114	北京广播电视台	重大主题报道	集体	见证初心・百集京华党史故事
115	北京广播电视台	融合报道	徐滔　邵晶　张震　李潇　刘姝　陈梦圆　刘径驰 / 刘影慧　王沛东　张育文	副处长变身外卖小哥累瘫街头

续表

序号	单 位	项 目	作者 / 编辑	题 目
116	北京市政协	重大主题报道	边疆　纪佩佩 鲁春艳　李大治 倪毅明　林若箐 / 孟孟　郭凡	团结在光辉的旗帜下——庆祝中国共产党成立100周年百位政协委员宣讲百年精神、叙说百年故事
117	劳动就业报	新闻专题	杨曼 / 黄伟　梁蕊	快递小哥的奇遇人生
118	音乐周报	系列报道	集体 / 董艳艳 包原铱	传唱　庆祝中国共产党百年诞辰
119	劳动午报	通讯	白莹 / 博雅 （包亚茹）	和时间赛跑　与病毒较量——中国医学科学院医学实验动物研究所新冠肺炎疫苗评价攻关记
120	北京 科技报社	系列报道	冯思男　韩思闲 白宇　孙佳欣 / 段大卫　吉菁菁	一粒种子的成长密码
三等奖 共80篇				
121	人民日报社 北京分社	消息	朱竞若　贺勇 / 董建勤	北京城市副中心建设国家绿色发展示范区　城市副中心　长在森林里
122	人民日报社 北京分社	系列报道	董兆瑞　尹星云 李博 / 集体	北京冬奥会倒计时100天系列报道
123	新华社 北京分社	通讯	孔祥鑫　张骁 王镜宇 / 周杰 梁金雄　张悦珊	跨越双奥　织就梦想——国家速滑馆“冰丝带”诞生记
124	新华社 北京分社	融合报道	李斌　王君璐 侠克　李柯勇 黄小希　王洁 曹晓丽　乔晓鹏 / 集体	国家相册：长辛店纪事
125	新华社 北京分社	通讯	涂铭　王君璐 鲁畅 / 李民　白洁	在这里感受孕育的力量——北大红楼与中国共产党早期北京革命活动旧址集中亮相
126	新华社 北京分社	舆论监督报道	鲁畅 / 黄南希 何莉	谁在开？啥危害？怎么管？——三问北京老年代步车乱象
127	中央广播 电视总台 北京总站	消息	王小节　朱世松 翟壮　王丰 王胜东 / 危家煦 邓煜洲　陈宝善	科技助力绿色冬奥　兑现庄严承诺

续表

序号	单 位	项 目	作者 / 编辑	题 目
128	光明日报	通讯	董城	北京人艺新年上班首日： 大咖云集，为了十四个年轻人
129	经济日报	通讯	韩秉志　杨学聪 / 郎冰	超大城市基层治理体制如何构建
130	中新社	系列报道	集体	“2021 北京（国际）运河文化节”开幕式组合报道
131	中新社	通讯	杜燕　徐婧 / 陈建 刘羡　李雨昕	特写：早安，中国！
132	中国青年报	新闻专题	刘世昕　王增强 / 李永鹏　沈柏峰 崔丽	《“成为他们一员，才能送真服务”——对话体验外卖骑手上热搜的副处长》《是怀揣梦想的劳动者火了》《体验送外卖上热搜，背后还有哪些不为人知的细节》
133	科技日报	通讯	华凌 / 赵英淑 林莉君　胡兆珀	北京“十大建筑”工地上曾经激情燃烧的岁月
134	科技日报	新闻专栏	华凌 / 集体	“科技冬奥进行时”栏目
135	农民日报	通讯	李庆国　芦晓春 / 王芳	“精”字当头开新局
136	法治日报	通讯	黄洁　张雪泓 / 李立　蒋起东	山区派出所转身“冬奥第一所”
137	北京日报	新闻摄影	潘之望 / 李继辉	雪游龙
138	北京日报	系列报道	黄玉迎　侯莎莎 贾晓燕	踏寻北京红色印记
139	北京日报	通讯	张淑玲 / 赖薇 张淑玲	社区中心建成 18 年为啥不开
140	北京日报	系列报道	王琪鹏 / 集体	以餐饮浪费为耻，为光盘行动撑腰
141	北京日报	通讯	孙宏阳 / 赵中鹏 李思源　李祥	南苑机场关了　周边道路别“瞎”
142	北京晚报	新闻访谈	王润　张鹏　杨萌 孟紫薇　孙昊 / 集体	刚刚，94 岁蓝天野获“七一勋章”！ 老戏骨当年曾是地下党员
143	北京晚报	新闻编排	白歌　耿争 / 白歌 秦亚堙　马佳	进出京出差探亲通勤指南

续表

序号	单 位	项 目	作者 / 编辑	题 目
144	北京晚报	评论	辛音（殷呈悦）/ 张丽	加拿大鹅不能“飞”在规则之外
145	北京晚报	通讯	李松林 / 吴楠 辛宏　赵喜斌	别让充电桩变成“夺命桩”
146	北京晚报	评论	贾亮 / 尹文胜 贾亮	《长津湖》票房大卖遭逼捐，说明这样的电影拍对了！
147	北京晚报	融合报道	孙宏阳　邓伟 李博 / 集体	北京地铁 8 号线最美车站竟是它！ 探秘“地下中轴线”
148	北京青年报	新闻摄影	王晓溪 / 耿蕾	13 年后，奥运圣火再为北京燃！
149	北京青年报	新闻专题	张静雅　梁天伊 胡莎　刘畅 柴程　郭谦 / 集体	武汉 · 新“生”日记——武汉重启一周年
150	北京青年报	通讯	解丽　武文娟 / 张颖　毛羽	三问暴雨中的北京如何打造韧性城市
151	北京青年报	新闻专题	集体	北京金名片
152	北京青年报	新闻专题	刘艺龙　董鑫 / 刘砥砺	新中国恢复联合国合法席位 50 周年
153	北京商报	融合报道	刘四红　廖蒙 / 韩哲　岳品瑜	北京数字人民币六区行融媒策划报道
154	北京商报	通讯	郭缤璐 / 吴文治 赵述评	最后一店关门　狗不理败退京城餐饮业
155	新京报	通讯	杨柳 / 胡杰	亲爱的，弟弟
156	新京报	系列报道	黄鑫宇　胡萌 苏曼丽　李蕾 程维妙　任娇 任婉晴　吉喆 / 陈莉　王进雨 刘晓阳	北交所来了！ 首批上市公司成色全解与亲历者说
157	新京报	新闻摄影	陶冉 / 刘晶	中国空间站首舱“天和核心舱”成功发射
158	新京报	副刊作品	李阳 / 马培杰 宫照华	北京：出发的起点，返程的归宿

续表

序号	单 位	项 目	作者 / 编辑	题 目
159	新京报	新闻直播	集体	二环真“骑”妙 ——北京二环路慢行系统公益骑行直播
160	新京报	新闻编排	徐邦印 / 王春秋 俞丰俊	《9 秒 83　百米炳史册，为中国添彩》版面
161	新京报	新闻漫画	张益菲　宫洁 张素彩　何佳文 张臣　魏雪东 张博　孙旗 / 张益菲	数读 2020 北京市“成绩单”
162	千龙网	消息	刘美君　陈健男 / 李慧英	“老年代步车”该何去何从？代表建议立法制定统一管理规范
163	千龙网	典型报道	刘美君　陈健男 郑涛 / 李慧英	“召必回”的硬核担当　全国脱贫攻坚先进个人雷剑：健康帮扶，咱不缺席
164	千龙网	新闻直播	张露汀　刘剑 秦昊宸　段大卫 陈健男　林大鹏 耿娟　蔡健雅 / 秦昊宸	10 场直播带你云游北京中轴线
165	千龙网	融合报道	黄庭满　蒲红果 张薇　魏超 张思宇　马剑 郑涛　杨欢 / 魏超 张思宇　马剑	构建新格局——2021 北京两会
166	前线	系列报道	李桂华　卢兆彤 张晖　武慧媛 袁超乘　赵竹村 / 金蕾蕾	百年大党的 100 个故事
167	支部生活	新闻纪录片	蒋华　陈艾迪 / 集体	北平城下的暗战
168	大学生	通讯	鲍硕 / 陈思	我是“天问一号”北京调度
169	新闻与写作	新闻业务研究	唐怡 / 李蕾	全媒体时代如何走好“群众路线”——“现象级”传播过程中的大众参与

续表

序号	单 位	项 目	作者 / 编辑	题 目
170	新闻与写作	新闻业务研究	叶晓彦 / 李佳咪	同题报道如何做出“爆款”——以《四名领诵员是如何被选上的？看看他们都是谁》为例
171	北京广播电视台	消息	王琛琛	2020 年北京 PM2.5 年均浓度再创新低
172	北京广播电视台	消息	朱艳婷　赵鹏 / 朱艳婷	奥运史上首次公铁联运，直击北京冬奥会张家口赛区运动员全闭环转运演练
173	北京广播电视台	消息	樊煜　张师琦　田雪吟　陈静岩　李琪	北京 2022 年冬奥会倒计时一周年冬奥会和冬残奥会火炬正式发布
174	北京广播电视台	消息	樊煜　张师琦　田雪吟　李琪　王一	北京证券交易所揭牌暨开市仪式举行
175	北京广播电视台	消息	赵芳　徐磊　牛月华　韩鹏健　郝欣	大会揭秘：领诵员是怎样“炼成”的
176	北京广播电视台	消息	梁雪松　李烨　王晓龙　徐磊	冬奥村：用建筑讲好中国故事
177	北京广播电视台	新闻专题	赵奕阳	克冠先行，铸就希望屏障
178	北京广播电视台	新闻专题	于川梓	一张便签纸就完成的“转诊”
179	北京广播电视台	新闻专题	史月光　赵怡　马子俊 / 集体	逐梦北京
180	北京广播电视台	新闻专题	李迎军　常海龙　经春　姬婷婷 / 李昂	保护“个人信息”不做“透明人”
181	北京广播电视台	新闻访谈	黄瑨　颜匀　张晓达　佟美佳　夏婷　王博 / 佟美佳　王博	照片里的中轴线——钟鼓楼记忆
182	北京广播电视台	新闻编排	江宁　杨洪　李青芮 / 江宁　杨洪　李青芮	《新闻 2021》7 月 21 日
183	北京广播电视台	重大主题报道	集体	奋斗百年　同心向党

续表

序号	单 位	项 目	作者 / 编辑	题 目
184	北京 广播电视台	重大主题报道	戴蔚然	从乡间别墅到红色展馆 ——不褪色的莫斯科中共“六大”史
185	北京 广播电视台	重大主题报道	集体 / 刘志飞 杨红光	广播剧《北大红楼》融媒体宣传
186	北京 广播电视台	舆论监督报道	孙刚	鲜活农产品界定谁说了算
187	北京 广播电视台	融合报道	田刚 孙迪雅 邓力 潘灿 吴文娟 韩育延 陈博 谭敬 / 张庆 李大功	百年寻梦，2021 请回答
188	东城区 融媒体中心	系列报道	杨晓嘉 常骞壬 朱丹 李若比 / 朱丹	东城探秘—— 跟我去寻访爱国主义教育基地
189	西城区 融媒体中心	消息	杨怡华 苏凯 吴朝光	全市首例！西城区率先打造老旧小区改造“租赁置换”新模式
190	通州区 融媒体中心	新闻纪录片	李骁 郑育娟 吴小强 李大龙 李晶 董继东	爱上大运河
191	大兴区 融媒体中心	系列报道	集体 / 集体	两会日记
192	首都建设报	新闻摄影	周宇杰 / 高远	北京丰台站，“上台”！
193	北京社区报	系列报道	刘妙妙 贾祥伟 张美荣 傅子彦 王晓霞 郭彦 任可馨 / 叶连梅	农村养老调查系列报道
194	北京 人才市场报	通讯	韩婧 代静然 / 代静然	《伟大征程》演出礼服 11 小时抢修记
195	北京 科技报社	通讯	王雪莹 / 丁林	老年人“数字鸿沟”怎么填？
196	北京教育 融媒体中心	系列报道	严华 孔祥吉 李燮聪 李国栋 宋艳娇 齐建军 / 集体	百年接力，让党旗熠熠生辉

续表

序号	单 位	项 目	作者 / 编辑	题 目
197	北京考试报	通讯	安京京 / 李蔚青 岳阳	21 年 3200 名宏志生全部考上大学
198	现代教育报	通讯	赵艳国　李继君 韩莉 / 李继君	焦虑现象频出　破解亟需多方合力
199	北京 文化创意	系列报道	王颖	业界探索——北京文创企业实践系列报道
200	北京公交报	系列报道	寇静　王超　张轩 徐龙 / 徐龙　寇静	北京公交百年

后　记

第三十一届（2021年度）北京新闻奖的评选打破了以往主要按报纸、广播、电视、网络等媒体介质来设置奖项的做法，而是根据媒体生态环境的变化带来的新闻作品形态多样化的呈现，以及作品体裁题材，贯通各类媒体设置奖项。介质限制被突破了、参评“赛道”被打通了，各类媒体都可以参加各个奖项评选，大家同台竞技、综合比拼、互学互鉴，有助于提高融合生产能力，加快建设全媒体传播体系。

北京新闻奖的评选过程不仅是对媒体新闻精品生产和融合创新能力的大检验，更是对北京市媒体建设和发展水平的集中展示。北京市市属新闻媒体和新闻工作者不忘初心、牢记使命，旗帜鲜明坚持正确政治方向、舆论导向、价值取向，坚持以人民为中心的创作导向，推出了纪录片《我为群众办实事之局处长走流程》、系列报道《身后是我的国》、融合报道《答卷人》等一大批有情怀、接地气、暖人心、提信心的好新闻、好作品，实现了内容创作的新突破，达到了主题宣传的新高度，形成了融合传播的经典案例。在精品内容建设上按照“找准选题、讲好故事、拍出精品”的要求，紧跟时代步伐、加强选题规划，围绕重要时间节点，提前谋划，提早安排，组建专业团队，集中力量推出了一批叫得响、传得开、留得住的重磅作品，发挥了好品牌专题专栏的重要作用，推动《长安观察》《长安街知事》《生命缘》《向前一步》不断创作生产出具有全国引领力的优质作品。注重推荐深入实际、深入生活、深入群众、温暖人心的优秀作品，以百姓视角、平凡事例反映伟大时代的变革与成就。

为了推动北京新闻奖的改革，促进新闻作品质量的提高，促进新闻队伍的思想建设、业务建设和作风建设，鼓励广大新闻工作者生产出更多老百姓喜闻乐见的新闻产品，弘扬主旋律，提升社会正能量，我们从获得第三十一届（2021年度）北京新闻奖的200件作品中选取了69件具有广泛代表性，立体再现了北京发生的、对全国乃至全世界产生积极影响的重大新闻事件的作品，并汇集了这些作品的记者深入一线采访的感悟和媒体对新闻选题策划的归纳和汇总，邀请业内专家学者对69件作品从理论学术的高度和实践的角度进行了分析点评。我们将以上三部分内容汇集成册，出版《追索新闻真谛：第三十一届北京新闻奖获奖作品精选》（以下简称《追索新闻真谛》），目的就是促使读者、观众、用户对这些载入史册的重大事件更多地铭记、考量和反思，尤其是对广大新闻工作者有所帮助并让其从中能得到启发或借鉴。我们立足当下前沿问题，力争通过深入浅出的百家观点展示，引导和启发读者、观众、用户和新闻工作者对现实问题有所思考。同时反映业界对新闻理论和实践创新的不懈追求，希望《追索新闻真谛》的出版能够对传媒业发展研究有一定的参考价值。

《追索新闻真谛》的出版是集体智慧的结晶。市委宣传部、市新闻工作者协会以及中央新闻单位驻京机构、市属媒体、市级行业媒体、区融媒体中心和北京市新闻学会会员单位，等等，对本书的写作编撰工作提供了无私的支持和帮助。《追索新闻真谛》的每一个部分都凝聚着大家的思考和心血，学界和业界的一些专家参与了编撰工作，没有大家的努力和智慧，《追索新闻真谛》的出版是难以完成的，在此一并表示感谢。书稿从酝酿至今出版，历经多次修改甚至有些部分是重新改写，本书在写作编撰过程中，得到了69件获奖作品作者和获奖单位提供的大量文献资料和数据，特向这些作者和单位表示衷心感谢！尽管在编撰过程中对于文献资料和数据的使用十分小心谨慎，但仍唯恐有疏漏之处，在此特表歉意！感谢北京市新闻学会全体会员单位的领导和同人，是你们的聪慧与激励给了我们坚持出版《追索新闻真谛》的力量。今后我们要更加努力，服务好业界基层、服务好会员单位。

《追索新闻真谛》在策划和出版中得到了北京日报出版社大力支持，没有北京日报出版社编辑们的精心编撰和辛勤努力，大家就见证不了《追索新闻真谛》的出炉。

《追索新闻真谛》一定存在很多不足和疏漏，恳请读者批评指正。

编　者

2023年11月18日